KB072011

명
고
전
집

이 책은 2015~2017년도 정부(교육부)의 재원으로 한국고전번역원의 지원을 받아
수행된 '권역별거점연구소협동번역사업'의 결과물임.

This work was supported by Institute for the Translation of Korean Classics - Grant funded by
the Korean Government.

한국고전번역원 한국문집번역총서／성균관대학교 대동문화연구원

명고전집 3
明皐全集

서형수 지음
徐瀅修

이규필 옮김

이승현

일러두기

1. 이 책의 번역 대본은 한국고전번역원에서 간행한 한국문집총간 261집 소재 《명고전집(明皐全集)》으로 하였다. 번역 대본의 원문 텍스트와 원문 이미지는 한국고전종합DB(http://db.itkc.or.kr)에서 확인할 수 있다.
2. 내용이 간단한 역주는 간주(間註)로, 긴 역주는 각주(脚註)로 처리하였다.
3. 한자는 필요한 경우 이해를 돕기 위하여 넣었으며, 운문(韻文)은 원문을 병기하였다.
4. 맞춤법과 띄어쓰기는 한글 맞춤법과 표준어 규정을 따랐다.
5. 이 책에서 사용한 부호는 다음과 같다.
    ( ) : 번역문과 음이 같은 한자를 묶는다.
    〔 〕 : 번역문과 뜻은 같으나 음이 다른 한자를 묶는다.
    " " : 대화 등의 인용문을 묶는다.
    ' ' : " " 안의 재인용 또는 강조 문구를 묶는다.
    「 」 : ' ' 안의 재인용 또는 강조 문구를 묶는다.
    《 》 : 책명 및 각주의 전거(典據)를 묶는다.
    〈 〉 : 책의 편명 및 운문·산문의 제목을 묶는다.

일러두기 • 4

명고전집 제7권

서 序

명고전집 제8권

기 記

명고전집 제9권

서례 敍例

명고전집 제10권

제발 題跋

그림 차례

명고전집

제 7 권

序서

서序

《홍범직지(洪範直指)》서문[1]
洪範直指序

〈홍범〉의 내용은 이치에 근원하고 수에 작용을 표현하여 두루 충만하여 끝을 알 수 없으니,[2] 성인이 도를 전한 큰 법이다. 채중묵(蔡仲

---

1 【작품해제】이 글은 1769년(영조45, 기축) 여름에 쓴 것으로 추정된다. 당시 서형수의 나이는 21세였다. 《홍범직지》는 뒤에 《명고전집(明皐全集)》권20에 편차되어 실렸다. 홍범(洪範)의 의미를 '천지 사이에 유행하는 모든 조화의 틀〔天地萬化之匡郭〕'이란 말로 설명한 다음, 전체적 구조를 말하고 〈홍범〉의 단락별 의미를 설명하였다. 그중 이륜(彝倫)과 구주(九疇)를 삼강령과 팔조목과 연결시켜, 〈홍범〉을 《대학》에 비긴 설명은 흥미로운 해석이다. 또 효제충신을 내세우는 유교의 경전에 길흉과 화복의 말이 들어 있는 이유를 설명하면서 오기(五紀)·계의(稽疑)·서징(庶徵)·복극(福極) 4주(疇)는 하늘의 일에, 삼덕(三德)·팔정(八政)·오사(五事)·황극(皇極) 4주는 인간에 일에 귀속시키고 오행이 전체를 관류한다는 해석도 눈길을 끈다. 이 부분은 고증학계에서 《상서》에 대해 '도경(道經)의 일부를 편집한 것'이라 비판한 것에 대한 대응과 관련한 것으로, 조선 후기 학계의 흐름에서 의미심장한 지점이다.

2 두루……없으니 : 주돈이(周敦頤, 1017~1073)의 《통서(通書)》에 "천성대로 행하고 편안히 여기는 분을 성인이라 하고, 천성을 회복하고 굳게 지키려 하는 분을 현인이라 하며, 발해도 은미해서 볼 수가 없고 사방 공간에 두루 충만하여 끝을 알 수 없는 분을 신이라 한다.〔性焉安焉之謂聖, 復焉執焉之謂賢, 發微不可見, 充周不可窮之謂神.〕"라고 한 것에 전거를 둔 표현이다.

默)이 서산(西山)의 훌륭한 아들이요 주자의 뛰어난 제자로서[3] 직접 부친과 스승에게 종지를 전수받아 《서경집전(書經集傳)》을 지어 이치를 밝히고 《황극내편(皇極內篇)》[4]을 지어 수를 부연하였으니, 문장마다 의미가 상세히 해석되고 이치와 수가 완전하게 드러나 천만 가지 이설이 나오지 않았어야 했다.

그러나 후대의 학자들이 《서경집전》에 대해 이견을 제기하였고, 《황극내편》으로 말하면 종종 《태현경(太玄經)》[5]의 아류라고까지 말하는 자가 있었다. 어쩌면 〈홍범〉의 이치와 수는 끝내 궁구할 수 없어서인가?

그러나 〈홍범〉을 궁구하지 않을 수 없다면 그것은 이치에 있지 수에 있지 않으니, 이치를 해득하고 나면 수는 굳이 알 필요가 없다. 우임금이 〈낙서(洛書)〉를 본떠 〈홍범〉을 만든 것은 오행의 이치를 밝히고자

---

3 채중묵(蔡仲默)이……제자로서 : 중묵은 남송의 학자 채침(蔡沈, 1167~1230)의 자이다. 건양(建陽) 사람으로 호는 구봉(九峯)이다. 서산은 채침의 부친 채원정(蔡元定, 1135~1198)의 호이다. 채침은 부친 채원정을 따라 백록동서원(白鹿洞書院)에서 주자에게 배웠다. 주자는 처음 채침을 만나 몇 가지 질문을 한 뒤 학문적 성취를 인정했다고 한다. 뒤에 주자의 유명을 받아 《서경집전》을 지었다.

4 황극내편(皇極內篇) : 본래 채원정이 주자와 함께 《역학계몽》을 저술하였는데, 그 후속 작업으로 〈홍범〉의 수를 연구하다 미완에 그쳤다. 도서학과 상수학의 영향이 그의 아들 채침에게 이어져, 채침이 완성한 책이다. 채침은 9를 궁극적인 수, 곧 모든 존재의 본원적 수로 여기고 이를 논거로 하여 세계의 구조를 수학적 방식으로 풀어 도식화하였다. 총 5권으로 이루어져 있다.

5 태현경(太玄經) : 전한(前漢)의 학자 양웅(揚雄)이 《주역》을 본떠 만든 저술이다. 현(玄)은 감각기관으로 인식할 수 없는 우주의 본체를 뜻하고, 태(太)는 존칭이다. 《신당서(新唐書)》〈예문지(藝文志)〉에는 12권으로, 《문헌통고(文獻通考)》에는 10권으로 되어 있다. 81수(首)의 괘를 각각 9개의 효사로 풀이하였다.

한 것일 뿐이고,[6] 기자(箕子)가 〈홍범〉을 부연한 것은 구주(九疇)의 이치를 밝히고자 한 것일 뿐이다.[7] 집전에서 "구를 이고 일을 밟는다."[8]라고 하거나 경문에서 "첫째는 오행이요, 둘째는 오사를 공경함이다."[9]라고 한 말은 자연의 수를 가지고 그 속에 담긴 오묘한 이치를 실증한 것일 뿐이니, 수 자체를 중요하게 다룬 것은 아니다.

　그렇다면 《황극내편》에 대한 이견들이야 굳이 일일이 따질 필요가

6　우임금이……뿐이고 : 우임금이 홍수를 다스릴 때에 낙수(洛水)에서 거북이가 나왔는데, 거북이의 등에 45개의 점이 있었다. 우임금이 이것을 보고 〈낙서(洛書)〉를 만들었다. 《주역》〈계사전 상(繫辭傳上)〉에 "황하가 도를 내고, 낙수가 서를 내니, 성인이 이를 법으로 삼았다.〔河出圖, 洛出書, 聖人則之.〕"라고 하였다. 오행은 〈홍범〉의 첫째 조목에 제시되어 있는데, 그 사상적 연원을 여기에서 찾고 있다. 《書經 洪範》

7　기자(箕子)가……뿐이다 : 〈홍범〉의 조목이 아홉 가지 범주로 구성되어 있기 때문에 '구주(九疇)'라고 한다. 차례로 소개하면, 오행(五行), 오사(五事), 팔정(八政), 오기(五紀), 황극(皇極), 삼덕(三德), 계의(稽疑), 서징(庶徵), 오복 육극(五福六極)이다. 기자가 "내 들으니, 옛날 곤이 홍수를 막아 오행을 어지럽게 진열하자 상제가 진노하여 홍범구주를 내려주지 않으시니, 인륜이 무너지게 되었다. 곤이 죽고 우임금이 뒤이어 일어나자 하늘이 홍범구주를 내려주시니, 인륜이 펴지게 되었다.〔我聞在昔鯀陻洪水, 汩陳其五行, 帝乃震怒, 不畀洪範九疇, 彝倫攸斁. 鯀則殛死, 禹乃嗣, 興天乃錫禹洪範九疇, 彝倫攸敍.〕"라고 한 뒤 각 조목별로 구체적인 내용을 부연하였다. 《書經 洪範》

8　구를……밟는다 : 〈홍범〉 장의 집전에서 구궁(九宮)의 수를 두고 "9를 머리에 이고 1을 아래에 밟으며, 왼쪽이 3이고 오른쪽이 7이며, 2와 4가 어깨가 되고 6과 8이 발이 된다. 이는 낙서의 수이다.〔戴九履一, 左三右七, 二四爲肩, 六八爲足, 洛書之數也.〕"라고 한 것을 가리킨다.

9　첫째는……공경함이다 : 〈홍범〉 장의 본문에서 구주(九疇)를 열거할 때 "첫째는 오행이요, 둘째는 오사를 공경함이다.〔初一曰五行, 次二曰敬用五事.〕"라는 형식으로 차삼(次三)을 거쳐 차구(次九)까지 말한 것을 가리킨다. 《태현경》도 이 체제를 그대로 사용하였고, 《황극내편》 역시 산가지 그림을 통해 같은 형식으로 나타내었다.

없지만, 《서경집전》에 대한 이견은 학자로서 분변하지 않을 수 없다. 이것이 《홍범직지(洪範直指)》를 지은 까닭이다.

내가 무자년(1768, 영조44) 겨울, 《서경집전》을 읽다가 〈홍범〉에 이르러 집전의 해석에 의심이 들었다. 이 때문에 깊이 연구하고 이리저리 고증하여, 5개월이 지난 뒤에야 어렴풋이나마 요지를 깨달은 듯하였다. 채중묵과 같은 박학한 대유로서도 이처럼 후세의 이견을 막지 못했는데, 식견이 일천한 나로서 감히 이 책을 두고 '〈홍범〉의 종지를 정확히 말했다.' 할 수 있겠는가?

다만 나의 바람은 학자들이 이치에 근본하고 수를 참고하여, 무궁한 응용에 미루어 도를 전수해온 직지(直指 종지)를 손상시키지 않게 되기를 기약하는 것이다.

못내 의문이 들던 부분과 《서경집전》에서 미처 밝히지 못한 의미를 써서 한 편의 책으로 정리하였다. 우선 《홍범직지》라고 이름을 붙여 식견 있는 군자의 질정을 기다린다.

《상서지지(尚書枝指)》 서문[10]

尚書枝指序

단목자(端木子 자공)는 "문왕과 무왕의 도가 아직 땅에 떨어지지 않고 사람들에게 남아 있다. 어진 자들은 큰 것을 기억하고, 어질지 못한 자들은 작은 것을 기억하고 있다.〔文武之道未墜於地在人, 賢者識其大者, 不賢者識其小者.〕"라고 하였다.[11] 무엇이 큰 것인가? 심성(心性)과 이기(理氣)이다. 무엇이 작은 것인가? 훈고(訓詁)와 명물(名物)이다. 그렇다면 큰 것과 작은 것을 모두 아우른 사람은 성인일 것이고, 현인 이하로는 기억하는 내용에 큰 것과 작은 것의 차이가 있다.

10 【작품해제】지지(枝指)는 육손이의 덧붙은 손가락, 곧 불필요한 손가락이다.《장자(莊子)》〈변무(駢拇)〉의 구절에서 유래한 말로, 서형수의 종질 서유구가 자신의 저술이 훈고와 명물에 치중했을 뿐 의리를 담은 것은 못 된다는 뜻에서 붙인 겸사적 표현이다. 쓰여진 시기는 미상이다. 현재 본서는 일실되어 체제 및 구성의 전모를 알 수 없다. 저자는 한대(漢代) 이래 학문의 성격이 훈고-의리-고증으로 크게 세 차례 변했다고 파악하였다. 이를 바탕으로 앞으로 다시 한 번 크게 변할 것을 예견하고, 조카이자 제자인 서유구에게 새 시대의 학문을 주도하라고 당부하고 있다. 당부의 요지는 훈고와 명물의 고증학적 바탕 위에 이기와 심성의 의리학을 담으라는 것이다. 서형수의 학문관뿐만 아니라 달성 서씨(達城徐氏) 가학의 성격을 살피는 데 있어 중요한 작품이다.

11 단목자(端木子)는……하였다 : 단목자는 공자의 제자 자공(子貢)으로, 성이 단목(端木)이고, 이름이 사(賜)이다. 위(衛)나라 대부 공손조(公孫朝)가 "공자는 누구에게 배웠느냐?〔仲尼焉學〕"고 묻자 자공이 '공자가 배운 것은 문왕과 무왕의 도이고, 공자가 배운 스승은 문왕과 무왕의 도를 알고 있는 모든 사람이다.'라는 뜻으로 위와 같이 대답했다. '識'의 음은 '지'이다.《論語 子張》. 현자는 정치 계급의 대부를, 불현자는 일반 백성을 가리킨다.

다음과 같이 논해보고자 한다. 육경(六經)[12]의 학문은 지금까지 세 차례 바뀌었다. 육경이 진(秦)나라 때에 불타고 한나라 때에 다시 출현하였을 때[13] 여러 학자들이 다투어 훈고와 명물로 전문적인 학파를 세워, 《예경》과 《악경》을 내세우는 자도 있고, 《춘추》를 내세우는 자도 있고, 《역경》과 《시경》과 《서경》을 내세우는 자도 있었지만, 이기와 심성에 관한 학문은 대체로 없었다. 이 때문에 육경의 학문이 작은 것에만 치중하고 큰 것을 버려둔 채 몇백 년이 지났다.

---

12 육경(六經) : 육경에 관한 최초의 기록은 《장자(莊子)》〈천하(天下)〉에 "《시》로 뜻을 말하고, 《서》로 일을 말하고, 《예》로 행실을 말하고, 《악》으로 조화를 말하고, 《역》으로 음양을 말하고, 《춘추》로 명분을 말한다.〔詩以道志, 詩以道志, 書以道事, 禮以道行, 樂以道和, 易以道陰陽, 春秋以道名分.〕"라는 것이다. 이 가운데 《악경》은 없기 때문에 오경이라고도 한다.

13 육경이……때 : 진나라 때에 육경이 불탔다는 것은 진(秦)나라의 분서(焚書)를 말한다. 기원전 213년 진시황(秦始皇)은 이사(李斯)의 건의를 받아들여 민간에 퍼져 있는 《시경》과 《서경》 등을 전부 불태우고 협서율(挾書律)을 공표하였다. 뒤에 진나라가 멸망할 무렵 항우(項羽)가 함양을 함락시킬 때 진나라 궁실을 불태웠는데 이때 궁궐과 박사관(博士官)에 소장되어 있던 장서가 거의 소실되었다. 두 차례에 걸친 화재에 육경은 거의 자취를 감추었다. 한나라에 들어와 혜제(惠帝) 4년(기원전 191)에 협서율을 해제하고 문제(文帝), 경제(景帝), 무제(武帝)에 이르기까지 전국적으로 문헌을 수집하여 '크게 전적을 거두어들여 널리 헌서의 길을 열었다.〔大收篇籍, 廣開獻書之路.〕'라고 평가된다. 이후 동중서(董仲舒)의 건의로 무제(武帝)가 제자백가를 퇴출하고 육경을 존숭하고부터 유학이 다시 부흥하여, 복생(伏生) 등 진나라 박사 출신들에 의해 몰래 간직되었던 육경이 다시 세상에 나왔다. 효경제(孝景帝)의 아들 하간헌왕(河間獻王) 유덕(劉德)에 의해 《주관(周官)》·《상서(尙書)》·《예(禮)》·《예기(禮記)》·《맹자(孟子)》 등 선진 고서들이 대량 수집되었고, 경제의 아들 회양왕(淮陽王)이 공자의 옛집을 수리할 때 공안국(孔安國)이 고문으로 쓰여진 《상서》·《논어》·《예기》·《효경》 등을 얻었다. 《史記 卷7 項羽本紀》《漢書 卷30 藝文志》

송나라에 와서 정자와 주자가 후학으로서의 책무를 자임하여 한당 (漢唐)의 비루한 학문을 버리고 이기와 심성의 학설로 한 시대를 고취 하느라 종종 훈고와 명물을 등한하게 여겼다. 당시에 직접 모시고 배운 이도 있고, 서적을 통해 배운 이도 있고, 전해 듣고 깨달은 이도 있었 다. 그러다가 점차 학문을 시작하는 선비들까지 겁 없이 성신(聖神 형이상(形而上))을 떠들어대지만 전문적인 학문으로 공로를 거둔 측면에 서는 한당의 경학보다 못하게 되었다. 이 때문에 육경의 학문이 큰 것에만 힘쓰고 작은 것을 소홀히 한 채 또 몇백 년이 지났다.

명청(明淸) 시대에 와서 학자들이 또 '본체와 작용은 근원이 같고, 형이상과 형이하는 둘이 아니다.[14] 이기와 심성이 어찌 훈고와 명물 밖에 따로 있겠는가? 더구나 전수한 내용이 분명한 한당의 학문에 비 겨볼 때 정주학은 공리공담만 늘어놓는 학문임에랴?'라고 생각하여 혹평해 마지않았다. 이 때문에 육경의 학문이 큰 것에서 작은 것으로 돌아간 지가 또 100여 년이 된다.

이렇게 앞뒤로 모두 세 차례 바뀌었다. 궁극에 이르면 변하고, 변하 면 새로운 지평이 열리니,[15] 이후로 학문의 변화와 추이를 영원히 예견

---

14 본체와……아니다 : 이 부분은 정자의 말이다. 원문은 "본체와 작용은 근원이 하나 이고, 드러남과 은미함은 간격이 없다.〔體用一源, 顯微無間.〕"인데, 현(顯)은 드러난 현상 세계 곧 형이하의 경계를 말하고, 미(微)는 감추어진 원리 곧 형이상의 경계를 뜻한다. 여기서는 현은 훈고와 명물을, 미는 이기와 심성을 가리킨다.

15 궁극에……열리니 :《주역(周易)》〈계사전 하(繫辭傳下)〉의 "역은 궁하면 변하 고, 변하면 통한다.〔易窮則變, 變則通.〕"라는 구절을 직접 인용한 것이나, "변통이란 시대를 따르는 것이다.〔變通者趣時者也〕"라고 한 말과 연관이 있으므로, 시대에 따른 학문의 추이를 의미하는 문장이 되게 의역하였다.

할 수 있다.

종질 서유구(徐有榘)[16]가 자신이 지은 《상서지지》 2편을 가져와 나에게 바로잡아주기를 청했다. 내가 보고 난 후 말하였다.

"괜찮군. 그런데 네가 치중한 작은 것[小者 훈고와 명물]은 지엽적인 것이요 근본은 없으니, 왜 먼저 큰 것[大者 이기와 심성]을 세우지 않느냐?"

유구가 꿇어앉아 대답했다.

"제목을 '지지(枝指)'라고 붙인 이유는 훈고라는 작은 학문이 없다면 의리라는 큰 학문을 펼칠 곳이 없다는 의미에서였습니다. 소자의 뜻이 작은 것에 만족하는 것은 결코 아닙니다."

내가 다음과 같이 말해주었다.

어렵구나. 네가 추구하는 학문이여. 그러나 그렇게 해야 하고말고. 부디 노력해라. 기수(氣數)로 보아도 큰 학문의 시대가 곧 도래하겠고, 시대적 여건으로 고찰해도 가능한 일이다. 내가 너에게 일러줄 말은 이것뿐이구나. "너는 큰 학자가 되고 작은 학자가 되지 말아라."[17]

---

16 서유구(徐有榘) : 1764~1845. 자는 준평(準平), 호는 풍석(楓石)이다. 서명응(徐命膺, 1716~1787)의 손자요 서호수(徐浩修, 1736~1799)의 아들로 서형수에게는 조카가 된다. 여기서 종질이라고 한 이유는 서호수가 출계하여 서명익(徐命翼)의 양자가 되었기 때문이다. 서유구는 뒤에 출계하여 서형수의 맏형 서철수(徐澈修)의 양자가 되어 둘의 관계는 다시 숙부와 조카가 된다. 따라서 이 글을 쓸 때에는 서유구가 아직 서철수의 양자가 되기 전임을 알 수 있다. 젊은 시절 서유구는 학문과 문장을 서형수에게서 배웠다.

17 너는……말아라 : 공자가 제자 자하(子夏)에게 "너는 군자유가 되고 소인유가 되지 말아라.〔女爲君子儒, 無爲小人儒.〕"라고 한 말을 인용한 당부이다. 군자유는 큰 학문과 작은 학문, 곧 심성과 이기의 의리학과 명물과 훈고의 고증학을 아우르는 학자이다. 소인유는 고증학에만 몰두하는 학자이다. 《論語 雍也》. 이 말을 던져 서형수는

조카 서유구에게 자구의 고증에만 매몰되지 말고 의리학을 통해 시대 정신을 세울 수 있는 큰 학자가 되라고 주문하고 있다.

《학도관(學道關)》 서문[18]

學道關序

성인에 대해서는 '안다[知]'고 하고, 현인에 대해서는 '깨달았다[覺]'고 하고, 보통 사람들에 대해서는 '배운다[學]'고 하니, 모두 도(道)를 두고 한 말이다.

사람이 도에 대해 본래 모를 수 없으니, 기에 가려진 것일 뿐이다. 성인은 기에 가려지지 않으므로 저절로 도를 안다. 현자는 기에 가려지기는 했으나 두텁지 않으니 반드시 모른다는 사실을 깨달은 연후에 도를 알 수 있다. 이것이 깨닫는다는 것이다.

보통 사람은 기에 가려진 것이 두텁기 때문에 마음에 저절로 아는 것이 미미하다. 그래서 먼저 깨달은 사람이 한 일을 배워 백배 천배 노력하면서도 스스로 날마다 부족하다고[19] 여긴 뒤에야 도를 깨달을

---

18 【작품해제】《학도관(學道關)》은 저자가 주돈이(周敦頤)의 《통서(通書)》를 읽고 생각을 정리한 저술로, 《명고전집》 권19에 실려 있다. 〈천지〉 54장, 〈오행〉 51장, 〈만물〉 39장으로 총 3편 144장 112면으로 이루어져 있다. 도와의 관계를 성인, 현인, 일반 사람에 따라 지도(知道), 각도(覺道), 학도(學道)의 세 층위로 나누고, 자신은 일반 사람이라는 의미에서 이 책의 제목을 '학도관'이라고 하였다. 1778년(정조2) 쓰여진 글로, 당시 저자의 나이는 30세였다.

이규경(李圭景, 1788~?)의 《오주연문장전산고(五洲衍文長箋散稿)》〈소화총서변증설(小華叢書辨證說)〉에는 서명응의 저술로 되어 있다. 명확한 고증을 요하는 문제이나, 지금으로서는 이규경의 오류로 판단된다. 저자는 이 저술을 기윤(紀昀)과 진숭본(陳崇本) 등 중조 인사에게 보여주고 서문을 받아오기도 하였다.

19 날마다 부족하다고 : 《서경》〈태서 중(泰誓中)〉에 "길한 사람은 선행을 하면서 날마다 부족하게 여기고, 흉한 사람은 악행을 하면서 또한 날마다 부족하게 여긴다.[吉

수 있다. 이것이 '배운다'는 것이다. 그렇기 때문에 도에는 크고 작은 구별이 없고, 사람이 도를 실천하는 것에 어렵고 쉬운 차이가 있다.

나는 보통 사람이다. 나이 스물하나가 되어서야 비로소 주돈이의 《통서(通書)》를 읽었는데, 바보가 꿈 이야기를 하는 것처럼 도무지 알 수 없었다. 곧 다른 책들을 물리고 이것을 배우기에 온 힘을 기울여 끊임없이 궁리하고 여러 이치들을 널리 상고하였다.

이렇게 한 지 3개월이 지나자 의문을 품을 수 있게 되었고, 또 5, 6개월이 지나자 깨닫는 것이 있는 듯하였다. 이때 스스로 깨달았다고 생각한 것이 꼭 현자의 깨달음이라고는 할 수 없을 것이다. 그러나 도를 배우는 것은 이 관문으로부터 들어간다. 마침내 깨우친 묘리를 이것저것 기록하여 책상자에 담아두었다.

이로부터 10년이 지난 무술년(1778), 어느 날 서적을 뒤지다가 이 글을 읽어보니 장황한 문장과 군더더기 말에 바로잡아야 할 문제점이 없지 않았다. 그러나 오늘 알고 있는 것이 지난날 알던 것에서 크게 진보하지는 않았다.

성인이 순수한 본성을 계속 유지하고[純亦不已] 현인이 한순간도 쉬지 않고 노력하는 것[自强不息]은[20] 그들이 도에 대해 알지 못하고 깨닫지 못해 그런 것이 아니다. 도가 무궁하다는 것을 알기에 이토록

人爲善, 惟日不足, 凶人爲不善, 亦惟日不足.]"라고 하였다. 선을 행하거나 악을 행할 세월이 부족하다는 뜻이 아니라, 매일매일 자신의 선행을 부족하게 여기거나 악행을 맘껏 저지르지 못했다고 후회한다는 의미이다.

20 성인이……것은 : 순역불이(純亦不已)는 《중용》에 나오는 말인데, 문왕의 덕을 칭송한 표현이므로 성인에 해당한다. 자강불식(自强不息)은 《주역》〈건괘(乾卦)〉의 상(象)에 나오는 말인데, 군자의 노력을 비유한 표현이므로 현인에 해당한다.

도를 어렵게 여기는 것이다. 하물며 보통 사람이 그 어려운 것을 쉽게 여겨서야 되겠는가? 게다가 스스로 깨달았다고 여기는 것이 꼭 참된 깨달음이라고 할 수 없음에랴?

그러나 내가 깊이 느낀 바가 있어 학문에 더욱 힘을 쏟아 지금으로부터 10년이 지난 뒤에 다시 이 글을 읽는다면 과거의 자신을 작게 여겨 부끄러워하지 않을 것이라고 어찌 장담하겠는가? 도에 들어가는 관문이 아니라고 하여 귀하게 여기지 않을 것이라 어찌 장담하겠는가?

하지만 이로부터 정진하면 현인이 되고, 이로부터 힘을 다하면 성인이 되니, 공을 이루고 나면 모두 도의 경지에 이르기는 마찬가지다. 보통 사람이라고 부끄러워할 것이 무어 있는가? 보통 사람이 아닌들 또 무엇을 배워야 할 것인가?

이제 〈학도관〉이라 제목을 붙여 뒷날에 검증해보고자 한다.

《송사(宋史)》 〈예문지(藝文志)〉 서문[21]

宋藝文志序

반고(班固)가 《한서》 〈예문지(藝文志)〉를 찬술할 때 고금의 도서를 널리 찾아 예문을 갖추어 넣었으니, 시대가 내려오면서 점점 증가해 온 당시 왕실 도서관에 소장된 문헌들을 빠짐없이 실었다. 그러나 사부(四部)의 서목이 진(晉)나라에서 비롯되었고,[22] 목판 인쇄의 제도가 후주(後周)에서 시작되어[23] 규모가 커지고 필사하는 공력이 줄었

---

21 【작품해제】 저자가 《송사》 〈예문지〉를 《명사》 〈예문지〉의 체제에 따라 재분류하여 정리하고, 그에 붙인 서문이다. 당시 조정의 문헌 수장과 정리와 관련하여 체계를 정립할 필요성에 따라 만든 것으로 보인다. 《규장총목(奎章總目)》이나 《서고장서록(西庫藏書錄)》을 편찬하기 위한 작업과 관련이 있을 듯하나, 현재 자료가 남아 있지 않아 고찰할 수 없다. 중국 송나라 황실의 도서 관리와 목록학의 연원을 자세히 서술하였는데, 해당 내용의 구체적 서술은 명나라 구준(丘濬, 1421~1495)의 《대학연의보(大學衍義補)》 권94 〈도적지저(圖籍之儲)〉의 관련 부분을 참고한 듯하다.

22 사부(四部)의……비롯되었고 : 진나라 초에 중서감(中書監) 순욱(荀勖)이 칠략(七略)과 중경(中經)을 모방하여 사부의 서목을 만들었다. 갑부(甲部)는 경서와 문자학류, 을부(乙部)는 제자백가와 병서류, 병부(丙部)는 역사서류, 정부(丁部)는 시문집과 도록류이다. 진 원제(晉元帝) 때에 저작랑(著作郎) 이충(李充)이 새로 정리하여 갑부는 경서, 을부는 역사서, 병부는 자부서, 정부는 문집으로 확정하였다. 이후 《수서(隋書)》 〈경적지(經籍志)〉에서 이 분류법을 기준으로 삼고부터 경(經)·사(史)·자(子)·집(集)의 사부 체제가 서목 분류의 전형으로 굳어졌다.

23 목판……시작되어 : 섭몽득(葉夢得, 1077~1148)의 《석림연어(石林燕語)》에 "세상 사람들은 나무판에 글자를 새겨 인쇄하기 시작한 것이 풍도(馮道, 882~954)에게서 비롯되었다고 한다."라는 기록이 있는데, 오대(五代)의 풍도가 오경을 판각하였기 때문에 이러한 인식이 형성되었던 것으로 보인다. 또 주익(朱翌, 1097~1167)의 《의각료잡

으니, 그 이후로 유형별로 늘리고 종류별로 확충한 것[24]이 또 몇십 몇 백 종인지 알 수 없다.

　송 태조(宋太祖)가 혼란한 오계(五季)의 뒤에 문명의 정치를 열었으니, 즉위한 초기에 이미 만 권이 넘는 서적을 보유하였다. 다른 나라들을 평정하고 난 다음 조서를 내려 서적을 구하여, 삼관(三館)[25]에 보관된 서적이 더욱 증가하였다. 태종이 숭문원(崇文院)을 건립하고 삼관의 서적을 그곳으로 옮겼고,[26] 진종(眞宗)이 사부(四部)의 서적 두 본을 베껴 용도각(龍圖閣)과 태청루(太淸樓)[27]에 보관하였다. 얼마 뒤

기(猗覺寮雜記)》에는 "문자를 나무에 새겨 인쇄하는 것은 당나라 이전에는 없었다. 후당(後唐)에서 구경을 나무판에 새기고, 이 누판(鏤板)을 표준으로 삼았다."라고도 하였다. 그러나 실제로는 당나라 때에 시작되었다.

24　유형별로……것 : 이 부분의 표현은 "팔괘를 만들어 기본 단위를 이루고, 괘를 모아 늘리고 종류별로 확장하면 천하의 능사가 끝난다.〔八卦而小成, 引而伸之, 觸類而長之, 天下之能事畢矣.〕"라고 한 것에 전거를 둔 것이다. 《周易 繫辭傳上》

25　삼관(三館) : 소문관(昭文館), 집현관(集賢院), 사관(史館)의 총칭이다.

26　태종이……옮겼고 : 송 태종 태평흥국(太平興國) 3년(978)에 좌승용문(左升龍門) 동쪽에 숭문원(崇文院)을 세우고 명하여 삼관의 서적을 여기로 옮겨 보관하게 하였다. 숭문원의 동부가 소문서고가 되고, 남부가 집현서고가 되고, 서부가 사관서고가 되었다. 사관서고는 다시 경사자집의 사고(四庫)로 나뉘는데, 이 때문에 소문서고, 집현서고, 사관서고의 사고를 합쳐서 '숭문육고(崇文六庫)'로 불렀다.

27　용도각(龍圖閣)과 태청루(太淸樓) : 용도각은 송 진종(宋眞宗) 함평(咸平) 4년(1001)에 회경전(會慶殿) 서쪽에 세운 건물로, 태종의 어서(御書)를 비롯하여 왕실의 보첩 및 각종 전적과 도화를 소장하였다. 진종 경덕(景德) 4년(1007) 정3품의 용도각학사(龍圖閣學士)를 두었다. 용도각은 6곳의 속각(屬閣)을 두었는데, 경전각(經典閣)에 3,762권, 사전각(史傳閣)에 821권, 자서각(子書閣)에 10,362권, 문집각(文集閣)에 8,031권, 천문각(天文閣)에 2,564권, 도화각(圖畫閣)에 1,421축이 보관되어 있었다고 한다. 태청루 역시 진종이 도서를 보관한 건물 이름인데, 위치와 규모에 대한 자세한

비각(秘閣)이 비좁다는 이유로 내장서고(內藏西庫)에 분관하여 규모를 키웠다.[28] 세 임금이 모은 서적이 총 3,327종 39,142권이다.

얼마 뒤 왕궁에 화재가 나 숭문원과 비각까지 번져 책들이 많이 소실되었다. 겨우 남은 것은 숭문외원(崇文外院)[29]으로 옮기고, 거듭 베끼고 꼼꼼히 교정하였다. 인종이 즉위하여 숭문원을 새로 짓고 사고서를 편찬했는데, 《개원군서사부록(開元群書四部錄)》[30]을 모방하여 《숭문총목(崇文總目)》[31]을 만들었다.

정보는 미상이다. 경덕 연간에 《경덕태청루사부서목(景德太淸樓四部書目)》을 만든 바 있다.

28 얼마 뒤……키웠다 : 태종 단공(端拱) 원년(988)에 숭문원 외에 별도의 서고를 만들고, 조서를 내려 삼관의 서적 가운데 귀중본 만여 권을 이곳에 나누어 소장하라고 하였다. 이것이 비각(秘閣)이다. 삼관과 비각을 합쳐 사관(四館)이라고 하였다. 그러나 진종 때에 와서 장서의 양이 늘어 비각이 좁게 되자 다시 내장서고(內藏西庫)에 분관함으로써 장서와 건물의 규모를 크게 확장시켰다. 내장서고는 본래 송 태조가 경복내고(景福內庫)로 설치한 것인데 송 태종 태평흥국 3년(978)에 내장고란 이름으로 바뀌었다. 태부시(太府寺)에 소속되어 있던 관서로, 내부(內府)의 진보(珍寶)를 관리하던 곳이다. 이후 진종 경덕 4년(1007)에 '내장서고'라는 이름으로 바뀌었다. 《續資治通鑑長編》

29 숭문외원(崇文外院) : 진종 때 화재에 불타고 남은 서적을 보관하기 위해 임시로 세운 건물이다.

30 개원군서사부록(開元群書四部錄) : 당 현종(唐玄宗) 개원 연간에 원행충(元行冲) 등이 편찬한 서목서이다. 총 200권으로 이루어졌다고 하는 이 책은 현재는 일실되고 없다.

31 숭문총목(崇文總目) : 왕요신(王堯臣), 구양수(歐陽修), 섭관경(聶冠卿), 왕수(王洙) 등이 편찬하였다. 인종 때에 새로이 숭문원을 세우고 진종의 화재 이후 수습한 서적들을 분장하면서 경력(慶曆) 원년(1041)에 30,669권의 서목을 편성하여 올리자, 인종이 '숭문총목'이란 이름을 내렸다. 사부 분류 체계를 따르고, 책 앞머리에 총서(總

철종, 휘종, 흠종에 이르도록 역대로 계속 수집하여 총 6,705종 73,877권이 되었다. 그러다가 정강(靖康)의 화란[32]에 삼관과 비각에 구장된 서적들이 남김없이 모조리 소실되었다. 고종이 임안(臨安 지금의 항주(杭州))으로 피난하여 비서성(祕書省)을 건립하고 헌서상(獻書賞)을 내리자 사방에 흩어져 있던 유서들이 조금씩 다시 나왔다.

이후로 송나라가 종언을 고할 때까지 나라가 위태로워 전란이 일어나고 군신과 백성들이 경황이 없었지만 문(文)을 숭상하는 정치만은 대대로 유지되었다. 이런 까닭에 전후 300여 년 동안 도덕을 강마한 자는 육경의 문장에 도움을 줄 수 있었고 문장을 짓는 자는 대아(大雅)의 문장을 진작시킬 수 있었으며, 구류(九流)[33]와 잡가(雜家) 및 온갖 기술자와 예술가들이 저마다 자신의 전문 분야를 서술한 문장을 지어, 저술이 앞 시대에서 그 유례를 찾기 어려울 정도로 풍부해졌다.

그렇다면 송나라가 문치의 나라로 칭송받는 이유는 바로 참고할 문헌을 많이 간직했기 때문이 아니겠는가? 참으로 이 때문에 문운(文運)

序)가 있으며, 매 분문마다 소서(小序)가 있다. 또 서적마다 '역(繹)'이라는 짧은 해제가 붙어 있다. 총 66권으로 이루어져 있는데 1~8권까지는 경부(經部), 9~23권까지는 사부(史部), 24~38권까지는 자부(子部), 39~66권까지는 집부(集部)이다. 불교 서목서를 제외하면 현전하는 것 가운데 가장 이른 시기의 서목해제서이다.

32 정강(靖康)의 화란 : 정강은 송(宋)나라 흠종(欽宗)의 연호이다. 북송(北宋) 정강 2년(1127)에 금(金)나라 군사가 내침하여 송나라의 수도인 변경(汴京)을 함락시키고, 흠종과 그 부황(父皇)인 휘종(徽宗) 및 황태후·황후·황태자·종실 등 3천 명을 포로로 잡아간 사실을 가리킨다. 《宋史 卷23 欽宗本紀》

33 구류(九流) : 아홉 갈래의 학파, 곧 유가(儒家)·도가(道家)·음양가(陰陽家)·법가(法家)·명가(名家)·묵가(墨家)·종횡가(縱橫家)·잡가(雜家)·농가(農家)를 말한다.

이 흥성하고 제현이 배출되어 성인을 계승하고 후학을 깨우치는 데에 성대히 성과를 거두어, 지금까지 학문에 뜻을 두고 도를 구하는 선비들에게 표본이 된다.

《송사》〈예문지〉는 앞 시대 역사서를 그대로 답습하여, 번잡해도 산정하지 않고 고금의 서목을 아울러 기록하였다. 그러므로 나는 지금 다시 《명사(明史)》〈예문지〉의 체제에 따라 송나라 학자들의 저술부터 중복된 것을 산삭하고 오류를 바로잡아 하나의 지로 정리하였다.[34]

---

34 송사……정리하였다 : 《송사》〈예문지〉는 권202에 경류가 성격별로 분류되지 않은 채 실려 있다. 권203에 정사류(正史類)를 비롯하여 일곱 종류의 역사체가 실려 있고, 권203에 사류(史類)가 또 실려 있다. 권205~207까지는 자류(子類)가, 권206~209까지는 집류(集類)가 역시 내용과 성격에 상관없이 분류되지 않은 채 실려 있다. 이에 비해 《명사》〈예문지〉는 권96에 경류를 실어놓는데 역류(易類)에서 소학류(小學類)까지 열 종류로 분류해놓았으며, 권97에 사류를 실어놓는데 정사류에서 보첩류(譜牒類)까지 열 종류로 분류해놓았다. 권98에는 유가류(儒家類)를 비롯한 12개류의 자류를, 권99에는 별집류(別集類)를 비롯한 3개류의 문집 및 총집류를 역시 성격별로 분류해 실어놓았다. 당시 서형수가 《송사》〈예문지〉를 《명사》〈예문지〉의 체제에 따라 재분류하여 대폭 정리한 것으로 짐작되나 자료가 전하지 않아 자세한 내용은 상고할 수 없다.

《홍문관지(弘文館志)》 서문[35]

弘文館志序

옛날 조정의 정치 규범은 백료가 받들어 관부(官府)에 갈무리하여 직무를 이행한다. 따라서 주나라 관직의 태사(太史)가 계약서와 질제

35 【작품해제】《홍문관지》는 1784년(정조8)에 이노춘(李魯春, 1752~?) 등이 정조의 명으로 편찬하였다. 운각활자(芸閣活字)로 간행되었고, 정조의 서문과 김종수(金鍾秀, 1728~1799)의 발문이 붙어 있다. 정조가 쓴 서문은 《홍재전서》 권8에 실려 있다. 세종조 집현전(集賢殿)의 직제를 이어받은 홍문관은 1478년(성종9)에 예문관에서 분립되었으며, 대간(臺諫)의 언론을 감독하는 제3의 언론기관으로서의 자리를 굳혀갔다. 이후 승정원의 업무까지 일부 담당하면서 정치적 비중을 키워갔으나, 정조 초년에 규장각이 설립되면서 그 주요 기능을 규장각에 이관하게 된다. 《홍문관지》의 편찬은 규장각의 위상을 재정립하고 홍문관의 기능이 축소 조정될 때 편찬된 책이다.

내용 구성은 건치(建置)에는 연혁(沿革), 직관(職官)에는 차제솔속(差除率屬), 진강(進講)에는 시사취품(視事取稟)·조강(朝講)·소대(召對)·진강서책(進講書冊), 관규(館規)에는 대찬(代撰)·고사(故事)·표직(豹直)·회권(會圈)·의시(議諡)·전최 소차(殿最疏箚)·강대(講對)·처치(處置)·기거(起居)·잡식(雜式), 서적(書籍)에는 장서(藏書), 사실(事實)에는 기적(紀績)이 실려 있다.

《홍문관지》는 숙종조 말엽에 최창대(崔昌大, 1669~1720)가 처음 편찬하였고, 뒤에 이종성(李宗城, 1692~1759)이 영조조에 증보하였다. 내용 구성은 인용서목, 설관연혁(設官沿革), 관사치변(官舍置變), 칭호(稱號), 솔속(率屬), 집물(什物), 식례(式例), 전임명씨(前任名氏), 관중고실(館中故實)로 되어 있다.

이 글은 《홍문관지》가 작성된 1784년 6월 1일 전후에 쓰여진 것으로 추정된다. 이해 저자는 36세로서 1월에 《홍문록(弘文錄)》에 들어 부수찬이 되었다. 윤3월에 홍계능(洪啓能, ?~1776)의 제자라는 이유로 탄핵당했으나, 문학(文學)과 수찬(修撰)을 거쳐 12월에 초계문신에 선발되었다. 저자가 본문에서 서술한 문헌서지의 정보는 《문헌통고(文獻通考)》를 참고하여 얻은 것으로 추정된다.

(質劑)를 관장하여 국가의 정치에 자료로 쓰일 수 있도록 미리 대비한다.[36] 이것이 지(志)의 시초이다. 위술(韋述)의 《집현주기(集賢注記)》,[37] 양거(楊鉅)의 《한림지(翰林志)》,[38] 송비궁(宋匪躬)의 《황송관각지(皇宋館閣志)》[39]가 모두 그러한 계열의 서적이다.

조선에서는 홍문관을 설치하고 당대의 문장가와 경학자를 선발하여 고문(顧問)과 저작(著作)의 직임에 임명하였으니,[40] 대대로 천하의 표

---

36 주나라……대비한다 : 질제(質劑)는 어음의 하나이다. 《주례(周禮)》〈천관(天官) 소재(小宰)〉에 그 이름이 처음 보인다. 〈춘관(春官) 태사(大史)〉에는 "태사는 건국의 육전을 관장하여 나라의 다스림에 대비한다.〔大史掌建邦之六典, 以逆邦國之治.〕"라고만 하였고, 계약과 질제에 관한 언급은 없다. 본문의 말은 "태사는 만민의 계약서와 질제를 관장하여 국가의 정치에 대비한다.〔太史掌萬民之約契與質劑, 以逆邦國之治.〕"라는 《수서(隋書)》지(志) 28 〈경적(經籍)〉의 표현을 인용한 것이다.

37 위술(韋述)의 집현주기(集賢注記) : 위술은 당나라 역사학자이자 관료이다. 증조부 위홍기(韋弘機) 이래 많은 문헌을 소장하여 어릴 때부터 여러 서적들을 열독하였다. 《구당서(舊唐書)》편찬에 참여하였으며, 보학에 밝아 《개원보(開元譜)》 20권을 찬술하였다. 장열(張說)이 발탁하여 집현원 직학사(集賢院直學士)에 제수되었다. 위술은 여정원(麗正院)과 집현원에 40년간 몸담고 있으면서 해당 관서의 전장 성격을 담은 《집현주기》를 저술하였다. 《집현주기》류 저술의 시초이다. 《신당서(新唐書)》〈예문지〉와 《숭문총목》에는 3권으로 소개하였으나, 《문헌통고(文獻通考)》에는 2권으로, 《군재독서지(郡齋讀書志)》에는 1권으로 소개되어 있다. 이처럼 후대로 내려올수록 내용의 대부분이 일실되고, 현재는 약간의 장절(章節)만 산견된다.

38 양거(楊鉅)의 한림지(翰林志) : 양거의 자는 문석(文碩)이고, 재상 양수(楊收)의 아들이다. 당 소종(唐昭宗) 때에 한림학사 이부시랑(翰林學士吏部侍郎)을 지냈다. 《한림지》는 《한림학사원구규(翰林學士院舊規)》를 말한다. 역시 내용은 대부분 일실되었다.

39 송비궁(宋匪躬)의 황송관각지(皇宋館閣志) : 송비궁은 문언박의 천거를 받아 비각교리(秘閣校理)가 되었다. 《황송관각지》는 《관각록(館閣錄)》을 말하며, 원우 연간에 찬술되었다. 《문헌통고》에 따르면 원래 15권이었는데, 뒤에 5권만 남게 되었다고 한다.

40 당대의……임명하였으니 : 홍문관의 기능이 '궁중의 경서 및 사적(史籍)을 관리하

준이 된 국조(國朝)의 전장(典章)이 대부분 그들의 손에서 나왔다. 이 때문에 예(禮)에도 지가 있으며, 악(樂)에도 지가 있으며, 전부(田賦)에도 지가 있으며, 여지(輿地)에도 지가 있으며, 군현(郡縣)과 정장(亭障 역참)에 이르기까지 모두 지가 있다.

그런데 홍문관에만 유독 해당 관서의 지가 간행되지 않아, 가져다 고찰하고 적용할 자료라곤 기존에 있던 지 몇 권에 불과하다.[41] 그마저도 관례를 정리해놓은 정도일 뿐 규례를 창안하거나 체제를 세운 적은 없다. 맹자의 말에 "제 밭을 버려두고 남의 밭을 맨다."라고 하더니, 딱 그 짝이다.

정조 8년 갑진년(1784), 각신(閣臣)에게 《규장각지(奎章閣志)》를 편찬하고, 간행하여 반포하라고 명하였다. 조금 있다가 다음과 같이 하교하였다.

"규장각에도 지(志)가 있는데, 홍문관에만 지가 없어서야 되겠는가? 기존의 지에서 범례를 만들고 항목을 세우되, 번잡함을 정리하여 되도록 간략하게 하며, 사실을 추가하여 부족한 부분을 보충하라. 그렇게 하여 《규장각지》와 함께 영원히 전해지도록 하라."

홍문관의 신하들이 물러나는 즉시 편찬하여 열흘이 되기도 전에 작업을 마쳤다.[42] 이때에 와서 비로소 홍문관에도 지가 있게 되었다.

며, 문서를 처리하고, 왕의 자문에 응하는 것〔掌內府經籍, 治文翰, 備顧問.〕'이기 때문에 이렇게 표현한 것이다. 저작은 실제 정8품의 관직 이름이기도 하다. 《大典會通》

41 가져다……불과하다 : 이종성이 증보한 《홍문관지》를 말한다. 이 글의 【작품해제】 참조.

42 홍문관의……마쳤다 : 정조 8년(1784)년 6월 1일에 《규장각지》가 완성된 데 이어 6월 12일에 《홍문관지》가 완성되었다. 《정조실록》 해당 날짜의 기사 참조.

지(志)가 어찌 사실을 기록하는 것에 그칠 뿐이겠는가? 내력을 상세하게 기록하여 참고와 의론에 도움을 주니 정사체(正史體)의 갈래이고, 법식을 바로잡아 의례와 물품을 분변해주니 장고가(掌故家)[43]의 정신이고, 예우(禮遇)를 고찰하여 은영을 찬송하니 전기체(傳記體)의 법이다. 책 하나에 사가(史家)의 전체가 구비되어 있다. 이 때문에 앞 시대 사람들이 경적(經籍)의 현황을 기록할 때 해당 관서의 전지(專志)가 있을 경우 모두 직관에 소속시켰다. 그래서 기록하는 것으로 지(志)를 삼아 사실을 기록하는 데에 그칠 뿐이 아니었으니, 그것은 본래 전례가 있다.

성격별로 모아 총괄해보면, 〈주관〉의 태사(太史)의 직무는 고사라고 할 수는 있지만 지(志)라고 할 수는 없다. 그렇다면 홍문관엔 옛날에 고사가 있었지만 지금은 지(志)가 있다고 할 수 있다. 아! 지(志)가 어찌 사실을 기록하는 것에 그칠 뿐이겠는가? 마침내 전말을 차례대로 서술하여 《홍문관지》의 서문으로 삼는다.

---

43 장고가(掌故家) : 국가의 고사·제도·관례 등에 조예가 깊은 사람이다. 장고(掌故)는 장고(掌固)라고도 하는데, 본래 예악과 제도의 전고를 관리하던 한나라의 관직명이었다.

《병학통(兵學通)》 후서[44] 남을 대신하여 짓다.

44 【작품해제】《병학통》은 정조가 병조 판서 겸 지훈련원사(知訓鍊院事) 장지항(張志恒, 1721~1778)에게 명하여 엮은 병서이다. 조선은 임진왜란 이후 척계광(戚繼光)의 《기효신서(紀效新書)》를 본떠 만든 《병학지남(兵學指南)》을 기준으로 군사 훈련을 하였다. 그러나 실제로는 중앙군과 지방군이 저마다 각 영의 관례만을 따라 전체적으로 통일되지 않았다. 전국 군사 훈련과 진법을 통일할 필요성을 느낀 정조는 즉위하는 즉시 장지항에게 새로운 병서 편찬을 명하여, 1776년(정조 즉위년, 병신)에 사영(四營)의 훈련법이 휘집되었다.

장지항은 장붕익(張鵬翼)의 손자로 병조 판서와 삼도 수군통제사를 거쳐 어영대장(御營大將)이 되었으나 시파(時派)의 무고로 역모의 혐의를 받아 국문을 받다가 1778년에 죽었다. 그가 휘집한 《병학통》은 원임 금위대장(禁衛大將) 서명선(徐命善, 1728~1791) 등 8인의 교열을 거쳐 1785년(정조 9, 을사) 9월 11일에 완성하였다. 2권 1책 63장으로 1권에는 장조(場操), 별진호령(別陣號令), 분련(分練), 야조(夜操), 성조(城操), 수조(水操) 등 6가지 분야의 훈련법이 실려 있고, 2권에는 〈팔교장렬성항오도(八敎場列成行伍圖)〉를 비롯한 99개의 진도(陣圖)가 실려 있다.

정조가 직접 쓴 어제서문이 앞에 실려 있고, 당시 영의정으로 있던 서명선의 발문이 뒤에 실려 있다. 정조는 또 〈군서표기(群書標記)〉에서 본서의 편찬 경위와 내용을 상세히 설명하였다. 본서에 실려 있지는 않지만 김희순(金羲淳, 1757~1821)과 최벽(崔璧, 1762~1813)이 서문을 썼고, 다산 정약용이 발문을 썼다.

이 글은 《병학통》이 완성된 1785년 9월 무렵에 작성되었을 것으로 추정된다. '금영에 종사한다는 이유로 임금이 서문을 지으라고 했다.'는 본문의 내용으로 보아 당시 금위대장으로 있던 서유대(徐有大, 1732~1802)를 대신해 쓴 것으로 짐작된다. 다만 정조의 어제서문 및 《홍재전서》 〈군서표기〉에 소개된 글과 내용 및 문장 표현에 일치하는 부분이 있음을 밝힌다. 서명선의 발문과 함께 상호 비교하여 참고할 수 있다.

서유대는 본관은 달성, 자는 자겸(子謙), 아버지는 일수(逸修)이다. 1757년(영조 33) 문음(門蔭)으로 선전관이 되었고, 2년 후 사복시내승(司僕寺內乘)으로 무과에 급제하였다. 1763년 훈련원정으로 일본 통신사를 호종하여 일본에 다녀왔다. 수군통제사, 총융사(摠戎使)를 거쳐 1784년 5월 22일에 금위대장이 되었다. 서형수의 집안과는 5대조부터 세파가 갈렸고, 질항(姪行)이 된다.

兵學通後序 代

병제(兵制)는 통일되는 것이 중요하다. 병제가 통일되지 않으면 제
도가 없는 것이나 마찬가지이다. 병제는 지극히 변화가 무쌍하고 지
극히 심오하다. 고(鼓)와 탁(鐸), 탁(鐲)과 요(鐃), 금(金 징)과 혁
(革 북), 기(旗)와 휘(麾)⁴⁵의 사용법이 시대마다 변하고 문파마다 다
르니, 통일시키지 않으면 무슨 수로 눈과 귀를 통솔하고 율령을 믿고
따르게 할 수 있겠는가?

　이 때문에 장예(張預)가 《백장전(百將傳)》을 지어 역대 군대 운용의
잘잘못을 평론하면서 손무(孫武)의 병제에 통일시켰고,⁴⁶ 진우모(陳禹
謨)가 《병법략(兵法略)》을 지어 여러 병법서들의 장단점을 종합하면
서 좌씨(左氏)의 병제에 통일시켰고,⁴⁷ 송나라 인종(仁宗)이 《신무비

45　고(鼓)와……휘(麾) : 군사를 통솔하고 병진을 칠 때 군령을 전달하기 위한 타악
기와 깃발이다.
46　장예(張預)가……통일시켰고 : 장예는 북송 동광(東光 지금의 하북성 동광현) 사
람으로 자는 공립(公立)이다. 《백장전》은 전국시대 제나라 강태공(姜太公)과 오나라
손무(孫武)에서 오대(五代)의 유심(劉鄩)에 이르기까지 역대 명장 100명을 가려 입
전하고, 각 편의 전 말미에 손자(孫子 손무)의 말을 빌려 해당 인물의 언행과 공적
및 군대 통솔에 대해 총평을 덧붙였다. 본래 100권으로 되어 있었으나 현재는 10권만
전한다.
47　진우모(陳禹謨)가……통일시켰고 : 진우모는 명나라 때의 인물로 자는 석원(錫
元)이고 강소성(江蘇省) 상숙(常熟) 사람이다. 만력 연간에 과거에 급제하여 활동하였
으며, 다수의 저술을 남겼다. 《병법략》의 원제는 《좌씨병략(左氏兵略)》으로 32권으로
구성되어 있다. 제목과 서문에서 《춘추좌씨전》의 병법을 표방하고 있으나, 실제로는
《춘추좌씨전》뿐만 아니라 《춘추》와도 관련성이 전혀 없다는 평을 받고 있다. 또 《사고

략(神武祕略)》을 저술하여[48] 성공과 실패를 살펴보고 유리함과 불리함을 참작하여 시의에 맞는 병제에 통일시켰다. 반드시 통일시킨 뒤에야 훈련과 명령이 모두 꼭 맞게 되기 때문이다.

우리 조선의 병제는 실로 척계광(戚繼光)의 《기효신서(紀效新書)》[49]에 뿌리를 두고 있다. 그러나 중앙에서 사영(四營)의 열무(閱武)는 저마다 차이가 있고, 지방에서 각 도(道)의 단속(團束)은 각각 관례를 답습하기만 하여 진도(陣圖)에 따라 형세를 살펴보면 대부분 《기효신서》와 맞지 않다. 이는 저마다 고수한 제도가 달랐던 것이 아니라 《기효신서》를 제대로 익히지 않았기 때문이다.[50]

이 책은 온 나라의 병제를 통괄하여 《기효신서》에 통일시킨 것이다.

전서총목(四庫全書總目)》에서는 오대의 인물 경상(敬翔)의 말을 빌려 '춘추 시대의 병법은 오대에 이미 쓸모가 없어졌다. 그런데 진우모가 상소를 올려 이 책을 간행하고 전국의 장병들에게 지급하여 소지하게 했으니 전혀 쓸모없는 짓이다. 그들이 현실에 얼마나 어두운지 알 수 있다.'는 요지로 혹평하였다.

48 인종(仁宗)이……저술하여 : 북송 경우(景祐) 4년(1037), 동지추밀원사(同知樞密院事) 한억(韓億)의 건의로 인종이 《신무비략》을 짓고 서문을 붙여 반사하였다. 30편 10권이다.

49 척계광(戚繼光)의 기효신서(紀效新書) : 척계광(1528~1588)의 자는 원경(元敬), 시호는 무의(武毅)이다. 1556년 영파(寧波) 일대의 왜구를 물리치고, 이어 절강성 일대의 왜구를 물리쳤다. 공로를 인정받아 복건총병관(福建總兵官)으로 승진하여 동남해안 지역의 왜구를 완전히 소탕하였다. 이때의 전투 경험을 기존의 병서와 접목하여 《기효신서》를 저술하였는데, 중국 10대 병서로 꼽힌다. 조선에서는 임진왜란 이후 들여와 영조 때까지 지속적으로 간행되었으며, 조선 후기 병제와 병진 운영은 주로 이 책을 기준으로 하였다.

50 우리……때문이다 : 이 단락은 〈군서표기〉에 소개된 것과 내용 및 문장 표현이 비슷하다.

성상(정조)께서 즉위하시던 병신년(1776)에 국법을 정비하시고 치도(治道)를 찬연히 세우실 때 병제를 통일하지 않을 수 없다는 이유로 원융(元戎)에게 참고하여 정리하라고 명하셨다.[51] 몇 년이 지나 한두 무신의 손을 거치자 범례가 점차 갖추어지고 본말이 고루 관통하게 되었으니,[52] 진퇴(進退)와 격투(格鬪), 경위(經緯 항오와 병진의 대열)와 기정(奇正 기병과 정병)이 모두 척계광의 《기효신서》에 맞게 되어 경군과 향군의 제도가 통일되고 수군과 육군의 제도가 통일되었다.

이에 급히 판각하여 널리 배포하고 영원히 전하게 하였으며, 성상께서 손수 서문을 지으셨다. 또 금위영(禁衛營)에 종사한다는 이유[53]로 나에게 발문을 짓게 하셨다.

나는 이렇게 생각한다. 장예의 《백장전》과 진우모의 《병법략》은 세상에서 병가의 조종이라고들 하지만, 현실에 시행하기론 이 책만 못하다. 송 인종의 《신무비략》은 당시에 병법의 대관(大觀)이라고 불렸지만, 사리를 헤아려 적용할 때에 요체가 있기로는 이 책만 못하다. 이 책을 지은 목적은 고금을 꿰뚫고 문호를 통일한 것으로 인해 삼군(三

---

51 성상께서……명하셨다 : 병조 판서 겸 지훈련원사 장지항에게 우리나라 병사 훈련에 관한 문헌과 실제를 휘집하여 정리하라고 명한 것을 가리킨다. 이 글의 【작품해제】참조.

52 한두……되었으니 : 원임 금위대장 서명선, 훈련대장 구선복(具善復, 1718~1786), 어영대장 이주국(李柱國, 1721~1798), 원임 어영대장 이창운(李昌運, 1713~1791), 원임 금위대장 이경무(李敬懋, 1728~1799), 오위도총부 부총관 정지검(鄭志儉, 1737~1784), 원임 어영대장 이방일(李邦一, 1724~1805), 현임 금위대장 서유대(徐有大, 1732~1802) 등의 손에 교열된 것을 가리킨다. 《兵學通》

53 금위영에 종사한다는 이유 : 서유대가 당시 금위대장으로 있었기 때문에 이렇게 표현한 것이다. 이 글의 【작품해제】참조.

軍)의 영원한 귀감을 삼기 위해서이니, 응용이 무궁할 것이다. 병사 제도가 통일을 귀하게 여기는 이유가 이것이니 통일〔一〕이란 언제 어디든 통한다는 의미이다. 이 때문에 《병학통》이라고 한 것이다.

어제시(御製詩) 뒤에 쓰다[54] 남을 대신하여 짓다.

宸藻後序 代

신 아무개는 빈연(賓筵)[55]에서 물러난 뒤, 또 명을 받자와 편전에 들었습니다. 신의 형 신 아무개가 원임 각신(閣臣)으로서 예전에 이러한 영광을 먼저 누렸사온데, 성상께서 어제시 한 편을 꺼내어 신에게 보여주시며 말씀하셨습니다. "지난날 경의 형과 문장의 득실을 토론하다가 그의 초고를 가져다 보고는 그를 위해 칠언 근체시 8구를 지어 내렸다. 경이 혹시 서문을 지을 수 있겠는가?"[56]

---

54 【작품해제】숙부 서명선을 대신해 지은 글이다. 1786년 무렵으로 추정된다. 정조가 서명응과 문장을 논하다가 그가 지은 시를 보고 감동하여 어제시를 지어 내렸다. 이 시를 뒤에 아우 서명선에게 보여주며 전말을 이야기하고, 거기에 서문을 쓰라고 하였다. 당시 저자가 승정원 승지로 있었기 때문에 전후의 사정을 잘 알고 있었으므로 서명선을 대신해 이 글을 쓴 듯하다.

55 빈연(賓筵) : 세자의 서연(書筵)을 가리키는 말이다. 서명선이 세자시강원에 있었기 때문에 이렇게 표현한 것이다. 서명선의 관력은 《명고전집》 권16 〈중부충문공부군묘표(仲父忠文公府君墓表)〉 참고.

56 신의……있겠는가 : '신 아무개'는 서명선의 형이자 저자의 생부인 서명응을 가리킨다. 정조가 서명응의 시를 보고 내린 어제시 칠언팔구는 〈보만재의 시고를 구해 보고 한 수를 읊어주다〔求見保晚齋稿唫寄一律〕〉로 《홍재전서》 권5에 실려 있다. 시의 원문을 아래에 소개한다.

　비 지나간 주렴에 한낮의 바람 살랑거릴 때, 염계의 열 축의 글을 한가로이 읽노라. 깨달음은 역의 이치 깊이 깨달은 데서 왔고, 유풍은 사가의 남은 전형을 여기서 보노라. 종횡하는 음양에 마음이 자못 계합하고, 흘러다니는 구름과 물은 바탕이 본디 허명한 법. 보만당의 초고를 구해 보나니, 문원의 당일과 비교컨대 어떠하뇨?〔雨過簾幕午風徐, 閒閱恬溪十軸書. 悟解多從三易邃, 典刑猶見四佳餘. 陰陽綜錯心頗契, 雲水流行質

신이 머리를 조아리고 받들어 읽어보니 성상의 시편이 천지의 조화와 그 솜씨가 같아 원기를 발휘하여 은하수를 찔렀습니다. 심원한 시어와 전아한 체제가 모두 자연스러운 음향과 절주에서 나온 것인 데다, 신의 형을 칭찬하고 격려하신 말씀이 과분하여 감당할 수 없었습니다.

신은 일어나 다음과 같이 아룁니다. 옛 시인이 "지존께서 시고를 들이라 하셨다니, 몸이 봉황지에 이른 것보다 훨씬 영광이구려.〔見說至尊徵稿入, 全勝身到鳳凰池.〕"라고 읊었으니,[57] 이는 시인이 임금에게 입은 영광을 찬송한 시로써 지금까지 아름다운 고사로 전해오고 있습니다.

그저 '구해오라' 하기만 했을 뿐인데도 이토록 찬송하옵거늘, 신의 형은 어떻게 지었기에 이러한 보배로운 말씀을 얻었단 말이옵니까? 이 시편을 서림(書林)에 보관하면 귀신이 보호하고 온 나라에 전파하

本虛. 保晩堂中求草早, 文園當日較何如?〕 문원(文園)은 한 무제(漢武帝) 때의 문장가 사마상여(司馬相如)이다. 그가 만년에 병으로 벼슬을 그만두고 무릉(茂陵)에서 살 때, 천자가 "사마상여가 병이 심하니, 그곳에 가서 그의 저서를 다 가져와야 하겠다." 하고 소충(所忠)을 보냈다. 소충이 그의 집에 도착하자 사마상여는 이미 죽었고 남긴 저서도 없었다. 그래서 그의 아내에게 물으니, "장경(長卿)에게 다른 저서는 없고, 다만 장경이 죽기 전에 한 권의 책을 만들어놓고 말하기를, '사자(使者)가 와서 글을 찾으면 이것을 바치라.'고 하였습니다."라고 하였다. 《史記 卷117 司馬相如列傳》

57 옛 시인이……읊었으니 : 본문에 인용된 시는 《간이집(簡易集)》 권8 〈권 대아에게 부치다〔寄權大雅〕〉의 미련(尾聯) 2구이다. 참고로 전문을 소개하면 "서강에선 못 만나다 서관에서 만나니, 한세상에 참으로 하루도 알기 어렵구료. 고사전에서나 만나볼 그 기개요, 고인의 시에 필적할 문장이로세. 벼슬 없는 몸일지라도 역말 타기에 무방하니, 휘장 아래서 어찌 책만 읽을 것이랴. 들건대 성상께서 원고를 들이라 하셨다니, 몸뚱이가 봉황지에 이르는 것보다 훨씬 낫구려.〔西江不見西關遇, 一世良難一日知. 氣槩合求高士傳, 文章尤逼古人詩. 白衣未害還乘駟, 黃卷安能只下帷. 見說至尊徵稿入, 全勝身到鳳凰池.〕" 하였다.

면 신민들이 감탄할 것입니다. 〈하도(河圖)〉와 〈낙서(洛書)〉가 나올 때 만물이 모두 아름다운 영광을 우러러보았던 것처럼 신의 형의 이름이 오늘 이후로 영원할 것이니, 돌아가는 즉시 옥으로 축을 만들고 비단에 배접하여 잘 받들어 보관하겠습니다.

신하로서 군주에게 지우를 받아 은혜를 입고서 세상의 이목을 빛낸 신하가 예로부터 셀 수 없이 많습니다만, 한 집안의 형제가 나란히 성명한 군주에게 인정받기로 신의 형제만큼 융성한 예는 일찍이 없었습니다.

문장가에게 자신을 알아준 감격으로 말하더라도 그렇습니다. 자신과 대등하거나 자신보다 못한 사람[58]이라 할지라도 한 번 칭찬을 받으면 목숨을 아끼지 않고 보답합니다. 하물며 우리 성상의 드높고 찬란한 문덕은 역대 제왕들 중에서도 유례를 찾기 어려워 평범하게 읊은 시편들이 백세의 정론이 될 수 있음에랴 말해 무엇하겠습니까?

지금 신의 형의 몸과 이름은 어느 것이건 은혜 아님이 없습니다. 용서해주시는 것도 모자라 벼슬을 주시고, 벼슬을 주시는 것도 모자라 살려주시고, 살려주시는 것도 모자라 끝내 명성을 영원히 전해지게 해주셨으니, 《시경》〈육아(蓼莪)〉에 "은덕을 갚고자 해도, 하늘처럼 가이 없네.〔欲報之德 昊天罔極〕"라고 한 것입니다.

신이 감히 문장이 서툴다는 이유로 사양하지 못하고 주제넘게 전말을 서술하여 어제시의 아래에 적사오니, 이는 성상의 덕의를 받들어 후손들에게 대대로 보답하기를 권면하기 위해서입니다.

---

58 자신과……사람 : 해당 부분의 원문은 '在敵以下'인데, 다른 집안이나 학파에는 쓰이지 않고 달성 서씨 가문의 문인학자들에게만 공통으로 쓰이는 표현이다.

《병산시집(屛山詩集)》 서문[59]

屛山詩集序

시에는 세 층위의 재주가 있다. 기운과 격조가 뛰어난 것을 천재(天才)라고 하고, 격률(格律)이 뛰어난 것을 지재(地才)라고 하고, 이취(理趣)가 뛰어난 것을 인재(人才)라고 한다. 세 층위의 재주가 모두 어렵지만 그중에 천재가 가장 어렵다.

때문에 글을 짓고 운을 놓아 성조를 맞출 때 패옥을 매단 듯이 난만하고 구슬을 꿴 듯이 찬란한 시를 지재가 지을 수 있고, 서술이 사실적이고 주제가 혼후하여 포착하기 어려운 형상을 극도로 표현하고 형언할 수 없는 오묘한 감정을 섬세하게 묘사한 시를 인재가 지을 수 있다. 그러나 영감과 직관이 황홀하게 번뜩여 조탁하지 않아도 독특한 광채가 찬연히 일어나서 시를 짓는 자도 스스로 작품이 어떻게 지어지는 줄을 모르는 시는 천재가 아니면 지을 수 없다. 이 세 층위의 재주로 역대의 시인들을 논한다면 천재에 가까운 이는 아마 적을 것이다.

---

59 【작품해제】이 서문은 1786년 무렵에 쓴 것으로 짐작된다. 《병산시집》은 서명응의 장인이요 저자의 외조부인 이정섭(李廷燮, 1688~1744)의 맏아들 이광(李珖)의 시집이다. 이정섭은 본관은 전주, 자는 계화(季和), 호는 저촌(樗村)이다. 세 아들 광(珖), 육(堉), 곤(坤)을 두었는데, 이 가운데 광은 출계하여 맏형 정엽(廷燁)의 후사가 되었다. 이광의 시는 사경(寫景)에 뛰어나고, 간결하다는 평을 받았다고 한다. 이광의 아들 이유춘(李惟春)이 부친의 시편을 모아 간행하기 위해 저자에게 서문을 받았다.

참고로 병산은 지금의 제천시 청풍면에 소재한 금병산(錦屛山)이다. 《병산시집》에는 이 글과 함께 김양행(金亮行, 1715~1779)의 서문도 함께 실려 있다.

나는 병산공(屛山公)의 생질로 생전에 공의 자상한 가르침[60]을 받았기에 공이 시를 짓는 전말을 대략 알게 되었다. 공은 풍채가 훤칠하고 미목(眉目)이 수려하여 빛나는 본바탕을 가릴 수가 없다. 더구나 일찍부터 명성과 이욕을 버리고 마음을 고고하게 간직하여 시속의 비루함이 일체 가슴에 물들지 않았다. 이 때문에 공은 멀리 세상을 떠나 산림과 강호에 자취를 많이 남겼다.

시로 표현할 때 격률에 맞게 다듬어 짓는 것을 능사로 여기지 않았고, 이취를 극진히 구현하여 속태를 씻어 짓는 것을 능사로 여기지 않았으되 유독 천진하고 자연스러운 기운과 격조가 입을 따라 문장이 되어 붓끝에서 솟아나왔다. 마음은 외물에 얽매이지 않았으나 외물의 본모습이 잘 표현되었으며, 짧은 시구로 시상을 잘 표현하였고 시상은 공교함을 숨기지 않았다.

그럼에도 남긴 시문의 여운과 잔향[61]이 지금까지 거유(巨儒)와 대문호(大文豪)의 칭송을 받아, 공과 면식이 있는 이든 아니든 모두 "하늘이 내린 재능이다." 하였다. 아, 너무나 어렵지 아니한가.

사람에게 정신이 있지만 지나치게 쓰면 소모되고, 땅에 승경이 있지만 많이 취하면 진부해진다. 하늘이 내린 재능을 지닌 자가 널리 읊지

---

60 자상한 가르침 : 《예기(禮記)》〈곡례(曲禮)〉에 "어른이 어린이의 손을 잡아 이끌어주면 어린이는 두 손으로 어른의 손을 받들고, 어른이 마치 칼을 차는 것처럼 어린이를 끼고 어린이의 입 가까이에다 말씀하면 어린이는 입을 가리고 대답한다.〔長者與之提攜, 則兩手奉長者之手 ; 負劍辟咡詔之, 則掩口而對.〕"라고 한 것에 전거를 둔 표현이다.
61 남긴……잔향 : 《당서(唐書)》〈두보전(杜甫傳)〉의 찬(贊)에 "두보의 시는 고인(古人)과 금인(今人)의 장점을 두루 겸하여, 그 유풍과 여향이 후인들에게 영향을 입힌 것이 많았다.〔殘膏剩馥 沾丐後人多矣〕"라고 한 것에 전거를 둔 표현이다.

않고도 핵심을 짚어낼 수 있는 까닭은 가슴의 정화를 온축하고 산천의
신령을 갈무리했기 때문이니, 굳이 많은 시를 지을 것 있겠는가?

《서루시고(西樓詩稿)》 서문[62]

西樓詩稿序

지난 을유년(1765, 영조41) 여름, 내가 병을 앓아 도성 동쪽 별장에 임시로 거처하고 있었는데, 서루자(西樓子) 박사장(朴士章)이 아이종 한 놈을 앞세워 나귀를 타고 불쑥 찾아왔다. 정분은 친하고 심중은 고풍스러우니 참으로 그림 속의 사람이다.

때마침 오랜 비는 막 개고 임천엔 아름다운 수석이 많았으니, 사장이 나를 이끌고 뒷 골짝 작은 폭포 아래로 자리를 옮겼다. 급한 여울이 격렬하게 쏟아져 물안개가 부슬부슬 얼굴을 적셨고, 산과 바위의 안개에는 짙푸른 물이 뚝뚝 떨었다.

조금 있자니 옷이 모두 젖었다. 사장이 마냥 즐거워하며 "이는 천지의 맑은 기운이다. 사람마다 이러한 기운을 지니고 있지만 딱하게도 세상의 속기에 매몰되어버렸어. 이것을 틔워줄 것이라곤 술뿐이라네." 하고는 시골 주막에 급히 사람을 보내어 술과 안주를 사오게 했다.

나와 사장은 모두 술을 잘 마시는 편이 못 되었지만 그럼에도 두세

---

62 【작품해제】 이 글은 서루자(西樓子) 박상한(朴相漢, 1742~1767)의 시고에 붙인 서문이다. 1787년 무렵 쓴 것으로, 당시 저자의 나이는 39세였다. 박상한의 본관은 반남, 자는 사장(士章)이고, 서루자는 그의 호이다. 조부는 이조 판서를 지낸 내헌(耐軒) 박사수(朴師洙)이고, 부친은 박만원(朴萬源)이다. 그의 집안과 연암 박지원의 집안은 야천(冶川) 박소(朴紹) 이후 갈려져, 박상한은 야천의 9대손이 되고, 연암은 8대손이 된다. 이정섭의 외손서요 서명응의 사위로서 저자와는 처남 매부 간이 된다. 《김윤조, 《幷世集》所載 연암 작품의 검토, 安東漢文學論集6, 1997》

순배를 돌렸다. 사장은 취기를 타고 자신의 시를 자평하였다.

"내 시가 달리 훌륭한 점이라곤 없지만 속기에 물들지는 않았지."

내가 말했다.

"그렇고말고. 나의 문장 역시 그러하니, 자네 시에 서문을 써줄 이는 나밖에 없겠군그래."

둘이 바라보며 저녁이 다 가는 줄도 모르고 한참을 웃었다.

그로부터 세 해가 지나 사장이 세상을 떠났다. 그가 세상을 떠난 지 21년째 되던 해(1787, 정조11), 그의 아들 박시수(朴蓍壽)[63]가 서루의 시고 한 권을 들고 찾아와 나에게 서문을 써달라고 청했다. 아, 내가 사장과 한 말이 있으니 서문을 써주지 않을 수가 있겠는가?

사장은 명문가의 자제로 어려서부터 과문(科文)을 익혀 벼슬길에 오르려고 했다. 그러나 책 모으기를 좋아하고, 검 논하기를 좋아하고, 그릇과 차와 향 수집하기를 좋아하고 당대의 호탕한 방외 인사들과 교유하기를 좋아하였다. 기상이 개결하여 속진에 물들지 않았다.[64]

때문에 시를 읽어보면 그의 인물됨과 같아 시정의 난잡한 기미가 없고 배우의 경박한 기미가 없고 부호가의 사치스러운 기미가 없고

---

63 박시수(朴蓍壽) : 1767~?. 자는 성용(聖用)이다. 박상한의 아들이고, 조시위(趙時偉)의 사위이다. 1783년(정조7) 증광시(增廣試)에 합격했다.

64 사장은……않았다 : 연암 박지원은 박상한에 대해 "시는 전겸익(錢謙益)을 본받고 글씨는 미불(米芾)을 배웠다. 그가 좋아하는 것은 보검(寶劍)인데 값이 왕왕 백금(百金)이나 되는 것도 있었다."라고 회고하였다. 또 이 글의 아래 단락에서 서형수는 박상한이 이우린의 시를 매우 애호하였다고 하였다. 전겸익은 칠자의 의고풍에 반대하고 송시풍의 시와 소식을 추중했던 인물로 이우린의 시풍과 전혀 상반된다. 박지원과 저자의 평이 묘한 대조를 이루고 있어 서로 참고해볼 만하기에 인용한다. 《燕巖集 권10 別集 罨畫溪蒐逸 士章哀辭》

문학가의 현학적인 기미[65]가 없다. 개결하기는 도인이 우의(羽衣)를 입고 옥처럼 서 있는 듯하고, 어여쁘기는 신부가 곱게 분을 바르고 눈썹을 그린 듯하여, 전후 70수에 저속하고 너절한 글자라곤 하나도 없다. 아, 사장과 같은 이는 자평을 잘한 자라 하겠다. 내가 사장을 잘 알고 있지만, 무슨 말을 더 보탤 수 있을까.

그러나 사장은 평생 이우린(李于鱗 이반룡(李攀龍))의 시를 매우 애호하여 정신을 배우고 풍격을 배워 아침저녁으로 읽었다. 늘 우린의 시 가운데 "옷을 떨치고 폭포 앞에 서니 푸른 구름이 촉촉하고, 칼을 짚고 밝은 별을 바라보니 흰 해가 차갑도다.[振衣瀑布青雲濕 倚劍明星白日寒]"라는 구절을 외며 "사람됨을 상상할 수 있지 않은가? 선비의 가슴은 마땅히 이래야 하고말고." 하였다.

시대를 뛰어넘어 이우린과 호응하는 사장의 재주로 조금만 더 오래 살아 역량을 충족하고 재주를 펼쳤다면, 그를 추격하고 앞질러 무난히 〈백설가(白雪歌)〉[66]와 성가를 다투었을 것이다. 그러나 중도에 요절하

---

65 문학가의 현학적인 기미 : 원문의 '토원학구기(兔園學究氣)'를 번역한 말로 자신의 학식을 자랑하기 위해 일부러 험벽한 전고를 끌어오고 난삽한 문장을 짓는 것이다. 토원은 서한(西漢) 경제(景帝) 때 양 효왕(梁孝王)이 만든 원림이다. 사마상여(司馬相如), 매승(枚乘), 추양(鄒陽) 등이 이곳에 초대되어 온갖 고사와 전고를 이용해 현란한 부를 읊었다. 《史記 卷58 梁孝王世家》

66 백설가(白雪歌) : 송옥(宋玉)이 지은 〈대초왕문(對楚王問)〉에 보이는 〈양춘백설가(陽春白雪歌)〉의 약칭으로, 절세의 시작품을 비유하는 말로 쓰였다. 어떤 사람이 영중(郢中)에서 처음에 〈하리파인(下里巴人)〉이란 노래를 부르자 그 소리를 알아듣고 화답하는 사람이 수천 명이더니, 이어 〈양아해로(陽阿薤露)〉를 부르자 화답하는 사람이 수백 명으로 줄었다. 마지막으로 〈양춘백설가〉를 부르자 화답하는 사람이 수십 명으로 줄었다. 곡조의 수준이 높아질수록 그를 알아듣고 화답하는 사람이 점차 줄어들었던

여 백에 하나도 토해내지 못하고 세상을 초탈한 맑은 기운으로 하여금 황폐한 초야에 묻히게 하고 말았다.

어쩌면 겨우 남은 몇 편의 시가 그나마 후세에 증명해줄 수 있을 것인가? 혹 자신이 누리지 못한 것을 끝내 후손에게서 발휘할 수 있을 것인가? 아니면 그의 무덤에 지초(芝草)와 영균(靈菌)이 우거져 그득 쌓인 광채와 특이함을 발설하여 그냥 끝나지 않을 것인가? 거듭 슬프다.

것이다. 《文選 卷23 對問 對楚王問 宋玉》. 이반룡의 장서루 이름이 백설루(白雪樓)였기에 이 고사를 인용한 것으로 보인다.

《가상루시집(歌商樓詩集)》 서문[67]

歌商樓詩集序

시는 역사서의 한 갈래이다. 옛날 주나라가 전성을 구가할 때 여러 제후국에서 시를 바치면 태사가 그를 통해 풍속의 성쇠를 살폈으며,[68] 시를 후세에 전해 앞 시대 정치의 득실을 살피게 했다. 역사서가 역사서로 기능하는 것도 이런 정도일 뿐이다.

그러나 역사의 기록은 조정에 그치지만 시가 담은 내용은 조정에서 고을에 이르기까지, 천지에서 인물에 이르기까지, 실제 사건에서 허황

---

67 【작품해제】가상루(歌商樓)는 유득공의 별호이다. 《예기》〈악기(樂記)〉에 "사랑하는 사람은 상성을 노래함이 옳다.〔愛者宜歌商〕"라고 한 말에서 따온 말이다. 《가상루시집》은 현재 발견되지 않고 있다. 다만 청조 인사 유금(柳琴)이 1776년에 편차한 《한객건연집(韓客巾衍集)》에서 유득공에 대해 "지금 스물아홉이다. 저서에 《가상루집》이 있다.〔今二十九著有歌商樓集〕"라고 한 것과 1801년 유득공이 주자서 판본 선본을 구하기 위해 청나라로 갔을 때 지은 《연대재유록(燕臺再遊錄)》에 "내가 《우촌시화(雨村詩話)》 4권을 받아 가지고 사관으로 돌아와서 보니, 근래의 일을 기록한 것이 특히 자상한데, 이덕무의 《청비록(淸脾錄)》과 나의 구저(舊著) 《가상루고》도 역시 수록된 것이 많았다."라고 한 것으로 보아 《가상루시집》은 젊은 날 유득공이 자신의 작품을 묶어 청나라에 가져갔던 시집으로 보인다.

1790년 5월 유득공은 진하부사(進賀副使) 서호수(저자의 형)의 종관(從官)으로 박제가와 함께 연경에 갔다. 정황으로 보아 당시 연행길에 유득공은 《가상루시집》을 가지고 갔고, 이 글은 그 무렵 서문으로 써준 것인 듯하다. 다만 상고할 수 없기에 뒷날의 고찰을 기다린다.

68 제후국에서……살폈으며 : 《예기》〈왕제(王制)〉에, 천자가 제후의 나라를 순수할 적에 "태사에게 민간의 시가를 채집해 올리도록 하여 백성의 풍속을 살핀다.〔命太師陳詩, 以觀民風.〕"라는 말에 전거를 둔 표현이다.

한 상상과 자질구레한 이야기에 이르기까지 무엇 하나 갖추어지지 않은 것이 없다. 그렇기에 왕왕 역사에 없는 들어보지 못한 말과 특이한 내용이 많이 나온다. 시가 역사서의 역할을 하는 것이 어찌 역사서가 역사서로 기능하는 정도에 그칠 뿐이겠는가?

하지만 이는 고시의 경우에 해당한다. 한당 시대에 시가 성행하였지만, 시를 잘 해석하는 자들은 유독 두공부(杜工部 두보)의 시만 시사(詩史)라고 하였으니, 나머지는 알 만하다. 가령 오늘날 여러 나라의 시를 태사에게 올려 후세에 전한다면 풍속을 살피고 정치의 득실을 살펴볼 수 있겠는가?

그렇다면 역사서는 역사서이고 시는 시일 뿐이다. 아, 이런 것도 시라고 할 수 있겠는가? 산시(刪詩)한 뒤에 시다운 시가 없어졌다는 말[69]이 비분에 차서 꺼낸 말이 아니다.

유 상사(柳上舍) 혜풍(惠風)이 자신이 지은 《가상루시집》을 손수 들고 와 나에게 서문을 청했다. 내가 읽고서 탄복하며 다음과 같이 말했다.

시사(詩史)의 갈래라고 할 만하다. 경쾌한 소리와 애절한 음향, 청성과 탁성을 잘 어울러놓고, 손길 닿는 곳마다 생황을 연주하는 듯 눈에 보이는 것마다 비단으로 장식한 듯 곱고 화려하게 수식하는 솜씨로 말하면 어찌 혜풍이 못하겠는가? 하지 않을 뿐이다.

혜풍이 시를 짓는 법은 박학과 문아로 근간을 삼고 권면과 징계로 내용을 담는다. 동해에 인물은 헌걸차지만 이름이 알려지지 않은 사람

---

69 산시(刪詩)한……말 : 《사기(史記)》〈공자세가(孔子世家)〉에 "고대의 시가 3천여 편이었는데, 공자가 그 중복된 것을 버리고 예악(禮樂)에 시용(施用)될 만한 것을 취택하여 305편으로 산정(刪正)했다."라고 하였다.

이 있으면 반드시 부지런히 기록하였고, 북해에 전말은 괴이한데 이야기가 전해지지 않은 사건이 있으면 반드시 부지런히 기록하였다. 이렇게 하여 고금과 우주를 통틀어 대서특필하지 않은 것이 없었다. 이는 비단 조선의 국풍일 뿐만이 아니니, 오늘날의 시사를 꼽으라면 혜풍의 시가 아니고 그 누구의 시이랴?

그러나 시를 배운 지 수십 년 동안 혜풍은 자신의 방 안에서 혼자 읊고 혼자 노래했을 뿐이라 태사가 그의 시를 채록했다는 소리를 아직 듣지 못했으니, 태사가 옛날만 못해서인가? 아니면 오늘날의 시사가 달리 또 있는 것인가? 우선 이 글을 써서 뒷날의 광형(匡衡)[70]을 기다린다.

---

70 뒷날의 광형(匡衡) : 시에 조예가 깊어 유득공의 시세계를 잘 이해해주고, 또 다른 사람들에게 잘 설명해줄 사람이란 뜻이다. 옛날 서한(西漢)의 학자 광형(匡衡)은 박사로서 《시경》에 조예가 깊어 당시의 학자들이 "시를 말하지 말라. 광형이 곧 올 것이다. 광형이 시를 말하면 모두 입이 벌어질 것이다.〔無說詩, 匡鼎來, 匡說詩, 解人頤.〕"라고 하였다. 입이 벌어진다는 것은 해설을 듣는 사람들이 탄복하여 입을 크게 벌린다는 뜻이다. 《漢書 卷81 匡衡傳》

《풍석고협집(楓石鼓篋集)》 서문[71]

楓石鼓篋集序

나는 운명이 본래 기박하여 천하의 모든 일에 번번이 사람들과 어긋났다. 다만 유독 문장에서는 평생의 짝이 있었으니, 그가 누구인가하면 풍석자이다.

풍석자는 약관이 되기 전에 나에게 와 오경(五經)과 사서(四書), 당송팔가문(唐宋八家文)을 읽었다. 의심이 나면 반드시 질문을 하고, 질문을 하면 반드시 끝까지 따져, 조금이라도 마음에 들지 않으면 머리를 수그리고 눈썹을 찡그린 채 여러 훈고를 세세히 따져보며 더더욱 못마땅해하였다. 마음에 들면 말이 채 끝나기도 전에 아아! 탄성을 질렀는데, 왕왕 옆에서 보는 이가 놀라든 웃든 개의치 않았다.

이렇게 한 지 10여 년에 만나기도 하고 헤어지기도 하여 늘 함께 살지는 못했지만 글을 지을 일이 있으면 두 사람의 마음이 시원히 투합하고 즐겁게 통하여 한 몸 한마음으로 지냈으니, 온갖 기박함을 모두 잊을 수 있었으며 한결같이 짝이 되어 바뀌지 않았다.[72]

---

71 【작품해제】서유구는 1788년(정조12), 25세의 나이로 첫 문집 《풍석고협집(楓石鼓篋集)》을 손수 묶었다. 그는 스무 살이 되기 전에 숙부인 저자에게 사서와 오경 및 당송팔가문을 배웠다. 그리고 작품이 지어질 때마다 저자에게 와서 질정을 받았다. 이 때문에 자신의 첫 문집을 묶을 때 저자에게 와서 서문을 받았던 것이다. 서형수는 당시 40세였다. 서유구의 문학과 학문세계를 이해하는 데 매우 중요한 작품이다.

《풍석고협집》은 6권으로 되어 있다. 각 권마다 맨 앞에 목차를 두었고, 각 편의 끝에 대부분 청성(靑城) 성대중(成大中), 형암(炯菴) 이덕무(李德懋), 우산(愚山) 이의준(李義駿)의 평어(評語)가 작은 글씨로 부기되어 있다.

풍석자가 나이 스물다섯이 되었을 때 그의 상자에 갈무리해두었던 원고를 모두 꺼내어 한 권의 책으로 정리하여 나에게 서문을 청하였다.

"선생님의 말씀을 얻지 못하고는 이 책을 내놓을 자신이 없습니다."[73]

나는 대답했다.

"그리하마. 네 청이 아니더라도 써주려 했었다. 반드시 네 글의 장점은 칭찬하고 단점은 면려하여 말할 것이야."

아, 문장이 피폐해진 지 오래되었다. 명청(明淸) 이후로 법도에 얽매이지 않는 준걸들이 송나라 문인들의 판에 박힌 글짓기에 염증을 내어[74] 우뚝이 진한(秦漢)의 높은 문장에 관심을 기울였다. 그러나 진한의 문장에 끝내 비견될 수 없었으니, 왕세정(王世貞)과 하경명(何景明)[75]부터 이미 고문의 법도를 잃었다.

---

72 한결같이……않았다 : 공자가 "날짐승 길짐승과 더불어 무리 지어 살 수는 없으니, 내가 이 사람의 무리와 더불지 않고 누구와 더불겠는가? 천하에 도가 있으면 내 더불어 바꾸려 하지 않을 것이다.〔鳥獸不可與同群, 吾非斯人之徒與, 而誰與? 天下有道, 丘不與易也.〕"라고 한 것에 전거를 둔 표현이다. 《論語 微子》

73 선생님의……없습니다 : 이 부분은 공자가 제자 칠조개(漆雕開)에게 벼슬을 하도록 권하자, 칠조개가 "저는 벼슬하는 것에 대해 아직 자신할 수 없습니다.〔吾斯之未能信〕"라고 대답한 말에 전거를 둔 표현이다.

74 명청(明淸)……내어 : 명청의 문학가들이 송나라 성리학자들의 구태의연한 글짓기와 상투적인 표현에 싫증을 내었다는 뜻이다. 원문의 '跅'의 음은 탁(托)인데 법도(法度)를 따르지 않는 것이다. 《한서(漢書)》 무제 본기(武帝本紀)의 "수레를 엎어버리는 말이나 법도대로 따르지 않는 사람들도 어떻게 잘 다루느냐에 달려 있을 뿐이다.〔夫泛駕之馬, 跅弛之士, 亦在御之而已.〕"라는 말에서 나온 것이다. 규무(規撫)는 모방한다는 뜻이다. 벽획(劈畫)은 기획한다는 말인데, 여기서는 글짓기를 뜻한다.

75 왕세정(王世貞)과 하경명(何景明) : 하경명은 이몽양과 함께 전칠자의 중심인물이고, 왕세정은 이반룡과 함께 후칠자의 중심인물이다. 모두 시에서는 성당(盛唐)을,

이 때문에 숙위(叔魏)[76]가 창도하여 준엄하고 엄정한 기풍으로 바로잡고, 자상(子湘)[77]이 주장하여 아정하고 개결한 기풍으로 바로잡았다. 이 두 분이 또한 문장에서 성취를 이루어 송나라 문인보다 못하지 않았다.

풍석자는 두 분을 지독히 좋아하여 매번 한 편의 글을 지을 때마다 먼저 나에게 보여주며 "두 분의 수준에 비견되겠습니까?" 하고 물어, 인정을 받은 뒤에야 비로소 이 책에 넣었다. 따라서 이 책에 실린 글이 두 분의 글에 비견될 것임은 의심의 여지가 없다.

그러나 내가 두 분을 두고 문장에 성취를 이루었다고 하는 것은 문폐를 바로잡았기 때문이다. 내 지금 점점 초심을 저버려 더 이상 문장에 기대하지 않지만, 그러나 배우고 싶은 바는 또 이 두 분에게 있지 않겠는가? 더구나 풍석자는 나이가 아직 젊고 기운이 왕성하니, 풍석자가 성취할 세월이 나에 비해 열배 백배에 그칠 뿐이 아니다. 그렇거늘

산문에서는 진한고문을 지향하였다.

76 숙위(叔魏) : 청나라 초엽의 산문가 위희(魏禧, 1624~1680)를 말한다. 자는 숙자(叔子) 또는 빙숙(氷叔), 호는 유재(裕齋)이다. 형 위상(魏祥)은 백위(伯魏), 동생 위례(魏禮)는 계위(季魏)이고, 위희는 숙위이다. 함께 '삼위(三魏)'로 불린다. 또 왕완(汪琬), 후방역(侯方域)과 함께 청초 산문 삼대가로 일컬어졌는데, 명나라 전후칠자의 의고문풍을 반대했고 소순(蘇洵)을 좋아했으며, 상투적 글쓰기를 지양하여 당송팔대가의 기풍이 있었다고 평해진다.

77 자상(子湘) : 자상은 청나라 소장형(邵長蘅, 1637~1704)의 자이다. 강소성 무진(武進) 사람으로 호는 청문산인(靑門山人)이다. 시에 있어서 초기에는 전겸익에 반대하여 전후칠자를 옹호했으며 당시(唐詩)를 추종했으나, 만년에는 일변하여 송시풍의 작품을 썼다. 산문에서는 후방역, 위희와 함께 이름을 다투었다. 저서에 《청문집(靑門集)》이 있다.

도리어 두 분으로 짝을 삼아 나를 늙고 외롭게 만드는가?

기억컨대, 내가 명고정사(明皐精舍)[78]에 있을 때에 풍석자와 함께 《주례(周禮)》〈고공기(考工記)〉를 읽었다. 당시 등불은 형형하고 가을 소리는 숲속에 그득했다. 풍석자가 몇 차례 낭송하다가 서안을 치며 일어나 "대장부의 문장은 모름지기 이러해야 하지 않겠는가?"[79] 하기에, 내가 웃으며 고개를 끄덕였다. 풍석자는 혹 잊었던가? 이것으로 서문을 삼는다.

---

78 명고정사(明皐精舍) : 경기도 장단군 백학산(白鶴山)에 소재한 저자의 독서당이다. 자세한 내용은 《명고전집》 권8 〈명고에 대한 기문[明皐記]〉 참조.

79 풍석자가……않겠는가 : 서유구는 물론이고 달성 서씨 집안의 학풍을 명료하게 보여주는 대목이다. 〈고공기〉는 《주례》의 여섯 번째 편명으로 차량과 무기를 비롯한 각종 공예 및 기술과 관련된 주나라 직인들의 실무를 수록한 편이다. 이 편에 대해 남송의 진규(陳騤)는 문장학적으로 접근하여 세 가지 아름다움을 들었다. 첫째 '웅건하면서도 아정하다.[雄健而雅]', 둘째 '완곡하면서도 준엄하다.[宛曲而峻]', 셋째 '정제되어 있으면서도 순정하다.[整齊而醇]'는 것이 그것이다. 《文則》. 서광계(徐光啓)는 "〈고공기〉는 극도로 근엄하니 선진고문이라고 하지 않을 수 있겠는가?"라고 하였다. 《徐光啓全集 考工記解》

우리나라의 허균(許筠)은 〈고공기〉의 문장에 주목하여 "〈고공기〉와 〈단궁〉을 읽어 뜻을 가다듬는다."라고 하였고, 이의현(李宜顯)은 "정신이 고무됨을 느낀다."라고 하였다. 하지만 서유구가 말하는 '대장부의 문장'이란 문예미적인 관점을 넘어서서 '과학기술 관련 정보를 정확히 기술하여 현실에 도움을 주고자 하는 문장'이란 의미까지 포함하고 있는 듯하다.

《선조교영(仙曹翹英)》 서문[80]

仙曹翹英序

문장은 천하의 공물(公物)이다. 그렇기 때문에 문장으로 시대를 논할 수는 있되 문장으로 사람을 논하지는 않는다. 《서경》의 서명(誓命)과 《시경》의 풍아(風雅)를 한 작가의 사유물로 삼고 한 개인의 문집에 전유물로 삼은 적이 있었던가? 사유물로 삼거나 전유물로 삼지 않았을 뿐 아니라 그것을 서술한 사람들까지 대부분 지금은 고찰할 수가 없다. 아. 얼마나 공적인가?

동경(東京 동한(東漢))으로 내려와 전집(專集)이 비로소 출현하였으니, 문인들이 각고의 노력으로 갈고 배워 분분히 남긴 시문의 여운과 잔향으로 불후의 명성을 다투었다. 혹 제가(諸家)의 설을 합하여 총집(總集)을 만들 경우 반드시 체제를 비교하고 성조를 따지되, 해당 작가가 이룬 명성에 견주어 우열을 평가하였다. 이렇게 하여 시대를 논할 수 있겠는가. 또 얼마나 공적이지 못한가.

조선의 초계문신(抄啓文臣) 제도는 금상 신축년(1781, 정조5)에 시작되었다. 멀리로는 명나라 문연각(文淵閣)에서 서길사(庶吉士 한림학사)를 가르치는 전례를 본떴고, 가까이로는 우리나라 의정부에서 문신

---

80 【작품해제】 이 서문은 1786년 무렵에 지은 것으로 당시 저자의 나이는 38세였다. '선조교영'은 '초계문신이 지은 시편들 가운데 특히 우수한 작품'이란 의미이다. 서형수는 1783년(정조7)에 윤행임(尹行恁), 이면긍(李勉兢) 등과 함께 초계문신에 선발되었다. 당시까지 초계문신에 선발된 사람들의 대표작들을 모아 시집으로 묶고, 거기에 붙인 서문으로 보인다. 현재 발견되지 않아 자세한 사항은 알 수 없다.

을 선발하여 봄가을로 학문을 권장하던 규례를 참고하였다.

초계문신의 선발은 지제교(知製敎)보다 조금 줄여 과람한 폐단을 없앴고, 호당(湖堂)보다 조금 넉넉하게 하여 지나친 경쟁을 막았다. 학업은 한 달에 강경과 제술을 두 차례 하니 느슨하지도 않고 가혹하지도 않다. 한 해마다 성적을 누적하여 상벌을 시행하였다.[81]

81　조선의……시행하였다 : 초계문신의 선발은 문과에 급제한 신진 문신 가운데 37세 이하의 사람을 대상으로 하였다. 강서(講書)는 《대학》·《논어》·《맹자》·《중용》·《시전》·《서전》·《주역》으로 차례를 정하여 돌려가면서 공부한다. 경서의 강(講)을 끝낸 뒤에 비로소 《사기》를 강한다.

강경과 제술은 《정조실록》 5년 3월 10일 조 기사에 "강경과 제술을 막론하고 너무 드물게 보이면 해이에 젖을 수 있고, 너무 잦게 보이면 익히고 수련할 겨를이 없게 될 것이다. 달마다 제술은 친시 한 차례와 과시 한 차례로 하며, 강경은 단지 과강(課講) 한 차례만 시행한다."라고 하였다.

2월 17일 조 기사에 "시강과 시제를 막론하고 잇따라 세 차례 장원을 차지하면 참하관(7~9품)을 6품으로 승진시키고, 참상관(4~6품)은 6품 이상으로 승서하며, 이미 승서된 사람은 정3품 당상관으로 올리고[準職], 이미 준직된 자는 정3품 당상관 이상으로 자급을 높여[加資]준다. 강경에서 잇따라 네 차례 '불(不)'을 받고 제술에서 잇따라 네 차례 '말(末)'을 받은 이상은 품지(稟旨)하여 별도의 벌을 논한다."라고 하였다.

초계문신제는 37세 이하로 나이 제한을 두었는 데 반해 호당제는 연령의 제한이 없었다. 초계문신제는 정기적으로 시강과 시제를 행하였지만, 호당제는 형식에 얽매이지 않았고 독서하는 기간도 획정하지 않았다. 호당제의 경우 독서 서목에 제한을 두지도 않았지만, 읽은 서목은 3개월 혹은 매달 써서 보고하도록 하였다.

《호당록》에 의하면 1438년(세종20)에 3명, 1442년(세종24)에 6명을 시작으로 하여 중종 때 남곤이 대제학으로 있을 때가 22명이 뽑혀 가장 많았다. 총 38회에 269명이 선발되었으므로 평균 7명가량 뽑힌 셈이다. 이에 비해 초계문신은 1781년(정조5) 처음 선발에 영의정 서명선이 16명을, 1783년(정조7) 두 번째 선발에 좌의정 홍낙성이 16명을, 1784년(정조8) 세 번째 선발에 영의정 서명선이 7명을, 1786년(정조10) 네 번째 선발에 영의정 김치인이 5명을 뽑아, 선발 빈도나 인원에서 호당 제도보다 훨씬 많았다.

이 때문에 경전을 궁구하여 실질을 함양하고, 시문을 지어 문채를 북돋아, 식견은 높이고 문사는 공교롭게 하고자 하였다. 이렇게 몇 년을 시행하자 세교(世教)가 일변하였다. 그러나 사람마다 일가가 되고 일가마다 문집을 만들어, 세월이 지나도 집성하고 회통(會通)하는 아름다움은 없었다.

병오년(1786, 정조10) 겨울, 문신들이 모여 의논하기를 "초계문신은 지난번 신축년(1781)과 계묘년(1783, 정조7) 두 번에 걸쳐 선발하였는데, 어전에 나아가 고시에서 우수한 성적을 거두고 문단에 칭송을 받은 시문이 적지 않다. 이러한데도 고사(故事)를 기록하여 뒷날에 남겨주려 기획하지 않는다면 뒷사람들이 어떻게 계승할 것인가?" 하였다.

이윽고 두 번의 시험에 뽑힌 응제문에서 최고의 득의작들을 골라 먼저 한 책을 만들어 《선조교영(仙曹翹英)》이라 이름을 붙이고 간행하였다. 선조(仙曹)라는 말은 한림학사를 당시 선조라고 부른 것에서 의미를 취한 것이다.

문장이 세도와 관련을 가진 지가 오래되었다. 세도를 잘 논하는 자는 세태로 세도를 논하지 않고 문장으로 세도를 논한다. 계찰(季札)이 상국(上國)의 문물을 시찰하고,[82] 공총자(孔叢子)가 사대(四代)를 본 것[83]과 같은 예가 모두 이러한 방법이다. 바람에 풀이 눕듯 성군의 교화

《典故大方 湖堂錄》《抄啓文臣題名錄》

82 계찰(季札)이……시찰하고 : 음악을 듣고 나라의 성쇠를 알듯 문장을 보면 시대의 승강을 알 수 있다는 뜻이다. 춘추 시대 오(吳)나라 계찰이 사신으로 상국(上國)을 두루 방문하며 현사대부(賢士大夫)들과 교유하였는데, 노(魯)나라에 가서 주(周)나라의 음악을 듣고는 열국(列國)의 치란(治亂)과 흥망(興亡)을 정확히 알았다고 한다. 《史記 卷31 吳太伯世家》

속에 절로 이루어지고, 때에 맞게 출현하여 절로 확립된 것임에도 세도를 논할 수 있는 것이 이와 같다.[84]

더구나 이 시집은 온 나라의 영재가 태평성세의 화육(化育) 속에 무젖어 법도에 맞게 규범을 확립하고 정신을 발휘한 작품을 모은 것이니, 이 모두가 우리 성상께서 세상을 훈도(薰陶)하신 결과이다. 신하들이 보탠 것이 과연 무엇이던가? 감히 개인의 작품으로 삼고, 개인의 문집에 실어, 공물을 사유물로 삼아서야 되겠는가?

이제 성상께서 오래도록 장수를 누리시며 인재를 양성하는 은택이 갈수록 융성해짐을 볼 수 있을 것이니, 오늘 이후로 이 시집에 들어올 작품이 몇백 편이 될지 알 수 없지만 우선 시권에 서문을 써서 영원히 훗날에 증험하고자 한다.

---

83 공총자(孔叢子)가……것 : 공총자가 네 시대 인물들의 문답에서 시대의 승강을 알았다는 말이다. 공총자는 공자의 8대손 공부(孔鮒)인데, 그의 저서 《공총자》에서 공자, 자상(子上), 자고(子高), 자순(子順)의 언행을 기록하였다. 요컨대 이 네 인물과 해당 시대 주변 인물들의 대화에 시대의 성쇠가 담겨 있다는 의미가 된다.

84 바람에……같다 : 열국의 음악은 성군의 교화 속에 이루어진 것이지만 그 속에서도 치란과 흥망을 알 수 있고, 공자 이래 네 시대의 기록은 때에 맞게 나온 것임에도 그 속에서 시대의 성쇠와 부침을 알 수 있다는 뜻이다.

《광산 이씨 족보(光山李氏族譜)》 서문[85]

光山李氏族譜序

족보의 간행은 위진 시대 이후로 성행했다. 박학한 선비들이 왕왕 전문가가 되어 종족을 단합하고 풍속을 돈후하게 하여 사람들에게 근본을 잊지 않게 했다. 이는 본디 주관(周官) 소사(小史)가 하던 직무를 계승한 것이다.[86]

---

85 【작품해제】 저자는 1796년(정조20) 7월에 광주 목사(光州牧使)로 부임하여, 고을의 유생들과 《예기》를 강독하였다. 그러던 중 이덕인(李德仁)이라는 사람의 부탁을 받아 1797년에 이 글을 써주었다. 보학과 서지학에 관해 전문적 정보는 《사고전서총목제요(四庫全書總目提要)》를 참고한 듯하다.

86 족보의……것이다 : 족보의 기원은 하·은·주 왕실의 계보를 기록, 정리하는 것에서 비롯되었다. 《주례》〈소사(小史)〉에 "소사는 나라의 기록을 관장하여 세계를 정하고 소목을 밝힌다.〔小史掌邦國之志, 奠系世, 辨昭穆.〕"라고 한 기록이 그 실상을 보여준다. 이후 후한에서 위진(魏晉) 시대에 이르기까지 세가(世家)와 대족(大族)의 가족 제도가 형성되면서 족보의 편찬이 본격화되었다. 세 가지 유형이 있는데, 첫째는 집안을 일으킨 대표 인물의 전기를 모아놓은 가전(家傳) 형태이다. 대표적으로 《순씨가전(荀氏家傳)》, 《원씨가전(袁氏家傳)》 등이 있다. 둘째는 한 가문의 계보를 정리한 단성(單姓) 족보이다. 대표적으로 《완씨보(阮氏譜)》, 《곽씨보(郭氏譜)》, 《원씨세기(袁氏世紀)》, 《왕씨가보(王氏家譜)》 등이 있다. 셋째는 국중의 망족(望族)을 집대성하여 만든 백가보(百家譜) 류이다. 대표적으로 《백가보(百家譜)》, 《십팔주보(十八州譜)》, 《천하망족보(天下望族譜)》 등이 있다. 특히 서진에서 남북조 시대에 이르기까지는 문벌의 고하가 요직으로 진출하는 중요 근거가 되었기 때문에 대를 이어 보학에 필생의 노력을 기울이는 학자들이 나타났다. 대표적으로 위진남북조 시대의 가필지(賈弼之), 가비지(賈匪之), 가연(賈淵) 3대와 왕승유(王僧孺) 일가를 들 수 있다. 이로 인해 보학과 족보 간행이 크게 성행했다. 첨언하자면 보학이 발달하고 족보 간행이 성행하게 된 데에는 새로운 문벌이 형성되는 것을 방지하기 위한 목적도 물론 있었다.

그러나 관직을 숭상하고 성씨를 숭상하는 폐단이 일어나 관직에는 대대로 물려받는 주손(冑孫)이 있고, 성씨에는 대대로 물려받는 관직이 있다.[87] 나라에서는 왕실의 보첩(譜牒)을 간행하는 기관을 설치하고,[88] 역사가는 씨족의 계보를 기록한 책을 전하였으니,[89] 가보(家譜)를 만드는 것은 불필요하다. 족보 간행에 전문적으로 종사하는 자로 말하면 공물(公物)을 몰래 가로채어 개인의 사유물로 만든 것에 가깝지 않겠는가?

　　그러나 계보와 씨족의 역사는 가문에서 채록하고 전문가에게서 얻은 것이 아님이 없다. 가문과 전문가가 없다면 최씨, 노씨, 이씨, 정씨가 무엇을 근거로 원류를 상세히 밝힐 수 있겠는가? 문헌이 국사를 증명해주는 일에 지극히 중요한 역할을 한다.

　　조선의 풍속은 가문으로 우열을 다투어, 산동(山東)의 인척과 강좌(江左)의 인물, 관중(關中)의 벼슬을 아울러 숭상한다.[90] 이 때문에

87　관직에는……있다 : 특정 성씨는 특정 관직을 세습하는데, 그 관직은 장손에게로 승계된다는 의미이다. 이로 인해 관직명이 성씨로 정착되는 경우가 생기는데 사마씨(司馬氏), 사공씨(司空氏), 사도씨(司徒氏), 윤씨(尹氏) 등이 그 대표적인 예이다. 이 문장은 당나라 유방(柳芳)의 〈성계론(姓系論)〉에 "관직은 대대로 이어받는 주손이 있고, 보학은 대대로 전담하는 세관이 있다.〔官有世冑, 譜有世官.〕"라고 한 것을 변용한 표현이다.

88　나라에서는……설치하고 : 왕실의 세계와 계보는 종부시(宗簿寺)에서 관장한다. 도제조(都提調)는 2인으로 종실(宗室)의 존장이 맡는다. 《大典會通》

89　역사가는……전하였으니 : 앞 시대 왕조의 역사서를 정리하는 사관(史官)들은 주요 인물들에 대해 가문 단위로 열전을 편찬하여 해당 인물의 가계를 살펴볼 수 있게 하였다. 또 정사의 경적지(經籍志)나 예문지(藝文志)나 총서류의 예문부 등에도 족보 및 총보류의 서적을 정리, 소개하였다.

고관대작의 집안에는 예외 없이 족보가 있고, 전문가가 또 가첩(家牒)을 종합하여 전보(全譜)를 만든다.

내가 일찍이 여러 족보들을 읽어보니, 가학(家學)이 전해 내려오는 문헌고가(文獻故家)는 문장과 조행을 지닌 인물이 성대하였고,[91] 정승과 목민관을 배출한 주문세가(朱門勢家)는 영화와 부귀가 혁혁하였다. 그러나 몇 세대가 채 되지 않아 자후(子厚)가 순공(郇公)을 더럽히고 채경(蔡京)과 채변(蔡卞)이 단명(端明)을 욕보인 것과 같은 사례[92]가

---

90 조선의……숭상한다 : 이 부분의 문장은 중국의 속담에 "산동 지방 사람들은 질박하기 때문에 인척을 숭상하니, 미더움을 인정할 수 있다. 강좌 지방 사람들은 문아하기 때문에 인물을 숭상하니, 지혜로움을 인정할 수 있다. 관중 지방 사람들은 호방하기 때문에 벼슬을 숭상하니, 현달함을 인정할 수 있다.〔山東之人質, 故尙婚婭, 其信可與也; 江左之人文, 故尙人物, 其智可與也; 關中之人雄, 故尙冠冕, 其達可與也.〕"라고 한 것을 인용한 표현이다. 우리나라에서는 혼인 관계와 인물과 벼슬을 모두 중시하기 때문에 가문의 우열을 더더욱 따지기 마련이고, 그 때문에 자연히 족보가 발달할 수밖에 없다는 의미이다.

91 가학(家學)이……성대하였고 : 원문의 청상(靑箱)은 뛰어난 자제가 가학을 잇는 문헌가(文獻家)를 상징하는 말이다. 《송서(宋書)》 권60 〈왕준지전(王准之傳)〉에 "증조 왕표지(王彪之) 때부터 집안 대대로 강좌(江左) 지방의 고사에 정통하여 사실(史實)을 푸른 궤〔靑箱〕에 넣어 대대로 전수하였으므로 사람들이 '왕씨 청상학(王氏靑箱學)'이라고 불렀다."라고 하였다.

의문(義門)은 대대로 가문의 전통을 고수하며 화목하게 지내는 유서 깊은 고가(故家)를 상징하는 말이다. 절강(浙江) 지방의 고가인 사인(士人) 정만습(鄭萬習)의 집안은 9대가 함께 살았다. 한 집안의 사람이 수천 명에 이르면서도 화목하기 그지없기에 천자가 그 집안의 문에 정려를 세워 '의문(義門)'이라 했다. 《孤臺日錄》

92 자후(子厚)가……사례 : 자후는 장돈(章惇, 1035~1106)의 자로 건주(建州) 포성(浦城 지금의 복선성) 사람이다. 순공(郇公)의 후예라는 설이 있고, 먼 일족의 족항이라는 설이 있다. 순공을 욕보였다는 것에 대해서는 두 가지 일을 추측할 수 있다. 먼저

어느 집안이고 없는 집안이 없었다. 그럴 때마다 번번이 책을 덮고 "대대로 덕을 간직한다는 것이 이만큼이나 어렵구나. 어떻게 하면 시종일관 덕을 오롯이 지킨 집안의 족보를 구해 읽을 수 있을까?" 하고 탄식하였다.

올해 정사년(1797)[93] 광주 목사로 내려와, 정무를 돌보는 여가에 즐겁게 고을의 수재들과 《예기》를 강독하였다. 하루는 이덕인(李德仁) 군이 그의 족보를 가져와 무릎을 꿇고 청하였다.

"광산 이문은 세상에 크게 현달한 집안은 아닙니다. 그러나 문한과 벼슬이 오래전부터 대대로 이어졌으니 실로 한 지방의 명문입니다. 계보를 밝히고 소목(昭穆)을 서술하여 당세의 전문가에게 질정을 받으

하나는 장돈이 진사시에 응시하러 경사에 올라와 순공의 집에 머무를 때 그의 첩과 사통하다 들통이 났다는 이야기로, 사마광의 《온공쇄어(溫公瑣語)》에 실려 있다. 둘째는 장돈이 순공의 후예라는 《오중기문(吳中紀聞)》의 기록이 사실이라면, 장돈이 말재주와 아첨으로 장순(張恂)의 천거를 받아 왕안석(王安石)에게 중용되고 그로 인해 뒷날 목주(睦州)로 유배 가 죽은 것이 결과적으로 순공에게 욕을 끼친 것이 된다.

단명은 송나라 채양(蔡襄, 1012~1067)을 가리킨다. 자는 군모(君謨), 호는 보양거사(莆陽居士)로, 19세에 과거에 합격하여 단명전 학사(端明殿學士)가 되었으므로 흔히 채단명이라 불린다. 글씨에도 뛰어났다. 채경과 채변은 모두 채양과 같은 집안의 사람이고 채양에게 글씨를 배웠다. 그러나 뒤에 왕안석과 함께 정권을 농단하고 재물을 착취하여 간신과 탐관오리의 대명사가 되어 채양의 이름에 먹칠하였다.

본문의 표현은 "자후는 못된 행실로 순공을 더럽혔고, 채경과 채변은 간사함으로 채단명의 명성을 빌렸다.[子厚無行, 有玷邨公; 京卞憸人, 借名端明]"라고 한 《만성통보(萬姓統譜)》에 실린 문장을 변용한 것이다. 《만성통보》의 이 말은 명나라 능적지(凌迪知, 1529~1600)의 《씨족박고(氏族博攷)》의 내용을 옮겨 적은 것이다. 《만성통보》는 18세기 이전 시기 어느 때 조선에 들어온 것으로 보이는데, 한치윤(韓致奫, 1765~1814)이 저술한 《해동역사(海東繹史)》의 인용 서목에도 그 이름이 보인다.

93 정사년 : 정조 21년으로 저자의 나이 49세 때이다.

려 하니, 부디 선생께서 한 마디 말로 품평해주십시오."

내가 족보를 읽고서 다음과 같이 말하였다.

"훌륭하다. 그대 집안의 족보여. 고려조에 시작하여 지금까지 수백 년에 이르도록 덕으로 이름난 분도 있고, 높은 성적으로 과거에 합격한 분도 있고, 절개가 있는 분도 있고, 공훈을 세운 분도 있어 농서 이씨(隴西李氏)[94]에 부끄러운 불초한 사람이 보이지 않는다. 이는 우리 조선의 명문가에 드문 사례이다. 전문가로 하여금 이 족보를 편찬하게 한다면 불태워지지 않고 국사에 보탬을 줄 수 있으리란 것을 내 장담할 수 있다. 어찌 벌열가보다 못하겠는가? 속담에 '높은 벼슬을 이룰 수도 있고 명성을 널리 떨칠 수도 있다. 그러나 대대로 가학을 돈독하게 유지하는 것은 불가능하다.' 하였다. 힘쓸지어다. 이 족보가 숭상하는 것은 벼슬도 아니고, 성씨도 아니다. 바로 전래의 가학이다."

이덕인이 수긍하기에 이윽고 써서 돌려보냈다. 이 글을 《광산 이씨 족보》의 서문으로 삼는다.

---

94 농서 이씨(隴西李氏) : 이씨 성을 가진 모든 가문이란 의미이다. 중국에서는 "천하의 이씨는 모두 농서를 본으로 한다."라는 속담이 있는데, 농서 이씨의 시조는 노자(老子)라고도 하고, 이백의 선대 세거지가 농서이기 때문에 이백을 농서 이씨라고도 한다. 농서는 중국의 감숙성(甘肅省)이다. 또 우리나라의 경우 고려 이래 농서 이씨가 아니라 하더라도 으레 이씨를 농서 이씨에 비겨 불렀다. 또 당나라 왕실이 농서 출신에 성이 '이(李)'이기 때문에 조선 왕실을 가리키기도 한다.

《식목실총(植木實總)》 서문 남을 대신하여 짓다.[95]

植木實總序 代

《식목실총》은 경모궁(景慕宮) 안팎의 산록에 심은 초목의 총수와 그 가운데 말라 죽거나 살아남은 수목의 실제 수효를 기록한 것입니다. 성상(정조)께서 가없는 효성[不匱之孝][96]으로 밤낮 잊지 못하는 사모

---

95 【작품해제】이 서문은 1782년(정조6)에 정1품 경모궁(景慕宮) 도제조(都提調)로 있던 저자의 숙부 서명선을 대신하여 지은 글이다. 표제는 '식목실총(植木實總)'이고, 권수제는 '식목절목(植木節目)'이다. 1첩(帖) 5절(折) 6면에 11조의 절목이 기록되어 있고, 저자가 쓴 서문이 서명선의 이름으로 맨 앞에 실려 있다. 《홍재전서》권161 〈일득록(日得錄) 문학(文學)〉에 관련 기록이 있다. 작첩의 전말과 본문 이해에 도움이 되므로 아래에 소개한다.

"경모궁(景慕宮)의 사방 주위 산에 처음에는 수목이 매우 듬성듬성하였다. 그래서 일찍이 궁관(宮官)에게 명하여 매년 봄가을로 소나무, 삼나무, 단풍나무, 녹나무, 매화나무, 살구나무, 복숭아나무, 버드나무 등을 캐어다 심게 하였는데, 몇 년 안 되어 숲이 울창하게 조성되어 사당의 면모가 더욱 엄숙하게 되었다. 하교하기를, '심은 나무의 총수가 얼마나 되는지 알 수가 없고 말라 죽은 수가 얼마인지를 모르니 결손된 것을 보충할 길이 없다. 총수와 실제 살아 있는 것을 항상 알 수 있도록 상세하게 기록하는 것이 좋겠다.' 하고, 마침내 궁관에게 명하여 하나의 첩(帖)을 만들어 나무의 수를 기록하도록 하고서 《식목실총》이라 이름을 붙이고 본궁 도제조 서명선(徐命善)에게 서문을 짓도록 명하였다."

경모궁은 정조의 생부인 사도세자와 뒤에 헌경왕후(獻敬王后)로 추존된 혜경궁 홍씨를 모신 사당이다. 정조가 즉위하면서 도감을 설치하고 개축해 1776년 8월에 완공하고, 현판을 손수 썼다. 1839년(헌종5)에 화재로 소실되고, 지금은 종로구 연건동 서울대학교병원 안에 그 터만 남아 있다.

96 가없는 효성 : 《시경》〈대아(大雅) 기취(旣醉)〉의 "효자의 효도 다함이 없는지라, 영원히 복을 받으리로다.〔孝子不匱, 永錫爾類.〕"라는 말에서 나온 것이다.

의 정〔羹墻之慕〕[97]을 담아 친애의 정을 표하여 백성들에게 사랑을 가르치고 존엄의 정을 표하여 백성들에게 공경을 가르쳤으니,[98] 바닥을 다져 검게 칠하고 담장을 발라 희게 칠하며[99] 기둥을 붉게 칠하여 문식하고, 서숙과 벼[100]로 제수(祭需)를 풍성하게 올렸으며, 날마다 살펴보고 다달이 돌아보아 그리운 마음을 펴고, 은제(殷祭)와 간사(間祀)[101]로 정성을 바쳤던 것입니다.

먼저 《궁원의(宮園儀)》[102]를 지어 법식과 규례를 빠짐없이 실었습니

---

97 밤낮……정 : 요임금이 죽은 뒤에 순이 3년 동안 사모하는 정을 이기지 못한 나머지, 밥을 먹을 때에는 요임금의 얼굴이 국그릇 속〔羹中〕에 비치는 듯하고, 앉아 있을 때에는 담장〔墻〕에 요임금의 그림자가 어른거리는 듯했다는 고사를 의역한 것이다. 《後漢書 卷63 李杜列傳》

98 친애의……가르쳤으니 : 《효경》〈성치(聖治)〉의 "성인은 존엄으로써 공경을 가르치고 친애로써 사랑을 가르친다.〔聖人因嚴以敎敬, 因親以敎愛.〕"라는 구절을 변용한 표현이다.

99 바닥을……칠하며 : 땅을 평평하게 다지고 검게 칠하는 것을 유(黝)라 하고, 담벼락에 백토를 발라 희게 단장하는 것을 악(堊)이라고 한다. 유악(黝堊)은 악실(堊室)을 엄숙하게 칠하고 정갈하게 단장한다는 의미이다. 악실은 여막 또는 사당을 뜻하는 말인데, 여기서는 경모궁을 가리킨다.

100 서숙과 벼 : 종묘의 제사에서 술은 청작(淸酌), 서숙〔黍〕은 향합(薌合), 조〔粱〕는 향기(薌萁), 찰기장〔稷〕은 명자(明粢), 벼는 가소(嘉蔬), 부추는 풍본(豐本)이라고 한다. 《禮記 曲禮》

101 은제(殷祭)와 간사(間祀) : 은제는 종묘 대제(宗廟大祭)의 다른 이름이다. 간사(間祀)는 사계절의 정제(正祭) 사이에 지내는 향사이다.

102 궁원의(宮園儀) : 경모궁(景慕宮)과 영우원(永祐園)의 의절(儀節)을 수록한 책이다. 이복원(李福源)이 편찬하였으며, 2책으로 이루어져 있다. 경모궁에 대해서는 이 글의 【작품해제】 참조. 영우원은 양주 남중량포(南中梁浦) 배봉산(拜峯山 오늘날의 동대문구 답십리 소재)에 있던 사도세자의 능원을 정조 즉위년에 원릉으로 추봉한 것이

다. 이어 경모궁 밖이 휑하여 여항과 연결되지 않는다는 이유로 마을을 만들고 시장을 설치하였으며 민가를 구획하고 산업을 제정하여, 백성들에게 그곳을 좋아하여 모여 살고 싶은 마음이 들게끔 하였습니다. 또 경모궁 밖이 황폐하여 관리되지 않았다는 이유로 돌출된 지형은 손질하여 금(襟)과 포(抱)[103]를 만들고, 우묵한 지형은 준설하여 못과 도랑을 만들고, 도랑의 굽이진 곳에는 다리를 걸쳐놓았습니다.

경모궁 안의 금원(禁苑)에서부터 길게 뻗어 감싸 안은 네 산에 이르기까지 소나무, 삼나무, 단풍나무, 예장나무, 매화나무, 살구나무, 복숭아나무, 버드나무 등 아름다운 화훼를 성대하게 심어 짙은 그늘이 이어지고 푸른빛이 싱그러웠습니다. 이렇게 하고 나니 휑하던 옛 모습이 화려해지고 황폐하던 옛 모습이 울창해져 사당의 면모가 한층 깊고 엄숙해졌습니다.

이때 성상께서 "심은 나무의 전체적인 규모를 모르니 무슨 나무가 있는 줄을 모르겠고, 튼튼한 것과 말라 죽은 것의 실상을 모르니 메꾸어 심을 수가 없다. 전체적인 규모와 각각의 실상을 상세히 기록하여 언제나 한눈에 볼 수 있도록 하는 것이 좋지 않겠는가?"라고 하교하였습니다. 이어 궁관에게 명하여 한 책에 써서 3월, 6월, 9월, 12월에 정리하여 보고하라고 하였습니다. 또 신이 제조에 있다는 이유로[104]

다. 이어 1789년에 수원 화성으로 천봉(遷奉)하여 현륭원(顯隆園)으로 승격하였다. 고종 광무 3년(1899) 융릉으로 추존하였다.

103 금(襟)과 포(抱) : 문맥상 산자락이 펼쳐지고 병풍을 두른 듯한 지형을 말하는 것으로 보이나, 정확한 의미는 미상이다.

104 신이……이유로 : 당시 서명선이 영의정으로서 경모궁 도제조를 겸하고 있었기 때문에 이렇게 말한 것이다.

서둘러 절목을 작성한 다음, 전말을 서술하여 절목의 서문으로 붙이라고 명하였습니다.

　신은 삼가 아룁니다. 옛날 성왕이 어버이를 섬기실 때 단청 제물과 제물로 공경을 다하였고 마음과 정성으로 사랑을 다한 것은 모두 전례가 있거니와 나무와 화초 하나하나에까지 모두 공경과 사랑을 담는 것으로 말하면 자식의 마음을 다한 것[105]이고 효의 법도를 넓힌 것[106]입니다. 이 때문에 뽕나무와 가래나무, 느릅나무와 참느릅나무는 나무 중에도 하찮은 나무인데 효자가 사랑할 줄을 알았으니 《시경》에서 읊고 역사책에 실었으며,[107] 가래풀과 마름풀은 풀 가운데서도 하찮은 풀인데 군자가 공경을 논하였으니 사당에 올리고 제기에 진설하였습니다.[108]

105　자식의 마음을 다한 것 : 원문 '교인심(恔人心)'은 맹자가 "죽은 이를 위해 흙이 직접 피부에 닿지 않게 한다면 자식의 마음에 어찌 만족스럽지 않겠는가?〔且比化者, 無使土親膚, 於人心獨無恔乎?〕"라고 한 말에 전거를 둔 표현이다. 《孟子 公孫丑下》

106　효의 법도를 넓힌 것 : 원문 '광유측(廣維則)'은 《시경》〈대아(大雅) 하무(下武)〉에 "영원히 효성을 바쳐, 그 효가 법도가 되었도다.〔永言孝思, 孝思維則.〕"라고 한 구절에 전거를 둔 표현이다.

107　뽕나무와……실었으며 : 뽕나무와 가래나무를 《시경》에서 읊었다는 것은 〈소아(小雅) 소반(小弁)〉에 "(부모가 심으신 것이니) 뽕나무와 가래나무도 반드시 공경한다.〔維桑與梓 必恭敬止〕"라고 한 것을 가리킨다. 느릅나무와 참느릅나무를 역사책에 실었다는 것은 한 고조(漢高祖)가 일찍이 자기 고향인 풍(豐)에다 느릅나무와 참느릅나무 두 그루를 심어 분유사(枌楡社)를 만들고 토지(土地)의 신으로 삼은 고사가 《한서》에 실려 전하는 것을 가리킨다. 뒤에 '분유'는 지명으로 굳어졌다. 《漢書 卷25上 郊祀志 上》

108　가래풀과……진설하였습니다 : 《춘추좌씨전(春秋左氏傳)》〈은공(隱公)〉3년에 "진실로 마음이 광명하고 신의가 있으면 시내나 못에서 자라는 수초(水草)와 부평이나

지금 궁원의 수목들이 구름을 뚫고 은하수에 닿을 듯 저토록 울창하게 장관을 이루었는데, 유독 경모궁 기슭에 새로 심은 나무들에 대해서만 굳이 전체적 규모와 각각의 실상을 장부로 정리하게 하였으니, 성상의 뜻이 어찌 아무런 의도가 없겠습니까?

신은 식목의 책임을 맡은 자가 모두 성상의 효성에 크게 감동을 받았으니, 성실히 나무를 가꾸라는 엄명을 받지 않아도 뿌리는 잘 펴지게 하고 덮어주기는 평평하게 하고 흙은 본래 있던 곳의 흙을 쓰고자 하고 다지기는 단단하게 하리라는 것[109]을 알겠습니다. 이로써 나무와 화초가 잘 자라며,[110] 큰 것과 작은 것, 아름드리나무와 천 길의 나무가 우거질 날이 머잖아 올 것입니다. 신은 이 책으로 뒷날에 증명하고자 합니다.

마름 같은 채소와 광주리나 솥 같은 용기와 웅덩이나 길에 고인 물이라도 모두 귀신에게 제물로 바칠 수 있고 왕공에게 올릴 수 있다.〔苟有明信, 澗溪沼沚之毛, 蘋蘩蘊藻之菜, 筐筥錡釜之器, 潢汙行潦之水, 可薦於鬼神, 可羞於王公.〕"라고 한 것에 전거를 둔 표현이다.

109 뿌리는……것 : 나무가 잘 자랄 수 있는 최상의 조건을 조성해 준다는 의미이다. 이 부분은 당나라 고문가 유종원(柳宗元, 773~819)의 작품 〈종수곽탁타전(種樹郭橐駝傳)〉의 표현을 인용하였다.

110 나무와 화초가 잘 자라며 : 이 부분은 《서경》〈우공(禹貢)〉의 문장 "토양은 비옥하고 검으니, 화초는 복스레 우거지고, 나무는 가지가 잘 자라도다.〔厥土黑墳, 厥草惟繇, 厥木惟條.〕"에 전거를 둔 표현이므로 '나무와 화초'라는 말을 넣어 번역하였다.

〈액정서제명기(掖庭署題名記)〉 서문[111]

掖庭署題名記序

액정서의 성격으로 말하면 지위는 낮지만 직임은 중요하다. 금정 포설(禁庭鋪設)을 관장하는 것은 옛 전감(殿監)의 직임이요,[112] 궐문 쇄약(闕門鎖鑰)을 관장하는 것은 옛 문정(門正)의 직임이요,[113] 전알(傳謁)을 관장하는 것은 옛 합문 지후(閤門祗候)의 직임이다.[114] 옛날 합문의 관리를 제수하는 규례는 일체 관각의 예를 따라 반드시 중서성(中書省)에서 불러 시험한 뒤에 명하였으니,[115] 선발이 그야말로 중

---

111 【작품해제】 이 글을 쓴 시기는 정확히 확정할 수 없다. 다만 저자가 가주서로서 승륙(陞六)한 것은 1784년(정조8) 1월 15일이고, 이해 3월에 홍계능의 일로 탄핵받은 일이 있으며, 3월 9일에 부사과(副司果)에 제수되었다. 정황으로 보아 부사과로 제수되기 전후 무렵 어느 시점에 잠깐 액정서 사알을 역임한 듯하다.

112 금정 포설(禁庭鋪設)을……직임이요 : 액정서의 정8품 잡직 사포(司鋪)와 종8품 잡직 부사포가 궁궐의 장막 설치, 궁궐 마당에 벽돌이나 박석, 융단 깔기 등 시설 분야 잡무를 담당한다. 전감은 궐내 잡무를 담당하던 하급 관리이다.

113 궐문 쇄약(闕門鎖鑰)을……직임이요 : 액정서의 정6품 잡직 사약(司鑰)과 종6품 잡직 부사약이 전각과 궐문 단속 및 자물쇠를 관장하였다. 문정은 궐문의 개폐(開閉)를 관장하던 하급 관리이다.

114 전알(傳謁)을……직임이다 : 액정서의 정6품 잡직 사알(司謁)이 전궁의 문 앞에 대령하고 있다가 임금의 명령을 전달하는 일을 맡아보았다. 승급이 되지 않는 별정직 하급 관리이다. 합문 지후(閤門祗候)는 당송 때의 제도로 역시 왕의 명령을 전달하거나 신변의 잡사를 도왔다.

115 옛날……명하였으니 : 합문의 관리는 액정서 관원와 같은 의미이다. 당송 때에는 합문사(閤門使)와 부사, 통사사인(通事舍人) 또는 찬선사인(宣贊舍人), 지후(祗候) 등이 있었다. 동상 합문(東上閤門)과 서상 하문(西上閤門)에 합문사 각 3인, 부사 각

하지 않은가?

조선은 오로지 구품 제도를 숭상하여 관직의 경중이 일체 임명받는 자의 문벌에 따라 좌우된다. 이 때문에 사람들이 액정서를 미관말직보다 못하게 대하고, 액정서의 역할 역시 하급 서기관이나 거의 다름없다. 아, 어찌 그리 비천한가?

내가 처음 벼슬에 올라 기거주(起居注 승정원 주서)에 들어가 날마다 붓을 잡고 성상을 뫼실 때 액정서의 관원들을 보면 언제나 오사모(烏紗帽)를 쓰고 녹삼(綠衫)을 입고 궁전 섬돌 양옆에 늘어서서 잠시도 떨어지지 않기에, 번번이 마음속으로 부러워하며 "이 직책은 금정 포설과 궐문 쇄약과 전알을 담당하는 것만은 아닌 모양이다. 임금을 가까이 모시기로는 기주관만한 직책이 없다. 하지만 하루에 세 번 접견하는 영광으로 말하면, 저들은 무얼 하기에 기주관이 얻지 못하는 영광을 얻는단 말인가?" 하였다.

얼마 뒤 나에게 형률을 받아야 할 죄가 있었다. 성상께서 농담으로 말씀하시길 "군역에 충당하자니 벌이 너무 무겁고, 역관(驛官)에 보임하자니 벌이 너무 가볍다. 너를 사알(司謁)에 임명하면 괜찮겠느냐?" 하였다. 이때에 액정서의 여러 관원이 《제명기(題名記)》를 가지고 와서 "이것은 태평성대의 아름다운 일입니다. 공이 어찌 이 책에 아무런 감회가 없겠습니까? 서문을 써서 중하게 해주시지 않겠는지요." 하였다.

나는 말하였다. "좋습니다. 지위에는 낮은 것이 없고, 자신이 스스로

2인, 찬선사인 10인, 지후 12인이 연회와 일상의 기거 및 의례를 맡아 도왔다. 이들 모두 유신과 관각의 제도에 기준하여 중서성에 불러 명한 뒤에야 명하였다〔倣儒臣館閣之制, 召試中書省, 然後命之.〕라고 한다. 《宋史 卷166 職官志》

낮추기 때문에 남이 낮출 뿐입니다. 그대들이 스스로 중하게 여긴다면 내가 중하게 해줄 것도 없이 오히려 나를 중하게 만들어주겠지요. 더구나 액정서의 직임은 본디 중하니, 남들이 낮게 여기는 것이 무슨 대수이겠습니까?"

이윽고 이 서문을 써서 보내어 여러 관원들로 하여금 무엇에 힘써야 하는지를 알게 하였다.

《무예출신청절목(武藝出身廳節目)》 서문[116] 남을 대신하여 짓다.

武藝出身廳節目序 代

임금이 도성에 있을 때에는 왕궁(王宮)을 지키고, 도성 밖에 머무를 때에는 왕한(王閑)을 지키며, 행차할 때에는 임금의 앞뒤에서 호위하며 대오를 이루어 따릅니다.[117] 이것이 옛사람이 숙위 제도를 설치하여 미연의 사태를 방지하고 불온한 무리들을 경계하던 방법입니다.

116 【작품해제】 이 글은 당시 현임 금위대장으로 있던 서유대를 대신하여 쓴 글로 보이나 단정할 수 없다. 우리나라 왕실 경호와 도성방어 제도의 연혁을 살펴볼 수 있는 자료이다. 창경궁 명정전은 본래 장용위에서 숙위하였는데, 뒤에 폐지되었다. 정조 6년(1782)에 와서 숙위 제도를 부활하고 선발과 승진에 관한 제도를 정비하고 절목으로 작성하였다. 이 글은 그 절목에 붙인 서문이다. 참고로 《승정원일기》 정조 9년 8월 20일 조 기사에 저자가 금위영 군색종사관(禁衛營軍色從事官)으로 있었다는 기록이 있다.

　이 글을 지은 시기는 정확히 확정할 수 없다. 본문에는 정조 6년(1782), 무예출신의 고단함을 걱정한 임금의 명으로 조처 방안을 정리하고 급료를 정하여 절목을 작성한다고 하였으므로, 이 무렵 어느 시점에 지은 것으로 보인다. 참고로 정조가 출신청의 체제를 정비하고 해당 내용을 절목으로 작성하라고 명한 것은 폐지된 장용위(壯勇衛)를 부활시켜 무예출신을 우대하고 왕실 경호를 강화할 계획을 염두에 둔 사전 조치로 생각된다. 1785년(정조9) 7월 2일에 정조는 출신청을 장용위로 개편하고 《대전통편》에 실었다. 그 후 1793년(정조17)에 장용영(壯勇營)으로 확대, 개편되었다.

117 임금이……따릅니다 : 《주례》 〈하관(夏官)〉에 "호분씨는 왕의 앞뒤에서 호위를 하며 대오를 지어 쫓아가고, 왕이 밖에 나가 머무를 때에는 왕한(王閑 방어용의 목책)을 지키고, 왕이 도성 안에 있을 때에는 왕궁을 지킨다. 나라에 큰 변고가 있을 때에는 궁궐의 문을 지킨다.〔掌先後王而趨以卒伍, 軍旅會同, 亦如之. 舍則守王閑, 王在國則守王宮. 國有大故, 則守王門〕"라고 하였다.

이 때문에 당 태종(唐太宗)이 부병(府兵)[118]을 증가시켜 숙위(宿衛)에 나누어 배속하자 장연사(張延師)와 단지원(段志元)[119] 등이 충직으로 드러났으며, 송 태조(宋太祖)가 친히 숙위병을 선발하여 전상(殿廂)에서부터 점차 승진시키자 왕심기(王審琦)와 석수신(石守信)[120] 등

---

118 부병(府兵) : 서위(西魏) 시대에 만들어진 병제이다. 북주(北周)와 수(隋)나라, 당(唐)나라 때까지 이어졌다. 균전(均田) 농민 가운데 20세 이상인 남자를 뽑아서 부병으로 편성한 다음, 평상시에는 부에 있으면서 농사를 짓게 하고, 유사시에는 종군(從軍)하게 한 병농일치(兵農一致)의 병제(兵制)이다. 부병은 3년마다 한 번씩 선발했다. 북주 시대부터 황제의 친군이 되어, 한 사람이 충군되면 온 가족이 군적에 편입되었다. 당 태종 때에는 부병제가 극성한 시기였다. 균전제를 바탕으로 600여 개의 절충부를 운영하였으며, 절충부가 설치된 주에 거주하는 자만이 부병이 될 수 있었다. 부병으로 선발된 자는 임기가 끝날 때까지 1~2개월간 돌아가며 수도에 올라와 12위(衛)의 위사로 복무하면서 천자의 호위와 수도의 경비를 담당했다.

119 장연사(長延師)와 단지원(段志元) : 장연사와 단지원 모두 숙위군을 통솔하던 장군이다. 장연사는 당나라 장군으로 좌위대장군(左衛大將軍)에 제수되고 범양군공(范陽郡公)에 봉해졌다. 형 장대사(張大師), 장검(張儉)과 함께 '삼극장가(三戟張家)'로 불렸다. 단지원은 단지현(段志玄)의 잘못이다. 저자는 아마 《당회요(唐會要)》를 본 듯하다. 당나라 때의 장군으로 제주(齊州 지금의 산동성 임치(臨淄)) 사람이다. 풍채가 헌걸차고 용맹하여 전투에 뛰어났다. 당 태종을 따라 출정하여 왕세충(王世充)과 두건덕(竇建德)을 토벌하고 종부 지방을 평정하였다. 한번은 명을 받들어 장무문(章武門)을 지키고 있었는데, 태종이 보낸 사자(使者)가 이르렀는데도 한밤중에는 성문을 열 수 없다는 이유로 사신을 들여보내지 않았다. 사자가 조서를 내보이자 "밤이라 진위를 분별할 수 없다."고 거절하였다. 그러자 태종이 진장군(眞將軍)이라고 감탄하였다는 고사가 있다. 《新唐書 卷89 段志玄列傳》. 저자는 이 부분과 관련한 정보를 《옥해(玉海)》의 당나라 병제와 관련한 부분에서 본 듯하다.

120 왕심기(王審琦)와 석수신(石守信) : 왕심기(925~974)는 자는 중보(仲寶)로 북송 초년의 장수이다. 본래 요서 사람이었는데 낙양으로 옮겨 살았다. 후주(後周) 세종에게 총애를 받다가 송나라가 들어선 뒤에 송 태조를 섬겼다. 어영전동악부도서(御營前

이 웅무(雄武)로 이름을 떨쳤습니다. 이러한 전례를 보면 숙위 제도를 확장시켜 방어를 견고히 하지 않을 수 없다는 것을 알 수 있으니, 인재 양성의 바탕도 모두 여기에 있습니다.

조선의 숙위 제도는 경군관(京軍官)이 날마다 교대로 번을 서는 것에서 비롯되었습니다.[121] 역대의 조정에서 이것을 계승해 내려오는 동안 규모가 점차 갖추어져, 금군(禁軍)이 대오를 나누고 무예(武藝)가 돌아가며 숙직하여 궁궐에 도열하는 것에 분명한 규정이 있었습니다.[122] 그런데 유독 창경궁 명정전(明政殿)은 비록 창덕궁과 연결되어

洞屋都部署)를 거쳐 어영사면도순검(御營四面都巡檢)을 지냈다. 석수신(928~984)은 송나라 개국 공신이다. 역시 후주에서 벼슬을 하다가 송 태조 조광윤을 만나 의형제를 맺고 송나라 건국의 주역으로 활동한다. 시어친군마보도지휘사(侍御親軍馬步都指揮使)를 거쳐 금군친위도우후(禁軍親衛都虞侯)를 지냈다. 저자는 이 부분과 관련한 정보를 《옥해》〈송조시위친위군(宋朝侍衛親軍)〉에서 본 듯하다.

121 조선의……비롯되었습니다 : 조선에서는 정종 2년(1400)에 처음으로 경군관(京軍官)을 12패로 만들어 하루씩 걸러 숙직하게 하는 법을 확정하였다. 《國朝寶鑑》. 이어 태종 7년(1407)에 내상직(內上直)을 내금위(內禁衛)로 만들면서 본격적인 숙위 제도가 형성되기 시작했다. 이후 12년 무렵은 내금위, 별시위(別侍衛), 응양위(鷹揚衛)로 늘어난 듯하며, 그에 관한 전례를 명했다.(《태종실록》12년 7월 25일 기사 참조) 태종 15년(1415) 4월 13일에는 자제시위법(子弟侍衛法)을 올렸는데, 이날 기사에 시위와 번에 관한 규정이 자세하다. 뒤에 내금위는 사족(士族)으로 구성하고, 우림위(羽林衛)라는 별도의 부서를 만들어 서얼로 구성하였다.

122 역대의……있었습니다 : 궁궐을 호위하는 금군(禁軍)은 내삼청(內三廳)이라고도 한다. 겸사복(兼司僕), 내금위(內禁衛), 우림위(羽林衛)를 합하여 만든 것이다. 선조와 광해군 때에는 내삼청에 속한 군사가 700인이었는데, 7번으로 나누어 호종과 입직을 하였다. 효종 3년에는 600인이었으며, 6번으로 나누어 배종과 입직을 하였다. 금군청은 영조 31년, 용호영(龍虎營)으로 개칭하였다. 700명으로 1청을 만들어 7개 번으로 나누고 매 번마다 삼정(三正)과 구령(九領)이 병력을 장악하여 호위·입직하였

있기는 하지만 시어소(時御所)가 아니라는 이유로 여태 수위(守衛)하는 병사가 없습니다.[123] 또 별자리나 바둑판처럼 펼쳐져 있던 궁전에서 가까운 관아가 세월이 오래되어 무너지거나 직무가 없어져 재정이 삭감되는 바람에 주변이 텅 비고 경비가 허술하니 식견 있는 자들이 걱정하고 있습니다.

금상(정조) 6년 임인년(1782) 초, 명하여 금군 20인에게 궁궐의 사상(四廂)[124]에 입직하게 하였습니다. 이어 다음과 같이 하교하였습니다.

"이것은 임시 조치이지 정식 규례가 될 수 없다. 지난 숙종조 을축년(1685)에 국출신(局出身)의 정원 150자리 가운데 30자리를 무예출신에 소속시켰는데,[125] 시위군(侍衛軍)의 별역(別役)에 충당하기로 말하

으며, 병조 판서가 이를 통솔하였다. 7개 번의 군사 내에서 가후금군(駕後禁軍) 50명을 선발하여 임금이 거둥할 때에 시위하도록 하였다. 《大典會通 五衛都摠府·龍虎營》

삼정(三正)·구령(九領)이란 정(正) 3인(각 3령을 통솔)과 령(領) 9인(각 10인을 통솔) 등으로 여기서는 정(正)과 령(領)의 지휘관으로 볼 수 있으나, 말단 군사조직 단위(소대 및 분대)로 보아서 삼정·구령이란 하급지휘자를 포함하여 약 100명의 군사를 의미하기도 한다.

입직 위군(衛君), 장졸(將卒)의 계급, 인원, 장소와 건물, 근무 방법과 운영에 대한 규정은 《대전회통》〈입직〉에 자세히 기록되어 있다.

123 명정전(明政殿)은……없습니다 : 《대전통편(大典通編)》에 추가된 기록에는 "장용위(壯勇衛) 12인이 명정전 서쪽 월랑(月廊)의 동룡문(銅龍門) 안에서 입직한다."라는 내용이 보이는데, 그 아래 "장용위가 명정전 월랑에 입직하는 것은 지금은 폐지되었다."라는 추보 기록이 있다. 저자가 이 글을 쓸 때에는 명정전 월랑에 입직하던 관행이 잠시 폐지된 시점이었던 것이다. 《大典會通 入直 壯勇衛》

124 사상(四廂) : 궁궐에 딸린 네 행랑채, 곧 동상(東廂), 남상(南廂), 서상(西廂), 북상(北廂)을 말한다. 월랑(月廊)과 같은 의미로, 숙위하는 군사들이 이곳에 입직한다.

면 무엇이 오랫동안 숙련된 무예별감들을 취하는 것만 하겠는가? 더구나 밤낮으로 시달리는 무예청의 고생스러움은 전장에 출정한 장교와 병사보다 심하다.

선조(先祖 숙종)께서 무예출신을 특별히 훈련도감에 소속시켰던 것은 궁휼히 보살피는 덕의(德意)에서 나온 것이다. 그런데 지금에 와서는 그 고생이 몇 곱절이나 된다. 딱하게도 빈한하여 의지할 데 없는 저들이 한번 무과에 합격하고 난 뒤에는 아무 까닭 없이 관직을 받지 못하고, 행여 승진하거나 전직하더라도 결국은 한직으로 떨어져 왕왕 극심한 가난에 허덕이기까지 한다. 내 마음에 측은하여 조처할 방안을 생각지 않을 수 있겠는가?"

이에 명하여 무예출신 가운데서 선발하여 국출신 자리 30원에 소속시키고, 매 번마다 12인씩 돌아가며 명정전 서쪽 행랑에 입직하게 하였

---

125 국출신(局出身)의……소속시켰는데 : 국출신은 병자호란 때 남한산성에서 임금을 호위하였던 훈련도감의 군사를 대우하기 위해 무과를 실시하여 뽑은 자들로 1,384명 7국이었다. 《숙종실록》 17년 10월 16일 기사에 "남한산성에 호종했던 무사로 국(局)을 설치하고 봉료를 주며 '국출신'이라 하였다. 그 뒤에 또 훈국(訓局)의 군졸 출신이 입속(入屬)하는 것을 허락하여 액수가 점점 많아졌다. 처음에는 모두 7국(局)이고 국마다 100인이었는데, 왕왕 궐원(闕員)이 있을 때마다 보충하지 않고 줄여서 3국으로 만들고 국마다 각각 40여 인에 그치게 하였다."라고 하였다. 3국 150명의 인원 중 각국의 10명씩 30자리를 떼어 무예출신에 할애해주었기 때문에 120자리가 된 것이다. 《정조실록》 17년 1월 12일 기사에 "앞서 임인년에 명하여 무예출신과 무예별감으로서 장교를 지낸 사람 30명을 가려서 번을 나누어 명정전 남쪽 월랑에 입직하게 하였다. 그리고 을사년(1785, 정조9)에 장용위라 호칭하고 20명을 늘리니 이것이 장용영이 설치된 시초이다."라고 한 기록이 이를 뒷받침한다. 또 《대전통편》에 추가된 기록에 "국출신 정원 가운데 무예출신 30자리를 할애하여 관청을 별도로 설치하고, 거기에 20자리를 더하여 장용청(壯勇廳)이라고 하였다."라는 내용이 보인다. 《大典會通 訓鍊都監 局出身》

습니다. 또 별기군(別技軍)으로서 무예가 출중한 자들이 오랫동안 궁궐에서 근무하여 경호에 익숙하게 하기에 마땅하다는 이유로 그중 24인을 선발하여 돌아가며 합문 근처에서 번을 서게 하고, 무예청에 궐원이 나기를 기다려 차례로 보충하게 하였습니다. 별기청(別技廳)에서 승진하여 무예청으로 올라가고, 무예청에서 승진하여 출신청으로 올라가니,[126] 호위병 훈련과 양성에 바탕이 있고 차례로 승진하는 단계가 있어 자리를 얻지 못하는 사람이 한 사람도 없게 되었습니다.

이윽고 조처할 방안을 정리하고, 공로의 서열을 분명히 하고, 병기를 제작하고, 급료를 정하여, 절목을 작성해 오랫동안 유지되도록 했습니다. 신이 근신의 반열로 기획에 참여하였기에 신으로 하여금 《무예출신청절목》에 서문을 쓰게 하였습니다.

신은 삼가 아룁니다. 당 태종이 숙위를 증가시킨 것이 심모원려이기는 하나 군제를 바탕으로 어진 정치를 폈다는 말은 듣지 못했습니다. 송 태조가 친히 선발한 것이 성공한 정책이기는 하나 오랜 전통을 계승하고 새로운 효과를 거두었다는 말은 듣지 못했습니다. 보살피는 노고 없이도 병사들이 각각 제 직위를 얻고, 혁파와 신설을 일삼지 않고도 시행이 법도에 꼭 맞게 된 우리 성상의 하교만 하겠습니까?

---

126 별기청(別技廳)에서……올라가니 : 훈련도감 내에 별기군을 구성하고, 별기군 가운데 무예가 뛰어난 자를 뽑는데 이들이 무예별감이다. 무예별감 가운데서 무과에 급제한 사람이 무예출신이다. 요컨대 무예청에 궐원이 생기면 일반 무과출신보다 무예별감으로 있다가 과거에 급제한 무예출신들을 우선 선발하고, 이들이 다시 국출신으로 승진하여 자리를 채우는 것이 훨씬 효율적이고 합리적이므로 이를 제도화하고자 한다는 의미이다. 즉 별기청에서 무예별감이 되어 무예청으로 승진하고, 다시 국출신인 출신청으로 승진한다는 것이다.

신은 이 선발에 참여하고 이 사업을 받든 자들이 누구나 감격하여 분발할 것을 아옵니다. 군율이 날로 엄정해지고 무예가 날로 숙련되어 경비와 숙위가 영원히 견고하고 궁전과 낭무가 더욱 삼엄해져, 인재 양성의 아름다움과 궁궐 호위의 실질이 일거에 모두 극진하게 될 것이니, 어찌 아름답지 않겠습니까? 어찌 성대하지 않겠습니까?

《강동현 삼편절목(江東縣三編節目)》 서문[127]

江東縣三編節目序

일은 반드시 때를 기다려 이루어지니 실제로는 모두 하늘이 하는 것이다. 을사년(1785, 정조9) 가을, 내가 초계문신으로 누차 소패를 어기고 시험에 나아가지 않았다. 이윽고 견책을 받아 강동 현감(江東縣監)에 보임되었다.[128]

　강동현은 평안도 관할이다. 평안도의 세금 견감과 구황곡 비축 제도는 나의 가대인(家大人)[129]이 정유년(1777, 정조1)에 평안도 관찰사로

---

127 【작품해제】이 글은 명고의 나이 37세 되던 1785년(정조9)에 쓴 서문이다. 명고는 이해 9월에 강동현에 부임했다. 강동현에는 세 편의 민고(民庫) 절목이 있다. 첫째 편은 평안도 관찰사로 부임한 저자의 부친 서명응이 1777년에 만든 것이고, 둘째 편은 역시 평안도 관찰사로 부임한 저자의 맏형 서호수가 1782년에 만든 것이다. 셋째 편은 저자가 강동 현감으로 부임하여 1785년에 만든 것이다. 모두 자신의 집안에서 만든 것이므로, 세 편의 절목을 하나로 합쳐 묶고 거기에 서문을 써서 전말을 기록한 것이다. 달성 서씨와 강동현의 관계 및 달성 서씨 가문의 목민의식과 행정 능력을 살펴볼 수 있는 자료이다.

128 을사년……보임되었다 : 강동 현감으로 부임하기 직전에 명고는 홍문관 부교리(弘文館副校理)와 오위(五衛)의 부사과(副司果) 등을 역임하면서, 홍계능(洪啓能, ?~1776) 옥사와 관련하여 자신은 혐의가 있는 몸이므로 정세상 나갈 수 없다는 이유로 누차 패초를 어겼다. 청소년기에 자신이 홍계능의 문하에서 글을 배웠기 때문이다. 이로 인해 1785년 9월 26일에 강동 현감으로 보임하였다.

129 가대인(家大人) : 명고의 생부인 보만재(保晩齋) 서명응(徐命膺, 1716~1787)을 말한다. 1776년(병신년)에 평안도 관찰사로 부임하였다. 1777년(정유년)에 평양 감영에서 정유자(丁酉字) 15만 자를 주조하였으며, 또 자신의 녹봉에서 자본금 3만 민과 곡식 2만 석을 출연하여 견요전(蠲徭錢) 비황곡(備荒穀)을 마련하여 민간에서

부임해 있을 때 만든 것이다. 그러나 제도만 만들어놓았을 뿐 아직 조처하는 것은 때를 기다리고 있었다.

임인년(1782, 정조6), 나의 백씨(伯氏)[130]가 또 평안도 관찰사로 부임하여 이자로 불어난 잉여금을 가지고 여러 고을의 민역(民役)을 방급(防給)[131]하였다. 이 때문에 강동현에 실로 정유년과 임인년의 두 절목이 있게 되었다. 이 중 임인년의 잉여금은 규모가 그다지 크지 않고 민역을 방급해준 것도 단지 일시적인 혜택일 뿐이라 만세토록 영원히 도움을 주려고 한 당초의 의도에는 미치지 못했으니, 단지 시행하기만 했을 뿐 원대한 경영은 아직 때를 기다리고 있었다.

내가 부임한 초기에 아전과 백성들을 모아놓고, "임인년으로부터 금년까지 4년이 되었다. 다시 잉여금을 가지고 영원히 민역을 견감시켜주려고 한다면 무엇을 가장 먼저 해야 옳겠는가?"라고 물으니, 모두

자체적으로 운영하게 하였다. 서명응이 만든 민고 절목은 이와 관련된 것으로 보인다. 《명고전집》 권8에 실린 〈순천 활동방 평리에 있는 의창에 대한 기문[順川闊洞坊坪里義倉記]〉에서 관련 사실을 참조할 수 있다.

130 백씨(伯氏) : 명고의 맏형인 학산(鶴山) 서호수(徐浩修, 1736~1799)를 말한다. 1782년(정조6) 2월 4일 평안도 관찰사에 제수되어 이듬해 3월 7일 사직하기까지 1년 남짓 봉직하였다. 서호수는 평안도에 부임하던 해 3월 19일에 유고곡(留庫穀)을 가분(加分)해달라는 청을 올렸으며, 재임 기간 동안 강동현의 민고 재정을 정비하고 관리 절목을 작성하였다. 참고로 서호수는 정조의 명을 받아 평양 감영에서 8만여 자의 활자를 만들어 '한구자(韓構字)'라 이름 붙여 규장각에 소장하기도 하였다. 이 활자를 만든 해가 임인년이라 '임인자'라고도 부르며, 두 번째 주조한 한구자라서 '재주한구자(再鑄韓構字)'라고도 한다.

131 방급(防給) : 조세 등을 먼저 대신 내주고 나중에 이익을 붙여 받는 것을 이르는 말이다.

"강동현에는 본디 민역이랄 것이 없지만, 민역 가운데 가장 무거운 것은 찬전(饡錢)입니다. 그러나 4년간 불린 잉여금이 많지 않아 아직 그 수를 충당하기에 부족합니다. 그럼에도 추진하고자 하신다면 다음과 같은 방법이 있습니다. 강동현에서 운영하는 사고(社庫)는 모두 백성들을 위한 것입니다. 그런데 전후로 부임한 현감들이 견감한 세금과 비축한 구황곡까지 아울러 그 이자를 일체 민고(民庫)[132]에다 소속시켰습니다. 백성들에게 편리하게 해주려 한다면 민고의 재정을 이용해도 어찌 안 될 것이 있겠습니까."라고 하였다.

내가 응낙하고는 곧 절목을 작성하여 남는 것을 취하여 요역을 없애주고 정유년과 임인년의 절목 뒤에 붙여놓았다. 이때에 와서야 원대한 계획이 완성되었다.

정유년으로부터 금년까지 9년의 세월이 흐르는 동안 이 편의 시작, 중간, 종결이 반드시 서씨(徐氏)를 기다려 완성되었으니, 하늘의 뜻이 아니라고 말할 수 있겠는가? 절목의 완성이 하늘의 뜻이고 보면 이 사업이 중단되지 않을 것이니, 나는 앞으로 이 뒤를 이어 이 절목을 계승할 자가 반드시 나오리라는 것을 안다.

---

132 민고(民庫) : 관아의 임시 비용으로 쓰기 위하여 고을 안의 백성들로부터 해마다 돈과 곡식 등을 거두어 쌓아두는 창고이다. 역할은 크게 두 가지로 나눌 수 있는데, 하나는 관청 내의 여러 기구와 직임에 자금을 지원하는 임무이고, 또 다른 하나는 각종 자금의 이식(利殖)을 대행하는 임무이다.

〈향숙강제조례(鄕塾講製條例)〉 서문[133]
鄕塾講製條例序

재질이 지역에 영향을 받는가? 아니다. 재질이 때에 영향을 받는가?
아니다. 지역과 때는 형세이지만 재질은 본성이다.[134] 본성이 형세에
혹 이끌릴 수는 있으나 형세가 본성을 막을 수는 없다.

회수(淮水) 북쪽으로 건너온 귤은 변하여 탱자가 되고, 강동 지방으
로 건너간 대추는 크기가 호박만 해진다. 이것은 모두 형세이다. 그러
나 본성까지 바뀐 적이 있었으랴?

사람도 마찬가지이다. 관외(關外) 지방에서 무(武)를 숭상하고 문

---

133 【작품해제】이 글은 명고의 나이 37세 되던 1785년에 지었다. 명고는 강동현에
부임한 뒤 교육 사업 및 지역 인재 육성에 큰 관심을 기울여 향숙에서 젊은 선비들에게
강경(講經)과 제술(製述)을 지도하였다. 이 향숙은 향교 외에 별도로 설립한 교육기관
인데, 정황으로 보아 기기당(蘄蘄堂)이 아닌가 생각한다. 기기당은 '기주(蘄州)의 학궁
건립을 본받는다'는 의미를 담아 세운 강동현의 현학(縣學)이다. 명고는 이곳에서 정조
가 초계문신들을 교육시키던 방법으로 인재들을 교육하여 무를 숭상하는 지역 문화를
일신하고 사풍(士風)을 진작하려고 노력하였다. 기기당에 대해서는 《명고전집》권8의
〈기기당에 대한 기문[蘄蘄堂記]〉을 참조할 수 있다.

134 재질은 본성이다 : 본성은 원문의 '정(情)'을 번역한 말로,《맹자》에서 '정'은 흔히
실정이나 본성이란 의미로 쓰인다. 재질은 원문의 '재(才)'를 번역한 말로, 주자는 이것
을 '본성에서 발로한 타고난 능력' 정도의 의미로 파악하였다. 이 부분의 표현에서 저자
가 사용한 개념어는 맹자가 "본성으로 말하면 선하다고 할 수 있으니, 이것이 내가
말하는 선하다는 것이다. 저 불선을 행하는 것으로 말하면 재질의 죄가 아니다.〔乃若其
情則可以爲善矣, 乃所謂善也. 若夫爲不善, 非才之罪也.〕"라고 한 것과 그 함의와 외연
이 동일하다.《孟子 告子上》

(文)을 외면한 지 오래되었다. 논자들이 "서북 방면의 기운은 금(金)과 수(水)에 속하니, 하늘이 재주를 낼 때 혹 강인함에 편중되기 때문에 형세상 무(武)를 숭상하지 않을 수 없다."라고 하니, 그들의 말이 너무나 비루하다. 이것이 어찌 사람의 본성이겠는가?

내가 초계문신으로 있을 때 인재를 길러주시는 성상의 은혜를 유난히 크게 입었다. 열흘마다 강경(講經)과 제술(製述)을 시험 보고 해마다 성적을 누적하여, 상이나 벌을 줌으로써 부지런히 공부할 것을 독려하고 은전을 하사하여 은총을 성대하게 하였다.[135] 그렇게 한 세월이 몇 년이었다.

을사년(1785, 정조9) 가을, 죄를 진 몸으로 강동현에 보임되었다. 강동현은 관서 지방의 일개 작은 고을로, 유학의 교화가 미치지 않은 지역인 데다 사습(士習)이 날로 쇠퇴해지는 때였기에 마음속으로 '작은 고을에도 하나쯤 있기 마련인 성실하고 미더운 사람을 여기서는 보기 어렵겠구나.'[136]라고 생각하였다.

---

135 내가……하였다 : 정조는 저자를 초계문신에 선발하고 기뻐하여 "서형수의 등제(登第)는 국가에 있어서 참으로 인재를 얻은 다행스러운 일이다. 또 근래 그 사람됨을 보건대 매우 순숙(純熟)하였으니, 내가 가상하게 여긴다."라고 하는 등 매우 신뢰하였다. 또 문장에서 누차 칭찬하였을 뿐 아니라, 《일성록》 1783년(정조7) 5월 12일에는 "세 번의 책문에서 번번이 장원하였으므로 이미 그가 실제로 재주가 있다는 것을 알았다. 더구나 어제와 오늘 두 차례 작문에서 참으로 읽을 만하게 하여 모두 이중(二中)의 평가를 받았으니, 권장하는 방도에 있어서 상전(賞典)이 없어서는 안 된다. 초계문신 서형수에게 직모 마장(織毛馬粧) 1부를 사급하라."라고 상을 내려 격려했다.

136 작은……어렵겠구나 : 《논어》〈공야장(公冶長)〉에 "공자가 말하기를 '작은 고을이라도 반드시 나만큼 성실하고 미더운 사람은 있으나 나처럼 학문을 좋아하지는 못할 것이다.'〔十室之邑必有忠信如(丘)者焉, 不如(丘)之好學也.〕"라고 하였다.

문묘에 배알하고 물러나와 고을의 인사들과 말을 해보니, 높은 갓에 넓은 띠를 맨 문아한 차림에다 법도에 맞는 반듯한 언행이 설령 문물 고장의 예악(禮樂)이나 도학 고을의 규범(規範)이라 할지라도 그들보다 더 나을 수는 없었다.

　　주자(周子)가 "형세는 경중일 뿐이다."라고 말하지 않았던가?[137] 본성은 하늘에 근본하고 형세는 사람에게 달려 있다. 그렇다면 가볍게 하고 무겁게 하는 것은 대체 누구의 책임인가? 이 때문에 옛 규례를 살펴 새로운 항목을 증보하고 풍속에 맞게 제도를 확립하여 〈향숙강제조례〉를 만들어 영원히 지속되게 하였다.

　　기억하건대, 내가 옛날 기주관으로 성상을 모실 때 매양 우러러보니 인재를 교육하는 성념(聖念)이 밤낮으로 지성스러워 초계문신을 친히 시험하시는 여가에 태학(太學 성균관)의 유생들을 자주 부르시어 자상하게 권면하고 인도해주신 것이 거의 사가(私家)의 부자지간이나 다름없었다. 내가 나의 몸에 받은 성상의 덕의(德意)를 만분의 일이나마 미루어 펼치지 않을 수가 있겠는가? 더구나 도성은 팔도의 모범이고, 이곳은 또 형세를 시험해볼 만한 곳이니, 그저 말로만 "본성이 선하지 않음이 없다."라고 할 뿐이 아니다.

137　주자(周子)가……않았던가 : 주돈이(周敦頤, 1017~1073)의 《통서》에 "천하는 형세일 뿐이다. 형세는 경중이다.〔天下勢而已矣, 勢輕重也.〕"라고 하였다.

《북시 질제(北市質劑)》 서문[138]

北市質劑序

시장은 무역(貿易 호시(互市))을 하기에 이르러 관리하기가 어려워졌
다. 옛날 주관(周官)에서 시장의 제도를 정할 때 장소를 마련하고 질
서를 두고 점포를 바루고 재화를 진열하였으며, 사시(司市)가 시장

---

138 【작품해제】이 글이 지어진 시기는 정확히 알 수 없다. 북시(北市)의 폐단을 해결
한 역학(譯學) 김진하(金振夏)의 치적을 그의 후손 김명귀(金命龜)의 청탁으로 지은
것인데, 본문의 말미에 명고가 청나라에 사행을 갈 때 김명귀가 막하에 있었다는 언급이
있다. 명고는 1799년 7월에 진하사의 부사로 중국에 갔는데, 그렇다면 이 글은 명고의
나이 51세 되던 1799년(정조23) 이후 어느 시기에 지어진 것이라 할 수 있다.

북시(北市)는 북관개시의 준말로, 조선 후기 대청 공무역의 하나이다. 1627년(인조
5) 청나라 상인들이 호부(戶部)의 표문(票文)을 가지고 와서 소와 농기구, 소금 등을
사갔는데, 이후로 관례처럼 해마다 시장을 열었다. 경원과 회령 두 곳에서 단개시(單開
市)와 쌍개시(雙開市)를 격년으로 번갈아 열었다. 청나라 예부에서 자문을 보내어 시작
하고, 무역이 끝나면 완시 자문(完市咨文)을 보냈다. 청나라 측의 차관(差官)이 오기를
기다려 차사원(差使員)이 지방관과 함께 시장을 감독하였다. 이미 17세기 말에 마소의
여물과 접대 물품 때문에 북관 지방의 물력이 고갈되고 백성들의 고통이 가중되어 조선
에서 청나라로 자문을 보내기까지 했다. 1759년 영조가 관찰사 및 어사(御史)에게 명하
여 《상정개시절목(詳定開市節目)》을 바로잡아 간행하였다. 《萬機要覽》《林下筆記》
《海東繹史》

질제(質劑)는 계약서 또는 어음의 일종이다. 《주례》〈지관(地官) 사시(司市)〉에
"큰 시장은 질로 하고, 작은 시장은 제로 한다.〔大市以質, 小市以劑.〕"라고 하였는데,
이 구절의 주석에 "질제는 계약 문건을 만들어 보관하는 것이다.〔質劑爲之券藏之也〕"라
고 하였다.

호시(互市)는 국제 무역을 가리키는 일반명사인데, 이 글에서는 주로 북관개시를
가리켜 사용했다.

의 정교와 형법, 도량형과 금령을 관장하였다. 이것이 천하 만세에 통행된 법인데, 주나라 때에는 각각 국경 내에서 이루어져 같은 지방 사람끼리, 같은 나라의 토산물끼리 거래할 뿐이었다.

무역 시장의 속성으로 말하면 관곡(館穀)의 출하가 많고 증여의 규모가 커서 관청에서 소모되는 것이 상인들이 거두어들이는 이익[139]의 열배 백배나 된다. 또한 문란함을 다스리는 관리의 위엄이 다른 나라 상인에게 먹히지 않아 호강함을 믿는 이역의 사람들을 법으로 통제할 수 없다. 사정이 이렇고 보니 골짜기처럼 큰 욕심이 뱃속에서 치솟고 탐욕스러운 눈길로 드러내놓고 노리지만 전례(前例)의 유무를 더 이상 물을 길이 없다. 그래서 한번 시장이 열릴 때마다 손실되는 비용이 백배나 되니, 해마다 손실이 증가할 수밖에 없는 것은 형세상 필연적이다. 그렇다면 시장이 이토록 관리하기 어려운 지경에 이른 것을 한 권의 질제로 멈추게 할 수 있겠는가?

우리나라는 북쪽으로 만주와 접하여 육진(六鎭)에서 오래전부터 무역 시장을 열었다. 조정에서 어사를 파견하여 그 시장을 감독하고, 역원(驛院)에서 역학(譯學)[140]을 차임하여 그 일을 돕게 하였다. 그러나 어사는 다만 위엄과 명망에 의지하여 직임을 맡고 있을 뿐이고, 양국의 교역에 청나라 관리들을 대접하고 문서를 대조하여 도장을 찍고 물가를 조정하는 책임은 전적으로 역학에게 있다. 이 때문에 역학

---

139 상인들이 거두어들이는 이익 : 원문의 비판(裨販)은 비판(稗販)과 같은데 원래는 소매상이나 장사치를 뜻하는 말이다. 장형(張衡)의 〈서경부(西京賦)〉에 "장사치 부부〔裨販夫婦〕"라는 구가 있고, 해당 구의 주에 "싼값에 사서 비싼 값에 팔아 이익을 낸다.〔買賤賣貴, 以資裨益.〕"라고 풀이한 것에 의거하여 의역하였다.

140 역학(譯學) : 외국과의 교통이 많은 지역에 주재하여 통역에 종사하는 관원이다.

선발을 오래전부터 어렵게 여겼다.

영조 35년(1759) 기묘년, 북관의 유생 가운데 시장의 폐단을 아뢴 자가 있었다.[141] 선왕께서 크게 진노하여 "변방 백성의 고혈을 모조리 짜내어 만족할 줄 모르는 오랑캐에게 아낌없이 바치다니, 이것이 무슨 명목인가? 지금부터는 무역 이외에 재화와 뇌물을 바치는 근래에 새로 생긴 관례를 일체 혁파하고, 이를 범하는 자는 법제를 어긴 죄로 논할 것이다." 하였다.

이 때문에 변신(邊臣)이 두려워하여 역원에 첩문(牒文)을 보내어 역학의 직임에 적합한 인물을 극도로 잘 가려 뽑게 하였다. 김진하(金振夏)[142] 군이 중망으로 이 일을 맡게 되었다.

당시에 이 직임에 제수받은 자는 죽는 것이나 매한가지였다. 폐단을 없애면 오랑캐에게 죽고, 폐단을 없애지 못하면 국법에 죽으니, 필경에 죽지 않는 것은 요행일 뿐이었다. 그 어려움이 과연 어떠한가?

---

141 북관의……있었다 : 상소를 올린 유생은 함경도 경원(慶源) 유생 채휘은(蔡徽 殷) 등이었다. 내용은 1645년(인조23)에 시작된 경원 개시의 연원과 목적, 청나라 차사 의 탐학과 토색질, 국가 간 힘의 불균형, 요구 사항과 수탈의 증가 등 각종 폐단을 하소연하였다. 청나라 차사들을 접대하는 비용이 곡식 8,700석인데 그중 관아에서 획급 하는 것은 1/10도 채 되지 않고 나머지는 모두 민간에서 징발했던 당시 경원 지방의 피폐상이 적나라하게 드러나 있다. 《英祖實錄 35年 1月 10日》

142 김진하(金振夏) : 조선 후기의 역관. 본관은 김해로, 동지중추부사(同知中樞府 事)를 지냈다. 청학(淸學)과 청나라 말에 어린이들에게 청나라 말을 가르치기 위하여 여러 가지 교과서를 편찬하였다. 1774년에는 고사언(高師彦)과 함께 검찰관(檢察官) 으로서 《삼역총해(三譯總解)》(일명 《청어총해》)를 수정해서 간행하였다. 1777년(정 조1)에는 청나라 말 학습서인 《신역소아론(新譯小兒論)》을 간행하였고, 같은 해에 어 린아이들에게 가르칠 만주어 학습서인 《팔세아(八歲兒)》를 간행하여 청나라 말 교습과 연구에 많은 공을 세웠다.

그러나 군은 침체한 일개 관원으로서 남들이 한사코 피하는 자리에 용감히 나아가 지혜로 진위를 밝히고 신의로 강포한 무리들을 감복시켰다. 시장을 관리한 지 3년 만에 해묵은 폐단이 말끔히 사라졌고 질제의 거래가 이로써 성립되었으니, 철령 이북의 풍부하고 은성한 물산이 보호되어, 하루아침에 몇십 년 동안 지속되어온 가혹한 수탈의 괴로움에서 시원히 벗어났다. 지금에 와서는 교역을 해야 할 때 교역을 하고 교역이 끝나면 떠나니, 국법을 살펴 원성을 잠재우고 낭비를 줄여 요역을 없애준 것은 모두 김진하 군이 난제를 해결한 덕이다.

이는 국가에는 모범적인 공로가 되고 북방 백성에게는 음덕이 되니, 어찌 구구한 정사와 사업에 비하겠는가? 그러나 한 자급의 상도 받지 못하고 한 마디의 표창도 얻지 못한 채 단지 낡은 문서 조각으로 그 공적을 후인들에게 남기는 데에 그쳤으니, 슬프다.

그의 맏아들 명귀(命龜)[143]가 지난날 내가 청나라로 가는 고생스러운 사행길[144]의 막하에 있었기에 김진하 군의 북시 관리 사업을 매우 자세히 알 수 있게 되었다. 지금 이 거래 문서를 읽어보니 거듭 읽을수록 가시지 않는 감회가 있어 주관의 뜻을 취해 '질제(質劑)'라고 명명한

---

143 명귀(命龜) : 1735~?. 김진하의 맏아들로 자는 수보(壽甫)이다. 1756년(영조 32) 식년시에 22세의 나이로 합격했다. 신체아(新遞兒), 판관(判官) 등을 지냈으며, 가선대부의 품계에 올랐다.

144 고생스러운 사행길 : 원문의 원습(原隰)은 사신의 임무를 수행하는 어려움을 말한다. 《시경(詩經)》〈소아(小雅) 황황자화(皇皇者華)〉에 "찬란하게 핀 꽃들, 저 언덕과 습지에 있도다. 그득히 질주하는 사신들 일행이여, 해내지 못할까 노심초사 근심하네.〔皇皇者華, 于彼原隰. 駪駪征夫, 每懷靡乃.〕"라고 하였다. 명고는 1799년 7월, 진하겸사은부사(進賀兼謝恩副使)로 중국에 갔다. 김명귀가 이때 역관으로 수행한 듯하다.

다. 이어 위와 같이 서문을 쓴다.

주자가 쓴 〈경재잠(敬齋箴)〉 병풍에 붙이는 서문[145]

朱子書敬齋箴屏序

육예(六藝)는 도에 있어 말단이고, 글씨〔書〕는 육예에 있어 또 말단이다. 그러나 도는 육예가 아니면 오묘함을 드러낼 수 없고, 육예는 글씨가 아니면 법을 전할 수 없다. 글씨의 효용이여, 위대하다.

　그러나 옛날에는 글씨로 마음을 살폈다. 왕일소(王逸少)가 글씨에 있어 성인임이 틀림없지만 떠가는 구름처럼 표일하고 달리는 용처럼 빼어날 뿐이었다.[146] 종원상(鍾元常)이 글씨에 있어 명인임이 분명하지만 안개와 노을이 걷히는 모습처럼 엉성한 듯하면서도 더욱 치밀할 뿐이었다.[147] 이들이 성인이 되고 명인이 된 것은 글씨 때문이지 마음

---

145 【작품해제】 이 글을 지은 시기는 정확히 알 수 없다. 명고는 주자가 쓴 〈경재잠(敬齋箴)〉을 입수하여 그것을 병풍으로 만들었다. 명고가 병풍으로 만들어 세운 이유는 〈경재잠〉의 내용을 명심하여 경계하기 위함이 아니라 글씨의 필획에서 주자가 글씨를 쓸 때의 마음을 간취하여 경의 실제적 현현을 느끼기 위해서였다. 글씨 쓰는 행위 자체가 '경(敬)'이며 곧 도를 행하는 근본이라고 말하는 것에서 명고 특유의 학예 사상을 읽을 수 있다.

146 왕일소(王逸少)가……뿐이었다 : 일소는 진(晉)나라 왕희지(王羲之, 307∼365)의 자이다. 당시의 서평가(書評家)들이 왕희지의 필세를 일컬어 "날리듯 경쾌한 것은 뜬구름과 같고, 굳세게 쳐드는 것은 놀란 용과 같다.〔飄若浮雲, 矯若驚龍.〕"라고 한 것을 인용한 표현이다. 《晉書 卷80 王羲之列傳》

147 종원상(鍾元常)이……뿐이었다 : 원상은 위(魏)나라의 서예가 종요(鍾繇, 151∼230)의 자이다. 이 말은 소식(蘇軾)이 웅건한 필세를 설명하면서 종요의 글씨를 예로 들어 "또 안개가 걷히고 노을이 걷히는 모습처럼 엉성한 듯하면서도 더욱 치밀하다.〔且霧卷霞收狀, 若疏而復密.〕"라고 한 것을 인용한 표현이다. 《古今源流至論 書法》

때문이 아니다. 저 글씨를 어디에다 쓸 것인가?

그렇다면 반드시 힘써야 할 일이 있으니, 덕을 신명(神明)하게 하는 것이다. 이것이 주자가 주자인 까닭이니, 한 점 한 획이 뒷사람들에게 사랑을 받아 오늘까지 판각하여 세상에 유행하고 있다.

나는 주자가 쓴 〈경재잠(敬齋箴)〉 1본을 얻어 이것을 병풍으로 만들어 늘 감상하고 있다. 이 병풍을 보는 사람들은 내가 〈경재잠〉에 경계의 뜻을 담아 병풍을 만든 것이라 생각한다. 그러나 〈경재잠〉이 세상에 전해진 지는 오래되었다. 전기(傳記)에 섞여 나오기도 하고, 서책에 드러나기도 하여 집집마다 간직하고 있는 형편이다. 굳이 병풍을 만들어 경계할 이유가 무엇인가?

경(敬)은 심법(心法)이다. 주자가 후학을 깨우친 후로 수백 년이 흐른 지금, 혹 진실한 마음으로 경을 지키는 자가 있던가? 스스로 경을 지킨다고 생각하는 것이 어쩌면 죽은 나무나 식은 재[148]는 아닐까? 그렇다면 경으로 경을 유지하는 것은 육예로 경을 유지하는 것만 못하고, 육예 가운데 다른 기예로 경을 유지하는 것은 글씨로 경을 유지하는 것만 못하다.

어찌하여 그러한 것인가? 육예는 실제의 일이고 글씨는 심획(心劃)이기 때문이다. 그렇다면 내가 이 병풍에서 취하는 것은 글씨이지 경계의 내용이 아니므로, '글씨는 도를 행하는 근본[書爲道之本]이다.'라고 해도 옳으리라.

---

148 죽은 나무나 식은 재 :《장자(莊子)》〈제물론(齊物論)〉에 "형체를 진실로 말라 죽은 나무처럼 할 수 있으며, 마음을 진실로 식은 재처럼 할 수 있겠는가.[形固可使如槁木, 而心固可使如死灰乎.]" 한 데에 전거가 있는 말이다. 정주학의 거경궁리(居敬窮理)는 오래전부터 허정(虛靜)과 사리(死理)를 주장하는 죽은 학문이라는 비판을 받아왔다.

죽사(竹榭)에서 각자의 뜻을 말한 것에 붙인 서문[149]
竹榭言志序

세심자(洗心子)[150]와 일휴자(日休子)[151]는 명고자에게 배웠다. 삼경의

---

149 【작품해제】이 글을 지은 시기는 정확히 알 수 없다. 다만 자신의 호를 '명고자(明臯子)'라고 칭하였고, '척박한 땅과 낡은 집이 명고의 남쪽에 있다'라고 서술한 것으로 보아, 글을 쓴 시기는 명고정거(明臯靜居)의 전장을 경영한 이후의 어느 시점이 된다. 명고정거는 저자가 장단부 서쪽 광명동(廣明洞)에 만든 독서당이자 은거지인데, 1779년 2월 18일에 양부 서명성(徐命誠, 1731~1750)을 김포에서 이곳으로 이장하였다. 그렇다면 명고정거의 경영이 시작된 시점은 1770년대 후반이겠지만 전체적 규모가 완성된 시점은 1780년 무렵일 것으로 짐작된다. 또 자신에게 배운 문족의 자제 세심자(洗心子)가 15, 16세 정도 되고, 일휴자(日休子)가 스물 남짓 되었으며, 명고 자신은 마흔 가까이 되었다는 서술로 보아 1782년 전후에 지어진 것이라 판단된다.

'죽사(竹榭)'는 장단군 백학면에 있던 명고의 독서당이다. 달성 서씨의 고리(故里)에 있던 독서당으로, 명고정거와는 좀 떨어져 있었던 것으로 보인다. '언지(言志)'는 《논어》〈공야장(公治長)〉에서 안연과 자로가 공자를 모시고 있을 때 공자가 "어찌 각자 너희의 뜻을 말하지 않느냐?〔盍各言爾志〕"라고 한 것에 전거를 둔 말로 스승과 제자가 각각의 포부를 말한다는 뜻이다.

이 글에는 주자학을 근간으로 하고 고증학에까지 관심을 넓힌 서노수의 학문 경향, 명말청초의 학술과 문장에 관심을 가진 서유본의 학문 경향, 문도합일(文道合一)과 학이치용(學以致用)을 지향한 명고의 학문 경향이 짧지만 간명하게 담겨 있다.

150 세심자(洗心子) : 서노수(徐路修, 1766~1802)의 별호이다. 서노수는 서명민(徐命敏)의 아들로 서명선(徐命善, 1728~1791)의 양자가 되었다. 자는 경박(景博), 호는 홀원(笏園)이다. 1790년 진사시에 합격하고 형조 정랑, 사헌부 감찰, 용강 현령(龍岡縣令) 등을 역임했다. 1801년 심환지(沈煥之)가 서명선을 무고할 때 벼슬을 버리고 경기도 장단 검월봉(劍月峯)으로 낙향했다. 이듬해 37세의 나이로 세상을 마쳤다. 서노수의 독서당 이름이 세심헌(洗心軒)인데 명고가 기문을 써주었으며, 서노수의 묘지(墓誌) 역시 명고가 썼다. 묘는 파주시 광탄면(廣灘面)에 있다.

밤. 하늘은 맑고 은하수는 선명하다. 사방엔 사람 소리 하나 없고, 촛불을 지키던 동자는 고롱고롱 코를 곤다. 명고자는 책을 덮고 턱을 괴고 몇 차례 낮은 한숨을 뱉다가 탄식하였다. "쯧. 천하의 일이 맘 같지 않게 된 지가 오래이지. 그렇지만 자네들 각자 포부를 말해보지 않으려나?"

세심자가 말하였다. "남송 이래로 속학의 폐단은 장구(章句)와 시문 (詩文)을 기웃거릴 뿐 실심(實心)과 실학(實學)의 사업이 따로 있는 줄을 더 이상 알지 못하는 데 있으니, 도에서 갈라져 나간 것이 너무 멀지 않습니까? 소자의 뜻은 정주학의 요결을 근본 바탕으로 삼고 정 사농(鄭司農)의 종물(綜物)[152]과 숙중(叔重)의 식자(識字)[153]로 문채를 낸다면, 제가 지향하는 학문에 자못 가까울 듯합니다."

일휴자가 말하였다. "그 말 참 통쾌하군요. 처음에 소자의 뜻도 그러하여, 그렇게 해보려고 노력해보았으나 뜻을 이루지 못하였습니다. 차츰 태화(泰和)의 의리[154]와 우산(虞山)의 문장[155]에 뜻을 두어 행여

151　일휴자(日休子) : 미상. 본문에서 서노수보다 4, 5살 많다고 한 것으로 보아, 문족의 조카 좌소산인(左蘇山人) 서유본(徐有本, 1762~1822)으로 추정된다. 서유본은 서호수(徐浩修)의 맏아들이자 풍석(楓石) 서유구(徐有榘, 1764~1845)의 형이고, 명고의 조카이다. 서유구와 함께 어려서 탄소(彈素) 유금(柳琴, 1741~1788)에게 배웠고, 명고의 필유당(必有堂)에서 서노수, 서유구 등과 닷새마다 고문 한 편씩을 짓는 문장 수업을 받았다.

152　정사농(鄭司農)의 종물(綜物) : 정사농은 한대(漢代)의 경학자 정현(鄭玄)이고, 종물(綜物)은 사물이나 사실을 수집하여 종합한다는 뜻인데 여기서는 물명의 의미를 수합하여 비교·확정하는 훈고학을 가리킨다.

153　숙중(叔重)의 식자(識字) : 숙중은 후한의 경학자 허신(許愼)의 자이다. 식자(識字)는 문자학이나 언어학을 가리킨다. 대표적으로 《설문해자(說文解字)》를 들 수 있다.

못 미칠까 조바심을 내었습니다. 그 이하 지렁이 구멍에서 나는 쉬파리 소리 따위[156]는 소자의 관심이 아닙니다. 이제 소자들은 저희의 뜻을 각각 말했거니와 선생님의 뜻은 어떠하옵니까?"

명고자가 말했다.

아, 다 끝난 일이다. 내 나이 열다섯에는 세심자와 같은 뜻을 품었고, 내 나이 스물에는 일휴자와 같은 뜻을 품었지만 지금 서른을 넘어 마흔

---

154 태화(泰和)의 의리 : 태화는 명나라의 주자학자 나흠순(羅欽順, 1465～1547)의 출신지로 지금의 강서성에 속한다. 나흠순의 자는 윤승(允升), 호는 정암(整庵)으로, 만년에 벼슬을 사양하고 낙향하여 학문에 몰두하였다. 주자학을 존숭하여 불교와 양명학을 강력하게 비판하였는데, 왕양명의 《주자만년정론(朱子晚年定論)》을 정면 반박한 것으로도 유명하다. 그의 대표적 저서인 《곤지기(困知記)》는 주자학의 입장에서 도를 보위하는 내용을 담았다고 하여 명말청초에 주자학이 다시 부흥할 때 높이 평가받았다.

155 우산(虞山)의 문장 : 우산은 우산종백(虞山宗伯)의 준말로 명말청초 문단의 맹주 전겸익(錢謙益, 1582～1664)을 말한다. 자는 수지(受之), 호는 목재(牧齋)이다. 만년에 몽수(蒙叟), 동간노인(東澗老人)이란 호를 쓰기도 했다. 1610년 진사에 급제하였으며, 동림당(東林黨)의 영수로 활약하였다. 전후칠자가 의고문을 부르짖은 이후 쇠미해진 문풍을 진작시켰다는 평가를 받고 있으며, 광박한 학문과 웅혼한 기상이 명말청초 문단을 일신시켰다고 추앙받았다. 시세계는 맑고 아름다우며 따뜻하면서도 장엄한 특징을 가지고 있으며, 산문 문장가로도 역량이 뛰어나 '당대 문장백(當代文章伯)'이라 불렸다. 복고파의 모의와 경릉파(竟陵派)의 편협함에 반대하였으며, 공안파(公安派)의 부박함에도 불만을 품었다. 모방을 반대하여 진정 표출을 주장하는 한편 학문적 성취를 강조하여 공소함을 배격하였다. 저서에 《초학집(初學集)》, 《유학집(有學集)》, 《투필집(投筆集)》이 있다.

156 지렁이……따위 : 뚜렷한 주제나 왕성한 기세가 없는 하찮고 진부한 문장을 의미한다. 한유(韓愈)의 시 〈석정연구(石鼎聯句)〉에서 "때로는 지렁이의 구멍에서, 파리 울음소리가 가늘게 들리네.〔時於蚯蚓竅, 微作蒼蠅鳴.〕"라고 읊은 구절을 인용한 표현이다.

이 다 되도록 아무런 명성을 얻지 못했다. 그 일은 글러버렸으니 뜻을 두었다 말할 것 있겠는가? 하지만 나도 주제넘으나마 말해볼 것이니, 너희는 허망한 말로 생각하고 들어보아라.

예전 내가 세심자가 품었던 뜻을 품은 나이가 되었을 때 경문으로 경문을 해석하고, 전주(箋註)로 경문을 해석하지 않았다. 마음에 들지 않는 해석이 있으면 정자나 주자가 남긴 말씀이라 할지라도 억지로 따르려 하지 않았지. 이 때문에 자료를 찾아 한층 깊이 공부하여[157] 앞 시대 학자들의 말을 지적하는 바람에 한번 입을 떼면 주위의 비난을 잔뜩 받았다.

일휴자가 품었던 뜻을 품은 나이가 되었을 때 늘 '우리나라 문학의 문제점은 저속함과 두찬(杜撰)[158]에 있다. 대장부가 옛것을 배우다가 도달하지 못할지언정 어찌 오늘날 사람의 울타리 안에 갇혀서야 되겠는가?'라고 생각하였다. 이에 우뚝이 서산(西山)[159]과 손지(遜志)[160]가

---

157 자료를……공부하여 : 이 부분은 《공자가어(孔子家語)》〈자로초현(子路初見)〉에, 자로가 공자를 처음 만났을 때 "남산의 대나무는 배우지 않아도 스스로 곧으며, 이것을 베어 창으로 쓰면 무소 가죽을 뚫습니다. 이렇게 말하면 어찌 배울 필요가 있겠습니까?" 하고 묻자, 공자가 "그 대나무에 깃털을 묶어주고 날카롭게 간 살촉을 꽂아주면 더 깊이 들어가지 않겠느냐?〔括而羽之, 鏃而礪之, 其入之不亦深乎?〕"라고 대답한 말에 전거를 두었다.

158 두찬(杜撰) : 아무런 근거 없이 날조하거나 억측하여 글을 짓는 행위를 가리킨다. 《야객총담(野客叢談)》에, "두묵(杜默)이 시를 짓되〔撰詩〕율(律)에 어울리지 않는 것이 많았다. 그러므로 일이 격에 맞지 않은 것을 '두묵이 지은 시'라는 의미에서 두찬이라 한다."라고 한 데서 온 말이다.

159 서산(西山) : 남송의 학자 진덕수(眞德秀, 1178~1235)의 호이다. 진덕수의 자는 경원(景元)으로 복건성 포성(蒲城) 사람이다. 주자학에 정통하여 '소주자(小朱子)'

지향한 재도의 문장을 짓겠노라 스스로 다짐하여, 남들이 혹 미치광이나 바보라고 놀리더라도 조금도 개의치 않았다.

끝내 세상은 급격히 변하고 세월은 덧없이 흘러서 해묵은 포부가 까마득한 옛일이 되고 말아 지금은 휑하니 아무것도 이룬 게 없다. 그런데도 자네들은 갈고닦아 고인을 본받으려 하면서 나를 북두(北斗)와 같은 인물에 비기려는가? 나는 또 어찌 뻔뻔스레 낯을 들고 강석에 앉아 너희와 포부를 말할 수 있겠는가?

하지만 한사코 청한다면 나에게도 품은 뜻이 있다. 나에게 수십 마지기의 척박한 땅과 10여 칸의 낡은 집이 명고(明皐)의 남쪽에 있다. 어느 날 처자식을 데리고 농부가 되어 호미질을 하고 삼태기를 멘 채 청빈하게 내 힘으로 먹고살고 싶다. 또 여가에는 지팡이를 짚고 거닐거나 작은 방 안에서 시를 읊조려 유유자적 소요하기도 하며, 귀가 달아

로 불렸다. 문장에도 뛰어나 《문장정종(文章正宗)》을 편찬하였는데, 자신이 쓴 강목에 "선비가 학문을 하는 것은 이치를 궁구하고 쓰임을 다하기 위해서이니 문학이라고 여기에서 예외일 수는 없다. 그러므로 지금 여기 모은 작품들은 의리를 밝히고 세상의 쓰임에 절실한 것으로 위주를 삼았고, 그 체제는 고(古)에 근본하고 그 뜻은 경(經)에 가까운 것들만을 골랐다."고 하여 작품 선정 기준을 명확히 제시하였다. '재도의 문장'이란 이를 두고 한 말인 듯하다.

160 손지(遜志) : 명나라 초엽의 학자 방효유(方孝孺, 1357~1402)의 호이다. 자는 희직(希直) 또는 희고(希古)이고, 정학선생(正學先生)이라 불렸다. 젊어서 송렴(宋濂)에게 배웠다. 한유의 문장을 계승하여 의고와 모방에 반대하였고, 풍격이 순후하고 웅혼하다고 평가받는데, 이 때문에 소한유(小韓愈)로도 불린다. 그러나 정작 그 자신은 시에서 이백, 산문에서 소식을 가장 높이 쳤다. 사물로 이치를 비유하거나 회포를 직설적으로 서술하는 데 뛰어났으며, 문장론에서 문이재도(文以載道), 문도합일(文道合一), 도이문전(道以文傳), 학이치용(學以致用) 등을 주장했다. 저서에 《손지재집(遜志齋集)》이 있다.

오르도록 술을 마셔 울울한 심회를 털어내기도 하겠지. 이러한 때가 되면 세상을 버리고 하늘로 돌아갈 수 있지 않을까?[161] 아니면 허망한 꿈에서 깨어 참된 즐거움을 얻을 수 있지 않을까? 내가 내 일을 할 뿐이니 누가 내 포부를 빼앗을 수 있을까?

두 사람이 "그렇다면 왜 이렇게 하지 않으십니까?" 하고 물었다. 나는 말했다.

"그래. 그렇지만 내가 말하지 않더냐. 천하의 일이 맘 같지 않게 된 지가 오래라고. 보내면 가기도 하고 잡으면 머무르기도 하지만, 가고 머무르는 것은 사람의 힘으로 할 수 있는 일이 아니다. 천명인 것을 내 어찌하겠느냐?"

두 사람이 아무 말 없이 서로 바라보다가 숙연히 일어났다. 새벽닭이 여기저기 울고, 희부옇게 먼동이 텄다. 명고자가 이윽고 전말을 적어 죽사에서 각자의 뜻을 말한 일의 서문으로 삼는다.

---

161 세상을 …… 않을까 : 명리의 굴레를 벗고 천진 속으로 돌아간다. 원문의 제현(帝懸)은 상제(上帝)가 사람을 매달아놓은 것으로, 제현을 풀 수 없다는 것은 감정의 질곡에 빠져 있음을 이른다. 《장자》 양생주(養生主)에 "때마침 이 세상에 태어난 것은 태어날 때였기 때문이고, 때마침 세상을 떠난 것은 갈 때였기 때문이다. 태어나는 때를 편안히 하고 죽는 때에 순함에 처하면 슬픔이나 즐거움의 감정이 마음에 들어가지 못하니, 옛날에 이것을 일러 상제가 매달려 있는 것을 풀어주었다고 한다.[適來夫子時也, 適去夫子順也, 安時而處順, 哀樂不能入也, 古者謂是帝之懸解〕"라고 한 말을 역으로 인용한 것이다.

심양(瀋陽)에 가는 유혜풍(柳惠風)을 보내며 준 서문[162]
送柳惠風之瀋陽序

유혜풍이 문안사(問安使) 서장관(書狀官) 학사 남학문(南鶴聞)[163]을 따라 심양으로 가기에 앞서 나에게 와서 말을 청하였다. 무슨 말을 할까?

들건대 심양으로 사신을 가는 자는 요양(遼陽)을 경유한다지. 요양은 산동성 등주(登州)와 내주(萊州)에서 해로로 불과 천 리 거리일세. 까닭에 남방의 문헌이 여기에 많이 있다네.

그대는 점포에 들어가서 살펴보시게나. 성인의 말과 현인의 말과

---

162 【작품해제】이 글은 명고의 나이 30세 되던 1778년에 심양(瀋陽)으로 가는 유득공(柳得恭, 1748~1807)에게 준 송서(送序)이다. 당시 명고의 숙부인 서명선이 심양 문안 정사(瀋陽問安正使)로 중국에 갈 때 유득공은 31세의 나이로 유람차 따라갔다. 1776년에 유득공의 숙부 유금(柳琴)이 이덕무, 박제가, 이서구 및 유득공의 시문 400수를 엮은 《한객건연집(韓客巾衍集)》을 연경(燕京)에 가지고 가서 청의 문인들에게 보이고 서문 및 시평을 받아왔고, 이 1778년 봄에는 북경에 가는 이덕무와 박제가의 편에 유득공이 〈이십일도회고시(二十一都懷古詩)〉 43수를 보내어 반정균(潘庭筠), 이조원(李調元) 등에게 평을 받아왔다. 유득공 자신이 직접 중국에 가는 것은 이때가 처음이었다. 명고는 중국에 가는 벗 유득공에게 '서점에 들러 조선에 없는 책을 널리 볼 것', '심양 지역의 선비들과 교유할 것', 그리고 '돌아와 자신에게 들려줄 것'을 당부하는 한편, 유득공이 동방의 풍기를 크게 열어젖힌 인물이 될 것이라고 축원해주었다.

163 남학문(南鶴聞) : 1736~?. 자는 여성(汝聲), 본관은 의령(宜寧). 부친은 남백하(南伯夏)이다. 1771년(영조47) 식년시에 진사 3등으로 급제하여 임피 현령(臨陂縣令), 교리, 부수찬 등을 역임하였다. 1778년(정조2) 서명선이 심양 문안 정사(瀋陽問安正使)로 중국에 갈 때 남학문이 서장관으로 함께 갔다. 《正祖實錄 2年 4月 15日》

군자의 말과 문장가의 말과 제자백가의 말에서 패설(稗說)과 쇄언(瑣言)에 이르기까지 틀림없이 모두 우리나라 사람들은 듣도 보도 못한 것이리라. 그대는 전심전력하여 웅장한 규모와 광대한 내용[164]을 널리 섭렵하시게. 문헌에 실린 옛말이 그대를 위한 말이 아니겠는가?

　이제 심양에 가거든 연나라, 조나라 지방의 선비들[165]을 방문하여 강개한 말을 듣고, 민중(閩中)과 절강(浙江) 인사들[166]을 방문하여 유가의 말을 들으시게나. 문사들이 들려주는 오늘의 말이 그대를 위한 말이 아니겠는가?

164　웅장한 규모와 광대한 내용 : 이 부분은 자공의 말을 인용하여 표현한 문장인데, 의미에 맞게 의역하였다. 춘추 시대 숙손무숙(叔孫武叔)이 조정에서 어떤 대부에게 제자 자공(子貢)이 스승 공자보다 훌륭하다는 요지의 말을 하였다. 자복경백(子服景伯)이란 인물이 이 말을 자공에게 일러주었더니, 자공이 "집의 담에다 비유한다면, 저의 담은 어깨까지 닿아서 집의 좋은 것을 들여다보게 됩니다. 우리 선생님의 담은 여러 길이나 되기 때문에 문을 통해 들어가지 않는다면 그 안에 있는 종묘의 아름다움과 온갖 관원들의 수가 많은 것을 볼 수 없습니다. 문을 열고 들어가본 사람이 적으니, 숙손무숙이 그렇게 말씀하시는 게 당연하겠지요.〔譬之宮牆, (賜)之牆也及肩, 窺見室家之好; 夫子之牆數仞, 不得其門而入, 不見宗廟之美, 百官之富. 得其門者或寡矣, 夫子之云, 不亦宜乎?〕"라고 대답하였다. 《論語 子張》

165　연나라, 조나라 지방의 선비들 : 《사기(史記)》〈자객열전(刺客列傳)〉에 연나라와 조나라 인사들이 대거 출현한 것 때문에 예로부터 조나라와 연나라 지방에 격앙지사(激昂之士)가 많다고 하였고, 또 강하고 굳세어 굴복하지 않는 기풍을 '연조풍(燕趙風)'이라고 한다. 여기서는 명나라 유민의식을 지니고서 청나라의 힘에 굴복하지 않고 오랑캐의 문화에 물들지 않은 강개지사를 의미한다.

166　민중(閩中)과 절강(浙江) 인사들 : 민절(閩浙)은 오늘날의 복건성(福建省)과 절강성(浙江省)의 합칭이다. 송나라 때 사부(詞賦)로 선비들을 뽑았는데, 말년에는 오직 이 두 지방 사람들의 사부가 천하에 칭송되었다고 한다. 여기에서는 유학의 도를 간직한 지식인의 대명사로 쓰였다.

그리고 돌아온 뒤, 그곳에서 들은 말을 나에게 들려주시게. 그대의 말은 나를 위한 말이 아니겠는가? 내가 그대에게 말을 청해야 하니, 내가 무슨 말을 해주겠는가?

옛날 계찰(季札)이 조회하러 상국(上國 노나라)의 도성을 방문하였을 때 삼대의 음악을 보기를 청하여 품평하였다.[167] 음악은 말을 문식한 것이고, 문식은 실질의 표상이다. 그대는 이제 계찰보다 더욱 실질에 먼저 힘써야 할 자가 아니겠는가?

나는 알겠다. 뒷날 이 시대를 돌이켜 논하는 자가 간책에 대서특필하여 "조선은 본디 기자(箕子)의 봉국(封國)이거니와 또 하늘이 낸 특이한 인재로서 동방의 풍기(風氣)를 크게 열어젖힌 자는 바로 혜풍이다."라고 할 것을. 이에 보내는 말을 준다.

---

167 계찰(季札)이……품평하였다 : 58쪽 주82 참조.

명고전집

제8권

記기

기記

완이헌(莞爾軒)에 대한 기문[1]
莞爾軒記

공자가 "군자가 중용에 따라 살아가며, 세상을 피해 숨어 사람들에게
알려지지 않아도 후회하지 않는다.〔君子依乎中庸 遯世不見知而不悔.〕"

1 【작품해제】이 글은 34세 되던 1782년 무렵 지어진 것으로 추정된다. 완이헌(莞爾
軒)은 신석로(申錫老, 1753~?)의 서재 이름으로, 완이(莞爾)는 가볍게 웃는 것을 나
타내는 부사어이다. 〈어부사(漁父詞)〉의 후반부에서 굴원(屈原)이 "차라리 상강(湘
江)에 투신하여 물고기밥이 될지언정 어찌 개결한 몸으로 세상의 더러운 먼지를 뒤집어
쓰겠소?"라고 하자, 어부가 씨익 웃으며〔莞爾而笑〕〈창랑가(滄浪歌)〉를 불렀다. 신석
로의 서재 완이헌은 여기에서 뜻을 취해 명명한 것이다.
　신석로의 본관은 평산(平山)이고, 자는 자장(子長)이다. 21세 되던 1773년(영조49)
증광시(增廣試)에 합격했다. 1782년 11월 29일에 시행한 감제(柑製)에 신석로와 서형
수가 함께 참여하여, 두 사람 모두 지차(之次)의 성적으로 직부회시(直赴會試)의 자격
을 얻었다. 이때 두 사람은 교분을 나누었던 듯하고, 이 글은 그 무렵 언제쯤 지어졌을
것으로 추정된다. 신석로에 대한 자세한 행적은 알 수 없다. 서울에 살았으며, 연경재
(研經齋) 성해응(成海應, 1760~1839)과 교유가 확인된다. 청산 현감(靑山縣監)을 역
임하였다. 《송자대전(宋子大全)》 간행에 참여한 인물을 정리해놓은 《소진록(掃塵錄)》
(국립청주박물관 소장)에 장보유사(章甫有司)로 참여한 것이 확인된다.
　명고는 신석로에게 어부(漁夫)의 은둔이 유교에서 지향하는 중용(中庸)의 은둔이
아님을 강조하며, 공자가 보여준 용사행장(用舍行藏)의 은둔을 지향하라고 당부하였다.

라고 하였다.[2] 이른바 "세상을 피해 숨는다."는 것은 행적을 숨긴다는 뜻이 아니다. 그 시대에 살며 사람들에게 알려지지 못한 것이 세상을 피해 숨은 것이다. 따라서 궁벽한 산 깊은 골짝으로 멀리 떠나 남들이 알까 꽁꽁 숨는 것도 숨음이고, 번화한 도회에서 어울려 각축하며 예규에 구애받지 않고 자유롭게 사는 것도 숨음이다.

하지만 군자에게는 이보다 큰 것이 있다. 등용되면 도를 행하고 버려지면 역량을 숨겨, 세상을 외면한 채 홀로 고상하게 굴지도 않고 시속에 영합하여 재주를 자랑하지도 않는다. 그런 뒤에야 중용을 지키며 세상을 피해 숨은 자라고 할 수 있다. 예컨대 한강백(韓康伯)[3]과 엄군

---

2 공자가……하였다 : 공자의 이 말은 《중용장구》 제11장에 실려 있다. 공자는 중용에 맞게 은둔하는 이러한 행위는 "오직 성인이라야 가능하다.〔唯聖者能之〕"라고 하여, 그 어려움과 중요성을 부각시켰다.

3 한강백(韓康伯) : 후한(後漢)의 은사 한강(韓康)이다. 그의 자가 백휴(伯休)인데, 흔히 그의 이름과 자를 합쳐서 한강백이라고 한다. 경조(京兆) 패릉(霸陵) 사람으로, 일찍이 명산을 유람하면서 약초를 캐다가 장안(長安)의 시중(市中)에 내다 팔았다. 30여 년 동안 약초를 팔면서 값을 두 번 불러본 적이 없었다고 한다. 한번은 어떤 여자가 한강백에게 약초를 사러 왔다가 값을 깎아 주지않자 화를 내며 "공이 바로 한백휴입니까, 그래서 값을 두 가지로 하지 않는 것입니까?〔公是韓伯休邪, 乃不二價乎.〕"라고 하였다. 한강백이 속으로 탄식하기를 "나는 이름을 피하려고 했는데, 지금 하찮은 여인들까지 내가 있다는 것을 다 알고 있으니, 약을 팔아서 무엇하랴.〔我欲避名, 今區區女子皆知有我, 何用藥爲.〕" 하고는, 마침내 패릉의 산중으로 들어가 은거하였다. 조정에서 누차 징소(徵召)하였으나 끝내 나가지 않았다고 한다. 《後漢書 卷83 逸民列傳 韓康》. 송나라의 진여의(陳與義)는 이 고사를 인용하여 〈밤에 읊어 벗에게 부치다〔夜賦寄友〕〉라는 시에서 "한강백처럼 약초를 캐어 팔았고, 관유안(관녕(管寧))처럼 경전 담론 잘했지.〔賣藥韓康伯, 談經管幼安.〕"라고 읊었다.

이름과 자를 붙여서 부르는 경우는 몹시 특이한 사례이다. 그 때문에 계곡(谿谷) 장유(張維)는 그의 만필에서 '시구를 지으면서 성명과 자를 합쳐서 씀〔作詩句合人姓名

평(嚴君平)⁴ 등의 부류로 말하면, 성시(城市)에서 자취를 감추어 숨은 것이지만 중용을 잣대로 재어보면 지엽적인 숨음이다. 이것이 바로 중용을 하기 어려운 까닭⁵이다.

나의 벗 신자장(申子長 신석로(申錫老))은 아름다운 선비이다. 젊어서 부터 과거 공부를 하여 약관의 나이에 성균관에 입학했으니 사람들이 임금을 보필하여 국정을 도우리라 기대했다. 그런데 도리어 《초사(楚 詞)》의 어부(漁夫)의 말에서 뜻을 취해 서재에 '완이헌(莞爾軒)'이라 이름을 붙였다.⁶

어부는 세상을 피해 은둔한 자 가운데 편벽된 자이다. 살펴보건대 그가 "외물에 구애되지 않고 시속의 추이에 따른다.〔不凝滯於物而能與 世推移〕"라고 한 말은 그 취지가 굴원의 개결함을 기롱하여 피식 웃어

與字而用之〕'이라는 제목 아래 한강백의 예를 특필하기도 하였다. 《谿谷集 漫筆 卷2 作詩句合人姓名與字而用之》

4 엄군평(嚴君平) : 전한(前漢) 성제(成帝) 때의 은사 엄준(嚴遵)이다. 본래 장준(莊 遵)이었는데 후한(後漢) 명제(明帝)의 이름이 장(莊)이므로 후대의 사가들이 이를 피 휘하여 엄준으로 기록하였다. 촉(蜀) 지방에 살며 복서(卜筮)로 업을 삼아 날마다 성도 (成都)의 시장에서 가게를 열고 점을 보아 돈을 벌었다. 그런데 그는 하루 생활에 필요 한 100전만 벌면 즉시 가게 문을 닫고 주렴을 내리고서 생도들과 《노자(老子)》를 강학 했다고 한다. 《漢書 卷72 王貢兩龔鮑傳》

엄군평은 앞의 한강백과 함께 주로 성시에 은거한 은자의 대표적인 인물로 꼽히는데, 한강백은 약을 팔며 살았기 때문에 매약(賣藥)이라 하고, 엄군평은 점을 쳐서 돈을 벌었기 때문에 매복(賣卜)이라고 한다.

5 중용을 하기 어려운 까닭 : 《중용》 제9장에 "천하와 국가를 균평하게 다스릴 수 있으 며, 작록을 사양할 수 있으며, 흰 칼날을 밟을 수 있으되, 중용은 할 수 없다.〔天下國家 可均也, 爵祿可辭也, 白刃可蹈也, 中庸不可能也.〕"라고 한 것에 전거를 둔 말이다.

6 도리어……붙였다 : 이 글의 【작품해제】 참조.

주려는 것이다. 그렇다면 자장은 어부가 되려는 것인가?

어부를 엄군평, 한강백과 비겨볼 때 누가 더 현명한지 알 수 없다. 그러나 그들의 은둔은 모두 중용이 아니다. 군자는 벼슬하기 전에는 홀로 몸을 깨끗하게 하다가 벼슬에 나아가서는 세상을 위해 큰 쓰임이 되어, 나아가고 물러나는 것을 오직 때에 맞게 할 뿐이다. 구차하게 굴지 않으면 그뿐 어찌 꼭 깊은 산골짝에 숨어야만 은둔이 될 것이며, 또 하필 번화한 도회에 숨어야만 은둔이 되겠는가?

그렇다면 자장의 뜻은 어쩌면 이 서재의 이름을 따라 세속에서 벗어나기를 구하여, 뒷날 시속의 더러움이 완전히 없어지고 우뚝함을 참으로 본 뒤에야 비로소 중용에 나아가 세상을 피해 숨으려는 것인가?

자장이 나에게 기문을 청하였다. 하지만 내가 그의 헌명(軒名)을 제대로 천명할 겨를이 없어 우선 그가 좋아하는 바를 인정하여 글을 써주니 또한 쇠세(衰世)를 안타까워하는 의미이다. 자장이 이 글을 본다면 무엇에 힘써야 할지 반드시 알 수 있을 것이다. 이것으로 기문을 삼는다.

기하실(幾何室)에 대한 기문7

幾何室記

《기하(幾何)》8는 태서(泰西 서양)에서 건너온 책 이름이다. 태서의

---

7 【작품해제】이 글을 지은 시기는 정확히 알 수 없다. 기하실(幾何室)의 주인은 유득공(柳得恭)의 둘째 숙부인 유금(柳琴, 1741~1788)이다. 본명이 유연(柳璉)이었는데 31세 되던 1771년 북경에 갔을 때 이름을 금(琴)으로 바꾸고 자를 탄소(彈素)로 바꾸었다. 장진로(張津老) 또는 착암(窄菴)이라는 호를 쓰기도 한다. 서얼이라는 신분상의 한계와 상투적인 학풍 때문에 조선에 답답증을 느껴 중국 학자들과 활발히 교유했다. 특히 이조원(李調元)과는 각별한 교분을 쌓았다. 1776년 두 번째로 북경을 방문할 때 이서구(李書九)가 소장하고 있던 우리나라 역대 명가들의 탁본첩을 가져가 중국 인사들에게 보였고, 1777년 사은부사로 가는 서호수(徐浩修)를 따라 세 번째로 중국에 갔다. 서호수는 1786년 수차(水車)의 일종인 용미차(龍尾車)를 만들 때 제작 양식과 운용법을 유금에게 물어, 이 일을 계기로 정조에게 이름이 알려졌다. 달성 서씨와는 인연이 깊어 풍석(楓石) 서유구(徐有榘)와 좌소산인(左蘇山人) 서유본(徐有本)의 어릴 적 스승이기도 하다. 이 때문에 서유구 역시 〈기하실기〉라는 제목으로 글을 지어주었다. 저서에 《기하실시고략(幾何室詩藁略)》이 있다. 〈김윤조, 幾何 柳琴의 시에 대하여, 語文學85집, 2004.〉

이 글 가운데 "내가 도에 뜻을 두고 공부를 한 지 10여 년이 되었다."라는 표현이 있는데, 이는 명고가 30세 되던 1778년 무렵 완성한 《학도관(學道關)》 저술과 관련이 있는 발언이다. 그렇다면 단언하기는 어려워도 이 글을 지은 시기 역시 1778년을 전후한 가까운 어느 시기가 될 것으로 짐작된다. 또 당시 서호수는 《기하원본(幾何原本)》을 소장하고 있었는데, 이는 1777년 사은부사로 연경에 갔을 때 구입해온 것으로 보인다. 그렇다면 유금이 서호수와 《기하원본》을 본격적으로 연구하던 시기도 1777~1779년 사이 몇 년이 될 것이므로, 이 글이 지어진 시점 역시 대략 그 무렵 어느 시기가 될 듯하다.

8 기하(幾何) : 유클리드(Euclid, 기원전 330~275)가 남긴 《기하학 원론(幾何學原論)》의 전반부 한역서(漢譯書)인 《기하원본》이다. 마테오 리치가 구역(口譯)하고 서

책 이름을 조선 사람의 서재 이름으로 붙였으니 너무 먼 곳에서 이름을 따왔다.

옛날 서양인 이마두(利瑪竇)[9]가 바다를 건너 중국에 와서 《기하》라

광계(徐光啓)가 한문으로 작성한 것이다. 1605년을 전후하여 만들어진 것으로 추정된다. 《기하원본》의 저본은 마테오 리치의 스승인 클라비우스(C. Clavius, 1538~1612)가 교정하고 해설한 〈Euclidis Elementoum Lii XV〉이다. 《기하원본》에서 번역되지 못했던 후반부는 250년이 지난 뒤 청나라 말엽의 수학자 이선란(李善蘭, 1814~1884)에 의해 후속 번역이 이루어져, 전역본(全譯本)이 1857년에 출판되었다.

《기하원본》이 우리나라에 언제 들어왔는가에 대해서는 미상이다. 다만 이규경(李圭景)은 《오주연문장전산고(五洲衍文長箋散稿)》의 〈기하원본변증설(幾何原本辨證說)〉에서 약천(藥泉) 남구만(南九萬, 1629~1711)이 들어왔다고도 하고, 홍계희(洪啓禧, 1703~1771)가 처음 구입해왔다고도 하는 설이 있음을 소개하였다. 또 이익(李瀷, 1681~1763)이 읽었다는 기록이 《성호사설(星湖僿說)》에 보이고, 홍길주의 스승이었던 중인(中人) 수학자 김영(金泳, 1749~1817)이란 인물이 상당한 수준까지 이해했다는 기록이 있는 것으로 보아 1700년 초엽에는 우리나라에 들어왔던 것으로 보인다. 규장각 한국학연구원에 필사본 1본이 소장되어 있다.

9 이마두(利瑪竇) : 이탈리아 출신의 예수회 선교사 마테오 리치(Matteo Ricci, 1552~1610)이다. 자는 서태(西泰), 호는 시헌(時憲)이다. 1571년 예수회에 가입하여 클레시오 로마노(Collegio Romano)에서 클라비우스(C. Clavius)에게 수학과 천문학 등을 배웠다. 인도를 경유하여 1582년 마카오에 도착하여 선교 활동을 하던 중, 중국으로의 입국을 결심하고 중국어를 공부하였다. 1583년 조경(肇慶)에서 정주(定住)를 허락받아 정식으로 전교를 개시하였다. 1599년 이후 남경에서 활동하다가 1601년에 북경으로 들어갔다. 신종(神宗)에게 자명종, 대서양금(大西洋琴) 등을 바쳐 신뢰를 얻고 북경에서의 전교를 허락받았다. 그는 중국 지식인들에게 서양의 학문 수준을 보여주기 위해 유클리드 기하학을 번역하여 《기하원본(幾何原本)》이라는 제목으로 펴냈고, 세계지도 위에 천문학, 지리학적 해설을 덧붙여 〈곤여만국전도(坤輿萬國全圖)〉를 만들었다. 마테오 리치가 소개한 서양의 학문은 중국 지식인층의 관심을 크게 끌어 서광계(徐光啓), 이지조(李之藻) 등 고위 관료들이 그와 교유하였다. 1610년 북경에서 삶을 마쳤다. 저서에 《천주실의(天主實義)》, 《교우론(交友論)》 등이 있다.

는 책을 번역하여 태학사(太學士) 서광계(徐光啓)[10]에게 전하였다. 서
광계는 명나라의 식견 있는 고관(高官)으로 첫눈에 그것이 희화(羲和)
와 풍보(馮保)의 학문[11]을 계승한 서적임을 알아보고 동료 이지조(李之

10 서광계(徐光啓) : 1562~1633. 자는 자선(子先), 호는 현호(玄扈), 시호는 문정
(文定)이고, 세례명은 바오로[保祿]이다. 상해에서 출생하여 1581년 생원이 되었다.
1596년 광동(廣東)에서 가숙의 훈장을 하다가 천주교를 접하게 되었다. 1597년 북경의
향시(鄕試)에서 수석으로 합격하였다. 1598년 회시에 낙방하여 돌아가던 중 남경에서
마테오 리치를 만났고, 1603년에 세례를 받았다. 1604년 회시에 합격하여 한림원 서길
사(翰林院庶吉士)가 되었다. 마테오 리치와 《기하원본》을 같이 번역한 것은 이때의
일로 추정된다. 마테오 리치의 사후, 관직에서 물러나 천진에 살면서 농학 연구에 힘써
《농정전서(農政全書)》 60권을 완성시켰다. 또 이지조, 아담 샬과 함께 서양 천문학을
번역하여 《숭정역서(崇禎曆書)》를 만들어 황제에게 바쳤다.

11 희화(羲和)와 풍보(馮保)의 학문 : '희화'는 중국 고대신화에 나오는 전설상의 인
물 이름이다. 《초사(楚辭)》와 《회남자(淮南子)》에는 하늘을 지나는 태양의 마차를
모는 인물로 묘사되어 있으며, 《산해경(山海經)》에는 중국 동해 멀리에 있는 희화라는
나라의 여신으로서 준제(俊帝)와 결혼하여 10개의 태양을 낳은 인물이라고 하였다.
또 《서경(書經)》에서는 동서남북의 각 천문에 관한 임무를 담당하는 희중(羲仲), 희숙
(羲叔), 화중(和仲), 화숙(和叔) 등 4명의 신하라고 되어 있다. '풍보'는 주나라 시대의
관직인 보장씨(保章氏)와 풍상씨(馮相氏)의 합칭이다. 둘 다 춘관(春官)에 소속된 직
책으로 천체의 운행을 관측하여 인간의 길흉(吉凶)을 미리 예견하는 직무를 맡았다.
요컨대 희화와 풍보는 모두 고대 천문학과 수학에 관련한 인물과 직책이므로, '희화와
풍보의 학문'이란 곧 천문학이나 수학을 뜻한다.
　서양의 천문학이나 수학을 굳이 희화와 풍보의 학문을 계승한 것이라고 한 말의
기저에는 '서기(西器)는 그 원류가 중국에 있다'고 하는 사유가 깔려 있다. 서양 문물이
중국에 본격적으로 소개되면서 중국 지식인들이 받은 충격은 적지 않았는데, 이 때문에
그들은 서양의 과학 학술의 선진성을 인정하면서도 자신들의 자존심을 지키기 위해
서기중국 원류설을 주장하였다. 명맥이 끊긴 중국 고대의 구고의 학술이 서양으로 건너
가 발전하였다는 논리이다. 황종희(黃宗羲, 1610~1695)가 내세운 이 주장은 중국 지식
인들에게 급속도로 확장되어 매문정(梅文鼎)은 《역학의문(曆學疑問)》 등의 저서를

藻)[12]와 함께 연구하고 밝혀내어 전수하였다. 이후 매정구(梅鼎九)[13]와

통해 서양 천문학의 많은 부분이 고대 중국에서 이미 밝혀놓은 것이라는 사실을 증명하고자 노력하기도 하였다. 이러한 움직임은 조선 지식층에 그대로 영향을 미쳤다. 보만재(保晚齋) 서명응(徐命膺)은 서양 과학의 원류가 고대 중국에 있다는 일관된 태도를 견지하였고, 제자 황윤석(黃胤錫) 역시 같은 입장을 고수하였다. 명고 역시 이러한 주장에 상당히 동조하고 있었던 것이다.《박권수, 徐命膺의 易學的 天文觀, 서울대학교 과학철학협동과정 석사학위논문, 1996》《노대환, 東道西器論 형성 과정 연구, 일지사, 2007》

12 이지조(李之藻) : 1565~1630. 자는 진지(振之) 또는 아존(我存)이고, 호는 양암거사(凉庵居士), 또는 양암일민(凉庵逸民)인데, 세례명 레온(Leon)을 음차한 것이다. 절강성 항주(杭州)에서 출생하였다. 1594년에 거인(擧人)이 되고 1598년 진사에 합격하였다. 마테오 리치에게 배워 1603년《천주실의》를 간행하고, 1605년《혼개통헌도설(渾蓋通憲圖說)》을 개역(改譯)하였다. 이 무렵 서광계의《기하원본》번역 작업에 함께 참여하였다. 1613년 태복시소경(太僕寺少卿)이 되어 조정에 한역서학서의 간행을 청하는 상소를 올리고《동문산지(同文算指)》등의 한역(漢譯)에 참가하였다. 부친의 사망으로 항주로 돌아와 활동하였다. 이외에도《환유전(寰有詮)》,《명리탐(名理探)》등의 저서가 있다.

이지조는《성호전집(星湖全集)》에 실린 〈발천문략(跋天問略)〉에 이미 그 이름이 보이고, 황윤석과 홍대용, 남병철 등에 의해 거론되고 있어 17세기 초엽부터 이미 그의 〈혼개통헌도설〉과 함께 두루 알려진 것으로 추정된다.

13 매정구(梅鼎九) : 청나라 학자 매문정(梅文鼎, 1633~1721)이다. 자는 정구(定九), 호는 물암(勿菴)으로, 안휘성 선성현(宣城縣) 출신이다. 나왕빈(羅王賓)에게 천문학의 기초를 배우고, 예정(倪正)을 사사하였다. 1666년 향시에 응시하였으나, 1675년《숭정역서》를 접하고 40년간 천문학과 수학 연구에 전념하여 청대 수학계의 대표적 인물로 존숭받는다. 방정식 이론을 정리한《방정론(方程論)》을 저술하였고,《기하원본》연구에 매진하여《기하보유(幾何補編)》,《기하통해(幾何通解)》등을 저술하였다. 이 밖에도《필산(筆算)》,《탁산석례(度算釋例)》,《평삼각법거요(平三角法擧要)》,《호삼각거요(弧三角擧要)》,《참도측량(塹堵測量)》,《방원멱적(方圓冪積)》등 다수의 수학 관련 저술을 완성하였다.

이익의《성호사설》에 매문정의 저술《역학의문(曆學疑問)》이 보이고, 정조도 여러

설봉조(薛鳳祚)[14] 등이 나오기에 이르러 《기하》의 학술이 더욱 널리 퍼지고 크게 성행하였다.

　우리나라는 명나라와 외교하면서 계절에 따라 정조사(正朝使)나 하례사(賀禮使)를 파견하여 성실하게 나라의 토산물을 보냈다. 명나라 천자가 정성을 가상하게 여겨 예악(禮樂)과 문헌(文獻)을 가지고 귀국하는 것을 금하지 않았다. 이 때문에 《기하》도 우리나라로 들어오게 되었다. 그러나 문장이 난해하고 뜻이 심오하여 오묘한 의미를 아는

차례 그의 이름을 거론하였다. 이것에 근거할 때 그의 저술이 이미 18세기 전반에 조선에 전래된 듯하다. 특히 명고의 형 서호수(徐浩修)의 《연행기(燕行紀)》에 매문정의 학문을 두고 "정밀하고 심오한 그의 학문은 특별한 시대에 한 번 나오는 특출한 것〔勿蕃之精深, 間世一出而不可多得也.〕"이라는 평가가 있는 것으로 보아 달성 서씨 집안에는 매문정의 학술을 살펴볼 수 있는 저술이 다수 들어와 있었던 것으로 짐작된다.

14　설봉조(薛鳳祚) : 1600~1680. 자는 의보(儀甫), 호는 기재(寄齋)이다. 명말청초의 수학자로 산동성 익도(益都) 치천(淄川) 출신이다. 녹선계(鹿善繼), 손기봉(孫奇逢) 등에게 배워 양명학을 계승하였으며, 위문괴(魏文魁)에게 천문학과 수학을 배웠다. 뒤에 독일인 예수회 신부 탕약망(湯若望, Johann Adam Schall, 1591~1666)에게 배워 《숭정역서》 편수에 참여했다. 목니각(穆尼閣, Jan Mikołaj Smogulecki)의 《천학회통(天學會通)》 등을 번역하였으며, 《삼각산법(三角算法)》 등을 비롯한 다수의 수학 저술을 남겼다.
　우리나라에서는 그다지 유명하지 않아 그 이름이 명고의 이 글에만 보인다. 하지만 규재(圭齋) 남병철(南秉哲, 1817~1863)의 필사본 저술 《성요(星要)》의 내용 대부분이 실상은 예영계(倪榮桂, 1755~?)가 저술한 《중서성요(中西星要)》에서 채록한 것이고, 《중서성요》는 목니각과 설봉조가 협력하여 저술한 《천보진원(天步眞原)》에 연원을 두고 있는 것이므로, 결코 우리나라 학술계와 무관할 수 없는 인물이다. 다만 명고가 설봉조의 학술을 어느 정도 접하였고 이해하였는지에 대해서는 미상이다. 앞으로의 연구가 기대된다. 《전용훈, 서양 점성술 문헌의 조선 전래, 한국과학사학회지 제34권 제1호, 2012》

자가 또한 없었다. 근래에 교수(敎授)[15] 문광도(文光道)[16]가 유독 내용을 이해하여 나의 백씨(伯氏) 참판공(參判公)[17]과 함께 연구하고 밝혀 전수하기를 명나라의 서광계와 같이 하였다.

---

15 교수(敎授) : 조선 시대 호조·형조·관상감·전의감·혜민서·사역원 등에 설치한 종6품 잡학기술관직이다. 잡학교육을 통해 기술관을 양성하는 임무를 맡았으며, 해당 분야의 잡과출신에서 임명되었다. 산학 교수 1명, 율학 교수 1명, 천문학 교수 1명, 지리학 교수 1명, 의학 교수 4명, 한학 교수 4명이 배정되어 있었는데, 문관들 중 전문 분야에 조예가 있는 사람이 '겸교수'로 임명되기도 했다.

16 문광도(文光道) : 1727~1775. 본관은 남평(南平), 자는 현도(玄度)이다. 전공은 천문학이고, 1753년 27세의 나이로 음양과(陰陽科) 식년시에 장원으로 합격했다. 의영고 주부(義盈庫主簿), 천문학 교수(天文學敎授), 삼력관 겸교수(三曆官兼敎授), 함흥 감목관(咸興監牧官) 등을 지냈다. 《기하원본》을 연구하여 기하학에 깊은 성취를 보였다. 명고가 쓴 문광도의 묘표가 《명고전서》 권16에 실려 있는데, 그곳에서 명고는 "수학은 육예의 하나인데, 우리나라 서운관(書雲觀)에서 수학에 정통한 이로는 문광도가 유일하다."라고 극찬하였다. 여항시인이었던 만취정(晩翠亭) 박영석(朴永錫, 1735~1801) 역시 그가 우리나라에 기하학을 창도했다[倡明幾何之法]고 증언하고 있다. 《明皐全集 卷16 義盈庫主簿文君墓表》 《晩翠亭遺稿 韓碩士以亨墓文》

17 백씨(伯氏) 참판공(參判公) : 서호수(徐浩修, 1736~1799)이다. 본관은 대구, 자는 양직(養直), 호는 학산(鶴山)이다. 서명응(徐命膺, 1716~1787)의 둘째 아들이자 명고의 형으로, 출계하여 서명응의 형인 서명익(徐命翼)의 양자가 되었다. 1770년에 완성된 《동국문헌비고(東國文獻備考)》의 천문학 부분인 〈상위고(象緯考)〉를 집필하였다. 관상감 제조를 역임하면서 천문관측 기구를 재정비하고 역법 관련 서적을 편찬하였다. 또 이지조가 개역한 《혼개통헌도설(渾蓋通憲圖說)》을 보완하고 해설한 《혼개통헌도설집전(渾蓋通憲圖說集箋)》을 편찬하였다. 이규경의 〈기하원본변증설〉에는 서호수가 북경 오송(吳淞)에서 증정한 간본을 소장하고 있었는데, 그의 맏아들 서유본이 "이 판본은 중국에서도 희귀한 것이다."라고 했다는 기록이 실려 있다. 또 서유본은 "나의 선군은 주비(周牌)와 기하학에 정통하였다.〔我先君精周牌幾何學〕"라고 직접 증언하기도 하였다. 이화여대에 《사고(私稿)》라는 제목의 필사본 유고가 소장되어 있다. 《金華知非集 卷7 伯氏左蘇山人墓誌銘》 《五洲衍文長箋散稿 技藝類 幾何原本辨證說》

내가 일찍이 참판공에게 여쭈었다.

"도(道)는 형이상(形而上)이요, 육예(六藝)는 형이하(形而下)입니다.[18] 군자는 형이상을 말할 뿐 형이하는 말하지 않습니다. 공께서 좋아하시는 것이 학술을 올바로 택하지 못한 것은 아닐는지요?"

"그렇지. 나도 잘 알고말고. 도는 형태가 없어 홀리기 쉽고, 육예(六藝)는 형상이 있어 거짓으로 꾸미기 어려운 법이지. 내가 도를 좋아하지 않는 것이 아니라네. 도를 좋아한다고 내세우면서 실제로는 도를 지향하지 않는 행위와 이른바 육예라는 것을 터득하지 못하는 것을 싫어할 뿐이라네."

내가 더 이상 여쭙지는 못했으나 여전히 석연치 않았다. 내가 도에 뜻을 두고 공부를 한 지 10여 년이 되었지만 끝내 성인의 학문 그 언저리도 엿보지 못했다. 그런데 공께서 이른 경지는 저와 같이 우뚝하니, 공의 총명함에 감탄하고 또 공이 성인의 학문 그 한 분야[一體][19]를 얻은 것에 대해 감복하지 않을 수 없었다.

유금(柳琴) 탄소(彈素)는 또 백씨를 따라 배운 사람으로, 자신의

18　도(道)는……형이하(形而下)입니다 : 《주역》〈계사전 상(繫辭傳上)〉의 "형이상을 도라 하고, 형이하를 기라고 한다.[形而上者謂之道, 形而下者謂之器.]"라는 말에 전거를 두고, 기(器)를 예(藝)로 바꾸어 말한 것이다.

19　성인의 학문 그 한 분야[一體] : 성인의 학문이 모든 분야를 갖추고 있는 완전한 것이라면 서호수는 그 가운데 수학의 한 분야를 얻어 정통했다는 의미이다. 맹자는 공자가 모든 덕을 갖춘 완전한 인격체라는 것을 사람의 몸에 비유하여 온전한 신체를 모두 갖추고 있는 자에 빗대었다. 그런 다음 제자 자하(子夏)와 자유(子游), 자장(子張)은 성인의 온전한 신체 가운데 한 부분씩[一體]을 갖추고 있는 사람이라고 하였고, 안연(顏淵), 염백우(冉伯牛), 민자건(閔子騫)은 신체의 모든 부분을 갖추고 있지만 미약한[具體而微] 사람이라고 하였다. 《孟子 公孫丑上》

서재에 '기하'라는 편액을 걸고 내게 기문을 부탁하였다.[20] 나는 다음과 같이 말해주었다.

조선은 서양과의 거리가 얼마나 멀리 떨어졌는지 알 수 없고, 지금 시대가 이마두보다 뒤진 것이 또 얼마나 먼지 알 수 없다. 그러나 그대가 그대의 서재에 '기하실(幾何室)'이라고 이름을 붙였으니 그 책과 먼 것은 아니다.

책은 마음의 자취이다. 그렇기 때문에 "거리가 천 리나 떨어지고 시대가 천 년이나 뒤졌다 하더라도 부절처럼 꼭 맞을 수 있는 것은 마음이다."라고 말한다. 그대가 기하학에 대해 이미 그 방법을 터득하였으니, 쓰임새에 맞게 잘 미루어 운용하되 마음의 근본으로 하여금 요순(堯舜)과 우탕(禹湯)이 전해준 도와 멀어지지 않게 한다면, 우리 유교의 도와 《기하》와의 차이가 또 얼마나 되겠는가?

내가 이로써 기하의 설을 분변하여 그대의 뜻을 격려하노니, 그대는 부디 힘쓰시게.

20　유금(柳琴)……부탁하였다 : 유금이 천문학과 수학 관련 문헌들을 서호수를 통해 접하였기에 이렇게 말한 것이다. 유금이 서호수와 《기하원본》을 연구한 것은 1777년 연행 이후이며, '기하'라는 호를 사용한 것도 이때부터라고 짐작된다. 이 글의 【작품 해제】 참조.

오여헌(五如軒)에 대한 기문[21]

五如軒記

공자께서 "장무중의 지혜, 맹공작의 과욕, 변장자의 용기, 염구의 재

21 【작품해제】이 글을 지은 시기는 미상이다. 오여헌(五如軒)은 명고의 서재 이름이다. 혜강, 도연명, 소식, 백낙천, 완적 등 다섯 현자의 품성과 삶을 동경하여 그들과 같이 살고 싶다는 바람을 담은 이름이다. 이 글을 쓸 무렵까지 명고가 쓴 호는 현포(玄圃)였다. 오여헌 역시 호처럼 사용했는지, 단순히 마루 이름으로만 썼는지는 알 수 없다. 장단에 경영한 명고정거(明皐靜居)의 마루 이름이 오여헌이기도 한데, 젊어서부터 써 오던 이름을 붙인 것인지, 명고정거를 완성하고 난 뒤부터 사용한 것인지 역시 분명하지 않다.

　성대중(成大中, 1732~1809)의 《청성집(靑城集)》권6에도 〈오여헌에 대한 기문[五如軒記]〉이 실려 있다. 성대중은 이 글에서 "얽아매는 일이 있으면 혜강의 게으름으로 끝내고, 떨치지 못하는 감정이 있으면 도연명의 담박함으로 풀고, 응어리진 기운이 있으면 소동파의 호방함으로 흘려버리고, 분개한 뜻이 있으면 백향산의 감개로 소멸시키고, 앞에 싫은 사람과 좋은 사람이 함께 있으면 완적의 함구로 달랜다. 다섯 가지 가운데 하나만 지녀도 마음을 편안히 하고 외물에 평담하게 대처할 수 있을 것인데, 더구나 이 모두를 겸함에랴?〔事有所係, 則以叔夜之疏懶已之. 情有所牽, 則以元亮之恬澹解之. 氣有所滯, 則以東坡之雄放泄之. 志有所怫, 則以香山之感慨消之. 姣媸之交於前, 則以步兵之無臧否遣之. 五者有其一, 足以安心而平物, 況兼之乎.〕"라고 의미를 부연하였다. 명고가 자신의 오여헌에 대한 기문을 청하여 성대중이 써준 것으로 보인다.

　이 글은 주자의 〈답진동보서(答陳同甫書)〉의 내용을 바탕으로 하고 있다. 진동보가 주자에게 편지를 보내어 위대한 공업을 이룬 인물을 성인(成人)이라고 할 수 있다고 주장하자, 주자는 진동보가 공리의 길로 달려갈까 염려하여 간곡하고 절실하게 그 말의 병폐를 지적하였다. 주자의 〈답진동보서〉의 논리에 근간을 두고 이 글을 작성한 사실로 미루어볼 때 명고가 말하는 오여(五如)의 의미는 성인(成人)의 의미에 가깝고, 그것은 공리를 지향하는 삶과는 거리가 멀다. 요컨대 이 기문은 명고의 삶의 지향과 처세에 관한 철학을 구체적으로 읽을 수 있는 글이다.

예에 예악으로 문채를 내면 실로 성인이 될 수 있을 것이다.〔臧武仲
之知 公綽之不欲 卞莊子之勇 冉求之藝 文之以禮樂 亦可以爲成人矣〕"
하였다.[22] 성인(成人)이 되는 도는 참으로 어렵구나.

그러나 이와 같지 않으면 성인이 아니니, 성인이 아니라면 삼재(三
才 천(天)·지(地)·인(人))에 무슨 의미가 있겠는가? 천하에 '사람〔人〕'이
없게 된 지가 오래되었으니, 하늘이 홀로 운행할 수 있겠는가? 땅이
홀로 제자리를 잡을 수 있겠는가? 해와 달이 스스로 뜨고 질 수 있겠는
가? 계절이 제 스스로 차례를 지켜 흘러갈 수 있겠는가? 이것이 진동보
(陳同甫)가 악착같이 이리저리 둘러대면서 관중과 같은 사람을 성인이
라 하였던 까닭이다.[23]

---

22 공자가……하였다 : 자로가 공자에게 성인(成人)의 의미에 대해 묻자 공자가 일러
준 말이다. 성인(成人)은 모든 덕목을 고루 갖춘 전인(全人), 곧 성인(聖人)과 같은
뜻의 말이다. 이 때문에 주자는 "그 지극한 경지를 논한다면 인도(人道)를 극진히 한
성인(聖人)이 아니면 성인(成人)이라고 할 수 없다."라고 하였다. 《論語 憲問》

23 그러나……까닭이다 : 진동보는 주자에게 관중(管仲)과 왕맹(王猛)처럼 불세출
의 공업을 이룬 인물을 성인이라 할 수 있다고 하자, 주자가 그 말의 병폐를 염려하여
"이응(李膺), 공융(孔融), 곽광(霍光), 장소(張昭)가 이룬 공업은 내 감히 감당할 수
없지만, 그러나 관중과 왕맹의 일을 동보를 위해 원하지는 않는다.〔李孔霍張, 則吾豈
敢? 然夷吾景略之事, 亦不敢爲同父願之也.〕"하였다. 또 진동보가 시대를 구제할 뜻과
환란을 구제할 공로가 있으면 의리에 맞지 않더라도 일세의 영웅이 될 수 있다고 주장하
며, "천·지·인이 함께 서서 셋이 되니 천지(天地)만 단독으로 운행하고 인간의 행위
는 멈추고 있는 것이 아니다. 지금 천지(天地)가 상존하는 것은 곧 한당(漢唐)의 군주가
반드시 의리에 합당하지 않다 하더라도 이미 사람의 사업을 성취하여 천지가 이에 힘입
어 지금에 이르렀다."고 주장하였다. 그러자 주자는 그 말이 불러올 위험성을 경계하여
"천·지는 마음이 없고 사람〔人〕은 인욕이 있기 때문에 천지의 운행은 무궁하고 사람의
도(道)는 때로 무궁하지 못하다. 의리의 마음이 잠깐 사라지면 인도(人道)가 멈추고,
인도가 멈추면 천지의 운행은 비록 그치지는 않으나 인도는 곧 행해지지 않는다."라고

그렇지만 진동보는 '사람〔人〕'의 의미를 제대로 알지 못했다. 천하에 '사람'이라고 하는 존재는 무수히 많다. 천금짜리 호백구를 만드는 가죽은 한 마리의 여우 겨드랑이에서 얻을 수 있는 것이 아니고, 큰 집을 짓는 재목은 산 한 등성이에 자라는 나무로 충당할 수 있는 것이 아니다. 천하의 사람들을 비교하여 그 가운데서 가장 훌륭한 사람을 취하는 것이라면 어느 시대엔들 성인(成人)이 없겠는가? 다만 사람이 사람을 보되 특정한 한 사람을 성인(成人)으로 삼을 뿐이다.

그렇지만 이는 시대를 논한 것이지 사람을 논한 것은 아니다. 나 한 사람의 몸으로 성인(成人)의 도를 갖추려 한다면 장대 하나를 메고 바다 깊이를 재러 가는 꼴[24]에 가까울 것이다. 그렇다면 나는 무엇을 추구해야 할까? 지혜일까? 용기일까? 예악일까? 갈팡질팡 어떻게 해야 할지 모르고 있었다.

마침 이때 나를 위해 일러주는 자가 있었다.

"게으르기는 혜중산(嵇中散)[25]처럼 하고, 담박하기는 도율리(陶栗里

하였다. 이어 세상에 아무리 실용이 되는 공로를 끼친다 할지라도 요순 이래 유가의 도를 계승하여 성인(成人)이 되는 법을 배우지 않으면 시비가 전도되어 세상을 망칠 뿐이라고 하였다. 《朱書百選 卷3 答陳同甫書》

24 장대……꼴 : 《장자(莊子)》〈경상초(庚桑楚)〉에 "장대를 메고 바다에서 깊이를 알려고 한다.〔揭竿而求諸海也〕"라는 구절에 전거를 둔 표현이다. 자신이 성인(成人)이 되길 바라는 것은 그만큼 어림없는 짓이라는 뜻으로 한 말이다.

25 혜중산(嵇中散) : 진(晉)나라 때 죽림칠현의 한 사람으로 중산대부(中散大夫)를 지낸 혜강(嵇康)이다. 산도(山濤)가 자신을 천거하자 절교서(絶交書)를 보냈는데, 거기에 자신은 천성이 괴팍하고 게을러서〔性復疏懶〕보름 혹은 한 달씩이나 머리와 얼굴을 씻지도 않고 잠자리에서는 아주 늦게 일어나며 몸에는 이가 항상 득실거린다고 하였다. 《文選 卷43 嵇叔夜與山巨源絶交書》

도잠(陶潛))처럼 하고, 호방하기는 소자첨(蘇子瞻 소식(蘇軾))처럼 하라.
감개가 많기는 백낙천(白樂天 백거이(白居易))처럼 하고, 남의 장단점을
입에 올리지 않기는 완사종(阮嗣宗)[26]처럼 하라."

나는 즉시 기쁘게 대답했다.

"좋은 가르침을 받았습니다. 담박함은 예악의 실질이고, 게으름은
과욕의 효과입니다. 소자첨은 재예가 있었기에 호방하였고, 백낙천은
용기가 있었기에 감개하였고, 완사종은 지혜로움에 가까웠기에 남의
장단점을 입에 올리지 않았습니다. 이 다섯 사람의 덕은 국량이 작은
소인스러운 것이지만 또한 차선은 될 수 있으니, 이것을 통해 성인(成
人)이 된다 하더라도 이상할 것이 없습니다."

이윽고 나의 서재를 '오여헌(五如軒)'이라고 이름 붙였다.

오여헌의 크기는 몇 칸이 되지 않는다. 그러나 날마다 맑은 흥취를
즐기기에 맞춤이고, 달마다 고결한 몸가짐으로 지내기에 맞춤이다.
멀리 이어진 검푸른 능선과 가까이 두른 푸른 산은 나의 정신을 안정시
켜주고, 네모난 연못 물에는 나의 마음을 비추어볼 수 있다. 그리고
모든 푸른 초목과 하늘의 새나 연못의 물고기들이 저마다 한껏 제 모습
을 바쳐 나의 서재에 풍광을 제공할 터이니, 이것이 또 모든 장점을
구비한 하나의 서재이다.

작은 하나의 서재를 가지고 보더라도 완성된 서재가 되기란 이처럼
어렵다. 그렇다면 더구나 사람이 서재에 비해서야 어떻겠는가? 하지만
오여(五如)의 의미가 아름다우니, 내가 스스로 말한 것이 아님에도

26　완사종(阮嗣宗) : 죽림칠현의 하나인 완적(阮籍)이다. 그는 평생 남의 장단점을
입에 올리지 않았다[口不臧否人物]고 한다. 《晉書 卷49 阮籍列傳》

사람들은 반드시 자부한다고 여길 것이다. 이에 기록하여 문미(門楣)
에 건다.

세심헌(洗心軒)에 대한 기문[27]

洗心軒記

종부제(從父弟 사촌) 경박(景博)은 외모가 매우 개결하고 뜻이 매우
아정(雅正)하였다. 조용한 서재에서 도서를 갈무리해두고 아침저녁
으로 외우며 지냈다. 내가 그의 서재에 '세심헌(洗心軒)'이란 이름을
붙여주었다.

경박이 말했다.

"공자가 말한 세심[28]의 뜻입니까?"

---

27 【작품해제】세심헌은 서노수(徐潞修, 1766~1802)의 서재로, 마음을 씻는다는 뜻
인데 명고가 지어준 이름이다. 이 글은 종제의 서재에 세심헌이라고 명명한 이유를
밝힌 것인데, 지은 시기는 정확히 알 수 없다. 다만 글의 전체적인 분위기로 보아 서노수
가 명고에게 문장을 수업하며 과거 공부에 전념하던 1780년 초중반 무렵에 써준 것으로
보인다. 서노수는 자신보다 두 살 많은 당질(堂姪) 서유구(徐有榘, 1764~1845)와 함
께 명고에게서 배운 것으로 보이는데, 명고가 〈죽사에서 각자의 뜻을 말한 것에 붙인
서문[竹榭言志序]〉을 쓴 것도 이 무렵의 일로 추정된다. 당시 서노수는 서유구에게도
기문을 청하여 서유구 역시 〈세심헌에 대한 기문〉을 써주었다.

서노수는 서명민(徐命敏)의 아들로 서명선(徐命善)의 양자가 되었다. 자는 경박(景
博), 호는 홀원(笏園)이다. 1790년 진사시에 합격하고 형조 정랑, 사헌부 감찰, 용강
현령(龍岡縣令) 등을 역임했다. 1801년 심환지가 서명선을 무고할 때 벼슬을 버리고
경기도 장단 검월봉(劍月峯)으로 낙향했다. 이듬해 37세의 나이로 세상을 마쳤다. 서노
수의 묘지(墓誌)는 명고가 썼고, 묘갈명은 이만수(李晩秀)가 썼다. 묘는 월봉산 아래,
지금의 파주시 광탄면(廣灘面)에 있다.

28 공자가 말한 세심 :《주역》〈계사전 상〉에 "시초의 덕은 둥글어 신묘하고, 괘의
덕은 네모나 지혜로우며, 육효의 뜻은 변역하여 길흉을 알려준다. 성인이 이로써 마음
을 깨끗이 씻어 은밀함에 물러가 감추며, 길흉 사이에 백성과 더불어 근심을 함께하여,

"아니다."

"그렇다면 부자(傅子)가 말한 세심[29]의 뜻입니까?"

"아니다."

"그렇다면 불가에서 말한 정심(淨心)의 의미입니까?"

"아니다."

"그렇다면 도가에서 말한 청심(淸心)의 의미입니까?"

"아니다."

경박이 벌떡 일어나 한참을 멍하니 있다가 말하였다.

"이름을 붙였다면 그 의미를 설명할 수 있을 것이고, 의미를 설명할
수 있다면 실천할 수 있을 것입니다. 선생님께서 이름을 지어주셨으니,
제가 실천할 수 있도록 그 의미를 말해주십시오."

내가 말했다.

"어느 누구도 아닌 명고자가 말한 세심일 뿐이다. 그래, 네가 이 서재
에서 지내기 시작할 무렵 서재가 어느 정도 허물어졌더냐?"

"벽은 헐었고 부뚜막은 무너져 있었더랬습니다. 마당엔 잡초가 우거
졌고 섬돌엔 이끼가 끼어 있었습지요. 방에는 쥐며느리가 돌아다니고,

신령으로써 미래를 알고 지혜로써 지나간 일을 보관한다.〔蓍之德圓而神, 卦之德方以
知, 六爻之義易以貢. 聖人以此洗心, 退藏於密, 吉凶與民同患, 神以知來, 知以藏往.〕"
라고 한 것을 가리킨다.

29 부자(傅子)가 말한 세심 : 부자는 서진(西晉)의 학자 부현(傅玄, 217~278)으로,
자는 휴혁(休奕)이다. 그가 저술한 《부자(傅子)》에 "사람들은 누구나 그릇을 씻을 줄은
알지만 자신의 마음은 씻을 줄을 모른다.〔人皆知滌其器而莫知洗其心〕"라고 하였고,
〈구명(口銘)〉에서 "입과 더불어 마음의 꾀는, 편안하고 위태로운 근원이라네.〔口與心
謀, 安危之源.〕"라고 하였다.

문에는 거미가 줄을 치고 있었습니다.[30] 이 때문에 수리하고, 또 말끔히 소제했습니다. 달포가량 지나자 낡았던 서재가 모습을 바꾸었습니다."

또 물었다.

"네가 수리하고 소제한 지 또한 몇 해가 지나서 오늘처럼 모습을 바꾸게 되었더냐?"

"처음 모습을 바꾸고 나서 날마다 끊임없이 닦고 쓸었습니다. 이 때문에 처음 모습을 바꾸고 나서부터는 바뀐 게 없습니다."

내가 말했다.

"그렇구나. 세심의 의미를 네가 이미 다 실천했구나. 사람에게 있어 마음을 닦는 것보다 중한 것은 없다. 남이 닦아주길 기다려서야 되겠는가? 내가 말하는 씻는다는 의미는 다만 서재가 허물어진 것처럼 기질의 찌꺼기와 외물의 유혹이 분연히 팔창(八窓)[31]을 가리고 정로(正路)

---

30 방에는……있었습니다 : 《시경》〈동산(東山)〉에 "쥐며느리가 방에 있고, 납거미가 문에 있다.〔伊威在室, 蠨蛸在戶.〕"라고 한 것을 인용하여, 서재에 오랫동안 사람이 거처하지 않았음을 나타낸 표현이다. 이 구절에 대해 주자의 집전(集傳)에 "이위(伊威)는 쥐며느리〔鼠婦〕이다."라고 하였다.

31 팔창(八窓) : 마음을 뜻하는 말이다. 《서경》〈순전(舜典)〉에 "사방의 문을 여시고, 사방으로 눈을 밝히시고, 사방으로부터 잘 들리도록 하셨다.〔闢四門 明四目 達四聰〕"라고 한 데서 온 말로, 여덟 창문을 다 열었다는 것은 곧 순임금이 사방의 모든 것을 다 듣고 보아 마음의 총명을 넓혔다는 뜻이다. 전하여 천자의 성철(聖哲)함을 의미한다. 당나라 노륜(盧綸)의 시 〈팽조루에서 읊어 서주의 막하로 돌아가는 양덕종을 보내다〔賦得彭祖樓送楊德宗歸徐州幕〕〉에 "네 방문과 여덟 창이 환하니, 영롱히 하늘에 가까워라.〔四戶八窓明, 玲瓏逼上淸.〕" 하였고, 송나라 장식(張栻)의 시 〈채국정(采菊亭)〉의 인(引)에 "도정절(陶靖節)은 인품이 아주 높아 진송(晉宋)의 여러 사람들이 모두 쉽사리 미칠 수가 없다. 그의 시를 읽어보면 흉차(胸次)가 쇄락(灑落)하고 팔창(八窓)이 영롱한 것을 볼 수가 있다."라고 하였다.

를 막은 것을 씻어낸다는 의미이다. 네가 너의 서재는 지극정성으로 소제할 줄 알면서 너의 마음은 닦을 줄 모른다면 말이 되겠느냐?

그러나 마음을 닦는 데에도 여러 가지 방법이 있다. 공자가 마음을 닦았던 방법은 시괘(蓍卦)를 주로 한 것이니, 너와 상관이 없다. 부자가 마음을 닦았던 방법은 공리(功利)를 주로 한 것이니, 네가 따를 일이 아니다. 불가의 정심과 도가의 청심은 말은 비슷하지만 실상은 다르니 모두 네가 깊이 물리쳐야 할 것들이다. 오직 더욱 부지런히 노력하고 더더욱 열심히 극기복례(克己復禮)하여, 혹 어느 하루 옛날에 물든 더러움을 씻어내었다면 반드시 이미 한 번 씻어낸 것을 바탕으로 날마다 씻고 또 날마다 씻어야 한다. 이것이 네가 닦아야 할 바른 방법이다.

하지만 나는 이런 말을 들은 적이 있다. 묘고야(藐姑射) 산에 신선이 사는데, 피부는 얼음같이 투명하고 곱기는 처자같이 어여쁘다더구나.[32] 이 사람은 어떻게 닦았기에 이런 경지에 이른 것일까? 본래부터 그랬던 것일까? 아니면 닦고 닦아서 그리된 것일까? 영화(榮華)가 발휘되고 신명(神明)이 넉넉해져서일 터이니, 너는 너무 성급하게 굴지 말아라.[33] 군자의 도에 무엇을 급선무로 여기고 무엇을 나중으로 생각해야 하겠느냐?"

경박이 기쁘게 대답했다. "예. 이 말씀을 꼭 지키도록 하겠습니다."

---

32 묘고야(藐姑射)……어여쁘다더구나 : 이 부분은 문장 그대로를 《장자》〈소요유(逍遙遊)〉에서 가져온 것이다.
33 너무 성급하게 굴지 말아라 : 《장자》〈제물론(齊物論)〉에 "그대는 너무 성급하게 생각하는구나. 달걀을 보고 밤에 시각을 알려주길 바라다니.〔且女亦太早計, 見卵而求時夜.〕"라고 한 것을 인용한 표현이다.

필유당(必有堂)에 대한 기문[34]

必有堂記

천하의 일 가운데 기필할 수 있는 것은 정상〔常〕이고, 기필할 수 없는 것은 변수〔變〕이다. 군자는 이 가운데 정상을 논한다. 이 때문에 농부가 농사를 지을 때 반드시 노력한 만큼 수확하고, 부녀자가 누에를 칠 때 반드시 공들인 만큼 거두며, 백공(百工)이 공장을 꾸릴 때 반드시 이익을 남겨 먹는다. 이것이 정상이다.

　날씨가 순조롭지 않으면 농사를 지어도 제 입에 밥 떠 넣는 것을 기필할 수 없으며, 날씨가 알맞지 않으면 누에를 쳐도 제 몸에 옷 걸치는 것을 기필할 수 없으며, 재화가 불어나지 않으면 물건을 만들어도 자산을 불리는 것을 기필할 수 없다. 이것이 변수이다. 공자가 "농사를 지어도 굶주림이 그 속에 있다.〔耕也餒在其中〕"고 하고,[35] 주자가 "이치

34　【작품해제】이 글을 지은 시기는 정확히 알 수 없다. 필유당은 '틀림없이 학문하기를 좋아하는 자가 나의 자손 가운데 나올 것이다.'라는 의미를 담은 명고의 장서실(藏書室) 이름이다. 명고가 〈풍성고협집 서문〔楓石鼓篋集序〕〉을 1788년에 필유당에서 지었으므로, 30대 후반인 1780년대 중반 무렵에 필유당은 이미 지어진 듯하다. 이 글에서 필유당에 소장한 책을 경부류(經部類) 19종, 사부류(史部類) 30종, 자부류(子部類) 25종, 집부류(集部類) 34종으로 총 108종이라 하였는데, 책 수는 얼마 정도인지 알 수 없다. 본서 권10의 〈하사받은 《춘추좌씨전》의 뒤에 공경히 쓴 발문(敬跋宣賜春秋傳後)〉에 추자도에 유배된 시기에 경제적 궁핍 때문에 17종 377책을 팔았다고 한 내용이 있는 것으로 보아 필유당을 만년까지 꾸준히 경영하였고, 그 규모 역시 상당한 정도였음을 추측할 수 있을 뿐이다.

35　공자가……하고 : 공자의 말은 《논어》 〈위령공(衛靈公)〉에 나온다.

로 보아 해야 할 것을 할 뿐이다.〔惟理可爲者爲之而已〕"라고 한 것은 아마 이를 두고 한 말일 것이다.³⁶

나는 달리 잘하는 것이라곤 없고 다만 어려서부터 독서를 좋아하여 헌함에서 고요히 지내며 일찍이 10여 년의 세월 동안 다른 일은 하지 않았다. 나이가 조금 늘어 식견이 차차 트이자 기존의 학문을 묵수하는 것엔 재미가 적어지고 기이한 일을 섭렵하는 데 관심이 갔다. 산과 바다의 정보를 기록해둔 모든 서적과 경전에 누락된 신기한 일들을 사방으로 탐색하여 진귀하고 신비한 것들을 널리 궁구하였다. 이 때문에 서가에 소장한 서적이 부족하고 견문에 한계가 있다는 것을 탄식한 지 오래되었다. 그리하여 병풍과 휘장, 집기와 용구, 수레와 말, 의복과 장신구 따위에 일체 관심을 끊고, 모두 서적을 구입하는 비용으로 돌렸다.

이에 전후로 얻은 사부(四部)의 서적이 경부류(經部類) 19종, 사부류(史部類) 30종, 자부류(子部類) 25종, 집부류(集部類) 34종으로 모두 108종이다. 비단으로 장정하고 운향(芸香)³⁷을 뿌려 차례대로 가지런히 정리하여, 하나의 서재에 갈무리해두고 '필유당(必有堂)'이라고

---

36 주자가……것이다 : 이 말은 백정자(伯程子) 곧 명도선생(明道先生) 정호(程顥, 1032~1085)의 말이다. 본래 《이정유서(二程遺書)》 권11 〈사훈(師訓)〉 75칙에 실려 있는 말인데, 뒤에 《논어》 〈위정(爲政)〉의 '자장학간록(子張學干祿)' 장의 집주에 인용되었기 때문에 명고가 주자의 말로 착각한 듯하다. 정자가 말한 의미는 '농사를 지으면 변수가 많기 때문에 부귀함을 기필할 수가 없다. 이에 비해 덕을 닦으면 벼슬이 주어지고 벼슬이 주어지면 부귀를 기필할 수가 있다. 그러므로 군자는 이치상 할 만한 것을 할 뿐이다.'라는 것이다.

37 운향(芸香) : 향초의 하나이다. 좀먹는 것을 방지하는 효과가 있어 서적이나 옷을 보관할 때 뿌리거나 피운다.

편액을 달았다. 정의(丁顗)의 "틀림없이 학문하기를 좋아하는 자가 나의 자손 가운데 나올 것이다."[38]라는 말에서 의미를 취한 것이다.

세상에 자손에게 유산을 남기지 않는 사람은 없다. 제갈씨(諸葛氏)는 800그루의 뽕나무와 15경(頃)의 전지(田地)를 남겼으니,[39] 이는 농잠업을 유산으로 남긴 것이다. 하지만 후손 가운데 상농부가 났다는 말은 듣지 못했다. 조(曹)의 병씨(邴氏)는 한편 물건을 모으고 한편 자산을 취하는 법을 남겼으니,[40] 이는 상공업을 유산으로 남긴 것이다. 그러나 후손 가운데 대상인이 났다는 말은 듣지 못했다. 지금 앞 시대 사람들이 농잠업과 상공업에서도 이루지 못한 것을 가지고 도리어 학문을 좋아하는 선비에게서 이를 기필하고자 한다면 이는 너무 어려운 일이 아니겠는가?

그러나 농사꾼과 상공인이 종사하는 것은 물질이고, 선비가 종사하는

---

38 정의(丁顗)의……것이다 : 정의는 북송의 저명한 장서가이다. 문자학자 정도(丁度)의 조부이기도 하다. 총 8천 권의 서적을 수집하여 '팔천권루(八千卷樓)'라는 개인 서루에 소장하였다. 그가 "내가 서적을 수집한 것이 많으니, 필시 배우기를 좋아하는 자가 나의 자손 가운데 나올 것이다.〔吾聚書多矣, 必有好學者爲吾子孫.〕"라고 하였다. 《事實類苑》

39 제갈씨(諸葛氏)는……남겼으니 : 제갈씨는 제갈공명(諸葛孔明)이다. 죽음에 임해 후주(後主)에게 표(表)를 올리면서 "성도에 뽕나무 800그루와 척박한 땅 15경(頃)이 있으니 자손들의 의식은 절로 충분합니다.〔成都有桑八百株, 薄田十五頃, 子孫衣食自有餘饒.〕"라고 하였다. 《三國志 卷35 諸葛亮傳》

40 조(曹)의……남겼으니 : 조(曹)는 노나라의 지역 이름이다. 노나라 사람들은 검소하고 성실하였는데 조 지방의 병씨(邴氏)가 그중 더 심했다고 한다. 병씨는 대장장이로 시작하여 몇만 금의 부를 쌓았음에도 가족 간에 '한편 물건을 줍고 한편 물건을 취하라.〔俛有拾仰有取〕'는 말을 철칙으로 삼아 생활하였다고 한다. 《史記 卷129 貨殖列傳》

것은 이치이다. 이치는 정상적으로 기필할 수 있지만 물질은 정상적으로 기필할 수 없다. 대대로 역사서 편찬을 담당해온 사마담(司馬談),[41] 역대로 오경을 전수해온 방휘원(房暉遠)[42]이 어찌 제갈씨나 조의 병씨와 함께 그 기필할 수 없는 것이 똑같겠는가? 더구나 정의의 후손 가운데 정도(丁度)[43]라는 인물이 났으니, 이는 또 기필할 수 있는 증좌가 아니던가? 그렇다면 내가 기획한 필유당 역시 정상적인 기필을 논할 수 있을 것이다.

또 내가 예전에 기주관으로 성상을 모실 때 유흠의 《칠략(七略)》과 반고의 《한서》〈예문지〉에서 범무주(范懋柱)[44]의 천일각(天一閣)과

---

41 사마담(司馬談) : 사마천(司馬遷)의 부친이다. 섬서성 한성(韓城) 사람으로, 선조가 주실(周室)의 태사(太史)였기 때문에 태사령(太史令)이 되어 천문과 역법을 관장하였다. 기원전 110년 한 무제(漢武帝)가 태산에 봉선(封禪) 행사를 행할 때 사마담은 병으로 주남(周南)에 남아 있어 동행하지 못했다. 이 때문에 불울하여 죽었다.

42 방휘원(房暉遠) : 저본에는 방휘원(房輝遠)으로 되어 있으나, 《수서(隋書)》, 《북사(北史)》 등을 근거로 바로잡았다. 북제와 수나라 시대에 활동한 경학자로 항산(恒山) 진정(眞定) 사람이며, 자는 숭유(崇儒)이다. 대대로 삼례(三禮)를 비롯하여 오경의 연구를 매진해온 집안의 후손으로, 북제가 망한 뒤 수나라에서 태상박사(太常博士)가 되어 활동하였다. 당시 '오경고(五經庫)'라는 칭예가 있었다. 《北史 卷82 房暉遠列傳》

43 정도(丁度) : 990~1053. 북송의 문자학자로 개봉 사람이며, 자는 공아(公雅)이다. 북송 진종 연간에 진사에 급제하여, 인종 연간에 추밀부사, 참지정사 등을 지냈다. 《예부운략(禮部韻略)》, 《집운(集韻)》 등을 편찬하였고, 무예에도 밝아 증공량(曾公亮)을 도와 《무경총요(武經總要)》를 찬술하였다.

44 범무주(范懋柱) : 청나라의 목록학자이자 장서가로, 자는 한형(漢衡), 호는 졸오(拙吾)로, 절강성 사람이다. 팔대조 범흠(范欽, 1506~1585) 이래 지속적으로 서적을 수집하여 수만 권의 책을 모았고, 범무주 대에 이르러서는 이를 천일각(天一閣)이라는 장서각에 정리하였다고 한다. 청나라 건륭제 때 《사고전서》 편집 사업을 위해 서적들을 바치게 하자, 641종이나 되는 책을 올렸다고 한다. 당시 동절장서제일가(東浙藏書第一

포사공(鮑士恭)[45]의 지부족재루(知不足齋樓)에 소장되었던 것에 이르기까지, 그 전에 접하지 못했던 책을 많이 보았다.

이윽고 나의 장서실 이름을 하문하셨다. 내가 '필유당'이라고 대답하자, 성상께서 잘 지었노라고 하시며 "네가 이렇게 이름을 지었으니, 장래에 틀림없이 그 결실을 거둘 수 있을 것이다."라고 하였다. 성인(여기서는 정조를 가리킴)의 말씀은 모두 맞는 말씀이지만, 그 가운데서도 이 말씀은 더더욱 기필할 수 있는 것이리라.

家)로 이름났다.

45 포사공(鮑士恭) : 1730~?. 청나라의 장서가이다. 절강성 흡현(歙縣) 사람이다. 저명했던 도서수집가 포정박(鮑廷博, 1728~1814)의 아들로 《사고전서》 편집 사업에 626종의 책을 올렸다. 서루 지부족재(知不足齋)에 10만 권을 소장하고 있었다고 전한다.

영금정(映金亭)에 대한 기문[46]

映金亭記

오주(吳洲 강동현(江東縣))에 있는 만류제(萬柳堤)는 지금 판서로 있는
홍공(洪公) 양호(良浩)[47]가 현감이 되었을 때 처음 만들었다. 만류제
서쪽에 도랑을 끌어와 연못을 만들고 그 가운데 정자를 세운 것은 구
후(具侯) 수온(修溫)[48]이 공사한 것이다.

　대박산(大朴山)[49]은 지세가 가파르게 솟구쳤다가 곧장 내리꽂혀 땅
은 길다랗게 이어지지 않고 골짝은 깊지 않다. 게다가 수정천(水晶

---

46 【작품해제】 이 글은 1785년에 지어졌다. 홍양호(洪良浩)가 1759년에 만류제(萬柳
堤)를 쌓고 제방을 든든히 하기 위해 대규모 버들숲을 조성하였는데, 경치가 너무 아름
다워 1777년에 강동 현감으로 부임한 구수온(具修溫)이 여기에 정자를 지었다. 1785년
에 강동 현감으로 부임한 명고는 백거이(白居易)의 시구에서 글자를 따서 이 정자에
'영금정(映金亭)'이라는 이름을 붙여주었다. 그리고 62세의 나이로 공조 판서에서 형조
판서가 된 홍양호에게 편지를 보내어 편액을 만들었다. 글의 내용은 그 전말을 간략하게
서술한 것이다.

47 홍공(洪公) 양호(良浩) : 1724~1802. 본관은 풍산(豊山), 자는 한사(漢師), 호는
이계(耳溪)이다. 양명학자인 큰외삼촌 저촌(樗村) 심육(沈鋟)에게 배웠다. 1752년 문
과 정시에 급제하여 이듬해 예문관 검열로 관직 생활을 시작하였다. 1758년(영조34)
35세에 강동 현감으로 부임하여 이듬해 봄인 1759년에 만류제 공사를 완공하였다. 1785
년 7월에 형조 판서가 되었다.

48 구후(具侯) 수온(修溫) : 1724~?. 본관은 능성(綾城), 자는 백옥(伯玉)이다.
1768년 식년시에 합격하였고, 사헌부 장령 등을 거쳐 1777년 8월 정사(政事)에서 강동
현감으로 제수되어 부임하였다.

49 대박산(大朴山) : 강동현의 북쪽 4리에 있다. 강동의 진산(鎭山)이다.

川)[50]의 물길이 그 좌우를 휘감고 있다. 따라서 대박산을 등지고 수정천을 굽어보는 고을은 그 형세상 해마다 홍수 피해를 걱정할 수밖에 없다. 이 때문에 제방을 쌓아 물을 막고, 버들을 심어 제방을 든든히 하였다.

이렇게 하고 나니 지난날 범람하던 곳이 지금은 소택(沼澤)이 되었고, 지난날 잘 터지던 곳이 지금은 든든하게 되었다. 강동 백성들로 하여금 몇십 년 동안 안심하고 즐겁게 살아 고장에 만족하며 지낼 수 있도록 한 것은 모두 공의 힘이다. 이 때문에 지역 백성들이 모두 "공이 아니었다면 우리는 아마 물고기밥이 되었을 것이다."라고 한다.

홍수 걱정이 사라진 뒤 경물이 한층 아름다워졌다. 매년 봄에서 여름으로 넘어가는 즈음에 만류제를 따라 오르내리노라면, 바람이 불어 나긋한 향이 사운대고, 달빛이 은은히 비추어 높다란 그늘이 넌출거린다. 멀리서 바라보면 푸른 안개가 덮여 실타래 같고, 가까이 다가가서 보면 부드러운 가지가 늘어져 춤을 추는 듯하다.

이에 제방 가까이에 화려하지도 누추하지도 않은 아담한 정자 하나를 지었다. 작은 섬을 축조하여 그 터를 둥그렇게 만들고, 다리를 걸쳐 놓아 다니기에 편안하게 만들었으니, 또 풍광을 단장하고 경관을 꾸미는 일에 구수온 현감이 기여하였던 것이다.

정자는 이전에 이름이 없었다. 내가 을사년(1785, 정조9) 9월, 이 고을에 부임하였다. 백거이(白居易)가 버드나무를 읊은 시에서 "도연명의 문 앞에 네다섯 그루 있었고, 주아부의 군영에 수천 그루 있었지

50   수정천(水晶川) : 《신증동국여지승람》에는 '수정천(水精川)'으로 되어 있다. 현의 남쪽으로 1리에 있으며 서강(西江)으로 들어간다.

만, 동도의 정월과 이월에 황금의 가지가 낙양교에 반짝이는 것만이야 할까?〔陶令門前四五樹 亞夫營裏百千株 何似東都正二月 黃金枝映洛陽橋〕"[51]라고 읊었던 뜻을 취하여 '영금정(映金亭)'이라 이름을 붙였다. 이에 홍공(洪公)에게 편지를 올려 편액을 얻어 문미에 걸었다.

만류제가 홍공에 의해 처음 만들어지고, 영금정이 구후(具侯)에 의해 세워졌으니, 내가 그 사이에 기여한 것이라곤 아무것도 없는 듯하다. 하지만 이름을 붙인 일 또한 작다 할 수 없다. 이 때문에 사업은 일시에 성사되지만 이름과 문장은 만세에 전해지는 법이니, 이름과 문장이 없다면 만류제를 언제 처음 만들었는지, 정자를 누가 세웠는지 또 어떻게 알 수 있을 것인가? 그렇고 보면 나를 두고 공이 없다 할 수는 없는 것이 실로 마땅하니, 이를 기록하여 기문으로 삼는다.

---

51 백거이(白居易)가……할까 : 이 시는 죽지사(竹枝詞) 계열의 시로 본래 제목은 〈양류지사(楊柳枝詞)〉이다. 동도(東都)는 낙양이다.

기기당(蘄蘄堂)에 대한 기문[52]

蘄蘄堂記

오주(吳洲)는 작은 고을이다. 작은 고을임에도 학궁(學宮)이 있고 서원(書院)이 있으니 큰 고을을 본받으려 한 것이다. 큰 고을을 본받으려고 한 것이라면, 학당(學堂)[53]은 또 큰 고을에도 없는 것이다. 그럼에도 사치스럽게 다 갖추려고 한다면 너무 호화스럽지 않은가? 이 때문에 다음과 같이 전말을 적는다.

회암씨(晦庵氏 주자)가 기주(蘄州) 학궁의 교수청(敎授廳)에 이렇게 적었다.

"나의 벗 이종사(李宗思)가 기주 학관(學官)이 되었는데, 그가 사는 곳이 학궁과 10리나 떨어져 있었다. 이종사가 '학관은 의당 아침저녁으로 제생(諸生)들과 강학에 매진해야 하는 직임인데, 거리가 이토록이나 멀어서야 되겠는가?' 하고 탄식하고는 이윽고 학궁의 동쪽에 자리를 잡아 집을 지어 그곳에 거처하였다."[54]

---

52 【작품해제】이 글이 지어진 시기를 정확히 확정할 수는 없지만, 내용으로 보아 1785년에서 1786년 사이 지어진 것이다. 명고는 강동 현감에 재직할 당시 지은 강동 향교 외에 별도로 학당을 세웠는데, 그것이 기주(蘄州)에서 교수청(敎授廳)을 별도로 세운 전례를 본받은 것이라는 의미에서 '기기당(蘄蘄堂)'이라고 이름하였다. 기(蘄)는 지역 이름이기도 하지만 '기원하다' 또는 '바라다', '본받다'라는 의미를 지니고 있는 글자이다. 이를 이용하여 다소 문자 유희적인 멋을 부려 학당의 이름을 짓고 기문을 지은 것이다.

53 학당(學堂) : 여기서는 현에서 향교 외에 별도로 세운 교육 공간을 뜻한다.

54 나의 벗……거처하였다 : 이 글은 주자의 〈기주교수청기(蘄州敎授廳記)〉를 축약

이렇게 볼 때 학당의 건립은 기주 교수청(蘄州敎授廳)의 건립을 본받은 것이다.

오주 고을은 서쪽에 관아가 있고 동쪽에 유학(儒學)이 있는데, 거리가 또한 기주의 경우처럼 멀다. 그런데 조선의 관제에는 별도로 교수를 두지 않고 현감이 교수의 직책을 겸하도록 하였으니 학관이 제생들과 아침저녁으로 강마해야 하는 것은 기주와 또 다름이 없다.

그러나 고을의 터를 정한 자가 필시 관아를 설치하고 학궁을 설치할 장소를 가장 먼저 골랐을 것이지만, 지금 학관과 제생이 모이는 것이 번잡스러운 까닭에 관아를 옮기고 학궁을 옮길 것을 도모하고 있으니, 이는 누구나 불편하다는 것을 인정하고 있는 것이다. 차라리 관아 가까운 장소에 다시 학사(學舍) 하나를 건립하여 제생들로 하여금 날마다 그곳에서 강학하게 하고, 학관으로 하여금 강마하고 토론하게 한다면 이는 이종사가 기주에서 행한 일과 이름은 다를지라도 실질은 똑같은 것이다.

학궁과 서원은 모든 고을에 두루 있지만, 학당은 이 고을에만 있다. '기기당'이라고 편액을 붙이고 기주의 고사를 끌어와 부연한 것은 형세상 그렇게 할 수밖에 없었다는 것을 밝힌 것이지, 큰 고을보다 사치스럽게 하고자 한 것은 아니다.

그렇지만 기주의 고사를 본받는 것에도 올바른 방도가 있으니, 한갓 거처하는 것만 비슷하게 해서는 안 된다. 기주에서 교육을 할 때 《논어》와 《맹자》에 침잠하여 의리의 요체를 구하였고, 편년체로 엮은 《자

발췌한 것이다. 주자의 벗 이종사(李宗思)가 1172년에 기주 학관으로 부임하여 교수청을 건립한 경위를 서술하고 격려한 내용이다. 《朱子大全 卷77 蘄州敎授廳記》

치통감(資治通鑑)》의 역사를 고증하여 사변(事變)의 잘잘못을 토론하였다. 그리고 전념하여 강마한 것은 이치를 밝히고 몸을 닦는 방법과 집안을 가지런히 하고 나라를 다스리는 근본이었으며, 문장 학습으로 말하면 여기(餘技) 삼아 부수적으로 배우는 것일 뿐이었다.[55]

이것이 또 기주의 강학을 본받는 실제이니, 기기당에서 거처하며 공부하는 자가 마땅히 먼저 힘써야 할 일이다. 어찌 서로 권면하지 않아서야 되겠는가?

---

55 기주에서……뿐이었다 : 이 부분은 주자의 〈기주교수청기〉 후반부 내용을 축약하여 인용한 것이다.

우초당(雨蕉堂)에 대한 기문[56]

雨蕉堂記

생질 박성용(朴聖用)이 마당에 파초를 그득하게 심어놓았다. 비가 올 때 창 아래 누워 들으면 파초잎에 비 떨어지는 소리가 마음에 들어 좋았기 때문에 집을 우초당(雨蕉堂)이라고 이름 짓고, 시문에 능한 사람에게 두루 글을 구하여 의미를 밝히려 하였다. 나 역시 들어보니 좋았다.

사람은 저마다 좋아하는 것이 있다. 도연명이 국화를 좋아하고, 왕희지가 대나무를 좋아하고, 윤화정이 매화를 좋아한 것은 모두 그들의 천성이 대상물의 천성과 비슷하여 좋아하지 않을 수 없었던 것이다. 성용이 파초에 대해서도 좋아하는 것을 그만둘 수 있겠는가?

그러나 파초는 좋아할 만한 점이 너무나 없다. 내음으로 보자면 바람에 실려오는 향기가 없고, 지조로 보자면 눈 속에 꿋꿋이 푸른 절개가 없고, 자태로 보자면 달빛 아래 고고한 정결함이 없어, 고사(高士)와 일사(逸士)가 수심을 달래고 울울함을 펴는 것에 아무런 도움이 되지

---

56 【작품해제】 이 글을 지은 시기는 정확히 알 수 없다. 우초당(雨蕉堂)은 명고의 생질 박시수(朴蓍壽, 1767~1834)의 서재 이름이다. 박시수는 박상한(朴相漢)의 아들이고 조시위(趙時偉)의 사위로, 본관은 반남, 자는 성용(聖用), 호는 우초(雨蕉)이다. 1783년(정조7) 증광문과에 1등으로 합격하였고, 이듬해 정시에 합격하였다. 어머니가 서명응(徐命膺)의 딸로, 명고의 누이이다. 박시수는 1787년 부친인 박상한의 시고에 서문을 써달라고 청하기 위해 명고를 찾은 일이 있는데, 이 글도 그 무렵을 전후한 어느 시기에 작성되었으리라 추측한다.

못한다. 이 때문에 좋아할 점이 드물다. 아마 좋아할 만한 점이 있다면 그것은 필시 줄기 속이 비어 소리를 낼 수 있는 것뿐이리라.

음악은 빈 데서 생겨나고, 습기는 버섯을 만들어낸다.[57] 평범한 사람들은 좋아할 줄 모르고 군자가 좋아할 줄 아는데, 성용이 좋아할 줄을 아니 그 성품이 군자에 가까운 것이리라. 내가 성용이 좋아하는 것에 대해 또 어찌 좋아하는 것을 그만두게 할 수 있겠는가?

사물 가운데 속이 빈 것은 파초뿐만이 아니다. 하지만 속이 빈 사물이라고 하여 모든 사물이 소리를 내는 것은 아닌데, 이는 감촉시켜 소리를 내주는 것이 없기 때문이다. 그렇다면 파초의 속은 어쩌면 기다리는 것이 있는 것인가? 정말로 또한 기다리는 것이 있다면 파초에서 좋아할 만한 점이 무엇이 있단 말인가? 아니면 파초는 감촉시켜 소리 내주기를 기다릴 것도 없이 스스로 감촉하여 우는 것인가?

빗방울 역시 파초를 두드려 소리를 내는 것에 마음이 있는 것이 아니다. 후드득 쏟아지고 주룩주룩 퍼부으며, 보슬보슬 내리고 시원하게 뿌릴 때 파초가 다만 속이 비어 있기 때문에 때리는 대로 소리를 낼 뿐이다. 빗방울도 무심히 내리는 것일 뿐이거늘 파초라고 어찌 기다리는 것이 있겠는가? 그렇다면 빗방울이 파초를 두드려 소리를 내는 것인가? 파초가 빗방울에 맞아 소리를 내는 것인가?

---

57 음악은……만들어낸다 : 이 말은 《장자(莊子)》〈제물론(齊物論)〉에서 인용한 것이다. 어떤 현상에는 그 현상이 만들어진 환경이 있듯이 어떤 감정에는 그 감정이 만들어진 자연스러운 원인이 있다는 의미로, 박시수가 파초를 좋아하는 것은 그의 천성이 파초와 닮은 점이 있어서라는 말을 하기 위해 인용한 것이다. 즉 박시수는 천성적으로 욕심이 없어 마음이 비어 있기 때문에 자신을 닮아 속 빈 파초를 좋아한다는 의미를 은밀히 내포하고 있다.

빗방울과 파초 스스로도 오히려 모르고 있는데, 성용은 어찌 좋아할 줄을 아는가? 성용도 좋아하는 이유를 모르는데, 내가 어떻게 성용이 좋아하는 것을 좋아할 수 있겠는가? 이것이 '조화옹의 이치는 오직 마음을 비운 자라야 분변할 수 있다.'는 말이다. 성용이 "가르침을 주셨습니다." 하니, 더욱 기쁘다.

정치당(正値堂)에 대한 기문[58]

正値堂記

우리나라의 풍속은 중국을 모방하기를 좋아한다. 남양(南陽)의 와룡사(臥龍祠), 황주(黃州)의 월파루(月波樓), 삼등(三登)의 황학루(黃鶴樓)는 모두 지명이 우연히 같은 것으로 인해 실제는 아무런 관련이 없다는 것을 아랑곳 않은 것이니, 왕왕 이처럼 가소로운 경우가 많다.

내가 을사년 가을 강동 현감에 제수되었다. 현의 이름이 강동인 것은 고을이 청천강의 동쪽에 있기 때문이건만, 주(洲)는 오주(吳洲)라 하고, 문은 백마문(白馬門)이라 하고, 관(館)은 추흥관(秋興館)이라 하

---

58 【작품해제】 이 글은 명고의 나이 38세인 1786년에 지었다. 당시 명고는 강동 현감으로 있다가 묘소도감(墓所都監)의 도청 낭청(都廳郎廳)으로 들어오고, 도청 낭청으로 있던 서미수(徐美修)는 어버이의 병이 위중하여 내직을 수행하기 어려운 개인 사정으로 인해 명고와 교체하여 강동 현감으로 나갔다.

정치당(正値堂)은 진(晉)나라 때 강동(江東)의 오중(吳中) 출신인 순리(循吏) 장한(張翰)의 고사에 기반하여 지어진 이름이다. 장한은 가을바람이 불어오는 것을 보고 고향의 순챗국〔蓴羹〕과 농어회〔鱸膾〕가 생각나서 벼슬을 그만두고 돌아갔다고 한다. 이 고사를 두고 당나라 이백(李白)이 〈강동으로 가는 장사인을 전송하며〔送張舍人之江東〕〉라는 시에서 "장한이 강동으로 떠날 때는, 마침 가을바람 부는 계절이었지.〔張翰江東去, 正値秋風時.〕"라고 읊었다. 중국의 강동은 장강 동쪽에 있어 붙은 지명이고, 우리나라 강동은 청천강 동쪽에 있어 붙은 지명이지만, 지명이 같다는 사실 때문에 중국 강동의 고사와 관련된 시구의 글자를 따서 '정치당'이라고 지은 것이다.

조선 시대에는 우리 고유 지명이나 건물명을 비속하다고 여겨 특별한 연관성이 없음에도 중국의 지명이나 건물명을 차용하는 것이 하나의 문화 관습을 이루었다. 이 글은 여기에 대한 명고의 의식을 잘 살펴볼 수 있는 작품이다.

여 오중(吳中) 지방으로 기준을 짓지 않은 것이 없다.[59] 그런데 유독 태수가 정무를 보는 정당(政堂)의 이름만은 목애당(牧愛堂)이라고 붙였다. 내가 그제야 그 이름이 가장 실질에 가까운 것을 기뻐하였다.

나의 벗 김국보(金國寶)가 당시 성도(成都 성천(成川))의 수령으로 있었다. 하루는 나에게 글을 보내와 이렇게 말했다.

"목애당이라는 이름은 속되네. 자네는 속되지 않은 것을 좋아하니, 정치당(正値堂)으로 편액을 바꿔 달지 않으려나?"

나는 국보가 '목애'라는 이름이 속되다는 것만 알고 중화의 풍속을 모방하기를 좋아하는 것이 '목애'라는 이름보다 속된 줄은 모르는 것이 우스워 반년 가까이 편액을 바꾸지 않았고, 또한 편액을 바꾸지 않는 이유를 국보에게 변명하지도 않았다.

강동에서 돌아온 뒤 승지로서 상서성(尙書省 승정원)에 근무할 때, 또 국보와 짝이 되어 숙직하였다. 삼경이 지나 자리에서 물러나와 술이 거나하고 등불이 가물거릴 때까지 다정스레 강선루(降仙樓)와 열파정(閱波亭)에서 매우 즐겁게 놀던 일을 이야기했다. 이윽고 '정치'라는 이름이 '목애'라는 이름만 못한 정황에 대해 말하자, 국보가 혀를 차며 말했다.

"고루하기 짝이 없네, 자네가 추구하는 속되지 않음이란! 그래, 자네

---

59 현의……없다 : 중국의 강동은 옛 오나라 지역이기 때문에 오주라 한 것인데, 우리 나라 강동은 오나라와 아무런 연관성이 없음에도 강동이라는 그 이름 때문에 습관적으로 오주라고 표현하였다. 또 중국의 강동에 백마사(白馬寺)라는 절이 있어 이것을 차용하여 문을 백마문이라 하였고, 장한의 고사를 따서 관사 이름을 추홍관이라 하였다. 곧 우리나라 강동 고을에 있는 대부분의 지명과 건물명이 중국 강동 지역의 것을 차용한 것이라는 의미이다.

는 이름을 떠나 실질을 구하는가? 아니면 이름을 따라 실질에 맞게
하는가? 우리 조선이 변방에 있는 나라임에도 야만스러운 구이(九夷)
와 다른 것은 무엇 때문이라고 생각하는가? 그것은 문교(文敎)를 앞세
우고 무위(武威)를 뒤로하며 예의를 숭상하고 공리를 부끄러워하여,
우리 풍속이 중화를 모방하지 않은 것이 거의 없기 때문이 아니겠는
가? 이 때문에 소중화(小中華)라고 하는 것일세.

　어찌 다만 풍속만 그렇겠는가? 도성의 정문을 숭례문(崇禮門)이라
고 이름 붙인 것은 송나라를 모방한 것이고,[60] 궁궐의 정전을 선정전(宣
政殿)이라고 한 것은 당나라를 모방한 것이고,[61] 어원(御苑)을 상림원
(上林苑)이라고 하는 것은 한나라를 모방한 것일세.[62] 이름이 있는 곳
에는 실질이 반드시 부응하기 마련이니, 자네가 '정치'로써 강동현에
뜻을 둔다면 그대 뒤에 이 고을에 부임할 자 가운데 장한(張翰) 같은
인물이 나오지 않으리라 어찌 장담하겠는가?"[63]

---

60 도성의……것이고 : 남송 진종(眞宗)의 대중상부(大中祥符) 연간 응천부(應天
府)에 세운 남경의 남문을 숭례문이라 하고, 북문을 정안문이라 하였기에〔南一門曰崇
禮, 北一門曰靜安.〕이렇게 말한 것이다. 《宋史 卷85 志38 地理1》

61 궁궐의……것이고 : 당(唐)나라 장안성(長安城) 대명궁(大明宮)의 제2전 이름이
선정전(宣政殿)이다. 황제가 이곳에서 정사를 살폈기 때문에 중조(中朝)라고도 하였
다. 선정전을 중심으로 그 좌우에 중서성(中書省), 문하성(門下省), 홍문관(弘文館),
어사대(御史臺) 등이 늘어서 있었다.

62 어원(御苑)을……것일세 : 상림원(上林苑)은 한 무제(漢武帝)가 조성한 궁중의
정원이다. 우리나라에서는 정식으로 상림원이라는 이름을 사용한 궁원은 없다. 다만
관습적으로 궁원을 상림원이라 하는 것은 그 유래가 한 무제의 상림원에 전거를 두고
있다는 의미이다.

63 그대……장담하겠는가 : 강동 현감 가운데 백성을 사랑하는 순리(循吏)가 나올

내가 기뻐하며 말했다.

"처음엔 내가 자네의 속됨을 비웃었는데, 지금은 내가 자네의 속되지 않음을 기뻐하네. 자네가 속됨과 속되지 않음을 제대로 구분해주지 않았더라면 나는 아마 속되지 않은 것을 속된 것으로 생각할 뻔하였네 그려."

이윽고 국보에게 편액을 쓰게 하고 내가 전말을 기록하여, 새로 부임하는 현감에게 정당의 문미에 새겨 걸어달라고 부탁하였다. 새로 부임하는 현감은 바로 나의 사종제 공미(公美)[64]인데, 또한 옛것을 좋아하고 속되지 않은 사람이다.

것이란 뜻이다.

64 공미(公美) : 서미수(徐美修, 1752~1809)이다. 자는 공미 또는 오여(五汝)이고, 호는 담포(澹圃)이다. 1780년 식년시에 급제하여 권지 승문원 부정자(權知承文院副正字)가 되었다. 홍문관 수찬, 시강원 문학, 서학 교수 등을 거쳐 1786년 7월 21일 정사에서 강동 현감에 제수되어 명고의 후임으로 부임하였다. 뒤에 대사간과 충청도 관찰사를 역임하였고, 1799년 동지사은사 부사로 연경에 다녀왔다.

수미암(須彌菴)에 대한 기문[65]

須彌菴記

범어로 수미(須彌)는 한어(漢語)로 묘고(妙高)라는 말이다. 암자는 3칸이다. 건물의 짜임이 단정하고 신묘한 데다 향풍산(香楓山)의 최고봉에 있기 때문에 수미암이라고 이름을 붙였다.

향풍산에는 옛날 향풍사라는 사찰이 있었다. 향풍사는 성천(成川)에서 가장 큰 사찰이었는데, 선방이 빼곡하고 산승들이 그득했었다. 염불 외는 소리가 장중한 것은 복된 터의 모습이 성대히 드러난 것이고, 선찰(禪刹)의 현판이 엄숙한 것은 조사(祖師)의 등이 연이어 빛났기 때문이니,[66] 암자에 수미라는 이름을 빌려 의미를 부연할 필요도

---

65 【작품해제】이 글은 명고의 나이 43세 되던 1791년에 지었다. 명고가 이해 6월에 성천 부사(成川府使)로 부임했을 때 지은 글이다. 당시 보철(普澈)이란 스님이 수미암을 축조하였다. 명고가 암자 축조에 직접적인 도움을 주지는 않았지만 불상을 마련하는 방법을 일러주고, 이계 홍양호에게 부탁하여 편액의 글씨를 받아주는 등 여러 가지 지원을 아끼지 않아, 불교에 대한 명고의 태도를 읽을 수 있는 좋은 자료가 된다.

한편 이 글에는 명고가 불교 서적을 읽은 흔적도 곳곳에 보인다. 묘고(妙高)의 의미를 깊이 있게 이해하고 설명하는 것이나 불교 경전에 나오는 내용을 글 속에 자연스럽게 용해하여 서술하는 것에서 이미 명고가 불서를 탐독한 사실을 짐작할 수 있다. 게다가 도입부에서 범어를 한어의 의미로 설명할 때 '차운(此云)'이라 한 표현은 불경이나 선사 어록의 주석서에서 범어를 설명할 때 주로 쓰는 표현으로, 명고의 불교 서적에 대한 섭렵이 결코 얕은 수준이 아니라는 것을 시사해주는 증거이다.

66 조사(祖師)의……때문이니 : 조등(祖燈)은 불가에서 법맥을 이은 조사들이 서로 전해오는 불법을 가리키는데, 불법이 어둠을 깨뜨려주는 등불 같다는 의미에서 이렇게 비유한 것이다. 조등이 연이어 빛났다는 것은 법맥을 전수받은 조사들이 끊이지 않고

없을 듯하다. 그러나 아직 이런 정도로 묘고라고 할 수는 없다.

불가의 제일가는 진제(眞諦)는 묘고를 벗어나지 않는다. 큰 바다의 물결을 하나의 물방울로 귀결시키고, 온 세상의 땅을 하나의 티끌이라고 하는 것, 이것이 묘(妙)이다. 변함없이 늘 밝게 비추고 있어 무쇠로 막아도 그 빛을 차단할 수 없고, 온 세계와 모든 공간에 두루 존재하여 하늘도 그 본체를 덮을 수 없는 것, 이것이 고(高)이다.

또 경계란 마음의 그릇이니, 가상과 현상이 모두 경계이고 감각과 인식도 모두 경계이다. 경계가 고요하지 않은데 마음이 비기를 바란다면 너무나 전도된 것이 아닌가?

수미암이라는 이 암자는, 지대는 높기를 기약하지 않았으나 본사보다 훨씬 위에 있으니 높지 않으려야 높지 않을 수 없고, 솜씨는 신묘하기를 기약하지 않았으나 깎아지른 벼랑에 자리 잡았으니 신묘하지 않으려야 신묘하지 않을 수 없다. 이에 꽃을 옮겨 심어 나비를 부르고, 돌을 사서 배치하여 구름이 서리게 하였으니, 지난날 염주를 가지고 거지가 되어 그릇되이 빈궁한 사람 취급을 받은 자[67]들이라면 묘고의 참뜻을 알 수 있을 것이다.

수미암의 축조는 보철(普澈) 스님이 주관하였다. 그러나 목탁을 가지고 적선을 구하거나 글을 돌려 보시를 청한 적은 한 번도 없고 오직 청정한 믿음의 힘으로 경영하였다.

당시(1791)에 내가 마침 성천 부사로 있었다. 보철 스님이 재정이

계속 배출되었다는 뜻이다.

67 염주를……받은 자 : 승려의 무리가 염불을 외며 발우를 들고 적선을 구하기 때문에 이렇게 표현한 것이다.

부족하다고 걱정하기에 내가 녹봉을 덜어 도와주었고, 안치할 불상이 없다고 고민하기에 내가 폐암(廢庵)이 된 성선암(醒仙庵)의 불상을 보내어 봉안하게 했다. 편액이 없다고 하소연하기에 내가 수미암이라고 이름을 붙인 다음 안찰사 홍공(洪公)[68]에게 글씨를 써달라고 청하여 문미에 걸어주었고, 기문이 없다고 조르기에 묘고의 의미를 부연하여 벽에 적어주었다.

도리천(忉利天) 위에는 원생수(員生樹)라는 나무가 있는데, 그 나무는 수미산 절정에서 살고, 꽃이 만발하면 제천(諸天)의 신들이 기뻐 즐거워한다고 한다. 이달에 만다라 꽃비가 사방에 내리고 찬다나(candana 전단(旃檀)) 향이 바람결에 풍겨왔다. 아무리 내가 공무에 얽매여 있는 몸이라지만 틈을 내어 꽃 소식이 한창일 때 찾아가 설법의 자리에 모인 사부대중과 함께 금륜성왕(金輪聖王)[69]의 일만팔천수를 같이 축원해야겠다.

---

68 홍공(洪公) : 홍양호이다. 홍양호는 1791년 4월에 평안도 관찰사로 부임하여 재직 중이었다.

69 금륜성왕(金輪聖王) : 수미산 사주(四洲)를 다스린다는 금륜왕(金輪王)을 말한다. 여기에서는 수미암에 새로 안치된 불상을 의미한다.

풍석암(楓石庵)에 소장된 서적에 대한 기문[70]
楓石庵藏書記

종자(從子) 유구(有榘)가 용주(溶洲 지금의 용산(龍山))에 살 때 한 뙈
기의 땅을 다져 마당을 만들고 돌을 쌓아 섬돌을 만들었다. 섬돌 위
엔 단풍나무 10여 그루를 심어 비단 장막처럼 줄줄이 세워놓고, 섬돌
아래엔 차밭 몇 마지기를 두둑과 도랑처럼 가로세로 정연하게 일구
었다. 섬돌에서 대여섯 걸음 떨어진 곳에 헌함을 등지고서 그윽하고
정갈한 초당을 만들고, 여기에 거문고를 걸어두고 책을 쌓아두었다.
이 초당에 '풍석암(楓石庵)'이라고 편액을 걸었으니, 이는 풍석암의
실경을 담고, 또 옛 문헌의 내용을 표한 것이다.

옛 문헌에 대략 다음과 같은 기록이 있다. 빈사국(頻斯國)에 6, 7리
의 단풍나무 숲이 있다. 숲의 동쪽에 석실(石室)이 있는데, 돌을 쌓아
평상을 만들었고, 평상 위에는 전문(篆文)이 쓰여진 죽간이 있다. 전설
에 의하면 창힐(蒼頡)이 문자를 만든 곳이라고 한다.[71]

---

70 【작품해제】이 글을 지은 시기는 정확히 확정할 수 없다. 다만 서유구가 자신의
장서실로 풍석암(楓石庵)을 경영하기 시작한 시점이 1780년 무렵부터이고, 여기에 장
서를 갈무리하여 사부서(四部書)의 규모를 대략 갖추기까지의 세월이 있으므로 이 글
은 1790년 이후 어느 시기에 지어진 것이 아닌가 추측한다. 서유구의 호인 풍석의 의미
를 이해하고, 풍석암의 모습과 장서 규모를 추정하는 데 중요한 자료가 되는 작품이다.
참고로 1788년에 명고가 서유구에게 《풍석고협집(楓石鼓篋集)》의 서문을 써주었다.
71 옛 문헌에……한다 : 명고가 참고한 문헌이 정확히 무엇인지 알 수 없으나 《태평광
기(太平廣記)》로 보인다. 빈사국과 단풍숲에 관한 기록의 원출처는 《습유기(拾遺記)》
인 듯한데 이것은 전하지 않는다. 《습유기》의 내용이 《태평어람(太平御覽)》, 《설략(說

그 말이 하도 기궤하여 유자는 믿지 않는다. 그러나 믿을 수 없다는 것도 장담할 수 없는 노릇이다. 문자를 만든 일이 창힐에서 비롯되었다는 것을 또 누가 보고 누가 전했단 말인가? 창힐이란 인물은 실존 인물인가? 아니면 허구의 인물인가? 있다고 한다면 모두 있는 것이 되고 없다고 한다면 모두 없는 것이 되어야 하거늘 왜 유독 단풍나무 숲과 석실의 기록에 대해서만 의심한단 말인가? 오늘날의 서적은 모두 창힐이 남긴 문자로 만들어진 것이다.

유구의 집은 본디 가난하여 소장한 서적이 한 궤짝이 채 되지 않았다. 유구가 널리 배우고 상세하게 변설하여 세월이 조금 지나기에 이르자 곧 지칠 줄 모르고 힘을 다해 책을 모았다. 곽영(郭永)[72]의 돈과 주앙(朱昂)[73]의 녹봉은 없었지만 조금씩 조금씩 모아 사부(四部)의 서적들을 거의 대략 갖추었다. 이에 서가를 만들어 애지중지 관리하고

略)》,《박물지(博物志)》 등의 서적에 두루 산견되나, 창힐과 관련한 내용은 오직 《태평광기》 만이부(蠻夷部) 〈빈사(頻斯)〉에만 있다. 그 내용을 축약하여 담은 것으로 짐작된다.

72 곽영(郭永) : 1076~1128. 북송 말 남송 초에 활동한 관료이자 장서가이다. 대명부(大名府) 원성(元城) 사람으로 칠척장신에 수염이 매우 아름다웠다고 한다. 고금에 박통하였고, 돈이 생기는 대로 책을 사서 집에 만권의 책을 소장하였다. 장서가 곽영이 우리나라 문인의 문집에 언급된 예는 명고의 이 글이 거의 유일하다고 보여진다.

73 주앙(朱昂) : 924~1007. 오대(五代) 말에서 북송 초기에 활동한 관료이자 장서가이다. 자는 거지(擧之), 호는 퇴수(退叟)이고, 형산현(衡山縣) 사람이다. 그는 평상시 녹봉을 받으면 반드시 1/3을 떼어 기서(奇書)를 구입하였으며, 강릉(江陵)에 살 때 만권각(萬卷閣)을 짓고 거기에 도서를 갈무리하여 사람들에게 주만권(朱萬卷)이라 불렀다고 한다. 장서가로서 주앙이 우리나라 문인의 문집에서 언급된 것은 명고와 서유구에 의해서가 가장 먼저이며, 뒤에 이규경의 《오주연문장전산고》에만 이름이 언급될 뿐 다른 문헌에서는 이름을 찾기 어렵다.

초당을 만들어 갈무리하니, 꿴 구슬마냥 가지런하고 펼쳐진 별자리마냥 찬연하였다. 또 아침저녁으로 그 속에서 푹 파묻혀 지내며 다른 일이라곤 몰랐으니, 그 뜻이 중도에 그치지 않을 줄을 내 안다.

문자로 서책을 만든 이는 만세에 공적을 남겼거니와 서책을 모은 이는 온 집안에 공적을 끼칠 것이다. 대소의 규모야 다르지만 공적을 세웠다는 측면에서는 똑같다. 또 모르겠다만 이 초당에 갈무리한 이 책들이 마치 단풍나무 숲속의 죽간마냥 오랜 세월이 지나도 훼손되지 않을 것인가? 또 창힐이 문자를 만든 일을 전한 것처럼 사람들이 초당의 주인을 사랑하여 그의 일을 전할 것인가? 사람과 책이 뒷날에 전해 질지 말지도 알 수 없거늘 더구나 초당이야 말해 무엇 하겠는가? 더구나 단풍나무 숲과 석실이야 말해 무엇 하겠는가? 우선 이것을 보존하여 영위장인(靈威丈人)[74]이 훔쳐가도록 남겨주는 것이 좋겠다. 이것으로 기문을 삼는다.

---

74 영위장인(靈威丈人) : 오래된 책의 진가를 알아보고 수집하는 장서가를 말한다. 흔히 용위장인(龍威丈人)이라고도 불리며, 문헌에 따라 영위장인(令威丈人)이라고 된 곳도 있다. 오나라 왕 합려(闔閭)가 우산(禹山)을 유람할 때 영위장인을 만나 동정(洞庭)의 포산(包山)으로 들어가서 우임금의 장서를 가져왔다고 한다. 《吳郡志》《太平御覽》. 우리나라 문집에서 영위장인의 고사가 쓰인 것은 명고의 이 글이 거의 유일하고, 뒤에 이규경의 《오주연문장전산고》에는 영위장인(令威丈人)으로 이름과 고사가 보인다.

내사복시(內司僕寺) 중수기(重修記)[75] 다른 사람을 대신하여 짓다.

內司僕寺重修記 代

사복시에는 내사복시와 외사복시가 있는데, 창경궁(昌慶宮) 선인문 (宣仁門) 안에 있는 것이 내사복시이다. 내사복시의 설치는 조선 건 국 초에 시작되었다. 조선의 열성조(列聖朝)에서는 마정(馬政)을 가 장 중시하였다. 말을 치는 목장을 그림으로 그려 사고(史庫)에 갈무 리해둔 것이 인조 19년(1641)이었고, 조련법을 정리하여 영갑(令甲 법령)에 실은 것이 효종 7년(1656)이었다. 훈련원과 어영청의 군졸들 을 격려하여 후하게 하사품을 내리고, 감수의 책임을 신칙하여 어제 시문(御製詩文)에 올리기까지 한 것은 또 영조 21년(1745)과 24년 (1748)이었다. 이는 마정의 관리가 너무나 중한 때문이 아니겠는가?

사복시의 관아는 다음과 같다. 덕응방(德應房 덩방) 34칸은 바로 연 여(輦輿)와 가교(駕轎)를 봉안하는 장소이다. 정당(政堂) 9칸, 사정 (射亭) 2칸은 낭관들이 숙직하고 무예를 연마하는 장소이다. 무사(廡 舍) 10칸은 서리들이 대기하는 장소이다. 고사(庫舍) 9칸은 관저(官 儲)를 쌓아두는 장소이다. 좌우의 별양마랑(別養馬廊) 각 12칸은 어마

---

75 【작품해제】이 글은 1785년(정조9)에 지었다. 당시 사복시 제조(司僕寺提調)로 있던 숙부 서명선(徐命善)을 대신하여 지은 것이다. 1785년 사복시 보수 행사는 5월에 시작하여 7월에 끝나 7월 25일에 관련 감동관(監董官)을 시상하였는데, 《일성록》해당 날짜의 기록에 "주부(主簿) 이영수(李英秀)는 감동으로서 16일을 실제 사진(仕進)하여 전에 이미 승서(陞敍)하였는데, 지금 듣건대 주부 한홍유(韓弘裕)도 45일을 실제 사진 하였다고 하니 일체 승서하라."라는 대목이 보인다.

(御馬) 10필과 탄마(誕馬) 3필을 사육하는 곳이다. 좌변마랑(左邊馬廊) 24칸과 우변마랑 40칸은 변마 37필과 주마(走馬) 10필을 사육하는 곳이다.

이에 흙과 돌로 담장을 만들고 서쪽과 북쪽에 문을 만드니, 총 1백 몇 칸의 규모이다. 퇴락해 무너지는 것을 조심하지 않은 것은 아니지만 세월이 오래 지남에 따라 잘 관리해야 함에도 관리되지 못하였다. 성상께서 한번은 사복시에 거둥하시어 길 앞에 어가를 멈추시고는 사복시의 내승(內乘)을 불러 하교하셨다.

"마승(馬乘)이 하는 직무가 어찌 한갓 장부에 말의 모치(毛齒)[76]나 기록하고 때때로 보살피는 데 있을 뿐이겠는가? 해당 관직을 맡고 있으면서 관아가 이 지경이 되도록 만들었으니 이것은 누구의 책임인가?"

내승이 황공하게 하명을 받들고 물러나 제조(提調)와 상의하여 사복시의 재정 2천 민(緡)을 출연하여, 날을 받고 목수들을 모아 옛 관아를 수리하여 일신하였다. 상하고 썩은 기와와 서까래는 갈아 끼우고, 떨어져 나간 담장은 보수하였다. 마구간의 제도를 고쳐 새 흙을 깔고 다지기도 하였으며, 건물의 터를 옮겨 옹색한 곳에서 넓은 곳으로 나가기도 했다. 2개월이 지나 공사가 끝났다.

관아가 잘 정비된 뒤에 마정이 훌륭히 수행될 수 있으니, 관아를 중요하게 여기는 것은 마정을 중요하게 여기기 때문이다. 그 중함을 심상한 관아에 어찌 비하겠는가? 공사를 감독한 자는 주부 이영수(李英秀)와 한홍유(韓弘裕)이다. 사적의 전말을 기록한 자는 제조 행 판중추부사(提調行判中樞府事) 서 아무개이다.[77] 때는 우리 성상이 즉위하

---

76 모치(毛齒) : 말의 털 빛깔이나 이빨 등 건강 상태 등을 가리키는 말이다.

신 지 9년째 되는 을사년(1785)이다.

77 공사를……서 아무개이다 : 서 아무개는 서명선(徐命善)이다. 서명선은 1785년 3월까지 영의정으로 있다가 노병으로 인한 청에 따라 3월 9일에 체차되어 판중추부사가 되었다. 이후 약방 도제조(藥房都提調), 훈련도감 도제조(訓鍊都監都提調), 사복시 제조를 아울러 맡고 있었다. 서명선은 이듬해인 1786년 4월에 다시 영의정이 되었다.

순천(順川) 활동방(濶洞坊) 평리(坪里)에 있는 의창(義倉)에 대한 기문[78]

順川濶洞坊坪里義倉記

우리 선대부 문정공(文靖公 서명응(徐命膺))께서 당저(當宁 정조) 병신년(1766) 즉위 초년에 평안도 관찰사로 나갔다.

평안도는 큰 고을이다. 기와집이 고을에 즐비하고, 상인과 여객이 도로에 줄지어 다니며, 광산에서는 은(銀)이 나고, 전야에서는 옥(玉)이 생산된다. 물산이 요족하고 시장이 풍성하기가 팔도에서 으뜸이다. 그러다가 풍속은 화려함을 다투고 요역은 번잡해졌으며, 백성들은 농사에 게으르고 흉년이 연이어 드는 바람에 수십 년 동안 옛날의 풍성하고 요족하던 자취는 거의 열에 두셋도 남아 있지 않게 되었다.

공이 마음에 안타까워하여, 곧 부임하던 초에 자신의 지출을 절약하고 봉름(俸廩)을 절제하여 3만 민(緡)의 자금과 2만 석(石)의 곡식을 출연하였는데, 주현(州縣)과 진보(鎭堡)의 민호를 통틀어 각 집마다

---

78 【작품해제】 이 글을 지은 시기는 정확히 알 수 없으나, 본문에서 1789년에 내려진 거사비 금령과 관련한 내용이 있는 것으로 보아 그 이후 어느 시점에 작성된 것으로 보인다.

서명응은 61세 되던 1776년 2월에 평안도 관찰사로 나가 자신의 녹봉을 덜어 재정을 마련한 다음 백성들의 요역을 덜어주고 흉년에 곡식을 대출해주는 성격의 의창(義倉)을 운영하였다. 평안도 지역 의창 운영은 대부분 재정이 파탄 나고 말았는데, 유독 순천 평리의 의창만 애초의 계획대로 건전하게 운영되었다. 서명응 사후, 해당 지역 백성들이 그의 은혜를 기념하기 위해 아들인 명고에게 부탁하여 지은 작품이다.

금전 10정(錠)과 곡식 1말을 지급할 수 있는 규모였다. 이 자금을 견요전(蠲徭錢)이라 하고 곡식을 비황곡(備荒穀)이라 하고는, 백성들로 하여금 자체적으로 수입과 지출을 주관하게 하였다.

견요전은 만 5년이 되자 그 이자를 가지고 해당 동리의 요역 비용으로 충당하고, 비황곡은 두세 해가 지나자 그 모곡(耗穀)을 가지고 해당 동리의 진휼 자본으로 충당할 수 있게 되었다. 이 때문에 평안도 지방 백성들이 요역의 고충에서 벗어나고 흉년의 괴로움에서 벗어나게 되었으니, 지금까지 거주지에 안착하여 즐거이 살고 있는 것은 모두 공의 은혜이다.

그러나 "재정의 규모가 비대해지면 폐단이 없을 수 없고, 아전이 자주 바뀌면 번번이 모두 청렴할 수는 없다."는 것은 예로부터 이미 그러한 것인데, 더구나 출입 장부는 대지주에게 빌려준 곡식을 제대로 확인하지 않고, 담당 전수(典守 창고지기)는 관고(官庫)의 간섭을 받지 않아 누적된 대출 전곡(錢穀)이 수만의 거금이 되었으니, 오히려 오랫동안 건몰(乾沒)되지 않고 보존될 수 있겠는가? 이리하여 진(鎭)과 보(堡)는 말할 것도 없고 42개 주현의 금전과 곡식이 왕왕 씻은 듯이 탕진되어 물을 자취도 없게 되었다.

그런데 유독 순천의 활동방 평리에 거주하는 80여 호의 백성들만은 공이 지급해준 금전과 곡식을 바탕으로 거기에 사민(士民) 가운데 납입하기를 원하는 자들이 낸 것을 더하여 마을에 의창(義倉)을 건축하고, 봄과 가을의 곡식 출납을 관가에 가서 하지 않고 마을에서 주관하며, 농사철에 요역을 징발할 때면 마을의 장정을 보내지 않고 고용꾼을 보내는 등 한결같이 애초의 규약대로 하여 이자는 불어나고 손실은 없게 하였다. 이렇게 되고 보니 공의 은혜가 마치 이 마을에만 유난히 두터운 것처럼 보였으며, 마을의 백성들 또한 공의 선정을 그리워하는 것이 다른 마을에 비해 한층 심하였다.

이 때문에 다른 고을들처럼 한갓 돌을 다듬어 비문을 새겨 백성을 사랑한 공적을 기린 정도에 그치고 마는 것이 아니라 굳이 귀부(龜趺)와 이수(螭首)까지 만들어, 격식을 갖추어 비각을 세워서 우뚝이 영원히 전할 계책으로 삼았다.

기유년(1789, 정조13)에 조정에서 거사비를 세우지 말라는 금령을 반포하기 미쳐 마을의 백성들이 함께 나에게 찾아와 비문에 새길 문장을 지어달라고 부탁하며, "거사비를 세우지 말라는 금령이 실로 내렸으나, 의창의 전말을 담은 기록은 없을 수 없습니다. 부디 기문을 지어주시어 유구하게 전해질 수 있도록 해주십시오."라고 하였다. 나는 정중히 허락하였다.

압록강 동쪽과 대동강 서쪽에 웅장한 고을과 거대한 진(鎭)이 적지 않건만, 의창을 건설한 아름다운 일이 이 자그마한 고을의 한 마을에서 있었던 것은 무엇 때문인가? 비옥한 지방에 사는 사람들은 게으르기 때문에 재목이 되지를 못하고, 척박한 고장에 사는 사람들은 부지런하기 때문에 의리를 알아서인가?

옛날 장충정(張忠定)[79]이 성도(成都)에 부임하였을 때 요역을 일체

---

79 장충정(張忠定) : 북송(北宋) 초의 명신(名臣) 장영(張詠)이다. 자는 복지(複之), 호는 괴애(乖崖)이고, 충정은 시호이다. 순화(淳化) 초년에 밀직사로 있다가 지성도 부사(知成都府事)로 나갔고, 함평(咸平) 연간에 촉주 자사(蜀州刺史)로 나갔다. 두 번에 걸쳐 촉주에 선정을 베풀었기에 죽은 뒤 촉주 사람들이 천경관(天慶觀) 선유각(仙游閣)에 화상을 봉안하고 제사를 올렸다. 이후 촉 지방으로 부임한 수령들이 누차 사당과 화상에 대한 기문을 지었다. 그중 명나라 유구(劉球)의 〈장충정공상기(張忠定

견감해주자 성도의 백성들이 초상을 모셔놓고 제사를 지냈으며, 부문충(富文忠)[80]이 청주 지사(靑州知事)로 나가 다스릴 때 널리 기민들을 구제해주자 청주의 백성들이 비석을 세워 칭송하였다. 초상과 송덕비가 참으로 도움이 되기는 하겠지만, 은혜를 보답하는 방법에 있어서는 부차적인 것이다.

물건을 가지고 남에게 주는 것을 은혜라고 한다. 그리고 그 물건을 경영하여 은혜를 오랫동안 보존하는 것이 은혜를 끼친 사람에게 은혜로 보답하는 방법이다. 의창이 건재하니 설령 조정의 금령이 없다 할지라도 비석을 따로 세울 것 없다. 순천의 백성들이 우리 문정공께 은혜를 갚은 방법이 정말로 성대하지 않은가? 무릇 문정공의 자손들은 이제 순천 활동방 평리 백성들의 은혜를 칭송하기에도 겨를이 없거늘, 이 의창의 전말을 기록함에 있어 또 무슨 말로 감히 사양한단 말인가? 드디어 써서 돌려주어 의창의 문미에 걸게 하였다.

학생 김공(金公) 충효 정려(忠孝旌閭)에 대한 기문[81]
學生金公忠孝旌閭記

군자는 반드시 덕을 숭상한다. 남들이 알지 못하는 것을 알아야만 비로소 진정한 숭상이라고 할 수 있고, 또 참다운 군자라고 할 수 있다. 내가 김공(金公) 세진(世振)이 행한 일에 대해 군자다운 말을 듣고서 그에게 충효란 이름이 참으로 걸맞다는 것을 믿게 되었다.

옛날 영조 36년 경진년(1760), 장단부(長湍府)의 학생 김영태(金永泰) 등 45인이 다음과 같이 글을 올렸다.

"장단부의 고(故) 학생 김세진이 성학(聖學)을 존모하고 사도(斯道)를 보위한 것은 천성에서 우러나온 것입니다. 그가 장단부의 향교 장의(掌議)를 맡았을 때에 향교와 동헌의 거리가 매우 멀다는 이유로 누차 수령에게 향교를 이건해달라고 요청하였습니다. 수령이 시기로 보아 이건하기 어렵다고 거절하자 곧 자신이 자금을 출연하였습니다. 고을의 선비들을 위해 창도(唱導)하여 힘을 다해 목수들을 모집하였으니 공사가 성취되자 규모가 더욱 시원해졌습니다. 또 남은 재정으로 자리와 탁자를 수리하고 갖가지 제기(祭器)를 수선하여 의물(儀物)의 면모를 찬연히 일신시켰으며, 전세(田稅)를 부과하고 녹봉을 지급하여 후

---

81 【작품해제】이 글을 작성한 시기는 정확히 알 수 없다. 《일성록(日省錄)》1789년 (정조13) 2월 16일 조에 올라온 상언(上言)에 "장단의 유학 우택인(禹宅仁) 등은 본부 (本府)의 고(故) 학생 김세진(金世振)에게 증직(贈職)해달라는 일이다."라는 기록이 있는 것으로 보아 그 무렵에 작성된 것으로 짐작된다. 김세진은 병자호란 때 장단부 향교의 공자 사판을 온전히 지킨 인물이다.

학의 교육과 양성에 정연히 체제를 갖추도록 하였습니다.

병자년의 호란이 일어나 어가(御駕)가 파천하기에 이르러 여러 군현(郡縣)들이 멀리서 소문만 듣고 지레 달아났습니다. 그때 사람들은 제 살 궁리하기에 바빴지만 김세진만은 유독 제기(祭器)들을 모두 모아 향교의 한쪽 모퉁이 눈에 띄지 않는 정결한 곳에다 묻었습니다. 그리고 몸소 문선왕(文宣王 공자)의 사판(祠板)을 끌어안고 도망가 바위 구멍 속에 숨어 있다가, 달포가량 지나 오랑캐가 물러가고 나서야 돌아왔습니다. 장단부의 향교가 오랑캐의 발에 짓밟히지 않을 수 있었던 것은 김세진의 힘입니다. 그러나 오늘에 이르도록 공로가 묻혀버리고 말았으니, 성명한 조정에서 선행을 표창하는 뜻에 어긋납니다. 이에 감히 아룁니다."

성상께서 보시고 "관찰사는 그 사적을 조사해보아라."라고 말씀하셨다. 이에 경기도 관찰사가 전말을 조사하여 다음과 같이 보고하였다.

"김영태 등의 말이 모두 사실입니다. 아! 고을 사람들 가운데 말하지 않는 사람이 없으니, 신이 감히 갑작스레 이렇게 아뢰는 것이 아닙니다. 또 김세진이 지닌 미덕은 이뿐만이 아닙니다. 그는 부모에게 극진히 효도를 한 데다가 세세한 조행 역시 기록할 것이 많습니다. 그러나 신이 황송하여 감히 번거롭게 아뢰지 않습니다."

성상께서 말씀하셨다.

"예조 판서는 합당한 은전을 상의하여 올려라."

이에 예조 판서가 아뢰었다.

"고 태학생 우정(禹鼎)은 병자년에 성상(인조)을 호종(扈從)한 공로로 그의 마을에 정문을 세워준 일이 있습니다. 김세진으로 말하면 효성스러운 데다 사판을 지킨 공로까지 있으니 더더욱 정려(旌閭)를 내려 마땅합니다."

성상께서 "그리하라."고 하였다. 이에 그 마을에 정문을 세워주고, "충효 학생 김세진의 마을〔忠孝學生金世振之閭〕"이라고 써서 표창하였다.

혹자가 "어버이에게 있어서는 효(孝)라고 하고, 군주에게 있어서는 충(忠)이라 하고, 스승에게 있어서는 제(弟)라고 한다. 그렇다면 왜 '효제'라고 하지 않고 '충효'라고 하는가?"[82]라고 하였다.

이 말에 대해 군자가 이렇게 대답하였다.

"그렇지 않다. 공경을 극진히 하는 것을 제(弟)라 하고, 목숨을 바치는 것을 충(忠)이라고 한다. 이는 자신을 낳아준 족친과 다름없이 여기는 것이다. 태평한 시대에야 누가 감히 성인을 공경하지 않겠는가마는 위기에 임해 목숨을 바치는 자로 말하면 과연 몇 사람이나 되겠는가? 그가 끝내 죽지 않은 것은 행운인 것이다. 충(忠)과 제(弟)가 덕이 된다는 점에서는 매한가지이다. 그러나 제(弟)는 이치에 순조로워 행하기 쉬운 반면 충은 이치에 거슬려 행하기 어렵다.[83] 충이라 이름 붙여 그를 표창한 것은 행하기 어려운 일을 행한 그 점을 가상하게 여겨서이다. 잘 붙여준 이름이라고 해야 하지 않겠는가?"

나는 들고서 그 말이 군자답다고 생각하였기에, 이 때문에 특별히

---

82 어버이에게……하는가 : 부모에게 효도하였으니 효이고, 만세의 스승인 공자의 사판을 온전히 하였으므로 제이다. 그렇다면 김세진의 정문에는 '효제 학생 김세진'이라고 써야 실질에 부합하는 것이 아니냐는 뜻이다.

83 제(弟)는……어렵다 : 제는 목숨을 바치지 않고 마음을 다하면 할 수 있는 일이지만, 이에 비해 충은 때에 따라 목숨을 바쳐야 한다. 따라서 충을 실천하는 것은 살아 있는 생물이면 모두 살고자 하는 보편적 이치를 거스르는 일이기 때문에 훨씬 어렵다는 의미이다.

기록하여 알지 못하는 자로 하여금 '오직 군자라야 올바로 덕을 숭상할 수 있다.'는 것을 알게 한다.

열녀 김씨(金氏)에게 내린 정려에 대한 기문[84]
烈女金氏旌閭記

예로부터 절부(節婦)와 열녀(烈女)의 행적은 대체로 가난한 오두막집에서 많이 나왔고, 벌열가에서는 드물었다. 이것은 나물밥을 먹는 사람은 의를 실천하는 것을 어렵지 않게 여기고, 진수성찬을 먹는 자는 제 목숨을 중하게 여겨서 그런 것인가? 가난한 오두막집에 사는 사람이기 때문에 정려의 특별한 은전이 백에 한둘도 내리지 않는데, 그렇다면 그들의 절행은 사람들을 감동시키고 풍속을 권면하는 데 도움을 주는 것이 없어야 마땅하다. 그러나 그들의 절행은 더욱 특출하고 더욱 열렬하여, 종종 의연히 의에 나가 목숨을 버리는 일이 보통의 남녀가 작은 신의를 위해 가치 없이 스스로 목숨을 끊는 것과 똑같이 논할 수 없는 경우가 있다.[85] 이와 같은 자들이 참으로 절부요

---

84 【작품해제】 이 글은 명고가 48세 되던 1796년에 광주 목사로 내려가서 지었다. 1791년 7월 홍수에 이춘성(李春成)이 휩쓸려 죽었고, 그 뒤 8월 7일에 그의 처 김씨가 열아홉의 나이로 자결하여 따라 죽었다. 그 정렬을 가상히 여겨 명고가 상주하여 정려문을 받은 내용을 기록한 글이다.

85 종종……있다 : 원문의 종용취의(從容就義)는 일시적인 분노가 아니라 대의를 행하기 위해 의연히 목숨을 바치는 것으로, 군자로서도 매우 행하기 어려운 일을 뜻하는 말이다. 《근사록》 권10 정사류(政事類)에 "일시적으로 감격하고 분개해서 자기 몸을 죽이기는 쉬워도, 의연히 의리를 위해서 목숨을 바치기는 어렵다.〔感慨殺身者易, 從容就義者難.〕"라고 한 정이천(程伊川)의 말에서 유래한 표현이다. 양(諒)은 보통 사람이 사소한 절개를 위해 귀한 목숨을 버리는 무지하고 어리석은 행위를 의미한다. 《논어》 〈헌문(憲問)〉에 "어찌 어리석은 남녀들이나 인정하는 작은 신의와 절개를 지켜 스스로 하천에서 목을 매어 죽음으로써 남이 알아주지도 않는 사람이 될 수 있겠는가.〔豈若匹

열녀라고 할 수 있지 않겠는가?

금상 병진년(정조20, 1796), 내가 광주 목사로 내려왔다. 시기로 보면 오랫동안 쌓인 왕도가 교화를 완성할 시점이요, 광주는 또 우리 동방의 추로향(鄒魯鄉)이다. 해가 바뀔 무렵, 온 고을의 충신(忠臣), 효자(孝子), 정부(貞婦), 순손(順孫)을 관찰사에게 보고하여 조정에 상주(上奏)하도록 하려고 아전들이 집채 같은 문서를 안고 와서 그 말미에 서압(署押)해달라고 요청하였다. 내가 말하였다.

"그렇지 않다. 행적이 특출하지 않으면 문장이 감동을 줄 수 없고, 문장이 감동스럽지 않으면 정려의 은전이 내리지 않는다. 왜 특출한 자를 가려 뽑지 않느냐?"

아전이 말하였다.

"관례입니다. 관례를 봉행하여 법적인 책임을 면할 뿐이니, 정려의 은전이야 어찌 감히 바라겠습니까? 옛날에야 정려가 내린 일이 있었겠지만, 요즈음은 없어진 지 오래입니다."

내가 말했다.

"정려의 은전을 받는 데에 무어 어려울 것이 있겠느냐?"

이에 문서를 가져다 낱낱이 살펴보았다. 그중에서 특출한 행적이 있는 자 대여섯 사람을 뽑고 나머지는 물리쳤다. 그리고 뽑은 사람을 감사에게 보고하였는데, 그중 하나가 바로 금보(禁保)[86] 이춘성(李春

夫匹婦之爲諒也, 自經於溝瀆而莫之知也?]"라고 하였다. 종용취의(從容就義)와 양(諒)은 일견 표면상 비슷해 보이나, 실질은 정반대이다.

86 금보(禁保) : 금군보(禁軍保)라고도 한다. 군보(軍保)의 하나로, 금군보직(禁軍保直)과 함께 금군에 배속되었다.

成)의 처 김씨(金氏)였다.

김씨는 한량(閑良) 김명손(金命孫)의 딸로, 나이 열일곱에 이춘성에게 시집갔다. 시부모를 잘 섬겨 효부로 일컬어졌다. 신해년(1791, 정조15) 7월, 광주에 큰 홍수가 졌을 때 그녀의 지아비가 물에 빠져 죽었다. 김씨가 하늘을 부르짖고 지아비를 부르짖으며 곧장 물에 뛰어들려고 하였으나 다행히 남들이 말려 죽지 못했다. 그렇게 되자 곡(哭)을 하며 지아비의 빈소를 지키면서 물과 음식을 끊고 죽기를 맹세하더니, 열흘 남짓 지나 마침내 8월 7일에 목을 매어 자결하였다. 당시 열아홉이었다.

아! 또한 장렬하도다. 가령 그녀가 물에 뛰어들려고 할 때 아무도 말리는 사람이 없었다면 그 자리에서 물에 뛰어들어 죽었을 것이다. 그렇게 되었다면 보통의 남녀가 하천에 뛰어들어 귀한 목숨을 버리는 것과 무에 다르겠는가? 그런데 그때 물에 뛰어들어 죽지 않고 돌아와 또 지아비의 빈소를 지켰다. 시부모가 달래고 이웃 사람들이 타이르자 살아 있는 사람의 도리를 점차 지극히 하였고, 창졸간에 가슴을 치고 발을 구르는 격앙된 슬픔 역시 조금 풀렸다. 그렇다면 죽지 않을 수도 있었을 것인데 마침내 죽었다. 이것이 바로 의연히 의리에 나아가 목숨을 바친 것이 되는 까닭이다.

전말이 상주된 뒤, 조정에서 명하여 "열녀 김조이의 마을[烈女金召史之閭]"이라고 정문을 내렸다. 내가 광주 목사로서 조정의 명을 받들어 정문의 두 기둥과 문설주를 세웠으니, 바로 나의 직무이다. 아울러 정문의 문미에 전말을 적어 이 앞을 지나가며 예를 표하는 자들로 하여금 광주 고을의 절행과 정렬이 참으로 이와 같다는 것을 알게 한다.

충장(忠壯) 김공(金公) 유허비각(遺墟碑閣)에 대한 기문[87]

忠壯金公遺墟碑閣記

옛날 주자가 이충정(李忠定)[88] 공의 주의(奏議)에 서문을 쓰면서 "세

---

87 【작품해제】이 글은 1796년 명고가 광주 목사로 재직하던 중 지었다. 충장 김공은 김덕령(金德齡, 1567~1596)이다. 임진왜란 때에 의병을 일으켜 큰 전공을 세워 광해군으로부터 익호장군(翼虎將軍)이란 군호를 받았다. 그러나 1596년(선조29)에 이몽학(李夢鶴)의 반란에 가담하였다는 신경행(辛景行)의 무고로 투옥되어 국문 중에 옥중에서 장사(杖死)하였다. 1661년(현종2) 김시진(金始振)에 의해 신원되었고, 1681년(숙종7) 병조 판서로 추증되었다. 지금 광주시 북구 충효동에 '충효동 정려비각'이 광주광역시 기념물 제4호로 지정되어 보존되어 있다.

1788년(정조12)에 충장(忠壯)이라는 시호를 내리고, 11월 16일에 정려의 은전을 내려 마을에 '증 병조 판서 충장공 김덕령 증 정경부인 흥양 이씨 충효지리(贈兵曹判書忠壯公金德齡贈貞敬夫人興陽李氏忠孝之里)'라는 비석을 세우게 하였다. 유허비의 비문은 1789년(정조13) 3월, 왕명에 의하여 서유린(徐有隣)이 찬하고, 서용보(徐龍輔)가 음기(陰記)를 썼다. 또 1791년(정조15) 4월 26일에는 서용보가《충장공유사(忠壯公遺事)》를 지었다. 김덕령과 관계된 일에 주로 달성 서씨의 인물들이 참여한 것은 김덕령 모반 사건 당시 약봉(藥峯) 서성(徐渻)이 많이 비호해주었기 때문이다.

88 이충정(李忠定) : 북송 말 남송 초의 명신 이강(李綱, 1083~1140)이다. 복건(福建) 소무(邵武) 사람으로 자는 백기(伯紀), 호는 양계선생(梁溪先生)이고, 충정은 시호이다. 1112년 진사가 되었고, 1126년 금(金)나라가 침략했을 때 경성사벽수어사(京城四壁守禦使)로서 항전하였다. 금나라가 맹약을 어기고 남하하자 팔뚝을 찔러 피를 내어 소장(疏章)을 써서 올렸다. 또 고종(高宗)이 즉위 후 소명(召命)을 받고 상서우복야 겸 중서시랑(尚書右僕射兼中書侍郎)에 임명되었으나 열 번 상소하여 사의(辭意)를 표명하였다. 특히 주의(奏議)의 문장에 뛰어나 주자 당시에 이미《승상 이공 주의(丞相李公奏議)》라는 이름으로 묶였다. 이 글에 인용된 주자의 서문은《승상 이공 주의》에 붙인 주자의 후서(後序) 도입부를 축약한 것이다. 이강의 주의는 뒤에 우리나라에서도《송이충정공주의(宋李忠定公奏議)》라는 이름으로 8책으로 묶여 간행되었다.

상이 늘 태평시대를 유지할 수는 없으니 혹 어지러워지기도 한다. 그러나 어지러운 시대에 반드시 이 어지러움을 능히 평정할 사람을 미리 내어 뒷날에 올 어지러움을 맡기니, 하늘이 사람을 사랑하는 마음이 본래 이러한 것이다."[89] 하였다. 내가 번번이 서문을 읽다가 이 부분에 이르면 책을 덮고 누차 탄식하지 않은 적이 없었다.

아, 세상이 늘 태평시대를 유지할 수 없는 것은 바로 기수(氣數)의 승강 때문이다. 그런데 언제나 태평시대는 적고 어지러운 시대가 많으니, 이는 기수가 드세고 이치가 위축된 때문이 아니겠는가? 하늘이 반드시 이 어지러움을 평정할 사람을 내는 것은 바로 사람을 사랑하기 때문이다. 그런데 또 이 사람을 해칠 사람을 내어 곤액과 좌절을 당하도록 내버려두니, 이는 또한 처음에는 사랑하다가 종국에는 무심한 것이 아니던가?

우리 조선의 충장 김공과 같은 분으로 말하면 어지러운 시대를 타개할 수 있는 분이라 할 수 있다. 그런데 하늘이 그분을 세상에 내어 또 난세를 맡기고도 사업을 완성하는 데 이르지 못하게 하였고, 끝내는 유언비어에 걸려들어 매질을 당하고 형틀에 갇혀[90] 처참하게 처형당하게 하였다. 이런 경우에는 하늘의 마음을 어디에서 볼 수 있는가? 그렇다면 주자가 후서(後序)에서 한 말은 믿을 수 없고, "인간 세상에서 군자라고 하는 사람은 하늘의 관점에서 볼 때 소인이다.〔人之君子 天之

---

89 세상이……것이다 : 이 부분은 주자의 후서를 참고하여 의미가 매끄럽게 전달되도록 의역하였다.

90 매질을 당하고 형틀에 갇혀 : 원문의 금목(金木)은 형구(刑具)를 뜻한다. 금(金)은 도거(刀鋸)와 부월(斧鉞) 등 사람을 죽이는 형구이며, 목(木)은 곤장이나 태형 등의 형벌 또는 나무로 만든 형틀을 가리킨다. 《莊子 列禦寇》

小人]"라고 한 장자의 말[91]은 궤변이 아니란 말인가?

그러나 한 번은 음이 성하고 한 번은 양이 성하여 번갈아 순환한다는 것이 어찌 한 시대를 두고 한 말이겠는가? 천도(天道)는 항상 장구한 세월을 바라지만, 인정(人情)은 항상 자신이 살아가는 시대에 영향을 받기 때문이다. 공이 당시에는 비록 불행하였으나 100년이 지난 뒤에는 공의(公議)가 크게 정해졌다. 대궐에서 정문이 내려 영광이 고리(故里)에 펼쳐지고 귀부(龜趺)와 이수(螭首)를 갖춘 비석에 명을 새겨 영원히 공훈을 전하였으니, 덕을 높이고 공에 보답하는 열성조의 은전이 거의 여한이 없게 되었다.

그리고 의병을 창도하여 전란에 순국한 지평공(持平公),[92] 학문을 강마하고 도를 지킨 풍암공(楓巖公)[93] 두 분의 미풍(美風)이 함께 전해져, 세상에서 모두 덕 있는 가문이라고 자자하게 칭송한다. 저 유려하고 번드르한 말로써 스스로 대단한 체하던 자들은 제 일신과 명성이 모두 씻은 듯이 소멸되고 말았으니, 하늘의 마음을 알기에 어찌 부족할 것인가? 게다가 그의 불행이 더욱 사람들에게 감개한 마음을 불러일으

---

91 인간……장자의 말 : 《장자》〈대종사(大宗師)〉에 나온다.

92 지평공(持平公) : 김덕령의 형 김덕홍(金德弘)이다. 본관은 광산(光山)이고, 우계(牛溪) 성혼(成渾)의 제자이다. 임진왜란 때에 제봉(霽峯) 고경명(高敬命, 1533~1592)을 따라 의병을 일으켜 금산(錦山) 전투에서 순절하였다. 지평에 추증되었다.

93 풍암공(楓巖公) : 김덕령의 아우인 김덕보(金德普, 1571~1627)이다. 자는 자룡(子龍)이고, 풍암은 호이다. 김덕보는 형 김덕령의 억울한 옥사를 슬퍼하여 광주 무등산에 풍암정(楓巖亭)을 짓고 은둔하여 학문과 후학 양성에 전념하였다. 뒤에 정묘호란 때에 안방준(安邦俊)과 함께 의병을 일으켰으나 병으로 세상을 떠났다. 지금 무등산 원효계곡에 풍암정사가 남아 있다.

키는 것이리라.

슬프다. 처음 나의 선조 충숙공(忠肅公)⁹⁴께서 공과의 친분이 특별하여, 공이 무함을 당했을 때에 힘껏 그의 억울함을 아뢰었으나 관철시키지 못하였다. 그러자 몸소 가서 체포해오기를 자청하여 그가 역모를 도모하지 않았다는 것을 밝히기까지 하였다. 이 때문에 두 집안의 후손이 오늘에 이르도록 대대로 두터운 세의(世誼)를 나누고 있다. 그리고 공의 공적을 기념하는 문장과 충정을 표창하는 편액을 한결같이 충숙공의 후손으로서 조정에 있는 자에게 맡겼으니, 성상의 의도 역시 까닭이 있는 것이다.

병진년 가을, 내가 광주 목사로 내려가니, 공의 방손 성현(聖鉉)이 비각의 기문을 부탁하였다. 공이 평생 동안 세운 큰 절개는 사람들이 모두 환하게 알고 있을 뿐 아니라 성주(聖主)께서 서문을 쓰고 사신(詞臣)이 행적을 찬술하였으니,⁹⁵ 거친 나의 글로 다시 천양할 필요가 무어 있겠는가? 하지만 대대로 이어온 세의(世誼)가 있기에 의리상 감히 문장에 능하지 못하다는 이유로 사양할 수도 없다. 이에 '하늘의 마음은 오랜 세월이 흐른 뒤에야 증명된다는 것을 알 수 있다.'는 요지의 글을 써서 천고에 불평한 지사(志士)와 영웅(英雄)의 마음을 풀어준다.

---

94 충숙공(忠肅公) : 명고의 6대조 서성(徐渻, 1558~1631)이다. 본관은 달성, 자는 현기(玄紀), 호는 약봉(藥峯), 충숙은 시호이다. 송익필(宋翼弼)의 문인이다. 1596년 7월에 동부승지로서 자청하여 김덕령을 체포하러 갔다. 서성은 김덕령이 모반을 일으킬 위인이 못 된다고 하여, 조정의 논의를 무마하려 애썼다.

95 성주(聖主)께서……찬술하였으니 : 《충장공유사》에는 숙종과 정조가 쓴 어제 서문이 첫머리에 실려 있고, 권3에 이민서(李敏敍)가 지은 전(傳), 서유린(徐有隣)이 지은 시장(諡狀) 등이 실려 있다.

광주(光州) 향교(鄕校)의 어제 봉안각(御題奉安閣)에 대한 기문[96]

光州鄕校御題奉安閣記

96 【작품해제】이 글은 명고의 나이 50세 되던 1798년에 지었다. 명고는 48세 되던 1796년에 광주 목사로 부임하여, 이듬해인 1797년에 정조로부터 명을 받고 광주 지역 유생 84명과 《대학유의(大學類義)》의 편찬과 교정 작업을 수행한다. 이 작업은 이듬해 인 1798년에 끝나 정조는 그 노고를 가상히 여겨 초계문신(抄啓文臣) 친시(親試)의 규례에 준하여 호남 유생들을 시취하였다. 그때 내린 책문이 《홍재전서》 권52 책문5에 실려 있다. 당시 명고가 편찬과 교정을 수행할 때 《대학유의》 외에 《주자서절약(朱子書 節約)》도 함께 진행한 것으로 보이는데, '《어정대학유의》와 《주자서절약》을 교정한 호남 유생들의 시취〔湖南御定大學類義 朱子書節約校正儒生試取〕'라는 책문 제목에서 저간의 사정을 짐작할 수 있다. 이 시취에서 고경명(高敬命)의 후손 고정봉(高廷鳳)이 합격하여 1800년 4월 11일 전라 도사에 제수한 사실이 《정조실록》 해당 날짜의 기록에 보인다. 이 글은 당시 정조가 직접 제출한 시제(試題)와 조문(條問) 및 어고방목(御考 榜目)을 광주 향교에 봉안하고, 그 전말을 기록한 것이다.

명고의 손길을 거쳐 정리된 《대학유의》는 1799년 9년 6월에 1차 완성되어 20권이 간행되었고, 정조가 세상을 떠난 뒤 1805년(순조5)에 재차 간행되었다. 제사(題辭)는 정조가 직접 써 책의 맨 앞머리에 얹었다. 《대학유의》는 진덕수(眞德秀)의 《대학연의 (大學衍義)》와 구준(丘濬)의 《대학연의보(大學衍義補)》를 간추려 내용에 따라 재편 집한 것으로, 구성은 다음과 같다. 제1권은 제왕위치지서(帝王爲治之序)와 제왕위학지 본(帝王爲學之本)이다. 제2권에서 제3권까지는 격물치지지요(格物致知之要)로, 명도 술(明道術)·변인재(辨人材)·심치체(審治體)·찰민정(察民情)이다. 제4권은 성의 정심지요(誠意正心之要)로, 숭경외(崇敬畏)·계일욕(戒逸欲)·심기미(審幾微)이다. 제5권은 수신지요(修身之要)로, 근언행(謹言行)·정위의(正威儀)이다. 제6권은 제가 지요(齊家之要)로, 중비필(重妃匹)·엄내치(嚴內治)·정국본(定國本)·교척속(敎 戚屬)이다. 제7권에서 제20권까지는 치국평천하지요(治國平天下之要)로, 정조정(正 朝廷)·정백관(正百官)·고방본(固邦本)·제국용(制國用)·명예악(明禮樂)·질제 사(秩祭祀)·숭교화(崇敎化)·비규제(備規制)·신형헌(愼刑憲)·엄무비(嚴武 備)·어이적(馭夷狄)·성공화(成功化)이다.

신이 광주를 다스린 지 1년 만에 어떤 일로 인해 대궐에 조회를 갔다가 명을 받잡고 편전에 입시하였습니다. 성상께서 어정 《대학연의(大學衍義)》와 《대학연의보(大學衍義補)》를 꺼내어 신에게 보여주시며 말씀하셨습니다.

"이것은 나의 평생 정력이 담긴 책이다. 세손 시절부터 이 책을 지독하게 좋아하였기에 행간에 비점을 쳐서 오탈을 교정하고 광곽(匡郭)의 상변에 비평을 써넣은 것이 온통 빼곡하다. 낮이 가는 줄도 밤이 새는 줄도 모르고 수십 년을 하루같이 이렇게 하였다.

만사와 만물은 형이상(形而上 도(道))과 형이하(形而下 기(器))를 벗어나지 않는다. 더구나 천하는 거대한 물건이요 치국(治國)·평천하(平天下)는 거대한 사업이다. 형이상에 어둡다면 한당(漢唐) 이래의 잡패(雜伯)[97]가 되고, 형이하를 모른다면 남송(南宋) 이래의 상투적인 답습이 되고 말 것이다. 반드시 천덕(天德)을 주로 하여 왕도(王道)를 시행해야 형이하는 빈 수레[98]가 되지 않고, 형이상은 공리공담이 되지

---

97 잡패(雜伯) : 왕도(王道)에 패도(霸道)를 뒤섞어서 국가를 다스리는 것을 말한다. 한(漢)나라 선제(宣帝)가 "우리 한나라의 제도는 본래 패도와 왕도를 합친 것이니, 어떻게 덕의 교화에만 완전히 맡겨서 주나라의 정사처럼 하겠는가.〔漢家自有制度, 本以霸王道雜之, 奈何純任德教用周政乎?〕"라고 말한 데에서 기인한 것이다. 《漢書 卷9 元帝紀》. 여기서는 유가의 이상을 잃은 잡학(雜學)을 말한다.

98 빈 수레 : 원문의 '허거(虛車)'를 번역한 말이다. 송나라 주돈이(周敦頤)의 《통서(通書)》제28 〈문사(文辭)〉에 "문이라는 것은 도를 싣기 위한 것이다. 수레를 꾸몄는데도 사람이 타지 않는다면, 그것은 괜히 꾸민 것이다. 더군다나 텅 빈 수레라면 더 말할 것이 있겠는가.〔文所以載道也, 輪轅飾而人弗庸徒飾也. 況虛車乎?〕"라고 한 것에 전거를 둔 표현이다. 사상이나 도덕 없이 체제나 기물만 있는 것으로, 곧 허기(虛器)와 비슷한 의미이다.

않는다. 그런 뒤에야 참된 학문, 참된 정치라고 할 수 있다.

내가 일찍부터 옛것을 널리 보면서 책을 읽고서 고구해보니 그 책의 이론을 실용에 적용할 수 있으면 도에 위배되지 않는다. 그런데 천하에 도움을 줄 수 있는 책이 천고에 몇 종이나 되겠는가? 세상에서 정어중(鄭漁仲)[99]과 마귀여(馬貴與)[100]의 저술을 가지고 왕도정치를 실현할 수 있는 것이라고 기대하여 다시없는 법서(法書 모범이 되는 서적)로 지목하지만, 이 역시 역사서의 지(志)에 해당하는 별도의 갈래일 뿐이다. 그 이하로는 신서(新書)라고 자부하는 몇 종이 전부 너저분한 정보를 나열하거나 보잘것없는 내용을 발췌해놓은 저술이니, 내가 《대학연의》와 《대학연의보》에 평생을 다 바치고 정력을 다 쏟지 않을 수 있었겠는가?

그렇지만 흙탕물이 다 빠진 뒤에 시린 못이 맑아지고, 슨 녹이 다 지워진 뒤에 진짜 쇠가 빛을 발하는 법이니, 번잡한 것을 다듬어 간명

---

99 정어중(鄭漁仲) : 송(宋)의 경학자 정초(鄭樵, 1104~1162)이다. 복건(福建)의 보전(莆田) 사람으로 어중은 그의 자이고, 호는 계서일민(溪西逸民)이다. 과거에 응시하지 않고 30년간 협제산(夾漈山)에 살았기 때문에 협제선생(夾漈先生)이라 불리기도 한다. 고증(考證)・윤류(倫類)의 학문을 좋아하여 《경적략(經籍略)》, 《이아주(爾雅註)》, 《통지(通志)》를 저술하였다. 이 중 《통지》는 삼황(三皇) 시대부터 수(隋)나라에 이르기까지의 역대 사실을 모두 기록한 책이다.

100 마귀여(馬貴與) : 송(宋)나라 말엽 원(元)나라 초기의 학자인 마단림(馬端臨, 1254~1323)이다. 강서성 낙평(樂平) 사람으로 귀여는 그의 자이고, 호는 죽주(竹洲)이다. 《대학집전(大學集傳)》, 《문헌통고(文獻通考)》 등을 저술하였다. 그중 《문헌통고》는 당나라 두우(杜佑)의 《통전(通典)》을 증보(增補)하여 송대(宋代)에 이르기까지의 제도(制度), 문헌(文獻) 등의 연혁(沿革)을 24문(門)으로 분류하여 기록한 책이다. 모두 348권이다.

하게 하여 그중 가장 긴요한 것을 정리하여 별도로 한 부의 책을 만들지 않는다면 장차 배우는 이들로 하여금 망망대해에서 방황하며 갈 곳을 모르게 만들 것이다.

내가 이것을 두려워하여 바쁜 정무의 여가에 손수 비점을 찍어가며 흩어진 정보를 모아 체계를 잡아 일관되게 정리하였다. 이러한 방법으로 각 장마다 베껴 항아리에 차곡차곡 담아두었다. 지금 미처 하지 못한 것은 다만 분문(分門)하여 내용과 성격에 따라 재편성하는 작업뿐이다.

호남은 인재의 고장이다. 온 고을의 안목을 갖춘 선비들과 체제에 따라 분류하여 편집하고, 상호 교정하고 대조하여 올리도록 하라."

이윽고 찬전(餐錢)을 반사(頒賜)하고 필찰(筆札)을 지급하라고 명하고, 범례를 일러주며 이에 따라 책을 만들라고 하셨습니다.

신은 삼가 두 손으로 책을 받잡고 나왔습니다. 광주로 돌아와 21읍(邑)의 선비 가운데 경학에 정통하고 고도(古道)를 배운 84명과 함께 토론하고 고증하며 하나하나 점검하였습니다. 모두 4개월이 지나 작업을 마쳤으니, 총 20권이었습니다.

이듬해 3월, 신이 그 책을 올리자 성상께서는 《대학유의(大學類義)》라고 이름을 붙이시고, 이어 다음과 같이 하교하셨습니다.

"이 노고에 보답하지 않아서야 되겠는가? 여기에 내가 손수 쓴 다섯 가지 과체문(科體文)의 시제(試題)와 구경(九經)의 조문(條問)이 있다. 이것을 가지고 네가 광주로 가서 시험을 보이거라."

신은 즉시 공경히 받들고 와서 시험을 보였습니다. 그리고 공령생(功令生) 69명이 시(詩), 부(賦), 전(箋), 의(義), 책(策)을 올려 거두어들인 시권 149장과 경의생(經義生) 25명이 작성한 조대(條對) 24책을 차례로 정리하여 역말을 띄워 올리자, 성상께서 손수 친필로 다섯 가지 과체문의 시권에 점수를 매기셨습니다.

삼하(三下) 이상의 합격자가 53명인데, 이 중 사제(賜第)[101]가 2명, 서사(筮仕)가 2명, 발해(發解)가 49명이었습니다. 이들에 대해 서적과 문방구를 상으로 내리셨으니, 이 영광을 얻지 못한 사람은 하나도 없었습니다.

이에 어제(御題)와 어제조문(御製條問)과 어고방목(御考榜目)을 광주 향교에 봉안하라고 명하시고, 신 형수(瀅修)로 하여금 그 일을 기록하여 문미에 걸어 영원히 전하라고 명하셨습니다.

신은 삼가 다음과 같이 생각하옵니다. 호남 수천 리는 조선 왕실의 뿌리가 되는 고장으로서 문명(文明)한 방위인 남쪽에 자리 잡고 있는데다 산천이 정채를 모으고 풍기(風氣)가 정채를 북돋아 회계(會稽)의 죽전(竹箭)과 형양(衡陽)의 귤유(橘柚)와 대종(岱宗)의 뽕나무, 마, 벼, 물고기가 모두 있습니다.[102] 사물도 이러하거늘 사람이야 어떠하겠습니까?

명가(鳴珂)로 자신의 고리(故里)를 유명하게 하고,[103] 비단옷을 입

---

101 사제(賜第) : 임금의 명령으로 특별히 급제한 사람과 똑같은 자격을 주는 은전을 말한다.

102 회계(會稽)의⋯⋯있습니다 : 광주 일대에 대나무와 유자, 삼 등이 나기 때문에 이렇게 말하여 준재들이 많이 배출된다는 것을 은근히 암시한 것이다. 《이아》〈석지(釋地)〉에 "동남의 아름다운 것으로는 회계의 죽전이 있다.〔東南之美者, 有會稽之竹箭焉.〕"라고 하였다.

103 명가(鳴珂)로⋯⋯하고 : 가(珂)는 귀인(貴人)이 쓰는 마구(馬具)의 구슬 장식이다. 당나라의 장가정(張嘉貞)이 재상이 되고 그의 아우인 장가우(張嘉祐)가 금오장군

고 돌아와 자신의 고장을 영광되게 하여,[104] 분분하게 칠엽(七葉)의 이초(珥貂)[105]를 꽂고 주문(朱門)이나 화벌(華閥)로 성대하게 일컬어진 자가 수천 수백에 그칠 뿐이 아닙니다. 게다가 이것은 그리 대단할 것이 못 되니, 현덕 군자(賢德君子)가 끊임없이 배출되고 충신과 열사가 줄줄이 나왔습니다. 한 마을에 모범이 된 분들의 유풍이 아직 남아 있고, 성세의 조정에서 국가를 보필한 분들의 사적이 비석(碑石)에 남아, 오늘날까지 온 나라의 여론이 군자의 고장이요 예악의 고을이라고 칭송하고 있으니, 바로 남방(南方 문명 고장)이 되는 까닭입니다.

지금 우리 성상께서 오랫동안 펼쳐온 왕도가 화성(化成)하고, 교사(敎思)가 무궁하여 초계문신들에 대해 한 달에 두 번 문예를 시험하고, 성균관 유생들에 대해 수시로 불러 응제(應製)하게 하시니, 인재를 양성한 성대함이 문왕이 이룬 역박(棫樸)의 교화[106]에 이미 버금갑니다. 또 일찍이 관동과 영남 지방에 수재들을 발탁하여 역량을 살피셨으

(金吾將軍)이 되어 형제가 함께 조정에 드나들었다. 그들이 다닐 때 옥구슬이 부딪혀 울렸기 때문에 당시에 그들이 사는 곳을 '명가리(鳴珂里)'라고 하였다. 여기서는 이 고사를 인용하여, 과거에 급제하여 출세함으로써 자신의 고향을 이름 낸다는 뜻으로 사용하였다. 《唐書 卷127 張嘉貞傳》

104 비단옷을……하여 : 항우(項羽)의 금의환향(錦衣還鄉) 고사를 인용한 표현이다. 역시 출세하여 자신의 고향을 빛낸다는 뜻이다.

105 이초(珥貂) : 옛날 시중(侍中)·상시(常侍) 등의 관에 장식으로 꽂았던 옥관자와 담비 꼬리[貂尾] 장식이다. 여기서는 고관의 상징으로 사용되었다.

106 역박(棫樸)의 교화 : 성명한 임금의 문교(文敎)를 가리킨다. 〈역박〉은 《시경》의 편명(篇名)인데, 문왕(文王)의 덕으로 천하에 인재가 많이 배출되었고 또 문왕이 이들을 적소에 잘 등용하였다는 것을 찬양하는 내용이다. 광주 지역에 문교가 꽃피어 훌륭한 학자와 인재가 육성되었다는 의미에서 인용한 표현이다.

니, 인재 등용을 급선무로 여기시는 성상의 마음으로 말하면 비록 식사를 하는 도중 열 번 일어나셨던 문왕이나 머리를 감는 도중 세 번이나 움켜잡았던 주공이라 할지라도 결코 성상보다 더하다고 할 수 없습니다. 그리고 호남에 대해서는 이보다 더욱 성대한 은혜가 있습니다.

어정 《대학연의(大學衍義)》와 《대학연의보(大學衍義補)》는 은하수가 감싸주고,[107] 신령이 가호하며, 숙유(宿儒)가 매우 엄중히 처리해야 하는 책이니 한 번 시원히 읽는 것만 해도 지극한 영광입니다. 그런데 더구나 외진 고을의 누추한 관아에서 낡은 서적에 파묻혀 조각난 찌지나 주위 모으던 차에 어느날 갑자기 성상의 부름을 받아 붉게 비점을 친 이 책을 받들고 보니, 마치 군옥부(群玉府)[108]에 들어간 것마냥 찬란한 보석들이 눈길 닿는 곳마다 빼곡하게 나열되어 있고, 수정궁(水晶宮)에 들어간 것마냥 영롱한 야광주가 곳곳마다 솟아나 있었습니다. 비록 계고(稽古)의 힘이라고는 하나 광주의 제생들이 입은 은혜는 이미 천년에 한 번 얻을까 말까 한 영광이라 하겠습니다.[109]

---

107 은하수가 감싸주고 : 어정 《대학연의(大學衍義)》와 《대학연의보(大學衍義補)》에 임금이 손수 쓴 신한(宸翰)과 어제(御題)가 있기 때문에 이렇게 표현한 것이다. 〈역박〉에 "크나큰 저 은하수여, 하늘의 문장이 되었도다. 주왕이 장수를 누리시거니, 어찌 인재를 성취시키지 않으리오.[倬彼雲漢, 爲章于天. 周王壽考, 遐不作人.]"라고 한 데서 유래한 표현이다. 여기에서 유래하여 임금의 시문이나 글씨를 봉안한 건물을 운한각(雲漢閣)이라고 한다.

108 군옥부(群玉府) : 보물창고라는 말로, 주(周)나라 역대 제왕(帝王)의 서책(書冊)을 소장했던 곳이다. 전하여 왕가(王家)의 도서실(圖書室)을 의미한다.

109 비록……하겠습니다 : 광주의 유생들이 《대학유의》 편찬 작업에 참여하고, 또 과거에 급제한 것은 모두 그들이 열심히 학문에 매진한 결과이지만, 역시 모두가 임금의 은혜라는 뜻이다. '계고(稽古)의 힘'이란 옛 학문을 깊이 상고하고 연구한 공부의 힘이

게다가 성상께서 이 영광된 작업을 노고라고 여기시어 교정 작업을 빌미로 저에게 시험을 주관하게 하시어 제생들을 합격의 방목에 올려주시고 작록을 내려주셨으며, 융숭하게 격려하고 성대하게 상을 내리시기까지 하셨으니, 어찌 제생들이 꿈엔들 바라던 것이겠습니까? 호남이 남방(南方 문명 고장)의 이름에 제값을 하게 된 것은 성상의 마음이 인재 양성을 돈독히 하고 학덕을 진작시키는 것에 있어 넘칠지언정 인색하지 않게 하고자 하신 결과입니다.

《시경》〈간모(干旄)〉에 "아름다운 그대여! 무엇으로써 보답하나?〔彼姝者子 何以畀之〕"라고 하였고, 또 〈억(抑)〉에 "말은 꼭 대답해주어야 하고, 덕은 꼭 보답해주어야 한다.〔無言不酬 無德不報〕"[110]라고 하였습니다. 광주의 제생들이 장차 어떻게 국은(國恩)의 만분의 일이나마 보답할 수 있을 것인지 알지 못하겠습니다.

신은 견문이 부족한 말학(末學)으로서 교정을 주관하고 시험을 관장하면서 몸소 제생들이 받은 은혜를 목격하였으니, 실로 그 영광에 참여한 것입니다. 명을 받자와 기록하고, 또 제생에게 알립니다.

라는 뜻이다. 후한(後漢)의 환영(桓榮)이 광무제(光武帝)로부터 태자소부(太子少傅)의 임명을 받고 가르치던 유생들에게 "오늘날 이런 은총을 받게 된 것은 모두가 계고의 힘이니, 어찌 분발하지 않을 수 있겠는가.〔今日所蒙, 稽古之力也, 可不勉乎.〕"라고 하였다. 《後漢書 卷37 桓榮列傳》

110 말은……한다 : 《시경》〈억(抑)〉에는 '酬'가 '讐'로 되어 있다. 의미상 차이는 없다.

운계(雲溪)의 향현사(鄕賢祠) 중수기[111]
重修雲溪鄕賢祠記

선현(先賢)을 동서(東序)에 향사하는 것[112]과 향선생(鄕先生)이 죽으면 사(社)에 제사를 지내는 것[113]은 모두 고례(古禮)이다. 예의 위상

---

111 【작품해제】이 글을 지은 시기는 정확히 알 수 없다. 운계(雲溪)는 지금의 경기도 양평군 용문면(龍門面)이다. 기묘명현을 모신 운계서원(雲溪書院)과 그 자손 및 무오명현 권경유(權景裕)를 제사하는 향현사(鄕賢祠)가 분리된 전말을 서술한 다음, 조시복(趙時復)이 향현사를 중수한 전말을 기록하였으며, 이어 그것이 우리나라에서 서원과 사(祠)가 분리된 기원이었음을 밝혔다. 운계서원과 향현사는 현재 덕촌리(德村里)에 남아 있다. 참고로 운계서원은 본래 숙종조에 용문서원이라는 이름으로 사액되었는데, 헌종 4년(1838) 이곳에 행차한 헌종이 서원의 이름에 불교의 색채가 있다는 이유로 운계서원이라 고치라고 명하여 이로 인해 이름이 바뀌었다. 글의 말미에는 명고가 이 글을 쓰게 된 것이 명고의 선조 서성(徐渻)과 조형생(趙亨生)의 교분 때문이었음을 서술하여 두 집안의 오랜 세의를 은근히 밝혔다.

112 선현(先賢)을……것 : 선현은 한 나라가 존경하는 국로(國老)를 가리킨다. 동서(東序)는 태학이다. 《예기》〈왕제(王制)〉에 "하후씨는 동서에서 국로를 봉양하였다.〔夏后氏養國老於東序〕"라고 하였고, 〈소목(昭穆)〉에 "선현을 서학에 향사한다.〔祀先賢于西學〕"라고 하였는데, 원나라 학자 웅화(熊禾)가 "예에서 '선현을 동서에서 향사한다.' 및 '향선생을 사에서 제사 지낸다.'는 문장이 있다.〔禮有祀先賢于東序及祭鄕先生于社之文〕"라고 하였다. 이 말은 뒤에 명나라 구준(丘濬, 1421~1495)의 《대학연의보》에 인용되었다. 명고가 인용한 것은 《대학연의보》의 말일 것으로 추정된다.

113 향선생(鄕先生)이……것 : 향선생은 한 고을에서 존경받는 원로이다. 옛날 늙은 관원이 치사(致仕)한 뒤 고향으로 내려올 경우, 중대부(中大夫)로서 치사한 사람은 태사(太師)로 삼고 사(士)로서 치사한 사람은 소사(少師)로 삼아 향학(鄕學)에서 젊은이들을 가르치게 하였다. 이 노선생들을 향선생이라고 한다. 《儀禮 士冠禮》. 향선생이 죽으면 사(社)에 제사를 지낸다는 말은 예서(禮書)에 있는 것은 아니고, 당나라 한유

(位相)에 비록 경중(輕重)이 있기는 하나, 덕행을 본받아 세교를 교화한다는 측면에서는 그 의미가 한가지이다.

예컨대 영가서원(永嘉書院)에서는 공자를 중앙에 모시고 이락(伊洛)의 제현들을 배향하였고,[114] 오계서원(浯溪書院)에서는 공자를 주벽(主壁)으로 모시고 충현(忠賢)을 종향으로 모셨으니[115] 이것은 동서(東序)에서 선현을 향사하던 유풍이다. 석경(石慶)에게 가문에서 물려받은 덕행이 있자 제(齊)나라에서 석상사(石相祠)를 세워주었고,[116]

(韓愈)의 〈송양소윤서(送楊少尹序)〉에서 "옛날에 이른바 '향선생이 세상을 떠나면 사에 제사를 지낼 수 있다.'고 한 것이 바로 이러한 사람에 해당하는 것이리라.〔古之所謂鄕先生沒而可祭於社者, 其在斯人歟!〕"라고 한 데 근거를 둔 말이다. 이 말은 뒤에 명나라 구준의 《대학연의보》에 인용되었다. 명고가 인용한 것은 《대학연의보》의 말일 것으로 추정된다.

114 영가서원(永嘉書院)에서는……배향하였고 : 영가서원은 절강성 온주(溫州) 서남쪽에 있는 서원으로, 남송 순우(淳祐) 연간에 건립하였다. 중앙에 선성연거상(宣聖燕居像)을 모셔놓고, 동실(東室)에는 이락(伊洛)의 제현들을, 서실(西室)에는 향선현(鄕先賢)을 향사하였다고 한다. 《大明一統志》

115 오계서원(浯溪書院)에서는……모셨으니 : 오계서원은 강서성 영주(永州) 기양현(祁陽縣) 남쪽에 있다. 현위 증규(曾圭)와 그의 아들 증요신(曾堯臣)이 창건하였다. 중앙에 대전(大殿)을 만들어 공자를 제사 지내고, 대전 왼쪽에 사(社)를 세워 원결(元結)과 안진경(顔眞卿)을 제사 지냈다. 《大明一統志》. 저본에는 '梧溪'로 되어 있으나, 《대명일통지》에 의거하여 바로잡았다.

116 석경(石慶)에게……세워주었고 : 석경은 한 문제 때 만석군(萬石君) 석분(石奮)의 둘째 아들이고, 석상사(石相祠)는 '석 재상 부자(父子)를 모신 사당'이다. 석분은 높은 지위에 이르러 부귀해져서도 언제나 근검절약하였다. 이 때문에 석분의 작은아들 석경이 태자태부(太子太傅)·어사대부(御史大夫)를 거쳐 제(齊)나라의 승상(丞相)이 되었을 때 온 나라 사람들이 그 가문의 덕행을 존모하여 절로 제나라가 잘 다스려졌다. 뒤에 제나라 사람들이 석분과 석경을 위하여 석상사를 세워 제사를 지냈다. 《史記 卷103

난포(欒布)에게 청덕(淸德)이 있자 연나라에서 난공사(欒公社)를 세웠으니[117] 이것은 향선생을 사(社)에서 제사 지내던 유의(遺義)이다.

우리 조선에서는 또 이와 다르다. 조정에서 사액한 곳을 서원(書院)이라고 하고, 향사(鄕社)에서 자체적으로 제향하는 곳을 사(祠)라고 한다. 제사의 경중을 가지고 등급의 고하(高下)를 비교한다면 실로 그럴 수도 있겠지만, 그것이 여기에 무슨 상관이 있겠는가? 진실로 마음이 광명(光明)하고 신의(信義)가 있으면 개울이나 못에서 자라는 물풀과 웅덩이나 도랑에 있는 물도 귀신에게 바칠 수 있고 왕공에게 올릴 수 있다.[118] 어찌 서(序)와 사(社)에 대해 그 덕을 고과할 수 있다고 하겠는가?

운계의 향현사는 효종 갑오년(1654)에 창건되어 양심당(養心堂) 조공(趙公),[119] 보진암(葆眞庵) 조공(趙公),[120] 지평(持平) 신공(申公)[121]

萬石君列傳》

117 난포(欒布)에게……세웠으니 : 난공사(欒公社)는 난포를 모신 사당이다. 〈난포열전〉에는 "전투에서 세운 공훈으로 유후(兪侯)에 봉해졌다가 다시 연(燕)나라 승상(丞相)이 되었다. 연나라와 제나라 지역에서 모두 사당을 세워 제사를 지내고 난공사로 불렀다."라고만 되어 있고 청덕(淸德)에 관해서는 구체적인 언급이 없다. 다만 난포는 자신이 곤궁할 때 도움을 준 팽월(彭越)에게 의리를 지켰고, 죽음을 두려워하지 않았으니 그를 두고 한 말인 듯하다. 《史記 卷100 欒布列傳》

118 진실로……있다 : 《춘추좌씨전(春秋左氏傳)》 은공(隱公) 3년에 "진실로 마음이 광명하고 신의가 있으면 시내나 못에서 자라는 수초(水草)와 부평이나 마름 같은 채소와 광주리나 솥 같은 용기와 웅덩이나 길에 고인 물이라도 모두 귀신에게 제물로 바칠 수 있고 왕공에게 올릴 수 있다.〔苟有明信, 澗溪沼沚之毛, 蘋蘩蘊藻之菜, 筐筥錡釜之器, 潢汙行潦之水, 可薦於鬼神, 可羞於王公.〕"라고 하였다.

119 양심당(養心堂) 조공(趙公) : 조선 초기 용문(龍門) 출신의 학자 조성(趙晟, 1492~1555)이다. 본관은 평양(平壤), 자는 백양(伯陽)이고, 양심당은 그의 호이다.

을 합사하였다. 숙종 갑오년(1714)에 이르러 온 고을의 선비들이 상소를 올려 사액을 청하였다. 이때 예조의 논의가 "사액함이 마땅합니다. 다만 고(故) 지평(持平) 신공(申公)이 기묘명현(己卯名賢)이라는 것에 대해서는 단지 전설만 내려올 뿐 근거할 만한 실제 사적이 없으니, 사우(祠宇) 하나를 별도로 건립하여 모시는 것이 마땅하겠습니다."라고 하니, 성상이 허락하였다.

이에 '용문서원(龍門書院)'이라고 사액하고, 양심당과 보진암 두 분의 조공을 제향하고, 신공은 둔곡(遯谷) 조형생(趙亨生),[122] 치헌(癡

음률에 밝았을 뿐 아니라 의약(醫藥)과 산수에도 정통하여 군직(軍職)에 나가서는 의술을 가르친 바도 있다. 조광조(趙光祖)의 문하에서 학문을 닦아 성리학에 조예가 깊었으며, 글씨에도 능하였다. 거문고의 명인이기도 하여《고금금보문견록(古今琴譜聞見錄)》과《송씨이수삼산재본금보(宋氏二水三山齋本琴譜)》에〈조성보(趙晟譜)〉가 전한다. 저서에《양심당집(養心堂集)》이 있다.

120 보진암(葆眞庵) 조공(趙公) : 조성의 아우 조욱(趙昱, 1498~1557)이다. 본관은 평양, 자는 경양(景陽), 호는 용문 또는 보진암이다. 조광조와 김식(金湜)을 사사하였다. 기묘사화 때에 어리다는 이유로 화를 면하였다. 형제 모두 학행이 있어 당시 사람들이 조성과 조욱 형제를 두고 중국의 정호(程顥)와 정이(程頤) 형제에 빗대어 칭송하였다. 명종 때 성수침(成守琛)·조식(曺植) 등과 함께 천거되어 내섬시 주부(內贍寺主簿)에 제수되었고, 이듬해 장수 현감(長水縣監)에 이르렀다. 저서에《용문집(龍門集)》이 있다. 시호는 문강(文康)이다.

121 지평(持平) 신공(申公) : 조선 초기의 학자 신변(申忭, 1470~1521)이다. 본관은 평산(平山), 자는 낙천(樂天), 호는 귤우정(橘宇亭)이다. 기묘사화 때에 파직되어 지평에 은거하였다. 1521년에 신사무옥에 연루되어 처형되었다. 뒤에 이조 판서에 추증되었다. 시호는 정신(貞信)이다.

122 둔곡(遯谷) 조형생(趙亨生) : 1564~1628. 보진암 조욱의 손자이다. 본관은 평양, 자는 달가(達可), 둔곡은 그의 호이다. 조부의 유훈을 따라 경수(耕叟)라 자호하고, 광해조에 용문산에서 은거하며 농사짓고 살았다. 잠시 공조 좌랑과 예산 현감(禮山縣

軒) 권경유(權景裕)[123] 두 분과 함께 별도로 향현사를 건립하여 다 같이 제향하였다. 대개 조선에서는 이때부터 서원과 사(社)가 나누어지기 시작했다. 그러나 조정에서 인정한 것이요 사림에서 사사로이 향사하는 것이 아니라는 점에서는 똑같다.

향현사를 건립한 지 거의 100년 가까운 세월이 흘렀다. 봄가을의 향사와 아침저녁의 강학에 있어 또한 그 일을 훌륭히 행하고 직무를 잘 닦아 나가고 있기는 하지만, 비바람에 많이 시달려 지붕은 새고 바닥은 패어져 사당의 모습이 점차 허물어졌다. 둔곡공(遯谷公)의 5세손 조시복(趙時復)이 이것을 안타까워하여 재정을 모으고 목수들을 모집하여, 갖은 노력을 기울여 경영한 끝에 올해 중춘에 향현사를 중수하여 새로 단장하였다.

들어간 목재가 몇 장(章)이며, 사용된 기와가 몇 매(枚)이며, 단청(丹靑 물감)과 유악(黝堊 석회)이 몇 근이며, 목수와 일꾼들이 몇 명이었다. 그리고 건물의 규모 총 몇 칸과 담장의 길이 총 몇 자가 훤칠하게 되어 몇 개월이 지나지 않아 면모가 일신되었다. 이윽고 서울로 사람을 보내어 나에게 기문을 청하였다.

무릇 의미를 동서(東序)에서 취하였다면 공자를 모시고 선현을 배향하는 것도 좋고, 의미를 향사(鄕社)에서 취하였다면 그 고을에 나아가

監)으로 나아갔다가 관직을 사퇴하고 지평 둔촌(遁村)의 옛집에 돌아와 은거하였다. 정묘호란 때에 대가(大駕)를 호종하여 강화도에 들어갔으며, 이듬해에 별세하였다.

123 치헌(癡軒) 권경유(權景裕) : ?~1498. 자는 군요(君饒) 또는 자범(子汎)이고, 치헌은 그의 호이다. 김종직(金宗直)의 문인으로 1485년(성종16) 별시문과에 급제하였고, 1490년 사가독서를 하였다. 무오사화(戊午士禍)로 아들 권연(權沇), 벗 김일손(金馹孫) 등과 함께 처형되었다. 중종반정 이후 복권되어 도승지에 추증되었다.

전향(專享)을 하거나, 병향(幷享)을 하는 것도 좋다. 지금 성균관과 향교[124]에서 공자를 모시고 있기에 서원과 사(祠)에서는 모두 자기 고을의 선현과 선사들을 주향(主享)하고 있으니, 그렇다면 서원도 사이고, 사도 서원이다. 또 어찌 경중을 논할 것이 있겠는가?

더구나 이 향현사를 설립한 것도 역시 조정의 뜻을 따른 것이요, 삼현(三賢)의 덕행은 세교를 진작시킬 수 있는 것이니, 그렇다면 사액이 내리지는 않았지만 이 또한 하나의 서원이다. 이미 서원이나 다름없고 보면 앞서 예조에서 굳이 신공을 따로 떼어 논한 것은 협소한 견해가 아니겠는가?

하지만 이는 하늘의 뜻이지 사람의 일이 아니다. 현철이 많이 배출된 운계에 이 고을 사람들이 존숭할 공간이 하나의 서원에 그친다면 말이 되겠는가? 만약 하나의 서원에 그칠 뿐이라면, 지역이 열유(列侑 서원에 여러 유현을 향사함)에 구애되고 예법상 추제(追躋 추가 배향)가 어려워 마땅히 향사해야 할 분임에도 향사하지 못하는 경우가 생기지 않을 것이라고 또 어찌 보장하겠는가?

그렇다면 이 고장에 있는 이 향현사로 말하면 이름이야 사(祠)라고 붙였지만 실제로는 서원이니, 그 체모의 중대함으로 말하면 마땅히 용문서원과 아름다움을 나란히 하여 함께 전해져야 하고, 한갓 향선생을 자체적으로 향사하는 사우와 흥망성쇠를 같이하지 않아야 할 것이다. 이러한 점에서 보면 조시복은 훌륭한 자손일 뿐만 아니라 또한 훌륭한 선비이기도 하다.

---

124 성균관과 향교 : 저본의 '학(學)'을 풀이한 말이다. 학은 국학(國學)인 성균관과 향학(鄕學)인 향교를 모두 포함한다.

나의 선조 충숙공(忠肅公)[125]은 둔곡공과 깊은 친분이 있어 일찍이 출처(出處)와 진퇴(進退)의 의리에 관하여 편지를 주고받으며 거취를 물었다. 그리하여 둔곡공이 잠시 자신의 뜻을 굽히고 부름에 응하여 예산에 부임하였던 것이다. 이 향현사에 대한 기문을 쓰는 일에 어찌 감히 내가 문장에 능하지 못하다는 이유로 사양을 할 수 있겠는가?

삼현(三賢 신변, 조형생, 권경유)의 우뚝한 명덕(明德)으로 말하면 정사(正史)와 야사(野史)에 모두 기록되어 있으니 여기서 다시 언급하지는 않는다. 다만 사와 서원이 분리된 전말에 대해서는 가급적 자세히 말하여, 백세 뒤에도 예를 올리고 존경심을 일으켜서 소중하게 여겨 영원히 폐하지 않아야 할 것임을 알게 한다.

---

125 선조 충숙공(忠肅公) : 명고의 6대조 서성(徐渻, 1558~1631)이다. 본관은 달성, 자는 현기(玄紀), 호는 약봉(藥峯), 충숙은 시호이다. 송익필(宋翼弼)의 문인이다. 임진왜란 때에 선조를 호종하였고, 도승지, 개성 유수 등을 역임하였으며, 계축옥사에 연루되어 11년 동안 귀양살이를 하였다. 인조반정 뒤에 조정에 들어와 대사헌, 병조 판서 등을 역임하였다. 이인기(李麟奇), 이호민(李好閔) 등과 교유하였으며, 저서에 《약봉집(藥峯集)》이 있다.

북적동(北笛洞) 유람기[126]

遊北笛洞記

도성의 동쪽으로 나가 북쪽으로 3, 4리를 가면 북적동(北笛洞)이 있다. 북적동은 도성 곁에 있는 데다 명승지로 특히 이름난 곳이라 늦봄에는 하루라도 거리에 상춘객이 없는 날이 없다.

나는 본래 우졸(愚拙)하여 문을 나서길 좋아하지 않는다. 문을 나서는 경우는 반드시 나가지 않을 수 없을 때뿐이다. 이날은 객이 길을 나서자고 하도 졸라대기에 함께 작반(作伴)하여 천천히 거닐어 북적동에 이르렀다.

북적동 입구에는 너럭바위가 비스듬히 누워 있고, 그 위로 물이 널찍하게 퍼져 흘렀다. 물가를 따라 물고기 꿰미마냥 나란히 줄을 서서

---

126 【작품해제】이 글을 지은 시기는 정확히 알 수 없다. 북적동은 지금의 성균관대학교 뒤편 성북동 일대로, 북저동(北渚洞) 또는 북둔(北屯), 묵사동(墨寺洞), 북사동(北寺洞) 등으로 불렸다. 자하동 북쪽의 도화동(桃花洞)과 더불어 복숭아꽃이 아름답기로 유명하여, 그 화려한 경치가 당대 문인 묵객들의 시문에 포착되어 있다. 서유구의 〈절신상락(節辰嘗樂)〉에는 당시의 실정을 "우리 동국 서울에서의 꽃구경은 필운대(弼雲臺)의 살구꽃, 북적동(北笛洞)의 복사꽃을 최고로 친다. 그래서 매년 3월이 되면 버드나무를 따라 꽃을 찾는 이들이 여기에 모이는 경우가 많으니, 곳곳의 주인들이 능히 동산에 물을 주고 정원을 가꾸어 대나무 사립을 두르고 정자에 초가지붕을 새로 이어 빈객을 맞이한다."라고 소개하고 있다. 전편에 걸쳐 어려운 고사나 군더더기 글자 없이 문장이 말끔하게 다듬어져 있다. 전체적으로 북적동을 찾게 된 계기, 북적동으로 가는 여정과 풍경의 묘사, 업무(業武) 김 노인과의 대화, 자연의 성쇠와 인생의 무상함을 서술하였다. 핍진한 묘사로 당시 북적동의 모습을 산뜻하게 그리면서도 인생의 철학적 문제를 은근히 담아 글의 무게를 더한 전형적인 고문 작품이다.

올라가면서 혹은 이리저리 골라 디디거나 혹은 풀쩍 건너뛰기도 하였다. 북적동에 들어서자 널찍하던 바위는 길게 뻗어 있고 퍼져 흐르던 물은 좁게 모여, 골짜기 가운데는 개울이 되고 개울 양 기슭은 언덕을 이루었다. 언덕 마루 위로는 몇 리에 걸쳐 산길이 나 있고, 사이사이에 촌락의 울타리가 별자리처럼 드문드문 펼쳐져 있었다.

울타리 밖으로는 언덕에서 산까지 복사꽃나무가 그득히 서 있었다. 흰 것도 있고 붉은 것도 있고, 짙붉은 것도 있고 연붉은 것도 있었다. 또 정정한 소나무와 늘어진 버드나무가 일산처럼 펼쳐져 있고 휘장처럼 드리워져 있어, 아련한 비와 옅은 안개처럼 서로 어울려 어리비쳤다. 이따금 떨어진 꽃잎이 개울로 들어가 개울물이 온통 꽃빛으로 물들었다.

촌락에 업무(業武 무관의 서자(庶子)) 김 아무개가 있는데 나와 구면이다. 개울에서 올라가다가 동쪽으로 꺾어 숲속으로 난 오솔길을 지나 그의 집을 찾아갔다. 초가를 얹어 지은 집이 호젓하고 정갈하여 인간 세상의 살림집 같지가 않았다. 주인은 우리에게 마루를 내주고서 몸소 술과 안주를 마련하여 대접하였다.

조금 있자니 벼슬아치들이 탄 말과 수레가 길을 메우고 왁자하게 문 앞을 지나가는데, 술에 취해 노래하고 춤추느라 날리는 먼지가 자욱하였다. 내가 주인에게 말하였다.

"할아범이 이곳에 살면서 어릴 적부터 젊은 시절을 거쳐 늙을 때까지 이 골짜기가 하루도 빠짐없이 오늘처럼 북적였겠군그래?"

주인이 말하였다.

"사방의 교외에서 명승지로 이름난 곳 중에 동교(東郊)가 최고입지요. 북적동은 이 동교에서도 더욱 빼어난 곳입니다요. 한창 고운 꽃이 향기를 뿜고 수려한 경치가 자태를 뽐낼 때면 도성의 남녀들이 모두 쏟아져 나와 미어터지지 않는 날이 없습지요. 그러다 꽃이 지고 물이 줄어 봄산이 텅 비게 되면 이따금 오가는 이들이라곤 푸닥거리를 하는 박수영감이나 빨래하는 할멈뿐이라 썰렁하니 마냥 휑합지요."

나는 객에게 말하였다.

"한 해 사이에 작은 땅에서 일어나는 성쇠도 이처럼 무상한데 더구나 100년 인생이야 말할 것이 있겠나? 이와 같은 것이 또 누가 꼬드기고 누가 빼앗아간 것이란 말인가?"

나는 한숨을 쉬며 배회하다가 해가 질 무렵이 되어서야 돌아왔다. 이번 유람에서 시를 잘하는 이들이 모두 시를 지었으나 나만 혼자 짓지 못하였다. 마침내 그날의 일을 기록하여 시권의 머리에 얹는다.

명고(明皐)에 대한 기문[127]

明皐記

장단부(長湍府) 서쪽 10리에 광명동(廣明洞)이 있다. 어떤 이는 골짝

---

127 【작품해제】이 글을 지은 시기는 정확히 알 수 없으나 명고의 나이 34세에서 35세 무렵, 곧 1782년에서 1783년 사이에 지은 것으로 추정된다. 추정 근거는 다음과 같다. 명고는 스무 살 무렵 선고의 무덤을 이장하려고 계획을 세우다가 10여 년이 지난 시점에서 중부 서명선에게 광명동(廣明洞)의 땅을 받았다. 그리고 31세가 되던 1779년 2월 18일에 선친 서명성의 묘를 이장하였으며, 그로부터 다시 3, 4년이 지난 시점에 이 글을 썼기 때문이다.

이 글에서 명고가 선고(先考)라고 칭한 이는 양부(養父) 서명성(徐命誠, 1731~1750)이다. 본관은 달성, 자는 자명(自明)이다. 서명응(徐命膺)의 아우이고, 귀록(歸鹿) 조현명(趙顯命, 1690~1752)의 사위이다. 스무 살에 자식 없이 요절하자 서명응이 자신의 셋째 아들인 명고를 양자로 보내어 후사를 잇게 하였다. 서명성의 묘는 처음에 금릉(金陵 지금의 김포)에 있었으나 1779년 명고에 의해 장단부 광명촌(廣明村)으로 옮겨졌다. 묘표는 서명성의 형 서명응과 장인 조현명이 썼다.

명고정사가 있던 위치는 장단면 민통선 이북에 있어 자세히 고증할 수 없다. 낙낙와(樂樂窩), 오여헌(五如軒), 동여루(同余樓)로 이루어졌다. 이 중 오여헌은 중국 문인 서대용(徐大榕)이 명고의 시문집에 서문을 써줄 때 〈서오여헌주인의 시문에 붙이는 서문[徐五如軒主人詩文序]〉이라고 한 것으로 보아 한동안 별호로도 사용되었던 것으로 보이며, 그 의미에 대해서는 본집 권8의 〈오여헌에 대한 기문[五如軒記]〉과 성대중(成大中)의 《청성집(靑城集)》권6 〈오여헌에 대한 기문〉에 잘 설명되어 있다. 동여루라는 이름은 생부인 서명응이 지어준 것이다. 서명응이 명고정사의 방당에 연꽃을 심어 놓은 것을 보고 주돈이(周敦頤, 1017~1073)의 〈애련설(愛蓮說)〉에서 "同予者何人[나만큼 연꽃을 사랑할 자가 누구인가]"라는 말에 착안하여 이름을 지었으며, 시와 함께 의미를 부여해주었다. 시는 《보만재집(保晩齋集)》권8 〈동여루에 대한 기문[同余樓記]〉에 실려 있다.

안이 넓고 밝기 때문에 이렇게 이름을 붙였다고 하고, 어떤 이는 골짝 왼편에 옛날에 광명사(廣明寺)가 있었기 때문에 이렇게 이름을 붙였다고 한다. 지금은 알 수 없다.

전에 선고(先考)의 무덤이 광명동 남쪽 5리 금릉(金陵) 임좌(壬坐)의 기슭, 곧 증조부 정간공(貞簡公)[128] 묘소의 오른편 기슭에 있었다. 그러나 풍수가들이 다들 불길하다고 말하였다. 내가 약관의 나이에 이장을 결심하고 풍수지리가 이형윤(李衡胤)과 함께 해마다 한두 번씩은 온 장단을 두루 돌아다녔건만 5, 6년이 지나도록 결국 마땅한 자리를 얻지 못했다.

하루는 나귀를 끌고 느린 걸음으로 능선을 따라가다가 언덕처럼 툭 튀어나온 한 곳에 이르렀다. 이형윤이 깊이 관심을 보이며 발걸음을 떼지 못하였다. 내가 "여기에 혹 길한 점이 있는가?" 하고 물었다. 이윤형이 "안대(案帶 안산(案山))가 빼어남을 드러내고, 사수(砂水)[129]가 법에 맞으니, 말할 수 없이 길합니다." 하였다.

잠시 뒤 은은한 숲 사이로 서너 기의 무덤이 언덕의 왼편에 올망졸망 있는 것이 멀리 바라보였다. 언덕 너머에는 작은 비각(碑閣)이 한 채 서 있었다. 처마는 붉게 칠하고 벽은 희게 분칠을 하였는데, 그 속에 비석이 갈무리되어 있는 듯하였다. 비각 아래 촌락에는 5, 60호가량의

---

128 정간공(貞簡公) : 서문유(徐文裕, 1651~1707)를 가리킨다. 자는 계용(季容), 호는 만산(晩山)이고, 정간은 시호이다. 대사헌과 도승지를 지내고, 1704년 사은부사로 청나라에 다녀왔으며, 이후 예조 판서, 우참찬 등을 역임하고 지중추부사가 되었다. 묘표는 남구만(南九萬)이 썼고, 신도비는 당시 대제학으로 있던 이덕수(李德壽)가, 글씨는 백하(白下) 윤순(尹淳)이 썼다.

129 사수(砂水) : 혈(穴)의 전후좌우에 있는 산과 물을 말한다.

집들이 오밀조밀 늘어서 있었고, 밥 짓는 연기가 자욱하게 끼어 있었다. 나와 이형윤이 서로 바라보고 웃으며 "우리가 오늘 흠씬 두들겨 맞을 뻔했구먼." 하고는 이윽고 자리를 떠났다.

그로부터 5, 6년이 지나 중부(仲父) 의정공(議政公)[130]이 은거하여 전장을 경영하려고[131] 장단에 두 곳을 마련해두었다. 한 곳은 동자원(桐子原)이고 또 한 곳은 광명동이다. 이때 의정공께서 몸소 풍수지리가 유동형(柳東亨), 정도홍(鄭道弘)과 함께 가서 살펴보셨는데, 나도 따라갔다. 공이 동자원으로 골라 결정하신 뒤에 광명동은 나에게 주시기에 천천히 가서 보니, 예전에 내가 이형윤과 왔던 곳이었다.

내가 실로 그때의 일을 기억하고 있었기에 마음속으로 기뻤는데, 유동형과 정도홍의 말은 이형윤의 말보다 더 좋아 미치지 않음이 없었다. 이에 서너 기의 무덤을 찾아가보니 처음 점찍어둔 자리의 청룡(靑龍) 바깥 자락에 있었고, 비각은 또 마을 사람의 정효비(旌孝碑)를 갈무리해둔 것인 데다 실로 뒷골짝에 있었다. 나도 마침내 자리를 정했다.

기해년(1779) 중춘, 간좌(艮坐)의 언덕에 선친을 이장한 다음, 마을 사람에게 값을 배로 치러주고 그들의 집을 옮기게 하여 터를 넓혔다.

---

130 중부(仲父) 의정공(議政公) : 영의정을 지낸 서명선(徐命善, 1728~1791)을 가리킨다. 서명선이 영의정에 오른 것은 1779년인데, 이보다 3, 4년 전인 1775년을 전후로 하여 잠시 한직으로 물러나 있었다. 서명선이 전장을 경영하려고 했던 것은 아마 이 무렵 어느 시기인 것으로 짐작된다.

131 은거하여 전장을 경영하려고 : 원문에는 '도구(菟裘)'로 되어 있다. 도구는 노(魯)나라 고을 이름〔지금의 산동성 사수현(泗水縣) 북쪽〕인데, 노 은공(魯隱公)이 말하기를, "도구에 별장(別莊)을 경영하라. 내 장차 거기에 가서 늙으리.〔使營菟裘, 吾將老焉.〕" 하였으므로 은퇴해 살 곳을 말한다. 《春秋左氏傳 隱公 11年》

사방의 언덕에 소나무, 예장나무, 회나무, 떡갈나무, 개암나무, 밤나무 등속을 빙 둘러 심고, 묘역을 분별하여 금잔디를 입혔다.

묘역은 외궁(外宮)이 전토(田土)로 이루어져 있기 때문에 토란, 무, 과실수 등을 섞어 심었다. 밭두둑에 땅을 정비하여 단을 만들고, 단 아래에 가로는 5, 6묘(畝)가량, 세로는 가로의 7/10가량 되는 연못을 팠다. 연못 안에는 돌을 깎아 언덕을 만들고 연꽃을 그득히 심었다. 연못 왼쪽 4, 50보 되는 곳에 산자락을 등지고 병사(丙舍 재실)를 세웠는데, 앞은 화려하게 뒤는 아늑하게 지으니 밝으면서도 그윽하였다.

와(窩)에는 팔분서로 낙락와(樂樂窩)라고 써서 걸고, 마루에는 과두서로 오여헌(五如軒)이라고 써서 걸고, 누대에는 초서로 동여루(同余樓)라고 써서 걸었다. 총칭 명고정거(明皐靜居)라고 이름을 붙이고 반초 반해(半艸半楷)로 써서 걸었다. 광명동이란 이름으로 불린 지 수백 년에 내가 비로소 명고(明皐)라고 개명하였다.

명고의 경영이 대략 완성된 어느 날 언덕에 올라 사방을 둘러보았다. 검푸른 능선이 시위를 당긴 활처럼 둘러 있고 청룡이 구불구불 갖가지 글자 모양을 연출하고 있는 가운데 기쁘게도 선친의 무덤이 편안히 자리 잡고 있으니 시원하게 나의 근심을 잊었다.

묘소에 배알하며 지낸 지 3년이 지났다. 그동안 계절이 바뀔 때마다[132] 추모의 마음이 일고, 풍우가 칠 때마다 비통한 생각이 일어나,

---

132 계절이 바뀔 때마다 : 원문의 '상로(霜露)'를 번역한 말이다. 상로는 《예기(禮記)》〈제의(祭義)〉의 "가을에 서리와 이슬이 내리면 군자가 그것을 밟아보고 반드시 슬픈 마음이 생기나니, 이는 날이 추워져서 그런 것이 아니다. 또 봄에 비와 이슬이 내려 땅이 축축해지면 군자가 그것을 밟아보고 반드시 섬뜩하게 두려운 마음이 생기면서 마치 죽은 부모를 곧 만날 것 같은 생각이 들게 된다.[霜露旣降, 君子履之, 必有悽愴

흡사 목소리와 음성을 직접 뵙는 듯하여 개연히 울음을 삼켰다.

방에 들어가 촛불을 켜고 향을 사르고서 마음을 가라앉히고 책을 읽을 때에는 쏜살같이 흘러간 세월이 한탄스럽고, 늙도록 학문을 이루지 못한 게[133] 두려워, 몸을 방정하게 지켜 가업을 계승할 방도를 생각하였다. 연못에 임하여 꽃을 감상하고 물고기를 구경하며 내키는 대로 유유자적 지낼 때에는 세속에서 벗어나지 못한 것이 부끄럽고, 작록을 더럽히고 말았다는 것을 깨달아, 낡은 신발을 벗어버리듯 벼슬을 떨쳐버리고 가문의 명예를 보존할 방도를 생각하였다.

《주례(周禮)》〈춘관(春官) 묘대부(墓大夫)〉에 "묘대부는 방묘의 지역을 관장하고 그림으로 그린다.〔墓大夫掌凡邦墓之地域而爲之圖〕"라고 하지 않았던가? 그림으로 그리는 것은 경계를 표시하고 지킬 곳을 알게 하기 위해서이다. 그림으로 그리는 것이 예(禮)라면 글로 기록하는 것은 예보다 낫지 않겠는가? 이에 〈명고에 대한 기문〉을 지어 병사(丙舍)의 문미에 새겨 건다.

광명에는 본디 두 가지 의미가 있었다. 내가 말하는 명고는 여기에다 명발(明發)의 의미[134]까지 아울러 담았다.

之心, 非其寒之謂也. 春雨露旣濡, 君子履之, 必有怵惕之心, 如將見之.〕"라는 말에서 유래한 것인데, 여기서 문맥에 맞게 의역하였다.

133 학문을 이루지 못한 게 : 원문의 '멸문(蔑聞)'을 번역한 말이다. 《논어》〈자한(子罕)〉에 "후생(後生)이 두렵다. 뒷날 그들이 지금의 나보다 못할 것이라 어떻게 장담하겠는가. 그러나 나이 마흔, 쉰이 되어서도 이름이 나지 않으면 또한 두려워할 것이 없다.〔後生可畏, 焉知來者之不如今也. 四十五十而無聞焉, 斯亦不足畏也已.〕"라고 한 것에 전거를 둔 것인데, 여기서 문맥에 맞게 의역하였다.

134 명발(明發)의 의미 : 형제와 돈독한 우의를 유지하며 부모와 조상을 추모하는

의미를 가리킨다. 《시경》〈소완(小宛)〉은 난세에 형제가 서로 조심하며 화를 면하자고 다짐한 시인데, 그 가운데 "나의 마음 근심하고 슬퍼하며, 옛날의 선인을 생각하노라. 먼동이 트도록 잠을 못 자고, 부모님 두 분을 생각하노라.〔我心憂傷, 念昔先人. 明發不寐, 有懷二人.〕" 하였다. 이곳에 선친의 묘소를 만들고 자신이 날마다 성묘를 하기 때문에 이렇게 말한 것이다.

연사례(燕射禮) 습의(習儀)를 마치고 쓴 기문[135]

燕射記

일 가운데 예악을 극진히 갖추고 있고, 자주 시행해서 덕행을 세울
수 있는 것으로는 오직 활쏘기가 그러한 예에 해당합니다.[136] 무릇 예
악은 그냥 익힐 수 없고, 덕행은 갑자기 취할 수 없습니다. 반드시

---

135 【작품해제】이 글을 지은 시기는 정확히 알 수 없으나 1783년 겨울에서 1784년
사이에 지은 것으로 추정된다. 명고의 나이는 35세에서 36세 무렵이다. 《정조실록》과
《일성록(日省錄)》의 1783년(정조7) 12월 10일자 기록에 춘당대(春塘臺)에서 연사례
(燕射禮) 습의(習儀)를 행한 사실이 기술되어 있다. 택궁(澤宮)에서의 활쏘기는 대사
(大射)이고 연침(燕寢)에서의 활쏘기는 연사(燕射)인데, 조선에서는 구별 없이 대사
례라고 하여 행하였다. 국조의 관례가 명실이 상부하지 않았던 것이다. 이 때문에 정조
는 《의례(儀禮)》 및 《예기(禮記)》에 실린 사의(射儀) 관련 기록을 근거로 연사례의
원형을 복원하여 행하려고 시도하였다. 춘당대에서 이루어진 이날의 행사는 그를 위한
습의, 곧 일종의 예행연습이었고, 이 글은 그 전말을 기록한 것이다. 이날의 습의에는
정조가 몸소 참여하였고, 서유린 이하 23명의 근신이 참여하였다. 각 우(耦)마다 문신
은 동쪽에, 무신은 서쪽에 섰으며, 관직과 나이 순서대로 6우를 이루었다. 글의 전반부
에서 명고는 활쏘기의 절차와 그 의미를 삼례(三禮)의 여러 기록에서 찾아 부연하였다.
후반부에서는 활쏘기를 통해 예악의 실질과 덕의 근본을 바로 세우려 시도했던 정조의
의도를 존숭하여, 이날의 습의를 기록하여 성세의 전고로 남긴다고 함으로써 글쓰기의
동기와 목적을 밝혔다.

136 일 가운데……해당합니다 : 《예기(禮記)》 〈사의(射儀)〉에 "옛날에 천자가 활쏘
기로써 제후와 경대부와 사(士)를 선발하였다. 활쏘기는 남자의 일인데, 이를 통해
예악으로써 꾸몄다. 그러므로 일 중에 예악을 극진히 갖추고 있고 자주 시행해서 덕행을
세울 수 있는 것으로는 활쏘기만한 것이 없다. 그러므로 성왕이 여기에 힘쓰신 것이다.
〔古者天子以射, 選諸侯卿大夫士. 射者, 男子之事也. 因而飾之以禮樂. 故事之盡禮樂
而可數爲以立德行者, 莫若射. 故聖王務焉.〕"라고 하였다.

활쏘기에서처럼 존비(尊卑)에 차등이 있고 우열에 분별이 있으며, 동작에 법도가 있고 지기(志氣)에 정해진 목표가 있어야 승자는 교만하지 않고 패자는 무엇을 더 노력해야 하는지 알게 됩니다. 활을 쏘는 이가 활과 자신을 일체가 되게 하면, 활쏘는 것을 보는 이가 정신을 분발하게 됩니다. 그런 뒤에야 활쏘기를 통해 예악을 극진히 하고 활쏘기를 통해 덕을 세워, 군신(君臣)의 예와 덕을 완성합니다. 이것이 옛날 성왕(聖王)이 늘 활쏘기를 일삼고, 일삼아 시행하여 자주 하지 않을 수 없었던 까닭입니다.[137]

우리 성상(정조) 7년 계묘(1783) 겨울, 승정원과 예문관의 각신(閣臣) 및 가까이 모시는 반열의 무신(武臣)들과 함께 춘당대(春塘臺)에서 연사례(燕射禮)를 행하였습니다. 이보다 앞서, 사사(司射)가 연사의 의절을 고하고,[138] 사궁(司宮)[139]이 자리를 배설(排設)하며, 양인(量人)이 사후(射侯 과녁)를 펼쳐 설치하고,[140] 악인(樂人)이 경건히 재계

---

137 이것이……까닭입니다 : 바로 앞의 주136 참조.

138 사사(司射)가……고하고 : 사사는 본래 향사례(鄕射禮)에서 주인(主人)을 보좌하는 사람인데, 덕행과 역량이 있는 사람들 가운데 3조(三組)로 된 6인의 사수(射手)들을 뽑고, 그들이 활쏘기에 앞서 그 시범을 보인다고 한다. 여기서는 궁중 연사례를 주관하여 의주(儀註)에 따라 제반 절차를 진행하는 사람을 가리킨다. 또 사사는 임금의 명을 받아 사례(射禮)가 열리기 전에 미리 행사가 시행된다는 사실과 그 의례 절차를 사신(射臣)들에게 통지하며 제반 준비를 점검한다. 원문의 계(戒)는 고지 또는 통지의 의미이다. 이날 연사례의 사사(司射)는 원임 직제학이었던 서호수(徐浩修)가 맡았는데, 이날의 시사(侍射)에 참여한 관원들 역시 서호수가 선발하여 정한 것이다. 《儀禮 鄕射禮》《儀禮 大射》《日省錄 正祖 7年 12月 10日》

139 사궁(司宮) : 궁내의 잡다한 사무를 주관하는 직책이다. 주로 환관으로 채운다.

140 양인(量人)이……설치하고 : 양인은 도로와 거리 등 궁중의 시설을 관장하는 직

하고 나아가 악기들을 걸어놓습니다.[141] 기일(期日)이 되어 종을 울리면 성상이 자리에 거둥합니다. 경(卿)과 대부(大夫)와 사(士)가 모두 왼쪽 어깨를 벗고, 활깍지를 낍니다. 번갈아 활을 집어 들고 1승(乘 4대)의 화살을 들어 시위에 매깁니다. 공수(拱手)하여 읍하고 좌우로 나누어 섭니다. 좌우의 사사(司射)가 마침내 실력에 맞게 짝을 지워 6우(耦)를 나란히 세웁니다.[142]

　신 서유린(徐有隣)[143]이 동쪽에 서고, 신 이한풍(李漢豐)[144]이 서쪽

책이다. 사례(射禮)가 열리기 사흘 전, 양인은 사마(司馬, 조선에서는 병조 판서)의 명을 받아 거리를 측량하여 과녁을 설치한다.《儀禮 大射》

141 악인(樂人)이……걸어놓습니다 : 원문의 숙(宿)은 경건하다는 뜻인데, 행사가 있기 하루 전에 경건히 재계하고 나아가 미리 준비하는 것이다. 현(懸)은 설악(設樂), 곧 악기를 제자리에 걸고 설치하여 연주 준비를 하는 것이다.

142 경(卿)과……세웁니다 : 이 부분은 실제 행사 절차를 묘사한 부분인데, 모두《의례》〈향사례(鄕射禮)〉에서 소개한 절차에 바탕을 두고 있다. 원문의 단(袒)은 왼쪽 어깨의 옷을 벗어 활을 쏘기에 편하게 하는 동작이다. 결(決)은 '결(抉)'과 통용되는데, 오른손 엄지에 활깍지를 끼우는 동작이다. 〈향사례〉에는 이 뒤에 수(遂)라는 절차가 더 있는데, 가죽으로 만든 어깨 토시[臂衣]를 왼쪽 어깨에 착용하여 활쏘기에 편리하게 만들어주는 동작이다. 여기서는 생략된 것으로 보인다. 습집궁(拾執弓)은 양편이 서로 번갈아 활을 집어 드는 절차인데, 정현(鄭玄)은 이에 대해 상대를 존중하고 배려하는 사양의 의미로 해석하였다. 협(挾)은 화살을 집어 시위에 매기는 동작이다. 승시(乘矢)는 4대를 한 묶음으로 하는 화살의 단위이다. 비(比)는 좌우의 1조의 우(耦)를 실력에 맞도록 짝지워주는 것이다.

143 서유린(徐有隣) : 1738~1802. 자는 원덕(元德), 호는 영호(潁湖)이다. 부친은 서효수(徐孝修)이며, 어머니는 이언신(李彦臣)의 따님이다. 1766년(영조42) 정시문과에 장원 급제하였고, 이듬해 사간원 정언(司諫院正言)이 되었다. 승정원 승지, 대사헌, 전라도 관찰사를 거쳐 1783년에 내의원 제조(內醫院提調)가 되어 연사례에 참여하였다. 판의금부사를 거쳐 한성부 판윤, 수원부 유수를 지냈다. 시호는 문헌(文獻)이다.

에 서서 성상을 모시고서 제1우(耦)가 되었습니다. 신 정민시(鄭民始)[145]와 서유방(徐有防)[146]이 동쪽에 서고, 신 임률(任嵂)[147]과 변성화(邊聖和)[148]가 서쪽에 서서 제2우가 되었습니다. 신 박우원(朴祐源)[149]

144 이한풍(李漢豊) : 1733~1803. 충무공 이순신(李舜臣)의 후손으로 본관은 덕수(德水), 자는 계흥(季興)이다. 음보로 오위사직(五衛司直)이 되고, 1768년에 좌부승지, 1772년에 경상우도 병마절도사, 1782년에 함경남도 병마절도사가 되었다. 연사례 습의를 할 당시에는 우승지로 선전관이었으며, 닷새 뒤인 15일에 여주 목사로 나갔다. 궁술과 검법에 뛰어났다.

145 정민시(鄭民始) : 1745~1800. 본관은 온양(溫陽), 자는 회숙(會叔)이다. 정수곤(鄭壽崑)의 증손으로 부친은 군수 정창유(鄭昌兪)이며, 어머니는 이산보(李山輔)의 따님이다. 숙부 정창사(鄭昌師)에게 입양되었다. 1773년 증광문과에 병과로 급제하여 성균관 대사성, 이조 참판 등을 역임하였고, 1781년에 예조 판서가 되었다. 연사례를 할 당시에는 공조 판서였으며, 원임 직제학으로서 참가하였다.

146 서유방(徐有防) : 1741~1798. 자는 원례(元禮), 호는 봉헌(奉軒)이다. 서유린(徐有隣)의 아우이다. 1772년 정시문과에 급제하였으며, 정조가 즉위하자 우부승지에 임명되었다. 대사성, 대사간, 대사헌을 모두 거쳤으며, 1782년 규장각 직제학에 임명되었다. 연사례가 시행되기 이틀 전인 13일에 검교 직제학으로서 지의금부사(知義禁府事)로 임명되었다. 그리고 28일에 병조 참판이 되었으며, 이후 이조와 병조의 판서를 두루 역임하였다.

147 임률(任嵂) : 본관은 풍천(豊川)이고, 홍경래 난에 공을 세운 임성고(任聖皐)의 부친이다. 경상우도 병마절도사, 철원 부사, 경상 우병사 등을 역임하였으며, 연사례를 할 당시에는 양주 목사로서 별군직을 띠고 있었다. 뒤에 의정부 좌참찬 등을 역임하고, 정조 22년인 1798년에 통제사(統制使)에 제수되었다.

148 변성화(邊聖和) : 1747~?. 본관은 원주(原州)이며, 자는 사홍(士弘)이다. 영조 47년(1771)에 무과 식년시 을과에 급제하였다. 경기도 장단에 살았다. 박천 군수(博川郡守), 갑산 부사(甲山府使), 자산 부사(慈山府使) 등 외직에 오랫동안 있었으며, 연사례 당시에는 별군직으로 참여하였다. 이후 길주 부사(吉州府使)를 거쳐 1786년에는 동지중추부사에 올랐다.

149 박우원(朴祐源) : 1739~?. 본관은 반남(潘南), 자는 군수(君受), 호는 겸와(謙

과 심풍지(沈豐之)[150]가 동쪽에 서고, 신 이연필(李延弼)[151]과 이문혁
(李文赫)[152]이 서쪽에 서서 제3우가 되었습니다. 신 조상진(趙尙鎭)[153]
과 이시수(李時秀)[154]가 동쪽에 서고, 신 김희(金爔)[155]와 이신경(李身

窩)이며, 서울에 살았다. 1774년(영조50) 증광시 병과에 합격하여 좌부 승지, 이조
참의, 전라도 감찰사 등을 역임하였다. 좌승지로서 연사례에 참여하였다. 뒤에 직제학
과 이조 참판 등을 역임하였다.

150 심풍지(沈豐之) : 1738~1793. 본관은 청송(靑松), 자는 사상(士常)이다. 부친
은 영천 군수 심구(沈鍒)이고, 어머니는 판관 권탁(權擢)의 따님이다. 1771년(영조47)
정시 문과에 합격하여 홍문관 부수찬(弘文館副修撰), 시강원 문학(侍講院文學), 사간
원 헌납, 대사성 등을 두루 역임하였다. 1783년에 잠시 부제학을 거쳐 도승지로 연사례
에 참여하였다. 1784년에 대사헌, 1787년에는 가순궁 가례도감 당상(嘉順宮嘉禮都監堂
上)이 되었다.

151 이연필(李延弼) : 본관은 연안(延安)으로, 이석형(李石亨)의 후손이며 이시직
(李時稷)의 5세손이다. 영원 군수(寧遠郡守), 남우후(南虞候), 훈련도감 파총(訓鍊都監
把摠), 삭주 부사(朔州府使) 등을 역임하였다. 임률, 변성화 등과 함께 별군직으로서
연사례에 참여하였다. 뒤에 삼화 부사(三和府使)를 거쳐 충청 수사(忠淸水使)에 올랐다.

152 이문혁(李文赫) : 1711~?. 본관은 전주(全州), 자는 사윤(士潤)으로 이여적(李
汝迪)의 후손이며, 서울에 살았다. 1736년(영조12) 정시 무과에 합격하였으며, 금위영
천총(禁衛營千摠), 통진 부사(通津府使), 영종 첨사(永宗僉使), 전라 좌수사(全羅左
水使), 내금장(內禁將) 등 무반의 요직을 두루 거쳤다. 선전관으로서 연사례에 참여하
였다. 이후 풍덕 부사(豊德府使) 등을 거쳐 충청도 병마절도사에 올랐다.

153 조상진(趙尙鎭) : 1740~1820. 본관은 풍양(豊壤), 자는 이진(爾珍), 시호는 익
정(翼貞)이다. 부제학, 승지, 대사간 등을 지냈으며, 병조 참의로 연사례에 참여하였
다. 이후 황해도 관찰사, 형조 판서, 예조 판서, 판의금부사 등을 두루 역임하였다.
1799년 8월 진하겸사은사(進賀兼謝恩使)가 청나라 연경(燕京)으로 갈 때 조상진이 정
사였고, 명고가 부사였다.

154 이시수(李時秀) : 1745~1821. 본관은 연안(延安), 자는 치가(稚可), 호는 급건
(及健), 시호는 충정(忠正)이다. 좌의정 이복원(李福源)의 아들이다. 1773년(영조49)
증광문과 병과에 급제하여 춘천 부사(春川府使), 황해도 관찰사를 지냈다. 영동 선유사

敬)[156]이 서쪽에 서서 제4우가 되었습니다. 신 서용보(徐龍輔)[157]와 조흥진(趙興鎭)[158]이 동쪽에 서고, 신 권침(權綝)[159]과 서영보(徐英輔)[160]

(宣諭使) 직무를 마치고 돌아와 승지로서 연사례에 참여하였다. 이후 호조 판서, 예조 판서를 두루 역임하고, 1799년 우의정에 올랐으며, 이듬해 좌의정에 올랐다.

155   김희(金熹) : 1749~1811. 본관은 해풍(海豊), 자는 원보(元甫)이다. 1773년 무과에 급제하였고, 선전관으로서 연사례에 참여하였다. 선천 현감(宣川縣監), 순천 군수(順天郡守), 삭주 부사(朔州府使), 훈련원 도정(訓鍊院都正), 화성성역도소감궤(華城城役都所監饋) 등을 지냈다.

156   이신경(李身敬) : 1761~1819. 본관은 전주(全州)로, 묘소(墓所)는 경기도 부천시 오정구 여월동 선영하에 있다. 무과에 급제하였으며, 선전관으로서 연사례에 참여하였다. 남해 현감(南海縣監) 시절 선정을 거두어 불망비가 세워졌고, 뒤에 전라좌도 수군절도사(全羅左道水軍節度使)에 올랐다. 바둑과 시를 잘했다고 전해진다.

157   서용보(徐龍輔) : 1757~1824. 자는 여중(汝中), 호는 심재(心齋)이다. 판서 서유령(徐有寧)의 아들이다. 1774년(영조50) 생원시와 증광문과 병과에 급제하였다. 1783년(정조7)에 규장각 직각(奎章閣直閣)으로 등용되어 연사례에 참여하였다. 1792년에 사은부사로서 청나라에 다녀왔으며, 경기도 관찰사를 거쳐 규장각 직제학(奎章閣直提學)이 되었다. 1802년 좌의정에 오르고, 1805년 사은사(謝恩使)로 청나라에 다녀와서 판중추부사(判中樞府事)가 되었다가 1819년 영의정에 올랐다. 시호는 익헌(翼獻)이다.

158   조흥진(趙興鎭) : 1748~1814. 본관은 풍양, 자는 수보(秀甫)이다. 부친은 조재세(趙載世)이며, 어머니는 이현보(李玄輔)의 따님이다. 1774년 정시문과에 급제하여 승정원 가주서, 홍문관 교리, 부제학 등을 지냈다. 승지로서 연사례에 참여하였다. 이후 호조 참의, 곡산 부사를 역임하고, 1809년 대사간이 되었다. 시호는 충헌(忠獻)이다.

159   권침(權綝) : 본관은 안동(安東), 자세한 인적사항은 미상이다. 별군직으로 연사례에 참여하였다. 뒤에 인동 부사(仁同府使), 순장(巡將), 겸사복장(兼司僕將), 남병영 우후(南兵營虞侯), 풍덕 부사(豊德府使) 등을 역임하였다.

160   서영보(徐英輔) : 1757~1821. 자는 여방(汝芳)으로, 판윤(判尹) 서유대(徐有大)의 아들이다. 1782년(정조6) 무과에 급제하여, 이듬해 별군직으로 연사례에 참여하였다. 이후 도총부(都摠府), 훈련원(訓鍊院), 황해 수사(黃海水使), 전라 병사(全羅兵

가 서쪽에 서서 제5우가 되었습니다. 신 이곤수(李崑秀)[161]와 서형수(徐
瀅修)와 윤행임(尹行任)[162]이 동쪽에 서고, 신 이영수(李永秀)[163]와 이
광익(李光益)[164]이 서쪽에 서서 제6우가 되었습니다. 곧 음악을 연주하
고 활쏘기를 청하였습니다. 모두 세 번을 쏜 뒤에 연사례를 마쳤습니다.

使), 삼도 통제사(三道統制使), 포도대장(捕盜大將), 훈련대장(訓鍊大將), 어영대장
(御營大將) 등 무반의 내외 요직을 두루 거쳐 도총부 부총관(都摠府副摠管)에 올랐다.

161 이곤수(李崑秀) : 1762~1787. 본관은 연안(延安), 자는 성서(星瑞), 호는 수재
(壽齋)이다. 이성원(李性源)의 아들로 1782년 별시문과에 급제하여 예문관 검열을 거
쳐 1783년 초계문신에 선발되었으며 규장각 대교를 지냈다. 이때 연사례에 참여하였다.
1784년 시강원 설서(侍講院說書)가 되었고, 1787년 어사가 되어 평산의옥(平山疑獄)
사건을 조사했으며, 평안도와 황해도를 두루 안찰했다. 9월에 함경도 관찰사인 부친을
따라 함경도에 갔다가 병으로 요절했다. 문장과 재주가 뛰어나 정조가 직접 호를 하사하
였다. 저서에 《수재유고(壽齋遺稿)》 8권 3책이 있다.

162 윤행임(尹行任) : 1762~1801. 본관은 남원(南原), 자는 성보(聖甫), 호는 석재
(碩齋)이다. 1782년 별시문과에 급제하여 예문관 검열과 승정원 주서가 되었으며, 이곤
수와 함께 초계문신에 선발되어 규장각 대교가 되었다. 이때 연사례에 참여하였다.
뒤에 이조 참판과 양관 대제학, 예조 판서에 올랐다. 임시발(任時發) 괘서 사건으로
40세에 처형당했다. 역시 정조가 직접 호를 하사하였다. 저서에 《석재유고(碩齋遺稿)》
가 있다.

163 이영수(李永秀) : 본관은 덕수(德水), 이한정(李漢正)의 아들이고 이한풍의 조
카로 자세한 인적사항은 미상이다. 선전관으로 연사례에 참여하였다. 훈련원 부정(訓鍊
院副正), 좌포청 겸종사관(左捕廳兼從事官), 승전선전관(承傳宣傳官), 장연 부사(長
淵府使) 등을 역임하였다.

164 이광익(李光益) : 본관은 전주(全州), 자는 숙겸(叔謙)이다. 이태무(李泰懋)의
차남으로, 음직으로 벼슬에 진출하여 선전관이 되어 연사례에 참여하였다. 좌포도대장,
황해도와 평안도의 병마절도사, 우포도대장, 양주 목사(楊州牧使), 훈련원정(訓鍊院
正), 금위대장(禁衛大將) 등 무반의 요직을 두루 역임하였다. 사후에 영의정에 추증되
었다.

어시(御矢) 가운데 과녁에 적중된 것은 10대였으며, 여러 신하들 중에는 혹 적중시킨 자도 있고 적중시키지 못한 자도 있습니다. 이에 신 서유린 이하 과녁을 적중시킨 자 11인에게는 성적에 따라 차등을 두어 활과 화살을 상으로 내렸습니다. 신 심풍지와 서형수 두 사람은 적중시키지 못하여 큰 잔에 벌주를 마셨습니다. 연사례가 끝나고 난 뒤, 내주(內廚)의 법온(法醞 임금이 신하에게 내리는 술)을 베풀고, 각 칠언시 8구를 지으라 명하고 파하였으니, 매우 성대한 행사였습니다.

무릇 연사란 편안히 연회를 하면서 함께 활을 쏘는 것입니다. 그렇기 때문에 그 의례는 대사례(大射禮)보다 간략하고 절차는 빈사례(賓射禮)보다 절도가 있지만, 예악의 실질과 덕행의 근본은 본디 갖추어지지 않은 적이 없습니다. 무릇 예는 간략하면 행하기 쉽고, 음악은 절주가 있으면 연주하기 쉽습니다. 지금 바쁜 기무(機務)의 여가[165]에도 자주자주 늘 연사례 습의를 일삼으시니, 가령 활쏘기에 참여한 자가 밖으로는 곧아서 변하지 않고, 안으로는 반듯하여 휩쓸리지 않아 읍하고 사양하는 사이에 경쟁하는 마음을 씻어버리고, 노니는 즈음에 태화(太和)의 기운을 보존한다면, 이렇게 하고도 덕이 서지 않고 기예가 극진해지지 않을 자가 있겠습니까?

그렇다면 이 행사가 어찌 단지 일시적인 미관(美觀)을 위한 것일 뿐이겠습니까? 반드시 유사(有司)에게 기록되고 법전(法典)에 실려

---

165 바쁜 기무(機務)의 여가 : 원문의 삼주기무(三晝機務)를 번역한 말이다. '삼주'는 임금이 낮에 신하들을 자주 접견한다는 뜻인데, 《주역》〈진괘(晉卦)〉에 "진은 나라를 편안히 하는 제후에게 말을 하사하기를 많이 하고, 낮에 세 번 접견(接見)하도다.〔晉康侯用錫馬蕃庶, 晝日三接.〕"라고 한 것에 전거를 둔 말이다. '기무'는 임금의 중요한 정사이다.

삼례(三禮)의 여러 편166과 함께 태평성세의 고실(故實 전고(典故))로 남을 것임에 틀림없습니다. 신은 우선 그 일을 기록하여 삼가 뒷날을 기다립니다.

---

166 삼례(三禮)의 여러 편 : 《예기》의 〈사의(射儀)〉, 《주례》의 〈하관(夏官) 사인(射人)〉, 〈사궁시(司弓矢)〉, 《의례》의 〈향사례(鄕射禮)〉, 〈대사(大射)〉 등을 말한다.

함월당 대사(涵月堂大師) 화상(畫像)에 대한 기문[167] 다른 사람을 대신하여 짓다.

涵月堂大師畫像記 代

갑술년(1754, 영조30) 겨울, 내가 관북 지방의 어사로서 지나는 길에 함경남도 안변(安邊)의 석왕사(釋王寺)에 머물렀다. 석왕사에는 함월당(涵月堂) 해원(海源)[168]이란 승려가 있었는데, 풍채가 좋고 키가

---

167 【작품해제】이 글을 지은 시기는 정확히 알 수 없으나, 명고의 나이 37세에서 38세인 1785년 또는 1786년을 전후하여 지어졌을 것으로 추정된다. 이 글은 명고가 생부 보만재(保晚齋) 서명응(徐命膺, 1716~1787)을 대신하여 지은 작품이다. 보만재는 1754년, 39세의 나이로 증광 문과에 합격하여 병조 좌랑이 되었으며, 그해 11월에 교리로 있다가 함경도 어사로 나갔다. 〈함흥락민루(咸興樂民樓)〉가 바로 그 무렵 지은 글이다. 함월당은 보만재가 어사로서 함경도 민정을 염찰할 때 석왕사에서 만난 승려이다. 그 뒤 1770년에 함월당은 세상을 떠났고, 제자들이 그의 화상을 보만재에게 가져와 기문을 청하였다. 보만재는 1787년 12월에 72세의 나이로 세상을 떠났으므로 그 이전 어느 시기에 이 글을 아들 명고에게 쓰게 한 것일 터인데, 본집이 글을 지은 순서대로 편차한 것임을 감안할 때 이 글이 〈연사례 습의를 마치고 쓴 기문〉이 지어진 1784년 이전에 지어졌다고 보기는 어렵기 때문이다.

〈화상찬〉의 운자는 중(中), 공(空), 봉(鋒), 용(容), 명(明), 풍(風)으로 평성 '동(東)' 운과 '동(冬)' 운을 통운으로 압운했으며, 5연의 명(明)은 평성 경(庚) 운을 빌려와 협운한 것이다.

168 함월당(涵月堂) 해원(海源) : 1691~1770. 조선 후기의 선승(禪僧)으로, 속성은 전주 이씨(全州李氏)이고, 자는 천경(天鏡), 호는 함월(涵月)이다. 함경남도 함흥 출신으로 14세 때 도창사(道昌寺)에서 삭발, 출가하였고, 영지 대사(英智大師)에게서 구족계를 받았다. 삼장(三藏)에 해박하였으며, 《화엄경(華嚴經)》에 밝았다. 수행과 지계(持戒)가 엄정하여 모든 사람의 존경을 받았다. 나이 80세, 법랍 65세로 염불을 하면서 입적하였다. 저서로 《천경집(天鏡集)》 2권이 전한다.

흰칠하였으며 언변이 도도하여 그침이 없었다. 내가 장계(狀啓)를 작성하는 여가에 자주 불러 그와 함께 이야기를 나누곤 하였는데, 10여 일을 지내는 동안 싫증 나지 않았고, 돌아온 뒤로도 마음에 기억이 되어 여태 잊혀지지 않았다.

하루는 함월당 대사의 제자 아무개가 서울로 나를 찾아와 스승의 영당에 걸 기문을 지어달라고 청하였다. 함월당 대사는 만년에 공부가 더욱 깊어지고 제자가 한층 많아졌으니, 예컨대 해월당(海月堂), 궤홍(軌弘), 보봉(寶峰), 법명(法明) 등이 모두 승려들 사이에서 이름이 있었다. 이 때문에 대사가 세상을 떠난 뒤 대사의 제자들이 대사의 모습을 그림으로 그려, 한 본은 풍기(豐基)의 명봉방(明峰方)에 안치하고, 또 한 본은 석왕사에 안치하였다. 제자 아무개가 나에게 기문을 청한 본은 석왕사에 안치한 화상이었다.

내가 갑술년(1754) 이후로는 벼슬살이에 바빠 대사의 생사 여부를 살필 겨를이 없었다. 그러나 나 또한 늙었는지라 매양 산사의 고요한 밤에 대사와 유불(儒佛)의 우열을 담론하던 때를 생각할 적이면 그의 지업(志業)이 완수되지 못함을 스스로 애석해하지 않은 적이 없었는데, 대사도 이제 다시 볼 수 없게 되었다. 하지만 대사가 심법을 전하고 화상을 남겨 형해(形骸)의 바깥에 영원히 존재하는 것에 비겨보면 과연 어떠한가?

사람의 몸은 세상에 영원히 살 수 없거니와 마음만은 후세에 전할 수 있다. 그 마음이 잘 전해질 수 있다면 화상이 전하느냐 전하지 않느냐 하는 것은 논할 것이 못 되지만, 더구나 전할 만한 사람임에랴? 공자는 "바탕을 희게 만든 뒤에야 그림을 그릴 수 있다.[繪事後素]"라고 하셨다.[169] 내가 대사의 영당에 대해 글을 쓰면서 또한 그렇게 말한다. 마침내 다음과 같이 화상에 찬을 쓴다.

흡족하게 안락한 모습은	充然若安樂之像
도가 마음에 온축되어서가 아니겠는가?	豈有道蘊於中邪
초연하게 광적한 모습은	儵然若曠寂之像
학문이 공적(空寂 불교)에 있어서가 아니겠는가?	豈其學在於空邪
금실을 꼬아 염주를 꿴 모습에서	織金貫珠
마치 당시의 설법을 듣는 듯하고	如聞當日之談鋒
말려진 귀와 길쭉한 코에서[170]	卷葉垂瓜
마치 당시의 풍모를 보는 듯하네	如見當日之形容
이는 대사의 장엄한 화상이	斯所以莊嚴法像
오히려 한 점의 영명함을 징험하기에 충분해서인가?	猶足徵一點靈明邪

---

169 공자는……하셨다 : 그림을 그릴 때 흰 비단이 마련된 뒤에야 채색을 할 수 있다는 말인데, 여기서는 후세에 전할 만한 덕과 수행의 실질이 있은 뒤에야 영정을 그려 후세에 전하는 것이 의미가 있을 수 있다는 뜻으로 인용되었다. 공자의 제자 자하(子夏)가 "귀여운 웃음에 보조개 상긋 들어가며, 아름다운 눈동자 선명하도다. 흰 비단에 채색을 하는구나.〔巧笑倩兮, 美目盼兮, 素以爲絢兮.〕"라는 옛 《시경》 구절의 의미를 물었다. 이에 공자가 "그림은 흰 비단을 마련한 뒤에 그린다는 말이다.〔繪事後素〕"라고 대답하였다. 《論語 八佾》

170 말려진 귀와 길쭉한 코에서 : 《능엄경(楞嚴經)》에서 부진근(浮塵根)을 설명할 때 "눈은 포도알 같고, 귀는 새로 돋아 나오는 잎과 같고, 코는 두 개의 오이 같고, 혀는 초승달 같다.〔眼如葡萄朶, 耳如新卷葉, 鼻如雙垂瓜, 舌如初偃月.〕"라고 한 문장을 인용하여, 영정에 그려진 함월 대사의 모습을 비유적으로 묘사한 표현이다. 여기서는 문맥에 맞게 의역하였다.

그저 화상일 뿐이라면   苟爲徒像焉耳矣

백세의 풍교에 무슨 보탬이 되겠는가?   何有於百世之風

-명(明)은 협운(叶 韻)이다.-

〈묘상각도(墓上閣圖)〉에 대한 기문[171]

墓上閣圖記

우리나라 예제(禮制)는 능묘의 광중(壙中)을 팔 때에 그 위에 덮어주는 집을 설치하여 비바람을 막다가, 봉분이 완성되고 나면 즉시 철거해버린다. 형태는 이렇다. 여러 개의 기둥을 빙 둘러 세우고, 기둥의 허리에 나무를 가로 대어 묶는다. 나무를 가로 대어 묶은 지점부터 그 위로는 점점 휘어서 둥그렇게 만들어, 기둥의 끝이 서로 교차되게 만든다. 이 모양이 마치 옹기를 거꾸로 엎어놓은 것과 같기 때문에 옹가(甕家)라고 한다.

이런 이유 때문에 옹가에 쓸 재목을 구하기가 지극히 어려우니, 길이가 반드시 5, 60자는 되어야 기준치가 될 수 있다. 예컨대 가장 소박하게 만들었다고들 하는 무신년(1728, 영조4)의 옹가[172]만 하더라도 45자

---

171 【작품해제】이 글은 1786년 6월에 지었다. 《일성록(日省錄)》 정조 10년 6월 11일 자 기록에 명고가 당시 도청 낭청(都廳郎廳)으로서 도설(圖說)을 올린 사실 및 이 글의 전문이 함께 실려 있다. 문효세자(文孝世子)의 옹가에 쓸 재목이 화재로 소실되자 정조가 새로운 양식의 묘상각을 제안하고 대나무를 사용하여 만들어 쓸 것을 명하자, 그 명에 따라 묘상각을 제작하고 그림과 전말을 기록하였다. 이는 그것을 서술한 기문이다.

172 무신년(1728, 영조4)의 옹가 : 영조의 맏아들이자 사도세자(思悼世子)의 형이며, 정조의 양부인 효장세자(孝章世子, 1719~1728)의 영릉(永陵)을 조성할 때 제작한 1728년의 옹가이다. 효장세자는 휘가 행(緈)이고, 자는 성경(聖敬)이다. 1724년에 경의군(敬義君)에 봉해지고 이듬해 왕세자에 책봉되었으나, 10세의 어린 나이로 현빈(賢嬪) 조씨(趙氏)와 혼례를 올린 지 1년여 만에 세상을 떠났다. 능묘는 12월 9일에 역사를 시작하였다. 12월 15일에 옹가를 제작하여 16일에 완료하였으며, 21일에 금정(金井)을 열었다. 파주 삼릉에 있다. 효장세자는 정조가 즉위한 뒤 진종(眞宗)으로 추존되었다.

의 재목을 사용하는 바람에 원벽지의 산협까지 두루 목재를 구하느라
미끄러운 빙판길에 수레를 몰았으니, 이보다 긴 재목을 써서 옹가를
만들 때에는 그 어려움이 어떠한지 알 만하다.

더구나 목재의 경우 둥그렇게 휘는 것이 직각으로 굽히는 것보다
어려운 작업임은 본디 그러한 것이었다. 새끼로 묶은 것만 믿고서 작업
에 힘쓰다가 한 번이라도 혹 차질이 생기면 일하던 사람이 갑자기 수백
보 밖으로 나가떨어져 생사를 보장할 수 없으니, 그 위험을 또 말로
다 할 수 있겠는가?

성명한 영조(英祖)께서 그러한 폐단을 깊이 진념(軫念)하시어 지난
무신년(1728, 영조4)[173]에 옹가를 묘상각(墓上閣)으로 바꾸었다. 이 때
문에 춘연(春椽)을 중앙의 시렁으로 모아 얹는 제도가 생겨나게 되었
다. 하지만 이미 지탱해줄 서까래와 들보가 없으니,[174] 그 형세상 부득

---

173 지난 무신년(1728, 영조4) : 《일성록》에 실린 기록에는 '임신년(壬申年)'이라고
되어 있다. 임신년은 1752년, 곧 영조 28년으로, 이해 5월 12일에 사도세자의 맏아들이
자 정조의 형인 의소세손(懿昭世孫)의 장례식이 있었다. 서삼릉의 의령원(懿寧園)이
바로 의소세손의 무덤이다. 《일성록》에서 말한 '임신년 옹가'는 바로 의령원 능묘 조성
때에 만든 옹가를 가리킨 것이다. 무신년과 임신년의 해당 날짜의 기사에 모두 옹가의
제도에 관한 내용은 없으므로 어느 것이 맞는 것인지는 정확히 고증할 수 없다. 다만
이 글이 지어진 6월 11일의 《일성록》 기록에 "지금 《국조상례보편》을 보니, 현행 옹가의
제도는 곧 임신년에 의소묘의 옹가를 만들었을 때의 예제이다.〔今觀補編, 卽今見行制
度, 卽壬申懿昭墓甕家禮制.〕"라는 정조의 말이 있고, 또 《영조실록》 28년 7월 24일
조 기록에 편집 당상 이철보(李喆輔)가 "이번 의소묘의 옹가는 새 제도를 처음 만들었
다.〔而今此懿昭墓甕家, 創出新制.〕"라고 한 말이 있는 것으로 보아, 무신년이 아니라
임신년이 옳을 가능성이 높다. 참고로 밝혀둔다.

174 이 때문에……없으니 : 춘연(春椽)은 옹가의 기둥을 둥그렇게 휘어 가운데로 모
아 서까래 대신 사용한 것이다. 따라서 옹가에는 지붕을 얹을 때 필요한 들보와 서까래

불 별도로 일산 덮개 모양의 지붕을 만들어서 그것을 들어 여러 기둥 위에 얹는 수밖에 없었다. 이는 비단 설치와 철거에 힘이 더 많이 들 뿐 아니라 서까래 하나의 길이도 오히려 30여 척 아래로 내려가지 않는다. 그렇다면 재목을 구해 나르는 어려움이 이른바 '하나의 어려움을 없애고 세 개의 폐단을 새로 만든다.'라는 것에 가깝다.

그러던 중 병오년(1786, 정조10)에 이르러 묘상각의 재목에 화재가 나서 담당 부서의 신하가 속히 재목을 베어와야 한다고 청하였다.[175] 우리 성상께서 국상의 장례 의미를 깊이 궁구하여 성념(聖念)을 스스로 결단하시고, 주관하는 신하들을 불러 하교하셨다.

"춘연은 길이가 30자나 되고, 많게는 무려 13주(株)나 된다. 이것을 지금 국가의 재정으로 볼 때 장차 어떻게 마련하겠는가? 묘상각의 재목을 구하기 어렵다는 이유로 혹 철거한 것을 가져다가 쌓아놓고 뒷날의 쓰임에 대비하기도 하는데, 이미 사용한 목재를 사용하여 국가의 체모를 손상시키느니 새로운 양식을 창안하여 해묵은 폐단을 바로잡는 것이 더 좋지 않겠는가? 내가 전에 들으니 견고하고도 질기고 기다랗기로는 대나무가 다른 재목에 비해 더 나은 점이 있을지언정 못한 점은

가 없기 때문에 이렇게 말한 것이다.

175 그러던……청하였다 : 1786년(정조10) 5월 11일 정조의 맏아들 문효세자(文孝世子)가 죽어, 장례를 위한 빈궁혼궁도감이 설치되었다. 그 와중에 패장(牌將)의 막사에 불이 나 춘연으로 쓸 목재에 옮겨붙어 소실되었다. 이 때문에 도감 당상이 청죄하고, 속히 훈련도감과 금위영 자내(字內)의 나무를 베어 새로운 재목을 만들고자 청하였다. 이 일을 계기로 정조는 6월 5일 묘소도감과 낭청을 불러 옹가의 제도를 고쳐 새로운 묘상각의 양식으로 지으라 명하고, 재목은 대나무로 하라고 명함으로써 숙폐를 말소하려 하였다.《日省錄 正祖 10年 6月 11日》

없다고 한다. 또 대나무의 성질이 가볍고 깨끗하니 실어 나르기에도 더욱 쉬울 것이다. 지금 만약 대나무를 엮어서 춘연(春椽)을 만들어 비용을 절감하고 힘도 던다면, 그 지혜로움이 어떠하겠는가?"[176]

이에 유사에게 명하여 전에 사용했던 묘상각의 재목들을 조사하여 모두 불태우고, 이전까지 떡갈나무를 베어 사용했던 춘연의 재목을 모두 대나무로 바꾸었다. 이어 그림으로 그리고, 취지와 전말을 서술한 설명을 덧붙이고, 각 재목의 명색과 규격을 기록하여 모두 《의궤(儀軌)》에 실어 영원히 전해지게 하라고 명하였다.[177]

이때에 와서야 묘상각의 가설과 철거에 더 이상 너무 무거울까 염려하지 않게 되었고, 재목을 구해 나를 때 너무 짧을까 근심하지 않게 되었으며, 위로는 선대왕께서 완수하지 못했던 뜻을 계술하였고, 아래로는 후세에 영원히 도움을 줄 은택을 남겼다. 전(傳)에 "성인의 법은 그 이로움이 넓도다.〔聖人之法, 其利博哉.〕"라고 하였는데,[178] 아! 참으로 옳은 말이구나.

---

176 춘연은……어떠하겠는가 : 정조는 "서까래에 가로로 연결하는 나무는 지탱시키는 역할에 지나지 않으니 대나무를 쓰는 것이 가볍고 편리하며, 춘연의 나무는 대나무 여러 개를 묶어서 쓰는 것이 간편하다."고 하여 대나무를 주 목재로 쓸 것을 명하였다. 이에 중심 기둥 12개만 소나무를 쓰고 나머지 서까래와 들보 등은 모두 대나무를 썼다. 《日省錄 正祖 10年 6月 11日》

177 그림으로……명하였다 : 이때 정리한 의궤는 《문효세자예장도감도청의궤(文孝世子禮葬都監都廳儀軌)》이다. 필사본 2책으로 묶었다. 규장각과 국립중앙박물관에 소장되어 있다.

178 전(傳)에……하였는데 : 《춘추좌씨전(春秋左氏傳)》 소공(昭公) 3년에 "어진 사람의 말은 그 이로움이 넓도다.〔仁人之言, 其利博哉.〕"라고 한 것을 인용한 표현이다.

명고전집

제 9 권

서례
敍例

서례叙例

《규장총목(奎章總目)》 서례[1]
奎章總目叙例

1. 하늘이 장차 아름다운 운수를 도와 열고자 할 때에는 반드시 먼저

1 【작품해제】이 글은 명고의 나이 33세인 1781년(정조5)에 지은 것이다. 명고의 부친 서명응이 원임 제학으로서 《규장총목(奎章總目)》을 찬술하라는 명을 받았지만, 당시 서명응은 치사(致仕)하여 관직에서 물러나 있었으므로 실제 작업은 맏아들인 서호수(徐浩修, 1736~1799)가 하였다. 구성 체계는 4부 분류법을 따랐다. 〈개유와갑고(皆有窩甲庫)〉에는 경부(經部) 9류, 〈을고(乙庫)〉에는 사부(史部) 8류, 〈병고(丙庫)〉에는 자부(子部) 15류, 〈정고(丁庫)〉에는 집부(集部) 2류를 실었다. 3책으로 분책하여 1책에는 갑고와 을고를, 2책에는 병고를, 3책에는 정고를 묶었다. 서명, 부수, 본수를 표시하고, 한 자를 낮추어 찬저자의 성명, 찬저의 체제와 연혁을 표시하였으며, 주요 서적에 대해서는 서발이나 평설을 인용한 간략한 해제를 덧붙였다. 《규장총목》은 2월 13일에 찬술을 명하여 6월 29일에 완성되었다. 필사본으로, 현재 규장각에 소장되어 있다. 명고의 이 글은 2월과 6월 사이 어느 시기에 지어진 것으로 추정되며, 책의 앞머리에 〈규장총목범례(奎章總目凡例)〉라는 제목으로 실려 있다.

　이 글은 《규장총목》의 범례를 서술한 것으로 모두 6조목으로 구성되어 있다. 첫째 《규장총목》 편찬 의의, 둘째 목록서의 역사와 《규장총목》의 성격 및 의미, 셋째 사부 분류의 연원과 효율성 및 《규장총목》의 체제, 넷째 서목 해제 서술의 체제와 범례, 다섯째 문헌 용어 선택과 사용 기준, 여섯째 분문(分門) 기준과 해제 문장의 문체를 서술했으며 말미에 《규장총목》의 성격을 종합하였다.

천문(天文)으로 보여주고, 다음으로 인문(人文)을 열어 성세(盛世)의 정치[2]를 돕습니다. 그러므로 하늘에서 동정(東井)에 오성(五星)이 모이는 현상을 보여주자[3] 지상에서 공씨(孔氏)의 벽을 열어 한(漢)나라의 영원한 복을 예시하였고,[4] 하늘에서 규수(奎宿)에 오성이 모이는 현상을 보여주자[5] 지상에서 누판(鏤板)의 정식(程式)을 열어 송나

---

2 성세(盛世)의 정치 : 원문의 '생용지치(笙鏞之治)'를 번역한 말이다. 《서경》〈익직(益稷)〉에 "생과 용을 섞어 연주하니 새와 짐승들이 춤을 추고, 소소 아홉 악장을 모두 연주하니 봉황이 날아와서 춤을 추었다.〔笙鏞以間, 鳥獸蹌蹌, 簫韶九成, 鳳凰來儀.〕"라고 한 데에 전거를 둔 말로 성인의 정치를 뜻한다. 여기서는 문맥에 맞추어 의역하였다.

3 하늘에서……보여주자 : 동정(東井)은 정수(井宿)를 말하는데, 이십팔수 중에 남방주작(南方朱雀)에 있는 별자리이다. 동정에 오성이 모이는 현상은 평천하를 이룰 국가가 흥기할 조짐이다. 《사기》 권27 〈천관서(天官書)〉에 "한나라가 일어남에 오성이 동정에 모였다.〔漢之興五星聚于東井〕"라고 하였고, 89권 〈진여전(陳餘傳)〉에 "한왕이 관문에 들어오자 오성이 동정에 모였다.〔漢王之入關五星聚東井〕"라고 하였다. 오성은 수(水), 화(火), 금(金), 목(木), 토(土) 다섯 별을 가리킨다. 또 《송서(宋書)》〈천문지(天文志)〉에 의하면 예로부터 오성이 한데 모인 적이 세 번 있었는데, 오성이 한데 모인 상서로 인하여 주(周)와 한(漢)은 왕(王)이 되고, 제(齊)는 패(霸)가 되었는바, 주 무왕(周武王)이 은(殷)나라를 정벌할 적에는 오성이 방성(房星)에 모였고, 제 환공(齊桓公)이 패가 될 무렵에는 오성이 기성(箕星)에 모였으며, 한 고조(漢高祖)가 진(秦)나라를 쳐들어갔을 때는 오성이 동정성(東井星)에 모였다고 하였다.

4 지상에서……예시하였고 : 한 경제(漢景帝) 때 노 공왕(魯恭王)이 공자(孔子) 구택(舊宅)을 수리하려고 벽(壁)을 허물다가 《고문상서(古文尙書)》, 《예기(禮記)》, 《논어》·《효경》 등을 얻은 것을 가리킨다. 한 무제(漢武帝) 때에 이르러 공자의 12세 손 공안국(孔安國)이 그것을 비부(秘府)에 바쳤으며 전(傳)을 지었다 한다. 《漢書 卷30 藝文志, 卷88 儒林傳》. 이 사건이 곧 한나라의 영원한 복을 상징하는 조짐이라는 의미이다.

5 하늘에서……보여주자 : 《송사(宋史)》〈천문지(天文志)〉에 "남송 태조(太祖) 건덕(乾德) 5년인 967년에 오성이 규수에 모여들었다〔太祖乾德五年丁卯 五星聚奎〕"라고

라의 아름다운 국운에 기초를 마련해주었습니다.[6] 여기에서 정치는 문(文)을 높이는 것보다 큰 것이 없고, 문(文)은 서적의 수집보다 성대한 것이 없다는 것을 알 수 있으니, 장황하게 과장하는 것이 아닙니다.

성상(정조)께서 즉위하신 병신년(1776) 초기에 금원(禁苑 창덕궁(昌德宮))에 규장각(奎章閣)을 세워 역대 군주들의 시문을 봉안하고 도서를 비치하였습니다. 또 유편(遺篇), 신경(神經), 비첩(秘牒) 가운데 예전에는 없다가 오늘에 와서 새로 생긴 것을 구매한 것이 수천 수백 종입니다. 드디어 각신에게 명하여 정성 들여 서목을 작성하고, 구름처럼 쌓인 첨지(籤紙 찌지)들로 하여금 각각 규정(規定)된 위치를 표시하게 하였습니다.[7] 한나라와 송나라의 외대(外臺)와 내각(內閣)의 제도[8]가

하였다. 이를 근거로 섭채(葉采)의 〈진근사록표(進近思錄表)〉에 "하늘이 송나라의 국운을 열어, 별들이 규수에 모였다.〔天開皇宋 星聚文奎〕"라고 하였다. 규수는 서방백호(西方白虎)의 별자리 가운데 하나로 문운(文運)을 관장한다.

6 지상에서⋯⋯마련해주었습니다 : 누판(鏤板)은 활자가 만들어지기 전에 사용되던 조판 인쇄술인데, 일반적으로 '인쇄술'이란 의미로 쓰인다. 이 구절은 송나라에서 활판 인쇄술을 발명, 발전시킨 것을 가리켜 말한 것이다. 《몽계필담(夢溪筆談)》에 "송(宋)나라 인종(仁宗) 경력(慶歷) 연간에 필승(畢昇)이라는 사람이 활판(活版)을 만들었다."라고 하였고, 육심(陸深)의 《금대기문(金臺紀聞)》에 "비릉(毗陵) 사람이 처음으로 납활자〔鉛字〕를 사용하였는데 목판(木版)의 인쇄와 비교하여 더욱 공교하고 편리하였다."라고 하였다. 이를 계기로 서적의 인쇄와 보급이 급격히 늘어났고, 그것이 송대 인문학 흥성의 기초가 되었다.

7 성상께서⋯⋯하였습니다 : 여기서 각신은 구체적으로 명고의 맏형 서호수이다. 첨지들을 가지고 규정된 위치를 표시한다는 것은 붉은색 첨지는 경부에, 푸른색 첨지는 사부에, 누런색 첨지는 자부에, 흰색 첨지는 집부에 꽂은 것을 가리킨다. 《규장총목》의 편찬 경위는 다음과 같다. 정조는 세손 시절부터 정색당(貞蹟堂)이라는 장서고를 경영

이에 크게 완비되고 인문이 찬연해졌습니다.

신은 서양 사람 유송령(劉松齡)[9]이 우리나라 행인(行人 사신)에게 "규성(奎星)이 빛을 잃은 지 오래인데, 병신년[10]에 가서 밝아질 것이

하였으며, 1776년에 규장각을 건립하고 《도서집성(圖書集成)》 5천여 권을 북경에서 구입하였다. 창경궁에 있던 옛 홍문관의 도서도 규장각으로 옮겼고, 또 강화도 행궁에 소장되어 있던 명나라에서 내려준 책들을 규장각으로 옮겨와, 당송의 고사를 모방하여 《방서록(訪書錄)》 2권을 찬술하고 책들을 두루 수집하였다. 소장 서적이 방대해져 체계적인 관리가 요구되자 1777년 창경궁(昌慶宮) 내원(內苑) 규장각의 서남쪽에 있는 열고관(閱古觀)의 북측 모퉁이에 개유와를 건립하고 중국 책들을 저장하였으며, 또 열고관의 북쪽에 서서(西序)를 건립하여 우리나라의 책을 저장하였는데, 총 3만여 권이 었다. 경서(經書)는 홍첨(紅籤), 사서(史書)는 청첨(靑籤), 자서(子書)는 황첨(黃籤), 집서(集書)는 백첨(白籤)을 사용하여 종류별로 휘분(彙分)한 다음 각각 위치를 정리하였다. 《열고관서목(閱古觀書目)》 일명 《개유와서목》 6권, 《서서서목(西序書目)》 2권을 종합 정리하여 《규장총목》이라고 명명하였다. 《正祖實錄 5年 6月 29日》

8　한나라와……제도 : 외대와 내각은 왕실의 도서를 수장하는 장서(藏書) 기관을 말한다. 한나라 이래로 중국에서는 왕실 장서각의 이름을 난대(蘭臺), 동관(東觀), 외대, 내각, 비서각(秘書閣) 등으로 불렀다.

9　유송령(劉松齡) : 18세기 독일계 선교사로서 30년이 넘는 기간을 청나라 흠천감 정(欽天監正)으로 있었던 어거스틴 할레르슈타인(Ferdinand Augustin Hallerstein, 1703~1774)을 말한다. 1738년 중국에 들어왔으며 1745년에 대진현(戴進賢, Ignaz Kögler, 1680~1746)과 함께 청 고종(淸高宗 건륭제)의 명을 받아 천문성표(天文星表)인 《의상고성(儀象考成)》을 편수하였다. 《奎章閣韓國本圖書解題 子部 天文算法類 天文》. 우리나라에는 담헌(湛軒) 홍대용(洪大容)에 의해 포우관(鮑友管, Anton Gogeisl, 1701~1771)과 함께 그 이름이 알려졌다.

10　병신년 : 이 글에서는 정조 즉위년인 1776년을 암시한다. 즉 명고는 서양 천문학자 유송령이 '병신년에 규성이 밝아질 것'이라고 한 말에 대해 '병신년'이 정조의 즉위년을 가리킨 것이라 생각하고, '조선에서 정조가 등극하여 규장각을 건립하고 그로 인해 조선에 인문이 흥성해질 것'을 예언한 말이라고 본 것이다.

다."라고 말하였다는 것을 들었습니다. 제가 천문학을 배우지는 못했지만 감히 이치로 추측건대 근래 규성의 별빛이 어떠합니까? 혹 오성이 규수의 자리에 모인 적은 있지 않았습니까? 아! 이 《규장총목(奎章總目)》이 지어진 것은 반드시 천구(天球)나 하도(河圖)[11]와 함께 공히 문명의 조짐임이 틀림없습니다.

1. 고금의 목록가들이 세운 체제는 세 가지가 있습니다. 예를 들면 유흠(劉歆)의 《칠략(七略)》,[12] 왕검(王儉)의 《칠지(七志)》,[13] 정초

---

11 천구(天球)나 하도(河圖) : 천구는 주나라의 보옥이다. 하도는 황하에 출현한 용마의 등 무늬를 보고 복희씨가 그렸다고 전해지는 그림으로, 뒤에 《주역》의 기원이 되었으니 역시 주나라의 보물이다. 여기서는 둘 모두 문명의 징조를 지닌 상서물(祥瑞物)의 의미로 인용되었다. 《서경》〈고명(顧命)〉에 "옥을 오중으로 하며 보물을 진열하니, 적도와 대훈과 홍벽과 완염은 서서에 있고, 대옥과 이옥과 천구와 하도는 동서에 있다.〔越玉五重陳寶, 赤刀大訓弘璧琬琰, 在西序, 大玉夷玉天球河圖, 在東序.〕"라고 하였다.

12 유흠(劉歆)의 칠략(七略) : 유흠은 전한(前漢) 말기의 학자로 자는 자준(子駿)이다. 한 고조(漢高祖)의 넷째 동생인 초 원왕(楚元王)의 5세손이자, 유향(劉向, 기원전 77?~기원전 6)의 아들이며 팽성(彭城) 사람이다. 어려서부터 시서에 정통하였고, 장성해서는 부친을 도와 비서성(秘書省)에서 일하였다. 유향이 한 성제(漢成帝) 하평(河平) 3년(기원전 26)에 분서갱유 이후 흩어진 도서를 수집하고 교정하라는 칙명을 받아 그 사업을 시도하여 《별록(別錄)》을 작성하였는데, 사업을 마치지 못하고 죽자 아들 유흠이 선업을 계승하여 애제(哀帝) 때에 《칠략》을 완성하였다.

《칠략》은 총론격의 집략(輯略), 육경과 소학류의 책을 모아 정리한 육예략(六藝略), 도가와 묵가에서 농가와 소설가에 이르는 십가(十家)의 서적을 모아 정리한 제자략(諸子略), 굴부(屈賦)와 육부(陸賦) 등 운문 문학서를 모아 정리한 시부략(詩賦略), 군사와 병법 서적을 모아 정리한 병서략(兵書略), 천문과 수학 및 오행과 점술 서적을 모아 정리한 술수략(術數略), 의약과 방술 서적을 모아 정리한 방기략(方技略)의 7개 분문으로 이루어져 있었다고 전한다. 중국의 가장 오래된 분류목록서이다.《漢書 卷30 藝文志》

(鄭樵)의 〈예문략(藝文略)〉,[14] 마단림(馬端臨)의 〈경적고(經籍考)〉[15]

13 왕검(王儉)의 칠지(七志) : 왕검(452~489)은 남제(南齊) 때의 문헌학자로 자는 중보(仲寶)이고, 왕승작(王僧綽)의 아들이다. 송나라 명제(明帝) 때에 비서승(祕書丞)을 지내고, 남제 때에 상서 좌복야(尙書左僕射)로 있으면서 조의(朝儀)를 도맡아 의정(議定)하였으며 유풍(儒風)을 중시하여 경술(經術)을 진작시켰다. 시호는 문헌(文憲)이다. 문헌목록학 관계 저서로 《칠지(七志)》, 《원휘사부서목(元徽四部書目)》 등이 있다. 《南齊書 卷23 王儉列傳》

《칠지(七志)》는 유흠의 《칠략》을 본받아 만든 목록서의 하나로 일명 《금서칠지(金書七志)》라고도 한다. 그 규모에 대해서는 30권, 혹은 40권, 혹은 70권이라고 하는 3종의 설이 있다. '경전, 제자(諸子), 문한(文翰), 군서(軍書), 음양(陰陽), 술예(術藝), 도보(圖譜)'의 7개 분문으로 이루어져 있다고 한다. 지금은 일실되어 전하지 않는다.

14 정초(鄭樵)의 예문략(藝文略) : 정초(1104~1162)는 남송(南宋) 흥화군(興化軍) 보전(莆田) 출신의 경학자이자 문헌학자이다. 세칭 협제선생(夾漈先生)이라 불린다. 일찍부터 과거에 뜻이 없었으며, 도서 수집에 관심이 많아 종형 정후(鄭厚)를 따라 각처에서 책을 구입하였으며, "고금의 책을 모두 읽고, 백가의 학문에 모두 정통하고, 육예의 문장을 탐구하여 주석을 달아주고 싶으니, 이와 같이 한평생을 산다면 여한이 없을 것이다." 하였다. 1159년에 상경하여 《소장비부(詔藏秘府)》 140권을 바쳐 우적공랑(右迪功郎)에 제수되었다. 1157년에 백과사전 성격의 유서(類書) 《통지(通志)》의 초고를 완성하였는데, 그 속에 '이십략(二十略)'이 있었다. 〈예문략〉은 그중 하나이다. 이후 수년을 정리하여 소흥(紹興) 31년(1161)에 고종에게 《통지》를 바쳤다. 그러나 안타깝게도 조지가 내리는 날 정초는 병으로 세상을 마쳤다고 한다. 《宋史 卷 436 鄭樵傳》

《통지》 200권 중 권63에서 권70에 이르는 8권이 〈예문략〉으로 《한서(漢書)》, 《수서(隋書)》, 《당서(唐書)》 속의 예문지(藝文志) 내용을 간추려 정리한 것이다. 하위 분류로 경류(經類), 예류(禮類), 악류(樂類), 소학류(小學類)로 나누어져 있다.

15 마단림(馬端臨)의 경적고(經籍考) : 마단림(1254~1323)의 자는 귀여(貴與), 호는 죽주(竹洲)로, 강서(江西) 요주(饒州) 낙평현(樂平縣) 사람이다. 부친은 남송 때에 재상을 지낸 마정란(馬廷鸞, 1223~1289)이다. 일찍부터 서적에 널리 정통하였고, 함순(咸淳) 9년(1273) 조시(漕試)에 수석으로 합격하였다. 그러나 송나라가 망한 뒤 은거하여, 부친 마정란의 친구였던 유몽염(留夢炎)이 중용하려 하였음에도 연로한 양친

와 같은 종류의 목록서는 고금의 도서를 종합적으로 기록한 것이고,
진(晉)나라의 《의희목록(義熙目錄)》,[16] 수(隋)나라의 《개황목록(開
皇目錄)》,[17] 당(唐)나라의 《집현서목(集賢書目)》,[18] 송(宋)나라의

을 봉양해야 한다는 이유로 사양하였다. 이후 20년이 넘는 세월 동안 《문헌통고(文獻通
考)》편저에 힘을 쏟았는데, 원나라 인종 연우(延祐) 4년(1317)에 요주로(饒州路) 교
수에 의해 인쇄 간행하여 널리 유포해야 한다는 주청이 있었던 것으로 보아 초고는
이 무렵에 이미 완성된 듯하다. 하지만 교정과 윤색을 마쳐 간행한 것은 이로부터 다시
5년이 지난 영종(英宗) 지치(至治) 2년인 1322년 6월이었다. 이듬해 마단림은 세상을
마쳤다.

《문헌통고》는 총 348권으로 이루어졌으며, 중국 역대의 전장제도를 서술한 책으로
서 두우(杜佑)가 엮은 《통전》의 속편 성격을 지니고 있다. 마단림이 20여 년간 노력한
끝에 1307년에 완성하였다. 구성은 모두 24고(考)로 대부분이 《통전》의 항목을 세분한
위에 경적고(經籍考)·제계고(帝系考)·봉건고(封建考)·상위고(象緯考)·물이고
(物異考)의 5고(考)를 새로 추가하였다. 경적고는 권174에서 권249까지 모두 76권에
걸쳐 있다. 마단림은 특히 '문헌'에 대한 정의를 내리고 있는데 "옛 경전과 사서를 인용하
였으므로 문(文)이라 하였고, 당송 이후의 신하들의 주소와 학자들의 의논을 참고하였
으므로 헌(獻)이라 하였다.〔引古經史謂之文, 參以唐宋以來諸臣之奏疏諸儒之議論謂之
獻.〕"라고 설명하였다. 《四庫全書總目提要 卷81 史部37 政書類1》

16 진(晉)나라의 의희목록(義熙目錄) : 《신당서(新唐書)》예문지에 구심지(丘深之)
가 편찬했다는 《진의희이래신집목록(晉義熙以來新集目錄)》3권이 수록되어 있는데,
아마 이것이 아닌가 추정한다. '의희(義熙)'는 동진(東晉) 안제(安帝)의 연호이다.

구심지는 구연지(丘淵之) 또는 구천지(丘泉之)라고도 쓴다. 자는 사현(思玄)으로,
남조(南朝) 송나라 오흥(吳興) 사람이다.

17 수(隋)나라의 개황목록(開皇目錄) : 정식 명칭은 《개황사년사부목록(開皇四年四
部目錄)》이다. 4권으로 이루어져 있으며, 비서감(秘書監) 우홍(牛弘)이 편찬하였다.
우홍은 수 문제(隋文帝)에게 문헌의 수집과 정리에 대한 필요성을 건의했고, 문제가
이를 받아들여 민간에 사자를 파견하여 각종 이본들을 수집하였다. 이로 인해 비부(秘
府)에 3만여 권의 서적을 소장하게 되었고, 이들을 성격별로 분류하여 《개황사년사부목
록》으로 정리하였다.

《숭문총목(崇文總目)》[19]과 같은 종류의 목록서는 한 왕대(王代)의 도서를 통괄하여 기록한 것이고, 이숙(李淑)의 《한단도서지(邯鄲圖書

우홍(牛弘)의 자는 이인(里仁), 본성은 요씨(寮氏)로, 안정(安定) 순고(鶉觚) 사람이다. 개황 초년에 산기상시(散騎常侍), 비서감 등을 역임했다. 이후 수나라의 예문 정치에 많은 기여를 하였다.

18 당(唐)나라의 집현서목(集賢書目) : 위술(韋述)이 지었다고 전한다. 위술은 자가 알려지지 않았고, 생년 역시 알 수 없다. 당 숙종(肅宗) 지덕(至德) 2년(757)에 세상을 마쳤다. 집안에 2천여 권의 책을 소장하고 있었으며, 어려서부터 총명하고 독서를 좋아하여 경학과 역사에 두루 박통하였다. 일찍부터 과거에 합격하여 벼슬에 올랐으며, 개원 5년(717)에 역양위(櫟陽尉)가 되어 비서감 마회소(馬懷素) 등과 함께 비각에서 사부(四部)의 서적들을 상세히 기록하는 사업에 참여하였다. 이를 바탕으로 은천유(殷踐猷), 여흠(餘欽), 제한(齊澣), 오긍(吳兢) 등 26인과 《개원군서사부록(開元群書四部錄)》200권을 완성하였다. 이 뒤에 혼자 《집현서목》1권을 지었다. 이외의 저서에 《고종실록(高宗實錄)》, 《서경신기(西京新記)》 등이 있다.

19 송(宋)나라의 숭문총목(崇文總目) : 송나라 신종 때 왕요신(王堯臣) 등이 칙명을 받들어 사관(四館)에 소장된 책의 목록을 1권으로 정리한 것이다. 경력 원년(1041)에 완성하여 상주하였는데, 모두 숭문원에 소장된 책이므로 《숭문총목》이라 이름하였다. 송나라에는 원래 소문관(昭文館), 사관(史館), 집현관(集賢館)이 있었는데, 뒤에 비서각(祕書閣)을 증설하여 사관(四館)이 되었으며, 모두 숭문원 가운데 있었다. 《숭문총목》은 3,445종 30,669권의 서목을 수집하여 4부로 나누어 66권에 정리하였다. 1권에서 8권까지가 경부(經部), 9권에서 23권까지가 사부(史部), 24권에서 38권까지가 자부(子部), 마지막이 집부(集部)이다. 각 부마다 하위 분류를 두고, 각 서목 아래 해제 성격의 해설을 실었다. 현존 최고(最古)의 송대 장서목록이다.

왕요신의 자는 백용(伯庸)으로 응천부(應天府) 우성(虞城) 사람이다. 송 인종 천성(天聖) 5년(1027) 진사에 합격하였다. 한림학사 등을 역임하고 경우(景祐) 원년(1034)에 구양수 등과 함께 삼관과 비서각 장서들을 심정(審定)하였고, 이숙(李淑), 송기(宋祁), 장관(張觀) 등과 조목을 처음 정리하였다. 토론을 거쳐 《개원군서사부록》을 모방하여 《숭문총목》을 편찬, 경력(慶曆) 원년(1041)에 완성하였다. 이름은 인종이 하사한 것이다.

志)》,[20] 종음(鍾音)의 《절강유서총목(浙江遺書總目)》,[21] 우무(尤袤)

의 《수초당서목(遂初堂書目)》,[22] 진진손(陳振孫)의 《직재서록(直齋

20 이숙(李淑)의 한단도서지(邯鄲圖書志) : 이숙(1002~1059)은 북송의 관리이자
저명한 장서가이다. 서주(徐州) 풍(豊) 사람으로 자는 헌신(獻臣), 호는 한단(邯鄲)이
다. 남다른 총명으로 나이 12세에 진종(眞宗)의 눈에 들어 비서성 교서랑(祕書省校書
郞)이 되었다. 이후 용도각 학사(龍圖閣學士), 관각 교감(館閣校勘) 등을 역임하였다.
건흥(乾興) 초년에 대리평사(大理評事)에 올라 《진종실록(眞宗實錄)》을 편찬하고, 이
어 집현 교리(集賢校理), 국사원 편수관(國史院編修官)을 지냈다. 평생 수많은 서적을
섭렵하고 벼슬의 대부분을 비서각에서 보내어 목록학에 대해 연구했다. 그를 바탕으로
왕요신과 《숭문총목》을 편찬하였다. 천하의 서적을 널리 수집, 소장하여 당시 장서가
3만 권을 밑돌지 않는다고 정평이 났으며, 자신의 소장 서목을 정리하여 《한단도서지》
10권을 편찬하였다. 일명 《한단서목》이라고 한다.

《한단도서지》는 1,836종 23,286권의 책의 서목을 10권에 정리한 것이다. 경사자집의
4부 외에도 예술지(藝術志), 도지(道志), 서지(書志), 화지(畫志)의 4류(類)가 더 있
다. 북송 시대 개인 장서가의 목록 중 가장 중요한 저작으로 꼽힌다. 아들 이덕추(李德
芻)가 선지(先志)를 계승하여 《한단재집서목(邯鄲再集書目)》을 편찬하였다.

21 종음(鍾音)의 절강유서총목(浙江遺書總目) : 종음은 청나라 관원으로 만주 양람
기(鑲藍旗) 사람이다. 생몰년은 정확히 알 수 없고, 자는 문헌(聞軒)으로 1736년 진사
에 합격하여 벼슬길에 올랐다. 1771년 민절 총독(閩浙總督)에 올랐는데, 이때 절강
지방의 서적을 두루 수집한 것으로 보인다. 1779년 성경(盛京)에서 세상을 마쳤다.

《절강유서총목》의 정식 명칭은 《절강채집유서총록(浙江採集遺書總錄)》으로 12권
10책이다. 건륭(乾隆) 39년(1774)에 종음 등이 칙명에 따라 절강(浙江) 지방에 유전
(遺傳)하고 있는 서적을 수집하여 엮은 서목(書目)이다. 체제는 4부, 46류로 분류한
후 다시 간지에 따라 10종으로 분류하였다. 그 내용은 경부 3집, 사부 2집, 자부 2집,
집부 3집으로 하고, 속보(續補)로 윤집(閏集) 1권을 두었다. 모두 4,523종 56,955권을
수록하였고, 권수를 구별하지 않은 것이 92책이다. 서호수(徐浩修)의 《규장총목(奎章
總目)》과 《증보문헌비고(增補文獻備考)》의 예문고(藝文考)에도 인용되고 있는 서목
이다. 정조(正祖)의 장서인이 날인된 책이 규장각도서(奎中4564)에 전한다.

22 우무(尤袤)의 수초당서목(遂初堂書目) : 우무(1127~1194)는 남송의 장서가요

書錄)》[23] 등과 같은 종류의 목록서는 단지 한 지방과 한 집안의 도서를 기록한 것일 뿐입니다.

거유와 석학이 널리 수집하여 견문을 넓힌 것이나 황실(皇室)과 세가(世家)에서 정밀하게 교감하여 고실(故實)을 보존한 것이나 문헌이기는 매한가지입니다. 그러나 견문을 넓힌 것은 오직 대관(大觀)을 취하였을 뿐 현존 여부를 따지지 않았으니 이 때문에 서명(書名)을 공표하였지만 자신이 소장하고 있지 않은 경우도 있으며, 고실을 보존한 것은 오직 현재 있는 도서만을 실었으니 이 때문에 어떤 경우는

목록학자이다. 상주(常州) 무석(無錫) 사람으로 자는 연지(延之)이다. 송 고종 소흥(紹興) 18년(1148) 진사에 합격하여 관직이 예부 상서에 이르렀다.

우무의 서재는 본래 익재(益齋)였는데, 진나라 손작(孫綽)의 〈수초부(遂初賦)〉에서 이름을 따 수초당(遂初堂)으로 개명하였다. 〈수초당서목서(遂初堂書目序)〉에 따르면 장서가 3만여 권에 달하였다고 하는데, 이 때문에 수초당을 만권루라고 불렀다고도 한다. 이 책들을 정리하여 《수초당서목》을 편찬하였다. 경사자집의 4부로 나누어, 경 9문, 사 18문, 자 12문, 집 5문으로 분류하였다. 서명에 판본 표시를 처음으로 한 서목서로 목록학사에서 매우 중요한 위치를 차지하고 있다. 애석하게도 수초당의 장서는 이종(理宗) 원년인 1225년 화재에 불타 없어지고, 그 유지가 지금 무석 구룡산(九龍山) 아래 남아 있다.

23 진진손(陳振孫)의 직재서록(直齋書錄) : 진진손은 남송의 장서가요 목록학자이다. 절강성 안길(安吉) 사람으로, 자는 백옥(伯玉)이고 직재는 호이다. 1217년 무렵 소흥 교수와 근현(鄞縣)의 교관에 보임되었고, 1226년 무렵 흥화군(興化軍 지금의 복건성 보전)의 통판에 부임하였으며, 1233년에 왕궁 대소학 교수에 제수되었다. 이 시기 서적을 광범위하게 수집하고 정리하였던 것으로 보인다.

《직재서록》의 정식 명칭은 《직재서록해제(直齋書錄解題)》이다. 총 3,096종 51,180권의 서명을 수록하고, 각 서적의 권질의 규모, 저자에 대한 정보, 내용에 대한 품평을 담은 간략 해제를 실었다. 지금 전하는 본은 22권으로 정리된 것인데 4부 분류에 따라 나누어져 경류 10부, 사부 16류, 자부 20류, 집부 7류로 구성되어 있다.

연호(年號)로 표기하여 정리하고[24] 어떤 경우는 각호(閣號 비서각의 이름)를 내세워 정리하고[25] 어떤 경우는 보관하고 있는 장서실 이름[26]이나 채집한 지방의 이름[27]을 가지고 구별하기도 하였습니다.

지금 본서에 기록된 서적들은 모두 규장각에 이미 소장되어 있는 책들이니 《규장총목(奎章總目)》이라 이름을 붙였습니다. 이는 《집현서목》과 《숭문총목》의 옛 범례를 본뜨되, 개유와(皆有窩)에 보관된 화본(華本 중국본)과 서서(西序)에 보관된 동본(東本 조선본)을 또한 각각 소장된 실제에 따라 서목을 붙인 것입니다.[28]

1. 서적을 사부(四部)로 분류하는 것은 위(魏)나라 순욱(荀勖)에서

---

24 연호(年號)로 표기하여 정리하고 : 《의희목록》, 《개황목록》의 유이다.

25 각호(閣號)를 내세워 정리하고 : 《집현서목》, 《숭문총목》의 유이다.

26 보관하고 있는 장서실 이름 : 《수초당서목》, 《직재서록》의 유이다.

27 채집한 지방의 이름 : 《절강유서총목》의 유이다.

28 개유와(皆有窩)에……것입니다 : 개유와와 서서에 대해서는 213쪽 주7 참조. 참고로 《개유와서목》은 〈개유와갑고(皆有窩甲庫)〉, 〈을고〉, 〈정고〉, 〈병고〉라는 이름으로 전편이 《규장총목》에 편집되어 실려 있고, 초고본은 일실되어 전하지 않는다. 그에 비해 《서서서목》은 《규장총목》에 실려 있지 않다. 다만 《서서서목초본(西序書目草本)》이 미국 버클리대학교 동아시아도서관에 소장되어 있고, 《서서서목》과 《서서서목첨록(西序書目籤錄)》 2종이 동양문고에 소장되어 있다. 동양문고본 《서서서목》은 가나자와본을 베낀 것이며, 가나자와본은 《서서서목초본》에 근거하여 1793년(정조17) 현존 서목을 정서한 것으로 판단된다. 3종 모두 체제와 내용이 같다. 어제어필류(御製御筆類), 선보선첩류(璿譜璿牒類), 어정류(御定類)로 나누어져 있으며, 어정류는 다시 경(經)·사(史)·자(子)·집(集)의 4부로 나누어져 있어 《규장총목》의 4부 분류 기준과 다소 다르다. 3종 모두 고려대학교 해외한국학자료센터에서 입수하여 연구자 일반에 제공하고 있다.

시작되었습니다.[29] 부(部)의 하위에는 각각 유(類)를 두어 나누었고,
유의 하위는 각각 범례가 다릅니다. 분류 기준이 너무 세세하면 지리
멸렬하여 헷갈리고, 너무 간략하면 모호하여 효과가 없으니, 유품(流
品)의 변천을 따져보면 실로 절충이 어렵습니다. 이 때문에 《규장총
목》은 총 34류(類)로 분류하여 정리하였습니다.[30] 그래서 새로운 체
제의 조문(條門)을 제정하되 선현들의 선례를 기준으로 가감하였으
니, 비슷하다고 의심하여 합쳐놓았던 것은 지나치게 세세하다는 문
제점을 감수하고서라도 부득불 나누어놓았으며, 같은 종류임에도 나
누어져 있는 것은 지나치게 간략하다는 병폐를 감수하고서라도 부득
불 합쳐놓았습니다.

29 서적을……시작되었습니다 : 순욱(荀勖)은 서진(西晉)의 개국공신이요 문학가요
장서가이다. 후한 순상(荀爽)의 증손자로 영천(潁川) 사람이며, 자는 공증(公曾)이다.
비서감으로서 중서령 장화(張華)와 함께 궁중의 장서를 정리하였으며, 10만여 권의
도서를 교정하여 이를 바탕으로 장서목록서인 《진중경부(晉中經簿)》를 찬술하였다.
여기에서 갑을병정 4부로 나누어 갑부에는 육예와 소학, 을부에는 제자서, 병부에는
역사서, 정부에는 시부(詩賦)를 실었는데, 이것이 사부(四部) 분류법의 시초이다. 혹
은 《중경신부(中經新簿)》라고도 불리는데, 일실되어 지금은 전하지 않는다.

30 이 때문에……정리하였습니다 : 〈개유와갑고(皆有窩甲庫)〉에 총경류(總經類),
역류(易類), 서류(書類), 시류(詩類), 춘추류(春秋類), 예류(禮類), 악류(樂類), 사서
류(四書類), 소학류(小學類) 9류를, 〈을고(乙庫)〉에 정사류(正史類), 편년류(編年
類), 별사류(別史類), 장고류(掌故類), 지리류(地理類), 초사류(鈔史類), 보계류(譜
系類), 총목류(總目類) 8류를, 〈병고(丙庫)〉에 유가류(儒家類), 천문류(天文類), 역
주류(曆籌類), 복서류(卜筮類), 농가류(農家類), 의가류(醫家類), 병가류(兵家類),
형법류(刑法類), 도가류(道家類), 석가류(釋家類), 잡가류(雜家類), 설가류(說家類),
예가류(藝家類), 유사류(類事類), 총서류(叢書類) 15류를, 〈정고(丁庫)〉에 총집류(總
集類), 별집류(別集類) 2류를 편차시켰다.

안자(晏子)와 묵자(墨子)를 함께 나열해놓은 것은 잡가(雜家)를 정리할 때에 《칠략(七略)》의 선례를 본받은 것이고,[31] 동중서(董仲舒)와 순자(荀子)를 한곳으로 모은 것은 유가(儒家)를 정리할 때에 《통지(通志)》를 정종으로 삼은 것입니다. 보계류(譜系類)와 목록류(目錄類)를 나누어 둘로 정리한 것은 마씨(馬氏 마단림)의 《경적고》를 따라 나눈 것이고,[32] 천문(天文)과 역상(曆象)을 병가류(兵家類)와 형법류(刑法類)보다 앞에 실은 것은 사서류의 지(志)를 전례로 삼은 것입니다.[33] 참위서(讖緯書)와 오행서(五行書)를 싣지 않은 것[34]은 의심나는 정보에 대해서는 빼둔 것이고, 도가류(道家流)와 석씨(釋氏)를 뒤쪽에 붙인 것[35]은 이단을 출척한 것입니다.

---

31 안자(晏子)와……것이고 : 《칠략》의 〈제자략〉에 법가, 명가, 묵가, 종횡가를 모두 편차했는데, 《규장총목》의 〈병고〉 잡가류에 《묵자》 4본, 《관자(管子)》 9본, 《안자춘추(晏子春秋)》 2본, 《한비자》 4본, 《갈관자(鶡冠子)》 3본, 《여씨춘추(呂氏春秋)》 8본, 《회남자》 8본 등을 함께 묶은 것은 그 선례를 본받았기 때문이라고 말한 것이다.

32 보계류(譜系類)와……것이고 : 〈을고〉에서 유사한 성격의 보계류와 총목류를 따로 둔 것을 말한다. 222쪽 주30 참조. 《경적고》에서는 보첩류(譜牒類)와 목록류(目錄類)로 나누어놓았다.

33 천문(天文)과……것입니다 : 〈병고〉에서 유가류 다음에 천문류와 역주류를 넣고, 병가류와 형법류를 뒤로 돌린 것을 가리켜 말한 것이다. 222쪽 주30 참조. 참고로 《구당서》 경적지(經籍志) 병부에는 소설가류 뒤에 천문류, 역산류(曆算類), 병서류(兵書類) 순으로 실어놓았다.

34 참위서(讖緯書)……것 : 《규장총목》 〈병고〉 복서류에는 《초씨역림(焦氏易林)》 4본을 실었을 뿐, 이전의 사부류 체계에서 '술수류(術數類)'나 '오행류(五行類)'에 실린 관상학, 음양오행, 상택(相宅) 등의 참위 점술 서적은 일체 싣지 않았다.

35 도가류(道家流)와……것 : 〈병고〉에서 도가류와 석가류를 형법류 뒤에 둔 것을 가리켜 말한 것이다. 222쪽 주30 참조.

앞으로 구입하거나 간행할 서적이 몇만 몇천 권이나 될지는 알 수 없습니다. 하지만 굉대한 강(綱)과 목(目)이 모두 여기에 마련되어 있으니, 당나라의 《방서록(訪書錄)》이나 송나라의 《구서록(求書錄)》[36]처럼 책이 들어오는 대로 그때그때 계통 없이 무질서하게 기록할 필요가 없습니다.

1. 각 서목마다 해당 난에 빠짐없이 찬술자의 성명 및 해당 서적의 의례(義例 내용과 체제)를 표기하였습니다. 혹은 서문이나 발문을 절취하여 개략적인 규모를 보여주기도 하고, 경우에 따라서는 해당 서적에 대한 비평을 인용하여 편집상의 장단점을 밝혀주기도 하였으며, 또 더러는 간질(簡帙)의 성쇠(盛衰) 여부를 밝혀주어 그 서적의 연혁(沿革)을 고찰하는 데 도움이 되도록 하였습니다. 별집류(別集類 개인 문집)의 경우에는 저자의 인물에 대한 평가와 문장에 대한 품평까지 널리 수집하고 채록하여, 이 책을 한번 보면 훤히 알 수 있게 하였습니다. 희귀한 서적이나 사적이 상세하지 않은 경우에는 우선 관직과 본관 및 권질을 기록하여 뒷날에 널리 고증하기를 기다리도록 하였습니다.

1. 간책(簡策)을 차례에 맞게 정리해놓은 것을 편(編)이라 하고, 편

---

36 당나라의 방서록(訪書錄)이나 송나라의 구서록(求書錄) : 두 책의 서지 정보에 대한 구체적인 내용은 미상이다. 이 구절은 명대 호응린(胡應麟)의 《소실산방필총(少室山房筆叢)》에 "앞 시대에는 유서를 구입하면 모두 목록서를 편찬하였으니, 수나라에는 《궐서록》이 있고, 당나라에는 《방서록》이 있고, 송나라에는 《구서록》이 있다.〔前代懸購遺書, 咸著條目, 隋有闕書錄, 唐有訪書錄, 宋有求書錄.〕"라고 한 것을 인용한 듯하다.

을 연결해놓은 것을 책(冊)이라 하니, 상고 시대의 용어입니다. 서권(舒卷 굴대 없이 폈다 말았다 하는 것)을 권(卷)이라 하고, 잡권(匝卷 굴대를 돌려 마는 것)을 축(軸)이라 하니, 이전 시대의 용어입니다. 종이를 세는 단위를 엽(葉)이라 하고, 엽을 합쳐놓은 것을 본(本)이라 하니, 지금 시대에 쓰는 용어입니다. 도가에서는 균(勻)이라고 하고, 불가에서는 게(偈)라고 하니, 도를 담았다는 뜻의 용어입니다.

옛것을 좋아하는 자는 명실이 상부하지 않는다는 이유로 옛것을 폐기하지는 않습니다. 간이나 편이라는 용어가 지금까지 사용되고 있는 것은 옛것을 좋아함이 아니겠습니까? 바름을 지키는 자는 문자가 작은 것이라는 이유로 바름을 왜곡하지 않습니다. 불가의 게(偈)를 드러내어 표시하지 않은 것은 바름을 지킨 것이 아니겠습니까?[37] 그러나 저술을 할 때는 반드시 시대에 맞게 조처하는 것을 귀하게 여깁니다. 이 때문에 《규장총목》은 1종을 부로 삼고, 1책을 본으로 삼고, 1편을 권으로 삼았으니, 옛 관례를 따르면서도 오늘날에 어긋나지 않게 한 것입니다.

1. 저서의 어려움으로는 서목서(書目書)를 만드는 것보다 어려운 것이 없습니다. 내용의 귀추를 잘 밝혀 학문에 도움을 주는 것은 그 의리를 경서에서 취하였고, 공정한 잣대를 가지고 시비를 결단하는 것

---

37 바름을……아니겠습니까 : 도가서의 책을 세는 단위는 균(勻)이고, 불가서의 책을 세는 단위는 게(偈)이지만, 여기서는 모두 본(本)으로 통일하였는데, 그것은 서목서의 문헌 용어가 크게 중요한 것은 아닐지라도 바름을 지키는 정신을 표방한 것이라는 의미이다.

은 그 의리를 역사서에서 취하였으며, 부문(部門)을 나누어 의론을 분변하는 것은 그 의리를 자부서(子部書)와 집부서(集部書)에서 취하였습니다. 하나의 책에 다양한 장점을 갖춘 뒤에야 오늘날 사람들을 가르치고 뒷날에 전할 수가 있기 때문입니다.

《규장총목》에서 세운 범례는 일체 성상께 올려 삼가 하나하나 지시를 받아 오랜 노고 끝에 편집한 것입니다. 사부서의 체계가 이에 대략 완비되었습니다. 경서를 본받았으니 문장은 간결하면서도 이치가 구비되어 있고, 역사서를 기준으로 삼았으니 문사는 완곡하면서도 법도가 깃들어 있습니다. 학문에 연원을 상세히 밝힌 것은 자부서의 성격을 이은 것이고, 사람들에게 본말을 알게 한 것은 집부서의 성격을 이은 것입니다. 부(部)의 위차를 헤아려보고 전칙(典則)을 상고해보면 실마리를 탐구하여 학문의 지향을 바로잡을 수 있을 것이니, 또한 문풍(文風)과 세교(世敎)에 어찌 도움이 작을 수 있겠습니까?

《시고변(詩故辨)》 서례[38]

詩故辨敍例

1. 경서 가운데 의미를 파악하기 어렵기로는 《시경(詩經)》보다 어려운 것이 없다. 《주역(周易)》은 네 분의 성인(聖人)의 손을 거쳐 완성되었고,[39] 《서경(書經)》은 네 시대의 역사를 기록하였다.[40] 저술한 사

---

38 【작품해제】이 글은 명고의 나이 35세인 1783년(정조7) 이전 무렵 작성된 것으로 추정된다. 추정 근거는 청나라 학자 조설범(趙雪颿)이 《시고변(詩故辨)》의 서문을 쓴 것이 1783년인데, 조설범에게 원고를 보내기 전에 서례는 작성된 것으로 보기 때문이다. 조설범은 호가 가전(稼田)이며, 자세한 행적은 미상이다.

　《시고변》의 범례를 서술한 것으로 모두 5조목으로 이루어져 있다. 첫째 찬술 배경과 체재, 둘째 찬술 방향과 학설 선택 기준, 셋째 주자설에 대한 입장과 태도, 넷째 찬술의 구체적 방향으로서 선택과 집중, 다섯째 《시고변》의 성격과 명명의 의미 및 총론이다.

　《시고변》은 '자연경실장(自然經室藏)' 판심제가 찍힌 인쇄 공책에 단정하고 장중한 필체로 쓰여진 필사본이며, 총 3책으로 묶였다. 명고는 《시경》의 연구 분야를 편지(篇旨), 육의(六義), 고운(古韻), 시악(詩樂), 천문(天文), 지리(地理), 조수(鳥獸), 초목(艸木), 복식(服食), 기용(器用)의 10문으로 나누어 상정하였는데, 본서는 그중 '시(詩)가 창작된 연유〔故〕 즉 편지(篇旨)에 대해 검토, 변정(辨訂)한 저술'이다. 소서(小序)를 비롯하여 제가(諸家)의 설들을 경학가의 생년 순으로 배열하였다. 권1에는 주남(周南)과 소남(召南), 권2에는 패풍(邶風), 용풍(鄘風), 위풍(衛風), 왕풍(王風), 권3에는 정풍(鄭風), 제풍(齊風), 위풍(魏風), 권4에는 당풍(唐風), 진풍(秦風), 진풍(陳風), 회풍(檜風), 조풍(曹風), 빈풍(豳風), 권5에는 소아(小雅), 대아(大雅), 권6에는 주송(周頌), 노송(魯頌), 상송(商頌)이 수록되어 있다. 《시고변》은 현재 오사카 부립 나카노시마 도서관(大阪府立中之島圖書館)에 소장되어 있으며 국립중앙도서관에 오사카본의 복제본(古1233-61-1～3)이 있다.

39 주역(周易)은……완성되었고 : 네 분의 성인(聖人)은 복희(伏羲), 문왕, 주공(周公), 공자이다. 〈계사전 하(繫辭傳下)〉에 옛날 포희씨가 천하를 다스릴 때 팔괘를 만들

람이 분명하고, 지어진 시대를 고찰 수 있으니, 분변할 수 없는 것은 다만 훈고(訓詁)와 명물(名物)일 뿐이다. 그런데 《시경》으로 말하면 그 가사를 외면서도 지은 사람은 알 수 없고, 사건을 논하면서도 시대는 알 수 없어, 읽는 이가 왕왕 자신이 생각하는 바에 따라 천백 년 뒤의 시점에서 제멋대로 각자의 주장을 세운다. 하지만 지은 사람의 관점에서 보자면 엉뚱한 견강부회[41]가 되지 않을 설이 얼마나 되겠는가?

대서(大序)와 소서(小序)는 전수가 끊어진 지 이미 오래되어, 공자가 지은 것이라는 견해도 있고, 국사(國史)가 기록한 것이라는 견해도

어 신명의 덕에 통하였다고 하였다. 《사기》〈주 본기(周本紀)〉에 문왕이 유리옥(羑里獄)에 갇혔을 때 팔괘를 중첩하여 64괘를 만들고, 《주역》을 연역했다고 하였다. 이와 관련하여 공영달(孔穎達)은 괘사는 문왕이 짓고 효사는 주공이 지었다고 하였다. 또 《사기》〈공자세가(孔子世家)〉와 《한서》〈예문지〉에는 공자가 만년에 십익(十翼)을 지었다는 기록이 있다. 우(虞), 하(夏), 은(殷), 주(周)의 네 왕조에 걸쳐 여섯 가지 문체로 이루어져 있다. 하지만 이들은 모두 전설일 뿐이고 뚜렷한 근거를 바탕으로 한 정설은 없다. 참고로 후한의 정현(鄭玄)은 신농씨(神農氏)가 괘를 중첩하였다고 하였고, 진(晉)의 손성(孫盛)은 하나라 우(禹)임금이 괘를 중첩하였다고 하였다.

40 서경(書經)은……기록하였다 : 《서경》이 〈우서(虞書)〉, 〈하서(夏書)〉, 〈상서(商書)〉, 〈주서(周書)〉로 이루어져 있기 때문에 이렇게 말한 것이다.

41 엉뚱한 견강부회 : 원문의 '영서연설(郢書燕說)'을 번역한 말이다. 영인(郢人)이 밤에 연(燕)나라 재상에게 보내는 외교서(外交書)를 쓸 때, 침침하여 곁에서 촛불을 잡고 있는 자에게 '촛불을 들라[擧燭]'고 말하였다. 그러다가 외교서 속에 '촛불을 들라'는 글자를 잘못 써넣고 말았다. 이 외교서를 받은 연나라 재상은 기뻐하면서 '촛불을 들라는 말은 밝음을 숭상한다[尙明]는 뜻이니, 이는 어진 이를 임용(任用)하라는 암시이다.'라고 생각하고, 연왕(燕王)에게 이 뜻을 아뢰어 연나라가 크게 다스려지게 되었다. 《韓非子 外儲說》

있으며,[42] 위굉(衛宏)이 부연하여 풀이한 것이라는 주장도 있고, 자하(子夏)와 모공(毛公)이 서술한 것이라는 주장도 있다.[43] 이와 관련하여 정자(程子)는 "대서의 문장은 《주역》〈계사전(繫辭傳)〉과 흡사하고, 의리는 성인이 아니면 지을 수 없는 것이다."라고 하였다.[44] 그리고

---

42 공자가……있으며 : 송나라 정이(程頤)의 주장이다. 정이는 "대서는 공자가 지은 것이니 그 문장은 〈계사전〉과 비슷하고 그 의리는 자하가 아니면 능히 말할 수 있는 것이 아니며, 소서는 당시의 국사(國史)가 지은 것이니 후세 사람이 능히 알 수 있는 것이 아니다.〔詩大序孔子所爲 其文似繫辭 其義非子夏所能言也 小序國史所爲 非後世所能知也.〕"라고 하였다. 《二程遺書 卷24 伊川先生語10》. 또 "소서는 당시의 국사가 지은 것이다. 만약 당시에 지은 것이 아니라면 비록 공자라 할지라도 또한 알 수 없는데, 더구나 자하임에랴?〔小序便是當時國史作 如當時不作 雖孔子亦不能知 況子夏乎.〕"라고 하였다. 《二程遺書 卷19 伊川先生語5》

43 위굉(衛宏)이……있다 : 관련 학설을 간략하게 소개하면 다음과 같다. 《후한서(後漢書)》〈유림전(儒林傳)〉에는 "사만경(謝曼卿)이 《모시(毛詩)》를 잘하여 그 훈을 달았다. 후한 사람 위굉(衛宏)이 사만경에게 수학하여 〈모시서(毛詩序)〉를 지었다."라고 하였다. 《수서(隋書)》〈경적지(經籍志)〉에는 "자하(子夏)가 처음 〈모시서〉를 짓고, 모공(毛公)과 위경중(衛敬仲 위굉)이 윤색을 더하였다."라고 하였다. 정현은 《모시보(毛詩譜)》에서 "대서는 자하가 지은 것이고 소서는 자하와 모공의 합작이다."라고 하였다. 왕숙(王肅)은 《가어(家語)》의 주(注)에서 "자하가 지은 서서는 지금의 〈모시서〉이다."라고 하였다. 당나라 한유(韓愈)는 "자하가 대서를 지은 것이 아니다."라고 하였다. 송나라 왕안석은 시인이 직접 서(序)를 지었다고 하였다. 왕득신(王得臣)은 대서의 첫구를 공자가 지었다고 하였다. 이외에도 "소서의 첫구는 대모공(大毛公)이 지었고, 그 이하는 소모공(小毛公)이 지었다." "첫구는 자하가 짓고 그 이하는 모공이 지었다." 라는 등의 설이 있다. 이러한 분분함 때문에 조수중(曹粹中)은 "모시가 처음 전해질 때에는 서문이 없었는데, 뒤에 문인들이 서로 전수하며 각자 스승의 설을 기록하여 만들어진 것이다."라고 하였다.

44 정자는……하였다 : 정이의 말이다. 위 주42 참조. 또 "대서와 같은 것은 성인이 아니면 지을 수 없다.〔如大序則非聖人不能作〕"라고 하였다. 《二程遺書 卷19 伊川先生語5》

소서에 대해 논하여 "국사(國史)가 시를 얻으면 반드시 그 사실을 기재하였다. 가령 당시에 소서가 없었다면 성인도 분변하지 못하였을 것이다."[45]라고 하였다. 정자의 지혜는 성인을 알아보기에 충분하니, 그분의 말씀은 틀림없이 근거한 바가 있을 것이다. 그러나 정자의 적통(嫡統)을 이은 주자는 《시경집전》을 저술하기에 미쳐 소서의 내용을 강력히 배척하였다. 왜 그런 것인가?

정자와 주자의 견해도 벌써 이토록 다른데, 더구나 그보다 뒷시대 사람들이야 말해 무엇 하겠는가? 증거가 없으면 믿을 수 없고, 믿을 수 없으면 수긍하기 어렵다. 이것이 《시경》을 제대로 알기 어려운 까닭이다. 하지만 대서나 소서의 설과 주자의 집전(集傳)에는 각각 그것대로 장단점이 있으니, 잘 분변하는 자는 때에 따라 어느 것을 택해야 할지 알 수 있을 것이다.

지금 대서를 강령으로 삼고 소서와 주자의 집전을 나누어 본편의 조목에 배치하였다.[46] 그리고 제유들이 편지(篇旨)를 발명한 것을 또한

---

45 소서에……것이다 : 제자가 정이에게 소서의 작자에 대해 묻자 정이는 "대개 국사는 채시관에게 시를 얻기 때문에 그 득실의 자취를 아는 것이다. 만약 국사가 아니라면 어떻게 칭찬할 사람과 나무랄 사람을 알겠는가? 가령 당시에 소서가 없었더라면 비록 성인이라 할지라도 또한 분변할 수 없을 것이다.〔蓋國史得詩於採詩之官 故知其得失之迹 如非國史 則何以知其所美所刺之人 使當時無小序 雖聖人亦辨不得.〕"라고 하였다. 《二程遺書 卷18 伊川先生語4》

46 지금……배치하였다 : 《시고변》의 체제는 대서를 강령으로 삼아 제일 앞에 제시하고 나머지는 각각의 제목 아래 시편의 편지(篇旨)를 담았다. 편지의 내용은 소서를 맨 앞에 싣고, 그다음 좌구명(左丘明)의 설, 정현(鄭玄)의 《모시전(毛詩箋)》, 공영달(孔穎達)의 정의(正義), 주자의 집전(集傳) 등 제가의 학설을 시대순으로 싣고 있다. 그다음 한 칸을 낮추어 자신의 안설(案說)을 실었다.

각각 성격에 따라 첨부하여 참고에 도움이 되도록 하였다.

1. 구사(九師)가 나오고 나서 《주역》의 의리가 어두워졌고, 삼전(三傳)이 나오고 나서 《춘추(春秋)》가 산란(散亂)해졌다.[47] 《대대례기(大戴禮記)》와 《소대례기(小戴禮記)》가 나오고부터 예(禮)가 손상되었으며, 《제시(齊詩)》, 《노시(魯詩)》, 《한시(韓詩)》, 《모시(毛詩)》가 나오고부터 《시경》이 퇴조했다. 육경의 의미가 발명되지 않은 것은 전과 주석이 경문의 본지를 해쳤기 때문이다. 따라서 자신의 견해를 고집하여 그 설이 옳다고 한다면 갈수록 번다해지고 어두워지며, 여러 설을 모아 절충한다면 갈수록 간요하고 명확해질 것이다.

　이 책에서 범례를 세울 때에 어떤 곳에서는 사실을 가지고 증명하였고 어떤 곳에서는 의리를 가지고 부연하였다. 시대의 고금(古今)에 구애받지 않았고, 학문의 편정(偏正)에 집착하지 않았다. 오직 '말이 얼마나 적확한가?' 하는 것만을 취하였다. 다만 시비(是非)가 서로 근사하여 어느 것을 선택해야 할지 혼동되기 쉬운 경우에는 또 감히 스스로 설을 세워 확정하였다. 주제넘은 짓이라는 비판을 피하기는 실로 어렵다. 하지만 참으로 이로 인해 뒷시대 학자들의 의심을 유발하여

---

47 구사(九師)가……산란(散亂)해졌다 : 한(漢)나라 회남왕(淮南王) 유안(劉安)이 《주역(周易)》에 밝은 9명의 스승을 초빙하여 도덕에 관한 계훈(誡訓) 20편을 짓게 하고 그것을 《구사역(九師易)》이라 불렀다. 이에 대해 수(隋)나라 왕통(王通)의 《중설(中說)》에 "대개 구사가 나오고 나서 《주역》의 의리가 어두워졌고, 삼전(三傳)이 나오고 나서 《춘추》가 산란해졌다.〔蓋九師興而易道微, 三傳作而春秋散.〕"라고 하였다. 이 말은 뒤에 고염무(顧炎武)의 《일지록(日知錄)》, 《고금사문유취(古今事文類聚)》 등에 채록되었다.

그들로 하여금 미결의 난제를 끝내 천명(闡明)하게 한다면, 말사(末師)들이 답습해오던 비루함을 일소(一掃)해버릴 수 있을 것이다. 그렇다면 지난날 나를 비판하던 자들이 도리어 나에게 공을 돌리지 않으리라고 어찌 장담하겠는가?

1. 주자는 대현(大賢)이다. 자신의 주장만 내세우거나 자질구레한 견해에 천착하는 자들이 지엽적인 의미의 잘잘못에 기를 쓰고 달려드는 것은 본래 말할 것도 못 된다. 그렇다면 보옥처럼 받들어 계승하는 부류 역시 주자의 집전에 실린 설의 오류를 마냥 고수하여, 가슴속에 깊이 새기기를 마치 장선공(張宣公)이 호문정(胡文定)을 존숭한 것[48]과 다름없이 한다면 이는 이른바 '겉으로만 존모하는 체하는 것일 뿐 참으로 주자를 존숭할 줄 아는 자가 아니다.'라는 것이다. 주자가 아는 것은 이치에 있지 사실에 있지 않다. 사실 가운데 고증해보아야만 알 수 있는 것은 비록 생이지지(生而知之)의 성인(聖人 공자)이라 할지라도 또한 반드시 노자(老子)[49]에게 예를 묻고 담자(郯

---

48 장선공(張宣公)이 호문정(胡文定)을 존숭한 것 : 스승으로부터 전수한 학설이면 시비를 따지지 않고 맹목적으로 따른다는 의미로 쓴 말이다. 호문정은 호안국(胡安國, 1074~1138)이다. 정이(程頤)의 학문을 사숙하고 사량좌(謝良佐), 양시(楊時) 등과 교유하였다. 장선공은 장식(張栻, 1133~1180)이다. 호안국의 아들 호굉(胡宏, 1106~1161)에게 학문을 배워 호안국의 학설을 준수하였다. 이들을 호상학파(湖湘學派)라 한다.

49 노자(老子) : 초(楚)나라 고현(苦縣) 사람으로, 성은 이(李)이고, 이름은 이(耳)이며, 자는 백양(伯陽)이고, 시호(諡號)는 담(聃)이다. 주나라 주하사(柱下史)를 지냈다. 공자가 남궁경숙(南宮敬叔)에게 "내가 듣건대 노담(老聃)은 옛일에 박식하고 오늘날의 일을 알며 도를 좋아한다고 하니 이 사람은 나의 스승이다. 내가 그에게 찾아가겠

子)⁵⁰에게 관직에 대해 물은 뒤 밤낮으로 이리저리 생각하고서야⁵¹ 알았다. 고증할 수 없는 것에 대해서는 "문헌이 부족하기 때문이다."⁵² 하시고, 단정할 수 없는 것에 대해서는 놓아두고 언급하지 않으셨다.⁵³ 이것을 두고 성인이 노자나 담자만 못하다고 한다면 말이 되겠

다." 하고, 남궁경숙과 주나라에 가서 노자에게 예(禮)를 물었다. 《史記 卷17 孔子世家》. 참고로 정제두(鄭齊斗)의 《하곡집(霞谷集)》 〈부자기년(夫子紀年)〉에는 이 일을 공자 나이 19세 때의 일로 기록하고 있다.

50 담자(郯子) : 소호(少昊) 지(摯)의 후예로 담국(郯國)의 임금인데, 소호씨가 관명(官名)에 새의 이름을 쓴 이유를 안 인물이다. 춘추 시대 노(魯)나라 소공(昭公) 때 그가 노나라에 왔을 때, 관직을 새의 이름으로 명명한 이유에 대한 질문을 받았다. 질문을 받은 담자는 자신의 먼 조상인 소호씨(少昊氏)의 행적을 거론하며 의미와 이유를 자세히 설명하였는데, 이 말을 듣고 공자가 그를 찾아가서 배운 뒤에 "내가 듣건대, 천자의 관직이 정당함을 잃었을 때에는 사방의 이민족에게 배울 수도 있다고 하였는데, 이 말은 역시 신빙성이 있어 보인다.〔吾聞之 天子失官 學在四夷 猶信.〕"라고 한 고사가 전한다. 《春秋左氏傳 昭公17年》

51 밤낮으로 이리저리 생각하고서야 : 맹자가 "주공은 우·탕·문무 삼왕의 네 가지 선한 일들을 혼자 겸해서 시행하려고 생각하여, 그중에 혹 부합되지 않는 일이 있으면 밤낮으로 이리저리 고민하였다. 그러다가 다행히 깨달은 것이 있으면 그대로 앉아서 아침을 기다렸다.〔周公思兼三王 以施四事 其有不合者 仰而思之 夜以繼日 幸而得之 坐以待旦.〕"라고 한 것에 전거를 둔 표현이다. 《孟子 離婁下》

52 문헌이 부족하기 때문이다 : 공자가 "하나라의 예를 내가 말할 수 있지만 하나라의 후예인 기나라가 내 말을 증명하지 못하고, 은나라의 예를 내가 말할 수 있지만 은나라의 후예인 송나라가 내 말을 증명하지 못한다. 그것은 문헌이 부족하기 때문이다. 문헌이 넉넉하다면 내가 내 말을 증명할 수 있을 것이다.〔夏禮吾能言之 杞不足徵也 殷禮吾能言之 宋不足徵也 文獻不足故也 足則吾能徵之矣.〕"라고 한 것을 인용한 표현이다. 《論語 八佾》

53 단정할……않으셨다 : 공자가 제자 자하에게 "많이 듣되 의심스러운 것은 남겨두고 그 나머지만 삼가서 말하면 허물이 적을 것이고, 많이 보되 불확실한 것은 놓아두고

는가? 그렇다면 주자가 몰랐던 것을 공공연히 떠들어대고 제유들이 능히 안 것을 널리 떠벌리는 짓은 곧 주자의 위대함을 드러내고 제유들의 협소함을 폭로하는 것이니, 주자에게 무슨 해가 되겠는가?

따라서 이 책에서 명물과 훈고를 제시할 때 주자의 집전에 온당하지 않은 것이 있을 경우 시원하게 모두 지적하였다. 주자를 존숭하는 세상의 학자들은 또한 이것을 보고 반성하여 자신의 병폐를 고칠지어다.

1. 시가 지어진 이유에 대해 비(比)와 흥(興)으로 추론할 수 있는 것이 있고, 명물을 통해 알 수 있는 것이 있고, 시대를 통해 고찰할 수 있는 것이 있고, 표현을 통해 증험할 수 있는 것이 있으니, 들어가는 길은 비록 다르지만 지향하는 경계는 똑같다.

이 책의 저술 목적은 작품이 지어진 원인을 밝히는 데 주안점을 두었다. 예컨대 〈채번(采蘩)〉의 '피(被)'[54]나 〈면(緜)〉의 '곤이(昆夷)'[55]는

그 나머지만 삼가서 행하면 뉘우치는 일이 적을 것이다.〔多聞闕疑 愼信其餘則寡尤 多見闕殆 愼行其餘則寡悔.〕'라고 일러준 말에 전거를 둔 표현이다. 《論語 爲政》

54 채번(采蘩)의 피(被) : 《시경》 〈소남(召南) 채번(采蘩)〉에 "머리꾸미개 단정함이여! 밤낮으로 공소에 있도다. 머리꾸미개 우아함이여! 잠깐 돌아가는도다.〔被之僮僮 夙夜在公 被之祁祁 薄言還歸.〕"라고 한 구절을 가리킨다. 이 시는 제후의 부인이 제사를 돕는 장면을 노래한 것이라는 설도 있고, 친잠의 예를 행하는 장면을 노래한 것이라는 설도 있다. 명고는 피(被)의 정체를 밝히기 위해 '피(被)가 곧 피(髢 다리)'라고 말한 공영달의 설을 길게 인용하였으며, 이것이 또 《주례》에 보이는 차(次)와 같다는 공영달의 설을 입증하기 위해 《주례》 해당 부분 원문을 소주로 인용하여 보충하였다. 이어 육전(陸田), 왕홍서(王鴻緖) 등의 제가의 설을 인용하여 실었다. 그런데 제후의 부인이 제사를 도울 때나 친잠의 예를 행할 때는 머리에 다리를 얹지 않는다. 이 때문에 명고는 '피'의 정체가 이 시의 의미를 파악하는 핵심이라 생각하여, 〈채빈(采蘋)〉과의 대비를 통해 피를 직접 쓰는 당사자는 제후의 부인이 아니고 대부의 부인이라는 견해를 제출하

그저 한 가지 사물과 한 가지 사실이 짧은 시구에 실린 것이지만 되도록 상세하게 밝히고자 노력했다. 또 〈관저(關雎)〉의 '불음불상(不淫不傷)'56이나 〈녹명(鹿鳴)〉의 '예비악화(禮備樂和)'57는 한 편의 의리를

였다. 자신의 주장을 입증하기 위해 〈채번〉에 대한 지면을 총 7엽(葉)이나 할애했으며 그중 자신의 견해를 밝힌 안설(案設)만 3엽을 할애했는데, 이는 통상 고증과 안설을 합쳐 1, 2엽을 넘지 않는 다른 편에 비해 매우 긴 것이다.

55 면(緜)의 곤이(昆夷) : 〈대아(大雅) 문왕지십(文王之什) 면(緜)〉에 "다니는 길이 통하니 곤이들이 도망하여 숨만 쉴 뿐이로다.〔行道兌矣 混夷駾矣 維其喙矣.〕"라고 한 구절을 가리킨다. 주자는 '혼이(混夷)'를 '곤이(昆夷)'라고 하고, '태왕이 곤이의 거센 저항을 완전히 진압하지는 못하였지만 자신의 명예를 실추시키지는 않았다.'라고 하였다. 명고는 태왕과 대적한 민족은 훈육(獯鬻)이며, 곤이에 대항하여 진압한 왕은 문왕(文王)이라는 설을 주장하였다. 이 편 역시 다른 편에 비해 안설에 3엽을 할애했다. 이외에도 〈황의(皇矣)〉 등 다수의 편에서 시의 주제를 분명히 밝히기 위한 방법으로서 상세한 명물고증의 방법을 수용하고 있다.

56 관저(關雎)의 불음불상(不淫不傷) : 《논어》〈팔일(八佾)〉에서 공자가 "〈관저〉는 즐거우면서도 넘치지 않고, 슬프면서도 화(和)를 해치지 않는다.〔關雎樂而不淫 哀而不傷.〕"라고 한 것을 가리킨다. 이 말은 〈관저〉의 의리를 밝힌 것으로 매우 중요하지만 그 의미가 비교적 분명하므로 명고는 그것을 규명하는 데 큰 지면을 할애하지 않았다.

57 녹명(鹿鳴)의 예비악화(禮備樂和) : 《예기》〈악기(樂記)〉에 "악을 도타이 하여 근심이 없고 예가 갖추어져서 치우침이 없기에 이르는 것은 오직 큰 성인만이 그렇게 하실 수 있다.〔及夫敦樂而無憂 禮備而不偏者 其唯大聖乎.〕"라고 하고, 《순자(荀子)》〈악론(樂論)〉에 "악이 중정하고 평안하면 백성이 화락하면서도 휩쓸리지 않는다.〔樂中平則民和而不流〕"라고 한 것을 합한 말이다. 〈녹명(鹿鳴)〉은 군신(群臣)과 가빈(嘉賓)이 연향하는 것을 읊은 노래이므로 예와 악이 모두 갖추어져 있기 때문에 이렇게 말한 것이다. 주자는 소서(小序)와 《의례(儀禮)》〈연례(燕禮)〉, 〈향음주(鄕飮酒)〉, 《예기》〈학기(學記)〉 등의 구절을 인용하여 예악의 의미를 자세히 설명하였는데, 명고는 주자를 비롯한 앞 시대 학자들의 주석에서 이미 지취가 분명히 드러났다고 판단하여 《시고변》에서는 이를 더 이상 길게 다루지 않았다.

총괄한 것으로 관계되는 바가 매우 중요하지만 되도록 간략하게 다루었다. 이 책의 저술 체제가 단지 주장하고자 하는 주제를 상세하게 다루었을 뿐 다른 것은 거론하지 않았기 때문이다.

1. 《시경》에는 10문(門)이 있으니 편지(篇旨), 육의(六義), 고운(古韻), 시악(詩樂), 천문(天文), 지리(地理), 조수(鳥獸), 초목(艸木), 복식(服食), 기용(器用)이다. 그럼에도 문자의 경위(經緯)와 구법(句法)의 변화는 또 이들 범주 속에 들어 있지 않다. 이 때문에 《시경》을 해설하는 학자들이 역량상 이 전부에 모두 정통하기는 어려워 각자 전공 분야를 세웠다. 오늘에 이르러서는 상자와 시렁에 그득한 주석서들이 대부분 하나에 매달리다가 나머지 9문(門)을 놓치고 만다.

주제넘지만 나는 회통(會通)의 학문에 뜻을 두어 먼저 편지(篇旨)를 따라 단서를 열었다. 하지만 지필(紙筆)을 손에서 놓은 지 오래되고 옛날 배운 것을 모두 잊어버리는 바람에 3년에 걸쳐 간신히 모은 것이 겨우 편지문(篇旨門) 하나에 그치고 말았다. 그러나 만약 나머지 9문까지 아울러 성취하고자 하여 처음부터 책상자의 쪽지들을 샅샅이 훑어 검토하였다면 설령 늙어 죽을 때까지 한다 하더라도 도대체 어찌 그 뜻을 이룰 수 있겠는가?

드디어 '편지문' 하나만을 가지고 한 부의 책으로 만들고 간결하게 산삭한 다음, 뜻 맞는 벗들에게 보내어 함께 정정(訂正)하였다. 가령 하늘의 도움을 받아 작업을 중단하지 않고 나날이 갈고닦아 마침내 10문을 모두 완성하여 배열한다면 이 편은 마땅히 전서(全書) 속의 1문이 될 것이고, 단지 《시고변(詩故辨)》이라고만 이름을 붙일 수는 없을 것이다. 또 뒷날 나의 저술을 고찰할 이가 지금 상태의 나로 나를 보지 않을 것이요 필시 작업을 완수한 것을 가상하게 여길 것이다.

《군서표기(群書標記)》 서례[58]

群書標記敍例

1. 삼대(三代) 시대는 너무 오래전의 일이거니와, 한(漢)나라와 당(唐)나라 이래로는 저술의 책임이 모두 빈궁한 한사(寒士)[59]에게 돌

---

58 【작품해제】이 글은 명고의 나이 50세인 1798년(정조22) 전후 어느 무렵에 지은 것으로 추정된다. 본서 권10 《《군서표기》에 대해 논하신 어찰의 뒤에 공경히 쓴 발문》에 정조가 명고에게 1798년 9월에 보낸 편지가 실려 있는데, "몇 해 전 그대에게 엮어 완성하게 한 뒤로 미처 다시 다듬지 못하여 의례와 규모에 헤아려보아야 할 점들이 없지 않다.〔年前使尊編成之後 未及更加梳洗 義例規模 尙不無合商量者.〕"라고 한 것으로 보아, 이 몇 해 전에 〈서례〉의 초고가 작성되었고 정조의 편지를 받은 전후로 다소 수정되었을 가능성이 있다고 판단된다.

《군서표기》의 범례를 서술한 것으로, 모두 5조목으로 이루어져 있다. 첫째 찬술의 배경, 둘째 내용과 성격, 셋째 구성, 넷째 《군서표기》에 실린 문헌의 성격, 다섯째 해제 서술의 문체이다. 말미에 신하들의 공로를 잊지 않은 정조의 배려에 대한 감사의 마음을 표했다.

《군서표기》는 정조가 세손으로 있던 1772년부터 세상을 떠나던 1800년까지 친히 지은 어제와 신하들에게 명하여 편간한 155종 3,991권의 서적을 대상으로 엮은 해제집이다. 본래 독립된 저술로 편찬하려 하였으나 끝내 그렇게 되지 못하고 현재는 《홍재전서》 권179~184에 실려 있다. 이 과정에서 체제와 구성 및 기술 방식에 약간의 변화가 있었던 듯하다. 현재 《군서표기》는 어정편(御定編) 4권과 명찬편(命撰編) 2권 총 6권으로 구성되어 있다.

59 빈궁한 한사(寒士) : 원문의 필문(蓽門)과 규두(圭竇)를 번역한 말이다. 필문은 쑥대나 대나무를 엮어 만든 사립문이고, 규두는 미천한 사람이 사는 작은 집을 말한다. 《춘추좌씨전(春秋左氏傳)》 양공(襄公) 10년 조에 "보잘것없는 집에 사는 미천한 사람이 모두 윗사람을 능멸하니 윗사람 신분이 되기 어렵다." 하였는데, 그 주에 "규두는 작은 집이다. 벽을 뚫어서 문을 낸 다음, 위쪽은 뾰쪽하게 만들고 아래는 네모나게

아갔으니, 3촌(寸)의 작은 붓을 잡고 4척(尺)의 유소(油素)를 싸 가지고 다니면서[60] 평생토록 쉬임 없이 저술을 하여 후세에 남기려 한 자들은 공안국(孔安國)과 정현(鄭玄)으로부터 송(宋)나라, 명(明)나라의 학자들에 이르기까지 모두 이러한 부류이다. 하지만 예컨대 천재일우(千載一遇)의 운수를 만나 구오(九五)의 지위[61]에 올라서 선성(先聖)을 계승하고 후학(後學)을 계도하여 울연히 저술을 이룬 자로 말하면 대체로 그런 인물이 있다고는 듣지 못했다. 오직 송나라 태종(太宗)의 어찬(御撰)이 총 80부 214권이고, 인종(仁宗)의 어찬이 총 100권이고, 신종(神宗)의 어찬이 총 90권이다. 그러나 어집(御集)이 실로 그중에 포함되어 있으니, 또한 오롯이 저서가 풍부하다고 지목할 수는 없다.

우리 성상께서는 춘저(春邸 세자궁)에 계실 때부터 시종 변함없이 학문에 힘쓰시어 밤낮으로 정진하셨으니, 대개 책에 손을 한번 대면 다른 일은 모르셨다. 보위에 오르시고 나서는 모든 잃어버린 전적과 결락된 문장에 대해 또 사방으로 수색하고 널리 채집하며 곡진히 법도

만든 모양이 규(圭)를 닮았다 하여 생긴 말이다.〔圭竇小戶 穿壁爲戶 上銳下方 狀如圭也.〕라고 하였다.

60 3촌(寸)의……다니면서 : 저술에 필요한 최소한의 조건만 겨우 갖춘 것을 의미한다. 유소(油素)는 광택이 나고 매끄러운 비단으로, 여기서는 종이를 뜻한다. 이 구절은 양웅(揚雄)의 〈답유흠서(答劉歆書)〉에 "저는 늘 3척의 작은 붓을 가지고 4척의 짧은 유소를 준비하고 다닙니다.〔雄常把三寸弱翰 齎油素四尺.〕"라고 한 것을 인용한 표현이다.

61 구오(九五)의 지위 : 군주의 자리를 뜻한다. 《주역》〈건괘(乾卦)〉의 구오는 '나는 용이 하늘에 있는 형상〔飛龍在天〕'으로 중정(中正)한 덕을 표상하며 성인(聖人)이 천위(天位)를 얻은 것을 상징하니, 이는 바로 군주의 자리를 뜻한다.

를 갖추지 않은 것이 없었다. 이렇게 한 결과 전후로 친히 찬술하거나 신하들에게 명하여 찬술한 서적이 도합 수십여 종이 되어《군서표기(群書標記)》가 완성되었다. 원기(元氣)의 저축(杼軸)[62]과 운한(雲漢)의 보불(黼黻)[63]로 말하면 따로 원집(原集《홍재전서(弘齋全書)》)이 있으니, 여기서는 상세히 기록하지 않는다.

1. 이 책의 분류법은 순욱(荀勖)이 만든 사부(四部) 분류법의 선례를 따르고, 유흠(劉歆)이 만든《칠략(七略)》의 규례는 따르지 않았다. 대개 사부 분류법은 열람하기에 편리하고,《칠략》은 모호한 성격이 많기 때문이다.[64] 그러나 경부(經部)에는 총경(總經)과 제경(諸經)이

---

62 원기(元氣)의 저축(杼軸) : 국가의 원기를 담은 문장이라는 뜻이다. 저축(杼軸)은 《시경》〈대동(大東)〉에서 베틀이라고 하였는데, 여기서는 문장을 직조한다는 뜻으로 인용한 것이다.

63 운한(雲漢)의 보불(黼黻) : 국가의 성세를 장식하는 임금의 문장이라는 뜻이다. 운한은《시경》〈대아(大雅) 역박(棫樸)〉에 "큰 저 운한이여 하늘의 문채로다.〔倬彼雲漢 爲章于天.〕"라고 한 것에 전거를 둔 말이고, 보불은《서경》〈익직(益稷)〉에서 순임금이 우(禹)에게 "내가 해와 달과 별과 산과 용과 꿩을 무늬로 만들고, 종묘의 술그릇과 물풀과 불과 흰쌀과 보와 불을 수놓아서 다섯 가지 채색을 다섯 가지 빛깔로 물들여 옷을 만들려고 하거든, 그대는 그것을 밝게 만들라.〔日月星辰山龍華蟲 作會 宗彝藻火 粉米黼黻 絺繡 以五采彰施于五色 作服汝明.〕"라고 한 것에 전거를 둔 말이다.

64 이 책의……때문이다 :《군서표기》의 초고는 본래 그 체계를 사부 분류법에 기준하여 편차했음을 알 수 있게 하는 대목이다. 하지만 현재《홍재전서》에는 어찬과 명찬으로 나누어져 있고, 각각의 부분에서는 연대순으로 정리되어 실려 있다. 요컨대 1799년(정조23)에 정조가 "《군서표기》가 완성되었으나 이 책은 어정편과 명찬편으로 분류하고 연대순에 따라 수록해야만 뒷날 참고할 수 있을 것이다. 이 전교를 내각 검교직각 서영보(徐榮輔)와 심상규(沈象奎)에게 교부하여 우선 이 일을 담당하도록 하라."라고

있고, 사부(史部)에는 정사(正史)와 편년(編年)이 있으며, 장고(掌故)와 보계(譜系) 및 백가(百家)들의 수많은 문집에 이르기까지 또한 사부 분류법 안에서 성격별로 나누어 분문하지 않은 것이 없다. 다만 선후의 차례를 간략하게 보존해두고 더 이상 세세하게 분할하여 표시하지 않은 것은 체제를 엄격하여 하여 번잡한 데로 흐르지 않게 하기 위해서이다.

1. 근대 저술가들의 저술은 매양 불필요한 군더더기가 많다는 비판을 면하지 못한다. 아침에 서가에 꽂혀 있다가 저녁에 울타리 밖으로 버려지거늘 무엇 때문에 선현들의 범위(範圍 체제나 내용)를 주워 모으거나 이미 진부해진 범례를 마냥 똑같이 답습하는가? 오늘날에 도움을 주고자 하여도 세교(世敎)에 무관하고, 후세에 전하고자 하여도 실용(實用)에 유익한 점이 없다. 그렇다면 "설옥(屑玉)의 교화에 부끄러움이 있고, 구리를 섞어 만든 보배와 다른 점이 없다."[65]라는 말이 참으로 훌륭한 비평이니, 사람들이 싫어하여 버리는 것이 실로 괴이할 것 없다.

　오직 이 《군서표기》에 실린 편저들은, 경부류의 서적들은 모두 정자

하교한 이후 전체적인 재편 과정이 있었던 듯하다. 《正祖實錄 23年 4月 11日》

65　설옥의……없다 : 이영침(李令琛)의 〈대서사백가책(對書史百家策)〉에 "제자백가가 발호하고 소설이 횡행하기에 이르러서는 설옥의 교화에 부끄러움이 있고, 구리를 섞어 만든 보석과 다름이 없다.〔諸子相騰 小說奔競 有慙屑玉之化 無異雜鉛之寶.〕"라고 한 말을 인용한 것이다. '설옥의 교화'는 보석 가루와 같은 귀한 가르침을 말하고, '구리를 섞어 만든 보석'은 불순물이 많아 아무런 가치가 없는 가짜 보석을 뜻한다. 《淵鑑類函》《文苑英華》

와 주자 이래 결판나지 않은 공안(公案)이고, 사부류의 서적들은 한결같이 사마천과 반고 이래 표장되지 않은 필법(筆法)이다. 기타 현행하는 제도와 사람들에게 미치는 혜택, 언어와 문자의 동이(同異)와 득실(得失)을 두루 통괄하여, 책을 펼치면 일목요연하게 알 수 있어, 이 책을 읽는 자로 하여금 체인(體認)하여 도(道)로 삼고 온축하여 덕(德)으로 삼으며, 실천하여 사업으로 삼고 섭렵하여 박학(博學)으로 삼게 하였으니, 깨우쳐주고 계발시켜주는 효과로 말하면 오히려 긴요치 않은 부수적인 공용에 속한다 할 것이다.

전(傳)에 "천지를 경위(經緯)하고 조화를 운용하여야 성인의 능사(能事)가 완성된다." 하였다.[66] 이러한 분으로 우리 성상이 계시니, 아! 세상에 드문 분이다.

1. 각 서적의 제목 하단에 반드시 권질의 수를 상세히 밝혀놓았고, 또 빠짐없이 찬집(纂輯)의 대략적 경위 및 서문과 발문의 요지를 절취하여 실어놓았다. 이는 진실로 간행하여 반포한 것 이외에 중비(中秘)[67]에 진장(珍藏)한 서적은 이미 사람들마다 수시로 열람할 수 있는 것이 아니기 때문이다. 이때 《군서표기》를 참고한다면 또한 소략하나마 해당 서적에 대한 개략 정보를 살펴보아 스스로 지려(知慮)를 열어서 거의 고루하고 무식한 사람이 되는 것을 면할 수 있을 것이

---

66 전(傳)에……하였다 : 《연감유함(淵鑑類函)》에 "천지를 경위하고 만물을 고동시킨 연후에야 성인의 능사를 다할 수 있다.〔經緯天地 鼓動萬物 然後足以盡聖人之能事.〕"라는 말은 나오나 저본의 문장과 똑같은 표현은 없다.

67 중비(中秘) : 왕실의 도서를 보관하는 곳, 곧 비서각을 말한다.

다. 이것이 사학(史學)에서 반드시 문예(文藝)를 중시하는 이유이다. 천장각(天章閣)[68]의 여러 신하들이 《비송석본(碑頌石本)》[69]에 허실을 표기해놓은 것에 비겨보면 어찌 그저 현격하게 차이가 나는 정도일 뿐이겠는가?

1. 서적을 저술하는 어려움은 범례를 만드는 것보다 어려운 것이 없다. 범례가 제대로 만들어지고 나면 수습·정리하고 편집하는 일은 단지 고증하고 교정하는 작업일 뿐이다. 그 때문에 《수서(隋書)》[70]가

---

68 천장각(天章閣) : 송 진종(宋眞宗) 천희(天禧) 4년(1020) 궁중에 설치한 장서각이다. 인종(仁宗)이 즉위한 뒤로는 오직 진종의 어제문집(御製文集)과 어서(御書)만을 보관하였다. 천장각 학사(天章閣學士), 직학사(直學士), 대제(待制) 등의 관리를 두었고, 봄과 여름에는 후원에서 꽃놀이를 하고 뱃놀이를 하며 낚시를 즐겼다. 남송(南宋) 때에는 도적(圖籍), 부서(符瑞), 보완(寶玩), 국사(國史), 어용(御容), 잠저정절(潛邸旌節)은 천장각에만 보관하였다. 《宋史 卷113 禮志16 嘉禮4 宴饗, 卷162 職官志2 諸閣學士》. 제도나 경영 방식 등 여러 면에서 규장각의 모델이 되었다. 《홍재전서》 권182 〈군서표기(群書標記) 갱재축(賡載軸)〉에 "규장각을 설치한 것은 천장각의 고사를 본뜬 것이다. 봄마다 각신과 내원에서 꽃구경하고 낚시질하는 것을 정례화하였는데, 이것 역시 그 고사를 따른 것이다."라고 하였다.

69 비송석본(碑頌石本) : 《문헌통고》와 《직재서록해제》에 《진종어제 비송석본 목록(眞宗御制碑頌石本目錄)》이라는 목록서 1권이 실려 있음이 확인되는데, 이것을 가리키는 것으로 보인다. 90명의 저술이 수록되어 있으며, 건흥(乾興) 연간에 간행되었다고 한다.

70 수서(隋書) : 수나라의 역사서로 총 85권으로 이루어져 있다. 당 고조 때에 시작하여 태종과 고종에 이르기까지 3대에 걸쳐 완성하였다. 629년 당 태종의 명을 받아 방현령(房玄齡)이 감수를 시작하여, 636년에 위징(魏徵)과 장손무기(長孫無忌) 등이 감독하고, 실제 집필에는 안사고(顏師古)와 공영달(孔穎達) 등이 참여하여 본기 5권, 열전 50권, 지 30권이 완성되었다. 이 때문에 관습적으로 태종에 의해 만들어졌다고 하는

사국(史局)에서 나왔지만 모두 태종(太宗)이 만든 책이라고들 하고, 《자치통감강목(資治通鑑綱目)》[71]이 문인들의 손에서 완성되었지만 또한 주자가 만든 책이라고들 하는 것이다.

지금 친히 찬집하신 여러 서종은 말할 것도 없고, 비록 나누어주어 명하여 찬집하게 한 책이라 할지라도 범례를 세워 체제를 정한 것은 모두 성상께서 기획하신 굉대한 규모를 품부받아 만든 것이다. 그렇다면 여러 신하들이야 힘쓴 것이 무어 있겠는가? 그러나 반드시 친히 찬집하신 책과 신하들에게 명하여 찬집한 책이라는 것을 각 책의 제목 아래에 분주(分註)하여 표시하였으니, 이는 성상의 마음에 그 노고를 민멸시키지 않고 자취를 지우고 싶지 않으셨기 때문이다.[72]

경우가 많다.

71 자치통감강목(資治通鑑綱目) : 주자가 사마광의 《자치통감(資治通鑑)》의 단점을 보완하여 《춘추》의 체제를 따라 만든 책으로, 모두 59권이다. 전반적인 범례는 주자가 만들었지만, 세목과 실질적인 작업은 문인 조사연(趙師淵) 등의 손을 거쳐 완성되었다. 역사적인 사실의 기술보다는 의리(義理)를 중히 여기는 데 치중하였다.

72 그러나……때문이다 : 현재 《홍재전서》에는 서목에 따라 간행 연도만 표시되어 있고 분주는 없다. 다만 서문이나 발문을 쓴 신하의 이름은 기록해두고 있다.

《대학유의(大學類義)》서례[73]

大學類義敍例

1. 《대학유의》는 우리 성상께서 《대학연의(大學衍義)》[74]와 《대학연

73 【작품해제】이 글은 명고의 나이 50세에서 51세가 되던 1798년(정조22)에서 1799
년(정조23) 사이에 지어졌을 것으로 추정된다. 글은 모두 8조목으로 첫째 《대학연의》
의 성서 배경과 의의, 둘째 전반적 편집 방향과 범례, 셋째 문장 교감과 오탈자 교정,
넷째 내용 취사선택의 기준, 다섯째 인용 서목서 명칭 사용의 범례, 여섯째 경전 원문
인용의 범례, 일곱째 선현에 대한 피휘 문제의 범례, 여덟째 작업의 진행 과정과 참여
교정자 소개 및 총론을 담았다. 김조순(金祖淳)의 발문 뒤에 〈어정대학유의범례(御定
大學類義凡例)〉라는 제목으로 실렸다.

　　정조는 왕세손 시절부터 진덕수의 《대학연의》와 구준의 《대학연의보》에 지대한 관
심을 가지고 있었으며, 주요 내용에 비점을 쳐서 채집하였다. 즉위한 지 5년째 되던
1781년에 《대학연의》의 비점 작업을, 1787년에 《대학연의보》의 비점 작업을 완료하고,
초계문신들을 상대로 경사강의(經史講義)에서 이들을 독주(讀奏)하게 하였다. 이때
논의를 거쳐 정리된 문답 내용을 1785년(정조9)과 1791년(정조15)에 명고와 서유구
등에게 맡겨 4권으로 정리하도록 하였다. 1798년(정조22)에 이르러 《대학유의》 편찬에
착수하였고, 규장각과 근신들에게 초교를, 호남의 경의 공령생(經義功令生)에게 재교
를 맡겼으며, 당시 호조 참판(戶曹參判)으로 있던 명고와 이조 참의(吏曹參議)로 있던
윤광안(尹光顔)에게 삼교를 맡겨 이듬해인 1799년(정조23) 말에 완정되어 필사본으로
묶였다. 바로 간행되지 못하고, 1802년(순조2)에 규장각에서 정서하여 순조에게 올린
일이 있으며, 1805년(순조5)에 규장각에서 정리자로 간행되었다. 《대학유의》는 총 21
권 10책으로, 치도(治道)에 필요한 핵심 내용을 《대학》의 8조목에 따라 격물치지지요
(格物致知之要), 성의정심지요(誠意正心之要), 수신지요(修身之要), 제가지요(齊家
之要), 치국평천하지요(治國平天下之要)의 5개 부분으로 나누었다.

74 대학연의(大學衍義) : 송나라 학자 진덕수(眞德秀, 1178~1235)가 《대학》의 내용
을 실제 사례와 전고로 부연한 책이다. 진덕수는 주자의 문인인 담체인(詹體仁)에게
수학하였으며, 주자학을 철저히 준수하여 소주자(小朱子)라고 불렸다. 《대학연의》는

의보(大學衍義補)》[75]에서 가장 긴요하고 더욱 귀감이 되는 내용을 절취하여 붉은색으로 비점을 쳐서 채집한 책이다. 대개 성상께서 《대학연의》와 《대학연의보》를 공부한 세월이 또 수십여 년이 되었다. 비점을 치는 작업으로 말하면 《대학연의보》는 신축년(1781, 정조5)에 먼저 편찬하였고, 《대학연의》는 정미년(1787, 정조11)에 완성하였다.

지금 《대학유의》를 가지고 《대학연의》와 《대학연의보》를 상호 참

43권 12책으로 이루어져 있다. 1책에는 제왕위치지서(帝王爲治之序)와 제왕위학지본(帝王爲學之本), 2책에는 제왕위학지본(帝王爲學之本)과 격물치지지요(格物致知之要), 3책에는 격물치지지요 중 명도술(明道術), 4책에는 격물치지지요 중 명도술과 변인재(辨人材), 5책과 6책에는 격물치지지요 중 변인재, 7책에는 격물치지지요 중 심치체(審治體)와 찰민정(察民情) 및 성의정심지요(誠意正心之要) 중 숭경외(崇敬畏), 8책에는 성의정심지요 중 숭경외와 계일욕(戒逸欲), 9책에는 성의정심지요 중 계일욕, 수신지요(修身之要) 중 근언행(謹言行)과 정위의(正威儀), 제가지요(齊家之要) 중 중비필(重妃匹), 10책에는 제가지요 중 엄내치(嚴內治), 11책에는 제가지요 중 정국본(定國本), 12책에는 제가지요 중 교척속(敎戚屬)이 실려 있다. 조선에서도 정치에 있어 그 유용성을 일찍부터 주목하여 태조 때부터 경연에서 강의하였다.

75 대학연의보(大學衍義補) : 명나라 학자 구준(丘濬)이 찬술한 제왕학 지침서이다. 구준은 경주(瓊州) 경산(瓊山) 사람으로 자는 중심(仲深)이고, 호는 심암(深菴) 또는 경산(瓊山)이다. 한림원 편수, 진시강 등을 거쳐 예부 상서를 지냈으며 홍치(弘治) 4년에 문연각 대학사가 되었다. 진덕수의 《대학연의》를 계승하는 한편 8조목 가운데 '격물치지(格物致知)'부터 '제가(齊家)'까지 다룬 《대학연의》를 보완하여 '치국평천하(治國平天下)'를 보충하기 위해 《대학연의보》를 저술하였다. 〈진대학연의보표(進大學衍義補表)〉에 의하면, 1487년 당시 국자감 장감사 예부우시랑(國子監掌監事禮部右侍郎)이었던 구준은 정치와 교화의 측면에서 《대학》이 지닌 경세의 실질적 효과를 거두도록 하기 위해 효종에게 이 책을 지어 바쳤다고 한다. 체제는 대체로 《대학연의》와 같으며, 총 160권으로 이루어져 있다.

고하여 예재(睿裁)의 한두 경계를 소략하게나마 살펴본다면, 버린 것은 군더더기 말과 중복된 구절이고, 깎아낸 것은 무익한 일과 번잡스러운 내용이다. 구경에 한 부의 책에 담긴 규모의 대체와 천고에 전해온 경륜의 대방(大方)을 빠짐없이 갈무리하여 정채가 발양되고 있다. 이는 마치 흙탕물이 다 빠진 뒤 가을 연못물이 맑아지고 슨 녹이 다 지워진 뒤 진짜 쇠가 빛을 발하는 것과 같으니, 참으로 성인의 권형(權衡 법도)이다. 진덕수(眞德秀)와 구준(丘濬) 두 선현이 살아 계신다 할지라도 반드시 머리를 끄덕이고 손가락을 퉁기면서[76] "내가 미칠 바가 아니구나!"라고 하였을 것이다. 아! 성대하다.

1. 《대학연의》와 《대학연의보》가 나온 뒤로 영명한 군주와 현능한 재상, 큰선비와 대학자가 다투어 서로 추켜세우며 더욱 신명(神明)처럼 떠받들었다. 예컨대 명나라 역대 조정에서 혹은 궁전의 벽에 크게 쓰기도 하고, 혹은 날마다 경연(經筵)에서 강의하기도 하고, 혹은 시로 읊어 총애하기도 하고, 혹은 서문을 써서 앞에 싣기도 하여 지금까지 전해지며 저작가로서 군주에게 가치를 인정받은 행운과 같은 것은 말할 것도 없거니와, 양렴(楊廉)[77]이 《대학연의절략(大學衍義節

---

76 손가락을 퉁기면서 : 불교 용어로, 인도에서 상대에게 존경을 표하거나 상대의 말에 동의를 표할 때 하던 관습적 행동 양식이다. 중지와 식지를 번갈아 엄지로 퉁기는 동작이라고 한다.

77 양렴(楊廉) : 1452~1525. 강서성 풍성(豊城) 사람으로, 자는 방진(方震), 호는 월호(月湖) 또는 외헌(畏軒)이다. 부친이 오여필(吳與弼)의 문인인 호구소(胡九韶)에게 배웠고, 양렴은 부친의 가학을 계승하였다. 1487년에 진사시로 출사하여 태복경 등을 거쳐 세종 때에 예부 상서에 올랐다. 명나라의 대유 나흠순(羅欽順)과 교유하였으며,

略)》을 짓고 진인석(陳仁錫)[78]이 《속보연의전서(續補衍義全書)》를
지었으며, 조선의 유신 이석형(李石亨)[79]이 《대학연의집략(大學衍義
輯略)》을 짓기까지 하였다. 그 책들에서 정한 범례는 모두 하나하나
《대학연의》와 《대학연의보》의 체제를 따르되, 다만 번잡한 내용을
산삭하고 간결함을 따랐을 뿐이다.

예컨대 1개 장(章)의 경문과 10개 장(章)의 전문으로 중심을 삼고,
《대학연의》와 《대학연의보》를 첨부하되, 내용의 분류는 바둑판처럼
정연하게 구획되고 의리의 맥락은 구슬을 꿴 것처럼 가지런하여, 신풍
(新豐)의 거리와 건장궁(建章宮)의 문호[80]에 대해 한번 책을 펼치기만

천문학과 수학에도 밝았다. 저서에 《이락연원록신증(伊洛淵源錄新增)》 등이 있다. 그의
《대학연의절략》은 진덕수의 《대학연의》를 산절한 것으로 모두 20권이다.

78 진인석(陳仁錫) : 1581~1636. 직강(直康) 장주현(長洲縣) 사람으로, 자는 명경
(明卿)이다. 어릴 때부터 학문과 저술을 좋아하였으며, 19세에 향시에 합격하였고,
1622년 전시(殿試)에 합격하였다. 한림원 편수를 거쳐 남경 국자감 좨주를 지냈다.

79 이석형(李石亨) : 1415~1477. 본관은 연안(延安), 자는 백옥(伯玉), 호는 저헌
(樗軒)이다. 14세 되던 1428년 승보시(陞補試)에 장원하여 성균관에 들어갔으며, 27세
에 진사, 생원, 문과 초시에 삼장원(三壯元)을 하였다. 집현전 직제학, 예조 참의, 세자
시강원 좌빈객 등을 역임하고 판중추부사에 올랐다. 57세 되던 1471년에 《대학연의집
략》을 찬술하였다. 《대학연의집략》은 진덕수의 《대학연의》를 절약(節約)한 것에다
신숙주(申叔舟) 등이 찬수한 《고려사》 중에서 정치에 귀감이 될 만한 것을 뽑아 43편으
로 엮은 것이다. 본래 21권 10책으로 간행되었으나 임진왜란 때에 훼손되었으며, 4대손
이정구(李廷龜)가 교수하고 보완하여 7책으로 묶었다.

80 신풍(新豐)의 거리와 건장궁(建章宮)의 문호 : 한 국가의 정치 체제와 국정 운영
의 핵심을 비유한 말이다. 한 고조(漢高祖) 유방(劉邦)이 천하를 통일한 뒤에 부친을
모셔와 장안(長安)의 황궁(皇宮)에서 태상황(太上皇)으로 호화로운 생활을 하게 하였
는데, 그 부친이 고향인 풍현(豐縣)을 못 잊어 하자 장안 부근에 새로운 풍현[新豐]을
조성(造成)하여 위로해드렸다. 건장궁(建章宮)은 한(漢)나라 때 장안에 있던 궁전으

하면 손바닥을 보듯이 훤히 알 수 있는 책으로 말하면 고금을 통틀어 오직 이 책만이 그러하니, 《대학유의》라고 이름을 붙인 것은 실상을 기록한 것이다.

1. 속(束)을 송(宋)으로 만들어놓고, 풍(豐)을 풍(豊)과 혼동하여 쓰고, 어(魚)와 노(魯)를 뒤섞어놓고, 치(淄)와 민(澠)을 분변하지 못한 오류는 고금의 공통된 문제이지만, 영락제(永樂帝) 이후로 경서의 대전에 이러한 문제가 더욱 심하다. 지금 하교를 받아 《대학》의 장구 (章句) 가운데 '지어지선(止於至善)'으로 되어야 할 곳이 '지어지선 (至於至善)'으로 되어 있고, '영탄음액(詠歎淫液)'으로 되어야 할 곳이 '영탄음일(詠歎淫泆)'로 되어 있는 부분[81]에 대해서는 모두 《대학 집석(大學輯釋)》[82]과 고본(古本) 《악기(樂記)》의 원문을 살펴보아 오랜 세월 동안 고식적으로 답습해오던 오류를 정정하였다.

　서산(西山 진덕수(眞德秀))과 경산(瓊山 구준(丘濬))의 뜻은 오로지 옛날을 거울삼아 오늘의 병폐를 만회하여 실용에 적용하려는 것에서 나왔

로, 무제(武帝) 태초(太初) 연간에 건립하였고, 미앙궁(未央宮) 서쪽에 있었다.

81　대학의……부분 : 《대학》 경1장 1절 아래에 실린 주자의 집주에 "言明明德新民皆 當至於至善之地而不遷"이라고 한 곳과 전3장 '전왕불망(前王不忘)' 아래에 실린 집주 '此兩節詠歎淫液其味深長'을 가리킨다. 각각 '止於至善'과 '詠歎淫液'으로 되어야 옳다. 저본의 문형은 같지만 문형대로 똑같이 번역하면 의미가 달라지므로 실제에 맞게 번역 하였다. 참고로 '止於至善'의 경우 조선에서 간행한 《대학》은 옳게 교정되어 있다.

82　대학집석(大學輯釋) : 원(元)나라의 경학자 예사의(倪士毅, 1303~1348)가 지었 다. 예사의는 안휘성(安徽省) 흡현(歙縣) 사람으로, 자는 중홍(仲弘), 호는 도천(道 川)이다. 진력(陳櫟, 1252~1334)에게 배웠으며, 기문산(祁門山)에 은거하여 학문에 잠심하였다. 대표적인 저술로 《중정사서집석(重訂四書輯釋)》 등이 있다.

다. 따라서 그들이 경전을 인용한 것은 단지 대의(大義)를 가려 취할 줄만 알았지 문세(文勢)의 단절과 접속에 대해서는 미처 점검하지 못한 측면이 왕왕 있다. 《대학유의》에서 범례를 세울 때 산삭한 것만 있고 첨가한 것은 없었다. 비록 《대학연의》와 《대학연의보》 이외에는 한 글자를 더하는 것도 부당하겠지만, 그러나 악률의 제도에서 《통전(通典)》을 인용한 것과 위무(威武)의 도에서 《노자》를 인용한 것과 역상(曆象)의 제도에서 똑같이 도(度) 자를 쓴 것과 기계(器械)의 편리함에서 주(軸) 앞에 관(冠) 자를 쓴 것[83] 등 이러한 여러 사례들은 하나의 자구로 인하여 도리어 명물(名物)의 지의(旨義)를 그르친 것이다. 그렇고 보면 출처를 살펴 약간의 변통을 가하지 않을 수 없으니, 이는 요컨대 《대학연의》와 《대학연의보》의 흠결을 기워 보완한 것[84]일 뿐이다.

1. 삼대(三代) 이후로 제왕의 정치 가운데 또한 어찌 고도(古道)에 위배되지 않고 오늘날에 모범이 될 만한 사례가 없겠는가? 다만 근

---

83 주(軸) 앞에 관(冠) 자를 쓴 것 : 《순자》의 '관주대검(冠軸帶劍)'의 예를 따라 관주(冠軸)라고 쓴 것을 가리킨다. 주(軸)만으로도 의미가 완전함에도 불구하고 관습적으로 관(冠) 자를 붙여 쓴다는 말이다. 앞에 든 세 가지 예와 함께 모두 '의미 없는 부분까지 습관적으로 인용하여 쓴다.'는 의미이다. 이 때문에 도리어 명물의 지의를 그르치는 경우가 발생하므로, 《대학유의》를 인용할 때 부득이 약간의 변통을 가하여 글자를 가감한 경우가 있음을 말하기 위해 제시한 사례이다.

84 요컨대……것 : 당나라의 한유(韓愈)가 불교와 도교 등 이단을 배척하고 유가(儒家)의 진흥을 주장하며 쓴 〈진학해(進學解)〉에 "이단을 배척하고 부처와 노자의 주장을 물리쳤으며, 해진 밑창을 기우고 물이 새는 곳을 보완하여 오묘한 이치를 펼쳐서 밝혀놓았다.[觝排異端 攘斥佛老 補苴罅漏 張皇幽眇.]"라고 한 것을 인용한 표현이다.

본 바탕에 끝내 흠결이 있었으니, 이 때문에 진동보(陳同甫)가 점철성금(點鐵成金)을 주장하려고 하자 주자가 일찍이 법의(法義)를 잡아 마름하여 바로잡았던 것이다.[85]

《대학유의》의 원편(原編)인 《대학연의》는 한당(漢唐)의 훌륭한 군주들의 정치가 우연히 도에 부합한 것과 위진(魏晉) 이래 학자들에게 경계가 될 만한 것을 〈제왕위학지본(帝王爲學之本)〉에 나열하였다. 그렇다면 우연히 부합한 것은 배워서 터득할 수 있을 듯하거니와, 경계가 될 만한 것은 또 무엇 때문에 〈제왕위학지본〉에서 취하여 게시한

---

85 진동보(陳同甫)가……것이다 : 진동보는 송(宋)나라 무주(婺州) 영강(永康) 사람 진량(陳亮, 1143~1194)이다. 자는 동보(同甫), 시호는 문의(文毅)이며, 당시 사람들이 용천선생(龍川先生)이라 불렀다. 송나라의 중흥에 큰 관심을 지녀, 패도(霸道)를 쓴 관중(管仲), 한 고조(漢高祖), 당 태종(唐太宗) 등도 권도를 쓴 현군주로 인정해야 한다고 주장하며 왕패일원(王霸一元)과 의리일원(義利一元)을 내세워 주자와 논쟁을 벌였다. 이른바 왕패논쟁이다. 이 과정에서 진동보는 점철성금(點鐵成金)에 비유하여 앞서 열거한 인물들의 패도와 공리(功利)를 단련하면 정금(精金)을 만들 수 있다는 논리를 폈다. 그에 대해 주자는 '금·은·철·구리를 섞어 그릇을 만들면 금과 은은 못 쓰게 될 뿐 아니라 철과 구리까지 제구실을 못한다.'는 비유를 들어 의(義)와 이(利)의 구별이 분명해지지 못하면 순(舜)과 도척(盜跖)의 도가 뒤섞인다는 논리로 반박하였다. 또 "철을 다루어 금을 만드는 비유는 사람을 가르침에 있어 '유교무류'와 '개과천선'에 비유하는 것은 가능하지만 옛사람의 지나간 행적에 비유하는 것으로 말하면 그것이 철과 금으로 이미 정해진 형태가 있어 뒷사람의 입으로 논의하여 바꿀 수 있는 것이 진작에 아니다. 그러하거늘 지금 공리의 철을 두드려 도의의 금으로 만들려고 하니, 쓸데없이 심력을 낭비함이 지난 일에 도움이 되기는커녕 올바른 식견을 막아 장래의 일을 그르칠까 두렵다.〔若夫點鐵成金之譬 施之有敎無類遷善改過之事則可 至於古人已往之迹 則其爲金爲鐵 固有定形 而非後人口舌議論所能改易久矣 今乃欲追點功利之鐵 以成道義之金 不惟費却閑心力 無補於旣往 正恐礙却正知見 有害於方來.〕"라고 크게 경계하였다. 《朱書百選 卷3 答陳同甫 第3書》

것인가?

무릇 '정치를 하는 차례〔爲治之序〕'에도 오히려 왕패(王霸)를 뒤섞어 놓을 수 없거늘, 더구나 '학문을 하는 근본〔爲學之本〕'에 저 배우지 말아야 할 사람과 사업을 하나라도 용납할 수 있겠는가? 이것이 성상의 하유가 신 등에게 미친 이유요, 진덕수가 미처 깊이 살피지 못한 지점이다. 지금 《대학유의》에서는 단지 삼대 이상의 사례만을 싣고, 그 이하는 모두 산삭한다.

1. 《대학연의》에서 인용한 서목 이름은 일관된 규례를 준수한 것이 아니라 상황에 따라 다르게 표기하였다. 《시경》이나 《서경》으로 말하면 혹은 〈풍(風)〉·〈아(雅)〉·〈송(頌)〉으로 표기하기도 하고, 혹은 〈우서(虞書)〉·〈하서(夏書)〉·〈상서(商書)〉·〈주서(周書)〉라고 표기하기도 하였으며, 더러 서설(序說)을 인용하여 첨부하기도 하고, 경우에 따라서는 곧바로 '《시경》에 이르기를〔詩曰〕' 또는 '《서경》에 이르기를〔書曰〕'이라고 하여 출전을 밝히기도 하였다.

《춘추(春秋)》 삼전(三傳) 및 삼례(三禮)로 말하면 때에 따라 《춘추○씨전(春秋○氏傳)》이라 표기하기도 하고, 그냥 《좌전(左傳)》이나 《공양전(公羊傳)》 등 약칭으로 표기하기도 하였으며, 혹은 《예기(禮記)》〈○○편〉 등 서명과 편명을 모두 밝혀주기도 하였고, 혹은 〈곡례(曲禮)〉나 〈월령(月令)〉 등 편명만을 표기하기도 하였다.

경전 이외에 역사서나 제자서 또는 고인의 입언(立言)을 두루 인용할 때에도 경우마다 범례가 모두 다르다. 만약 일관된 규례를 확립하여 가지런히 정리하고자 힘쓴다면 도리어 《대학연의》의 진면목을 잃어버릴 것이다. 또 성상께서 하교하시기를 "이러한 특성이 바로 《대학연의》

의 생동하는 매력이다. 후세에 좋은 책이 없는 것은 모두 규례에 국한 되어서이다."라고 하였으니, 지금 일체 《대학연의》의 옛 관례를 그대로 계승한다.

1. 《대학연의》에서 《대학》의 본문을 인용할 때, 다른 경전을 인용할 때와 마찬가지로 완전한 문장으로 쓴 것은 《대학》이 책 속에 실려 있지 않기 때문이다. 지금 《대학유의》에서는 1개 장의 경문과 10개 장의 전문을 강령과 조목의 맨 앞머리에 실어놓았다. 그렇다면 편 속에서 인용한 문장이 비단 거듭 나와서는 안 될 뿐만 아니라 《대학》이 이 책의 본래 경전이기 때문에 더더욱 다른 서적과 함께 이리저리 인용하는 예에 있어서는 안 된다.

그러므로 《대학》의 본문을 인용한 곳에 단지 '《대학》 제○장 제○절'로만 표기하였다. 그 밖에 고서(古書)를 중첩하여 인용한 경우, 부득불 본문을 아울러 보존해야 할 곳이 있으면 비록 구경(九經)이나 사서(四書)라 할지라도 각각 해당 조목에서 중시하는 의리에 따라 절취하여 나누어 실음으로써 상략(詳略)을 상호 참조할 수 있게 하였다.

1. 《대학연의》와 《대학연의보》는 모두 군주에게 올리기 위해 만든 책이다. 그렇기 때문에 주자(周子), 정자(程子) 형제, 장횡거(張橫渠), 소강절(邵康節), 주자(朱子) 등 여러 선현의 이름을 모두 곧바로 썼다. 그런데 《대학유의》가 완성되고 난 뒤에 보니 성상께서 손수 편정한 부분이 여러 신하들이 편집해 올린 부분과 체단(體段)이 현격하게 다른 데다 또 본조의 경연 고사(經筵故事)에는 주자(周子), 정자 형제, 주자(朱子)에 대해 모두 이름을 피휘하고 있다. 그런데 《대

학유의》는 경연에서 진강한 것을 묶은 책이니, 또한 《대학연의》의 옛 문장 표현을 답습해 쓸 수 없다. 따라서 주자(周子), 정자 형제, 주자(朱子) 이 네 분에 대해서는 존칭을 쓰고 이름을 피휘하였으며, 장횡거와 소강절 두 분에 대해서는 경연에서 피휘하지 않았으므로 《대학연의》의 옛 문장 표현대로 곧바로 이름을 썼다.

그리고 진덕수와 구준의 안설(按設) 가운데 이름을 일컬으며 인용한 부분은 비록 주자, 정자 형제, 주자라 할지라도 또한 이름을 바로 쓰고 존칭을 쓰지 않았다. 이는 안설이 군주에게 고하는 말이기 때문이다.

1. 《대학유의》는 붉은색으로 비점을 친 부분을 베낀 것인데, 이 작업은 모두 초계문신들에게 맡겼다. 나누어 초교(初校)를 맡은 것은 내각 및 근밀(近密)의 여러 신하이다. 모여서 재교(再校)를 한 것은 호남의 경의 공령생(經義功令生)이다.[86] 삼교를 하고 책으로 묶어 완성한 것은 신 서형수(徐瀅修)와 윤광안(尹光顔)[87] 두 사람이다.

참여한 사람들이 저마다 소견이 있고, 소견이 있으면 숨기지 않아

---

86 모여서……경의 공령생(經義功令生)이다 : 이 전말에 대해서는 본서 권8 〈광주 향교의 어제 봉안각에 대한 기문[光州鄉校御題奉安閣記]〉 참조.

87 윤광안(尹光顔) : 1757~1815. 본관은 파평(坡平), 자는 복초(復初), 호는 반호 (盤湖)이다. 부친은 윤동미(尹東美), 어머니는 이보순(李普淳)의 따님이다. 1786년 (정조10) 정시문과에 급제하여 대사간, 대사성, 충청도 관찰사, 이조 참의, 경상도 관찰사 등을 역임하였다. 명고와 윤광안은 재교할 때 첨삭한 부분에 각각 종이로 표지를 붙여 자신의 의견을 정조에게 올렸고, 이에 대해 정조가 다시 친히 옆에 첨지를 붙여서 취사한 이유를 하나하나 쓰되 마치 문답하는 것처럼 하였다. 이 작업은 밤낮을 쉬지 않고 며칠 동안 계속되었으며, 이때 모인 수백 조목을 따로 2권으로 묶은 것이 《유의평 례(類義評例)》이다. 《홍재전서》 권27~28에 수록되어 있다.

저기에서는 첨가하고 여기에서는 산삭하는 바람에 머리에 붙인 첨지가 매우 복잡하였다. 성상께서 중다(衆多)한 정무를 보는 여가에 각각의 첨지 옆에 성상의 견해를 적은 첨지를 손수 붙여, 신하들이 붙인 첨지의 견해를 따르거나 버리는 이유에 대해 하나하나 소석(疏釋)하여, 보는 사람으로 하여금 누구나 취사선택의 대의(大義)를 알게 하셨다. 이는 실로 고금에 드문 성대한 일이요 다시 만나기 어려운 지극한 영광이다.

혹《대학연의》에서 인용한 사론(史論) 중에 실정을 포착하여 가혹하게 비평한 말이 애석하게도 수용되지 못한 것이 있으면, 하교하시기를 "단점을 숨겨주고 훌륭한 점을 선양한다는 것은 무슨 의미인가? 오늘날의 정사를 논하면서도 오히려 이렇게 해서는 안 되는데, 더구나 옛날의 정사를 논함에 있어서랴?"라고 하셨으니, 아아! 위대하다, 성인의 한마디 말씀이여.

선유가 송나라 왕실의 법을 찬양하여 "관리의 다스림은 나태한 듯하지만 일을 맡길 때에는 잔악하고 각박한 사람은 없었고, 형법은 느슨한 듯하지만 옥사를 판결할 때에는 공평하고 미더운 법사(法士)가 많았다. 국정에 말폐가 없지는 않지만 치세의 체모에 누를 끼칠 정도는 아니었고, 조정에 소인이 없지는 않았지만 선류(善類)의 기운을 이길 정도는 아니었다. 그리하여 상하 군신 간에 충후하고 측달한 마음이 억만년토록 뽑히지 않을 기반을 배양할 수 있었다."[88] 하였다. 이는 성상의 마음에 간직하고 계신 뜻으로, 천덕(天德)과 왕도(王道)가 시대를 뛰어넘어 부합한 것이다. 이 책을 읽는 자는 이 뜻을 몰라서는 안 된다.

88 관리의……있었다 :《송사》 권12 〈송인종본기〉 말미에 첨부된 사찬(史贊)이다.

《주공서(周公書)》 서례[89]

周公書敍例

1. 당나라 정관(貞觀) 초엽에 태학(太學)에서 석전제(釋奠祭)를 올릴 때 주공(周公)을 선성(先聖)으로 삼고 공자를 선사(先師)로 삼았다. 그러자 의론하는 자들이 "주공은 예를 제정하고 음악을 만들었으니 공로가 제왕에 비견된다. 따라서 우(禹)임금, 탕(湯)임금, 문왕(文

---

89 【작품해제】이 글은 명고의 나이 52세 때인 1800년(정조24)에 지어진 것으로 추정된다. 총 5조목으로 첫째 《주공서(周公書)》 편찬 목적과 성서 배경, 《주공서》를 편찬할 때 주공(周公)의 글이라고 판단하여 선택한 기준, 셋째 주공이 지은 글이 아님에도 《주공서》에 채택된 경문의 성격, 넷째 《주공서》에 배제된 경문의 성격, 다섯째 주공의 글이라고 전하는 저술임에도 《주공서》에 배제된 서적의 성격을 담았다.

《군서표기》〈주공서〉 조에서 정조는 "주공의 제례작악(制禮作樂)과 모훈(謨訓)은 진실로 유학의 영원한 종조이다. 그럼에도 아무런 흔적도 없이 수천 년이 흘러 오늘날에 이르도록 주공의 저작을 모은 하나의 전서가 편찬되었다는 말을 들어보지 못하였다. 나는 이것을 이상하게 생각해왔다. 그리하여 《주역》·《서경》·《시경》·《주례(周禮)》에 실려 있는 주공의 글을 뽑아서 정리하여 《주공서(周公書)》라고 명명하니, 모두 9권이다."라고 하였다. 1800년에 10권 4책의 필사본으로 묶였다. 권1에는 《주역》 상경(上經)의 효사(爻辭)와 상사(象辭)를, 권2에는 하경(下經)의 효사와 상사를, 권3에는 《서경》 7편 곧 〈대고(大誥)〉, 〈낙고(洛誥)〉, 〈다사(多士)〉, 〈무일(無逸)〉, 〈군석(君奭)〉, 〈다방(多方)〉, 〈입정(立政)〉의 경문을, 권4에는 《시경》 7편 곧 〈칠월(七月)〉, 〈치효(鴟鴞)〉, 〈동산(東山)〉, 〈상체(常棣)〉, 〈문왕(文王)〉, 〈대명(大明)〉, 〈면(緜)〉의 경문을, 권5에는 《주례》〈천관(天官) 총재(冢宰)〉의 경문을, 권6에는 〈지관(地官) 사도(司徒)〉의 경문을, 권7에는 〈춘관(春官) 종백(宗伯)〉의 경문을, 권8에는 〈하관(夏官) 사마(司馬)〉의 경문을, 권9에는 〈추관(秋官) 사구(司寇)〉의 경문을, 권10에는 〈동관(冬官) 고공기(考工記)〉의 경문을 실었다. 필사본으로, 현재 규장각에 소장되어 있다.

王), 무왕(武王), 성왕(成王), 주공(周公)을 나란히 세워 육군자(六君子)로 삼아 유궁(儒宮 태학)에 제사를 올린다면 그것은 도리어 그 공로를 깎아내리는 것이다."[90]라고 하였다. 이때부터 주공은 무왕의 사당에 합사(合祀)하고, 공자를 선성(先聖)으로 삼아 지금까지 법령으로 준수하고 있으니 학제(學制)에 걸맞고 합당하다.

그러나 우임금과 탕임금, 문왕과 무왕의 업적은 전모(典謨)에 실려 있고, 공자는 비록 제위(帝位)에 오르지는 못했지만 《논어》와 《가어》에 실려 있는 이런저런 언행이 절로 계왕개래(繼往開來)의 자취를 증명하기에 충분하다. 하지만 유독 주공은 제위(帝位)를 대섭(代攝)하여 도(道)를 행하였기 때문에 예를 제정하고 음악을 만든 치적이 성왕(成王)의 모훈(謨訓)에 들어가 있어, 실제 정치에 적용해온 역사가 아득히 몇천 년이나 되었건만 여태 주공의 치적과 언행만을 오롯이 담은 책이 있다는 소리는 듣지 못했다.[91] 이것이 어찌 후세의 왕과 후세의 학자들이 선성(先聖)의 덕의(德意)를 존숭하고 보답하는 방법이겠는가? 또한 어찌 사문(斯文)의 일대 흠전(欠典)이 아니겠는가?

우리 성상께서는 학문은 정미함을 천명하는 데에 힘쓰시고 뜻은 예

---

90 주공은……것이다 : 당 고종 현경(顯慶) 2년(657)에 태위(太尉) 장손무기(長孫無忌) 등이 논의하여 상주한 말이다. 이 말은 《문헌통고》, 《연감유함》, 《책부원귀(冊府元龜)》 등에 두루 실려 있다.

91 주공은……못했다 : 주나라 직제를 정비하고 현신들을 등용하여 국정을 안정시킨 인물은 주공이다. 또 주공이 《주관(周官)》 곧 《주례》를 찬술한 이래 동양의 여러 나라는 근대가 시작되기 전까지 수천 년 동안 이 직제를 기준으로 국정을 운영해왔다. 그런데 주공은 왕이 아니므로 그 활약상을 담은 〈입정(立政)〉과 〈주관(周官)〉 등이 모두 성왕의 시대를 기록한 일로 되어 있기 때문에 이렇게 말한 것이다.

악을 부흥시키는 데에 두어, 앞 시대의 폐추(廢墜)된 문장과 궐실(闕失)된 사업에 대해 널리 찾아 두루 점검하여 법도를 곡진하게 갖추지 않은 것이 없었다. 그리고 지금 주공에 관한 문헌의 기록을 엮어 책으로 만들 때 성상께서 결단하시어 친히 범례를 일러주어, 위로는 전성(前聖)이 밝혀내지 못한 정온(精蘊 의리)을 빛내주시고 아래로는 유가에서 한 줄기로 은밀히 전해오는 진전(眞詮)을 물려주셨다. 이는 실로 《대학》과 《중용》을 표장한 정자와 주자의 공로와 더불어 전후로 똑같은 것이다. 이제부터 예문(藝文)에 종사하는 학자들이 이 책을 반드시 성인의 경(經)으로 존숭하여 삼가 갑부(甲部 경부(經部))에 실을 것임에 틀림없다. 아! 성대하도다.

1. 주공이 지은 문자로는 《주역》의 효사(爻辭)와 《서경》의 훈고(訓詁)와 《시경》의 아송(雅頌)과 《주례(周禮)》의 주관(周官)[92]이 있다.

　《주역》의 경우 혹 괘사와 효사를 모두 문왕이 지은 것이라고도 한다. 하지만 〈승괘(升卦)〉의 육사(六四)에 "왕이 기산에서 제향을 올렸다.〔王用亨于岐山〕"라고 하였고,[93] 〈명이괘(明夷卦)〉의 육오(六五)에 "기자의 명이이다.〔箕子之明夷〕"라고 하였는데, 문왕의 시대에 문왕 자신이 한 일을 미리 말하고 기자의 일을 미리 말할 이치는 응당 없다. 또 《춘추좌씨전(春秋左氏傳)》에 한선자(韓宣子)가 노(魯)나라에 갔

92　주관(周官) : 한나라 때는 《주례》를 《주관》이라고도 하였는데, 여기서는 책 이름이 아니라 '주나라 관직의 직제'라는 의미이다.

93　육사(六四)에……하였고 : 효사의 번역은 주자의 본의(本義)의 해석을 따랐다. 정전(程傳)에서는 왕의 덕이 기산에서 형통하였다는 의미로 보았다.

을 때 《역》의 상사(象辭)를 보고는 "내가 이제야 주공(周公)의 덕(德)을 알았다."[94]라고 하였다. 앞의 예들을 보면 효사가 주공에게서 나왔다고 하는 설은 대개 옛날부터 전해온 것이다.

《서경》의 경우 〈대고(大誥)〉, 〈다사(多士)〉, 〈무일(無逸)〉 등의 기록은 편의 전체가 주공의 손에서 나온 것이고,[95] 그 외 〈낙고(洛誥)〉[96] 등은 비록 사신(史臣)이 기록한 것을 묶은 것이기는 하나 문장 표현과 내용은 대체로 주공이 지시한 것이니, 주공의 저작이 아니라고 할 수 없다.

《시경》의 경우 〈빈풍(豳風)〉과 〈문왕지십(文王之什)〉 3편은 주공이 지은 문자임에 더 이상 의심의 여지가 없다.[97] 그리고 비록 〈상체(常

---

94 한선자(韓宣子)가……알았다 : 소공(昭公) 2년 봄, 진(晉)나라 한선자가 노나라에 사신으로 와서 태사씨(太史氏)에게서 책을 보았다. 이때 《주역》의 〈상전〉과 《춘추》를 보고 "주나라의 예가 모두 노나라에 있구나. 내가 이제야 비로소 주공의 덕과 주나라가 왕의 나라가 된 까닭을 알았다.〔見易象與魯春秋曰 周禮盡在魯矣 吾乃今知周公之德與周之所以王也.〕"라고 하였다고 한다.

95 대고(大誥)……것이고 : 〈대고〉는 성왕이 즉위하고 주공이 섭정을 하자 관숙(管叔), 채숙(蔡叔), 곽숙(霍叔)이 유언비어를 퍼뜨리고 반란을 일으켰기에 성왕이 주공에게 정벌할 것을 명하고 그 정당성을 천하에 고한 내용이다. 당시 성왕이 어렸기 때문에 고사(誥辭)는 실제로 주공이 지었다. 〈다사〉는 주공이 낙읍(洛邑)에서 처음 정사를 펼 때 왕명으로 여러 선비들〔多士〕를 모두 불러 고한 말이다. 〈무일〉은 성왕이 처음으로 친히 정사를 다스릴 때 주공이 성왕에게 '안일함만 알고 편안하지 말아야 함'을 알지 못할까 경계하여 지은 글이다.

96 낙고(洛誥) : 주나라의 도읍이 낙읍(洛邑)으로 정해지자 주공이 사자를 보내어 점괘를 아뢰었는데, 이것을 사관(史官)이 기록한 것이 〈낙고〉이다. 또 군신 간에 문답한 내용 및 성왕이 주공에게 명하여 머물러서 낙읍을 다스리게 한 일 등을 사관이 함께 기록하였다.

棣)〉 등의 몇몇 편으로 말하더라도 실로 주자(朱子)의 분명한 주석과 근거할 만한 전기(傳記)가 있으니,[98] 마땅히 포함해야 하는 문자이다.

《주례》의 경우는 여러 경서(經書) 가운데서 유난히 이론(異論)이 많다. 어떤 이는 '성인의 도를 모독하는 불경(不經)한 책'이라고도 하고, 어떤 이는 '전국 시대 육국(六國)에서 음모(陰謀)가 담겨 만들어진 책'이라고도 하며, 또 어떤 이는 〈십론(十論)〉과 〈칠난(七難)〉을 지어 배격하기도 하였다.[99] 그러나 정현(鄭玄)과 가규(賈逵) 등의 제유

97 빈풍(豳風)과……없다 : 빈(豳)은 우공(禹貢)의 옹주(雍州) 자리에 세워진 나라로, 후직(后稷)과 공류(公劉)의 나라이다. 〈빈풍〉에 대해 주자는 《시집전》에서 "무왕이 붕(崩)하고 성왕이 즉위하였을 때 나이가 어려서 동쪽 뜰에 임하여 임금의 일을 행하지 못하였다. 이에 주공 단(旦)이 총재로서 섭정하였으며, 마침내 후직과 공류의 교화를 한 편의 시에 담아 성왕을 경계하였으니, 이것을 〈빈풍〉이라 한다. 후인들이 또 주공이 지은 시와 주공을 위하여 지은 모든 시를 취하여 뒤에 붙였다."라고 설명하였다. 〈문왕지십〉에 대해서는 "주공이 문왕의 덕을 추술(追述)하여 주나라 왕실에서 천명을 받아 상(商)을 대신한 것이 모두 이에서 말미암았음을 밝혀서 성왕을 경계하였다."라고 하여 그 저자를 주공이라고 명확히 밝히고 있다.

98 비록……있으니 : 〈상체(常棣)〉는 소아(小雅)에 편차된 시로, 형제간의 우애(友愛)를 주로 노래한 것이다. 이 시의 작자에 대하여 《모시(毛詩)》의 서(序)에는 무왕(武王)의 형제인 관숙(管叔)과 채숙(蔡叔)의 실도(失道)를 가엽게 여겨서 소공(召公)이 지은 노래라 하였지만, 공영달(孔穎達)은 이 시의 소(疏)에서 주공(周公)이 지은 것이라 하였다. 공영달의 소에 근거하여 주자 역시 《시집전》에서 이 시를 주공의 저작이라 하였다.

99 어떤 이는……하였다 : 이 부분은 전반적으로 당나라 경학가 가공언(賈公彦)이 지은 〈주례의 흥폐에 대해 서술하다[序周禮廢興]〉에 나오는 내용을 축약한 것이다. 직접적으로 관련된 부분을 발췌하여 소개하면 다음과 같다. "임효존(林孝存)은 '한 무제는 《주례》가 말세에 성인의 도를 모독하는 신빙할 수 없는 책이라는 것을 알았다.'라고 생각하여 그 때문에 〈십론〉과 〈칠난〉을 지어 배격하였고[武帝知周官末世瀆亂不驗之書

만은 존봉하고 신뢰하여 주석을 달았고,[100] 정자와 주자에 이르러서는
마침내 성인(聖人)이 아니면 이러한 책을 지을 수 없다고 단정하기까지
하였다.[101] 그렇다면 어림짐작으로 가설 삼아 던진 저 말들은《이견지
(夷堅志)》나《낙고기(諾皐記)》[102]처럼 취급해서 다시 물을 것도 없다.

故作十論七難以排棄之〕, 후한의 경학자 하휴(何休)는 '육국의 음모가 담긴 책〔六國陰
謀之書〕'이라고 하였다."

100 정현(鄭玄)과······달았고 : 정현(鄭玄)은 후한의 경학가로 주례에 주석을 달아
《주례정주(周禮鄭注)》를 남겼다. 여기에 당나라 가공언이 소(疏)를 단 것이《주례주소
(周禮注疏)》이다. 가규(賈逵)는 후한의 경학가로《주례가씨해고(周禮賈氏解詁)》를
저술하였다.

101 정자와······하였다 : 정자는《주례》가 모두 주공이 찬술한 예법은 아니며, 그중에
는 한(漢)나라를 비롯한 후세의 학자들에 의해 추술되어 삽입된 부분이 있음을 인정하
였다. 하지만 그럼에도《주례》는 태평시대를 연 주공의 글임을 강조하였다. 주자는
정자의 견해를 수용하여 "《주례》전체가 주공의 자작(自作)은 아니다. 아마 당시에
오늘의 편수관(編修官)과 같은 직책에 있던 사람이 썼을 것이다."라고 하여, 제한적인
단서를 달면서도 대체로 주공의 저작임을 말하였다.《二程全書 卷37 外書 第10 大全集
拾遺, 卷40 二先生粹言 論書》《朱子語類 卷86 禮3 周禮 總論 浩錄, 德錄》

102 이견지(夷堅志)나 낙고기(諾皐記) : 내용에 신빙성이 없으며 출처가 불분명한
주장이란 뜻을 말하기 위해 인용한 서목이다.《이견지》는 송나라 용재(容齋) 홍매(洪
邁, 1123~1202)가 지은 지괴소설집(志怪小說集)이다. 본래 420권이었으나 206권만
현존한다. 책 제목은《열자(列子)》〈탕문(湯問)〉의 "이견이 괴이한 이야기를 듣고 기
록한 것이다.〔夷堅聞而志之〕"라는 말에서 따온 것인데, 말 그대로 괴이한 일화 및 기문
(奇聞) 잡록(雜錄)을 기록한 것이 많다.《四庫全書總目提要 卷142 子部52 小說家類3》
《擘經室外集 卷3 四庫未收書提要》.《낙고기》는 당(唐)나라 단성식(段成式, 803~863)
이 지은《유양잡조(酉陽雜俎)》의 이칭이다. 낙고는 태음신(太陰神)의 이름이라 한다.
이 책 역시 괴이한 이야기나 잡록이 많이 수록되어 있다.《四庫全書總目提要 卷142
子部52 小說家類3》

1. 《주역》의 괘사(卦辭)와 단전(彖傳), 상전(象傳 대상(大象)과 소상(小象)) 및 《주례》의 〈고공기(考工記)〉는 모두 주공이 지은 문자가 아니다.[103] 그렇다면 《주공서》에 들어가지 않아야 할 듯하다. 그러나 괘사는 괘의 획을 해석한 말이니 곧 《서경》에 편제(篇題)가 있는 것과 같다. 단전과 상전은 괘와 효의 원리를 보충 설명한 것이니 곧 경문에 전이나 주석이 있는 것과 같다. 〈고공기〉는 동관(冬官)의 결락된 부분을 보충한 것이니 《대학》에 〈보망장(補亡章)〉이 있는 것과 같다. 이것은 비록 주공이 지은 것이 아니기는 하지만 또한 《주공서》에 빠뜨려서는 안 되는 것들이다. 이 때문에 지금 모두 첨부하여 둔다.[104]

1. 《주공서》는 주공의 책이다. 따라서 공자의 십익(十翼)도 또한 전(傳)이 되니, 사부(四部)의 층위로 보면 이보다 더 높은 성경(聖經)은 없다고 할 수 있다. 후세의 여러 유자들이 제출한 분분한 훈고는 설령 절취하고 산삭하여 단락에 따라 편입시킨다 하더라도 체제를 엄정히 하는 방법이 아니다. 따라서 일체 모두 취하지 않았다. 다만 《시경》의 육의(六儀)와 《주관(周官) 주례》의 음과 훈 가운데 읽는 자들이 참고하지 않아서 안 되는 것은 기록하여 둔다.

1. 세상에서 주공의 글이라고 하는 것에는 《주역》, 《서경》, 《시경》,

---

103 주역의……아니다 : 괘사는 단사(彖辭)라고도 하며, 문왕이 지었다고 전해진다. 단전과 상전은 공자가 지었다고 전해지는 십익(十翼)의 하나이다.

104 이 때문에……둔다 : 현재 전하는 《주공서》에는 소상만 남아 있고 괘사와 대상은 모두 빠져 있다. 조대(條對)를 통한 재검토를 거쳐 바뀐 듯하다. 〈고공기〉는 편 전체를 한 칸 낮추어 썼다.

《주례》외에 별도로 《이아(爾雅)》와 《급총서(汲冢書)》[105]가 있다. 이 책들의 언어와 문자가 《가어》, 《여람(呂覽)》,[106] 《설원(說苑)》, 《사기》, 《상서대전(尙書大傳)》, 《한비자(韓非子)》, 《회남자(淮南子)》, 《순자(荀子)》, 《육자(鬻子)》 등 여러 문헌들에 여기저기 나오는 것이 또 한두 간책(簡策)에 그치지 않으니, 그 속에 또한 어찌 근거할 만한 이치와 징험할 만한 사업과 서로 발명할 만한 문의(文義)가 없겠는가?

그러나 혹은 한마디 말이나 짤막한 전(傳)에 지나지 않기도 하고, 혹은 황당하여 믿을 수 없는 경우도 있다. 그렇다면 이처럼 신중하고 엄정한 책에 이러한 말들을 채록해 넣는다면 끝내 《주공서》를 편차하는 본의와 괴리되고 말 것이다. 따라서 일체 확고히 신뢰할 수 있는 문헌 자료를 기준으로 삼고 나머지는 모두 버렸으니,[107] 이는 찾음이

---

105 급총서(汲冢書) : 진(晉)나라 때 급군(汲郡) 사람 부준(不準)이 발굴(發掘)한 선진(先秦) 시대의 고문서이다. 죽간(竹簡)에 과두 문자(蝌蚪文字)로 수만 글자가 쓰여 있는데, 내용과 구절에 육경(六經)의 문장과 상치되는 부분이 많다. 《급총서》의 발견 연대에 있어서도 함녕(咸寧) 5년(279), 태강(太康) 원년(280), 태강 2년(281)의 3설이 있는데, 염약거(閻若璩)의 경우 함녕 5년을 정설(定說)로 잡고 있다.

106 여람(呂覽) : 《여씨춘추(呂氏春秋)》의 이칭으로, 일명 《여자(呂子)》라고도 한다. 총 26권 160편으로, 십이기(十二紀), 팔람(八覽), 육론(六論)으로 구성되어 있다. 그중에 팔람은 글이 가장 고아하여 후세의 문예가들이 《여람(呂覽)》이라 칭하기도 하였다.

107 따라서……버렸으니 : 본래 명고는 일서(逸書)와 《급총서》 등에 대해 '외편(外篇)'으로 따로 묶는 것이 좋겠다는 의견을 올렸으나, 정조는 정론을 기준으로 삼아야 마땅하고 나머지 의심스러운 문헌은 일체 배제해야 한다고 하여 그러한 성격의 글은 모두 제외되었다. 《弘齋全書 卷56 答周公書編輯諸臣問目》

넓지 못하고 수집함에 빠뜨림이 있어서 그런 것이 아니다. 읽는 자들은
잘 알아야 할 것이다.

《규장각지(奎章閣志)》편찬 범례 제사[108]
奎章閣志編例題辭

건치(建置) 제1[109]

지(志)는 역사서의 한 갈래이다. 관서(官署)가 있으면 해당 관서의 지가 있고, 지가 있으면 반드시 건치 연혁을 제일 앞머리에 실으니, 왕정(王政)의 모유(謨猷)를 밝히고 관서의 규모와 제도를 바로잡아

---

108 【작품해제】정조는 즉위하자마자 규장각 설치를 추진하여 즉위년인 1776년 9월 25일에 1차 준공하였고, 그 대략적 정비는 정조 5년 무렵인 1781년에 일단락되었다. 《규장각지(奎章閣志)》는 1779년(정조3)에 그 초고가 완성되었으며, 1781년까지 어느 시점에 재초(再草)가 작성되어 전반적인 체제가 잡혔다. 이후 1784년(정조8) 6월 1일에 2권 1책으로 간행되었다. 정조의 서문은 책이 완성, 간행되기 직전인 1784년 5월 하순에 작성되었다. 따라서 이 글 역시 정조의 서문보다도 약간 앞서 작성되었을 것이라 추측된다. 이때 명고의 나이는 36세로, 홍문록(弘文錄)에 이름을 올렸을 때이다. 각신 이복원(李福源), 이휘지(李徽之), 서명응(徐命膺), 황경원(黃景源), 김종수(金鍾秀)의 발문이 끝에 붙어 있다.

　《규장각지》의 체제는 초초본(初草本), 재초본(再草本), 정유자(丁酉字)로 완성된 완성본이 모두 적지 않은 차이를 보이는데, 체제로 보아 명고의 이 글은 완성본을 만들 때 세운 체제 범례로 보인다. 총 8편으로 권1에 건치(建置), 직관(職官), 봉안(奉安), 편차(編次), 서적(書籍)이, 권2에 교습(敎習), 원규(院規), 사실(事實)이 실렸다. 이 글은 일종의 편찬 범례 성격의 글로, 각 편의 제목 아래 소서(小序) 형식으로 실려 있다. 필사본과 간행본이 모두 규장각에 소장되어 있으며, 2002년에 합본으로 영인되어 발간되었다.

109 규장각의 역사, 위치, 성격에 관한 전반을 다루었다. 내각(內閣) 부 강도외각(附江都外閣), 직원(直院), 외각(外閣 교서관)으로 구성되어 있다. 해당 관서의 부속 건물의 위치와 방향, 이름과 성격, 편액 글씨, 명칭의 유래와 역사를 소상히 밝혀 기록해두었다.

한 책의 굉대한 강목(綱目)을 먼저 세우기 위해서이다. 더구나 규장
각(奎章閣)은 열성조의 모유를 계승하고, 희조(熙朝)의 규모와 제도
를 본받아 설치한 관서이니, 지를 만들지 않을 수 없으며, 또 건치의
전말을 제일 앞머리에 싣지 않아서는 안 된다.

직관(職官) 제2[110]

규장각에서 열성조의 모훈(謨訓)을 봉안하고, 어진(御眞)을 봉안하
고, 고금의 도서를 소장하는 것이 모두 지극히 중요하고 지극히 공경
스러운 일이다. 하지만 직관을 먼저 싣는 것은 직관이 있은 뒤에야
전수(典守)할 수 있고, 다스려 거행할 수 있기 때문이다.

봉안(奉安) 제3[111]

송나라에 설치한 여러 각(閣)[112]이 비록 모두 어제(御製) 문집(文集)

---

110 규장각의 직제 규정이다. 차제(差除), 예겸(例兼) 부 고시(附考試)로 구성되어
있다. 차제에서는 제학(提學)과 직제학, 직각, 검교의 임명과 면직에 관한 규정, 검교의
직함과 직무, 내각 잡직(雜織)과 이속(吏屬)의 직무 등을 다루었다. 예겸에서는 각신의
겸직 규정을 다루었다.

111 규장각의 기능 중 어제와 어진의 보관 관리 임무를 다루었다. 봉모훈(奉謨訓)과
봉어진(奉御眞)으로 구성되어 있다. 봉모훈은 역대 군주의 어제와 어필 및 고명(顧命)
이나 유훈(遺訓)을 갈무리하여 관리하는 것이다. 종묘와 능침에 참배하는 전배의(展拜
儀)와 역대 군주의 모훈을 봉모당에 등록하는 봉서의(奉書儀)로 구성되어 있다. 봉어진
은 군주의 어진을 봉안하는 행사에 대한 규정이다. 어진에 이름을 붙이는 어진 표제의
(御眞標題儀)와 어진을 봉안하는 어진 봉안의(御眞奉安儀), 어진을 옮겨 모시는 어진
이봉의(御眞移奉儀), 왕세자가 어진을 점검하는 왕세자 봉심어진의(王世子奉審御眞
儀)로 구성되어 있다.

을 소장하기 위해 설치한 것이기는 하다. 그러나 용도각(龍圖閣)은 중점이 모훈(謨訓)을 봉안하는 데 있고, 천장각(天章閣)은 중점이 어진을 봉안하는 데 있다. 지금 조선의 내각(內閣)은 송나라의 용도각과 천장각의 제도를 합하여 아우른 것이다. 따라서 아울러 〈봉안(奉安)〉에서 서술한다.

편차(編次) 제4[113]

규장각의 설치는 봉안을 위한 것이다. 그러나 관서에는 해당 관리가 있고 직책에는 해당 직무가 있으니 열성(列聖)의 어제를 편차하는 것도 또 직무의 큰 것이다. 따라서 편차의 실제와 의절(儀節)을 모두

---

112 송나라에 설치한 여러 각(閣) : 송나라 궁중에 설치한 왕실 비각(秘閣)을 말한다. 대중(大中) 상부(祥符) 연간에 건립하여 태종의 어집(御集)을 수장한 용도각(龍圖閣)이 있고, 천희(天禧) 초년에 건립하여 진종(眞宗)의 어집을 수장한 천장각(天章閣), 인종(仁宗)의 어집을 수장한 보문각(寶文閣)이 있다. 보문각은 본래 수창각(壽昌閣)이었으나 경력(經歷) 초엽에 이름을 바꾸었다. 이후 원부(元符) 원년에 현모각(顯謨閣)을 세워 신종(神宗)의 어집을 수장하였고, 대관(大觀) 2년에 휘유각(徽猷閣)을 세워 철종(哲宗)의 어집을 수장하였고, 소흥(紹興) 2년에 부문각(敷文閣)을 세워 휘종(徽宗)의 어집을 수장하였고, 순희(淳熙) 연간에 환장각(煥章閣)을 세워 고종(高宗)의 어집을 수장하였고, 경원(慶元) 2년에 화문각(華文閣)을 세워 효종(孝宗)의 어집을 수장하였고, 가태(嘉泰) 2년에 보모각(寶謨閣)을 세워 광종(光宗)의 어집을 수장하였고, 보경(寶慶) 2년에 보장각(寶章閣)을 세워 영종(寧宗)의 어집을 수장하였다. 각각 직각(直閣), 직학사(直學士), 대제(待制)를 두어 운영하였다.

113 규장각의 기능 중 어제 시문을 편찬, 교정, 간행하는 임무를 다루었다. 회췌(會萃), 선사(繕寫), 봉장(奉藏), 간인(刊印)으로 구성되어 있다. 회췌는 어제를 수집하여 행사별, 문체별로 수집 정리하는 직무를 다루었다. 선사는 어제의 초고를 정사(淨寫)하고, 그 속에 있는 오사(誤寫)를 교정하는 직무를 다루었다. 봉장은 선사한 어제를 보관하는 절차를 다루었다. 간인은 교서관에서 간행하는 출판 규정을 다루었다.

여기에서 서술한다.

서적(書籍) 제5[114]

교화의 근본은 서책에 갖추어져 있고, 치란의 근원은 서책에서 살펴보고 알 수 있다. 이 때문에 예로부터 도서를 갈무리하는 부서를 설치하고 도서를 편찬하는 관직을 마련하였으니, 서적을 올리거나 서적을 관리하는 일에 모두 의절이 있었다. 《규장각지》는 앞 시대를 참작하여 가감의 마땅함에 부합할 수 있도록 힘쓴 책이다.

교습(敎習) 제6[115]

조선의 제도에 의정부(議政府)에서는 문신으로서 중직대부(中直大夫 당하 정3품) 이하인 자로서 문명(文名)이 있는 자를 선발하여 봄과 가을에 강경(講經)과 제술(製述)로 교습(敎習)하였다. 홍문관(弘文館)에서는 홍문관에 근무하는 관원 가운데 나이 40세 미만이 되는 관원을 뽑아 달마다 강경과 제술로 교습하였다. 이는 명나라에서 내각을

---

114 규장각의 기능 중 서적의 수집과 보관, 분류와 편찬, 관리 등을 담당하는 임무를 다루었다. 장서(藏書), 편서(編書), 진서(進書), 쇄서(曬書)로 구성되어 있다. 장서는 개유와의 장서 체계와 《규장총목》의 성격을 다루었다. 편서는 어제 교지 및 신하들의 상소를 편찬하는 직무를 다루었다. 진서는 편찬된 서적을 바치는 절차를 다루었다. 쇄서는 소장 서적들을 바람에 말리고 볕에 쏘이는 등의 관리 절차를 다루었다.

115 규장각의 기능 중 초계문신의 선발, 교육과 연수에 관한 절차를 다루었다. 초계(抄啓), 강제(講製), 친림(親臨), 상벌(賞罰)로 구성되어 있다. 초계는 초계문신의 선발과 제도의 운영 규정을 다루었다. 강제는 초계문신의 제술(製述)과 시강(試講) 규정을 다루었다. 친림은 친림강제(親臨講製)의 절차와 규정을, 상벌은 고과에 따른 상벌 규정을 다루었다.

설치하여 서길사(庶吉士)를 교습하던 제도를 본받은 것이다. 규장각의 초계문신 역시 이러한 뜻으로 마련한 제도이다. 따라서 초계문신의 강경과 제술 항목을 모두 교습에 소속시킨다.

원규(院規) 제7[116]

원규는 곧 일원(一院)의 일상 직무에서 반드시 지켜야 하는 지침이다. 본원에 새로 들어온 자는 반드시 원규를 숙지한 뒤에 그 직무를 행할 수 있다. 소이간(蘇易簡)이 찬술한 《속한림지(續翰林志)》[117]에 옛 규례를 상세히 실어놓은 것도 또한 이러한 의미이다.

116 규장각 각신의 일상 업무에 대한 내부 규정이며, 특권 사항이 많이 포함되어 있다. 선교(宣敎)는 각신의 임명 규정을 다루고 있으며, 총 13항으로 구성되어 있다. 반서(班序)는 선생을 위주로 한 좌차(座次), 상견례(相見禮), 양로의(讓路儀) 등을 다루고 있다. 표직(豹直)은 숙직에 관한 규정, 전최(殿最)는 인사 고과 규정, 기거(起居)는 일상의 제반 예절 규정, 헌의(獻議)는 헌의 및 군주의 고문(顧問) 대비에 관한 규정을 다루고 있다. 이외에도 대찬(代撰), 진전(進箋), 차소(箚疏), 주계(奏啓), 논지(論旨), 일력(日曆 일일 업무일지), 잡식(雜式) 등이 있다.

117 소이간(蘇易簡)이 찬술한 속한림지(續翰林志) : 소이간(958~997)은 북송 시대 재주(梓州) 동산(銅山) 사람으로, 자는 태간(太簡)이다. 소순흠(蘇舜欽), 소순원(蘇舜元)과 함께 '동산삼소(銅山三蘇)'로 일컬어진다. 어려서부터 총명하여 980년에 장원 급제하였다. 당시 송 태종이 복시(覆試)에 친히 임했는데, 3제(題)의 과제를 초고 한 번 쓰지 않고 곧장 한 붓에 써서 완성하였으므로 크게 태종의 칭찬을 받았다. 명필로도 이름이 났는데, 한림으로 있을 때 당나라 이조(李肇)의 《한림지(翰林志)》 2권을 본받아 《속한림지》를 찬술하고 직접 베껴 태종에게 바쳐 또한 크게 인정을 받았다.

사실(事實) 제8[118]

모든 신장(宸章) 및 여러 신하들이 지은 각종 문체의 문장 가운데 규장각을 세운 연기(緣起)를 고찰할 수 있고, 원규를 마련한 고실을 살펴볼 수 있는 것은 모두 여기에 실어놓았다.

---

118 규장각에 관해 정조나 제신이 지은 글에서 건치 기원과 규례를 정하는 데에 관계된 고실(故實)을 따로 모아 실은 편이다. 신조(宸藻)와 기적(紀蹟)으로 구성되어 있다. 신조는 규장각 증광전시(奎章閣增廣殿試)와 이문원에서 숙박하며 각신을 접견할 때 내린 정조의 하교를 실었다. 기적에는 정조의 〈이문원강의(摛文院講議)〉, 서명응의 〈이문원강의서(摛文院講議序)〉, 김종수의 〈규장각 선제기(奎章閣璇題記)〉, 유언호의 〈이문원사실기(摛文院事實記)〉, 서명응의 〈자서기(字瑞記)〉가 실려 있다.

《무예도보통지(武藝圖譜通志)》 편찬 범례 제사[119]

武藝圖譜編例題辭

병법에는 기예(技藝)가 있고, 기예에는 계보가 있으니, 병영을 설치하여 기예를 익히고, 병서(兵書)를 편찬하여 계보를 전한 것은 그 유래가 매우 오래되었다.

조선의 경우 간열(簡閱)의 제도와 기재(紀載)한 서적은 국사(國史)에서 관장하여 근실하게 연혁을 밝혀놓았다. 그러나 유독 내원(內苑)에서 강습하는 것에 대해서는 여태 전서(專書)가 빠져 있다. 무릇 병(兵)은 모두 일반이거늘, 밖에서 하는 것은 상세하게 하고 안에서 하는 것은 소략하게 한다면 이것이 어찌 열성조에서 날을 나누어 장정(章程)하고 수선(修繕)한 뜻이겠는가? 지금 내원에서 연마하는 무술의

---

119 【작품해제】이 글은 1790년(정조14) 무렵에 쓰여진 것으로 추측된다. 근거는《무예도보통지》가 만들어진 것이 이해이고, 정조의 서문 역시 이해에 지어졌기 때문이다. 이때 명고의 나이는 42세였다. 편찬 목적이 특히 내원(內苑)에서 연마하는 기예의 고실을 상세히 밝히는 데 있음을 밝혔다.

임진왜란 이후 무예 훈련 필요성이 강하게 요구되자 선조(宣祖)의 명으로 1598년(선조31)에 훈련도감(訓鍊都監) 낭관(郎官) 한교(韓嶠, 1556~1627)가《무예제보(武藝諸譜)》를 편찬하였고, 1759년(영조35)에 왕명으로《무예신보(武藝新譜)》를 편찬하였다. 이후 1790년에 정조의 명을 받들어 규장각 검서관 이덕무, 박제가와 장용영 초관(哨官) 백동수(白東脩) 등이 앞의 두 무예지를 바탕한 위에《기효신서(紀效新書)》와《무비지(武備志)》등 154종의 관련 서적을 참고하여《무예도보통지》를 편찬하였다. 장졸(將卒)들의 실제 기량 연마에 이바지하기 위하여 도보(圖譜)를 중심으로 해설을 더한 종합적인 무예서이다. 본편 4책에 언해 1책, 총 5책이다. 목판본으로, 현재 규장각에 소장되어 있다.

여러 기예 및 훈련도감을 설치하고 《무예도보통지》를 편찬한 고실(故實)을 모두 책의 앞머리에 서술하여 원류(源流)의 고거(考據)에 도움이 되도록 한다.

《보만재사집(保晚齋四集)》 편찬 범례 제사[120]

保晚齋四集編例題辭

《보만재사집(保晚齋四集)》의 총목은 가형(家兄) 서호수(徐浩修)가 조카 서유구(徐有榘)와 함께 논의하여 정한 것인데, 형수(瀅修)가 또한 일찍이 편집하는 일에 참여하였다. 사집(四集)으로 구성한 것은 사상(四象)을 본뜬 것이고, 55권으로 묶은 것은 〈하도(河圖)〉의 전수(全數)를 본뜬 것이다.

전집(前集)은 오른쪽에 놓아두었으니, 괘도(卦圖)의 순건(純乾 ☰)이 오른쪽에 자리하여 왼쪽으로 돌아가는 것을 본뜬 것이다. 우집(右

---

120 【작품해제】이 글은 명고의 나이 39세가 되던 1787년 무렵 지어진 것으로 추정된다. 《보만재사집(保晚齋四集)》은 서명응이 치사(致仕)하기 전인 1780년까지의 시문을 실은 전집(前集), 그 이후의 시문을 수습하여 실은 후집(後集), 그리고 〈종율전서(鍾律全書)〉, 〈운서삼칭(韻瑞三秤)〉 등 음악과 음운학(音韻學) 관련 분야를 다룬 우집(右集), 〈풍첨고(風簷考)〉, 〈양속지(陽谷志)〉, 〈월령의(月令義)〉, 〈계몽통(啓蒙通)〉, 〈노훈필(爐熏筆)〉, 〈죽림화(竹林話)〉 등을 실은 좌집(左集)으로 구성되었다. 그중 전집과 후집을 두고 서명응이 세상을 떠난 1787년에 묶은 '정미년 편정본(丁未年編定本 현재의 《보만재집》)의 원본'이라고 한 서유구의 발언(〈보만재집발(保晚齋集跋)〉)으로 보아 사집(四集)을 전체적으로 완성한 것은 1787년 또는 그 전 해 어느 시점이 될 것으로 추정된다. 《보만재사집》을 내편(內編)으로, 《보만재총서(保晚齋叢書)》를 외편(外編)으로 부른다. 명고는 총 55권으로 구성하였다고 하는데, 현재 일실되어 전하지 않는다.

이후 40년이 흐른 뒤에 서유구가 《보만재사집》을 새로 보완 정리하여 64권으로 만들었다. 서유구가 본집을 간행하면서 《보만재사집》에다 잉간(剩簡) 등 다른 저술을 더 보태어 64권으로 재편한 것으로 추정된다. 이 본 역시 일실되어 전하지 않는다.

集)은 왼쪽에 놓아두었으니, 괘도의 순곤(純坤 ☷)이 왼쪽에 자리하여 오른쪽으로 돌아가는 것을 본뜬 것이다. 후집(後集)은 전집의 편차 안에 놓아두고, 좌집은 우집의 편차 안에 놓아두었다. 이는 괘도의 육자(六子)가 건(乾)과 곤(坤)의 안에 포함되어 있으면서 건과 곤의 두 끝이 되는데, 이 중 넷째 괘인 진(震 ☳)과 다섯째 괘인 손(巽 ☴)이 중앙에서 만나 양의(兩儀)의 자리를 바꾸어 변화의 일을 주관하는 것을 본뜬 것이다.[121]

대저 《보만재총서(保晚齋叢書)》의 규모를 대략 모방하여 《보만재총서》와 더불어 내·외편을 갖추고자 한 것이니, 여기에서 가대인(家大人)이 선천학(先天學)을 연구한 문로를 볼 수 있다. 형수는 후학들이 《보만재사집》의 편집 의도를 알지 못하고서 당형천(唐荊川)의 오편(五編)[122] 및 왕엄주산인(王弇州山人)의 《엄주산인사부고(弇州山人四部藁)》[123]와 이름 및 범례가 우연히 같다고 의심할까 두려워 삼가 이

---

121 이는……것이다 : 육자(六子)는 〈건(乾 ☰)〉에 딸린 〈태(兌 ☱)〉, 〈리(離 ☲)〉, 〈진(震 ☳)〉과 〈곤(坤 ☷)〉에 딸린 〈손(巽 ☴)〉, 〈감(坎 ☵)〉, 〈간(艮 ☶)〉이다. 이 중 양에서는 〈진 ☳〉이 가장 바깥에 있어 〈건〉의 단(端)이 되고, 음에서는 〈손 ☴〉이 가장 바깥에 있어 〈곤〉의 단이 된다.

122 당형천(唐荊川)의 오편(五編) : 형천은 명나라 문학가 당순지(唐順之, 1507~1560)의 호이다. 자는 응덕(應德) 또는 의수(義修)이고, 시호는 양문(襄文)이다. 당송파 문학가로 귀유광(歸有光), 왕신중(王愼中)과 함께 가정삼대가(嘉靖三大家)로 불린다. 무예에도 밝아 병법과 무술에 정통했다. 오편은 그가 찬집한 5대 저술 《문편(文編)》 60권, 《사찬좌편(史纂左編)》 142권, 《사찬우편(史纂右編)》 40권, 《무편(武編)》 12권, 《패편(稗編)》 120권을 가리킨다.

123 왕엄주산인(王弇州山人)의 엄주산인사부고(弇州山人四部藁) : 엄주산인은 명나라 문학가 왕세정(王世貞, 1526~1590)의 호이다. '후칠자(後七子)'의 맹주로서 복고

글을 써서 《보만재사집》 총목의 제사(題辭)로 삼는다.

와 모방을 제창하며 문장은 반드시 진한(秦漢)을 따르고 시는 반드시 성당(盛唐)을 따라야 한다고 주장하였다. 그는 문집을 부부(賦部), 시부(詩部), 문부(文部), 설부(說部)의 사부(四部)로 나누어 묶어, 《엄주산인사부고》 174권과 속고 207권이 있다.

《인서록(人瑞錄)》 편찬 범례 총서[124]

人瑞錄編例總敍

정조 17년 계축(1793) 동지[125]에 영의정 홍낙성(洪樂性)[126] 등이 아뢰었다.

"오늘은 새해의 작은설[亞歲][127]이고, 새해 갑인년(1794)은 우리 조선이 천년에 한 번 만나기 드문 아름다운 기회입니다. 자전(慈殿)[128]의

---

124 【작품해제】 이 글은 명고의 나이 46세인 1794년(정조18)에 쓴 글이다. 이해는 정조가 즉위한 지 19년이 되는 해이고, 정조의 생모인 헌경왕후(獻敬王后) 혜경궁 홍씨(惠慶宮洪氏)가 환갑을 맞은 해이며, 또 영조(英祖)의 계비(繼妃)인 정순왕후(貞純王后)가 50세가 되는 해이다. 인서(人瑞)는 '인간 세상의 상서로움'이란 말로 흔히 장수한 사람을 가리키는 말로 쓰이는데, 곧 태평성대의 상징이다. 이해 설날 정조는 경모궁(景慕宮)에 작헌례(酌獻禮)를 올리고 도제조(都提調) 이하 관원들에게 상을 내린 다음 전국에 대사면령을 내렸다. 이어 조야(朝野)와 팔도(八道)를 통틀어 총 7만 5,145명의 장수한 사람에게 은전을 내리고, 그를 기념하여 《어정인서록(御定人瑞錄)》을 생생자(生生字)로 펴냈다. 4권 2책으로, 맨 앞에 정조가 쓴 어제 〈인서록서(人瑞錄序)〉가 실렸다. 권1에 한성부(漢城府)·화성(華城)·송경(松京)·심도(沁都 강화도) 및 경기도의 각 읍 시상 내용을 수록하였고, 권2에 호남과 영남, 권3에 호남·해서·영동, 권4에 관북·관서의 순으로 수록하였다. 현재 규장각에 소장되어 있다.

125 정조 17년 계축(1793) 동지 : 이해 동지는 음력 11월 19일이다. 《정조실록》이날 기사와 《일성록》이날 기사에 관련 기록이 있어 비교, 참고할 수 있다.

126 홍낙성(洪樂性) : 1718~1798. 본관은 풍산(豊山), 자는 자안(子安), 호는 항재(恒齋)이다. 아버지는 홍상한(洪象漢)이며, 어머니는 어유봉(魚有鳳)의 따님이다. 이조 판서, 우참찬, 병조 판서 등을 역임하고 1782년(정조6) 좌의정에, 1784년 영의정에 올랐다.

127 작은설[亞歲] : 동지(冬至)의 이칭이다.

춘추가 만 50세가 되고, 자궁(慈宮)[129]의 보령이 60세가 됩니다. 우리 성상께서 태평한 시대를 만드시고 성명(聲明)한 교화를 펼치시어 위로는 자전과 자궁을 기쁘게 하는 효성으로 받들고 아래로는 원자(元子)에게 성세의 정치[130]를 물려주시어, 온갖 복이 모두 이르고 태평한 기상이 있으니, 청하옵건대 자전과 자궁께 존호를 올리고, 축하연을 올리고, 하례를 올리시어 홍휴(洪休)를 빛내소서."

성상께서 다음과 같이 비답을 내리셨다.

"나 소자가 우리 자전을 섬기기를 마치 우리 선왕(先王)을 섬기듯이 하였더니, 선왕께서 이미 거행하였던 성대한 의식을 오늘에 와서야 계승하여 거행할 수 있게 되었구나.[131] 우리 자궁의 춘추가 또 육순이

---

128 자전(慈殿) : 영조의 계비 정순왕후 김씨(1745~1805)를 말한다. 본관은 경주(慶州), 오흥부원군(鰲興府院君) 김한구(金漢耇)의 딸로서 1759년(영조35)에 왕비로 책봉되었다. 정조에게는 조모가 된다. 이해에 마흔아홉이고, 1794년에 쉰이 되었다.

129 자궁(慈宮) : 정조의 생모인 혜경궁 홍씨(1735~1815)를 가리킨다. 본관은 풍산(豊山), 영의정 홍봉한(洪鳳漢)의 딸이며 사도세자(思悼世子)의 비(妃)이다. 정조 즉위 후 궁호(宮號)가 혜경궁으로 올랐고, 고종(高宗) 때 남편인 사도세자가 장조(莊祖)로 추존되면서 경의왕후(敬懿王后)로 추존되었다. 하지만 시호가 헌경왕후이기 때문에 주로 헌경왕후라고 불린다.

130 성세의 정치 : 원문의 '연익지모(燕翼之謨)'를 번역한 말이다. 《시경》〈문왕유성(文王有聲)〉에 "풍수 옆에도 기가 자라는데, 무왕이 어찌 이곳에 천도(遷都)하지 않으리오. 그의 자손들에게 좋은 계책을 물려주고, 공경하는 아들에게 편안함 주셨으니, 무왕이여 거룩하도다.[豐水有芑 武王豈不仕 詒厥孫謀 以燕翼子 武王烝哉.]"라고 한 것에 전거를 둔 말이다.

131 선왕께서……되었구나 : 영조가 숙종의 계비 인원왕후(仁元王后)를 위해 하례연을 열었듯 정조 자신은 영조의 계비 정순왕후를 위해 하례연을 열었다는 의미이다. 1743년(영조19)인 계해년에 영조 자신의 50세 생일을 기념하는 축하연이 열렸고, 이듬

된다. 그런 데다 소자를 낳아 기르시어 대대로 자손을 보는 경사가 영원히 계속되도록 하시어, 이 나라의 무궁한 복록(福祿)을 열어놓으셨다. 자전과 자궁의 경사가 겹치는 이해를 만나 만세를 불러 하례를 올리고 축수의 잔을 올려 만수무강을 기원하며, 옥책(玉冊)과 금보(金寶)에 아름다운 덕을 천양하는 것은 천리(天理)와 인정(人情)에 그만둘 수 없는 일이다. 다만 자궁의 마음이 옛날 일[132]을 슬퍼하시어 지나치리만큼 겸손하게 사양하고 계신다. 지금 경들이 일제히 호소하는 말을 듣고서 힘을 얻어 오래전부터 가슴에 담아놓은 진심을 진달하여 청할 수 있게 되었으니, 경들은 우선 공손히 기다리라."

홍낙성 등이 다시 자전과 자궁에 계달(啓達)하니, 자전이 다음과 같이 비답을 내렸다.

"자궁의 회갑이 되고, 대전(大殿)께서 왕위에 오른 지 스무 해가 되었습니다. 나라의 큰 경사 중에 무엇이 이보다 더 큰 것이 있겠소? 경들이 오늘 청한 말씀을 내후년 을묘년(1795, 정조19)에 청하도록 하시오. 그렇게 하신다면 나와 자궁이 마땅히 축하연과 존호[宴號]를 받을 것이고, 대전 역시 마땅히 하례를 받아들일 것이오."[133]

이에 성상께서 헌함에 임하여 하교하셨다.

해인 1744년 갑자년에 인원황후의 57회 생신 축하연을 열고, 1746년(영조22)인 병인년에 인원왕후의 춘추가 예순이 되는 것을 기념하여 축하연을 연 것을 말한다.

132 옛날 일 : 남편인 사도세자(思悼世子)가 죽은 일을 가리킨다.

133 자궁의……것이오 : 정순왕후의 이 비답은 홍낙성이 정순왕후와 혜경궁의 탄일 의례 문제를 아뢴 데 대해 언문으로 내려진 비답이다. 축하연과 존호를 올리는 의식은 혜경궁의 환갑과 정조 등극 20년이 겹치는 1794년에 하자는 것이 요지이다.《정조실록》 17년 11월 22일 조 기록 참조.

"오늘 같은 경사스러운 때를 만나 만수무강의 축수를 올려 진실로 애일(愛日)의 정성[134]을 펴는 것으로 말하면 하례연(賀禮宴)을 여는 것이나 존호를 올리는 것이나 한가지 일이다. 정이 지극한 곳에 이르면 늘 무궁한 그리움이 솟아나오니, 명년에 하나의 경축 행사를 거행하고 또 명년에 하나의 경축 행사를 거행하여, 해마다 거행하기를 억만년토록 지속하여 천지와 같이 영원히 계속되기를 바라는 것이 또 소자의 지극한 소원이다.

또 어버이를 섬기는 것은 뜻을 공손히 받드는 것보다 앞서는 것이 없고, 어버이를 높이는 것은 사업을 계승하는 것보다 큰 것이 없다. 자전의 하교가 저토록 은근하고 간절하니 자전의 마음으로 내 마음을 삼는다. 이것이 뜻을 받드는 것이다.

삼가 열성조의 고사(故事 전례)를 살펴보건대, 선왕의 춘추가 쉰이 되던 계해년(1743, 영조19)에는 보령이 육갑자를 바라보는 것을 하례하는 축하연을 베풀었고, 인원왕후(仁元王后)[135]의 춘추가 예순이 되던 병인년(1746, 영조22)에는 보령을 축하하였고, 회갑이 되던 정묘년

---

134 애일(愛日)의 정성 : 효자가 어버이를 섬길 시일이 얼마 남지 않았음을 안타까워하는 마음인 애일(愛日)의 정을 뜻한다. 한(漢)나라 양웅(揚雄)의 《법언(法言)》에 "부모를 섬기되 스스로 부족한 줄 아는 이는 순(舜)이로다. 오래 할 수 없는 것이란 어버이를 섬기는 것을 이르니, 효자는 부모를 모실 시일이 적음을 안타까워한다." 하였다.

135 인원왕후(仁元王后) : 1687~1757. 숙종의 계비로 본관은 경주이고, 경은부원군(慶恩府院君) 김주신(金柱臣)의 딸이다. 1701년(숙종27) 인현왕후(仁顯王后) 민씨(閔氏)가 죽자 간택되어 궁중에 들어가, 다음 해에 왕비로 책봉되었다. 1746년인 병인년에 예순을 축하하는 축하연을 받았고, 이듬해 1747년인 정묘년 2월 19일에 회갑을 맞아 명정전(明政殿)에서 강성(康聖)의 존호를 받았다. 사후에 휘호(徽號) 정의장목(定懿章穆)이 올려졌고, 소생은 없다.

(1747, 영조23)에는 존호를 올리자 작호를 받아들였다.

내년 갑인년(1794, 정조18)에는 병인년에 인원왕후께 행한 하례나 계해년에 선왕께 행한 하례와 같이 의식을 거행하고, 그다음 해인 을묘년(1795, 정조19)에는 정묘년에 인원왕후께 행한 하례나 갑자년에 선왕께 행한 하례와 같이 의식을 거행하라. 지금 자전께서 쉰이고 자궁께서 예순이니 일체 인원왕후의 예순과 선왕의 쉰에 행한 하례의 고사를 따라 의식을 거행하도록 하라. 이것이 사업을 계승하는 것이니라.

내년 갑인년(1794) 원조(元朝)에 칭경례(稱慶禮)를 행하고서 사당에 고하고 반사(頒赦 대사면령(大赦免令)을 내림)하며, 과거(科擧)를 설행하여 인재를 취하며, 진연(進宴)하고 진호(進號)하고자 한 것에 대해서는 종백(宗伯 예조(禮曹))의 신하들이 내후년인 을묘년(1795)에 품지(稟旨)하라. 을묘년은 곧 내가 보위에 오른 지 20년이 되는 해이다. 대전(大殿)에 임해 축하를 받는 것이 또한 선왕조 계해년의 고사를 계승하는 것이고, 오늘 자전의 하교에 뜻을 따르는 것이다."

그 이듬해 갑인년 원조(元朝)에 성상께서는 백관을 거느리고 자전과 자궁께 하전(賀箋)을 올리고 치사(致詞)를 올리고 예물을 올리셨으며, 이어 팔도에 은덕을 크게 베풀었다. 명하여 조관(朝官) 70세 이상, 사서인(士庶人) 80세 이상 되는 이들에게 사람마다 벼슬 한 자급씩을 올려주고, 나이가 100세를 넘은 자들에게는 모두 숭정(崇政)의 품계를 초자(超資)하였다. 자궁(資窮)인 자와 조관 가운데 나이가 일흔이면서 부부가 해로한 자들에게는 쌀과 면포(綿布)를 더 내렸고, 사서인 가운데 여든 미만이면서 부부가 해로한 자들에게도 또한 자급을 주는 것을 허락하였다. 또한 전함(前銜) 조관 및 지벌이 있는 사인들에게 모두 중추부의 직함을 붙여주게 하였다. 관직 자리는 모자라고 대상자는 많아 안배하기 어렵게 되자 임시로 동첨추(同僉樞) 각 10과(窠)를 증설하여 돌아가며 차제(差除 임명)하도록 하였다. 또 대상자를 찾을 때 작은 고을의 외진 마을에 누락되는 자가 생길까 염려하시어, 찾는 대로 보고하여 번거롭게 아뢰는 것을 두려워하지 말라고 명하였다.

이에 안으로 유사(有司)와 밖으로 수령이 널리 탐문하고 두루 찾아 차례로 이름을 보고하였다. 매양 제도(諸道)에서 계본(啓本)이 이르면 승정원에서 빠짐없이 품지하고, 전관(銓官 이조의 관원)을 불러 날을 지체하지 않고 비답을 내렸다. 비답을 내리고 나서는 그 성명을 나열해 쓰고 교지를 싸서 해당 고을의 도신(道臣 관찰사)에게 보냈으며, 그렇게 하면 도신이 공경히 수령하여 반포하였다.

연초부터 6월에 이르기까지 나이 및 자격이 되어 가자(加資)된 이가 2만 5,495명이고, 부부가 해로하여 성은을 입은 이가 4만 9,650명으로, 총 7만 5,145명이었다. 그들의 나이를 모두 합하여 계산해보니 589만 8,210세였다. 성상께서 명을 잘 받들어 시행한 제신들의 정성과 근실함을 가상히 여겨 승선(承宣)에게는 녹비를 하사하고, 제도의 도신들에게는 상현궁(上弦弓)을 하사하였다.

처음에 상께서 매양 경조(京兆)의 별단 및 삼도(三都)와 팔도의 계본을 보시고 나면 반드시 내각(內閣 규장각)에 내리시고는 "근실히 기록하라. 이 거조는 효를 넓힌 것이요, 상서로움을 기록한 것이니, 후세에 영원토록 징험하게 해줄 한 부의 문헌이 없어서야 되겠는가?" 하였다. 이때에 이르러 경향에서 모두 사업을 마쳤음을 보고하자, 성상께서 각신들을 불러 범례를 지시해 일러주어 한 부의 책을 편찬하고 《인서록(人瑞錄)》이라 이름하였다.

체제는 팔도를 상위 강목으로 삼고 각각의 관할 고을을 하위 조항에 편차시켰으며, 추은(推恩)과 해로(偕老)로 표시하고 대서(大書)와 협주(夾注)로 구별하였다. 이 의리는 도표에서 취한 것이다. 조관(朝官)을 앞에 배치한 것은 군자가 태학(大學)에서 봉양받은 고사를 본받은 것[136]이고, 사서인(士庶人)을 뒤에 배열한 것은 서인은 나이가 높은 분을 인견(引見)하던 고사를 본받은 것[137]이다. 이 의리는 〈왕제(王制)〉에서 취한 것이다. 각 읍마다 해당 읍의 노인들의 나이를 모두 합산하여 그 수를 게시하고, 각 도(道)마다 해당 도의 노인들의 나이를 모두 합산하여 그 수를 게시하여, 인서(人瑞)의 실제 자취를 드러내었다. 이 의리는 모임에 참여한 원로들의 나이를 모두 합산한 기영회(耆英會)의 선례[138]에서 취한 것이다.

---

136 군자가……것 : 《예기(禮記)》〈왕제(王制)〉에 "주(周)나라에서는 국로(國老)는 동교(東膠)에서 봉양하고 서로(庶老)는 우상(虞庠)에서 봉양하는데, 우상은 나라의 서교(西郊)에 있다."라고 한 것에 전거를 둔 표현이다. 군자는 국로와 서로를 모두 아우른 말인데, 국로는 치사(致仕)한 조관(朝官)이며, 서로는 벼슬하지 않은 일반 노인이다. 동교나 우상은 모두 학교이다.

137 서인은……것 : 주나라에서는 국로를 봉양하는 예가 끝나면 서인 가운데 연세 높은 분을 찾아 친히 집으로 찾아가 인견하던 고사가 있었다. 《예기(禮記)》〈왕제(王制)〉에 "삼왕이 어른을 봉양하되 연세 높은 분을 집집마다 찾아가 인견하였다.〔三王養老皆引年〕"라고 하였다.

138 기영회(耆英會)의 선례 : 낙사기영회(洛社耆英會)를 말한다. 송나라 문언박(文彦博)이 서도 유수(西都留守)로 있을 때에 부필(富弼)의 집에서 연로하고 어진 사대부들을 모아놓고 술자리를 베풀며 서로 즐겼던 모임이다. 당시 서문에 "무령군 절도사(武寧軍節度使) 수사도(守司徒) 개부의동삼사(開府儀同三司)로 치사한 한국공(韓國公) 부필 언국(彦國)이 79세, 하동 절도사(河東節度使) 수태위(守太尉) 개부의동삼사(開府儀同三司) 판하남부(判河南府) 노국공(潞國公) 문언박 관부(寬夫)가 77세, 상서(尙書) 사봉 낭중(司封郎中)으로 치사한 석여언(席汝言) 군종(君從)이 77세……"의 형식

책이 완성되자 대신과 문음(文蔭) 가운데 일찍이 육관(六官)의 관장을 역임하고 나이가 일흔이 넘은 이들에게 열람하라고 명하였다. 이어 사실과 범례의 대치(大致)를 상세히 기재하여 총괄하여 서술함으로써 이 책의 속편을 만들 때 모범이 되도록 하고, 새로이 활자를 주조한 뒤 인쇄하여 영원히 전해지도록 하라고 명하였다.

으로 참여 인사의 이름과 나이를 적고, 총원의 나이를 합한 총수를 적었기에 이렇게 말한 것이다.

《주공서》 편찬 범례에 대한 조대[139]
周公書編例條對

《주역》의 범례에서 공자가 지은 상전(象傳 대상(大象)과 소상(小象))을 한 칸 낮추어 쓴 것은 의리가 분명하다. 또 이미 비직본(費直本)에서 이러한 의례(義例)가 있었는데, 단(彖)이니 상(象)이니 등의 글자는 써놓지 않고 단지 전(傳) 한 글자를 매 전마다 써놓았다.[140] 왕필본(王弼本)과 왕숙본(王肅本)도 모두 그러하니, 왕필본 가운데 〈건전

---

139 【작품해제】 이 글은 《주공서》를 편찬할 때 세운 범례를 조목별로 재검토하는 과정에서 정조가 범례 초고에 대해 하나하나 질문하고, 명고가 그에 따라 대답한 내용을 정리한 것이다. 완성된 《주공서》를 보면 조대에서 올린 명고의 견해가 반영된 부분이 있다. 아마 여러 근신에게 묻고 또 여러 근신들이 대답한 것일 터인데 명고 자신에게 해당하는 부분만 골라 다듬어 실었을 것으로 추측된다. 따라서 이 글이 지어진 시기는 《〈주공서〉 서례(周公書敍例)》가 지어진 시기보다 조금 늦은 1800년 어느 시점으로 추측된다. 총 6조목이다.

140 비직본(費直本)에서……놓았다 : 비직(費直)은 전한(前漢)의 고문경학가로 비직학의 개창자이다. 동래(東萊) 사람으로 자는 장옹(長翁)이며, 관직은 선보(單父)에 이르렀다. 《한서》 〈유림전〉에서는 경문의 장구(章句)도 없이 공자의 십익(十翼)을 가지고 《주역》을 해설하였다고 한다. 비직이 고문 《주역》에 의거하여 《비씨역(費氏易)》을 찬집하였는데, 〈유림전〉의 서술은 이것을 가리키는 듯하다. 비직의 경학은 후한의 진원(陳元), 마융(馬融), 정현(鄭玄), 순상(荀爽) 및 삼국 시대 왕숙(王肅)과 왕필(王弼) 등을 통해 전해졌다. 그리고 청나라 마국한(馬國翰)에 의해 집일(輯佚)되어 《비씨역》으로 묶였다. 공자의 십익은 본래 경문 뒤에 따로 실렸으나, 비직이 비소로 각 괘의 아래에 붙였다. 이것을 정현과 왕필이 다시 각 괘의 효 아래로 옮겼고, 〈문언전〉역시 〈건괘〉와 〈곤괘〉 안에 배치시켰다. 그 과정에서 《주역》 본래의 경문인 괘사 및 효사와 구별할 필요가 있어 '전(傳)'이라는 글자를 첨가하였다.

〈건전(乾傳)〉이나 〈태전(泰傳)〉과 같은 명칭이 이러한 예이다.[141]

나의 생각에는 오히려 '상왈(象曰)' 자를 곧장 제거하는 것이 더욱 고본(古本)의 모습에 가까운 것보다 못하다고 여겨진다. 여동래(呂東萊) 역시 일찍이 이러한 것을 설파하여 다음과 같이 말하였다.

"비직의 《주역》이 한대(漢代)의 여러 경학가들이 편찬한 《주역》 중 고본의 모습에 가장 가까웠기에, 제일 배척을 당했음에도 천년이 지난 오늘 우뚝이 홀로 남았다. 근세(近世)에 조씨(晁氏)가 《고주역》을 편집할 때 비직본을 바탕으로 하여 다시 편목(篇目)을 정하였는데, 이때 한결같이 고본으로 기준을 삼았다."[142]

주자가 여동래의 말에 동의하여 "여러 유자들이 경문(經文)을 나누고 전문(傳文)을 합치면서부터 도리어 국한된 바가 있었는데, 여백공(呂伯恭)이 편찬한 책을 찬찬히 궁구해보니 다만 장구가 고본의 모습에 가까울 뿐만이 아니었다." 하였다.[143]

---

141 건전이나……예이다 : 공영달(孔穎達)은 "정현의 주에는 본디 '건전'과 '태전'이라는 말이 없었는데 왕필이 써넣었다.〔康成注 本無乾傳泰傳字 輔嗣加之.〕"라고 하였다. 《玉海》

142 여동래(呂東萊)……삼았다 : 동래는 남송의 경학자 여조겸(呂祖謙, 1137~1181)의 호이다. 자는 백공(伯恭), 시호는 성(成)이다. 주희(朱熹), 장식(張栻)과 함께 동남(東南)의 삼현(三賢)으로 일컬어졌으며 문도들에게 동래(東萊) 선생이라 불렸다. 저서에 《고주역(古周易)》, 《동래좌씨박의(東萊左氏博議)》, 《동래집(東萊集)》 등이 있다. 여조겸의 이 말은 《고주역》의 서문에서 한 말인데, 《경의고(經義考)》 권30에 실려 있다.

조씨(晁氏)는 남송의 경학자 조열지(晁說之, 1059~1129)이다. 숭산(崇山) 사람으로 자는 이도(以道)이다. 자호(自號)를 경우생(景迂生)이라 하여 흔히 경우(景迂) 선생이라 불렸다. 주자의 《주역본의(周易本義)》의 저본이 되는 《고주역(古周易)》 8권을 지었다.

대저 《주역》의 경문에 '단왈(彖曰)', '상왈(象曰)' 등의 글자를 쓰면서부터 드디어 고본의 면목과 달라졌으니, 이는 정강성(鄭康成 정현(鄭玄))이 시작한 것이다. 지금 "潛龍勿用陽在下也〔'잠겨 있는 용은 쓰지 말라.'는 것은 양이 아래에 있기 때문이다.〕"라는 여덟 글자를 가지고 초구효(初九爻) 효사의 다음 행에 한 칸 낮추어 쓴 것은 매우 온당하다.[144] ○ 또 생각건대, 고본 《주역》은 초구 등 효의 이름을 말하지 않았고, 초구의 효에는 가로획을 하나 그었으며 구이(九二) 이하는 이를 기준으로 삼았다. 오늘날 통행본에도 또한 이런 체례를 쓰는 것이 옳겠는가.

공자가 상전(象傳)[145]에서 효사를 해석한 것을 대문(大文)으로 기록하였다. 그렇다면 〈문언전(文言傳)〉 가운데 "初九曰潛龍勿用何謂也〔초구에 말하기를 '잠겨 있는 용은 쓰지 말라.'라고 한 것은 무슨 의미인가?〕"라고 한 등의 대문도 또한 각각의 효에 나누어 기록해야 한다. 그렇다면 "潛龍勿用何謂也"의 아래에 곧장 "子曰龍德而隱者〔공자께서 '용덕을 가지고 은둔한 자이다…….' 하였다.〕"라는 구절로 이어놓는 것이 옳겠는가?[146]

---

143 여러……하였다 : 주자가 여조겸의 《고주역》에 발문을 써주면서 한 말이다. 《주자대전》 권27과 《경의고(經義考)》 권30에 실려 있다.

144 대저……온당하다 : 《주공서》의 권1과 2에 실린 《주역》 부분에는 괘상(卦象)과 괘명 아래 단사(彖辭) 곧 괘사(卦辭)는 빠져 있고, 다음 행에 효사(爻辭)가 제시되어 있다. 또 각 효사의 그다음 행에 한 칸 낮추어 공자의 소상(小象)이 실려 있다.

145 상전(象傳) : 공자가 지은 상전은 괘사를 풀이한 대상(大象)과 효사를 풀이한 소상(小象)으로 나누어지는데, 여기서는 소상을 가리킨다.

146 공자가……옳겠는가? : 〈단전(彖傳)〉을 수록하는 체제에 대해 물은 것이다. 그

〈금등(金縢)〉이 주공의 글이라는 것에 대해 꼭 그렇지 않다고는 할 수 없지만, 전편(全篇)이 모두 주공의 문장은 아니다. 그렇다면 기록하는 것이 어떠할 것 같은가? 중론이 이미 이러하니, 다만 우선 기록해둔다.

《시경》의 의례는 과연 좋다. 하지만 육의(六義)를 각각의 장에 분속시켜놓았으니 대지(大旨)는 또한 집주본(集注本)을 따라 마땅히 수장(首章) '육의'의 아래에 쓰되 오직 광(匡)[147]을 더하는 것이 옳겠다.

《주역》의 상전을 곧장 본문에 썼다면, 다만 《시경》에서는 '주자왈(朱子曰)'을 쓰는 것이 과연 어떠하겠는가?

신은 다음과 같이 아룁니다.

선유(先儒)가 말하였습니다. "《주역》의 경(經)은 문왕과 주공이 지은 것이고, 전(傳)은 공자가 지은 것이다. 전한(前漢) 시대에는 경과 전을 모두 별행으로 놓았다. 그러다가 후한(後漢)의 경학가들이 주석을 달기에 이르러 경과 전을 합하여 하나로 만들었다."[148] 또 말하였습니다. "한나라의 정강성이 경(經)에다 단전과 상전을 합해놓고, '단왈(彖曰)'과 '상왈(象曰)'을 덧붙여 구별해놓았다."[149]

러나 《주공서》에는 공자의 〈단전〉이 일체 빠져 있다. 명고의 견해를 반영한 결과인 것으로 짐작된다.

147 광(匡) : 작품의 체인 부(賦), 비(比), 흥(興)을 밝혀놓은 아래, 대지(大旨)를 수록한 부분의 맨 앞에 'ㅇ'로 구분해준 것을 말한다.

148 주역의……만들었다 : 당나라 경학자 육덕명(陸德明, 550~630)의 《경전석문(經典釋文)》에서 한 말이다. 뒤에 고염무(顧炎武)의 《일지록(日知錄)》에 인용되었다.

149 한나라의……구별해놓았다 : 《한서》〈유림전〉에 나오는 말이다. 역시 《일지록》에 인용되었다.

이로 보건대 이른바 '단왈(彖曰)'과 '상왈(象曰)'은 순전히 〈단전〉과 〈상전〉을 경문에 연이어 써놓았기 때문에 혹 공자의 말이 문왕이나 주공의 말과 혼동될까 우려하여 이렇게 표시하여 구별한 것일 뿐입니다. 지금 만약 〈단전〉과 〈상전〉을 별행으로 놓고 한 글자를 낮추어 쓴다면 실로 전한 시대에 본디 경과 전을 별행으로 놓았던 참모습을 얻을 수 있을 것이요, 경과 전을 연이어 써서 서로 뒤섞일 우려가 있던 정강성본의 단점이 없게 됩니다. 그렇다면 이것을 구별하기 위한 '단왈'과 '상왈' 등의 글자를 남겨둘 의미가 없습니다. 성상께서 하교하신 범례가 천고에 탁월하니 신은 더 이상 덧붙일 말이 없습니다.

○ 초구(初九) 등의 효명(爻名)은 예로부터 전해온 것으로 '단왈'이나 '상왈'과 같이 주석가들이 억측으로 더한 것이 아닙니다. 이것은 예전 체제를 따르는 것이 좋을 듯합니다.[150]

〈문언전〉을 각각의 효에 나누어 쓰는 것에 대한 한 조목에 대해 말씀드리면 이렇습니다. 지난날 범례를 상정(商定)할 때 신 등이 또한 일찍이 삼가 토론에 참여한 적이 있사온데, 곧장 〈상전〉의 아래에 이어서 쓰자면 간혹 일률적으로 적용해나갈 수 없는 곳이 있습니다. 또 이와 같이 범례를 세우고 나면 〈계사전(繫辭傳)〉, 〈설괘전(說卦傳)〉, 〈서괘전(序卦傳)〉, 〈잡괘전(雜卦傳)〉 등의 편들이 끝내 정당한 위치를 얻기 어렵습니다. 차라리 〈문언전〉과 함께 〈계사전〉 등을 일체 기록하지 않고, 단지 괘체(卦體)의 단사(彖辭 괘사(卦辭))와 육효의 상사

---

150 초구(初九)……듯합니다 : 정조는 초구(初九)나 상구(上九) 등 효명을 쓰지 말고 효의 획을 그린 효상(爻象)으로 대체하자고 하였다. 명고는 여기에 이의를 제기하였고, 《주공서》를 편찬할 때 명고의 의견이 받아들여져 반영되었다.

(象辭 효사(爻辭))만을 취하여 오로지 주공을 주로 삼았다는 의리를 보이는 편이 더욱 간결하고 깔끔할 듯합니다.[151]

〈금등〉 가운데 주공의 문자는 실로 책축문(冊祝文) 및 '공왈(公曰)'로 시작하는 한두 간책을 벗어나지 않습니다. 하지만 〈금등〉 편은 오로지 주공을 위해서 만들어진 것입니다. 또 〈대고(大誥)〉, 〈낙고(洛誥)〉, 〈군석(君奭)〉 등과 같은 편에는 주공과 관련한 서사(敍事)와 문답(問答)이 하나도 섞여 있지 않은 편은 없습니다. 만약 단지 주공이 지은 문장만을 취하려고 한다면 《서경》의 〈무일(無逸)〉과 《시경》의 〈칠월(七月)〉[152] 등의 약간 편 외에는 더 이상 채집할 것이 없습니다. 더구나 후세의 문집 편찬 체제는 화답시와 문목(問目)을 왕왕 일체 수습하여, 시를 수창하고 서간을 주고받은 지의(旨意)를 드러내고 있습니다. 그

151 문언전을……듯합니다 : 현재 남아 있는 《주공서》에는 단사는 제외되어 없고 대신 공자의 소상이 별행으로 한 칸 낮추어 실려 있다. 정조와 명고가 논의한 결과를 순차적으로 도시(圖示)하면 다음과 같다.

	범례 입안(敍例)	범례 재검토(編例條對)	최종 결과(周公書)
괘상	수용	수용	있음
괘명	수용	수용	있음
괘사	수용	수용	없음
효명	불수용	수용(명고 견해)	있음
효사	수용	수용	있음
소상	수용	수용	있음
대상	수용	수용	없음
단전	수용	수용	없음
문언전	수용	수용	없음

152 칠월(七月) : 빈풍(豳風)의 편명이다. 주공이 주나라 시조 후직(后稷)으로부터 그 후손 공류(公劉)에 이르기까지 모두 빈(豳) 땅에 도읍하여 농사에 힘써서 백성들을 잘 살게 한 사실을 노래하여 성왕(成王)을 일깨운 내용이다. 이를 그림으로 그린 〈빈풍칠월도(豳風七月圖)〉가 있다.

렇다면 〈금등〉이 《주공서》에 들어가야 하는 것은 의심할 것이 없다고 생각됩니다.[153]

　대지(大旨)에 대해 어떤 이는 "제○장 장○구[幾章章幾句]" 아래에 이록(移錄)하는 것이 합당하다고 합니다. 여기에 대해서는 《어정 경서 정문(御定經書正文)》[154]에 이미 전례가 있으니 또한 상량(商量)함이 마땅합니다.

　〈단전〉과 〈상전〉은 성인(공자)의 경(經)이고, 주자의 대지는 선현의 전(傳)이고, 채씨(蔡氏 채침(蔡沈))의 편제(篇題)는 주석가의 글이니, 등급에 마땅히 필법을 보여야 합니다. 성인의 경에 대해서는 굳이 따로 표시할 것이 없고, 선현의 전에 대해서는 '주자왈(朱子曰)'이라고 칭하고 이름을 쓰지 않으며, 주석에 대해서는 곧장 '채침왈(蔡沈曰)'이라고 써야 합니다.

　신의 생각에는 지금 이 편찬 범례에 정연히 조리가 있다고 여겨집니다.

---

153 그렇다면……생각됩니다 : 정조는 판단을 유보하였고, 명고는 신자고 주장한 부분이다. 《주공서》에는 〈금등〉이 실리지 않았다. 최종적으로 정조가 싣지 않는 방향으로 가닥을 잡아간 것으로 추측된다.

154 어정 경서정문(御定經書正文) : 《삼경사서정문(三經四書正文)》을 말한다. 1775년(영조51), 세손으로 있던 정조가 삼경과 사서의 정문(正文)만을 뽑아 임진자(壬辰字)로 간행한 책이다. 이 책은 정조 사후 1820년(순조20)에 내용을 일부 수정하여 내각 장판(內閣藏板)으로 간행되었다. 정조는 〈어제경서정문발(御製經書正文跋)〉에서 '삼경과 사서는 51책이나 되는 거질(巨帙)로 요점을 파악하기 어렵기 때문에 정문만을 뽑아서 5책으로 만들었다.'고 편찬 의도를 밝혔다.

명고전집

제10권

제발
題跋

제발題跋

《자공시전》·《신배시설》의 뒤에 쓴 제사[1] 두 책을

1 【작품해제】이 글은 저자가 《시경》의 주석서인 《자공시전(子貢詩傳)》과 《신배시설 (申培詩說)》을 합책하고서 그 뒷부분에 쓴 제사(題辭)이다. 《자공시전》과 《신배시설》은 모두 명(明)나라 때 간행된 《한위총서(漢魏叢書)》에 수록되어 있다. 《자공시전》은 공자의 제자로 자가 자공인 단목사(端木賜, 기원전 520~기원전 456), 《신배시설》은 한(漢)나라 때의 경학가로 금문 노시학(今文魯詩學)의 개창자인 신배(申培, 기원전 221?~기원전 135?)가 저자로 되어 있다. 그러나 명말청초의 고증학자 모기령(毛奇齡)은 《시전시설박의(詩傳詩說駁議)》에서 이 책들을 모두 명나라 때 인물인 풍방(豐坊, 1492~1563?)의 위작(僞作)으로 보았다.

이 글의 대부분은 저자의 저술인 《시고변(詩故辨)》의 문장을 인용한 것이고, 마지막 부분에서 《자공시전》과 《신배시설》의 내용을 들어 《시고변》의 근거로 삼고 있다. 《시고변》에서 인용한 문장은 《시고변》의 본문과 미세한 글자 차이가 있기는 하지만 전체적으로 거의 동일하다. 《시고변》 역시 《시경》에 대한 주석서로, 시가 지어진 대의(大意)와 각 편의 취지를 밝히는 것에 중점을 두고 제가(諸家)의 학설을 절충해서 신중하게 취사선택하였으며 주희(朱熹)의 《시집전(詩集傳)》의 오류를 의리적, 고증적으로 접근하여 지적하고 보완하였다. 특히 저자는 《시고변》에서, 주희가 국풍(國風)의 많은 시들을 음시(淫詩)로 규정하고 그 시의 작자 역시 음분(淫奔)한 자로 규정한 다음 이에 입각하여 시를 해석한 이른바 '음시설(淫詩說)'을 비판하였는데, 이 글에서 인용한 《시고변》의 논설도 그러한 부분이다.(이상 《시고변》의 대략에 관해서는 윤선영의 2011년 고려대학교 석사논문 《명고 서형수의 시고변 연구》 참조.)

한편 《시고변》은 수많은 《시경》의 주석서 및 학자들의 학설을 인용하고 있는데, 《자공시전》과 《신배시설》은 《시고변》에서 인용한 적이 없다. 《시고변》 저술 후에 그 주장을 뒷받침할 근거를 《자공시전》과 《신배시설》에서 얻고서 이를 후술한 것이다.

합책하였다.

合冊 題子貢詩傳申培詩說後

내가 예전에 《시고변(詩故辨)》한 책을 지으면서 《시경》의 〈진풍(陳風) 택피(澤陂)〉[2] 부분에 다음과 같이 안설(按說)을 단 적이 있다.

"이 시는 고서(古序 모서(毛序))에 '시대 상황을 풍자한 시이다.'라고 하였고, 부연한 말에는 '영공(靈公)과 신하들이 그 나라에서 음탕한 짓을 하니, 남녀 백성들도 서로 좋아하여 근심하고 그리워하며 가슴

따라서 이 글은 《자공시전》과 《신배시설》에 대한 제사라기보다 오히려 《시고변》의 논설이 연장된 성격이 짙다. 《시고변》은 현재 오사카 부립 나카노시마 도서관(大阪府立中之島圖書館)에 소장되어 있으며 국립중앙도서관에 오사카본의 복제본(古1233-61-1~3)이 있다.

2　진풍(陳風) 택피(澤陂) : 저자의 논의의 이해를 위해 전문을 제시한다. "저 못 둑에 부들과 연꽃 있도다. 아름다운 한 사람이여, 슬퍼한들 어이하리. 자나 깨나 하염없이 눈물 콧물만 줄줄 흘리노라. 저 못 둑에 부들과 난초 있도다. 아름다운 한 사람이여, 훤칠한데다 수염도 아름답도다. 자나 깨나 하염없이 마음속으로 근심하노라. 저 못의 둑에 부들과 연꽃 있도다. 아름다운 한 사람이여, 훤칠한 데다 의젓하도다. 자나 깨나 하염없이 뒤척이며 베개에 엎드려 있노라.〔彼澤之陂, 有蒲與荷. 有美一人, 傷如之何? 寤寐無爲, 涕泗滂沱. 彼澤之陂, 有蒲與蕑. 有美一人, 碩大且卷. 寤寐無爲, 中心悁悁. 彼澤之陂, 有蒲菡萏. 有美一人, 碩大且儼. 寤寐無爲, 輾轉伏枕.〕"이 시의 역사적 배경은 다음과 같다. 진(陳)나라 영공(靈公)이 정(鄭)나라 목공(穆公)의 딸이자 진나라 대부 하어숙(夏御叔)의 아내인 하희(夏姬)를 신하인 공녕(孔寧), 의행보(儀行父) 등과 함께 간통하였는데, 이를 대부인 설야(洩冶)가 간하였으나 영공은 듣지 않고 그를 죽였다. 마침내 영공은 하어숙의 아들 하징서(夏徵舒)에게 시해당하였다. 이를 빌미로 초(楚)나라 장왕(莊王)이 침공하여 진나라를 멸망시키고 현(縣)으로 삼았다. 《春秋左氏傳 宣公10·11年》

태운 것이다.'라고 하였다. 모장(毛萇)은 말하기를 '음풍(淫風)이 동성(同姓)에게서 생겨난 것이다.'라고 하였는데,[3] 《국어(國語)》〈초어(楚語)〉에 이르기를 '진(陳)나라 공자(公子) 하(夏)가 아들인 어숙(御叔)을 위하여 정(鄭)나라에서 어숙의 아내를 맞아들이니 이 둘 사이에서 자남(子南)이 태어났다.'라고 하였으니, 하씨(夏氏)는 실로 진나라의 동성(同姓)이었다.[4] 공영달(孔穎達)은 '아름다운 사람을 그리워하나 볼 수 없었다.'라고 하였는데, 주자는 '이 시는 〈월출(月出)〉[5]과 유사하다.'라고 하였으니, 바로 음란한 짓을 하는 자가 스스로 지은 글이라고 본 것으로 공영달의 설과 합치된다.

그러나 이른바 '시인이 음란함을 풍자하는 문체'란, 예컨대 〈패풍(邶風) 신대(新臺)〉나 〈용풍(鄘風) 장유자(墻有茨)〉가 모두 추악함을 비난하는 뜻이니,[6] 〈택피〉 시의 이른바 '슬퍼한들 어이하리〔傷如之何〕'라

---

3 모장(毛萇)은……하였는데 : 모장은 '毛長'으로 쓰기도 한다. 저본에는 '毛長'으로 되어 있다. 전한(前漢) 때의 인물로 스승인 모형(毛亨)과 함께 모시학(毛詩學)의 개창자이다. 스승인 모형을 대모공(大毛公), 모장을 소모공(小毛公)으로 부른다. 이들 이전에는 노시(魯詩), 제시(齊詩), 한시(韓詩) 등 3가의 시경학이 존재했으나, 현재는 모두 전하지 않고 오직 모시만이 전해진다. 본문의 해당 구절은 《모시주소(毛詩註疏)》에 나오는데, "'흥'이라는 것은 부들로 좋아하는 남자의 성품을 비유하고 연꽃으로 좋아하는 여자의 용모를 비유한 것이니, 바로 못 가운데의 두 물건으로 시를 일으킨 것은 음풍이 동성에게서 생겨남을 비유한 것이다.〔興者, 蒲以喩所說男之性, 荷以喩所說女之容體也. 正以陂中二物興者, 喩淫風由同姓生.〕"라고 하였다.

4 국어(國語)……동성(同姓)이었다 : 진나라 공자 하는 진나라 선공(宣公)의 아들이었다. 자남은 하징서(夏徵舒)의 자이다.

5 월출(月出) : 〈택피(澤陂)〉와 마찬가지로 〈진풍(陳風)〉에 속한다. 주희(朱熹)는 〈월출〉을 남녀가 서로 좋아하여 그리워하는 시라고 하였고, 모서(毛序)에서는 여색(女色)을 좋아하는 것을 풍자한 시라고 하였다.

는 말이 이런 시편들과 무엇이 비슷하단 말인가. 그러므로 《모전(毛傳)》의 부연 설명이 꼭 맞는 말인지는 모르겠다. 그리고 이른바 '음란한 짓을 하는 자가 스스로 시를 지을 때의 문체'란, 예컨대 〈용풍 상중(桑中)〉이나 〈정풍(鄭風) 산유부소(山有扶蘇)〉가 또 모두 방탕하고 음란한 글이니,[7] 〈택피〉 시의 이른바 '눈물 콧물만 줄줄 흘리노라〔涕泗滂沱〕'라는 말이 또한 이런 시편들과 무엇이 유사하단 말인가. 그러므로 공영달의 설과 주자의 《시전(詩傳)》이 꼭 맞는 말인지는 모르겠다. 또 '부들〔蒲〕'과 '난초〔蕑〕'와 '연꽃〔菡萏〕'은 향기 나는 풀 아닌 것이 없으니, 반드시 향기로운 명성이 퍼진 자라야 이 시에 해당될 수 있는 것이다. 향기 나는 풀을 가지고 음란한 사람을 풍자한다면, 어디에 '흥(興)'을 취한 뜻이 있다고 하겠는가.

살펴보건대 《춘추좌씨전(春秋左氏傳)》에 '진나라 영공이 공녕(孔寧), 의행보(儀行父)와 함께 하희(夏姬)와 통정하자, 설야(洩冶)가 간

---

6 패풍(邶風)……뜻이니 : 모서에 따르면, 〈신대〉는 위(衛)나라 선공(宣公)이 아들 급(伋)의 아내를 자신의 아내로 삼고서 하수가에 신대를 지으니 나라 사람들이 이를 미워하여 지은 시이고, 〈장유자〉는 위나라 공자(公子) 완(頑)이 군주의 어머니와 사통한 것을 나라 사람들이 미워하여 지은 시이다. 주희도 대체로 모서의 의견에 동의하였다. 〈신대〉에는 "편안하고 순한 것을 구하였는데 이 병신 꼽추만 얻었구나.〔燕婉之求, 得此戚施.〕", 〈장유자〉에는 "담장에 남가새가 있으니 쓸어버릴 수가 없도다.……만약 말할진댄 말만 더러워지도다.〔牆有茨, 不可掃也.……所可道也, 言之醜也.〕" 등과 같이 추악함을 비난하는 표현들이 있다.

7 용풍……글이니 : 모서에 따르면, 〈상중〉은 위나라 왕실이 음란한 짓을 하여 아랫사람들도 서로 남녀가 좋아하고 불륜을 저지른 것을 풍자한 시이고, 〈산유부소〉는 정(鄭)나라 태자 홀(忽)이 제(齊)나라와 혼인 관계를 맺지 않았다가 결국 강대국의 원조가 없어서 축출을 당한 것을 풍자한 시이다. 주희는 〈상중〉에 대해서는 모서와 견해를 같이하였으나, 〈산유부소〉는 음탕한 여자가 사통하면서 지은 시라고 보았다.

하기를 「군주와 신하가 음란한 짓을 드러내 보이면 백성들은 본받을 곳이 없게 됩니다.」라고 하였다. 영공이 「내가 잘못을 고치겠다.」라고 하고서 공녕과 의행보 두 사람에게 이 사실을 말하였다. 두 사람이 설야를 죽일 것을 청하자 영공이 막지 않으니 마침내 설야를 살해하였다.[8]라고 하였으니, 아마도 이 시는 설야를 위해 지은 것으로서 〈주림(株林)〉[9] 편 다음에 기록해둔 것이 아니겠는가. '부들'과 '난초'와 '연꽃'은 향기로운 명성이 잘 퍼진 것을 가리키는 것이요, '아름다운 한 사람〔有美一人〕'은 설야가 선한 사람임을 가리키는 것이요, '자나 깨나 하염없이〔寤寐無爲〕'는 설야를 위험에서 구원하려고 해도 할 수 없는 것이요, '눈물 콧물만 줄줄 흘리노라'는 상심하면서 스스로 억제하지 못하는 것이요, '마음속으로 근심하노라〔中心悁悁〕'는 생각하면서 차마 잊지 못하는 것이다. 그리고 마지막에 가서 마침내 뒤척이며 베개에 엎드려 시대를 근심하고 세상을 개탄한 생각은, 바로 〈진풍(秦風) 황조(黃鳥)〉 편에서 훌륭한 사람의 죽음을 슬퍼한 것 및 〈패풍 북문(北門)〉 편에서 난세를 근심한 것[10]과 동일한 뜻이니, 이른바 '비유적인 표현을 사용하여 은근히 간하여 간언을 한 자는 벌을 받지 않고 간언을 들은 자는 충분히 경계로 삼을 수 있었다.'[11]는 것이 아니겠는가.

8 진나라……살해하였다 : 선공(宣公) 9년의 기사를 축약 인용한 것이다.

9 주림(株林) : 《시경》 〈진풍〉의 한 편명으로, 진나라 영공이 하희와 간음하는 것을 풍자한 시이다.

10 진풍(秦風)……것 : 〈황조〉 편은 진(秦)나라 목공(穆公)이 죽자 진나라의 훌륭한 세 사람이었던 자거씨(子車氏)의 아들들이 순장(殉葬)당하는 것을 슬퍼한 시이고, 〈북문〉 편은 위(衛)나라의 현자가 난세에 처하여 혼암한 군주 밑에서 뜻을 얻지 못하는 것을 근심한 시이다.

역사책에서 고찰해보아도 근거가 있고 시의 문장에서 징험해보아도 은연중에 부합하며, 편차된 규칙을 가지고 비추어보아도 서로 가깝고 '흥'의 방식을 취한 뜻을 가지고 바로잡아보아도 들어맞으니, 감히 함부로 억설(臆說)을 늘어놓아 《시경》에 주석을 낸 학자들보다 훌륭하기를 구한 것이 아니다. 이 글을 읽는 자들은 상세히 살펴볼지어다."

내가 처음에 이 설을 짓고서 그래도 명확한 근거가 없어서 감히 대번에 자신하지는 못하였다. 그런데 근자 《자공시전》과 《신배시설》을 고찰해보니, 《자공시전》에는 "진나라가 그 대부 설야를 죽이니 –2자가 결락되었다.–[12] 상심하여 〈택피〉 시를 읊었다."라고 하였고, 《신배시설》에는 "〈택피〉는 설야가 간하다가 죽자 군자가 상심한 것이니 흥이다."라고 하였다. 《자공시전》과 《신배시설》은 참과 거짓, 의심스러운 것과 믿을 만한 것들이 뒤섞여 뒤죽박죽인 논의가 참으로 많다. 그러나 이 장의 이 설은 이미 예로부터 전해져온 것이니, 내가 참람하게 근거도 없는 주장을 펼쳤다는 죄를 벗을 수 있을 것이요, 또한 다행히 천려일득(千慮一得)의 견해가 전 시대의 사람과 은연중에 부합되기에 특별히 권말에 적어 백세 뒤의 정론(定論)을 기다린다.

11 비유적인……있었다 : 《모시(毛詩)》의 〈대서(大序)〉에 나오는 말이다. 모서(毛序) 중에서 〈주남(周南) 관저(關雎)〉 편에 달린 글을 특별히 〈대서〉라고 부르는데, 《시경》의 전체적인 대의가 설명되어 있다.

12 2자가 결락되었다 : 저자의 글에 결락이 있는 것이 아니라, 《자공시전》의 원문에 결락이 있는 것이다. 국립중앙도서관 소장 《21종비서(卄一種秘書)》(古貴3744-11-1-8)에 들어 있는 《자공시전》의 해당 부분을 보면 2자가 결락되어 있다.

《모서하집》에 쓴 제사[13]

題毛西河集卷

정자(程子)와 주자(朱子)의 학문은 위로 공자(孔子)와 맹자(孟子)를 이어 천년토록 사문(斯文)의 정맥(正脈)이 되었다. 그러나 명물(名物)과 훈고(訓詁) 부분에서는 혹 검증과 대조를 제대로 하지 못한 부분이 없지 않으니, 후인들이 이러한 결점을 보충하는 것은 실로 또한 정자와 주자가 후학들에게 바랐던 점일 것이다. 비록 정자를 추종했던 주자라 할지라도 《주역(周易)》, 《시경(詩經)》, 《논어(論語)》, 《맹자(孟子)》와 같은 경우 정자의 설을 다 따르지는 않았고, 《대학

---

13 【작품해제】《모서하집》은 명말청초의 학자인 모기령(毛奇齡, 1623~1716)의 문집이다. 모기령은 절강(浙江) 소산(蕭山) 사람으로 본명은 신(甡), 자는 대가(大可)·제우(齊于)·우일(于一), 호는 초청(初晴)·추청(秋晴)·서하선생(西河先生)이다. 청나라 초기에 항청(抗淸) 운동에 가담했다가 일이 실패한 뒤 방랑하던 중 강희(康熙) 18년(1679) 박학홍사과(博學鴻詞科)에 천거되고 한림원 검토(翰林院檢討)에 임명되어 《명사(明史)》 편찬에 참여했다. 얼마 뒤 귀향하여 다시 출사하지 않았다. 박문강기(博聞强記)하여 다방면에 걸쳐 많은 저술을 지었으며, 양명학(陽明學)적 성향과 함께 고증학적 자세를 보였다.

그의 저술에는 송학(宋學)을 비난하는 내용이 많았는데, 특히 경학(經學) 분야에서 고증을 통해 송학의 오류를 대대적으로 비판하였다. 이러한 그의 저술은 조선 후기 학계에서 취사선택하는 방식으로 받아들여졌다. 즉 조선에서는 송학의 성리학적 입장을 고수하고 옹호하면서 모기령을 비판하는 한편으로 송학이 보여준 일부 사실 관계의 오류에 있어서는 그의 고증학적 방법론을 수용해 보정(補正)하는 방식을 취하기도 한 것이다. 지금 저자가 《모서하집》에 쓴 이 제사는 바로 그러한 입장을 잘 보여주는 글이라 할 수 있겠다.

(大學)》과 《중용(中庸)》 같은 경우에는 더욱 독실하게 정자의 설을 종지로 삼았으면서도 교정한 부분이 더욱 많았다. 이는 큰 본원을 마음으로 체득하여 이어 받들면 장구의 차례나 글 뜻에서 각자의 의견이 있는 것은 따질 것이 못 되었기 때문이다.

그렇다면 정자와 주자가 한 말이라 하여 감히 터럭만큼도 이의를 제기하지 못했던 것은 진실로 남송(南宋) 이후 유가(儒家)의 말폐(末弊)인 것이다. 이 문집의 경우 대단한 고증의 자료이자 뛰어난 박학(博學)의 글이 아닌 것은 아니지만, 정자와 주자의 말에 교묘하게 비판을 가하면서 다투려는 마음과 이기려는 기세를 드러낸 점에서는 남을 해치고 꺾으려는 본색을 감출 수가 없다.

무릇 명리(名理)는 천하의 공물(公物)이니, 이것을 가지고 주장을 세울 적에 본령이 이미 그릇되면 비록 말마다 모두 타당하다 해도 백정이 예불(禮佛)하는 것과 무엇이 다르겠는가. 주자도 진실로 오류가 없을 수 없으니, 호련(瑚璉)에서 하(夏)나라와 은(殷)나라를 바꿔 말하고 농가(農家)에서 사마천(司馬遷)과 반고(班固)를 바꿔 말하였다.[14] 이와 같은 부류들을 누가 오류라고 하지 않겠는가마는 그렇다고 이것이 주자가 주자인 것에 무슨 문제가 되는가.

---

14 호련(瑚璉)에서……말하였다 : 《예기(禮記)》 〈명당위(明堂位)〉에 "하후씨의 4련과 은나라의 6호〔夏后氏之四璉, 殷之六瑚〕"라고 하였는데, 주희(朱熹)는 《논어》 〈공야장(公冶長)〉의 '호련' 부분에 주석을 달면서 '호'를 하나라의 것이라 하고 '련'을 은나라의 것이라고 하였다. 또 반고의 《한서(漢書)》 〈예문지(藝文志)〉에 전국(戰國) 시대의 학파를 9가로 분류하면서 처음 '농가'라는 말을 사용하였는데, 《맹자》 〈등문공 상(滕文公上)〉의 "신농의 말을 하는 자인 허행〔有爲神農之言者許行〕" 부분에 주희가 주석을 달면서 사마천이 말한 농가의 부류라고 하였다.

예전에 진대장(陳大章)이 《자치통감(資治通鑑)》을 익숙하게 읽고서 엉성하고 잘못된 부분을 찾아내어 이를 논박하는 글을 한 편 지어그 벗에게 보여주니, 벗이 "구태여 이처럼 할 것이 없다. 단지 그 아래에 주석을 달아 '어떠해야 한다.'라고만 하면 충분하다. 우주 간의 몇몇위대한 서적들의 경우, 비유하자면 조부의 유훈에 만일 우연히 잘못된부분이 있는데 '나의 당시 기억으로는 이와 같다.'라고 말하기만 좋아하여 거리낌 없이 변증을 한다면 곧 입언의 체제가 아니게 되는 것과같다."라고 하였다. 《자치통감》도 오히려 그러한데 하물며 경전의 전주(箋注)이겠는가.

　이러한 풍조가 한번 열리자 뒤 폐단이 만연하게 되었다. 근래 이름있는 유자들은 정자와 주자의 책을 읽고서 의리가 정밀하고 순정한부분은 그 언저리도 엿보지 못하다가 인명, 지명, 도수, 문물 부분에서한두 군데 잘못된 곳을 발견하면, 미친 듯 크게 소리를 쳐대면서 여러장의 종이에다 반박하는 글을 써 내려가기를 그치지 않는다. 그러면서이것으로 주자와 대척점을 삼으려 하니 스스로를 헤아리지 못함이 심하다. 그 근본을 궁구해보건대 모두 서하가 잘못된 시초를 만든 것이니,철저하게 죄를 묻는다면 서하가 사문의 적이 됨을 면할 수 있겠는가.

《명일통지》에 쓴 제사[15]

題明一統志卷

《명일통지》는 대학사(大學士) 이현(李賢) 등이 칙명을 받들어 찬수한 것으로 안으로는 13개의 성(省), 밖으로는 도적(圖籍)에 입록(入錄)되어 있는 사방 여러 나라의 풍토 및 물산의 연혁을 다 기록한 책이다. 그러나 고증이 정확하지 못하고 오류가 곳곳마다 발생하여, 허술하게 분량이나 채운 모양새가 왕왕 보는 사람으로 하여금 냉소를 짓게 만든다.

예컨대 임구(臨泃)는 당(唐)나라의 현인데 한(漢)나라의 현으로 착각하였고, 단료(段遼)는 사람 이름인데 나라 이름으로 오인하였으며, 금(金)나라 선종(宣宗)의 장지(葬地)는 대량(大梁)에 있는데 방산(房山)의 황릉 가운데 하나로 열거하였고, 평주(平州) 땅이 우연히 '조선(朝鮮)'으로 명명된 것을 가지고 기자(箕子)가 봉해진 곳이라고 기록

---

15 【작품해제】《명일통지》는 명(明)나라 천순(天順) 5년(1461)에 이부 상서(吏部尙書) 겸 한림원 대학사(翰林院大學士) 이현(李賢) 등이 명을 받들어 완성한 지지(地誌)이다. 《사고전서총목제요(四庫全書總目提要)》에 따르면, 태조 때에 《대명지(大明志)》를 만들었으나 전하지 않고, 태종 때에 다시 찬집할 것을 명했다가 완성을 보지 못하고 중단된 것을 영종(英宗)이 속개하여 완성을 본 것으로, 매우 폭넓고 자세하지만 내용상의 오류가 많다고 하였다.

그런데 저자가 이 제사에서 지적하고 있는 《명일통지》의 오류들은 모두 고염무(顧炎武)의 《일지록(日知錄)》에서 지적된 사항들이다. 이는 권6의 〈사위 김원익 노겸에게 답한 편지〉에서 저자가 《설문장전(說文長箋)》의 오류를 지적한 내용들이 모두 《일지록》에 나오는 것과 같은 경우로, 저자의 지적 배경을 알 수 있는 사례이다.

하였다.[16] 그 밖에 잘못 인용된 글과 잘못 기록된 사실들은 박식하고 전아한 사람의 견해가 아니더라도 그 빈틈이 드러나는 것을 이루 다 할 수 없다.

이 책의 찬집은 영락(永樂 명 태종의 연호) 때부터 시작되어 천순(天順 명 영종의 연호) 때에 마쳤으니, 당시 넉넉한 시간 동안 완성을 보게 한 것이 어찌 오랫동안 전해지게 하려던 계획이 아니겠는가. 그러나 맡은 사람이 적임자가 아니었던 데다 그나마 맡은 사람도 성의를 다하지 않아, 문헌을 크게 갖추려고 하는 조정의 고심(苦心)을 저버리고, 고금의 사실을 알지 못한다는 후세 사람들의 비난을 실컷 받게 하였으니, 애석하다.

---

16 임구(臨泃)는……기록하였다 : 임구에 대해 《명일통지》에는 '삼하현(三河縣)' 조항에서 "본래 한나라 때 임구현 땅[本漢臨泃縣地]"이라고 기록하였으나, 《전한서(前漢書)》와 《후한서(後漢書)》에 모두 기록이 없고 《구당서(舊唐書)》〈지리지(地理志)〉의 '하동도(河東道)' 부분에 처음으로 임구현을 설치하였다는 기록이 보인다. 단료는 오호 십육국 시대 때 단부선비(段部鮮卑)의 수령의 이름으로 《진서(晉書)》 등에 그 이름이 보이는데, 《명일통지》에는 '밀운산(密雲山)' 조항에서 "연과 조의 병사가 이곳에 매복했다가 요의 무리를 크게 사로잡았다.[燕趙伏兵於此, 大獲遼衆.]"라고 하여 마치 나라 이름인 것처럼 인식하였다. 또한 금나라는 선종 당시에 몽고의 침입을 받아 북경(北京)을 빼앗기고 대량으로 천도하였으므로 선종 역시 대량에 장사 지냈을 것인데, 《명일통지》에는 '선종릉'과 '장종릉(章宗陵)' 부분에서 모두 북경 부근인 방산에 있다고 하였다. 또 위(魏)나라 때 단지 그 이름만 취하여 평주(平州) 경내에 조선현(朝鮮縣)을 설치하였을 뿐인데, 《명일통지》에는 영평부(永平府)의 '조선성(朝鮮城)' 부분에서 기자가 봉해진 지역이 이곳이라고 하였다.

〈주자만년정론〉에 쓴 제사[17]

題朱子晚年定論卷

17 【작품해제】〈주자만년정론〉은 명(明)나라의 왕수인(王守仁, 1472~ 1528)이 지은 것으로, 주희(朱熹)의 글 가운데 34편의 서간문을 선별하여 분석한 다음, 주희의 학설에는 초년과 만년의 차이가 있고 그 가운데 만년의 설을 정론으로 삼아야 하며, 그 정론은 결국 육구연(陸九淵)이나 왕수인 자신의 생각과 일치한다는 논리를 세운 글이다. 이 글은 왕수인 당시에 이미 그의 제자들이 목판으로 인행하였고 후에 왕수인의 문집인 《왕문성전서(王文成全書)》에 수록되었다.

조선조 성리학자들에게도 초년과 만년에 따른 주희 학설의 차이점은 큰 관심사였다. 이황(李滉), 이이(李珥) 등이 이미 이에 대해 관심을 보였으며 송시열(宋時烈), 한원진(韓元震), 박세당(朴世堂), 박세채(朴世采), 홍여하(洪汝河), 이규경(李圭景), 이진상(李震相) 등 수많은 학자들이 이에 대한 글을 남겼다. 그러나 조선조 성리학자들은 초년과 만년의 학설에 차이가 있다는 점에만 주목하고 독자적으로 그 지점을 찾으려 하였을 뿐, 왕수인의 주장은 대체적으로 비판하고 배척하면서 이단시하는 경향을 보였다.

이 제사에서 보여주고 있는 저자의 논지 역시 이와 크게 다르지 않다. 다만 이 글에서는 양명학(陽明學) 그 자체의 존재와 차이점은 자연스러운 일로 인정하는 견해를 보이면서, 이를 바탕으로 조정에서 의견 차이 때문에 극단적인 대립을 일삼는 세태를 비판하는 쪽으로 논지를 발전시키고 있다.

한편 주희의 학설에 초년과 만년의 차이가 있다는 설이 정민정(程敏政)으로부터 나와 왕수인에게서 완성되었다는 견해는 고염무(顧炎武)의 《일지록(日知錄)》 권18에 보이는 내용 그대로이다. 또한 "한 사람의 몸으로 천하를 바꾼다."라는 표현 역시 《일지록》 권18에 보인다. 다른 몇몇 글을 포함하여 이 글에서도 고염무의 흔적이 보이는 점은 눈여겨볼 만하다.

〈주자만년정론〉과 관련해서는 "정동국, 〈왕양명의 주자만년정론에 대한 일고〉, 《중국어문학》 제34집, 영남중국어문학회, 1999", "전재동, 〈조선 유학자들의 주자만년정론설 수용과 비판에 관한 연구〉, 《영남학》 제12집, 경북대학교 영남문화연구원, 2007" 참조.

주자와 육상산(陸象山 육구연(陸九淵))의 학설이 초년에는 달랐다가 만년에는 합치되었다는 설은, 정황돈(程篁墩) 민정(敏政)[18]에게서 시작되어 왕양명(王陽明) 수인(守仁)에게서 완성되었다. 정황돈이 〈도일편(道一編)〉을 저술하였는데 주자와 육상산 학설의 동이점을 세 부분으로 구분하여 처음에는 얼음과 숯이 상반되는 것 같았다가 중간에는 서로 반신반의하였고 종국에는 보거(輔車)[19]가 서로 의지하는 것 같았다고 하였다.[20] 그런데 왕양명이 이 견해를 이어받아 마침내 〈주자만년정론〉을 지었으니, 바로 주자가 학문을 논한 서간문 중에서 내면 공부가 주된 뜻인 것 30여 조목을 뽑은 다음, 중년 이전에는 견해가 참되지 못했고 만년에 가서야 비로소 논의를 확정할 수 있었다고 하면서 이것을 주자의 정론이라고 하였다.[21]

---

18 정황돈(程篁墩) 민정(敏政) : 황돈은 정민정(1445~1499)의 호이다. 명(明)나라 때 학자로 자는 극근(克勤)이다. 좌유덕(左諭德), 예부 우시랑(禮部右侍郎) 등을 역임하였으며 황태자를 직접 가르치기도 하였다. 당시에 학문의 해박으로는 정민정, 문장의 고아함은 이동양(李東陽)이라고 칭해졌다. 저서에 《황돈문집》 등이 있다.

19 보거(輔車) : 보(輔)는 협보(頰輔)로 뺨에 붙은 뼈를 가리키고, 거(車)는 아거(牙車)로 어금니 아래 뼈이다. 《춘추좌씨전(春秋左氏傳)》 희공(僖公) 5년에 "속담에 이른바, '보거(輔車)가 서로 의지하고 입술이 없어지면 이가 시리다는 것'은 우(虞)와 괵(虢)을 두고 이른 것이다."라고 하였다.

20 처음에는……하였다 : 이상의 견해는 정민정의 《황돈문집(篁墩文集)》 권28 〈도일편서(道一編序)〉에 보인다.

21 주자가……하였다 : 왕수인의 문집인 《왕문성전서(王文成全書)》 권3 〈주자만년정론〉에 "유독 주자의 설만은 상충되는 부분이 있었으니, 이것이 항상 마음에 걸려 '주자 같은 현인이 어찌 이런 부분에서 오히려 살피지 못한 점이 있을까?'라고 의심하였다. 그러다가 남경(南京)에 부임하게 되어서 다시 주자의 글을 가져다 검토해본 연후에야 주자가 만년에 진실로 이미 구설의 잘못을 크게 깨닫고 통렬히 후회하고 반성하면서

그러나 당시에 나정암(羅整庵) 흠순(欽順)[22]이 이미 왕양명에게 편지를 보내 그 망령됨을 지적하면서, 하숙경(何叔京)의 죽음이 실로 《논어》와 《맹자》의 《집주(集注)》와 《혹문(或問)》이 완성되기 전임을 들어 왕양명의 〈주자만년정론〉에서 취사선택한 하숙경과의 왕복 서찰은 주자 만년에 작성된 것이 아님을 변별하였다.[23] 그렇고 보면 무릇

'스스로를 속이고 남을 속인 죄를 이루 다 갚을 수가 없다.'라고까지 말하게 되었다는 것을 알았다. 세상에 전하는 《집주》나 《혹문》 따위는 바로 중년 시절 확정되지 못한 학설이니 주자도 스스로를 책망하면서 '구본의 오류는 개정하려고 생각했으나 미처 하지 못하였다.'라고 하였다.〔獨於朱子之說, 有相牴牾, 恒疚於心, 竊疑朱子之賢而豈其 於此尙有未察? 及官留都, 復取朱子之書而檢求之, 然後知其晚歲固已大悟舊說之非, 痛 悔極艾, 至以爲自誑誑人之罪, 不可勝贖. 世之所傳集註或問之類, 乃其中年未定之說, 自咎以爲舊本之誤, 思改正而未及.〕라고 한 부분을 요약한 것이다. 이 가운데 "스스로 를 속이고 남을 속인 죄를 이루 다 갚을 수가 없다."는 주희의 《회암집(悔菴集)》 권40 〈답하숙경(答何叔京)〉에 나오는 말이다.

22 나정암(羅整庵) 흠순(欽順) : 정암은 나흠순(1465~1547)의 호이다. 명(明)나라 때 학자로 자는 윤승(允升), 시호는 문장(文莊)이다. 남경국자감 사업(南京國子監司 業), 이부 상서(吏部尙書) 등을 역임하였다. 처음에는 불교에 심취하였으나 이를 버리고 성리학에 매진하였다. 저서에 《곤지기(困知記)》, 《정암존고(整庵存稿)》 등이 있다.

23 나정암(羅整庵)……변별하였다 : 나흠순의 《곤지기(困知記)》 부록 〈여왕양명서 (與王陽明書) 경진 하(庚辰夏)〉에 "다만 이른바 '만년'이라는 것은 어느 연도를 기준으 로 재단하신 것인지 모르겠고, 주자가 쇠약해진 몸으로 병을 앓았던 여름이라는 것은 상고할 겨를이 없습니다. 그러나 하숙경이 순희 을미년(1175)에 죽었는데 당시 주자의 나이 바야흐로 46세였으며 그로부터 2년 뒤인 정유년(1177)에 《논어》와 《맹자》의 《집 주》와 《혹문》이 비로소 완성되었다는 것을 우연히 고찰해내었습니다. 그런데 지금 하 숙경에게 답한 편지 4통에서 취한 내용을 가지고 주자의 만년 정론이라 하시고 《집주》 와 《혹문》에 대해서는 중년 시절 확정되지 못한 학설이라고 하시니, 상세한 고증이 미비하고 주장도 너무 과감한 듯하다고 생각됩니다.〔第不知所謂晚年者, 斷以何年爲定, 羸軀病暑, 未暇詳考. 偶考得何叔京氏卒於淳熙乙未, 時朱子年方四十有六, 爾後二年丁

왕양명이 설정한 30여 조목의 시기 선후는 자기 견해에 맞추기 위해 마음대로 억측하여 단정한 것 아님이 없음을 미루어 알 수 있다.

동완(東莞) 진건(陳建)[24]은 《학부통변(學蔀通辨)》[25]을 지으면서 《주자연보(朱子年譜)》, 《주자행장(朱子行狀)》, 《주자문집(朱子文集)》, 《주자어류(朱子語類)》의 내용들을 두루 취하여 연도별로 나누어 편차하고서 논변하기를, "주자와 육상산의 학설이 초년에는 같았다가 만년에는 달라진 실제는 두 사람의 연보와 문집에 매우 분명하게 나와 있다. 그런데 정황돈과 왕양명은 육상산의 학설과 합치되는 주자의 의론만을 가져다가 초년과 만년을 뒤바꿔서 육학(陸學)의 합리화를 위한 미봉책으로 삼고 그것이 주자를 기망하는 것이라는 점은 신경 쓰지 않았다. 주자에게는 주자의 정론이 있고 상산에게는 상산의 정론이 있는지라 억지로 같게 만들 수 없으니, 허정(虛靜)만을 힘쓰고 정신을 완전하게 기르는 것은 상산의 정론이요, 경(敬)을 주장하여 함양하는 것과 독서하여 이치를 궁구하는 것과 직접 체인하여 힘써 행하는 것, 이 세 가지를 함께 닦아 아울러 이룩하는 것은 주자의 정론이다. 옛날에 배연령(裴延齡)[26]이 있는 사실을 가리고서 없다고 하고 없는 사실을

酉而論孟集註或問始成. 今有取於答何書者四通, 以爲晚年定論, 至於集註或問, 則以爲中年未定之說. 竊恐考之欠詳而立論之太果也.]"라고 한 것을 가리킨다.

24 동완(東莞) 진건(陳建) : 진건(1479~1567)은 명(明)나라 때 학자로 광동(廣東) 동완현(東莞縣) 출신이며 자는 정조(廷肇), 호는 청란(清瀾)이다. 양신 지현(陽信知縣)을 지내고 노모 봉양을 이유로 은거하였다. 육구연과 왕수인의 심학(心學)을 배격하고 주희의 이학(理學)을 옹호하였다. 저서에 《학부통변》, 《남우록(濫竽錄)》 등이 있다.

25 학부통변(學蔀通辨) : 진건의 저술로 불교, 육구연, 왕수인의 학설에 대하여 주자의 문집, 연보, 어류 등의 자료를 조목별로 제시하고 논설을 달아 그 오류를 비판하였다.

가리켜 있다고 하면서 군주를 기망하니, 육선공(陸宣公)[27]이 말하기를 '조정을 우롱함이 조고(趙高)[28]보다 심하다.'라고 하였다. 지금 정황 돈 등이 분명코 있는 사실을 가리고서 없다고 하고 없는 사실을 가리켜 있다고 하면서 후학을 속였으니, 어찌 오도(吾道) 가운데의 배연령이 아니겠는가."[29]라고 하니, 그 논변이 엄격하고도 철저하다고 이를 만하다.

내 생각은 다음과 같다. 한 사람의 몸으로 천하를 바꾸어 그 논설이 만연하게 퍼져 몇백 년 동안이나 사그라지지 않는 자는 요컨대 모두 인걸(人傑)이다. 더군다나 육상산과 왕양명의 학술은 실로 정자(程子), 주자와 똑같이 공자와 맹자를 스승으로 삼았고 똑같이 심(心)과 성(性)을 연구하였고 똑같이 인륜을 닦았으며 그 출처와 언행의 성취가 또 저와 같이 우뚝하게 수립되었으니, 이들을 오히려 양주(楊朱),

---

26 배연령(裵延齡) : 728~796. 당(唐)나라 덕종(德宗) 때의 인물로, 천성이 가혹하고 아랫사람을 수탈하여 윗사람에게 아첨하며 술수에 능했다. 《唐書 卷167 裵延齡傳》

27 육선공(陸宣公) : 당(唐)나라 때의 재상인 육지(陸贄, 754~805)이다. 자는 경여(敬輿)이며 선공은 시호이다. 문장이 유창하고 선정을 베풀었으나, 배연령 등 간신의 모함으로 쫓겨났다. 저서에 《육씨집험방(陸氏集驗方)》 등이 있으며, 그의 간언을 모은 《육선공주의(陸宣公奏議)》가 널리 읽혔다.

28 조고(趙高) : ?~기원전 207. 진(秦)나라 때의 환관으로 시황제(始皇帝)가 죽은 후 거짓 조서를 꾸며 태자 부소(扶蘇)를 자결하게 하고 막내였던 호해(胡亥)를 옹립한 후 정권을 농단하다가 호해마저도 시해하였다. 후에 부소의 아들 자영(子嬰)에게 죽임을 당하고 3족이 멸족되었다.

29 주자와……아니겠는가 : 《학부통변》에서는 〈제강(提綱)〉, 상권, 하권 등에 나누어져 있는 말들을 합쳐서 기록하였다. 또한 문장에 약간의 차이도 있다. 대체적으로는 《학부통변》 자체보다는 고염무(顧炎武)의 《일지록(日知錄)》에서 인용한 문장을 재인용한 것이다.

묵적(墨翟), 도교, 불교와 함께 이단으로 몰아세우고 문과 담장에서 내칠 수 있겠는가.[30] 굳이 그 책을 불사를 것이 없고 단지 그 사람을 올바른 사람으로 만들기만 하면 충분하니,[31] 어찌 차이점을 합치시키고 초년이니 만년이니 구분할 것이 있겠는가.

대저 천하가 생겨난 지 오래이므로, 곧 세교(世敎)와 풍속(風俗)은 논할 것 없이, 음과 양의 두 기가 굽혀졌다 펴졌다 하는 사이에 들쭉날쭉 가지런하지 못한 것이 없을 수 없는 것은 형세상 당연한 것이다. 그리고 시대가 점차 내려오면서 의론이 더욱 사나워져서 왕왕 청운(靑雲) 위로 떠받들기도 했다가 황천 아래로 묻어버리기도 하는 것[32] 또한 그 형세가 자연히 상호 작용하는 것이다.

주자가 왕개보(王介甫 왕안석(王安石))를 논평하기를 "자기와 다른 의견을 가진 자를 완고하게 처치하려고 하였으니, 어찌하여 하늘은 이와

30 문과……있겠는가 : 한유(韓愈)의 〈승려인 문창대사를 전송하며〔送浮屠文暢師序〕〉에서 이단을 추구하는 사람에 대해 양웅(揚雄)의 말을 인용하면서 "그런 사람이 내 집 문이나 담장에 있다면 쫓아버리고 오랑캐 땅에 있다면 나아오게 하겠다.〔在門墻則揮之, 在夷狄則進之.〕"라고 한 표현을 원용한 것이다.

31 굳이……충분하니 : 한유의 〈원도(原道)〉에서 노장과 불교를 따르는 사람들에 대하여 "이단을 따르는 그 사람들을 올바른 사람으로 만들고, 그 서적을 불태우고, 그 사원을 정상적인 거처로 만들어야 한다.〔人其人, 火其書, 廬其居.〕"라고 한 표현을 변용한 것이다.

32 청운(靑雲)……것 : 동방삭(東方朔)의 〈답객난(答客難)〉에 "들어 올리면 청운 위에 있고 억누르면 황천 아래에 있다.〔抗之則在靑雲之上, 抑之則在黃泉之下.〕"라고 한 표현이 원래의 전거인 듯하다. 참고로 김창흡(金昌翕)의 《삼연집(三淵集)》 권22 〈의상중구(擬上仲舅)〉에 "사랑하면 청운 위로 떠받들고 미워하면 황천 아래에다 파묻는다.〔愛焉, 戴之於靑雲之上, 憎焉, 瘞之於黃泉之下.〕"라고 한 표현이 저자의 표현과 거의 유사하다.

같이 사나운 자를 내었는가?"[33]라고 하였다. 더군다나 학술은 공물(公物)인데 그의 기분을 저촉하는 것이 무슨 일이랍시고 남의 집 대문에 들어서면서 남의 조상을 욕하는 짓거리를 할 수 있단 말인가.[34] 깊이 생각해보면 일소에 부칠 만한 일이다.

비록 그렇지만, 학술상의 논쟁은 오히려 사림 사이에 평소 소리 높여 주고받는 말에 속하는 것이다. 그러나 근래 조정의 의론으로 말하면 특히 전고에도 없던 별스러운 것으로, 일이 크건 작건 하나라도 자기 의견과 다르면 그런 낌새만 보고도 곧 욕하기를 "저 사람이 나를 죽이려고 한다."라고 한다. 살리고 죽이는 것이 의론과 무슨 상관이며, 사람마다 어찌 생사여탈을 마음대로 할 수 있겠는가. 이는 내가 상대방을 헤아리는 마음을 가지고 먼저 남을 제압하는 화젯거리로 삼는 것에 가깝다.[35]

---

33 자기와……내었는가 : 《주자어류(朱子語類)》권130에 나오는 말이다. '자기와 다른 의견을 가진 자'는 《주자어류》에는 "동파의 무리가 자신을 따르지 않자[東坡們不順己]"로 되어 있다.

34 더군다나……말인가 : 정치적으로 서로 다른 의견을 가지고 공격한 것을 가지고도 주희가 매섭게 비판하였는데, 더구나 공공적인 학술상의 차이를 가지고서 공격하는 일을 할 수 있겠느냐는 뜻이다. 남의 집 대문 운운한 것은 대단치 않은 일에 행패를 부린다는 뜻이다. 《주자어류》권140에 주희가 매성유(梅聖兪)의 시를 평가하면서 "매성유의 시는 좋지 못한 부분이 많다. 가령 〈하둔〉시 같은 경우, 당시 여러 공들은 이처럼 좋다고 말했지만 내 관점에서는 단지 문에 들어서면서 남을 욕하는 시일 뿐이다. 단지 옷을 벗어젖히고서 남의 집 문을 들어서면서 남의 부친을 욕하는 것과 마찬가지로 애초에 깊고 원대한 의사는 없다.[聖兪詩不好底多, 如河豚詩, 當時諸公說道怎地好, 據某看來, 只似箇上門罵人底詩, 只似脫了衣裳上人門, 罵人父一般, 初無深遠底意思.]"라고 하였다.

35 이는……가깝다 : 남의 마음을 헤아리는 좋은 기능을 가지고 남을 제압하는 나쁜

송(宋)나라의 범진(范鎭), 여회(呂誨), 범순인(范純仁), 여대방(呂大防)이 모두 구양수(歐陽脩)의 복의(濮議)의 잘못을 힘써 배척하였는데, 구양수는 단지 〈복의〉를 지어 변론하였을 뿐 "여러 공들이 나를 죽인다."라고 한 적은 없다.[36] 그리고 일이 지나가자 구양공과 네 공의 우호 관계는 참으로 시종일관 쇠하지 않았다. 후세의 논의 또한 그 일의 시비만 논하였을 뿐 끝내 파를 나누어 누구는 공격하고 누구는 높인 경우는 없었다. 대저 복의는 천고에 제왕가(帝王家)의 큰 의리인데도 이때 오히려 이와 같았으니, 그 밖에 대전(大殿)에 올라가서 벌인 논쟁이 수레를 미는 사람[37]과 같지 않음이 없었음은 다시 물을 것이

용도로 쓴다는 뜻이다. 상대방을 헤아린다는 것은 원문에 '予忖度之'로 되어 있는데, 이는 《시경(詩經)》〈소아(小雅) 소민지십(小旻之什) 교언(巧言)〉 및 《맹자》〈양혜왕 상(梁惠王上)〉에 나오는 표현이다.

36 송(宋)나라의……없다 : 복의는 송나라 영종(英宗)의 생부인 복왕(濮王)의 추존과 관련된 논의를 가리킨다. 인종(仁宗)이 아들이 없어서 복왕의 제13자를 입양하여 황위를 계승하게 하였는데 이 사람이 영종이다. 왕위에 오른 영종은 자신의 생부인 복왕의 추존을 조정에서 논의하게 하였는데, 구양수(歐陽修) 등은 황고(皇考)라 부를 것을 주장한 반면, 여회(呂誨) 등은 영종이 인종의 후사를 이었으므로 황고라 부르는 것은 옳지 않고 황백(皇伯)이라 불러야 한다고 주장하며 대립하였다. 한편 구양수는 따로 〈복의〉라는 글을 지어 자신의 주장을 논변하였다. 《문충집(文忠集)》 권120에 실려 있다.

37 수레를 미는 사람 : 신하들이 힘을 합쳐 국가를 위해 애쓴다는 뜻이다. 제(齊)나라와 진(晉)나라가 접전을 벌일 때, 진나라 임금의 어자(御者)인 해장(解張)은 손에 화살을 맞고도 소임을 다하였고, 수레의 오른쪽을 맡은 정구완(鄭丘緩)은 길이 험한 곳을 만나면 반드시 내려 수레를 밀어서 결국 제나라 군대를 물리친 고사에서 나온 말이다. 《春秋左氏傳 成公2年》. 또한 송나라 때의 재상 한기(韓琦)는 "범중엄(范仲淹), 부필(富弼)과 군주 앞에서 시사를 논할 때에는 항상 다투지만 대전을 나오면 화기(和氣)를 잃지 않았던 것은, 마치 수레를 미는 사람처럼 그 마음이 항상 수레를 가게 하는 데에

있겠는가. 아아! 내가 송나라 때에 태어나 이 사람들과 교유하지 못한
것은 명(命)이다. 말해 무엇 하랴.

있었을 뿐 자신을 위하지 않았기 때문이다."라고 하였다. 《古今事文類聚新集 卷7》

〈진주순난제신전〉에 쓴 제사[38]

題晉州殉難諸臣傳卷

내가 일찍이 창하(蒼霞) 섭공(葉公)이 지은 〈도어사 왕공 묘지(都御史王公墓誌)〉[39]를 읽어보니, "임진년 왜란으로 출정하였을 때 조선의 배신(陪臣) 정육동(鄭六同)이 적에게 사로잡혔는데, 왜장 평의지(平義智)가 가까이하고 신임하였다. 정육동이 우리 군을 위해 내응하여 노량(露梁) 전투 때 급히 화약에 불을 질러 우리 군에 호응하니 왜적

---

38 【작품해제】본 제사는 저자의 조카 서유본(徐有本)이 지은 〈진주순난제신전〉에 쓴 것이다. 〈진주순난제신전〉은 임진왜란 때 진주성 전투에서 순절한 김시민(金時敏), 최경회(崔慶會), 김천일(金千鎰) 등 30여 명을 입전한 글로, 서유본의 《좌소산인문집(左蘇山人文集)》 권8에 실려 있으며 거기에도 본 제사가 부기되어 있다. 《좌소산인문집》에 부기된 제사는 본 제사와 몇 글자 정도의 차이만 있을 뿐 거의 같다. 또한 《좌소산인문집》에 부기된 제사에는 '갑인(甲寅) 중하(仲夏)'라는 간지 표기가 있어 이 제사가 1794년(정조18)에 작성되었음을 알 수 있다. 본 제사에서 언급한 정육동(鄭六同)을 우리나라의 문헌에서 직접 언급한 기록은 찾을 수 없고 오직 명(明)나라 섭향고(葉向高)의 글에서 확인된다. 이 기록을 인용한 우리나라의 문헌으로 《해동역사(海東繹史)》,《희조일사(熙朝軼事)》가 있는데, 시기적으로 본 제사와 《해동역사》의 언급이 가장 앞선다.

39 창하(蒼霞)……묘지(墓誌) : 섭공은 명(明)나라 때 관리였던 섭향고(葉向高, 1559~1627)이다. 자는 진경(進卿), 호는 대산(臺山)으로 예부 상서(禮部尙書) 등을 역임하였다. 저서에 《창하초(蒼霞草)》 등이 있다. 〈도어사 왕공 묘지〉는 《창하여초(蒼霞餘草)》 권9에 실려 있으며 원제는 〈명 순무 대동 도찰원 우첨도어사 풍여 왕공 묘지명(明巡撫大同都察院右僉都御史豊輿王公墓誌銘)〉이다. 왕공은 임진왜란 당시 흠차어왜서로감군(欽差禦倭西路監軍) 산동포정사사우참정(山東布政使司右參政)으로 조선에 출정하여 유정(劉綎)과 진린(陳璘) 등을 지휘했던 왕사기(王士琦, 1551~1618)를 가리킨다.

이 이 때문에 대패하였다."라고 되어 있었다. 내가 이 부분에서 책을 덮고 크게 탄식하며 못내 슬퍼하였다.

아아! 콩잎을 먹는 선비[40]가 언제 군주로부터 사적인 보살핌을 받은 적이 있었던가. 그러나 국가가 위급한 때를 만나 아낌없이 목숨을 바쳐 국가를 위난에서 건져냈으니, 어찌 단지 충의가 마음속에 뿌리내려서 만 그런 것이겠는가. 또한 뛰어난 재주를 품고서도 울울하게 뜻을 얻지 못하다가, 그 성패를 판가름하는 완전한 계책이 살아서는 당세에 공훈을 새길 수 있고 죽어서는 돈사(惇史)[41]에 그 이름을 남기기에 충분하였기 때문이었던 것이다.

그런데 임진년 국난에 순절한 신하들로 말할 것 같으면, 또 어쩌면 그리도 심히 불우하였던가. 혹은 백전(百戰)을 무릅쓰고서 적의 예봉을 막아냈고 혹은 외로운 성을 지키면서 적의 공세를 저지하였고 혹은 기이한 계책을 내어 적의 기세를 꺾었으니, 작은 공적일지라도 본조가 중흥하는 기업을 도와 완성하지 않은 자가 누가 있었던가. 그런데 왕왕 초야에 피를 뿌리고 죽어 미처 회조(會朝)의 청명함[42]을 보지 못하고,

---

40 콩잎을 먹는 선비 : 미천한 신분의 야인(野人)을 뜻하는 말로, 신분이 높은 사람을 뜻하는 육식자(肉食者)와 대비되는 말이다. 《설원(說苑)》〈선설(善說)〉에 "동곽조조(東郭祖朝)가 진 헌공(晉獻公)에게 글을 올려 국가의 계책을 묻자, 헌공이 사자를 보내어 이르기를 '육식(肉食)하는 자가 이미 염려하고 있는데, 콩잎을 먹는 자가 더 무엇을 참여하려느냐?' 하였다."라고 한 데서 온 말이다.

41 돈사(惇史) : 돈후한 덕을 기록한 글이라는 뜻으로, 덕행(德行) 있는 이의 언행(言行)을 기록하여 후세의 모범이 되게 하는 것을 말한다. 《禮記 內則》

42 회조(會朝)의 청명함 : 회조는 회전(會戰)하는 날의 아침이라는 뜻으로 전투에서 이겨 밝은 세상을 되찾았다는 뜻이다. 《시경(詩經)》〈대아(大雅) 대명(大明)〉에 "이때 태사(太師) 상보가 마치 매가 날 듯하여, 저 무왕을 도와서 상나라를 정벌하니, 회전(會

또 호사자(好事者)가 붓을 들어 그 공적을 입전해주는 일도 없어서, 백세에 전해질 이름마저 홀연히 묻혀버렸다. 더군다나 정육동 같은 사람은 섭공이 글을 지어 표창해준 힘이 없었다면 지금 오히려 그 사람을 아는 자가 있겠는가.

조카 유본(有本)은 옛 법도를 배워 글을 지었는데 더욱이 일사(軼事)와 이문(異聞)에 관한 글을 저술하기를 좋아하였다. 그리하여 진주성 전투에서 순절한 신하들의 사적을 수집하고 조사하면서 별장(別將), 막사(幕士), 노예(奴隷), 비첩(婢妾) 등에 이르기까지 무릇 30여 인의 자료를 얻어 주옥같은 사적들을 엮어 부기하기도 하고 합록(合錄)하기도 하여[43] 13편의 전을 지어 손수 써서 나에게 보여주었다.

우리나라의 풍속이 명예와 절개를 숭상하지 않은 지 오래되었다. 그리하여 우리 강역 안에서 벌어진 일 대부분을 중원의 학사대부의 입을 빌리는 판이고, 스스로 자랑하는 신서(新書) 몇 종[44]은 거개가

戰)한 그날 아침 청명해졌도다.〔維師尙父, 時維鷹揚, 涼彼武王, 肆伐大商, 會朝淸明.〕"라고 하였다.

43 부기하기도……하여 : 〈진주순난제신전〉은 주요 인물 13인에 부수적인 인물 20인의 사적을 부기하기도 하였으며, 각 인물의 개별적인 전 외에 진주성 전투가 벌어지는 장면에서는 모든 인물을 동시에 등장시켜 사건을 서술하는 방식을 취하기도 하였다.

44 신서(新書) 몇 종 : 이 표현은 《명고전집》에 유독 많이 보이는 표현이다. 예컨대 권8의 〈광주 향교의 어제 봉안각에 대한 기문〔光州鄕校御題奉安閣記〕〉에서는 "세상에서는 통일된 한 왕조의 법을 고대했던 정초(鄭樵)와 마단림(馬端臨)의 저서를 가리켜 다시없을 법서라고 하는데 이 또한 사지(史志)의 별다른 한 체재이다. 이보다 수준이 낮아지면, 스스로 신서라고 자랑하는 몇 종의 책들은 거개가 촌뜨기들이 잡다하게 모은 보잘것없는 저작들이다. 그러니 내가 이 《대학》에 어찌 평생을 다 바치고 정력을 다하지 않을 수 있겠는가.〔世以漁仲貴與有待於一王者, 指爲無再法書, 而此亦史志之別裁

익히 들었던 진부한 말이거나 장사치들이 물건을 팔기 위해 해대는 잠꼬대 같은 소리들이다. 그런데 지금 유본은 명예와 절개에 관한 글을 지을 줄 알아서, 일을 서술할 적에 종횡으로 짜임새 있게 배치하고 기변(奇變)과 정도(正道)를 자유로이 운용하는 것이 또한 문장의 전범[45]을 저버리지 않았으니, 전할 만한 글이며 돈사(惇史)로 신뢰할 만한 글이다.

아아! 인간 세상의 부귀영화는 눈 한 번 깜짝하는 사이에 사라져서 마치 뜬구름이 모양을 바꾸고 사라져버리는 것과 같나니, 산천과 함께 영구히 갈 것은 명예와 절조라 하겠다. 어찌 전(傳)에서 끝날 수 있겠는가. 내가 이 때문에 풍속을 개탄하고, 전해야 할 것이 무엇인지를 아는 유본을 가상히 여겨 정육동의 일을 가져다가 권수(卷首)에 붙여 적어서 속전(續傳)의 새 자료로 삼게 한다.

也. 下此則自詑以新書幾種者, 類皆兎園蓬戶葍蕘寒儉之撰, 予於是書安得不竭平生而殫精力也?]"라고 하였으며, 권12의 〈경학문(經學問)〉에서는 "책상자와 시렁에 가득한 신서들은 진실로 촌뜨기 선생들이 하는 익히 들은 진부한 말이 아니면 요컨대 모두 이지와 모기령의 무리들이 성인을 헐뜯고 천착한 말들이다.〔新書之盈箱堆架, 苟非兎園夫子熟爛之陳言, 則要皆李贄毛奇齡輩詆訶傅鑿之言.〕"라고 하였다. 이를 미루어보면, 성현들이 저술한 경전과 전범들 외에 후대에 나온 특이한 학설들 위주의 새로운 서적들을 가리키는 것으로 보인다.

45 문장의 전범 : 원문은 '專門師法'이다. 전문 명가(專門名家)의 사법(師法)이라는 말로, 이 글에 전범이 되는 훌륭한 문장가들의 수법이 있다는 뜻이다.

김 문충공의 〈영유입시연본발〉에 쓴 제사[46]
題金文忠公嶺儒入侍筵本跋

김공의 이 발문은 얼마 안 되는 몇 줄의 글에 불과한 데다가 대부분 단서만 제시하고서 다 드러내지 않고 감히 다 말하지 않은 내용이니, 뒷사람이 갑작스레 읽어보면 의리(義理)가 드러나고 드러나지 않는 문제와는 아주 큰 관련이 없는 듯할 것이다. 그러나 오직 그 당시 상

---

46 【작품해제】 김 문충공은 김종수(金鍾秀, 1728~1799)이다. 본관은 청풍(淸風), 자는 정부(定夫), 호는 진솔(眞率)·몽오(夢梧)이며, 문충(文忠)은 시호이다. 세손 필선(弼善)으로 세손 시절의 정조를 보좌하면서부터 신임을 얻어 대제학, 이조 판서, 우의정, 좌의정 등을 역임하였다. 1792년(정조16)에 영남만인소 사건이 일어나 사도세자를 위한 토역(討逆)이 주장되자 "순임금이나 주공(周公)처럼 대공지정(大公至正)의 도리로 부모를 섬기는 것이 효도"라는 소를 올려 토역의 주장을 가라앉히는 데 일조하였다. 저서에 《몽오집》이 있다.

〈영유입시연본발〉은 《몽오집》 권4 〈서영유이우입시연본요어후(書嶺儒李㙖入侍筵本要語後)〉를 가리킨다. 영남만인소 사건 당시 정조는 소두(疏頭)인 이우(李㙖) 등을 연석에서 인견하여 대화를 나눈 일이 있는데, 《홍재전서(弘齋全書)》 권33 〈대신경재대명처구교(大臣卿宰待命處口敎)〉 등의 기록을 참고하면 당시의 인견 내용을 따로 발행하여 중외(中外)에 반포하였던 것으로 보인다. 이때의 연본(筵本)에 김종수가 발문 성격의 글을 남긴 것인데, 대체적으로 정조가 비통함을 머금고서 도리에 맞게 처리한 임오년의 의리 문제를 불순한 무리들이 사당(私黨)의 이익 달성을 위해 악용하고 있다고 비판하는 내용이다. 〈서영유이우입시연본요어후〉에는 임자년(1792)에 지었다고 되어 있으나, 이 제사에서는 김종수를 김 문충공이라고 지칭하고 있음을 볼 때, 김종수에게 시호가 내려진 1799년(정조23) 2월 5일 이후에 지어졌음을 알 수 있다. 영남만인소 사건 및 임오년 의리와 관련해서는 권6 〈이군정(李君正)에게 답한 편지〉【작품해제】 참조.

황을 고려하여 사태의 관건을 세밀히 관찰하는 자는 한 올의 터럭으로 천 균의 물건을 당기는 듯한 힘이 이 발문에 있음을 알게 될 것이다.

임자년(1792, 정조16) 당시, 병신년(1776, 정조 즉위년)에 박상로(朴相老)가 올린 흉악한 소장의 말[47]이 한쪽 당파 사람들에게 성행하여 이들이 역적 정동준(鄭東浚)을 종용하여 임금을 협박하는 칼자루로 만들었다.[48] 생각건대 성상의 마음 또한 동요가 없을 수 없었으니, 비록 하늘이 내신 성지(聖智)를 지니신 몸으로, 또 선왕의 부탁을 받드시어 전례(典禮)의 가장 중요한 부분[49]을 진실로 터럭만큼도 뒤흔들 생각이 없으셨으나, 임오년(1762, 영조38) 의리에 빙자하여 사류(士類)를 일망타진하려고 했던 저들의 계책에 이르러서는 어찌 세 번째 참언에 베틀을 집어던지지 않을 줄 알았겠는가.[50]

---

47 병신년에……말 : 정조가 즉위하고 얼마 되지 않아 이덕사(李德師), 박상로, 조재한(趙載翰), 유한신(柳翰申) 등이 서로 소장을 올려 임오년 사도세자의 일을 거론하면서 사도세자에 대한 복수를 주장하였다. 이때 정조는, 임오년의 일을 거론하는 것은 자신을 모함하고 정조에게도 충성스럽지 못한 것이니 왕법으로 처단해야 한다는 영조의 유훈을 받들어 그들을 모두 대역죄로 처단하였다. 당시 상소에 "이미 임오년의 일을 잊으셨다.〔已忘壬午〕" 등의 말이 있었다. 《正祖實錄 即位年 4月 1日》

48 한쪽……만들었다 : 권6 〈이군정에게 답한 편지〉의 【작품해제】 및 내용 참조.

49 전례(典禮)의……부분 : 전체 문맥상 사도세자와 관련된 처분 문제를 가리키는 듯하다.

50 어찌……알았겠는가 : 계속되는 참언에 정조의 마음이 흔들리지 않을지는 장담할 수 없었다는 뜻이다. 베틀을 집어던졌다는 것은, 증삼(曾參)의 모친이 베를 짜고 있을 때 증삼이 살인했다는 참소를 처음 듣고서는 믿지 않았으나 세 차례에 걸쳐 듣고 난 뒤에는 베틀에서 내려와 도망쳤다는 고사로, 사실무근의 엉뚱한 소문도 자꾸 듣다 보면 사실처럼 인정하게 될 가능성이 있다는 말이다. 《戰國策 秦策》

남인이 앞에서 창도하고 남학(南學)이 뒤에서 호응하여[51] 22일의 연석 하교[52] 뒤에도 오히려 헛소리를 지껄여대며 호시탐탐 기회를 노리면서 상대를 죽이지 않고는 그치려 하지 않았다. 그때에 이 발문이 나와 사변(事變)에 잘 대처하신 성상의 효심을 천명하고 몸소 친히 받든 성상의 가르침을 드날려, 세상 사람들로 하여금 군신 상하가 평소 강마하고 잡아 지킨 하나의 도리가 천만겁토록 마멸될 수 없다는 것을 분명히 알게 하였다.

이와 같고 보면, 일독하는 사이에 성상의 마음에 시원스레 깨달음이 있으시어 초(楚)나라 사람들이 시끄럽게 떠드는 것 같은 상황을 돌이켜 생각하시고[53] 그들의 말이 지독한 참언임을 크게 깨달으시어, 소상

---

51 남인이……호응하여 : 권6 〈이군정에게 답한 편지〉의【작품해제】및 내용 참조.

52 22일의 연석 하교 : 영남만인소 이후 벌어진 일련의 사건 뒤, 정조가 1792년(정조 16) 5월 22일에 합문(閤門) 밖에서 대명(待命)하고 있는 신하들에게 승지 서영보(徐榮輔)를 통해 내린 구전 하교를 말한다. 대체적인 내용은 사도세자와 관련된 일은 자신이 담당하겠으니 이 일을 크게 벌이지 말라는 영조의 유훈이 있었고 정조 스스로도 한시도 복수를 잊어본 적이 없고 다른 일에 가탁하여 징토를 시행해왔음에도 불구하고, 불측한 무리들이 자신들의 이익을 위해 임오년의 의리에 가탁하여 정조가 임오년의 의리를 잊고 복수를 망각했다는 등의 망언을 하고 있다는 내용이다. 《日省錄 正祖16年 5月 22日》

53 초(楚)나라……생각하시고 : 집요하게 임오년 의리에 빙자하여 망언을 일삼는 자들의 주장을 떨쳐버리게 될 것이라는 뜻이다. 《맹자》〈등문공 하(滕文公下)〉에 "제나라 사람 한 명이 가르치고 많은 초나라 사람이 떠들어대면 매일 매를 때리면서 제나라 말을 습득하게 하더라도 그렇게 될 수 없을 것이다. 그러나 그 사람을 데려다가 제나라의 거리인 장악 사이에 수년 동안 두면 매일 매를 때리면서 초나라 말을 하게 하더라도 그렇게 될 수 없을 것이다.〔一齊人傅之, 衆楚人咻之, 雖日撻而求其齊也, 不可得矣. 引而置之莊嶽之間數年, 雖日撻而求其楚, 亦不可得矣.〕"라고 하였다.

(瀟湘)과 운몽(雲夢)이 모두 장(莊)과 악(嶽)이 될 것이다.[54] 선류(善類)들이 이를 통해 온전히 보전되고 역당들이 이를 통해 격파되며, 의리가 끝내 유지되고 세도가 끝내 안정됨이 얼마 안 되는 몇 줄의 이 발문 덕분 아님이 없으니, 《춘추좌씨전(春秋左氏傳)》에 "어진 사람의 말은 그 이로움이 넓도다."라고 한 말[55]은 참된 말이라 하겠다.

---

54 소상(瀟湘)과……것이다 : 소상은 강 이름이고 운몽은 호수 이름인데 모두 초(楚)나라 지역에 해당되며, 장과 악은 모두 제(齊)나라의 거리와 마을 이름이다. 이는 앞에 인용한 초나라 사람의 비유에 연이어서, 임금이 이러한 상황을 깨닫게 되면 수많은 참언들이 다 소멸되고 바른 국면으로 돌아갈 것이라는 뜻이다. 이 표현은 청(淸)나라 학자 육롱기(陸隴其, 1630~1693)의 《삼어당문집(三魚堂文集)》 권6 〈여증숙조호암옹(與曾叔祖蒿菴翁)〉에 쓰인 것으로 "장과 악은 형세상 쉬이 얻을 수 없으니, 오직 믿는 것은 한 명의 제나라 사람이 말과 의리가 엄정하여 시끄럽게 떠들어대는 무리들이 물러나게 하고 풍도를 보고서 허물어지게 할 수 있다면 소상과 운몽이 모두 장과 악이 되리라는 것입니다.〔莊嶽勢不易得, 惟恃一齊人之辭嚴義正, 能使衆咻辟易, 望風而靡, 則瀟湘雲夢, 盡成莊嶽矣.〕"라고 하였다.

55 춘추좌씨전(春秋左氏傳)에……말 : 소공(昭公) 3년에 나오는 말로, 제(齊)나라 경공(景公)이 형벌을 엄혹하게 사용하였는데 안영(晏嬰)이 직간하여 형벌을 낮추자 군자가 이를 평가한 말이다.

사은사로 가서 견문한 여러 가지 일에 대한 제주[56]
題奏謝恩使聞見雜事

첫째, 올해 농사는, 산해관(山海關) 밖은 산간과 평야의 밭을 막론하고 거개가 풍년이 들었으나, 산해관 안쪽은 황충(蝗蟲)이 들을 뒤덮어 밭두둑에서 길에까지 퍼져서 곳곳마다 곡식들이 피해를 입지 않은 곳이 없습니다. 그러므로 쌀 한 말 값이 중국 돈으로 무려 900여 문(文)이나 됩니다. 황제가 처음 황충해 소식을 듣고서 근심하는 기색을 보이며 근신(近臣)에게 자주 하문하니, 호계당(胡季堂)이라는 자가 대답하기를 "황충에는 두 종류가 있으니, 황색인 것은 재해를 입히고 검은색인 것은 재해를 입히지 않습니다. 그런데 금년 황충은 황색이 아니라 검은색입니다."라고 하였습니다. 그러다가 금번 유릉(裕陵 건륭제(乾隆帝)의 능) 능행 시에 황제가 가마에서 황충을 주워 황색과 검은색의 종이 모두 있음을 직접 보고는 조서를 내려 아첨하는 말을 아뢴 호계당의 죄를 드러내고 재해를 입은 고을 대로(大路)에 방을 걸어 재해 입은 고을의 전조(田租) 10분의 3을 면제해주었습니다.

둘째, 황제가 정월에 친정(親政)한 이후[57] 대권을 모두 장악하고 풍

---

56 【작품해제】 저자는 1799년(정조23) 7월에 진하겸사은사(進賀兼謝恩使)의 부사(副使)로 청(淸)나라에 다녀왔다가 돌아온 후 11월에 문견별단(聞見別單)을 올렸는데, 본 글이 바로 그것이다. 제주(題奏)는 상주(上奏)하는 보고서라는 말이다. 사은사가 올린 문견별단은 《정조실록(正祖實錄)》 23년 11월 17일 기사에도 실려 있으나, 본 글에 비해 내용이 소략하고 생략된 부분이 있다. 본 글이 문견별단의 원본으로 생각된다.

57 황제가……이후 : 당시 청(淸)나라의 황제는 가경제(嘉慶帝)로 건륭제(乾隆帝)

속과 기강을 쇄신하니 호령(號令)을 내린 것들 중 볼만한 것이 많았습니다. 6월 중에 황제가 관덕전(觀德殿)[58]에 친제(親祭)하고 돌아오던 길에 인견관(引見官)이 있는지 시위(侍衛)에게 물으니 시위가 종인부(宗人府)의 품사관(稟事官)이 있다고 대답하였습니다. 그리고서 환궁 후에 문자 품사관이 없었으니, 당시 폭염의 날씨였으므로 예친왕(睿親王) 순영(淳穎)이 응대하기 번거로울 것이라 생각하여 자기 임의대로 물러가게 한 것이었습니다. 황제가 그 사실을 조사해 알고서 하유하기를 "종전에 화신(和珅)[59]이 정권을 독단할 적에 각 성(省)의 주보(奏報)와 각 아문의 주접(奏摺)을 자기 마음대로 폐기하였으니, 이것이 그의 가장 큰 죄였다. 그런데 지금 순영이 이미 발송된 주접을 다시 철회시켰으니, 이는 또한 먼저 황제를 시험해본 다음 화신이 부리던 간계(奸計)를 저지르려는 것이다."라고 하고서, 순영을 종인부에 넘겨 엄하게 논죄하게 하였습니다.

태비음(台斐蔭)은 화신의 여당(餘黨)으로 화신이 패망한 후에 화신

생존 중인 1796년에 선양을 받아 즉위하였으나 실질적으로는 건륭제가 영향력을 행사하였고, 1799년 건륭제 사망 이후 친정을 펼쳤다.

58 관덕전(觀德殿) : 북경의 경산(景山)에 있던 전각으로, 황제나 황후가 죽으면 능묘에 안장하기 전에 시신을 안치해두던 장소이다.

59 화신(和珅) : 1750~1799. 자는 치재(致齋), 호는 가락당(嘉樂堂), 십홀원(十笏園), 녹야정주인(綠野亭主人)이다. 건륭제의 총애를 받아 정권을 장악하고 군기 대신(軍機大臣), 내무부 대신(內務府大臣), 호부 상서(戶部尙書), 문화전 대학사(文華殿大學士) 등을 역임하였다. 건륭제의 뜻에 잘 영합하여 자기 당파를 요직에 앉히고 뇌물을 축적하는 등 부패를 저질렀다. 건륭제 사후 가경제가 대죄(大罪) 20조를 들어 스스로 목숨을 끊게 했다. 그의 전 재산을 몰수하자 청나라 조정 20년 예산에 해당하는 거액으로 황제의 재산보다 많았다고 한다.

과 연계된 일이 있었던 까닭에 백방으로 분소(分疏)⁶⁰하여 벗어나기를 꾀하였습니다. 그러자 황제가 하유하기를 "태비음이 평소 화신의 원조에 힘입어 요행히 아경(亞卿)의 지위에 올랐음을 짐이 잘 알고 있다. 화신이 일전에 짐 앞에서 아뢰면서 태비음에 대한 보천(保薦)⁶¹을 분명히 하였고, 아울러 그가 쓸 만한 재주를 지닌 사람이라고 칭찬하였으니, 태비음이 화신의 사당(私黨)이 아니라 한다면 그 누가 믿겠는가. 평소에는 권세 있는 대신을 추종하여 떠받들면서 일마다 영합하다가 그가 패망하여 복주(伏誅)되는 것을 보고는 도리어 바른 사람 행세를 하려고 하니, 그 간교한 마음씨는 물어볼 것도 없다." 하고는 형부(刑部)에 넘겨 심리하게 한 뒤에, 앞으로 이리(伊犁)⁶²에 가서 힘을 다 바쳐 속죄하게 하였습니다. 그리고 또 하유하기를 "태비음은 재주가 조금 있으니 보령(保寧)⁶³이 신경 써서 자세히 살펴 혹시라도 다시 고흥(高興)에 일이 많아지거든⁶⁴ 즉시 사실에 근거하여 엄하게 탄핵하고, 만약 정말로 스스로 허물을 고치고 뉘우칠 줄을 알거든 일이 년 뒤 주문(奏

---

60 분소(分疏) : 글을 올려 자신을 해명하고 변명하는 것을 가리킨다.

61 보천(保薦) : 천거하는 사람에 대해 자신이 보증하는 것을 가리킨다.

62 이리(伊犁) : 이리하(伊犁河)로, 신강(新疆) 서북쪽의 변경 지역이며 러시아와의 접경이다.

63 보령(保寧) : 청(淸)나라 때의 장수인 보령(?~1806)을 가리키는 듯하다. 몽골 정백기(正白旗) 사람으로 성도 장군(成都將軍), 사천 총독(四川總督), 무영전 대학사(武英殿大學士) 등을 역임하였다. 건륭제와 가경제 때 두 차례에 걸쳐 이리(伊犁)를 맡아 지키면서 변경에 일이 없게 하였는데, 가경제 초년에 이리 장군으로 있었다.

64 고흥(高興)에 일이 많아지거든 : 원문은 '高興多事'이다. 문맥에서 '高興'이 고유명 사인지 동사인지 그 의미가 미상이므로 우선 이대로 두었다. 전후 문맥상으로는 태비음이 잘못을 뉘우치지 않는 상황으로 보인다.

聞)할 적에 짐이 다시 유지(諭旨)를 내리겠다."라고 하였습니다.

그리고 오월과 유월에 연이어 구언(求言)하는 유지를 내리고, 또 자질구레한 일과 빈말로 사심을 펼쳐 황제를 귀찮게 하는 일을 경계하였습니다. 그리고 국전(局錢)[65]을 은(銀)으로 바꾸자는 청이 있자 책망하기를 "조정에서 백성들과 이익을 다툰다면 조정의 체통이 다시 무엇이 되겠는가."라고 하였습니다. 무릇 이 몇 가지 일은 듣기에 흡족한 말이었습니다.[66]

셋째, 호북(湖北)에서 군사를 움직인 일입니다. 이른바 '교비(敎匪)'[67]는 비록 어떤 종족인지 모르겠으나, 문적(文蹟)에 나와 있는 것을 가지고 살펴보면 먼저 토벌했다가 뒤에 위무하기도 하고 성벽을 굳게 지키면서 청야(淸野) 전술을 펼치기도 하는 등 써보지 않은 계책이 없으나 아직도 평정하지 못하였습니다. 그리하여 사천(四川), 섬서(陝西), 호북(湖北), 하남(河南) 4개 성까지 세력이 뻗쳐서 민가가 불타고 백성들의 삶이 결딴나버렸다 하니, 설령 이들이 수풀 속 사당에서 우는 여우

---

65 국전(局錢) : 청(淸)나라 때의 화폐 주조소인 보원국(寶源局)에서 주조해낸 동전(銅錢)을 가리킨다. 옹정통보(雍正通寶), 건륭통보(乾隆通寶), 가경통보(嘉慶通寶) 등이 모두 여기에서 주조되었다.

66 듣기에 흡족한 말이었습니다 : 원문의 '言足聽聞'은 《서경(書經)》〈중훼지고(仲虺之誥)〉에 "더구나 우리 탕왕(湯王)의 덕(德)이, 말하면 사람들의 들음에 흡족함에 있어서이겠습니까.〔矧予之德, 言足聽聞.〕"라고 한 데서 가져온 것이다.

67 교비(敎匪) : 백련교 난비(白蓮敎亂匪)의 약칭이다. 백련교는 불교의 백련사(白蓮社)에서 나온 일종의 비밀 교파(秘密敎派)이다. 원대(元代) 한산동(韓山童), 명대 왕삼(王森), 청대 유송(劉松) 등에 의해 계속 전도되었는데, 청대에 와서는 더욱 각 지방에 전파되어 호북(湖北), 사천(四川), 섬서(陝西) 등지는 완전히 그들의 소굴이 되어 자주 반란을 일으켰다.

같은 도적일지라도 진승(陳勝)과 오광(吳廣)이 난리의 첫머리가 되었던 염려가 없으리라 확신할 수는 없습니다.[68] 신들이 책문(柵門)에서부터 연경(燕京)으로 들어갈 때에 송별하고 돌아오는 관동(關東) 병사의 가족들을 여러 차례 만났고, 연경에서 산해관으로 나오는 길에는 징집당한 길림(吉林)과 흑룡강(黑龍江) 병사들이 꼬리에 꼬리를 물고 늘어져 이를 데 없이 시끌벅적한 것을 또 보았습니다. 여졸(輿卒)과 대화하는 말을 들어보니, 교비의 소굴은 대숲이 험난하게 우거져 있고 노동(獠獞)[69]이나 되어야 올라갈 수 있는 지역인데, 병사들이 당도하면 달아나 바위 골짜기로 숨고 병사들이 떠나면 나와서 군현(郡縣)을 약탈하기 때문에 소탕하기가 지극히 어렵다고 합니다. 그리고 앞서갔던 관군이 교비를 한번 끝까지 추격했다가 거의 다 사로잡히거나 죽었으니, 이번에 출정하여 살아 돌아올지 죽을지도 알지 못하겠다고 하였습니다. 총독 원수(摠督元帥)는 늑보(勒保)[70]라고 들었습니다.

넷째, 조신(朝臣)에 대한 평가로 일치된 공론(公論)은, 강직하고 방정하기로는 유용(劉墉)[71]을, 풍류 있고 문아(文雅)하기로는 기윤(紀

---

68 설령……없습니다 : 진(秦)나라에 반기를 든 진승과 오광이 밤에 수풀 속의 사당에 들어가 여우 울음을 흉내 내면서 "대초가 흥하고 진승이 왕이 된다.〔大楚興, 陳勝王.〕"라고 했던 일을 가리킨다. 《史記 卷48 陳涉世家》

69 노동(獠獞) : 중국 서남 형주(荊州)의 만족(蠻族) 오랑캐의 명칭이다.

70 늑보(勒保) : 1739~1819. 만주(滿州) 양홍기(鑲紅旗) 사람으로 자는 의헌(宜軒), 시호는 문양(文襄)이다. 백련교(白蓮敎)의 난리를 진압할 때 관군을 통솔하였다. 병부 주사(兵部主事), 병부 우시랑(兵部右侍郎), 대학사(大學士) 등을 역임하였다. 저서에 《평정삼성교비기략(平定三省敎匪紀略)》이 있다.

71 유용(劉墉) : 1719~1804. 산동(山東) 제성(諸城) 사람으로 자는 숭여(崇如), 호는 석암(石庵), 시호는 문청(文淸)이다. 호남 순무(湖南巡撫), 이부 상서(吏部尙書),

쉰)[72]을 꼽았습니다. 유용은 그 사람됨을 보니 아래를 보며 천천히 걸어 한번 반차(班次)에 들어가 자리에 서면 숙연한 기운이 있었습니다. 작년에 고종(高宗 건륭제(乾隆帝)) 황제가 선양할 적에 새 황제가 하례(賀禮)를 받을 때가 되었는데도 고종 황제가 대보(大寶)를 내주려 하지 않으니, 유용이 하례를 중지하고 말하기를 "고금에 어찌 대보 없는 천자가 있으리오." 하고는, 드디어 곧장 고종 황제에게 가서 아뢰기를 "폐하께서 천자의 자리에 연연해하는 마음이 없을 수 없으시다면 선위를 그만두셔야 할 것이요, 선위하시면서 대보를 내주지 않는다면 천하 사람들이 이 사실을 듣고 폐하를 어떤 군주라 하겠습니까."라고 하면서 반나절 동안 힘써 간쟁하여 마침내 대보를 얻어 나와 비로소 하례를 행하였습니다. 그러므로 지금 황제가 유용을 정책원로(定策元老)로 대우한다 합니다.

기윤으로 말하면 다음과 같습니다. 근일 중원의 학술은 거개가 성률(聲律)과 서화(書畵)로 겉치장이나 하는 도구를 삼고, 이보다 조금 나은 자는 총서(叢書)나 소품(小品)에 박식한 데 불과할 뿐입니다.

태자태보(太子太保) 등을 역임했다. 서예에서 일가를 이루어 명성이 있었다. 저서에 《석암시집(石庵詩集)》이 있다.

72 기윤(紀昀) : 1724~1805. 중국 문헌에는 거개가 '紀昀'으로 표기하는데, 우리 측 문헌에는 '紀昀'이라고 적는 경우가 적지 않다. 이는 경종(景宗)의 휘(諱)가 '昀'이므로 이를 피휘한 것이 아닌가 생각된다. 따라서 '紀昀'이라고 표기하였더라도 그 독음은 '기윤'이 되어야 할 것으로 본다. 기윤은 자는 효람(曉嵐)·춘범(春帆), 호는 석운(石雲), 시호는 문달(文達)이다. 사고전서총재관(四庫全書總裁官)으로 있으면서 《사고전서총목제요(四庫全書總目提要)》의 편찬을 주관하였다. 협판 대학사(協辦大學士), 태자태보(太子太保) 등을 역임하였으며 사신으로 간 조선의 문인들과 교유가 많았다. 저서에 《기문달공집(紀文達公集)》, 《열미초당필기(閱微草堂筆記)》 등이 있다.

이번 사행길에 주자의 서적을 구매할 때, 장서가(藏書家)와 명유(名儒)로 당세에 일컬어지고 있는 옹방강(翁方綱) 같은 이도, 왕복하면서 질문해보니 내각(內閣)에서 써준 서목(書目)에 대해 간혹 그것이 어떠한 등속의 의례(義例)인지, 어떤 사람이 편각(編刻)한 것인지 모르기도 하였습니다. 그런데 기윤 한 사람만은 그의 두터운 학식으로 서적의 간행 시기며 시말과 근원에 대해 환히 꿰뚫고 있었습니다. 또 그가 지은 고문(古文)은 경술(經術)에 근본하고 법도에 의거하여 순정하고 넉넉하니 문단의 종장이 되는 데 부끄러움이 없었습니다.

다섯째, 작년 10월 하순에 오성(五星)[73] 사이에 객성(客星)[74]이 출현한 일이 있고 금년 4월에는 오성이 연주(聯珠)[75]하였다 하는데, 이는 흠천감 정(欽天監正) 탕사선(湯士選)[76]의 말로 신 서형수가 세차(歲差)[77]에 관한 질문을 하자 그가 처음에 자기 학술을 과시하려고 객성 운운하면서 경솔히 적어 보여주었고, 객성이 아직도 있는지 재차 질문

---

73 오성(五星) : 수(水)·화(火)·금(金)·목(木)·토(土) 다섯 행성을 가리킨다.

74 객성(客星) : 항시적으로 나타나는 항성(恒星)이 아니라 혜성이나 초신성처럼 일시적으로 나타나는 모든 현상을 가리키는 말이다. 대체적으로 흉조로 여겼다.

75 연주(聯珠) : 연주(連珠)라고도 하며, 오성이 한 방위에 일시에 구슬이 엮이듯 줄지어 출현하는 것을 말한다. 보통 상서로운 징조로 여겼다.

76 탕사선(湯士選) : ?~1808. 포르투갈 사람으로 본명은 Alexandre de Gouvéa이다. 1782년 베이징교구 교구장에 임명되어 1785년 1월 18일 중국에 도착하였다. 건륭제(乾隆帝)의 비호를 받아 흠천감 정(欽天監正) 겸 국자감(國子監) 산학관장(算學館長)의 직위를 받았다. 교황 비오 6세에게 조선 교회의 사정을 알려 처음으로 조선 천주교회를 베이징교구에 편입시켰으며 주문모(周文謨) 신부를 조선에 파견하기도 하였다.

77 세차(歲差) : 지구의 자전축 방향이 해마다 조금씩 서쪽으로 이동하여 춘분점과 추분점이 조금씩 앞당겨지는 현상을 가리킨다.

하자 비로소 실언한 것을 깨닫고는 즉시 소멸하였다고 답하고서 이어서 오성이 연주했다는 말로 얼버무린 것입니다. 이는 상서로운 징조를 가지고 재앙의 징조를 가리려는 뜻에서 한 말입니다.

여섯째, 칙사(勅使)에게 예물을 보낸 일입니다. 연경에 들어온 뒤에 들어보니, 여름에 항걸(恒傑)이 복색(服色)을 잘못 착용하고서 망령되이 반열에 참여한 일[78]로 인하여 파출되었는데, 그때 황제가 그가 칙사였을 적에 일을 잘 처리하지 못한 죄를 아울러 책망하고서 "외국에서 보낸 예물을 만에 하나 들여오거든 해당 칙사에게 지급하지 말고 먼저 나에게 아뢰도록 하라."라고 예부(禮部)에 유시하였다 합니다.[79] 그러므로 수역(首譯)에게 예부의 낭관들에게 가서 탐문해보게 하였더니,

---

78 항걸(恒傑)이……일 : 이는 《정조실록(正祖實錄)》 23년 7월 10일 기사에, 연경에 갔다 돌아온 정사(正使) 구민화(具敏和) 등이 올린 문견별단(聞見別單)에 그 대략이 나와 있다. 항걸은 당시 청(淸)나라 예부 시랑(禮部侍郎)이었는데, 청나라 효숙황후(孝淑皇后)의 상기를 마치는 제사에 다른 신하들은 관례대로 청색 도포를 입고 반열에 참가하였으나, 항걸은 남색 도포를 잘못 입고 참석하였다가 관직을 삭탈당하였다.

79 황제가……합니다 : 이 일과 관련된 전말은 《정조실록》 23년 5월 27일 기사에, 청나라 예부에서 보낸 자문에 나와 있다. 이해 정월에 청나라 예부 시랑 항걸과 부도통(副都統) 장승훈(張承勳)이 건륭제(乾隆帝)가 남긴 조서를 반포하기 위해 조선에 칙사로 왔다. 당시 가경제(嘉慶帝)는 이들이 조선으로 떠날 때 이번 사행은 보통의 사행과 견줄 수 없으므로 저쪽에서 예물을 주더라도 받아서는 안 된다고 특별히 하유하였다. 이들이 임무를 수행하고 다시 돌아갈 때 조선에서 마련한 예물을 받지 않자 우리 측에서는 받을 것을 재삼 간청하고 압록강까지 인편을 따라 보내어 이전 사신들도 모두 받았으며 건륭제도 이를 비준한 유지를 내렸다고 하였으나 이들은 끝내 받지 않았다. 이 일과 관련하여 가경제는 조선에서 이렇게까지 정성스럽게 하고 건륭제의 유지까지 있었던 터에 예물을 물리친 것은 잘못된 처사라고 하면서 이들을 해당 부서에 내려 논처하게 하였다.

과연 이러한 일이 있었고 또 "황제의 유지가 이미 이와 같으니 귀국의 도리상 예물을 들여보내서는 안 될 듯하다."라고 하였다 합니다.

일곱째, 근년 이래로 사신의 왕래가 잦아지면서 잘못된 관례가 자꾸만 생겨나고 있으니, 바로 변경이나 관소(館所)를 막론하고 전에 없던 쓸데없는 비용은 해마다 증가하고 유한한 나라의 재화는 날마다 소진되고 있습니다. 그런데 이를 바로잡을 정사라고는 우리 경내에서 공급하는 비용을 절감하고 별도로 가는 원역(員譯)의 수를 줄이는 정도에 불과할 뿐입니다. 이 또한 반드시 작은 보탬이 되지 않는 것은 아니지만 중국에 가서 미려(尾閭)[80]로 새어나가는 듯 지출하는 비용에 비한다면 어찌 만금을 축내고 천금을 아끼는 것과 같을 뿐이겠습니까.

신들이 이번 사행에 한번 물정(物情)을 탐지해보니, 이전에 이른바 '주선(周旋)'이니 '변통(變通)'이니 운운하는 것들은 모두 통관(通官)과 서반(序班)[81] 무리들이 그 가운데서 농간을 부려 생짜로 뇌물을 뜯어내려는 계책이었습니다. 예부에서 거행하는 일은 한결같이 이미 마련된 규례를 살펴 터럭만큼도 조정할 수가 없고, 그중에 조정할 수 있는 작은 절목들은 한결같이 상서(尙書)가 주관합니다. 더군다나 조정에서 위차의 구분이 가장 준엄하여 낭관도 상서에게는 오히려 공경히 명령을 받드는데 저 서반 무리들이 어찌 감히 그 사이에서 한마디 말이라도 할 수 있겠습니까.

---

80 미려(尾閭) :《장자(莊子)》〈추수(秋水)〉에 나오는 표현으로, 바다 밑에 있는 큰 구멍인데 이곳으로 바닷물이 쉴 새 없이 새어나간다고 한다.

81 통관(通官)과 서반(序班) : 통관은 통역관이며, 서반은 홍려시(鴻臚寺) 소속으로 백관(百官)의 반차(班次)를 정하고 황제의 칙명을 전하는 일을 맡은 관원이다. 서반 또한 통역을 담당하기도 하였다.

우선 이번에 칙서를 사행 편에 부쳐 보내준 일로 말해보겠습니다. 신들은 예부 상서의 전언으로 이미 황제에게 아뢰어 칙서를 받았다는 사실을 들었습니다. 그런데 저녁 늦게 수역이 와서 통관 무리들이 꼬드기는 말을 전하기를 "예부에서 조선의 사행이 이렇게 당도할 줄 모르고서 이전에 역자관(曆咨官) 편에 칙서를 부쳐 보내겠다고 황제에게 상주하여 윤허를 받았으니, 지금 아래에서 옮겨 부칠 수가 없게 되었다. 관소에 있는 사신들은 빈손으로 돌아가는 일을 면치 못할 것이고 뒤미쳐 당도하는 자관(咨官)이 도리어 칙서를 받아 가지고 가게 될 것 같으니, 사행의 무색함이 어떠하겠는가. 우리가 주선해주려고 하는데 만일 손쓸 물건만 있다면 변통할 방도가 없지 않다."라고 하였습니다. 그러므로 신들이 수역에게 이르기를 "한 푼의 은자도 허비하지 말고 그저 '우리나라의 도리로서는 단지 상국에서 편의에 따라 잘 처리해주는 대로 따라야 할 것이니, 꼭 무색할 것도 없고 또한 굳이 주선해주겠다고 말할 것도 없다.'라고 대답하라." 하였습니다. 그 뒤로 며칠 동안 이들이 온갖 방법으로 와서 협박을 하더니 신들이 이미 속사정을 알고 있음을 알아차리고는 마침내 다시 말이 없었습니다. 대체로 이른바 '주선'이니 '변통'이니 하는 말들은 모두 이와 같은 속임수 아닌 것이 없으니, 실제로는 규례에 있는 일은 구하지 않아도 저절로 얻을 수 있고, 규례에 없는 것은 또 서반과 통관 무리들이 힘을 쓸 수 없는 것입니다.

하사받은 《경서정문》의 뒤에 공경히 쓴 발문[82]

敬跋宣賜經書正文後

《경서정문》 5책은 《주역(周易)》 2권, 《서경(書經)》 2권, 《시경(詩經)》 2권, 《대학(大學)》 1권, 《중용(中庸)》 1권, 《논어(論語)》 1권, 《맹자(孟子)》 1권인데, 매 책마다 권수에 어장(御章) 4개를 찍었다. 첫 번째는 양각(陽刻)으로 '규벽휘(奎璧輝)'[83]라는 문장이고, 두 번째는 음각(陰刻)으로 '홍재(弘齋)'라는 문장이고, 세 번째는 양각으로 '승화장서(承華藏書)'[84]라는 문장이고, 네 번째는 음각과 양각으로 양각은 "대문장은 육경에서부터 온다.〔大文章自六經來〕"라는 문장이고 음각은 "독서에 세 가지 도달처가 있으니, 눈이 도달하고 입이 도달하고 마음이 도달하는 것이다. 작문에 세 가지 도달처가 있으니, 기가 도달하고 신이 도달하고 식이 도달하는 것이다.〔讀書有三到 眼到 口到心到 作文有三到 氣到神到識到〕"라는 문장이다.

　　신이 병오년(1786, 정조10) 가을에 좌부승지로 성상을 모시고 있었

---

82 【작품해제】《경서정문(經書正文)》의 원제는 《삼경사서정문(三經四書正文)》으로, 본래는 1775년(영조51)에 세손으로 있던 정조가 사서삼경의 주석들을 모두 제외하고 정문만을 모아 세종 때의 고활자를 다시 주조한 임진자(壬辰字)로 인쇄한 책이다. 이러한 사항은 《홍재전서(弘齋全書)》 권179 〈군서표기(群書標記) 경서정문 10권〉에 자세히 나와 있다.

83 규벽휘(奎璧輝) : 문장을 주관하는 별인 규수(奎宿)와 벽수(壁宿)가 빛난다는 뜻이다.

84 승화장서(承華藏書) : 승화는 세자의 거처인 승화당(承華堂)을 가리키는 말로, 정조가 세손 시절 사용하던 인장에 승화라는 문자를 많이 사용하였다.

는데 고역(古易)과 금역(今易)의 동이점을 논하시면서 하교하기를 "고역은 상경(上經), 하경(下經), 십익(十翼)을 각각 한 편씩으로 만들었는데, 위(魏)나라의 왕필(王弼)이 처음으로 〈단전(彖傳)〉과 〈상전(象傳)〉을 경문(經文)에다 붙였다. 당(唐)나라와 송(宋)나라 학자들이 모두 이 체제를 따라서 마침내 금역이 되었는데, 여조겸(呂祖謙)이 이 체제를 고쳐서 구본(舊本)의 체제를 따르니 주자의 《주역본의(周易本義)》도 이것을 그대로 따랐다. 그러나 뒤에 동해(董楷)가 또 《주역본의》의 내용을 나누어 정자(程子)의 《역전(易傳)》에 부기하여 12편으로 된 구본의 차례가 다시 어지러워졌으니,[85] 내가 이를 개탄스럽게 여겼다. 지난날 세손 시절에 마침 《경서정문》을 간행하고 배포하게 되어 한결같이 고역의 진면모를 회복시켜 속유(俗儒)의 고루한 식견을 일신하게 하려 하였다. 그러나 궁료(宮僚)들 중에 다른 의견을 가진 자가 없지 않아서 마침내 현행본의 체제를 따라 간행하고 배포하였으니, 이 책이 바로 그것이다. 내가 지금까지도 이 점을 한스럽게 여긴다."라고 하셨다.

그리고는 향안(香案) 위에 놓인 《경서정문》 1부를 거두어 각신(閣臣)에게 명하여 규장지보(奎章之寶)를 찍어 신에게 내려주게 하셨다. 그러자 각신이 책을 펼치고서 아뢰기를 "안쪽에 어장(御章)이 찍혀 있으니 신료가 감히 소장할 수 있는 물건이 아닙니다."라고 하니, 성상께

---

85 동해(董楷)가⋯⋯어지러워졌으니 : 동해가 편집한 《주역전의부록(周易傳義附錄)》을 가리킨다. 《사고전서총목제요(四庫全書總目提要)》에 따르면, 동해는 송(宋)나라 때 학자로 태주(台州) 임해(臨海) 사람이며 자는 정숙(正叔)이다. 관직이 이부 낭중(吏部郎中)에 이르렀다.

서 하교하시기를 "무슨 문제가 되겠는가. 이 승지는 나의 글벗이니 어장을 찍어 성대하게 내려주는 것이 마땅하지 않겠는가."라고 하셨다. 신이 즉시 황공한 마음으로 삼가 받아 가지고 물러나와 궤 안에 넣어서 공경히 서탁의 윗머리에 받들어 두었다. 대대손손에게 권면하노니 애지중지 가보로 전하도록 하고 감히 아무렇게나 가벼이 대하지 말아야 할 것이다.

하사받은 삼경사서의 뒤에 공경히 쓴 발문[86]

敬跋宣賜三經四書後

《주역(周易)》 14책, 《서전(書傳)》 10책, 《시전(詩傳)》 10책, 《대학(大學)》 1책, 《논어(論語)》 7책, 《맹자(孟子)》 7책, 《중용(中庸)》 1책은 바로 우리 성상(정조) 18년 갑인년(1794)에 운각(芸閣 교서관(校書館))에 명하여 활자로 새로 인행한 본으로 신이 하사받은 책들이다.

　기억해보건대 지난 경술년(1790, 정조14) 신이 승지로 연침(燕寢)[87]에서 날마다 성상을 모실 때에 성상께서 인재(人才)와 세교(世敎)의 흥쇠(興衰)에 대해 광범위하게 논하시고서 신을 돌아보며 다음과 같이 말씀하신 적이 있다. "《사서대전(四書大全)》과 《오경대전(五經大全)》은 영락(永樂 명(明) 태종(太宗)의 연호) 연간에 유신(儒臣)에게 명하여 기구를 설치해 찬수하게 한 것이다. 임무를 맡은 유신들에게 찬전(餐錢)[88]과 종이와 붓을 하사하였으며 책이 완성되자 금을 하사하고 직급을 올려주었으니, 여기에 소비된 국가의 재용이 얼마나 되는지 알지 못할 정도이다. 그런데 지금 그 책을 가져다 대강의 득실을 대략 따져보니, 사서(四書)는 예사의(倪士毅)의 《사서집석(四書輯釋)》 내용을

---

86 【작품해제】 본 발문은 경서의 본의보다도 명(明)나라 때 간행된 《사서대전(四書大全)》과 《오경대전(五經大全)》의 오류를 지적하는 것이 주된 내용이다. 그에 대한 지적은 대부분 정조의 말을 통해 제시되어 있는데, 이 발문을 통해 정조의 경학 관점 일부를 살필 수 있다.

87 연침(燕寢) : 임금이 평상시에 한가로이 거처하던 궁궐을 가리키는 말이다.

88 찬전(餐錢) : 임금이 신하에게 식비 용도로 하사하던 금전을 가리키는 말이다.

취하면서 약간의 증감만 하였다. 그런데 주설(注說)을 발췌하여 산절(刪節)할 때에 왕왕 머리와 꼬리 부분을 잘라버려 사람들이 그 어기(語氣)를 분별할 수 없게 만들었다. 그리고 《춘추(春秋)》와 《시전》은 순전히 왕극관(汪克寬)의 《춘추호전부록찬소(春秋胡傳附錄纂疏)》와 유근(劉瑾)의 《시전통석(詩傳通釋)》을 따왔는데 '우안(愚按)' 두 글자만 '왕씨(汪氏)'와 '유씨(劉氏)'로 고쳤다. 《서전》은 순전히 유삼오(劉三吾)의 《서전회선(書傳會選)》을 따왔는데 음훈(音訓)과 정의(正義)를 거의 다 삭제해버렸으니, 선유(先儒)가 경학(經學)의 붕괴는 영락 때 《대전(大全)》의 간행에서 시작되었다고 이른 것은 실로 지나친 말이 아니다.[89]

근자에 초계문신(抄啓文臣) 시험 문제를 내기 위해 《대전(大全)》을 하나하나 검열해보고서, 경술(經術)은 치도(治道)와 밀접하게 관련되어 있는데 잘못된 이 판본이 몇백 년 동안이나 후학을 그르친 것을 매양 한탄하였다. 더군다나 지금은 경서의 인본(印本)이 세상에 매우 드물어, 시강(試講)할 때에 고관(考官)과 응시생들이 쓸 자료로 구비

---

89 서전은……아니다 : 《서전회선》은 각 부분마다 음석(音釋)을 달아 자음(字音), 자체(字體), 자의(字義) 등의 분별을 매우 자세하게 한 것이 특징인데, 대전본에서는 이런 음석을 거의 다 삭제하고 일부만을 남겨두었다. 여기에서의 '정의'란 《서전회선》이 특별히 《상서정의(尚書正義)》의 내용을 삭제하고 있지는 않으므로, 보통의 경우처럼 '정의'라는 단어가 《상서정의》를 특칭하는 것이 아니라 《상서대전(尚書大傳)》에서 《서전회선》을 따오면서 삭제한 이설들 가운데 올바른 해석들의 뜻으로 쓰인 듯하다. 고염무(顧炎武)의 《일지록(日知錄)》 권18 〈서전회선〉에서도 "영락 연간에 《상서대전》을 찬수하면서 이설들을 삭제해버렸을 뿐만 아니라 음석마저도 남겨두지 않았다.……대전본이 나오고서 경설은 망해버렸다.〔至永樂中, 修尚書大全, 不惟刪去異說, 并音釋亦不存矣.……大全出而經說亡.〕"라고 언급하고 있다.

할 수 없으니, 요컨대 몇 년 안에 다시 인행하는 일이 없을 수 없을 것이다. 만약 이 기회에 영락 때 간행한 《대전(大全)》의 오류를 일소하고 따로 선본(善本)을 선별해서 단점은 버리고 장점은 취하여 완정된 책 한 부를 완성한다면, 세교를 맑게 하고 인재를 육성하는 방도에 보탬이 되는 것이 어찌 자질구레한 전장(典章)과 법령에 비길 바이겠는가."

신은 견문이 없어 성상의 가르침을 공경히 받들고서 단지 수긍하며 찬탄할 따름이었다. 이윽고 성상께서 다시 하교하셨다. "한 치의 오차도 없이 일을 처리해내는 고수를 오늘날 어디에서 얻을 수 있겠는가. 그릇되게 발췌하여 산절한 부분들은 비록 하나하나 삭제하기는 어렵겠지만, 되레 경전의 본지를 가려서 사람들이 착각하게 만드는 부분은 서둘러 제거하지 않을 수 없다.

예컨대 《대학장구(大學章句)》 서문에 이른바 '사이에 또한 삼가 나의 의견을 붙여 빠진 부분을 보충하였다.〔間亦竊附己意 補其闕略〕'라고 한 것은, '성의(誠意)'와 '정심(正心)' 두 장의 전문(傳文) 아래에 '윗장을 이어서 아랫 장을 일으킨 것이다.'라는 말을 가리킨 것이다.[90] 대

---

90 예컨대……것이다 : 《대학장구(大學章句)》의 전(傳) 6장인 '성의'장 아래에 주희가 "그러므로 이 장의 뜻은 반드시 윗 장을 이어서 통틀어 상고한 뒤에야 힘을 쓰는 처음과 끝을 볼 수 있으니, 그 순서를 어지럽힐 수 없고 공부를 빠뜨릴 수 없음이 이와 같다.〔故此章之指, 必承上章而通考之, 然後有以見其用力之始終, 其序不可亂而功不可闕如此云.〕"라고 주석을 달고, 전 7장인 '정심수신(正心修身)'장 아래에 "이 또한 윗장을 이어서 아랫 장을 일으킨 것이다.〔此亦承上章, 以起下章.〕"라고 주석을 단 것을 가리킨다. 해당 주석의 전후로 각각 '성의'와 '치지(致知)'의 관계, '성의'와 '정심수신'의 관계가 보충 설명되어 있다. 대체로 《대학장구》 서문에서 주희가 말한 '보궐(補闕)'은 '성의'장 앞에 주희가 원래는 없는 '격물치지(格物致知)'장을 만들어 넣은 것을 가리키는

개 8조목의 전문의 범례는 모두 윗 장을 이어서 아랫 장을 일으키는 것인데, 유독 '성의' 전문의 머리에는 '그 앎을 지극히 하는 데 있다.〔在致其知〕'라는 한 구절이 빠져 있고, '정심' 전문의 머리에는 '그 뜻을 성실히 하는 데 있다.〔在誠其意〕'라는 한 구절이 빠져 있다.[91] 그러므로 주자가 두 장 아래에 특별히 해설을 달아 그 빠진 부분을 보충한 것이다. 보망장(補亡章)인 전 5장 '격물치지(格物致知)'장으로 말하면 주자가 분명하게 '삼가 정자의 뜻을 취하였다.〔竊取程子之意〕'라고 하였으니, 이는 주자 자신의 뜻이 정자의 뜻과는 맥락이 각기 다른 것으로, 이에 대한 구별이 매우 확실하다. 세심하게 읽는 자라면 누군들 분명하게 알지 못하겠는가. 그러나 다만 소주(小註)의 '전(傳) 제5장을 보충한 것이다.〔補傳之第五章〕'라는 한 마디 말[92]이 사람들에게 오해를 불러일으켜 마침내 서문을 읽는 자들이 오래토록 영서연설(郢書燕說)[93]

것으로 보았다. 그러나 정조는 '격물치지'장에서 주희가 "삼가 정자의 뜻을 취하여 보충한다.〔竊取程子之意, 以補之.〕"라고 말하였으므로, '보궐'은 '격물치지'장을 가리키는 것이 아니라 다른 부분을 가리키는 것이라고 의심하였다. 이러한 의심은 《홍재전서(弘齋全書)》 권67 〈경사강의 사(經史講義四) 대학 일(大學一) 서(序)〉에도 드러나 있다.

91 유독……있다 : 전 7장 '정심수신'장 뒤로는 모두 첫머리에 "所謂齊其家, 在修其身者", "所謂治國, 必先齊其家者", "所謂平天下, 在治其國者" 등과 같이 윗 장의 말을 이어받아 "在(先)……者"로 되어 있는데, 전 6장 '성의'장과 전 7장 '정심수신'장은 윗 장의 말을 이어받지 않았으므로 이런 말을 한 것이다.

92 소주(小註)의……말 : 《대학장구대전(大學章句大全)》의 서문 부분의 "사이에 또 한 삼가 나의 의견을 붙여 빠진 부분을 보충하였다.〔間亦竊附己意, 補其闕略.〕" 아래에 이처럼 주석이 달려 있다.

93 영서연설(郢書燕說) : 원의를 잘못 파악하여 견강부회하는 것을 가리킨다. 옛날 중국의 영(郢) 지방 사람으로 연(燕)나라 상국(相國)에게 편지를 쓴 자가 있었는데, 등불이 어둡자 옆 사람에게 촛불을 들라고 말하고는 자기도 모르게 편지에 "촛불을

을 하게 만들었다. 그리하여 모기령(毛奇齡) 무리는 감히 천박한 견해와 삐뚤어진 입으로 함부로 주자를 비난해서 '자기의 뜻인가? 정자의 뜻인가?'라고 하였다. 모기령은 참으로 말할 거리도 못 되지만, 이 어찌 주석의 오류가 초래한 일이 아니겠는가.

그 밖에 정리하지 않을 수 없는 오자(誤字)로, 예컨대 《맹자》의 '이는 술에 취하는 것을 싫어하면서 술을 억지로 마시는 것과 같다.〔是由惡醉而强酒〕'와 '만나보는 것도 오히려 자주 할 수 없는데〔見且由不得亟〕'[94] 부분은 《용재사필(容齋四筆)》에서 인용한 《맹자》에는 모두 '유(由)'로 되어 있다.[95] 그런데 지금 판본에는 '유(猶)'로 되어 있으니, 이는 지금 판본의 오류를 송판본(宋板本)을 근거로 찾아낼 수 있는 것들이다. 그리고 《대학장구》경(經) 1장에 '명명덕과 신민을 다 지선의 경지에 그쳐 옮기지 않아야 함을 말한 것이다.〔言明明德新民, 皆當止於至善之地而不遷〕'에서 '지(止)' 자는 바로 '지(至)' 자의 오류이고, 《중용장구(中庸章句)》 19장에 '빈객의 아우와 아들, 아우의 아들〔賓弟子兄弟之子〕'에서 '지(之)' 자는 바로 '제(弟)' 자의 오류라는 것을 《의

들라."라고 써버렸다. 그런데 연나라 재상이 그 편지를 받아 보고는 기뻐하기를, "촛불을 들라는 것은 현자를 천거하여 쓰라는 말일 것이다." 하고는 곧 임금에게 아뢰어 그대로 실천하니, 연나라가 크게 다스려졌다. 나라가 잘 다스려진 것은 좋았으나 원래 편지에서 뜻한 바는 아니었던 것이다. 《韓非子 外儲說左上》

94 이는……없는데 : 각각 《맹자》〈이루 상(離婁上)〉과 〈진심 상(盡心上)〉에 나오는 말이다.

95 용재사필(容齋四筆)에서……있다 : 《용재사필》은 남송(南宋)의 홍매(洪邁, 1123~1202)가 저술한 책이다. 《용재사필》 권7 〈유는 유와 같다〔由與猶同〕〉에 이 내용이 있다.

례경전통해(儀禮經傳通解)》에 의거하면 모두 알 수 있다.[96] 지금 일단 기억나는 한두 가지를 든 것뿐이니, 교정 대조 작업을 할 때 정밀하고 폭넓게 연구해보면 또 어찌 이것뿐이겠는가."

신이 이러한 내용들을 엄숙히 외우고서 물러나와 지금까지 감히 마음에 잊지 못하였다. 그러다가 이번에 하사해주신 삼경과 사서를 받들고서 가슴 가득 기쁘고 흥분되는 마음으로 삼가 생각하기를, "명을 받들어 인행 작업을 감독하는 각신이 반드시 해당 주석을 일일이 삭제하고 오자를 교정하여 우리 성상께서 세교를 밝게 하고 인재를 육성하려는 간절한 고심에 화답하였을 것이니, 호광(胡廣)과 김유자(金幼孜)[97] 무리들이 지하에서 부끄러워하고 심복할 줄 알 것이다."라고 하였다. 그리고서 시험 삼아 전에 성상께 들은 몇 조목을 우선 검열해보았더니, 예전 그대로 놔두어서 조금도 바로잡힌 것이 없었다. 이렇게 할 것 같으면 운각의 서리 한 명이 충분히 판본을 살펴 번각(飜刻)할 수 있을 것인데, 각신에게 인행을 감독시킬 일이 무에 있겠는가. 선유(先儒)가 영락 때 찬수를 맡은 신하들을 책망하기를 "겨우 이미 완성된 책들을 가져다가 한 번 발췌하여 베껴 넣고는 말아서, 위로는 조정을 기망하고

---

96 그리고……있다 : 현행 《사고전서(四庫全書)》본 《의례경전통해》에는 모두 '지(止)'와 '지(之)'로 되어 있다. 다만 남송(南宋)의 황진(黃震)의 《황씨일초(黃氏日抄)》와 역시 남송의 위식(衛湜)의 《예기집설(禮記集說)》에 모두 '지(至)'로 되어 있고, 남송의 황간(黃榦)의 《의례경전통해속(儀禮經傳通解續)》과 남송의 조순손(趙順孫)의 《사서찬소(四書纂疏)》 등에 모두 '제(弟)'로 되어 있는 것을 볼 때, 정조가 이와 같이 되어 있는 판본의 《의례경전통해》를 본 것이 아닌가 한다.

97 호광(胡廣)과 김유자(金幼孜) : 모두 영락제의 명을 받아 《사서대전》과 《오경대전》 등의 찬집을 담당했던 유신(儒臣)들이다.

아래로는 선비들을 속였다."[98]라고 하였는데, 하물며 발췌하여 베껴 넣는 것 또한 말할 거리도 못 됨에 있어서랴. 임금은 있으나 제대로 된 신하는 없다는 탄식은 예나 지금이나 변함이 없으니 개탄스러워할 만하다.

---

98 겨우……속였다 : 고염무(顧炎武)의 《일지록(日知錄)》 권18 〈사서오경대전(四書五經大全)〉에 나오는 말이다.

하사받은 《춘추좌씨전(春秋左氏傳)》의 뒤에 공경히 쓴 발문[99]

敬跋宣賜春秋傳後

《춘추좌씨전》 2부는 1부당 각 10책씩이니, 바로 우리 성상 20년 병진년(1796)에 새로 교정하여 간행한 본으로 신이 하사받은 것이다.

한(漢)나라 이래로 《춘추》는 경(經)과 전(傳)이 각기 독립적인 책으로 나와 읽는 자들이 왕왕 전문(傳文)에만 정신이 팔려서 어떤 전문이 어떤 경문에 해당되는지를 거의 알지 못하였다. 학문이 매우 깊으신 성상께서 이를 병폐로 여기시어 근신 가운데 《춘추》에 밝은 자에게 명하여 한결같이 주자의 《통감강목(通鑑綱目)》의 범례를 따라 경을 강(綱)으로 하고 전을 목(目)으로 하며, 두예(杜預) 이하 학자들의 주소(註疏)는 번다한 것은 삭제하고 정밀하고 중요한 것은 채택하여

---

99 【작품해제】 본 발문은 각각 시기가 다른 두 개의 발문으로 이루어져 있다. 하나는 1798년(정조22)에 정조로부터 하사받은 《춘추좌씨전》에 쓴 것이고, 다른 하나는 1817년(순조17)에 저자가 추자도(楸子島)에서 귀양살이하면서 생계를 위해 하사받은 《춘추좌씨전》을 내다 팔게 된 것을 애통해하며 지은 것이다. 본 발문에서는 "병진년(1796)에 새로 교정하여 간행한 본"이라고만 서술되어 있으나, 현재 국립중앙도서관 및 규장각에 소장된 판본들의 간행 연대를 살펴보면, 1796년 교정에 들어갔고 실제 인행(印行)은 다음 해인 1797년(정조21)에 이루어진 것으로 되어 있다. 한편 발문 속에서 《춘추좌씨전》의 기존 음독의 오류들을 바로잡은 사항을 언급하고 있는데, 현재 전해지는 판본들의 범례에 "음훈(音訓)은 번절(翻切)을 사용하지 않고 음화(音和)를 아울러 사용하였다.〔音訓, 不用翻切, 並用音和.〕"라고 하여 발문의 내용을 확인시켜준다. 그리고 이 발문의 내용을 통해 그러한 음독의 수정에 저자의 사본(私本) 내용이 대폭 수용되었음을 확인할 수 있다.

비교 고증하여 인행(印行)하였다.

이윽고 또 우리나라 사람의 음독(音讀)이 대부분 본래 뜻을 잃었으므로 춘방(春坊)의 신하들이 찬정한 서연(書筵) 진강본(進講本)과 고(故) 문충공(文忠公) 장유(張維)가 찬정한 경연(經筵) 진강본 및 신형수가 찬정한 사본(私本)을 들여오게 하였다. 그리고서 이서구(李書九)와 윤광안(尹光顔) 두 신하를 간택하여 내려주어 세 본을 대교하여 단점은 버리고 장점은 취해서 한 부의 완정된 음독을 찬정하게 하셨다. 작업이 끝나자 성상께서 신을 불러 하유하시기를 "후배들이 벌이는 일은 매양 선배들보다 못한데, 《춘추좌씨전》의 음독은 그대의 사본 내용을 취한 것이 열에 여덟아홉이다. 옛날에 정현(鄭玄)을 가리켜 '하휴(何休)의 방에 창을 잡고 들어갔다.'[100]라고 하였는데, 그대 역시 널리 알려진 속언에 이른바 '푸른색이 쪽에서 나왔으나 쪽이 푸른색에 빛깔을 양보한다. 스승이 어찌 항상 스승이겠는가. 경전을 밝게 아는 사람이 스승이다.'[101]라고 한 경우가 아니겠는가. 지금 그대에게 한 부를 다시 하사하여 음독의 노고에 보답하니 그대는 힘쓸지어다."라고 하셨다. 이것이 신의 집에 두 개의 하사본이 있게 된 까닭이다. 이제 두 본을 모두 소중히 보관하여 성상께서 곤룡포보다 빛나게 내려주신

---

100 하휴(何休)의……들어갔다 : 제자나 후학이 스승을 뛰어넘는 것을 가리키는 말이다. 후한(後漢)의 하휴가 《춘추》 삼전(三傳)에 대한 3책 《공양묵수(公羊墨守)》, 《좌씨고황(左氏膏肓)》, 《곡량폐질(穀梁廢疾)》을 저술하였는데, 정현이 이를 읽고 논박하여 수정을 가하자 하휴가 "나의 방에 들어와서는 나의 창을 잡고서 나를 치는구나."라고 탄식하였다. 《後漢書 卷35 鄭玄列傳》

101 푸른색이……스승이다 : 여기서는 속언으로 보았으나, 본래 이 말은 《북사(北史)》 권33 〈이밀열전(李謐列傳)〉에 나오는 말이다.

표창[102]을 현양하고자 한다.

　신이 이 발문을 지은 것은 무오년(1798, 정조22)으로 기억된다. 그로부터 20년 뒤인 정축년(1817, 순조17) 동지에 추자도(楸子島) 적사(謫舍 귀양살이하는 집)에 있으면서 아들 유경(有檠)이 바다 건너 보내온 서신을 보니, 칠순 늙은 아비의 백척간두와도 같은 12년 귀양살이를 염려하여 필유당(必有堂)의 장서 17종 377책을 내다 팔아 귀양지에서 먹고살 비용[103]을 충당하겠다고 하였는데, 백면지(白綿紙)로 된《춘추좌씨전》하사본도 그 속에 들어 있었다.

　아아! "차라리 굶어 죽을지언정 어찌 이것을 가지고 먹을거리를 충당할 수 있겠는가."라고 한 저 사교(謝僑)는 어떠한 사람인가?[104] 일찍이 전우산(錢虞山 전겸익(錢謙益))이《한서(漢書)》에 쓴 발문을 읽어보니, "조문민(趙文敏 조맹부(趙孟頫))의 가장(家藏)《전한서(前漢書)》와

102　곤룡포보다……표창 : 정조의 한마디 말이 그 어떤 표창보다도 더욱 빛났다는 뜻이다.《춘추곡량전(春秋穀梁傳)》서문에 "공자의 한 글자 표창이 화려한 곤룡포를 내려주는 것보다 뛰어난 영예이고, 한마디 폄언이 시장에서 회초리질 당하는 것보다 더한 수치이다.〔一字之褒, 寵踰華袞之贈, 片言之貶, 辱過市朝之撻.〕"라고 하였다.

103　귀양지에서 먹고살 비용 : 원문의 표현은 '혜주의 죽통이 빈 것〔惠州竹筒之罄〕'이다. 혜주는 옛날 송(宋)나라 때 소식(蘇軾)이 귀양 갔던 지역으로 광동성(廣東省)의 지명이다. 후에 귀양지를 가리키는 말로 쓰였다. 죽통은 식기(食器)로 쌀 등이 바닥난 상황을 가리키고 있다.

104　차라리……사람인가 : 양(梁)나라 때 사교(謝僑)가 본래는 부귀를 누렸는데, 어느 날 갑자기 먹을 것도 없이 가난하게 되자, 그의 아들이《한서(漢書)》를 전당 잡히고 돈을 구해오겠다고 아뢰었다. 그러자 사교는 "차라리 굶어 죽을지언정 어찌 이것을 가지고 먹을거리를 충당할 수 있겠는가."라고 하였다.《南史 卷20 謝僑列傳》

《후한서(後漢書)》는 송(宋)나라 때 판각본 가운데 으뜸으로 앞에 문민공(文敏公)의 소상(小像)이 있다. 태창(太倉)의 왕 사구(王司寇 왕세정(王世貞))가 오중(吳中)의 육 태재(陸太宰 육완(陸完))의 집에서 얻은 것인데, 내가 천금을 주고 휘주(徽州) 사람에게서 사들여 20년 동안이나 소장하였다. 그런데 금년에 사명(四明)의 사상삼(謝象三)에게 팔았으니, 책상 맡의 황금이 다 사라지는 것[105]은 일생에 제일가는 살풍경(殺風景)이다. 이 책이 내게서 떠나가는 날, 마음을 가누기가 몹시 어려웠으니, 이후주(李後主)[106]가 나라를 떠날 적에 교방(敎坊)의 잡곡(雜曲)을 듣고 눈물을 뿌리며 궁녀를 마주했던 한 장면의 처량한 풍경과 대략 서로 비슷하였다."라고 되어 있었으니, 이는 옛사람의 뼈에 사무치는 말이다. 애달프다. 가난이여! 고금의 인정에 어찌 다시 큰 차이가 있겠는가. 더군다나 이 책은 선왕께서 미천한 신하의 문필을 추켜세워주신 하나의 신구(信具)[107]임에 있어서랴. 아아! 원통하다.

---

105 책상……것 : 돈이 다 떨어져 매우 빈곤한 상황을 일컫는 말로, 장적(張籍)의 〈행로난(行路難)〉에 "그대는 보지 못하였는가. 책상 맡의 황금이 다 사라지면 장사도 얼굴빛이 무색해지는 것을.〔君不見牀頭黃金盡, 壯士無顔色.〕"이라고 한 데서 온 표현이다.

106 이후주(李後主) : 중국 오대십국의 하나였던 남당(南唐)의 마지막 군주 이욱(李煜, 937~978)이다. 당시 이미 송(宋)나라가 천하를 거의 평정했는데, 이욱은 문예적인 감수성은 뛰어났으나 나라를 다스리는 방법은 몰라 문학과 서화에 빠져 있었다. 결국 송나라에게 멸망당하고 변경(汴京)으로 잡혀가 지내던 도중, 고국을 그리워하는 시를 읊었다가 송 태종으로부터 사약을 받고 죽었다.

107 신구(信具) : 불가(佛家)에서 제자에게 법을 전수하면서 그 증거로 주던 가사와 바리때를 가리킨다. 여기서는 징표의 의미로 쓰였다.

성상께서 지으신 《불설대보부모은중경(佛說大報父母恩重經)》 게송의 뒤에 공경히 발문을 쓰고 아울러 성상께서 지으신 게송의 운에 화답하다[108]

敬跋御製恩重偈後 幷賡聖韻

신이 황명(皇明) 성조(成祖) 문황제(文皇帝)가 친히 지은 불경의 서문을 읽은 적이 있는데, "여래의 교화는 충효(忠孝)를 으뜸으로 중시하니, 충신과 효자는 잠깐 사이에 곧 여래를 볼 것이다."[109]라고 하였습니다. 그런데 말세 중생들은 불충불효(不忠不孝)하므로 충효로 인

---

108 【작품해제】《불설대보부모은중경(佛說大報父母恩重經)》은 부모의 은혜가 얼마나 크고 깊은지를 열 가지 큰 은혜를 들어 설명한 불경이다. 유교의 《효경(孝經)》과 대비가 되는 불교 경전으로 우리나라에서도 고려 때부터 수차례에 걸쳐 간행되었으며 언해본, 삽화본 등 다양한 형태가 존재한다. 특히 정조와 관련해서는 정조가 부모의 은혜를 기리기 위해 김홍도(金弘道)에게 삽화를 그리게 하여 개판한 용주사본(龍珠寺本)이 있다.

제목에서 말한 '《불설대보부모은중경》 게송'이란 《홍재전서(弘齋全書)》 56권에 〈은중경의 게송을 인행하여 배포하고 이어서 그 문체를 모방하여 신하들에게 화답하도록 명하다[印頒恩重經偈語 仍倣其體 命諸臣和之]〉에 실려 있는 정조의 게송을 가리킨다. 이 글에 부기된 병서(小序)와 간지를 참고하면 1796년(정조20)에 정조가 《불설대보부모은중경》의 깨우침이 절실하고 간절하여 중생을 극락으로 이끄는 것이 유교의 인륜을 돈독히 하는 취지와 맞음을 들어 섣달그믐과 단오에 정조가 지은 게송을 붙여 인행한 《불설대보부모은중경》을 두루 내려주게 하였다. 본 발문과 게송은 정조의 이 글에 화답한 것이다.

109 여래의……것이다 : 명(明)나라 성조(成祖)가 《천수천안관세음보살광대원만무애대비심다라니경(千手千眼觀世音菩薩廣大圓滿無礙大悲心陀羅尼經)》에 쓴 서문에 나오는 내용이다. 본 발문에서 인용한 글은 원문보다 축약되어 있다.

도하여 업장을 소멸시켜 태화(太和)[110]로 돌이켜야 하니, 인왕(人王)과 법왕(法王)[111]의 원력(願力)에 똑같이 힘입을 것입니다. 지금 우리 성상께서 친히 글을 지으시어 게송을 펼쳐 보이시어 백성들을 도리천(忉利天)[112]과 극락(極樂)의 경계로 올려주시니, 또한 문황제의 뜻입니다. 신이 두 손으로 떠받들고 기뻐 뛰는 마음을 가누지 못하고서 공경히 성상의 운에 화답하여 게송을 아래와 같이 짓습니다.

유가에는 《효경》, 불가에는 《은중경》 있으니 儒有孝經佛恩重

《은중경》과 《효경》을 사람들 모두 권하네 恩重故孝人咸勸

벽돌 갈아 거울 만드는 것[113]이 어찌 계율 아는 것이랴

磨磚成鏡豈知律

보배 세고 음식 이야기하며[114] 부질없이 책 껴안고 있도다

---

110 태화(太和) : 천지에 가득한 음양(陰陽)의 조화로운 기운을 가리키는 말이다.

111 인왕(人王)과 법왕(法王) : 인왕은 속세의 제왕(帝王)을, 법왕은 부처를 가리킨다.

112 도리천(忉利天) : 불교에서 수미산(須彌山) 꼭대기에 제석천(帝釋天)이 머무르는 곳을 가리킨다.

113 벽돌……것 : 불가에서 자주 쓰는 용어로 되지도 않는 쓸데없는 짓을 하면서 공력만 낭비하는 것을 가리키는 말인데, 다음과 같은 고사에서 왔다. 남악회양(南嶽懷讓) 선사가 좌선을 하고 있는 마조도일(馬祖道一)에게 무엇 때문에 좌선을 하느냐고 하자 마조도일은 부처가 되기 위해서라고 답했다. 그러자 남악회양이 벽돌을 들고 갈기 시작했고 마조도일이 그 까닭을 묻자 거울을 만들기 위해서라고 대답했다. 마조도일이 벽돌로 어떻게 거울을 만들겠느냐고 묻자 남악회양은 앉아서 참선만 한다고 부처가 되겠느냐고 반문하였다. 《五燈會元》. 여기에서는 뒤 구절의 의미와 연계해볼 때, 효행을 실천하지 않고 책만 보는 것이 어찌 계율을 아는 것이냐고 반문한 듯하다.

114 보배……이야기하며 : 실제적인 도움이 되는 일을 하지 않고 부질없는 짓만 한다는 뜻이다. 《염불경(念佛鏡)》, 《대승기신론열망소(大乘起信論裂網疏)》 등 다양한 불

깨치는 한 소리가 함께 인으로 돌아가니[115]   团地一聲同歸仁

아! 우리 성상께서 보제[116]의 서원 크게 내셨도다

猗我聖上弘發普濟願

數寶說食空抱卷

교 문헌에 이러한 표현이 보인다.

115 깨치는……돌아가니 : 원문의 '团地一聲'은 선가(禪家)에서 자주 쓰는 표현으로, 수행 중에 홀연히 깨우쳤을 때 마치 잃어버렸던 물건을 찾았을 때처럼 내는 탄성을 말한다. 여기서는 불가의 《불설대보부모은중경》에서 말한 효행이 유가에서 말하는 효행과 동등하게 인(仁)을 이룩했다는 말이다.

116 보제(普濟) : 널리 중생을 구제하겠다는 뜻으로 불교 용어이다.

세화를 하사하며 보내신 어찰의 뒤에 공경히 쓴 발문[117]
敬跋御札頒賜歲畫後

어찰(御札)에 다음과 같이 말씀하셨다. "작년에 산과 강으로 막힌 먼 곳으로 갈 때 앞으로 다시 만날 날이 가까울 줄 알았더니, 금년에 묵은해를 보내고 새해를 맞이할 때 갑작스레 아득히 먼 이별을 하게 되니 가슴 깊이 그리워하며 잊히지 않는 마음만 간절하게 되었다.[118] 근

---

117 【작품해제】본 발문은 저자가 1792년(정조16)에 정조로부터 두 번의 어찰을 받게 된 배경과 감회를 서술한 글이다. 그런데 저자는 어찰이 두 개라고 하였으나 실제 이 글에 함께 제시된 어찰은 뒤에 받은 하나뿐이다. 아마도 이전의 어찰은 유실되어 문집 편찬 당시에 수습하지 못한 듯하다. 세화와 관련해서 저자는 권2에 〈선영 아래 은거하던 중에 홀연 세찬과 세화를 하사받고[松楸屛伏之中 忽蒙歲饌歲畫恩賜]〉 시를 남겼다.

118 작년에……되었다 : 저자는 이 어찰이 작성되기 한 해 전인 1791년(정조15) 6월 평안도 성천 부사(成川府使)에 제수되었으나 저자의 형인 서호수(徐浩修)와 채제공(蔡濟恭)의 관계 때문에 피혐하여 좌의정이었던 채제공에게 부임 인사를 하지 않았다가 탄핵을 받고 파직되었다. 《正祖實錄 15年 6月 30日》

이후 저자는 7월에 곧바로 승지에 제수되었는데 거듭된 패초에도 저자가 나오지 않자, 정조는 "분의(分義)상 너무나도 놀라운 일이다. 성천 부사를 제수하고 당일로 하직 인사하게 하라. 죄를 받아 외직에 보임된 사람이 스스로를 귀양 수령[謫倅]이라고 칭하는 것은 비록 예사로 하는 말이지만, 이번 처분은 유배로 알아야 할 것이다. 즉시 길에 오를 것이요, 만일 중도에 지체하면 그 자리에서 정배하라."라고 하면서 저자를 다시 성천 부사에 임명하였다. 이후 10월에 저자는 성천 부사의 직임으로 입시하여 성천의 사정을 아뢴 일이 있다. 《承政院日記 正祖 15年 7月 5日·10月 27日》

그리고 이 글에서 임자년 여름에 성천 임지에 있었다고 한 저자의 서술로 볼 때 저자는 한동안 성천 부사의 직임에 있었던 것으로 보인다. 따라서 어찰에서 말하고 있는 금년의 이별이란 아마도 저자가 10월에 상경하였다가 다시 성천 임지로 떠나게 된 때를 말하는 것이라 볼 수 있다. 한편 1792년(정조16) 6월에는 저자를 실직이 없는

래 한결같이 편안한가? 세화(歲畫)[119]를 보내니, 이는 다만 해마다 잊지 못하는 뜻이다. 어찌 오두막 봉창(蓬窓)에다 내걸 것이겠는가. 그러나 원통함은 굽힘을 당했다가 반드시 신원되고 이치는 갔다가 돌아오지 않음이 없다. 더군다나 그대의 문장으로 어찌 재주를 펼칠 날이 없겠는가마는, 근자 주고받은 서신을 보니 우울해하고 낙담해하는 생각을 약간 내비치고 있었다. 국량이 어찌 그리 좁은가. 어디를 가든 자득(自得)하지 않음이 없다는 성인의 가르침[120]을 더욱 생각하여 처하는 곳마다 태연하여, 소인이 중용(中庸)에 반대로 하는 행동[121]

문관 등에게 주는 체아직(遞兒職)인 부사직(副司直)에 단부(單付)한 것으로 볼 때, 이즈음에는 저자가 성천 부사의 자리에서 물러난 것으로 보인다. 《承政院日記 正祖 16年 6月 30日》. 그 원인은 아마도 유성한(柳星漢)의 상소 이후 촉발된 일련의 사태와 관련된 것인 듯하다. 이 사태와 관련해서는 권6 〈이군정(李君正)에게 답한 편지〉 참조.
　　이후 1796년(정조20) 광주 목사(光州牧使)에 제수될 때까지 저자는 실직에 나아가지 않고 은거하였다.

119 　세화(歲畫) : 새해를 송축하고 재앙을 막기 위해 처용, 닭, 호랑이, 사자, 개, 매, 별, 선녀 등 재액을 물리치는 동물이나 상서로운 상징을 그려 문에 붙이던 그림이다. 처음에는 궁중 풍속으로 시작되어 점차 민간에도 확산되었으며, 궁중에서는 도화서(圖畫署)에서 진상하여 궁내와 종실, 재상, 근신들에게도 하사하였다.

120 　어디를……가르침 : 《중용장구(中庸章句)》 제14장에 "군자는 자신이 처한 위치에 맞게 행동하고 그 밖의 것은 바라지 않는다. 부귀한 위치에 있으면 부귀함에 맞게 행동하고, 빈천한 위치에 있으면 빈천함에 맞게 행동하고, 오랑캐 땅에 있으면 오랑캐에 맞게 행동하고, 환란에 처했으면 환란의 상황에 맞게 행동하는 것이니, 군자는 어디에 있든 자득하지 않는 경우가 없다.〔君子素其位而行, 不願乎其外. 素富貴, 行乎富貴, 素貧賤, 行乎貧賤, 素夷狄, 行乎夷狄, 素患難, 行乎患難, 君子無入而不自得焉.〕"라고 하였다.

121 　소인이……행동 : 《중용장구》 제2장에 "군자가 중용을 하는 것은 군자이면서 때로 맞게 하기 때문이고, 소인이 중용에 반대로 하는 것은 소인이면서 기탄이 없기 때문

을 본받지 말라. 나머지 말들은 남겨두고 우선 이렇게만 쓴다. 새해를 맞이하여 복 많이 받기를 다시금 바란다." -임자년(1792, 정조16) 12월-

이 두 어찰은 하나는 신이 임자년 여름에 성천 부사(成川府使)로 임소에 있을 때에 하사받은 것이고, 하나는 임자년 겨울에 남인과 소론 무리들의 참혹한 무함(誣陷)[122]으로 고향에 칩거해 있을 적에 하사받은 것이다. 당시에 정동준(鄭東浚)과 채제공(蔡濟恭)이 뱀과 지렁이가 자기네들끼리 서로 엉키듯 합세하여 교토삼굴(狡兔三窟)[123]의 간교한 꾀를 부리고 주구(走狗)들이 떠드는 소리에 원조를 받아 입과 혀를 정신없이 놀리고 마음과 힘을 쏟았으니, 조정에 들어와서 협박하는 것은 지극히 난처한 말들이요, 나가서 빙자하는 것은 매우 근리(近理)한 말들이었다.

아아! 소식(蘇軾)이 말하기를, "지극히 믿을 수 있는 것은 마음과 눈이요, 서로 친애하는 것은 어미와 자식이요, 의혹하지 않는 이는 성인이다. 그러나 도끼를 훔친 일에서 마음과 눈이 혼란스러워질 수 있음을 알 수 있고, 베틀의 북을 던진 일에서 어미와 자식이 의심할 수 있음을 알 수 있고, 재가 들어간 밥을 건져 먹은 일에서 성인도 의혹될 수 있음을 알 수 있다."[124]라고 하였다. 신이 비록 성상의 덕이

이다.〔君子之中庸也, 君子而時中, 小人之反中庸也, 小人而無忌憚也.〕"라고 하였다.

122 남인과……무함(誣陷) : 권6 〈이군정에게 답한 편지〉 참조.

123 교토삼굴(狡兔三窟) :《전국책(戰國策)》〈제책(齊策)〉에 "교활한 토끼는 세 개의 굴을 파놓고서 죽음을 면할 방도를 강구한다.〔狡兔有三窟, 僅得免其死耳.〕"라고 하였다. 전하여 간사하고 교묘한 꾀를 뜻한다.

124 지극히……있다 : 소식의 〈변시관직책문차자이수(辯試館職策問箚子二首)〉에 나오는 말이다. 도끼를 훔쳤다는 것은《열자(列子)》〈설부(說符)〉에 나오는 고사이다.

일월과 같이 밝고 산악처럼 흔들림이 없으시다는 것을 믿었으나, 권세를 지닌 간신들의 기세가 치성(熾盛)하고 흉당(凶黨)들이 포효하여 그 불길이 세차게 타올라 마치 건드리는 즉시 만진 이가 산산조각 날 듯하였다. 그러니 곤궁한 오두막에서 원통함을 품고서 날마다 죽기만을 기도할 뿐, 오히려 감히 성상의 말씀이 우연히 한 번 -원문 2자 판독 불가- 내려지기를 바랐겠는가. 그런데 도리어 5월에 일이 벌어진 초기부터 성상께서 조화(造化)의 기틀을 곡진히 운용하시어 -원문 6, 7자 결락-[125] 하교를 은미하게 보이셨으니, 대개 채제공에게 밀유를 내리고[126] -원문

도끼를 잃어버린 어떤 사람이 이웃집 아이를 의심하였는데 그 아이의 걸음걸이, 얼굴 표정, 말하는 것, 행동거지 모두가 도끼를 훔쳐간 것으로 보였다. 그러던 어느 날 계곡에서 도끼를 찾은 뒤 이웃집 아이의 태도를 보니 전혀 도끼를 훔쳐간 것처럼 보이지 않았다고 한다. 베틀의 북을 던졌다는 것은 《전국책(戰國策)》〈진책(陳策)〉에 나오는 고사이다. 공자의 제자 증삼(曾參)과 이름이 같은 자가 사람을 죽였는데, 어떤 사람이 증삼의 어머니에게 증삼이 사람을 죽였다고 전하였다. 증삼의 어머니가 처음에는 그럴 리가 없다고 전혀 믿지 않고 베만 짜다가 세 번이나 다른 사람이 와서 전하니, 그때는 베 짜던 북을 내던지고 담을 넘어 달아났다고 한다. 재가 들어간 밥을 건져 먹었다는 것은 《여씨춘추(呂氏春秋)》〈임교(任敎)〉에 나오는 고사이다. 공자가 진채(陳蔡) 지역에서 곤경에 처하여 7일 동안 아무것도 먹지 못하고 있을 때, 간신히 쌀을 얻어 안회(顏回)와 중유(仲由)가 밥을 지었는데 숯덩이가 밥에 떨어져 있는 것을 발견한 안회가 얼른 밥을 건져 먹었다. 공자가 처음에는 이 광경을 보고 밥을 훔쳐 먹은 것으로 오해했으나 그 뒤 사정을 알고 나서 제자들에게 눈이나 마음으로 사람을 판단하는 것은 쉽지 않다며 경계했다고 한다.

125 원문은 '而前□□□□□'인데, '而前'도 결락된 글자와의 관계를 알 수 없어 번역하지 않았다.

126 채제공에게 밀유를 내리고 : 1792년 10월에 채제공이 역적 신기현(申驥顯)의 아들을 조흘강(照訖講)에 합격시킨 윤영희(尹永僖)를 두둔한 일로 공격을 받고 해서(海西)의 풍천(豐川)으로 부처(付處)되었는데, 정조가 채제공을 이송하는 도사에게 밀유

6, 7자 결락-[127] 밀지(密旨)를 가리키는 것이었다.

뒤의 어찰은 정동준이 성상의 경계에 힘써 항거하여 -원문 4, 5자 결락-[128] "원통함은 굽힘을 당했다가 반드시 신원되고 이치는 갔다가 돌아오지 않음이 없다."라는 말씀은 내가 당한 재앙이 원통하고 무함을 당한 것임을 분명하게 고해주신 것이다. 그리고 칭찬하고 권면하여 "어디를 가든 자득하지 않음이 없다."는 성인의 가르침을 생각하게 하신 것으로 말하면, 비록 자애로운 아버지가 어린아이를 보육하고 엄한 스승이 제자를 교도하는 것이라도 이보다 더할 수는 없다.

아아! 인생이 덧없어 백 년 세월이 아침저녁 같으나, 억겁토록 잠시도 잊을 수 없는 것은 지기(知己)의 감회가 그것이다. 그러므로 거경(巨卿)은 매양 원백(元伯)을 통곡하고[129] 육빙(陸憑)은 항상 심장(沈萇)의 꿈에 나타났으니,[130] 저 부평초 같은 평범한 사람들의 교유도

를 내려 중도인 장단(長湍)에 부처한 일이 있다. 그리고 얼마 뒤 채제공은 사면을 받았다.《正祖實錄 16年 10月 10日·14日》. 그러나 이 문장 뒤로 결락이 많아 반드시 이 일을 가리키는지는 확실하지 않다.

127 원문은 '拔去李祉永疏□□□□□家事也'인데, '拔去李祉永疏'와 '家事也'도 결락된 글자와의 관계를 알 수 없어 번역하지 않았다.

128 원문은 '粧出廈疏□□□□'인데, '粧出廈疏'도 결락된 글자와의 관계를 알 수 없어 번역하지 않았다.

129 거경(巨卿)은……통곡하고 : 거경은 후한(後漢) 때 사람 범식(范式)의 자이고, 원백은 장소(張劭)의 자이다. 두 사람은 절친한 지기였는데 어느 날 밤 거경의 꿈에 원백이 나타나서 자신이 곧 죽을 것인데 장사를 치르기 전에 당도할 수 있겠느냐고 물었다. 꿈에서 깬 거경이 즉시 원백의 집으로 떠났으나 그가 당도하기 전 이미 원백이 죽어 발인하여 매장하려고 하였다. 그러나 상여가 앞으로 나아가려 하지 않았고 거경이 통곡하면서 당도하여 관을 두드리며 "원백은 떠나가라. 산 사람과 죽은 사람은 갈 길이 다르다."라고 하자 비로소 상여가 움직였다고 한다.《後漢書 卷81 范式列傳》

오히려 이러한데 하물며 군신의 의리와 부자의 정이겠는가. 신은 어찌하여 아직까지도 밥 먹고 숨 쉬며 살아 있단 말인가.

---

130 육빙(陸憑)은……나타났으니 : 당(唐)나라 때 오군(吳郡)의 육빙과 오흥(吳興)의 심장은 서로 절친한 사이였는데 어느 날 육빙이 영가(永嘉)에 유람을 갔다가 병에 걸려 죽게 되었다. 그때 심장의 꿈에 육빙이 나타나 "그대는 나의 지기이니 집안일을 부탁한다."라고 하면서 환담을 나누고 시를 읊은 뒤 상여를 실은 배가 내일 당도할 것이라고 하고는 떠나갔다. 꿈에서 깨자 마치 약속이나 한 듯이 육빙의 상여를 실은 배가 당도하였다고 한다. 《太平廣記 卷337 陸憑》

민정(民政)을 하문하신 어찰의 뒤에 공경히 쓴 발문(1)[131]
敬跋御札俯詢民事後(1)

어찰에 다음과 같이 말씀하셨다. "겨울에 들어서고부터 납일(臘日)에 이르기까지 73일 동안 27번의 대설이 내렸다. 납일 전 27번 내린 눈에서 내년 풍작을 점칠 수 있으니 내심 기쁘다.[132] 맹렬한 추위가 아교와 솜옷을 꺾을 수 있을 정도인데,[133] 이러한 때 정무를 보고 있는 그대의 체후는 한결같이 편안한가? 해가 바뀌려 하니 그리운 마음이 불현듯 평소보다 배가 된다.

---

131 【작품해제】원문의 두주(頭註)에는 "아래 편 다음에 있어야 한다.〔當在下編之次〕"라고 되어 있다. 다음 편 역시 동일한 제목이고, 이번 편 어찰과 다음 편 어찰을 총괄하여 쓴 저자의 발문이 다음 편 어찰의 뒤에 있으므로 두주의 내용이 타당하다. 좀 더 명확하게 말하면 다음 편 어찰의 뒤로 이번 편 어찰이 편재되어야 한다.

이 글은 저자가 광주 목사(光州牧使)로 부임한 1796년(정조20)의 다음 해인 1797년(정조21) 정조로부터 받은 두 어찰에 쓴 발문이다. 발문에서 정조를 선왕(先王)이라고 표현하고 있는 점으로 볼 때 발문은 순조(純祖) 연간에 쓰여진 것으로 보인다. 저자가 발문에서 언급한 바와 같이 두 어찰에는 각종 현안과 관련하여 민생을 염려하는 정조의 심정이 잘 나타나 있으며, 《주서분류(朱書分類)》와 《대학유의(大學類義)》등 정조의 서책 간행 사업과 관련된 논의도 살펴볼 수 있다.

132 겨울에……기쁘다 : 보통 납전삼백(臘前三白)이라고 하여 납일 전에 세 번 흰 눈이 내리면 풍년이 들 징조로 여겼는데, 이때에는 27번이나 내린 것을 매우 기뻐한 말이다.

133 맹렬한……정도인데 : 가을에 찬 기운이 이르러 겨울이 되면 아교가 굳어서 꺾을 수 있고, 맹렬한 추위에는 솜옷이 얼어서 꺾을 수 있을 정도가 되므로 모두 매서운 추위를 형용한 말이다.

나는 날마다 곤궁한 백성들[134]을 몹시 염려하고 있는데, 품어주고 보호해줄 방도가 어그러져 백성들은 이산(離散)하여 길 위에 있는 실정이다. 그리고 남쪽에서 들려오는 말은 그 소란스러움을 이루 다 할 수 없다. 새해가 되기 전에 이미 이와 같은 지경이니 새해가 된 다음은 더욱 알 만하다. 한밤중에 침상을 맴돌며 고민하고 있으니, 어찌 자주 일어나 서성이지 않을 수 있겠는가. 듣자하니 양남(兩南)에 비와 눈이 오랫동안 그쳐 우물마저도 말라버렸으니, 본읍(本邑)과 영남 세 읍의 민가가 불에 탄 것은 이 때문이라고 한다. 전하는 말이 사실인가?

또 들으니 도적 떼로 인한 우환이 곳곳마다 즐비하고 광주(光州)와 용담(龍潭) 사이가 가장 심한데, 감영의 차사(差使)와 읍의 포교(捕校)가 이를 빙자하여 민간에서 폐악을 저질러 닭이나 개마저도 편안하지 못하게 하고는 도리어 도적 떼들과 결탁하여 폐해만 있고 이익은 없다고 한다. 이 또한 근거 있는 말인가? 광주는 산이 높고 골이 깊어 단속하고 경계하는 정사를 소홀히 할 수 없다. 모르겠으나 어떻게 직무를 수행할 것인가?

환곡 받아들이는 것을 정지하라고 명령한 것이 이미 오래인데 감영에서 즉시 이 내용을 포고하지 않아 민간의 원망과 탄식을 초래하였다 한다. 본읍은 비록 아주 심하지 않으나, 아주 심한 곳들의 경우 들리는 말들이 과연 어떠한가?

---

134 곤궁한 백성들 : 원문은 '부필순곡(萹蓽鶉鵠)'인데, '부필'은 '부옥(萹屋)'과 '봉필(蓬蓽)'의 합칭으로 풀로 지붕을 이어 만든 가난한 사람의 집을 가리키는 말이며, '순곡'은 '순의곡면(鶉衣鵠面)'의 준말로 메추라기가 매달린 듯 여기저기 기운 누더기 옷과 고니의 얼굴처럼 바싹 여윈 얼굴을 가리키는 말이다.

순창 군수(淳昌郡守)[135]의 교정 일은 그간에 이미 마쳤는가? 범례와 편목은 한결같이 《정서분류(程書分類)》[136]를 따르면 근거로 하기에 충분할 것이요, 책명 역시 《주서분류(朱書分類)》로 정하는 것이 좋을 듯하다. 그렇다면 가지고 간 판본을 이러한 편목으로 분류하여 편차하는 것이 또한 좋겠다. 다만 편목을 조정할 때에 뒤바뀌어 어긋나는 일이 발생하지 않겠는가? 즉시 순창 군수와 의논하여 다시 보여주는 것이 어떠한가?

《대학연의(大學衍義)》를 교정하는 일은 또한 얼마나 진행되었는가? 이번 돌아오는 인편에 자세히 답해달라. 우선 이렇게만 적는다."

-정사년(1797, 정조21) 12월-

---

135 순창 군수(淳昌郡守) : 《승정원일기》 정조(正祖) 21년 7월 4일 기사에 순창 군수로 저자의 조카인 서유구(徐有榘)를 임명하는 기사가 있다. 이에 의거하면 순창 군수는 서유구를 가리키는 것이다.

136 정서분류(程書分類) : 송시열(宋時烈)이 송(宋)나라 때의 학자인 정호(程顥)와 정이(程頤)의 저술을 주제별로 분류하여 편차한 책이다.

민정(民政)을 하문하신 어찰의 뒤에 공경히 쓴 발문(2)
敬跋御札俯詢民事後(2)

어찰에 다음과 같이 말씀하셨다. "첫 추위가 섣달 추위보다 심하나 남쪽 지방 기후는 북쪽과 같지 않으니, 조금 따뜻한 때가 있는가? 그간 오랫동안 소식이 막혔는데, 근자 정무를 살피고 있는 근황은 더욱 좋은가? 나는 금년에 또한 삼여(三餘)[137]를 허투루 보내지 않으려고 《사선(史選)》은 과정을 정해 읽었고 《당송팔가문(唐宋八家文)》은 과정을 정해 비평하였다.[138] 이와 같이 할 적에 눈코 뜰 새가 없다고

---

137 삼여(三餘) : 독서하기 좋은 세 시기로, 겨울과 밤과 흐리고 비 오는 때를 가리키는 말이다. 《三國志 卷63 魏志 王肅傳》

138 사선(史選)은……비평하였다 : 여기에서 언급한 《사선》은 이시선(李時善)이 편찬한 《역대사선(歷代史選)》이라는 책이 있고 《당송팔가문》 또한 다양한 형태의 여러 판본이 많으나, 특히 정조와 연관 지어 생각하면 아마도 정조가 직접 선집했던 《사기영선(史記英選)》의 인행본과 《당송팔자백선(唐宋八子百選)》의 작업본을 가리키는 것으로 보인다. 이는 《홍재전서(弘齋全書)》 권7 〈춘추를 완독한 날 자궁께서 음식을 베풀어 기쁨을 표시하였으므로 시를 읊어 신하들에게 보이다.〔春秋完讀日 慈宮設饌識喜 唫示諸臣〕〉의 소서(小序)에 "내가 삼여 때마다 책 한 질씩을 읽어 해마다 상례로 삼았고, 손수 여러 책들을 선집하여 반드시 중외에 인행하여 반포하였으니, 대개 문풍을 진작시키고 속습을 바로잡으려는 고심에서 나온 것이다.……정사년에 《사기영선》을 새로 인행하여 10월 초팔일에 읽기 시작하여 다다음 달 27일에 완독하였으니 80일이 걸렸고, 무오년에 《당송팔자백선》을 새로 인행하여 11월 1일에 읽기 시작하여 다음 달 15일에 완독하였으니 45일이 걸렸다.〔予於三餘, 輒課一帙之書, 歲以爲常, 而手選諸書, 必印頒中外, 蓋亦振文風矯俗習之苦心也.……丁巳, 新印史記英選, 十月初八日始讀, 再翼月二十七日完讀, 凡八十日. 戊午, 新印八子百選, 十一月初吉始讀, 翼月十五日完讀, 凡四十有五日.〕"라고 한 기록을 토대로 추측할 수 있다. 즉 정조의 이 어찰이 작성된 정사년

이를 만하나 양공(良工)의 마음만 고달팠으니[139] 도리어 한 번 웃을 만하다.

《주서분류(朱書分類)》와 《대학연의(大學衍義)》 원편·속편을 교정하는 일[140]은 얼마나 진행되었는가? 이 몸이 이 두 책에 정력을 많이 소비하였고 더구나 평소 다반사처럼 다루던 것인데, 지금 편집하고 정선하는 일에 만에 하나라도 엉성하고 소략하여 이 책을 보는 후인들의 비웃음을 초래한다면, 그 낭패스러움이 어떠하겠는가. 이 때문에 온 정성을 다하여 부지런히 상세하게 설명한 것이니, 반드시 구절마다 고찰하여 바로잡고 글자마다 정리하여 바로잡기를 한결같이 대면하였을 때 부탁했던 대로 해야 할 것이다. 도내 유생으로 이 일에 참여한

(1797, 정조21) 10월 당시는 《사기영선》이 인행되어 정조가 독서를 시작한 시점이므로 어찰에서 독서하고 있다는 한 말과 부합되며, 다음 해인 무오년(1798, 정조22)에 《당송팔자백선》이 인행되었으므로 어찰에서 비평하고 있다는 말은 선집 간행을 위한 비평 작업으로 추측할 수 있는 것이다. 다만 이는 추측이므로 번역문에는 원문에 표시된 서명대로 표기하였다.

139 양공(良工)의 마음만 고달팠으니 : 정조의 고심을 다른 사람은 모를 것이라는 뜻이다. 이 표현은 두보(杜甫)의 〈제이존사송수장자가(題李尊師松樹障子歌)〉에 "선객의 마음이 서로 친함을 이미 아니, 솜씨 좋은 화공의 마음이 홀로 수고로웠음을 다시 깨닫네.〔已知仙客意相親, 更覺良工心獨苦.〕"라고 한 데서 가져온 것이다.

140 대학연의(大學衍義)……일 : 원편은 《대학연의》를 가리키고, 속편은 정조가 새로 편집한 《대학유의(大學類義)》를 가리킨다. 권6의 〈윤복초(尹復初)에게 답한 편지〉를 보면, 《대학연의》는 원편, 《대학연의보(大學衍義補)》는 보편, 《대학유의》는 속편으로 지칭하고 있음을 볼 수 있다. 《대학유의》와 관련해서는 위의 편지 및 해당 편지의 【작품해제】 참조. 이를 토대로 보면 원편과 속편의 교정 작업이란 《대학연의》를 《대학유의》에 어떤 방식으로 인용하고 편차할 것인지를 결정하는 교정 작업, 즉 직접적으로는 《대학유의》의 교정 작업을 가리키는 것이다.

자는 얼마나 되는가? 모두 자그마한 도움이라도 되는가?

별지의 민정(民政)은 특별히 유념하여 조사해 알리고, 또한 순창 군수(淳昌郡守)[141]도 힘을 합치도록 하라. 우선 이렇게만 쓴다.

○ 정리곡(整理穀)[142]에 관한 일은, 남쪽 지방에서는 범법(犯法)하지 않은 경우가 없는데 삼남(三南) 중에서도 호남이 가장 심하다. 이는 입이 있는 자들은 모두 전하고 있고, 지켜보는 수많은 눈을 가리기는 어렵다. 게다가 수성정리곡(修城整理穀)은 대미(大米 쌀)의 명목이 있는 이유로 곡명(穀名)이 서로 혼동되는 단서가 되고,[143] 입본(立本)[144]

---

141 순창 군수(淳昌郡守) : 356쪽 주135 참조.

142 정리곡(整理穀) : 1795년(정조19) 윤2월에 화성(華城) 완공, 현륭원(顯隆園) 정화, 혜경궁 홍씨(惠慶宮洪氏)의 회갑연 등을 위한 대대적인 행사가 화성에서 거행되었다. 이때 자금 조달과 행사 운용을 위해 정리소(整理所)라는 특수 기구를 설치하고 전국에서 10만 3,061냥을 조달하였다. 그리고 행사와 기타 비용으로 지출하고서 남은 돈 2만 냥을 각각 팔도에 분배하여 환곡의 밑천으로 삼아 백성들에게 저리(低利)로 대출해주게 하였다. 이것이 바로 을묘정리곡(乙卯整理穀)이다. 그런데 탐관오리들이 자신들의 사익을 채우기 위해 백성들에게 강제로 대출을 받게 하거나 고리대를 적용하는 등으로 악용하여 폐단이 발생하게 되었다. 그에 대한 사정은 《정조실록》 21년 10월 7일 우의정 심환지(沈煥之)의 상소에 대략이 제시되어 있다.

143 수성정리곡(修城整理穀)은……되고 : 엄밀히 말하면 수성정리곡은 정조가 을묘원행(乙卯園行) 이후 남은 예산을 백성들에게 혜택을 주기 위해 기획했던 을묘정리곡과는 다른 것이다. 이것은 1795년(정조19) 4월에 마련된 화성행궁정리수성곡(華城行宮整理修城穀)의 원래 명칭으로 통상 수성향곡(修城餉穀)이라 일컬어지던 것이다. 수성향곡은 화성과 화성행궁의 유지를 위해 비변사에서 관장하는 정곡(正穀 쌀) 1만 석과 피곡(皮穀 겉곡식) 2만 석을 팔도에 분배하여 환곡으로 운영하게 하였다. 그런데 원래 명칭에 '정리'라는 말이 들어가 있어 을묘정리곡과 똑같은 정리곡으로 혼동되는 문제가 발생한 것이다. 본래의 을묘정리곡은 대출해준 곡식을 상환받을 때 반드시 피곡(皮穀)으로 받도록 규정하였는데, 수성정리곡도 을묘정리곡과 함께 혼동되면서 수성정리곡에

의 고질적인 폐단까지 더해져서는 조정에서 내려준 정리곡이라는 명목에 기대어 농간을 부리는 수단이 되었다 한다. 도내에서 보고 들은 아무 조항은 상세히 조사하여 알리라.

○ 결역(結役)[145]에 관한 일은, 호남 백성들이 도탄에 빠진 듯 곤경에 처하였는데, 이런 상황에서도 바로잡지 않는다면 백성의 괴로움을 돌본다 말할 수 있겠는가. 그러나 지방마다 풍속이 달라 양반과 천민의 응역(應役)에 현격한 차이가 있다. 또 고을 수령이 영저리(營邸吏)[146]

있던 쌀 명목이 혼입되어 들어오게 된 것으로 보인다. 이러한 문제 때문에 정조는 후에 수성정리곡을 비변사 구관곡(句管穀)으로 옮기고 다시는 정리곡이라는 이름을 사용하지 못하게 하였다.《正祖實錄 19年 4月 13·15日, 21年 11월 30日, 22年 2月 4日》

144 입본(立本) : 입본은 밑천을 채운다는 뜻으로 장부상의 환곡 숫자를 채우는 것을 말한다. 구체적으로는 지방관들이 사리사욕을 채우기 위해 환곡을 운영하면서 지역별 또는 계절별 곡가(穀價)의 시세 차익을 이용하여 돈을 남기는 수법을 가리킨다. 즉 쌀값이 비싼 지역 또는 비싼 시기에 환곡을 팔아 돈으로 만들어두었다가 그 돈의 일부만 가지고 쌀값이 싼 지역 또는 싼 시기에 쌀을 도로 사들여 장부상의 환곡 숫자를 채우고 남는 돈은 착복하는 수법이다.

145 결역(結役) : 조선 후기에 토지에 부과되던 부가세의 일종이다. 원래는 대동법을 실시하여 대동미(大同米) 명목으로 결당 12두(斗)를 거두어 일체의 요역(徭役)을 면제하였는데, 지방에서의 불시의 경비를 마련해야 한다는 명목으로 지방관이 여러 비용을 부과하였다. 이때 토지 결수(結數)를 기준으로 징수하였으므로 결역(結役)이라고 불렀다. 특히 영조 대에 균역법이 제정된 이후 결역가(結役價)도 결당 4두로 균일화되었으나 이후 점차 증가하여 폐단이 급증하였다.

146 영저리(營邸吏) : 영주인(營主人)이라고도 하며, 각 군현에서 감영에 파견되어 연락 업무를 맡아보던 아전이다. 하급 향리가 아닌 상급 향리 중에서만 선발되었으며 관찰사의 감영에 파견되어 행정 실무와 연락 업무를 보는 외에 수령에 대한 정보를 관찰사에게 제공하기도 하였기 때문에 고을 수령이 영저리의 눈치를 살피는 지경에까지 이르렀다. 또한 권력과 경제력에 있어 한 향리의 여론을 주도하였으므로 토착 양반들과

를 두려워하는 것이 상관을 두려워하는 것과 거의 같아서 그들이 하는 청탁을 감히 거절하지 못한다. 그러므로 서울과 감영에 납부하는 공물 가격의 폭등은 전임 수령이 값을 올려놓은 것에 후임 수령이 배로 징수하는 것이라고 한다.[147] 그리하여 명색과 의의가 없는 불법적인 세금 징수가 갈수록 심해져서 잔약한 백성들이 버티기 어려운 폐단이 되었다. 종이와 책판(冊板) 등의 일을 가지고 한번 말해보면, 가렴주구가 날로 증가하여 미려혈(尾閭穴)[148]이 허다한 판국이다. 선죽(扇竹)과 선지(扇紙)로 말하자면, 명색은 비록 폐단이 제거되었다고 하지만 기실 폐단은 대나무의 길이나 종이의 두께에 있는 것이 아니다. 지인(知印) 무리들이 퇴짜를 놓으면서 뇌물을 요구하는 농간이 여전하여 백성들이 끝내 실제적인 혜택을 입지 못하게 만든다고 하니, 이 또한 아무 읍 아무 곳의 심한 정도를 일일이 조사하여 알리는 것이 어떠하겠는가.

일전에 들으니 영암(靈巖)에 민역(民役)의 비용을 방납해주는 사창(社倉)이 있어 백성들이 편리하게 여기고 있었는데, 근래에는 여기에도 폐단이 생겼다고 하였다. 과연 전언과 같은가? 우선 알고 있는 내용을 대략 알린 다음, 순창 군수와 상의하여 자세히 조사하여 다시금 알리라. 그대만 믿는다. 그대만 믿는다." -정사년(1797, 정조21) 10월-

이 두 어찰은 신이 정사년 겨울 광주 목사(光州牧使)로 재직하고

맞설 정도로 세력이 막강하였다.

147 그러므로……한다 : 영저리들은 연락 업무 외에 군현의 세금 납부 업무도 대행하였는데 이 과정에서 가격을 올려 이익을 챙겼다. 영저리들의 눈치를 살피던 수령들은 공물 가격의 상승을 요구하는 영저리의 청탁을 거절하기 어려웠던 셈이다.

148 미려혈(尾閭穴) : 329쪽 주80 참조. 여기서는 백성들의 고혈을 빨아들이는 탐관오리의 수단 방법이 극도에 이르렀음을 표현한 것이다.

있을 때 받은 것이다. 신이 조정에 출사한 초기부터 주서(注書)를 거쳐 승지에 이르기까지 반생 벼슬살이 동안 항상 성상의 곁을 떠나지 않았다. 그러므로 빈연(賓筵)과 오조(午朝)에서 도유우불(都兪吁咈)하신 계획과 평대(平臺)와 난각(煖閣)에서 강구하고 경륜하신 계책[149]이 어제 본 것처럼 역력하다. 대개 성상의 인애롭고 명철하신 자질은 역대 제왕들보다 탁월하여 사랑하지 않는 사물이 없으시고 아무리 멀어도 통촉하지 못하는 것이 없으셨다. 거기에다가 경사(經史)를 두루 섭렵하시고 도기(道器)를 관통하시어[150] 인군의 덕은 백성들의 일을 부지런

---

149 빈연(賓筵)과……계책 : 빈연은 중신들과의 경연, 오조는 오후에 여는 조회, 평대는 편전(便殿), 난각은 난방기구가 갖추어진 전각을 말한다. 단, 청(淸)나라 때 후방역(侯方域)의 《예성시책일(豫省試策一)》에 "명(明)나라 때의 경연 제도를 고찰해보면……난각에서 오강을 하였다.〔考前朝經筵之制……午講於煖閣.〕"라고 한 것을 보면, 오조 역시 경연의 의미로 사용된 듯하다. 《일하구문고(日下舊聞考)》에 근거하면, 평대는 자금성(紫禁城) 건극전(建極殿 지금의 보화전(保和殿)) 후우문(後右門)의 이칭이고, 난각은 건극전 동쪽과 서쪽의 부속 건물인 소인전(昭仁殿)과 홍덕전(弘德殿)을 가리킨다. 이상은 모두 신하들과 모든 장소에서 정사를 논의하며 치도(治道)를 도모했던 명나라 효종(孝宗)의 고사이다. 《명사기사본말(明史紀事本末)》 권42 〈홍치군신(弘治君臣)〉에 "효종은 공손하고 검소하고 인애롭고 명철하여 치도의 이치를 부지런히 강구하고 현량한 보필을 두고 직언하는 신하를 부르고……평대와 난각과 경연과 오조에서 자문을 구하지 않음이 없었다.〔孝宗恭儉仁明, 勤求治理, 置亮弼之輔, 召敢言之臣……平臺煖閣經筵午朝, 無不訪問.〕"라고 하였다.

도유우불에서 도(都)와 유(兪)는 찬성의 의미, 우(吁)와 불(咈)은 반대의 의미를 표하는 감탄사이다. 《서경》〈익직(益稷)〉에 "우가 말하기를 '아, 훌륭합니다. 황제시여, 지위에 있음을 삼가소서.' 하니, 제순이 '아, 너의 말이 옳다.〔禹曰都愼乃在位, 帝曰兪.〕'라고 하였다."라고 하였으며, 또 〈요전(堯典)〉에 "요임금이 말하기를 '아, 너희 말이 옳지 않다.〔帝曰吁! 咈哉.〕'라고 하였다."라고 하였는데, 전하여 군주와 신하가 자유롭게 정치를 논하고 의견을 개진하는 말로 사용하였다.

히 돌보는 것보다 큰 것이 없음을 깊이 아셨다. 이 때문에 한 번의 비가 시기를 어기기라도 하면 근심하는 기색이 얼굴에 드러나고 한 곡식이 여물지 않으면 식사를 미루고서 부역과 조세를 면제해주는 법과 진대(賑貸)해주는 정사를 펼치셨다. 그리고 감사나 수령이 분주히 법령을 받들면서 그 방도를 다하지 못할까 혹 염려하여 자주 어사를 파견하여 그 수행 능력을 염찰(廉察)하게 하셨다. 그러고서 또 어사가 파견 비용만 부질없이 허비하고 뜬소문이나 잘못 채집할까 염려하여 지방관으로 나가 있는 근신에게 밀지를 내려, 보고 들은 것에 근거하여 사실을 모아 보고하게 하셨다.

신이 성천 부사(成川府使)로 나간 이후부터 유지를 받아 받들어 행한 것이 또한 여러 차례였는데, 성상께서 근심 걱정으로 노심초사하시어 비단옷과 쌀밥을 편안하게 여기지 않으신 심정이 드러나기로는 이 두 어찰이 가장 절절하다. 그리하여 삼가 감히 어찰 말미에 발문을 지어 붙여 이 글을 읽는 지금과 후세 사람들 모두 해질녘까지 밥 먹을 겨를도 없으시고 백성 보기를 다친 사람 대하듯 하셨던 우리 선왕의 성대한 덕과 지극한 선을 군자와 소인이 종신토록 잊지 못함을 알게 하고자 한다.[151]

---

150 도기(道器)를 관통하시어 : 도는 무형의 추상적인 도리를 뜻하고, 기는 유형의 구체적인 사물을 뜻하는 용어이다. 《주역》〈계사전 상(繫辭傳上)〉에 "형이상의 것을 도라 하고, 형이하의 것을 기라고 한다.〔形而上者, 謂之道, 形而下者, 謂之器.〕"라고 하였다. 즉 여기서는 모든 이치와 만사를 다 통달했다는 뜻으로 쓰였다.

151 해질녘까지……한다 : 《서경》〈주서(周書) 무일(無逸)〉에서 문왕의 덕을 칭송하여 "아침부터 해가 중천에 뜰 때와 해가 기울 때에 이르도록 한가히 밥 먹을 겨를도 없으시어 만백성을 모두 화합하게 하셨습니다.〔自朝至于日中昃, 不遑暇食, 用咸化萬

民.〕"라고 하였고, 《맹자》〈이루 하(離婁下)〉에서 문왕을 표현하여 "문왕은 백성 보기를 마치 다친 사람 대하듯 하였다.〔文王視民如傷.〕"라고 하였다. 또한 《대학》에 "군자는 선왕의 어짊을 어질게 여기고 선왕이 친하게 대한 이를 친히 여기며, 소인은 선왕이 즐겁게 해주심을 즐거워하고 선왕이 이롭게 해주심을 이롭게 여기니, 이 때문에 종신토록 잊지 못하는 것이다.〔君子賢其賢而親其親, 小人樂其樂而利其利, 此以沒世不忘也.〕"라고 하였다. 여기에서 군자와 소인은 지위가 있는 사람과 지위가 없는 백성을 말한 것이다.

《군서표기》에 대해 논하신 어찰의 뒤에 공경히 쓴 발문[152]
敬跋御札論群書標記後

어찰에 다음과 같이 말씀하셨다. "《군서표기》는 바로 내가 평생 심혈을 기울였던 자취가 담겨진 치부책(置簿冊)이다. 몇 해 전에 그대에게 엮어 완성하게 한 뒤로 미처 다시 다듬지 못하여, 의례(義例)와 규모에 오히려 헤아려보아야 마땅할 부분이 없지 않다. 또 그 이후에 엮어낸 책들도 수록되지 못한 것이 많으니, 이참에 정리하여 바로잡아서 근거하여 고찰할 수 있는 자료로 삼지 않을 수 없다. 현재 백미공(白眉公)[153]에게 속편의 편찬을 주관하게 하였으니, 그대가 반드시 옆에서 도와 한 부의 책을 완성하게 한다면, 이후 비록 택미시랑(澤糜侍郎)[154]이 내각에 있더라도 자연히 의례를 살펴 추록(追錄)하게

---

152 【작품해제】《군서표기》는 정조의 명으로 간행된 서적들의 목록과 해제를 수록한 책으로, 정조 시대 서적 편찬 사업의 면모를 살펴볼 수 있는 자료이다. 크게는 어정(御定)과 명찬(命撰)으로 구분하고 다시 연대순으로 배열하였으며 각 책에 대한 자세한 해제와 담당 업무를 맡은 신하들의 이름까지 표시하고 있다. 1814년(순조14)에 간행된 《홍재전서(弘齋全書)》의 179~184권을 이룬다. 그런데 본 발문에서는 이 책의 미간행을 안타까워하고 있는 사실로 볼 때, 발문의 작성 시기는 정조 사후인 1800년~1814년 이전이 아닌가 추측된다. 또한 본 발문에는 《군서표기》와는 별도로 윤광안(尹光顔)과 저자가 주도적으로 편찬 작업에 참여했던 《대학유의(大學類義)》의 명명 배경이 드러나 있다.

153 백미공(白眉公) : 누구를 가리키는지 미상이다.

154 택미시랑(澤糜侍郎) : 《정조실록》 6년 1월 5일 기사에 김문순(金文淳)이 상소하여 채제공(蔡濟恭)을 공격하면서 '택미몽피(澤糜蒙皮)'라는 말을 사용한 것에 대해, 채제공이 상소하여 "옛날에는 복렵시랑(伏獵侍郎)이 있었더니, 지금은 택미시랑(澤糜

될 것이다. 바라건대 이러한 뜻을 잘 알아서 즉시 착수하는 것이 어떻겠는가.

서산(西山 진덕수(眞德秀)) 의《대학연의(大學衍義)》와 경산(瓊山 구준(丘濬)) 의《대학연의보(大學衍義補)》를 합편해놓고서도 딱 좋은 제목을 찾지 못하였다. 그러다 근자에 비로소 생각해보니, '연의(衍義)'라

侍郞)이 있습니다."라고 하면서 김문순이 용어를 잘못 이해하고 사용한 것을 공박하는 내용이 있다. 김문순은 이 용어를 겉과 속이 다르다는 뜻으로 사용하여 채제공을 공격하였으나, 채제공은 이것은 문질(文質)이 구비된 것을 뜻하는 말인데 김문순이 단어 뜻도 모르고 사용한 것이라며 비판한 것이다.

'복렵시랑'은 문자도 모르는 무식한 사람을 뜻하는 말로, 당(唐)나라 호부 시랑(戶部 侍郞) 소경(蕭炅)이 《예기(禮記)》 중의 '복랍(伏臘)'을 몰라서 '복렵(伏獵)'으로 잘못 읽어 엄정지(嚴挺之)의 조롱을 받은 일에서 유래하였다. 《舊唐書 卷99 嚴挺之列傳》

'택미몽피'는 춘추전국 시대 때 초(楚)나라가 제(齊)나라, 한(韓)나라와 함께 진(秦)나라를 공격하려 하면서 동시에 주(周)나라까지 도모하려 하자, 주나라 난왕(赧王)이 초나라 영윤(令尹) 소자(昭子)에게 사신을 보내 "서주(西周) 땅이 아주 작아 별 이득도 없는데 공격하려는 것은 제기(祭器)를 차지하고 싶어서일 것이다. 호랑이 고기는 누린내가 나고 발톱은 날카로워 공격하기 어려운데도 사람들이 오히려 공격하는데, 만약 못가의 사슴이 호랑이 가죽을 덮어쓰고 있다면(澤中之麋蒙虎之皮) 사람들이 반드시 그냥 호랑이를 공격하는 것보다 만 배나 더 공격할 것이다."라는 내용으로 설득하여 공격을 그치게 한 데서 온 말이다. 이는 덩치 큰 초나라가 주나라의 제기까지 차지하고 있으면 다른 나라들이 초나라를 더욱 탐내서 공격하게 될 것이라는 말이다. 《史記 卷40 楚世家》

한편 《승정원일기》 정조 6년 1월 24일 기사에, 정조가 김문순에게 지난번 상소 내용 중에 '택미몽피'라고 한 것은 무슨 뜻이냐고 묻자, 김문순이 겉과 속이 다른 것을 가리킨 것이라 대답하였고, 이에 대해 서명선(徐命善)이 "채제공은 문질이 구비된 것이라고 하였으니, 또한 이치에 가깝다."라고 말하는 내용이 있다.

'택미시랑'은 옛날부터 있어온 말은 아니지만, 이 글에서는 김문순을 지칭한 것이 아니라 문맥상 '복렵시랑'과 같은 뜻으로 사용된 것으로 보인다.

는 명칭은 패사(稗史)의 '연의(演義)'라는 용어와 서로 혼동되기에, 혐의를 변별하고 은미한 것을 밝히는 의리상[155] 마땅히 이전의 부적합한 명칭을 씻어내버릴 좋은 명칭이 있어야 했다. 그리하여 삼가《논어정의(論語精義)》[156]의 유지(遺旨)를 취하여《대학유의(大學類義)》라 명명하니 매우 원만하였다. 순창 군수(淳昌郡守)[157]가 과연 이 말을 전하던가? 또한 윤광안(尹光顔)에게도 알려주었는가? 교정은 언제 끝나겠는가?" -무오년(1798, 정조22) 9월-

이 한 통의 어찰은 신이 무오년 가을에 받은 것이다. 상고 시절은 까마득하고, 한(漢)나라 이래로 유술(儒術)을 숭상하고 문교(文敎)를 펼친 군주로 당(唐)나라와 송(宋)나라의 임금을 들지만, 어제집(御製集) 외에 저서가 후대에 전해지는 것은 오직 당 태종(太宗)의《어정진서(御定晉書)》·《어전정한서(御銓定漢書)》·《어찬제범(御撰帝範)》과 당 현종(玄宗)의 《어주효경(御注孝經)》·《어주도덕경(御注道德經)》·《어간정예기월령(御刊定禮記月令)》과 송 태종의《어찬문명정화(御撰文明政化)》와 송 진종(眞宗)의《어찬천희정설(御撰天禧正說)》·《어찬춘추요어(御撰春秋要言)》·《어찬승화요략(御撰承華要略)》과

---

155 혐의를……의리상 :《예기(禮記)》〈예운(禮運)〉에 "예는 임금이 나라를 다스리는 큰 수단이니, 혐의를 분별하고 미세한 일을 밝혀주는 것이다.〔禮者, 君之大柄也, 所以別嫌明微.〕"라고 하였다.

156 논어정의(論語精義) : 주희(朱熹)가 정호(程顥), 정이(程頤), 장재(張載), 범조우(范祖禹) 등 12가의《논어》해설을 모으고 분류하여 만든 책으로 후에 수정 보완하여《논어요의(論語要義)》,《논어집의(論語集義)》 등으로 이름을 바꾸었으며, 그 후 더욱 다듬고 보충하여《논어집주》로 완성시켰다.

157 순창 군수(淳昌郡守) : 356쪽 주135 참조.

송 인종(仁宗)의 《어찬악수신경(御撰樂髓新經)》 등 약간 편만 있을 뿐이다.

지금 이 《군서표기》는 바로 우리 선왕께서 전후로 친히 찬수하시거나 가려서 완정하신 서책의 목록과 해제로, 서목 분류가들의 사부 분류(四部分類)의 체재를 대략 모방하여 경사자집(經史子集)으로 부문별로 분류 편집하니 모두 수십 백 종이다. 땅이 만물을 실어주고 바다가 뭇 강물을 받아들이듯 드넓으신 성상의 학문과 금과옥조(金科玉條)와도 같은 성상의 정치가 도통(道統)을 잇고 왕자(王者)의 제도를 갖출 수 있었던 것을 이 책을 읽고서 또한 거의 그 만분의 일이라도 상상할 수 있으니, 아아! 하물며 당시에 성상으로부터 친히 가르침을 받았던 자이겠는가.

신이 명을 받들어 편수하던 초기에 이 책을 간행하여 널리 배포하자고 청한 적이 있었는데, 성상께서는 뒤이어 출간될 책들도 편입해야 하니 우선은 천천히 하자는 생각이셨다. 그러나 지금은 천천히 하고 말고 할 것도 없게 되었으니, 성상께서 심혈을 기울인 자취가 담긴 치부책으로 남은 이 책을 끌어안고서 눈물을 훔치고 울음을 삼키며 성상이 계신 하늘을 바라보면서 하루에도 수차례 애를 끊는다.

수권하신 서적들에 대해 논하신 어찰의 뒤에 공경히 쓴 발문[158]

敬跋御札論手圈諸書後

어찰에 다음과 같이 말씀하셨다. "밤사이 무탈하였는가? 추위가 이와 같으니 문득 그리운 마음 간절하다. 나는 수권(手圈)하는 일에 골몰하여 《당송팔가문(唐宋八家文)》과 《육선공주의(陸宣公奏議)》는 이미 일을 마쳤고, 《전한서(前漢書)》와 《후한서(後漢書)》도 금명간에 등사(謄寫)를 마칠 것이고, 오자(五子)는 이어서 며칠 뒤에 성책(成冊)하게 될 것이다. 그리고 삼례(三禮)는 많은 정력을 쏟아부어야 실마리가 잡힐 것이다.[159]

요컨대 한두 달 안에 성대하게 대일통(大一統)의 완전한 서적이 완성될 것이니, 그런 뒤에 《주자대전(朱子大全)》과 《주자어류(朱子語

---

158 【작품해제】 본 발문에 소개된 정조의 어찰은 정조가 직접 경사자집(經史子集)에 속하는 서적들의 내용을 가려 뽑고 거기에 권점을 쳐서 편찬한 《어정사부수권(御定四部手圈)》의 작업 과정이 주요 내용이다. 《어정사부수권》의 구성과 각 서목의 해제는 《홍재전서(弘齋全書)》 권181 〈군서표기 3(群書標記三)〉에 자세하다. 한편 발문에서 정조가 젊은 시절의 홍석주를 대단히 칭찬한 말을 특기한 부분이 주목된다. 이 언급은 《연천집(淵泉集)》 44권의 홍현주(洪顯周)가 지은 홍석주 〈가장(家狀)〉에도 실려 있는데, 여기서는 저자의 이름은 생략한 채 근신(近臣)이라고만 소개하였다.

159 나는……것이다 : 이상은 각각 《팔가수권(八家手圈)》 8권, 《육고수권(陸稿手圈)》 2권, 《양경수권(兩京手圈)》 4권, 《오자수권(五子手圈)》 10권, 《삼례수권(三禮手圈)》 6권으로 간행되었다. 《양경수권》에는 《전한서》와 《후한서》 외에 《사기(史記)》도 들어가 있다. 오자는 주돈이(周敦頤), 정호(程顥), 정이(程頤), 장재(張載), 주희(朱熹)이다.

類)》및 주자(周子 주돈이(周敦頤)), 장자(張子 장재(張載)), 두 정자(程子
정호(程顥)와 정이(程頤))의 글에서 정수를 뽑아 부문별로 분류하고 요약하
여 각각 범주를 세우기를 《성리대전(性理大全)》과 《주자전서(朱子全
書)》의 의례(義例)와 같이 하여, 《백선(百選)》·《수권(手圈)》[160]과 표
리(表裏)로 병행하게 하고자 한다. 또 그런 뒤에 비로소 자양(紫陽
주희(朱熹))의 글을 합편하는 일에 전심전력한다면 나는 나의 묵은 뜻을
성취하고 거의 후세 사람들에게 길이 할 말이 있게 될 것이다. 이 일을
그대가 아니면 누구와 이야기할 수 있겠는가. 다만 여러 책에 여기저기
나와 있는 주자(周子)와 장자(張子)의 말과 글은 초략(草略)함을 면치
못하였다. 《이학전서(理學全書)》이외에 혹 다시 전서(全書)를 얻을
방도가 있겠는가?[161]

　근래 각신(閣臣)들 대부분이 집에서 안식 중이라 편찬 작업을 나누
어 할 수가 없다. 그리하여 도리어 새로 출신(出身)한 젊은 초계문신
(抄啓文臣)과 논의하면서 교정하고 있으니 일의 체모가 구차한 것은
우선 논할 것 없이 내각(內閣 규장각)의 수치스러움이 과연 어떠한가.
우선 이렇게만 쓴다."-무오년(1798, 정조22) 10월-

160　백선(百選) 수권(手圈) : 문맥상 《주서백선(朱書百選)》과 《오자수권(五子手
圈)》을 특칭한 것으로 보인다.
161　이학전서(理學全書)……있겠는가 : 《이학전서》는 청(淸)나라 때 관료이자 학자
인 장백행(張伯行, 1652~1725)이 편찬한 총서(叢書)이다. 《이락연원록(伊洛淵源
錄)》, 《소학집해(小學集解)》, 《학규유편(學規類編)》, 《성리정종(性理正宗)》등 선유
(先儒)들의 저서에 주를 달고 교정을 한 것에 자신의 저서까지 합쳐 총 70여 종의 서적
을 수록하였으며 통상 《정의당전서(正誼堂全書)》로 불린다. 문맥상 이 문장은 《이학전
서》에 실린 주돈이(周敦頤)와 장재(張載)의 글 외에 이들의 글이 실린 전서류를 또
얻을 방도가 있겠느냐고 물은 것으로 보인다.

이 한 통의 어찰은 신이 무오년 겨울에 받은 것이다. 수권하는 일은 애초 한가할 때 교정하는 과업에 불과하다. 그러나 성상께서 여러 글을 채록(採錄)하여 구절에 비권(批圈)을 하여 별도의 서책으로 만드신 일로 말하면, 문장과 명리(名理)의 정수가 우뚝하고 원만하며 생동감 있어 마치 구슬이 쟁반 위에 구르는 듯, 칼이 칼집에서 빠져나오는 듯하니, 진실로 다섯 가지 색이 문채를 이루고 여덟 가지 음이 성대하게 모이는 것[162]은 청력과 시력을 다 쓰는 성인[163]이 아니라면 쉬이 이것

---

162 다섯……것 : 정조의 작업이 법도에 맞게 성대히 잘 이루어진 것을 형용한 말이다. 《주서(周書)》 권41 〈왕포유신열전(王褒庾信列傳)〉의 사론(史論) 부분에 작문의 올바른 방법에 대해 논하면서 "그 고하(高下)를 고찰하고 경계를 정하여 육경과 백가(百家)의 정수를 뽑아내고 굴원(屈原), 송옥(宋玉), 사마상여(司馬相如), 양웅(揚雄)의 비밀스러운 깊은 뜻을 찾아내어, 그 격조는 원대함을 추구하고 그 지취는 깊은 데 두고 그 이치는 마땅함을 중히 여기고 그 말은 공교하게 해야 한다. 그런 뒤에 황금과 벽옥 같은 문장을 다듬고 지초와 난초 같은 언어를 뿌려서 문채와 바탕이 마땅함을 따르고 번다함과 간략함이 변화에 맞으며 경중을 저울질하고 고금을 조율하여 조화로우면서 장엄할 수 있고 화려하면서 전아할 수 있어서 찬란하게 다섯 가지 색이 문채를 이룬 듯이 하고 다양하게 여덟 가지 음이 성대히 모인 것처럼 한다.〔考其殿最, 定其區域, 摭六經百氏之英華, 探屈宋卿雲之秘奧, 其調也尙遠, 其旨也在深, 其理也貴當, 其辭也欲巧. 然後瑩金璧, 播芝蘭, 文質因其宜, 繁約適其變, 權衡輕重, 斟酌古今, 和而能壯, 麗而能典, 煥乎若五色之成章, 紛乎猶八音之繁會.〕"라고 하였다.

163 청력과……성인 : 자신의 온 힘을 다해 치도(治道)를 펼친다는 뜻이다. 《맹자》 〈이루 하(離婁下)〉에 "성인께서 이미 시력을 다 쓰시고 규구준승으로써 계속하시니, 방원평직을 만듦에 이루 다 쓸 수 없을 정도였으며, 이미 청력을 다 쓰시고 육률로써 계속하시니, 오음을 바로잡음에 이루 다 쓸 수 없을 정도였으며, 이미 심사를 다하시고 사람을 차마 하지 못하는 정사로써 계속하시니, 인이 천하에 덮였다.〔聖人旣竭目力焉, 繼之以規矩準繩, 以爲方員平直, 不可勝用也, 旣竭耳力焉, 繼之以六律, 正五音, 不可勝用也, 旣竭心思焉, 繼之以不忍人之政, 而仁覆天下矣.〕"라고 하였다.

을 말할 수 없다.

아직도 기억나는 것은 당시에 신이 어찰을 받은 다음 날 경연에 나아가니 성상께서 하교하시기를, "근래에 수권하는 작업 때문에 신구선(新舊選) 초계문신 가운데 안목이 밝고 세심하다는 평을 받고 있는 이들을 모조리 살펴보았으나 진부한 학구(學究)가 아니면 거의 다 경박하고 화려하기만 한 천박한 재주들이었다. 경술(經術)에 근본하고 훈고(訓詁)에 통달하며 이치 분석하기를 반드시 정자(程子)와 주자(朱子)처럼 하고 문장 운용하기를 반드시 구양수(歐陽修)와 소식(蘇軾)처럼 하는 이는 보지 못하였으니, 인재를 얻기 어렵다는 말이 사실이 아니겠는가. 가망이 있는 젊은 사람은 오직 홍석주(洪奭周) 한 사람뿐이니 후생(後生)이라고 하여 가볍게 여기지 말고 이끌어주고 토론하여 끝내 성취할 수 있도록 해주라. 나 역시 자주 고문(顧問)하여 때때로 박식한 그의 도움을 받고 있다. 두루 살펴보건대 오늘날 조정 신하들 중에 나를 일깨울 자가 몇 사람이나 되겠는가."라고 하셨다. 신이 이에 비로소 이 어찰 중에 '새로 출신한 젊은 초계문신'은 홍석주를 가리킨 말이라는 것을 알았다.

아아! 옛사람이 말하지 않았던가. 천종(千鍾)의 봉록은 거절하기 매우 쉽지만 한마디 추중해주는 말은 죽어도 잊기 어렵다고. 하물며 문자로 지우를 입은 감회에 있어서랴. 홍석주는 앞으로 어떻게 성상의 은혜에 만에 하나라도 보답할 것인가?

영변 부임길에 증별해주신 어찰의 뒤에 공경히 쓴 발문[164]
敬跋御札贈別寧邊赴任之行後

164 【작품해제】이 발문은 저자가 1799년(정조23) 6월에 영변 부사(寧邊府使)가 되어 떠날 때 정조로부터 받은 어찰 및 어시(御詩)에 대해 적은 것이다. 어시는 《홍재전서(弘齋全書)》 권7에 〈철옹 부백 서형수에게 주다[贈鐵甕府伯徐瀅修]〉라는 제목으로 실려 있다. 또한 현재 국립중앙박물관에 정조의 어필로 적힌 이 시폭이 소장되어 있는데(소장번호 덕수(德壽)-002371-000), 상단에 어찰의 내용도 세자(細字)로 함께 적혀 있다. 시폭의 어찰은 본 발문에 제시된 어찰과는 자구나 표현에 미세한 차이가 있으나 내용은 대동소이하며, 말미에 하사한 물품의 목록이 적혀 있다. 발문 내용에 저자가 영변 부사로 가게 된 속사정이 드러나 있어 표면적인 역사 사실의 이면을 살펴볼 수 있다.

어찰에 다음과 같이 말씀하셨다. "도성에 있을 때에 비록 자주 만나지는 못하였지만, 그대가 성문을 나가자 이내 마음이 다시 침울해진다. 평안도로 가게 된 일은 그대에게는 하양(河陽)의 죽부(竹符)와 다를 것이 없으니, 사람들이 그대를 떠들썩하게 환영할 것이다.[165]

이 읍은 관방(關防)의 지역이라 무예를 중시하는 정사가 문풍(文風)을 떨치는 것보다 배나 더 중요하다. 폐단을 제거하는 근본은 민고(民庫)[166]에 있고, 다툼을 종식시키고 풍속을 안정시키는 방도는 향안(鄕

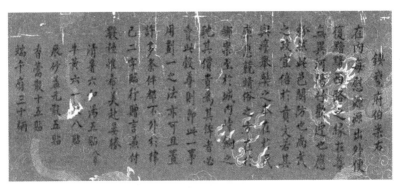

〈그림 1〉 국립중앙박물관 소장 정조어필 증철옹부백부임지행 전체와 상단의 서간을 확대한 부분

165 하양(河陽)의……것이다 : 진(晉)나라 때의 저명한 시인 반악(潘岳)이 하양의 현령이 되어 온 고을에 복사꽃과 오얏꽃을 두루 심어 아름답게 만들자 사람들이 이를 '하양일현화(河陽一縣花)'라고 일컬었다. 《白氏六帖 卷21》. 이는 지방관으로 정사를 잘 다스린 이에 대한 비유로도 자주 쓰인다. 죽부는 지방관이 차고 가는 부신(符信)이다. 사람들이 환영한다는 것은, 1785년(정조9)에 저자가 영변과 가까운 강동(江東)의 현감으로 부임한 적이 있고 그때 정사를 잘 펼쳤기 때문에 백성들이 환영할 것이라는 뜻으로 보인다.

166 민고(民庫) : 조선 후기에 각 지방에서 정식 조세 외에 잡역(雜役) 및 기타 관용 비용을 조달하기 위해 설치한 재정기구로 백성들로부터 해마다 곡식과 돈을 거두어 보관하였다. 본래는 지방관의 과다한 잡역 부과에 대응하기 위해 마련되었으나, 갈수록 수탈과 가렴주구가 성행하여 민란의 요인으로 작용하기도 하였다.

案)[167]에 있다. 성안에 비축해둔 군량미를 탐하는 일로 말하면, 미가(米價)가 높아지면 수령이 반드시 이 곡식을 파니, 그대는 이 한 가지 일에 있어 획일(劃一)의 법[168]을 쓰는 것이 또한 좋겠다. 허다한 사안들은 우선 내버려두고 논하지 않겠으나, 모든 것은 '율기(律己)' 두 글자에서 벗어나지 않는다.

그대의 부임길에 시를 지어 보내고 겸하여 몇 가지 물품을 부친다. 잘 부임하고 건승하기만을 바란다."

어시(御詩)에 이르기를, "만 길 높이 우뚝 솟은 철옹성,[169] 높이 열린 성문은 영변 부사 가는 길. 강동은 멀지 않고 성도는 가까워, 익숙한 길 경쾌한 수레로 가는 그대 부임길 전송하노라.〔萬丈霞標鐵甕城 城門 高闢使君程 江東不遠成都近 熟路輕車送此行〕"라고 하였다. −기미년(1799, 정조23) 6월−

이 한 통의 어찰은 신이 기미년 여름에 영변 부사가 되어 하직 인사를 올리고 연석에서 물러나온 뒤 받은 것이다. 신이 임자년(1792, 정조16) 이후로 정동준(鄭東浚)과 채제공(蔡濟恭) 두 역적에게 공격을 받아,[170] 비록 을묘년(1795, 정조19)에 정국이 일신된 뒤[171]에도 오히려

---

167 향안(鄕案) : 지방자치기구였던 유향소(留鄕所)를 운영하던 향촌 사류(士類)들의 명부이다. 한번 향안에 이름이 오르면 양반으로 행세할 수 있고 서북 지방의 경우 군역까지 면제받았으므로 여기에 이름을 올리기 위한 향인 간의 다툼이 심하였다.

168 획일(劃一)의 법 : 매매 가격을 통일하는 것을 말한다.

169 철옹성(鐵甕城) : 평안도 영변에 있는 성으로, 고구려 때부터 있어왔으며 조선조에도 여러 차례 개축되어 서북방 방위의 중요한 거점이 되었다.

170 임자년……받아 : 권6 〈이군정에게 답한 편지〉의 【작품해제】 및 내용 참조.

171 을묘년에……뒤 : 이해에 정동준이 권유(權裕)의 탄핵을 받고 음독자살하였고,

위태로운 상황을 면하지 못하였고 보면, 지금 광주 목사(光州牧使)에서 체직되어 돌아온 지 한 해도 채 되지 않아서 또다시 특별히 간택하여 서쪽으로 내보내신 것은, 우선 조정에서 벗어나 쉬게 해주고자 하는 성상의 뜻인 것이다.

처음 신이 광주에 있을 때, 명을 받들어 호남의 유생들 중 경술(經術)과 문학(文學)을 갖춘 자를 선발하여 함께 모여서 《대학유의(大學類義)》를 교열하였고, 교열이 끝나 책이 완성되자 또 성상께서 신에게 어제(御題)를 내리시어 경의(經義)와 문사(文詞)를 나누어 시험하게 하셨다.[172] 급제 명단이 발표되고 나자 급제하여 벼슬길에 나간 이들이 온 도에 넘쳐나니, 이 선발에 참여하지 못한 자들 모두 시기 질투하는 마음을 품고서 이웃 고을의 대관(臺官)인 임박(任璞)에게 사주하였고, 이에 이르러 임박이 시험이 공정하지 못했다며 신을 논핵하였다. 그리고 고택겸(高宅謙)이라는 자는 또 호남 사람으로 이조원(李祖源)의 사주를 받아 임박에 이어서 상소하였다. 각 문체의 과거 등차는 실로 모두 성상께서 직접 살펴보신 결과이니, 신이 비록 공정하지 않고자 한들 될 법한 일인가. 이 일을 빙자하여 자신의 유감을 풀려는 실상을 성상께서 모두 통찰하시고서, 이 일이 새나가지 않게 비지(批旨)를 내리신 다음 임박과 고택겸의 소장은 모두 처리하지 않고 가지고 계시니, 바깥사람들은 신이 논핵을 받았다는 사실을 알지 못하였다. 성상께

정조가 화성(華城)으로 행차하여 현륭원(顯隆園)을 참배하고 혜경궁 홍씨(惠慶宮洪氏)의 회갑연을 열었다.

172 신에게……하셨다 : 《정조실록》 22년 6월 18일 기사에, 정조가 광주 목사 서형수에게 시(詩)・부(賦)・전(箋)・의(義)・책(策) 등 다섯 가지 문체의 어제(御題)를 내리면서 광주로 가서 유생들을 시험 보이게 한 일이 나온다.

서는 신이 논핵을 견디기 어려울 것을 헤아리시고 신을 어떤 방식으로 처리하면 좋을지 생각하신 것이었는데, 마침내 부사(副使)가 감처(勘處)받은 때를 인하여 곧이어 특지(特旨)로 자급(資級)을 올려 발탁해 주시는 은혜를 내리셨다.[173]

신은 다음과 같은 고사(故事)를 들은 적이 있다.[174] 황명(皇明)이 전성했을 때 병부 상서 이경(李慶)이 상주하여 조근관(朝覲官)에게 말을 기르도록 하니, 양사기(楊士奇)가 말하기를 "조정에서 어진 이를 구하여 관직에 임용하였거늘 지금 말을 기르게 하니, 이것이 어찌 어진 이를 귀하게 여기고 가축을 천하게 여기는 뜻이겠는가."라고 하였다. 황제가 그 말을 옳게 여기고 내비(內批)[175]를 내어 그 일을 파기할 것을 허락하였다.[176] 다음 날 양사기가 다시 이 일을 말하니 황제가 이르기를 "우연히 잊어버렸다."라고 하였다. 얼마 뒤 황제가 양사기를 편전(便

---

173 부사(副使)가……내리셨다 : 1799년(정조23) 6월에 진하겸사은사(進賀兼謝恩使)의 부사(副使)로 김달순(金達淳)이 선발되었는데, 김달순이 상소하여 오랫동안 성묘하지 못한 이유를 들어 휴가를 청하였다. 그런데 이후 비변사에서 김달순이 하직 숙배를 하지 않고 자기 마음대로 성묘를 갔다 왔다면서 처벌할 것을 청하여 윤허를 받았다. 이에 김달순 대신에 영변 부사 서형수가 안주(安州)에서 대기하고 있다가 부사로 가게 되었고, 동시에 가선대부(嘉善大夫)를 가자(加資)받았다.《承政院日記 正祖 23年 6月 6日, 7月 1日・7日・8日》

174 신은……있다 : 이하에 인용된 명(明)나라의 고사는《명사기사본말(明史紀事本末)》,《연감유함(淵鑑類函)》등의 여러 문헌에 보인다.

175 내비(內批) : 임금이 궁궐 안에서 신하들의 의견과 상관없이 특정한 사안을 직접 처리하기 위해 내리는 비답을 말한다.

176 파기할 것을 허락하였다 :《명사기사본말》및《전각사림기(殿閣詞林記)》등 이 고사를 언급한 서적들에는 이 부분 다음에 '不聞'이나 '不報' 등 황제가 허락한 것을 시행하지 않았다는 내용이 더 있다.

殿)으로 따로 불러, "내비를 어찌 참으로 잊었겠는가. 짐이 들으니 이 경이 경을 원망한다고 한다. 짐은 경이 고립될까 염려되었으므로 경의 말로 인하여 말 기르게 한 일을 파기하려 하지 않았던 것이다. 그런데 지금은 명분이 생겼다."라고 하고는 이어서 협서 안찰사(陝西按察使) 진지(陳智)가 말을 기르는 것은 편치 못하다는 내용으로 올린 소장을 내어 보여주었다. 이에 양사기가 눈물을 흘리면서 머리를 조아리고 섬돌 앞으로 나아가 말하기를 "폐하께서 신을 알아주시니 신은 외롭지 않습니다."라고 하였다. 사신(史臣)이 이 일을 대서특필하여 천고의 군신 간에 특출한 은총과 지우(知遇)이자 전무후무한 은혜로운 대우라 하였다.

신이 매번 이 부분을 읽을 때마다 감격이 뼈에 사무쳐 그 광경을 그려보고 흠모하지 않은 적이 없었는데, 직접 이러한 일을 만나 이렇듯 옛일보다 뛰어난 특별한 은혜를 입을 줄을 어찌 짐작이나 했겠는가. 아아! 모든 일이 이제는 다시 올 수 없는 지난 일이 되어버렸다. 그러나 붓을 들고서 가슴을 억누르며 어찰에 연이어 발문을 부기하는 것은, 삼가 스스로 성상의 덕을 선양(宣揚)해야 할 책무를 다하고 또한 성상의 지우를 입은 행운을 기록하기 위해서이다.

주자의 저서에 대해 논하신 어찰의 뒤에 공경히 쓴 발문[177]
敬跋御札論朱子書後

어찰에 다음과 같이 말씀하셨다. "춘기(春氣)가 발동하여 만물이 윤택해져서 기쁘게도 고르게 새싹이 움트니, 이러한 때에 정무(政務)를 살피는 체후는 더욱 건승한가? 농가(農家)에서 해동(解凍) 때에 풍년 점치는 것이 왕왕 징험이 있으니,[178] 모르겠네만 남쪽 지방은 어떠한가?

　교정 작업은 과연 대문(待文)의 효과[179]가 있는가? 위의가 성대하여

---

177 【작품해제】 본 발문은 정조가 1798년(정조22) 1월 및 1799년(정조23) 7월과 11월에 저자에게 보낸 서찰을 전재하고, 이에 대한 저자의 감회를 적은 글이다. 정조의 세 서찰 모두 정조가 생전에 계획했던 주희(朱熹) 저서의 대통합 작업 이전에 주희의 각 저서에 대한 정조의 견해가 담겨 있다. 이 무렵 저자는 1796년 7월에 광주 목사(光州牧使)로 부임하였고, 1799년 6월에 영변 부사(寧邊府使)가 되었다가 곧이어 7월에 진하겸사은사(進賀兼謝恩使)의 부사(副使)가 되어 청(淸)나라에 다녀왔다. 정조의 어찰 및 저자의 발문에도 언급되었듯이 진하겸사은사로 가게 된 저자의 주요 임무는 구하기 어려운 주희의 저서들을 수집해오는 일이었다. 이를 통해 당시 사신들의 주희 서적 구매 목적이 정조의 주희 저서 대통합 작업과 연관되어 있음을 알 수 있다. 다만 1800년(정조24)에 정조가 승하하여 주희 저서의 대통합 작업은 결실을 보지 못하였다.

178 농가(農家)에서……있으니 : 민간에서 보통 농사의 풍흉을 점치는 것은 정월 대보름과 봄철에 집중되어 있었는데, 이 가운데 봄철에는 새싹의 모양, 보리 뿌리의 모양, 소쩍새의 울음소리 등으로 풍흉을 점쳤다.

179 대문(待文)의 효과 : 이에 대한 정확한 정보가 없어 어떤 사실을 가리키는지 미상이다. 다만 교정 작업의 특성과 당시 교정을 보고 있던 《대학유의(大學類義)》가 《대학연의(大學衍義)》 및 《대학연의보(大學衍義補)》 등의 판본을 비교 검토해야 하는 일이 많았을 것이므로, 교정 작업을 보면서 새로운 판본을 기다렸다가 그것을 비교 검토해본

이미 가릴 수 없음이, 참으로 왕씨(王氏)의 이른바 '온 거리에 분주히 다니는 사람들이 온통 성인이다.'라는 것과 같고 보면,[180] 제유(諸儒)의 소견을 취사선택할 때에 번다함이 없던가?

주자 저술의 깊고 넓음은 문자가 생긴 이래로 없던 것이니, 하나로 통합된 완정된 서책을 만들어 주자를 존모하는 정성을 부치고자 하여, 지난번 연석(筵席)에서 대략 언급하고 금년 봄에 작업을 시작하려고 하였다. 다만 의례(義例)를 균형 있게 만들기가 어렵고, 글을 수집하면서 빠뜨린 것이 생길까 염려되니, 이것이 망설이면서 신중을 기하는 요인이다.

《근사록(近思錄)》은 바로 고정(考亭 주희(朱熹))과 동래(東萊 여조겸 (呂祖謙))가 상의하여 함께 편찬한 것인데도 신화(神化)와 과학(科學)에 대한 논설은 수록하지 않았고,[181] 《이정수언(二程粹言)》은 구산(龜

효과를 가리키는 것이 아닌가 추측된다.

180 위의가……보면 : 위의가 성대하여 가릴 수 없다는 표현은 《시경》〈패풍(邶風) 백주(柏舟)〉에 "위의가 성대하여 가릴 것이 없도다.〔威儀棣棣, 不可選也.〕"라고 한 말을 가져온 것이다. 왕씨는 왕수인(王守仁)으로, 인용된 말은 《왕문성전서(王文成全書)》권3에 나온다. 그런데 본문 바로 앞에 정조가 교정 작업에 대한 말을 했고, 이 교정 작업은 저자의 발문에 근거할 때 《대학유의》의 교정 작업이다. 따라서 《시경》과 왕수인의 표현을 빌려 《대학유의》의 기초 서적이 되는 《대학연의》와 《대학연의보》에 인용된 수많은 고사와 학설들이 모두 훌륭하여 버릴 것이 없다는 뜻이 된다.

181 신화(神化)와……않았고 : 한원진(韓元震)의 《남당집(南塘集)》권2 〈병신의변 사무소(丙申擬辨師誣疏)〉에 "《근사록》은 여조겸과 함께 편찬한 것인데, 장자의 신화설과 정자의 과학론을 주자가 매우 애호했음에도 여조겸에게 저지되어 수록하지 못하였으니, 내용을 취사선택할 때 여조겸의 의견을 많이 따랐음을 알 수 있습니다.〔近思錄則與呂祖謙共編, 而張子神化之說, 程子科學之論, 朱子甚愛其說, 而爲祖謙所抑, 不得入編, 則其去就之際, 多從祖謙, 可見也.〕"라고 한 것을 볼 때 신화는 장재(張載), 과학은 이정

山 양시(楊時))에게서 나와서 연평(延平 이동(李侗))에게 전해졌는데도 오히려 유광평(游廣平 유작(游酢))의 글이 섞여 들어갔으니, 의례를 만들고 글을 수집할 적에 지금 사람이 하는 일이 어찌 진선진미(盡善盡美)하기를 바랄 수 있겠는가. 비록 짧은 글일지라도 주자의 저술에 속하는 것들은 먼저 거두어서 살핀 연후에 어느 부문에 소속시킬지 어떻게 차례 지을지를 정해야 할 것이다. 《주자대전(朱子大全)》, 《주자어류(朱子語類)》에서부터 각 《장구(章句)》와 《혹문(或問)》, 《초사집주(楚詞集注)》, 《한문고이(韓文考異)》 등에 이르기까지 이와 같은 부류들은 일체 다 수집하고 비축하여 누락이 없게 하는 것을 위주로 해야 하니, 그대의 생각은 어떠한가? 비록 우리나라 선유(先儒)들로 말하더라도, 이문순(李文純 이황(李滉))은 〈훈몽(訓蒙)〉 시를 위작(僞作)이라고 하였고,[182] 유희춘(柳希春)은 〈칠석(七夕)〉 편을 진짜로 주자가 지은 것이 아니라고 하였으니,[183] 이러한 부분들은 어떻게 하는 것이 좋겠

(二程) 가운데 한 사람임을 알 수 있다. 따라서 신화는 장재가 저술한 《정몽(正蒙)》의 〈신화〉 편을 가리키는 것으로 보이나, 정자의 과학론은 미상이다.

182 이문순(李文純)은……하였고 : 〈훈몽〉 시는 〈훈몽절구(訓蒙絶句)〉로 불리는 연작시(連作詩)로 하늘, 마음, 중용, 서명(西銘), 귀신 등 다양한 주제별로 7언 절구를 지은 것이다. 그러나 이 시는 《회암집(晦菴集)》이나 《주자대전(朱子大全)》의 원집과 속집 모두에 실려 있지 않으며, 다만 《양송명현소집(兩宋名賢小集)》 등에 주희(朱熹)의 저작으로 소개되며 산재해 있다. 우리나라에서 1771년(영조47)에 《주자대전》을 간행하면서 이전에 실리지 않았던 글들을 모아 유집(遺集)을 추가 편찬하였는데, 여기에 〈훈몽절구〉를 산입하였다. 이 시가 위작이라는 이황의 언급은 《퇴계집(退溪集)》 권22 〈답이강이(答李剛而)〉에 나온다.

183 유희춘(柳希春)은……하였으니 : 유희춘의 언급은 《미암집(眉巖集)》 권17 〈경연일기(經筵日記) 갑술(甲戌)〉에 나온다. 이에 따르면 〈칠석〉 편은 "직녀와 견우가

는가? 하나하나 헤아려보고 알려주게나. 이 일 때문에 단독으로 심부름꾼을 보낸 것이다." -무오년(1798, 정조22) 정월-

어찰에 다음과 같이 말씀하셨다. "소나무가 무성하고 난초가 싹트는 것은 본래 때가 있는 법인데, 철옹(鐵甕)을 버리고서 금대(金帶)를 두르고 기린 부절(符節)을 쥐고서 연경 가는 수레 타고 달려가니, 어쩌면 그리도 장쾌한가.[184] 더군다나 중국에서 그대를 지금까지 시를 해설하는 데 있어서는 모공(毛公)과 같다고 칭송함에랴.[185] 다만 손을 잡고서 타국으로 떠나는 그대와 이별하지 못하였으니 마음에 걸린다. 더운 시기에 얼음물을 마시게 되었으니[186] 염려되는 마음 간절하다. 근자 안부는 어떠한가? 사행길에 필요한 물품들은 전임자의 물건을 이송하였는데, 과연 미비되어 아쉬운 점은 없는가? 하유(下諭)는 그대가 보

오작교 사립문 열리자 해마다 한 번 은하수 건너네. 천상에서 드물게 만난다 말하지 말라. 떠나면 다시 돌아오지 않는 인간 세상보다 나으니.[織女牽牛雙扇開, 年年一度過河來. 莫言天上稀相見, 猶勝人間去不迴.]"로 되어 있는 시구를 말하는데, 《연주시격(聯珠詩格)》에서 이것을 주희의 작품이라고 잘못 기록한 것이다. 실제로 일부 글자와 길이에 차이가 있으나 거의 동일한 시가 《전당시(全唐詩)》에 동일한 제목으로 조황(趙璜) 또는 이욱(李郁)의 작품으로 소개되어 있다.

184 소나무가……장쾌한가 : 저자가 영변 부사(寧邊府使)로 있다가 사은사 부사(謝恩使副使)로 차출된 상황을 가리키는 말이다. 이와 관련해서는 377쪽 주173 참조.

185 더군다나……칭송함에랴 : 시를 해설함에 있어서 저자의 명성이 중국에까지 전해졌던 것으로 보인다. 이는 저자가 지은 《시고변(詩故辨)》의 서문을 저자가 사신 가기 한참 전인 1783년(정조7)에 청(淸)나라 사람 조설범(趙雪驃)이 썼던 것을 통해서도 짐작해볼 수 있다.

186 얼음물을 마시게 되었으니 : 고생스러운 사신의 임무를 맡게 되었다는 말이다. 《장자(莊子)》〈인간세(人間世)〉에 "내가 오늘 아침에 사신의 명을 받고서 저녁에 얼음물을 마셨다.[今吾朝受命而夕飮氷]"라고 한 데서 온 말이다.

고서 알아들었을 테지만, 다시 미진했던 뜻을 거듭 말하겠다.

내가 어릴 때 주자의 글을 익혀 지금 40여 년이 되었다. 주자께서 남기신 전적(典籍)을 마주하노라면 황홀히 창주(滄洲)[187]에서 거니시는 모습을 가까이하는 것 같아 고산경행(高山景行)[188]의 마음이 자나 깨나 마음속에 맺힌 듯하였다. 내가 학산(鶴山) 위화보(魏華父)[189]의 말을 음미해본 적이 있는데, 그 말에 '제왕(帝王)이 나오지 않자 수사(洙泗)[190]의 가르침이 일어났는데 맹자(孟子)가 아니었더라면 대도(大道)와 이단(異端) 중에 어느 것이 뛰어난지를 나는 몰랐을 것이요, 성현들이 사라지자 관락(關洛)[191]의 학문이 일어났는데 주자가 아니었더라면 또한 성인의 학문과 속학(俗學) 중에 어느 것이 밝은지를 알지

---

187 창주(滄洲) : 주희(朱熹)가 강학하던 무이산(武夷山)의 창주정사(滄洲精舍) 내지는 그 부근의 자연을 가리킨다. 주희는 창주정사를 짓고 지은 〈수조가두(水調歌頭)〉에서 "영원히 인간 세상 일 버리고, 나의 도를 창주에 부치노라.〔永棄人間事, 吾道付滄洲.〕"라고 하였다. 《晦菴集 卷10》

188 고산경행(高山景行) : 《시경(詩經)》 〈소아(小雅) 거할(車舝)〉에 "높은 산처럼 우러르고 큰길처럼 따라간다.〔高山仰止, 景行行止.〕"라는 구절에서 온 말로, 고인의 큰 덕행(德行)을 흠모하는 마음을 뜻한다.

189 학산(鶴山) 위화보(魏華父) : 송(宋)나라 때 사람인 위료옹(魏了翁, 1178~1237)으로, 학산은 호이며 화보는 자이다. 시호는 문정(文靖)이다. 예부 상서(禮部尙書), 동첨서추밀원사(同僉書樞密院事), 복건 안무사(福建按撫使) 등을 역임하였다. 진덕수(眞德秀)와 함께 이학(理學)이 통치 이념으로 자리 잡는 데 큰 역할을 하였다. 저서에 《구경요의(九經要義)》, 《학산집》 등이 있다.

190 수사(洙泗) : 공자가 살던 곡부현(曲阜縣)을 지나는 사수(泗水)와 그 지류(支流)인 수수(洙水)를 아울러 가리키는 말로, 공자의 학문을 뜻한다.

191 관락(關洛) : 관중(關中)의 장재(張載)와 낙양(洛陽)의 정호(程顥)·정이(程頤) 형제를 가리키는 말로, 북송(北宋) 도학의 원류를 뜻한다.

못했을 것이다.'¹⁹²라고 하였으니, 훌륭한 말이다. 주자 당시에 이른바 속학이라고 하는 것들은 바로 금계(金谿), 횡포(橫浦), 영가(永嘉), 절강(浙江)의 여러 학자¹⁹³를 가리키는데, 그 학문의 말류의 폐단이 아무리 못 되어도 무부무군(無父無君)의 지경에 이르지는 않았다. 선현(先賢)이 주자를 곧바로 아성(亞聖)에 견준 이유가 전적으로 여기에 있으니, 어째서인가?

진실로 주자께서는 정밀한 것과 거친 것을 관통하고 안과 밖을 통합하시며, 뭇 현인들의 은미하고 온축된 도를 통섭하고 백가(百家)의 서로 다른 학설을 회통하셨다. 그리하여 《주역(周易)》·《시경(詩經)》·《논어》·《맹자》·《중용》·《대학》에서부터 삼례(三禮)¹⁹⁴·《효경(孝經)》·굴원(屈原)과 한유(韓愈)의 글·주돈이(周敦頤)와 정호(程顥)와 정이(程頤)와 소옹(邵雍)과 장재(張載)의 저술에 이르기까지 그 뜻을 미루어 밝히고 연역(演繹)하여 상서로운 큰 별과 희고 밝은 달이 찬란하게 하늘 가운데에 떠오른 것처럼 높이 현양하지 않음이 없은 뒤에, 온 천하 만방의 혈기(血氣)를 지닌 모든 무리들이 존경하고 친애하며 사모하고 기뻐하지 않음이 없게 되어 '속학'이라는 두 글자가 이에

---

192 제왕(帝王)이……것이다 : 위료옹(魏了翁)의 《학산집(鶴山集)》 권54 〈주문공연보서(朱文公年譜序)〉에 나오는 말이다.

193 금계(金谿)……학자 : 금계는 육구연(陸九淵)이 살던 곳이고, 횡포는 양시(楊時)의 제자로 경학에 밝았으나 선학(禪學)에 많이 치우쳤던 장구성(張九成)의 호이다. 영가는 절강성(浙江省) 온주(溫州)의 지명으로, 이 지역을 중심으로 사공(事功)과 공리(功利) 등의 실제적인 경세치용을 주장했던 섭적(葉適) 등이 영가학파를 형성하였다. 절강은 여조겸(呂祖謙)을 중심으로 제창된 사학(史學) 중심의 절강학파를 가리킨다.

194 삼례(三禮) : 3종의 예서인 《주례(周禮)》, 《의례(儀禮)》, 《예기(禮記)》이다.

감히 함부로 유행하지 못하게 되었기 때문이다. 생각건대 내가 한 번 움직이고 한 번 말하는 사이에 번번이 주자를 인용하는 것은, 나의 지성(至誠)과 고심(苦心)을 맹자가 양주(楊朱)와 묵적(墨翟)의 학설을 막기 위해 말씀마다 반드시 요순(堯舜)을 언급하신 것에 스스로 비견하기 때문이다.

《주자어류(朱子語類)》로 말하면, 연차에 따라 합편한 것이 《논어》와 《맹자》의 체제와 같으니, 사문(斯文)의 매우 성대한 일이다. 그러나 주자의 말씀을 기록한 제자별로 분류하는 것은 쉽지만 말씀한 연차별로 분류하는 것은 어렵다. 비록 주자를 위하려는 간절한 바람을 지녔던 진건(陳建)[195]조차도 시기를 고찰하여 편차해서 《학부통변(學蔀通辨)》을 지을 적에 오히려 백에 하나둘도 미치지 못하였으니, 지금 청란(淸瀾 진건) 당시로부터도 거의 300여 년이 흐른 시점이라 후생만학(後生晚學)이 선현의 고원하신 담론이 아득하여 적막한 상황에서 어떻게 그 상세함을 궁구하여 실상을 밝힐 수 있겠는가.

게다가 인류(仁類)에 있는 주자의 대답이 성류(性類)에도 있는 것[196]은, 그 시기의 선후를 변별해낼 수 없다. 이관지(李貫之)의 이른바 '《주자어록(朱子語錄)》이 여러 책과 다른 부분은 시간을 두고 탐구해야 한다.'는 것은 주자의 많은 문인들이 주자의 상을 마치고 돌아간 뒤이

---

195 진건(陳建) : 1479~1567. 명(明)나라 광동(廣東) 동완(東莞) 사람으로 자는 정조(廷肇), 호는 청란(淸瀾)이다. 후관현 교유(侯官縣敎諭), 양신 지현(陽信知縣) 등을 역임하였다. 육구연(陸九淵)과 왕수인(王守仁)의 심학(心學)이 선학적(禪學的) 경향을 보인다 하여 배척했고, 주희(朱熹)의 이학(理學)을 존숭했다. 저서에 《학부통변(學蔀通辨)》, 《황명통기(皇明通紀)》 등이 있다.

196 인류(仁類)에……것 : 어떤 부분을 가리키는지 미상이다.

기 때문이다.[197] 그런데 지금은 세대가 멀어졌으니, 장차 어디에서 자문을 받을 스승을 찾아 주자께서 남기신 말씀에 근사(近似)한 면모를 볼 수 있겠는가. 주자가 소강절(邵康節 소옹(邵雍))이 원회(元會)를 계산한 것에 대해 말한 부분이 이러한 것이다.[198] 왕노재(王魯齋)[199]는 평소 주자가 전후로 지은 저술을 고찰하여 진덕(進德)의 순서를 징험하고자 하였으나, 문자가 결락되고 소략하였기에 한을 품은 채 뜻을 이루지 못하였으니, 어떻게 하면 옛사람이 이루지 못한 뜻을 완수하여 오도(吾道)의 영원히 전해질 책을 만들 수 있겠는가?

《지주록(池州錄)》[200]은 가장 정밀하고 상세하다고 평가되는데 이도

---

197 이관지(李貫之)의……때문이다 : 이관지는 《주자어류》의 초판격에 해당하는 《주자어록》 43권을 편찬한 이도전(李道傳, 1170~1217)으로, 관지는 그의 자이다. 《주자어록》은 1200년에 주희가 죽은 뒤, 1215년에 지주(池州)에서 간행되었다. 이를 지주록(池州錄)이라고 부른다. 본문의 말은 《주자어록》이 편찬될 당시에는 주희 사후에 문인들이 상을 치르고 다들 흩어져 돌아갔으므로 시간을 두고 그들을 만나가며 고찰해야 한다는 뜻이다.

198 주자가……것이다 : 원회(元會)는 소옹이 《황극경세서(皇極經世書)》에서 주장한 원회운세설(元會運世說)을 가리킨다. 이 설에서는 30년을 1세(世), 12세를 1운(運), 30운을 1회(會), 12회를 1원(元)으로 하는데, 이 세계는 1원 곧 12만 9,600년 동안 역(易)의 원리에 따라 생성·발전·유지되다가 소멸되고 다시 다른 세계가 이루어진다는 내용이다. 《주자어류》에 주희가 제자들과 원회운세설에 대해 주고받은 문답이 기록되어 있는데, 그중 진순(陳淳)의 기록 부분에 "황의강(黃義剛)의 기록에는 '경사(傾瀉)'로 되어 있다.[義剛作傾瀉.]", "황의강의 기록도 내용이 같다.[義剛同.]"처럼 제자들끼리 같은 기록을 대조하여 그 동이점을 표기해두고 있다.

199 왕노재(王魯齋) : 남송(南宋) 때 인물인 왕백(王柏, 1197~1274)으로, 노재는 그의 호이다. 자는 회지(會之) 또는 백회(伯會), 또 다른 호는 장소(長嘯), 시호는 문헌(文憲)이다. 저서에 《독역기(讀易記)》, 《시변설(詩辨說)》, 《주자지요(朱子指要)》 등이 있다.

전(李道傳)이 반천태(潘天台), 섭괄창(葉括蒼)[201]과 함께 편찬한 것이다. 황 문숙공(黃文肅公)[202]도 실로 그 일을 도왔으나, 오히려 자신의 의사에 만족스럽지 않았기 때문에 자신이 기록한 주자의 말씀은 빼뜨렸다. 그 밖에 미주(眉州)에서 간행한 보한경(輔漢卿 보광(輔廣))의 판본, 요주(饒州)에서 간행한 채항(蔡抗)과 이성전(李性傳)의 두 판본, 휘주(徽州)에서 간행한 홍훈(洪勳)과 왕필(王佖)의 두 판본, 건안(建安)에서 간행한 오견(吳堅)의 판본이 있는데, 《주자어류》라는 명칭을 사용한 것은 보전(莆田)의 황사의(黃士毅)가 편찬한 것과 도강(導江)의 여정덕(黎靖德)이 증편한 것이다. 지금 천하에 유행되는 것들을 내가 합하여 하나로 만들려 하는 것이 바로 이 책인데, 주자의 책에 '주자'라는 제목을 붙이는 것이 옛 기록에도 있는 일인가? 만약 그렇다면 《논어》에 〈공자(孔子)〉라는 편명이 있어야 하고 《맹자》에도 〈맹자〉라는 편명이 있어야 옳단 말인가? 이것이 문숙공이 원본을 구해서 개정하여 간행하려고 했던 이유이니, 여러 본의 진면목을 하나하나 검토해야지만 일에 착수할 수 있을 것이다.

주재(朱在)가 편찬한 주자 문집의 《정집(正集)》, 왕수(王邃)가 편

---

200 지주록(池州錄) : 386쪽 주197 참조.

201 반천태(潘天台), 섭괄창(葉括蒼) : 주희의 문인인 반시거(潘時擧)와 섭하손(葉賀孫)이다. 반시거는 천태 사람으로 자는 자선(子善)이며, 섭하손은 괄창 사람으로 자는 미도(味道)이다.

202 황 문숙공(黃文肅公) : 주희의 문인인 황간(黃榦, 1152~1221)으로 문숙은 그의 시호이다. 자는 직경(直卿), 호는 면재(勉齋)이다. 지호북한양군(知湖北漢陽軍), 지안휘안경(知安徽安慶), 대리승(大理丞) 등을 역임했다. 저서에 《면재집(勉齋集)》, 《사서통석(四書通釋)》 등이 있다.

찬한 《속집(續集)》, 여사로(余師魯)가 편찬한 《별집(別集)》, 주숭목 (朱崇沐)이 편찬한 《중침문공선생주의(重鋟文公先生奏議)》, 주옥(朱 玉)이 편찬한 《주자문집대전유편(朱子文集大全類編)》, 왕백(王栢)이 편찬한 《주자계년록(朱子繫年錄)》, 대선(戴銑)이 편찬한 《주자실기 (朱子實紀)》, 이방자(李方子)가 편찬한 《주문공연보(朱文公年譜)》는 송(宋)나라 때 간행된 《주자대동집(朱子大同集)》, 《남강집(南康集)》, 《임장어록(臨漳語錄)》, 《남계사당지(南溪祠堂志)》, 《경원서첩(慶元 書帖)》과 함께 비록 모두 《주자대전(朱子大全)》에 수록되었으나, 또 한 이쪽 판본으로 저쪽 판본을 비교하여 오류를 바로잡고 결락을 보충 해야 할 부분이 있을 것이다.

그대를 특별히 부사(副使)로 차임(差任)한 것은, 단지 그대에게 영 화로운 직함을 주기 위한 것일 뿐 아니라 주자의 서적을 널리 구매하기 위한 것이다. 하유(下諭)에서 내가 책을 잘 편찬한다고 자랑하였으니, 또한 그대가 나의 자만을 수염이 치켜 들릴 정도로 비웃었을 것이라 생각한다. 이 밖에 연경(燕京)에서 잡서(雜書)를 구해 가지고 들어오 는 일[203]은 각별히 엄하게 신칙하여, 왕의 말을 미덥게 하고 조정의 명령을 지키는 근간으로 삼는 것이 매우 좋을 것이다.

연경에서의 견문은 또한 상세히 탐지하여 일일이 기록해와야 할 것 이요, 문단(紋緞) 들여오는 일을 금지하는 것 또한 엄하게 신칙해야 할 것이다. 용만(龍灣)은 언제 건너는가? 모르겠네만 또 서신을 부치 려는가? 생각한 것을 시에다가 표현하였으니, 시로 나의 정을 말하였

---

203 잡서(雜書)를……일 : 문맥 및 당시 상황으로 볼 때 정조가 금지했던 명말청초 (明末清初)의 패관소품(稗官小品)류의 잡서를 가리키는 것으로 보인다.

음을 또한 받아보고 알 것이다. 여로(旅路)에 자중자애하기를 바란다."

어시(御詩)에 이르기를, "팔월의 사신 행차 압록강 물굽이 지날 적에, 열 줄의 어서(御書)[204]를 멀리 부쳐 보내노라. 연경에 즐비한 서점들에서, 주자 서적 몇 종이나 들고 오려나."라고 하였다. -기미년(1799, 정조23) 7월-

어찰에 다음과 같이 말씀하셨다. "태수가 되어 사폐(辭陛)하였다가 사신이 되어 조정에 돌아온 사이의 기간이 다섯 달인데,[205] 불현듯 만리의 행역(行役)이 되었다. 그사이 삭방(朔方)에는 눈이 내리지 않아 진창길이 아니었으므로 사신의 수레를 끄는 말이 빠르게 내달려, 연경으로 가는 발걸음이 귀국하는 발걸음과 같았으니, 떠나가는 사신 행렬을 멀리서 바라보며 어찌 기쁜 마음을 이루 다할 수 있었겠는가. 그사이 사신들이 귀국하여 압록강을 건넌 뒤에 인편을 구해 보내려 하였으나, 풍파가 생긴 해일 뿐 아니라 다시 7, 8일 동안 소란스러워[206] 멀리

---

204 열 줄의 어서(御書) : 실제로 열 줄이라는 말이 아니라, 임금의 조서나 서찰에는 모두 열 줄이라는 말이 붙었다. 이는 후한(後漢)의 광무제(光武帝)가 손수 조서를 내릴 때에 모두 자그마한 글씨로 빽빽하게 적어서 열 줄을 넘지 않았다는 일찰십행(一札十行)의 고사에서 유래하였다. 《後漢書 卷76 循吏列傳序》

205 태수가……다섯 달인데 : 1799년(정조23) 6월에 저자가 영변 부사(寧邊府使)가 되어 임지로 갔다가 곧이어 진하겸사은사(進賀兼謝恩使)의 부사(副使)로 임명되어 연경(燕京)에 갔다가 11월에 돌아온 사실을 가리킨다.

206 풍파가……소란스러워 : 진하겸사은사가 조정으로 복귀한 11월 초를 기준으로 당시 상황을 《정조실록》을 통해 유추해보면, 여기서 말하는 풍파와 소란스러움이란 사도세자의 서자로 1786년(정조10) 아들인 상계군(常溪君) 이담(李湛)의 모반 사건에 연루되어 강화도로 유배되었던 은언군(恩彦君) 이인(李裀)과 관련된 것인 듯하다. 은언군 이인은 끊임없이 역모의 화근으로 지목되어 그를 사사하자는 조정의 공격이 많았

보내는 우체편이 혹 엉성해질까 염려되어 여태 이렇게 지체하였으니, 마음이 서글프다. 이제 사신의 수레가 이미 경기 지역으로 들어왔는데, 고생스러운 행로 중의 안부에 탈은 없는가?

주자의 여러 저서들은 특별히 새로 눈에 띄는 것이 없으니, 이는 중국에는 한학(漢學)과 송학(宋學)의 구분이 있는데 고증학은 날로 더욱 치성하고 정학(正學)은 전수되지 않기 때문에 그러한 것이다. 경원(慶元)과 소정(紹定)²⁰⁷ 연간에 간행된 황사의와 이도전의 진본(眞本)²⁰⁸은 과연 휘주(徽州)와 민(閩) 지방에서 구해올 수 없던가?

사신의 책무는 사신 간 나라의 정세를 살피는 것인데, 서장관(書狀官)의 문견록은 으레 떠돌아다니는 가담항설(街談巷說)이나 기록하였다. 이번 사행에서는 혹 참으로 실정을 파악한 것이 있는가? 충신(忠信)을 그릇으로 삼고 자신을 낮추고 겸양함을 근본으로 삼은 것은 숙궁

으나 정조는 재위 기간 동안 이인을 계속 보호하고 때로 도성으로 불러 만나보기도 하였다. 이 서찰의 작성 한 해 전인 1798년(정조22) 9월에도 이인을 도성에서 만나본 일로 조정 대신들의 논의가 들끓었는데, 1799년(정조23) 10월 말에도 정조가 이인을 만나보는 문제와 관련하여 대신들의 반대로 소란스러웠다. 한편 1798년 9월 8일 좌의정 이병모(李秉模)의 정청(庭請)에 정조가 비답하면서 "강화를 떠나는 배의 돛대가 슬쩍 보이기라도 하면 그에 따라 풍파가 일어나 점점 수습할 수 없는 난처한 경계에 이른다. 〔沁帆一閃, 風波隨惹, 轉轉至於難處收拾不得之境界.〕"라고 표현한 말이 주목된다. 《正祖實錄 22年 9月 8日, 23年 10月 27日~11月 4日》

207 경원(慶元)과 소정(紹定) : 경원은 남송(南宋) 영종(寧宗)의 연호로 1195~1200 년에 사용되었고, 소정은 남송 이종(理宗)의 연호로 1228~1233년에 사용되었다.

208 황사의와 이도전의 진본(眞本) : 이도전이 1215년에 간행한 《주자어록》은 가장 최초의 주희 어록 모음집이고, 황사의가 이것을 기초로 증보하여 1219년에 간행한 《주자어류》는 어류라는 명칭을 가장 처음으로 사용한 판본이다.

(叔弓)이 진(晉)나라에 빙문(聘問)한 일이고,[209] 교노(郊勞)에서 증회(贈賄)에 이르기까지 일처리를 명민하게 하기까지 한 것은 국자(國子)가 노(魯)나라에 갔을 때의 일이다.[210] 지금 사람들은 진실로 이렇게 사명(使命)을 맡기가 어려우니, 그대를 높은 지위에 발탁하고 사신으로 광채를 발하게 한 것은 그대로 하여금 빈 전대(纏帶)를 드리우고 돌아오게 하여 역관들의 이목을 놀라게 해주려는 것이다. 다만 차는 물리지 못하고 빈랑(檳榔)을 오래 씹는 일은 벗어날 수 없을 듯하니, 참으로 우습다.[211]

---

209 충신(忠信)을……일이고 : 《춘추좌씨전(春秋左氏傳)》 소공(昭公) 2년 기사에, 노(魯)나라의 대부 숙궁이 진나라로 빙문을 가서 진후(晉侯)가 사람을 보내 위로하려 하고 또 객관에 머물게 하자, 숙궁이 단지 군주의 명을 받들어 진나라와의 우호를 유지하는 책무를 띠고 왔으므로 그런 후한 손님 대접을 받을 수 없다고 사양하니, 숙향(叔向)이 "자숙자(子叔子)는 예를 아는구나. 내 듣건대 충신은 예의 그릇이고 자신을 낮추고 겸양함은 예의 근본이라 하였는데 저 사람은 말하는 중에 나라를 잊지 않았으니 충신이고, 나라를 먼저 생각하고 자기를 뒤에 생각하였으니 자신을 낮추고 겸양한 것이다.〔子叔子知禮哉. 吾聞之, 曰忠信, 禮之器也, 卑讓, 禮之宗也. 辭不忘國, 忠信也, 先國後己, 卑讓也.〕"라고 한 내용이 있다.

210 교노(郊勞)에서……일이다 : 교노는 사신이 올 때 영접하는 것이고, 증회는 사신이 떠날 때 전송하는 것이다. 《춘추좌씨전》 희공(僖公) 33년 기사에, 제(齊)나라의 국장자(國莊子)가 노나라로 빙문 와서 교노에서 증회까지 예에 따라 행동하고 일 처리를 사리에 맞게 명민하게 하기까지 하였다는 내용이 있다.

211 빈……우습다 : 저자가 사신으로 가서 많은 재화(財貨)를 비축해오지 않고 청렴하게 빈손으로 돌아와 사행을 통해 재물을 축적하는 역관들을 놀라게 할 것이지만, 기호품인 차와 빈랑만은 포기하지 못하고 구해 가지고 올 것이라는 뜻이다. 《국어(國語)》〈제어(齊語)〉에 "제후의 사신들이 빈 전대를 들고 들어왔다가, 수레에 재물을 잔뜩 싣고 돌아간다.〔諸侯之使垂橐而入, 輜載而歸.〕"라고 하였는데, 여기서는 반대로 표현한 것이다. 빈랑은 빈랑나무의 열매로 이것을 씹으면 담배와 같은 각성 효과가

서유구(徐有榘)가 교정하고 있는 《주자서절약(朱子書節約)》은 언제 일을 마치겠는가? 어제(御製)를 선사(繕寫)하는 일은 주관할 사람이 없으니 몹시 답답하다. 사행 때에 바로잡을 만한 일들 또한 탐지하여 오라. 나머지 많은 말들은 모두 복명할 때에 하기로 하고 남겨둔다."

-기미년 11월-

　이상 세 서찰은, 하나는 신이 무오년 봄 광주 목사 임소에 있을 때 명을 받들어 《대학유의(大學類義)》를 교열할 적에 받은 것이고, 하나는 신이 기미년 가을 영변 부사의 직임에서 승차되어 사은부사의 직임을 배수(拜受)받고서 안주목(安州牧)에 나가 머무르며 정사(正使)와 서장관(書狀官)이 오기를 기다릴 적에 받은 것이고, 하나는 연경에서 돌아와 장단(長湍) 경계에 사신 행렬이 당도하였을 적에 받은 것이다.

　어리석은 신은 실로 옛사람의 《논형(論衡)》보다 낫게 할 지식이나 〈과진론(過秦論)〉에 뒤지지 않을 재주[212]가 없는데도, 성상께서 잘못 아시고 특별한 은혜를 내려주시어 문자에 대한 자문이나 교정 작업이 있을 때에 신이 참여하여 듣게 하지 않으신 적이 없었다. 지금 이 주자의 저서를 크게 통합하는 한 가지 일은 참으로 사문(斯文)에 전에 없던

있다. 홍대용(洪大容)의 《담헌서(湛軒書)》〈연기(燕記)〉의 기록을 보면, 연경인들이 주머니에 담배, 차, 빈랑, 향 등을 넣어 가지고 수시로 애용했다고 한다.

212　논형(論衡)보다……재주 : 이전의 저작보다 더 훌륭한 저작을 만든다는 뜻이다. 후한(後漢) 때 조엽(趙曄)이 《오월춘추(吳越春秋)》 등을 저술하자 채옹(蔡邕)이 이를 보고서 왕충(王充)이 지은 《논형》보다 낫다고 감탄하였다고 한다. 《山堂肆考》. 그리고 위진남북조(魏晉南北朝) 시대 남조(南朝) 송(宋)나라의 범엽(范曄)이 선성 태수(宣城太守)로 좌천되어 뜻을 얻지 못하자 《후한서(後漢書)》의 저술에 몰두하여 책을 완성하고서 생질(甥姪)들에게 편지를 보내면서 자신이 지은 여러 서론(序論)들의 필세가 왕왕 가의(賈誼)가 지은 〈과진론〉보다 못하지 않다고 하였다. 《宋書 卷67 范曄列傳》

성대한 일이다. 성상께서 마음에 계획한 일만 있으시면 가장 먼저 신에게 하문하셨고, 신이 광주 목사에서 체직되어 조정으로 돌아오자 차분히 쉬는 여가에 매번 신을 인견하여 앞으로 다가앉으시며 정성스레 내리신 가르침은 하루도 주자의 저서에 관한 것 아님이 없었다. 그리고 일찍이 하교하시기를, "이 한 가지 일은 바로 내가 고심하던 것이니, 근자에 쉬지 않고 교정한 책들은 요컨대 모두 손 가는 대로 작업했던 것이지 평소의 대계(大計)는 아니었다. 후원(後苑)에 소옥(小屋) 하나를 지어놓고 또 그 안에 주자의 작은 진영(眞影)을 구해 족자로 표구하여 비치해두었다. 조만간 이 책이 완성되면 소옥에 나아가 주자의 진영을 받들고서 그 양쪽에 이 책을 쌓아놓고 앞에는 오래된 동향로(銅香爐)를 놔두고 내가 수많은 정무를 보고 난 여가에 때때로 이 소옥에 가서 향을 사르고 책을 펼치기를 마치 선생을 직접 앞에 모시고서 말씀을 듣는 것처럼 한다면, 이곳이 내가 마음을 쉬고 생각을 맑게 하는 편안하고 넓은 집이 될 것이요, 존심양성(存心養性)의 공부가 반드시 여기에서 깃들지 않음이 없을 것이다. 이러한 뜻을 그대가 아니면 누구에게 말할 수 있겠는가. 다만 주자의 저서는 땅이 만물을 싣고 바다가 뭇 시내를 포용하듯 드넓어,《주자대전》과《주자어류》외에 손수 재정(裁定)하신 경사자집(經史子集)은 수많은 무지몽매한 이들에게 은택을 입히고 백세토록 전해져야 할 것 아님이 없다. 그러나 그중에 한둘은 주자의 이름을 가탁하여 지은 위작(僞作)도 있으니 이러한 것들은 의심스러운 실상을 표시해두어야 마땅하겠지만, 주자의 저작과 아울러 싣는 것이 혐의스럽지 않겠는가?

《주자서차의(朱子書箚疑)》[213]는 바로 우리나라 유자(儒者)의 매우 큰 사업이고, 후대 학자들의 후속 작업도 각각 자료를 취하여 뜻을 밝힌 도움이 되지 않은 것이 없으니, 이것들은 편말에 별도로 수록하는 예를 따라야 하겠는가? 아니면 구절마다 해당 부분에 주석으로 첨부하는 예를 따라야 하겠는가?

《자치통감강목(資治通鑑綱目)》한 책은, 강(綱)은 본디 주자가 정하신 것이지만 목(目)은 문인들에게서 나온 것이다. 그리고 《이락연원록(伊洛淵源錄)》, 《소학(小學)》 등의 책은 특히 주자가 다른 책의 글들을 모아서 편집한 것으로 저술이라고 할 수는 없으니, 이번에 편집할 책에 넣지 않아야 하는가?"라고 하셨다. 군신 간에 논의를 확정 짓지 못한 대화는 대체로 이러한 종류가 많았다. 그리고 신의 이번 사행은 또 전적으로 주자의 저서를 구매해오기 위한 것으로 이미 성상의 별유(別諭)가 있었고, 또 어찰을 내리시어 다시 한두 근신(近臣)에게 연석(筵席)에서의 하교를 적어 보이게 하면서, 연경(燕京)의 서점에 이 서적들이 없으면 강소(江蘇)와 절강(浙江) 지방에서 구해보게 하고, 이번 사행길에 살 수가 없거든 후일에라도 구해달라고 약조를 받아두게 하였다. 그리고 중국 조정의 높은 관리와 서생(書生)을 막론하고 당세에 일류(一流)로 일컬어지는 자를 반드시 방문하여 간곡하게 부탁하여, 얻지 못하면 그만두지 않게 하셨다. 신이 삼가 명을 받들고서

---

213 주자서차의(朱子書箚疑) : 송시열(宋時烈)이 편찬한 《주자대전차의(朱子大全箚疑)》의 이칭(異稱)이다. 《주자대전차의》는 《주자대전》 전 부분에 걸쳐 난해한 구절에 대해 주석을 붙인 최초의 저작으로 송시열이 세상을 떠날 때까지 계속 보완하였고, 사후에는 권상하(權尙夏), 김창협(金昌協) 등의 제자들에 의해 수정, 보완되어 간행되었다. 또한 이후에도 김민재(金敏材)의 《주자대전차의보(朱子大全箚疑補)》, 이의철(李宜哲)의 《주자대전차의후어(朱子大全箚疑後語)》, 이항로(李恒老)의 《주자대전차의집보(朱子大全箚疑輯補)》 등 후속작들이 이어졌다.

성상의 명을 헛되이 저버리게 될까 두려워 몸소 서점에 가서 서목을 두루 열람해보았으나 끝내 성상께서 적어주신 목록 가운데 있는 책은 하나도 발견하지 못하였다. 이에 한림 편수(翰林編修) 이정원(李鼎元)에게서 겨우 《주자대동집》 등 약간 종(種)을 얻고 다시 예부 상서 기윤(紀昀)에게서 남쪽 지역에서 서책을 구해 인편이 생기는 대로 찾아 부치겠다는 약속을 받았다. 신이 복명(復命)한 뒤에 기윤이 여러 차례 서신을 보내 사정을 알리기를, "구하는 책은 도성에서는 끝내 찾을 수가 없었고, 민중(閩中)에서 찾아보았더니 비로소 단서가 생겼다."라고 하였고, 또 "그 책은 반은 강남(江南)에 있고 반은 복건(福建)에 있는데, 강남에 있는 책은 이미 역염도(驛鹽道)[214] 위성헌(魏成憲)에게 부탁하여 구매하였고, 복건에 있는 책은 이미 십부량도(十府糧道)[215] 진관(陳觀)에게 부탁하여 구매하였다."라고 하였으니, 위성헌과 진관은 모두 기윤의 문생(門生)들이었다. 신이 기윤과 전후로 주고받은 서찰은 그때마다 성상께서 열람하셨고 책이 오기를 손꼽아가며 기다렸는데, 반년이 지나 하늘이 사문(斯文)을 버리시어 성상께서 갑작스레 승하하시니, 성상과 나누었던 주자의 저서에 관한 많은 논의들은 홀연히 지나가버린 티끌과 그림자처럼 허망한 일이 되어버리고 말았다

아아! 유낭(帷囊)이 함께 헐어지니 칠략(七略)의 이름만 부질없이 남았고, 총서(冢書)와 벽서(壁書)가 전해지지 않으니 온전한 육경(六經)을 뉘라서 보겠는가.[216] 신이 지금껏 죽지 않고 상전벽해(桑田碧海)

---

214 역염도(驛鹽道) : 역참 및 염정(鹽政)을 관리하던 청(淸)나라 때의 관직명이다.

215 십부량도(十府糧道) : 강안(江安) 지방의 조운(漕運)을 감독하던 청나라 때의 관직명이다.

처럼 뒤바뀐 세상 풍파를 오랜 세월 겪고서 오래된 상자의 종이 뭉치 속에서 성상의 서찰을 차마 받들어 읽노라니, 글을 다 읽기도 전에 나도 모르게 눈물이 가슴속에 흐르고 서찰을 적셨으며 흐느끼고 몹시 번민하여 소리도 낼 수 없었다. 심하다. 신의 미련함이여! 개암나무와 감초도 오히려 미인을 그리워하고[217] 뱀과 참새도 오히려 옛 은혜를 아나니[218] 사물이라면 그러함이 있는 것이다.

216 유낭(帷囊)이……보겠는가 : 고염무(顧炎武)의 《일지록(日知錄)》 권18 〈비서국사(祕書國史)〉에 나오는 표현이다. 유낭이 헐어 칠략의 이름만 남았다는 것은 서책이 모두 유실되어 전하지 않는 상황을 비유한 말이다. 여기서는 정조의 죽음으로 주회 서적의 통일 작업이 중단된 상황을 탄식한 표현이다. 《역대명화기(歷代名畫記)》에 "한(漢)나라 동탁(董卓)의 난이 일어나자 헌제(獻帝)가 서쪽으로 도읍을 옮길 때, 비단 베에 그려놓은 도화(圖畫)를 군인들이 모두 취하여 전대[帷囊]로 만들고는, 수레 70여 대에다 싣고 가다가 험한 길에 비를 만나 절반이나 내버렸다."고 하였다. 칠략(七略)은 전한(前漢) 때 유향(劉向)이 아들 유흠(劉歆)과 함께 작성한 서적의 목록 7종(種)으로, 집략(輯略)ㆍ육예략(六藝略)ㆍ제자략(諸子略)ㆍ시부략(詩賦略)ㆍ병서략(兵書略)ㆍ술수략(術數略)ㆍ방기략(方技略)인데, 지금은 전하지 않는다.

　　총서는 진(晉)나라 태강(太康) 2년에 급군(汲郡) 사람 불준(不準)이 위 양왕(魏襄王)의 무덤을 발굴하여 얻었다는 선진(先秦) 시대 고서인 《급총서(汲冢書)》이고, 벽서는 공자의 구택(舊宅)의 벽에서 나왔다는 《고문상서(古文尙書)》를 말하는데, 이들 모두 전하지 않는다.

217 개암나무와……그리워하고 : 《시경》 〈패풍(邶風) 간혜(簡兮)〉에 "산에는 개암나무가 있고 습지에는 감초 있네. 누구를 그리워하나. 서방의 미인이로다. 저 미인이여! 서방의 미인이로다.〔山有榛, 隰有苓. 云誰之思? 西方美人. 彼美人兮. 西方之人兮.〕"라고 하였는데, 《시경집전(詩經集傳)》에서는 "서방의 미인은 서주(西周)의 훌륭한 왕을 가리켜 말한 것이니, 현자(賢者)가 나쁜 세상의 하국(下國)에 태어나 주나라가 성할 때의 훌륭한 왕을 그리워하여 지은 것이다."라고 하였다. 여기서는 승하한 정조를 그리워하는 마음을 비유한 것이다.

218 뱀과……아나니 : 옛날에 수후(隋侯)가 상처 입은 뱀을 발견하고 치료해주자,

뒤에 그 뱀이 강 속에서 큰 구슬을 물고 나와서 은혜에 보답하였다고 한다.《文選 卷45 答賓戲》. 또 한(漢)나라 양진(楊震)의 부친 양보(楊寶)가 올빼미에게 채여 나무 밑에 떨어져 있던 참새를 잘 보살펴 날려 보내자, 그날 밤 서왕모(西王母)의 사자인 황의동자 (黃衣童子)가 와서 보답으로 백환(白環) 4개를 주었다고 한다.《後漢書 卷54 楊震列 傳》. 이는 저자가 정조로부터 받은 은혜에 보답할 줄 알아야 한다는 뜻이다.

《사서집석》에 대해 논하신 어찰의 뒤에 삼가 쓴 발문[219]
敬跋御札論四書輯釋後

어찰에 다음과 같이 말씀하셨다. "지난번에 잠깐 만났다가 급히 헤어진 것이 한스럽다. 요즘 안부는 어떠한가? 《사서집석(四書輯釋)》은 지금 한창 보고 있는데, 이 책은 설문청(薛文清)[220] 이후로 모두 사서에 대한 주소(註疏) 가운데 가장 선본(善本)이라고 일컫는다. 내가 공들여 경영하고 반드시 다듬어 간행하여 배포하려는 까닭은, 단지 이 책이 사서의 주소를 모은 전서(全書)로 가장 처음 나온 것이기 때

---

219 【작품해제】 본 발문은 정조가 편찬해낸 《중정사서집석(重訂四書輯釋)》의 사전 논의 과정을 보여주는 자료이다. 《사서집석(四書輯釋)》은 원(元)나라 때의 학자인 예사의(倪士毅)가 자신의 스승인 진력(陳櫟)이 지은 《사서발명(四書發明)》과 호병문(胡炳文)이 지은 《사서통(四書通)》 두 책을 합하여 엮은 것으로, 원나라 때 편찬된 사서(四書)의 주석(註釋)을 집성(集成)한 책 중에서 후세에 가장 많은 영향을 주었으며, 명(明)나라 때 간행된 《사서대전(四書大全)》의 근간이 되었다.

이 발문과 별도로 《홍재전서(弘齋全書)》 권182 〈군서표기(群書標記) 4〉에서 《중정사서집석》의 대략과 편찬 과정을 설명하고 있다. 다만 이 발문에서 이야기하고 있듯이 일을 다 마치기 전에 정조가 승하하였고 《홍재전서》에서도 사본(寫本)의 형태로 제시되고 있는 것으로 볼 때, 《중정사서집석》은 정조가 의도한 것과 같은 완전한 간행과 배포에는 이르지 못한 것으로 보인다.

220 설문청(薛文清) : 명(明)나라 때의 관료이자 학자인 설선(薛瑄, 1389~1464)으로, 문청은 그의 시호이다. 자는 덕온(德溫), 호는 경헌(敬軒)이다. 산동 제학첨사(山東提學僉事), 대리시 좌소경(大理寺左少卿), 예부 우시랑(禮部右侍郎) 겸 한림원 학사(翰林院學士) 등을 역임하였다. 학문적으로는 정주(程朱)의 학설을 바탕으로 삼아 수기교인(修己敎人)과 회복본성(恢復本性)을 주장했다. 저서에 《설문청집(薛文清集)》 등이 있다.

문만은 아니다.

다만 그 가운데 주자의 훈석을 잘못 인용하거나 선유(先儒)의 주석을 잘못 단 것 등, 갖가지 오류가 있어 바로잡지 않을 수 없다. 예컨대 《논어》의 '이직자량(易直子諒)'의 풀이에서 '평이탄이(平易坦易)'의 풀이만 잘라 취하고 '낙이화이(樂易和易)'의 풀이는 버렸으며,[221] '말과 행동이 서로 돌아본다.〔言行相顧〕' 한 단락은 본래 《주자어류(朱子語類)》에서 《논어》 '삼성(三省)' 장의 '신(信)'을 논한 말인데 '제자(弟子)' 장의 '근신(謹信)'에 대한 풀이로 옮겨놓았다.[222] 그리고 《맹자》

---

221 《논어》의……버렸으며 : 《논어》〈학이(學而)〉의 "부자는 온순하고 어질고 공손하고 검소하고 겸양하여 이것을 얻으셨다.〔夫子溫良恭儉讓以得之.〕"에 대해 주희(朱熹)가 "어질다는 것은 마음이 평탄하고 곧은 것이다.〔良, 易直也.〕"라고 하였는데, 그 소주(小註)에 다시 주희가 "《예기(禮記)》에서 말한 '이(易)'하고 곧고 자애롭고 선량한 마음'에서 '이'는 '평이'와 '탄이'의 뜻이다.〔記言易直子諒之心, 易, 平易坦易.〕"라고 한 말을 인용한 것을 가리킨다. 그런데 《주자어류(朱子語類)》권22에서 '良'을 '易直'으로 풀이한 이유를 묻는 제자들의 질문에 주희가 여러 차례 답하면서 "'이'는 '평이'하고 '화이'한 것이다.〔易, 平易和易.〕"라고 하기도 하였고, "이른바 '이'라는 것은 바로 '낙이'와 '탄이'의 '이'이다.〔所謂易乃樂易坦易之易.〕"라고 하였다.

222 말과……옮겨놓았다 : 《주자어류》권21에, 《논어》〈학이〉의 "나는 날마다 세 가지로 내 몸을 살피나니, '남을 위하여 일을 도모해줌에 충성스럽지 못하였는가? 붕우와 사귈 적에 성실하지 못하였는가? 전수(傳受)받은 것을 복습하지 않았는가?'이다.〔吾日三省吾身, 爲人謀而不忠乎? 與朋友交而不信乎? 傳不習乎?〕"라는 증삼(曾參)의 말에 대해 제자들과 문답하면서 "'신'은 말과 행동이 서로 돌아보는 것을 말한다.〔信是言行相顧之謂.〕"라고 한 부분이 있다. 그런데 《사서집석》에서는 이 말을 《논어》〈학이〉의 "제자가 들어가서는 효도하고 나와서는 공손하며, 삼가고 성실하게 하며, 널리 사람들을 사랑하되 인한 이를 친히 해야 하니, 이것을 행하고 여력이 있으면 문을 배워야 한다.〔弟子入則孝, 出則弟, 謹而信, 汎愛衆, 而親仁, 行有餘力, 則以學文.〕"에서 '謹'과 '信'에 대한 풀이로 옮겨왔다.

'사단(四端)' 장의 영가 진씨(永嘉陳氏)의 주석은 바로 진씨가 주자의 옥산강의(玉山講義) 내용에 대해 질문하자 주자가 그처럼 답한 것인데 도리어 진씨의 설이라고 하였으니,[223] 이런 부분들마다 두주(頭註)를 달아 그 오류를 바로잡아야 옳겠는가?

근자에 삼백(三白)[224]이 조금 더뎠던 탓에 가평(嘉平)[225]이 비록 많이 남았음에도 일심으로 눈이 내리기를 바랐는데, 밤에 약속이나 한 듯이 눈이 내려 보리 농사가 풍작을 기약하게 되었으니, 오늘 원중(苑中)에서 관덕(觀德)을 거행한 것은 또한 시기적절하다고 이를 만하다.[226]

---

223 맹자⋯⋯하였으니 : 영가 진씨는 《사서대전(四書大全)》에서 잠실 진씨(潛室陳氏)로 표기되는 진식(陳埴)이다. 《맹자》〈공손추 상(公孫丑上)〉의 "측은지심은 인의 단서이고, 수오지심은 의의 단서이고, 사양지심은 예의 단서이고, 시비지심은 지의 단서이다.[惻隱之心, 仁之端也, 羞惡之心, 義之端也, 辭讓之心, 禮之端也, 是非之心, 知之端也.]"라고 한 부분의 소주(小註)에 "성은 태극의 혼연한 전체이다.[性是太極渾然之全體.]"라고 시작되는 잠실 진씨의 설이 소개되어 있는데, 실제로 이 말은 《회암집(晦菴集)》권58 〈답진기지(答陳器之)〉에서 주희가 옥산강의에 대해 묻는 진식에게 답한 내용이다.

224 삼백(三白) : 납일(臘日) 전에 세 차례 내리는 눈을 가리킨다. 이렇게 납일 전에 눈이 세 차례 내리면 풍년의 징조로 여겼다.

225 가평(嘉平) : 섣달의 제사 이름으로 섣달을 달리 부르는 말이기도 하다. 이 서찰이 작성된 시기가 12월이므로 가평이 섣달을 가리키게 되면 가평이 아직 많이 남았다는 서찰의 말과 부합되지 않으므로, 납제(臘祭)를 지내는 납일을 가리키는 것으로 보아야 한다. 섣달 제사의 명칭이 삼대마다 각기 달랐는데, 하(夏)나라는 가평, 은(殷)나라는 청사(淸祀), 주(周)나라는 대사(大蜡)였다. 《世說新語 德行》

226 밤에⋯⋯만하다 : 이 구절을 통해 이 어찰이 1799년(정조23) 12월 10일에 작성된 것임을 알 수 있다. 《승정원일기》 정조 23년 12월 10일 기사에, 정조가 춘당대(春塘臺)에서 초계문신(抄啓文臣)의 친시(親試)와 시사(試射)를 거행하면서 신하들과 나눈 말 가운데 "겨울에 내린 눈에서 내년 풍년을 으레 점치는데 올해는 입동 이후로 여태 눈이

옛날 왕원보(王元寶)²²⁷는 눈이 많이 내릴 때마다 하인에게 문 앞을 쓸고 길을 내게 한 뒤 빈객을 맞이하여 술을 마시면서 추위를 녹이는 모임을 가졌는데, 옛사람의 흥취가 나에게 있는 것이다. 껄껄." -기미년 (1799, 정조23) 12월-

이상의 어찰은 신이 기미년 겨울에 받은 것이다. 예전에 우리 선왕께서 춘궁(春宮)에서 강학하실 적에 선신(先臣 서명응(徐命膺))이 세손빈객(世孫賓客)으로 자주 고문(顧問)을 받들어 은혜로운 예우가 융숭하였던 것은, 선신이 여타 신료들에 비해 특출하기 때문이었다. 하루는 영락제(永樂帝) 때 편찬한 《사서대전(四書大全)》의 오류를 논하면서 하교하시기를, "예도천(倪道川)²²⁸의 《사서집석》은 바로 사서(四書)의 소주(小註)로는 가장 먼저 나온 것인데, 끝내 《사서대전》에 매몰됨을 면하지 못하였으니²²⁹ 안타까운 일이다."라고 하였다. 선신이 대답하기

내리지 않아 농사를 걱정하는 일념이 밤낮으로 가시지 않았다. 그런데 어젯밤 눈이 내렸으니 진실로 다행스럽다.〔冬月之雪, 例占來歲之豐, 而今年則入冬以後, 尙未有雪, 爲農一念, 夙夜靡懈, 昨夜之雪, 誠可幸矣.〕는 말이 있다. 관덕은 시사(試射)의 별칭으로, 《예기(禮記)》〈사의(射義)〉에 "활쏘기는 성대한 덕을 살피는 것이다.〔射者, 所以觀盛德也.〕"라고 하였다. 시기적절하다는 것은, 뒤에 나오는 왕원보(王元寶)의 고사와 연결해보면, 마침 시사 전날 밤에 눈이 내려 여러 사람이 모여 연회를 베푸는 일과 맞아떨어졌으므로 한 말로 보인다.

227 왕원보(王元寶) : 당(唐)나라 때의 부호(富豪)로, 눈이 많이 내리면 빈객을 초대하여 베풀었던 연회인 난한회(暖寒會)와 무더운 날씨에 저절로 바람을 일으켰던 용피선(龍皮扇)의 일화로 유명했다. 《類說 卷21》《開元天寶遺事 卷2》

228 예도천(倪道川) : 예사의(倪士毅, 1303~1348)이다. 원(元)나라 휘주(徽州) 휴녕(休寧) 사람으로 자는 중홍(仲弘)이고 도천은 그의 호이다. 진력(陳櫟)에게 수학하였으며, 진력의 《사서발명(四書發明)》과 호병문(胡炳文)의 《사서통(四書通)》 두 책을 기반으로 《사서집석》을 편찬하였다. 《사서집석》은 후에 《사서대전》의 근간이 되었다.

를, "지금 오히려 고찰할 만한 것이 있습니다. 정임은(程林隱)의 《사서
장도(四書章圖)》라는 것은 바로 예씨의 《사서집석》에다가 《사서장
도》, 《사서약설(四書約說)》, 《사서통의(四書通義)》, 《사서통고(四書
通考)》를 붙여서 완성한 것인데,[230] 이 책은 세종(世宗)조 때에 한 번
간행되었고 왜판본(倭板本) 구본(舊本)[231]으로 말하면 아직도 장서가
들이 왕왕 소장하고 있습니다."라고 하였다. 선왕께서 듣고 몹시 기뻐
하시고는 마침내 즉시 《사서장도》를 널리 구입하여 한 본을 구해 선신
에게 내려주시고서 손수 의례(義例)를 내리시어 정씨가 보태 붙인 것
은 일체 삭제하고 예씨의 원본만 취하여 상세하게 대교(對校)하여 새
로 주조한 활자로 간행하여 배포하려고 하였다. 그런데 마침 당시 재상
중에 이 일을 반대하는 자가 있어 일이 정지되어 시행되지 못하였다.
　이에 이르러 성상께서는 여전히 그 일을 그만둘 마음이 없으시어

229 사서대전에……못하였으니 : 《사서집석》을 근간으로 《사서대전》이 편찬된 후에
《사서집석》은 유행하지 못한 것을 가리킨다. 또한 《사서대전》은 편찬 과정에서 많은
오류를 노정하여 《사서집석》의 진면모를 훼손하였다.

230 정임은(程林隱)의……것인데 : 임은은 원나라 때 사람인 정복심(程復心)의 호
로, 자는 자견(子見)이다. 무원(婺源) 출신으로, 어려서부터 이학(理學) 공부에 잠심
하였는데, 보광(輔廣)과 황간(黃榦)의 설을 모아 절충하고 각 장에 그림과 설명을 붙여
《사서장도》라고 이름하였다. 그런데 《사서장도》는 출간된 이후 얼마 안 있어 《사서집
석》을 중심으로 한 여러 책과 함께 합본된 형태로 유행하여 본래의 《사서장도》는 거의
유실되었다. 본문의 내용은 이러한 상황을 설명하고 있다. 《사서약설》은 주공천(朱公
遷), 《사서통의》는 왕봉(王逢), 《사서통고》는 왕원선(王元善)이 편찬한 것이다.

231 왜판본(倭板本) 구본(舊本) : 《규장총목(奎章總目)》의 사서류(四書類)에 '사서
집석장도대성(四書輯釋章圖大成) 23본(本) 일본판(日本板)'이라고 수록되어 있는 책
을 가리키는 것으로 보인다.

연석(筵席)에서 우연히 이 일을 거론하면서 거듭 애석해하셨다. 신이 그때의 초본이 아직도 신의 집에 있다고 아뢰었더니 급히 명하여 초본을 가져오게 하여 열람하시고는 하교하기를, "이것이 이른바 옛 친구를 다시 만난 듯하다는 것이다."라고 하셨다. 이에 근신 가운데 경학(經學)으로 이름난 -3자가 결락되었다.- 이노춘(李魯春), 김희순(金羲淳), 정동관(鄭東觀) 등에게 명하여 권을 나누어 대교하게 하고 신이 주관해서 검토하게 하여 책을 완성해 판각하기를 기다렸다. 어찰 내용 중에 《논어》와 《맹자》의 주석 중에 잘못된 부분을 뽑아내어 하문하신 것은 반복하기를 싫어하지 않으시고 발범(發凡)[232]을 정밀하게 하려고 힘쓰시는 성의(聖意)에서 나온 것이다. 책의 교정을 미처 완전히 다 끝내지도 못하고 의례를 미처 논의하여 결정하지도 못했는데, 성상께서 승하하시어 끝내 신들로 하여금 미칠 수 없는 지극한 통한을 길이 품게 하였다. 반복하여 성상의 어찰을 펼쳐 읽을 적에 눈물이 주체할 수 없을 정도로 흘러내리니, 감히 그 전말을 이와 같이 부기한다.

---

232 발범(發凡) : 글의 전체 요지(要旨)와 체제를 가리키는 말이다.

지은이 서형수(徐澄修)

1749(영조25)~1824(순조24). 본관은 달성(達城), 자는 유청(幼淸)·여림(汝琳), 호는 명고(明皐)이다. 대제학 서명응(徐命膺)의 둘째아들로 태어나 숙부 서명성(徐命誠)에게 입양되었다. 35세(1783, 정조7)에 증광 문과에 급제하고 이듬해 홍문록에 들어 부수찬(종6품)이 되었으며 그해 12월 초계문신(抄啓文臣)에 선발되었다. 내외 관직을 두루 거쳐 57세(1805, 순조5)에 경기 감사에 올랐으며, 51세에 진하겸사은부사(進賀兼謝恩副使)로 중국에 다녀왔다. 《군서표기(群書標記)》·《규장각지(奎章閣志)》 등 많은 국가 편찬 사업에 참여하였다.

숙부 서명선(徐命善)이 정조의 즉위 과정에 세운 공으로 인해 특별한 지우(知遇)를 받은 한편, 정조의 즉위를 방해하려던 홍계능(洪啓能)의 제자라는 이유로 출사 전후에 몇 차례 탄핵을 받기도 했다. 1805년 김달순(金達淳)의 발언 — 사도세자(思悼世子) 대리청정 시에 학문 정진과 정사의 근면 등을 간언(諫言)했던 박치원(朴致遠)·윤재겸(尹在謙)을 표창해야 한다고 주장 — 으로 인해 이듬해 불거진 옥사에 연루되어 1824년(76세) 별세할 때까지 19년 동안을 유배지에서 지냈다.

문장은 청(淸)나라 서대용(徐大榕)으로부터 당송팔대가 중 하나인 유종원(柳宗元)의 솜씨라는 평을 받았다. 학문은 주자학적 사유에 발을 딛고 있으나 그에 갇히지 않았다. 시 창작의 배경과 의미 맥락에 주의하여 《시경》의 시를 온전히 이해하기 위한 노력으로 《시고변(詩故辨)》을 저술하는 등 고증적인 학문 방법과 정신을 수용하였다. 조선 학문의 폭과 체계가 일신되던 시대 그 현장의 중심에서 개방적인 태도로 기윤(紀昀) 등 중국의 석학들과 교유하며 정조(正祖)의 의욕적인 도서 구입에 조력한 인물로, 진취성과 신중함이 아울러 돋보이는 학자·문인이다.

옮긴이

이규필(李奎泌)

1972년 경북 예천에서 태어났다. 계명대학교 한문교육과와 경북대학교 한문학과 석사를 졸업하고, 대구 문우관에서 수학하였다. 성균관대학교 한문학과에서 〈대산(臺山) 김매순(金邁淳)의 학문(學問)과 산문(散文) 연구〉로 박사학위를 받았다. 한국고전번역원 연구원, 성균관대학교 대동문화연구원을 거쳐 현재 경북대학교 한문학과에 재직 중이다. 논문으로 〈조일 경학계의 풍토와 주석 양상 비교〉가 있고, 역서로 《무명자집(無名子集) 3·4·11·12》, 공역서로 《한국의 차 문화 천년》, 《국역 수사록(隨槎錄)》이 있다.

이승현(李承炫)

1979년 경북 포항에서 태어났다. 성균관대학교 대학원에서 박사과정을 수료하였으며, 한국고전번역원 고전번역교육원 연수과정을 졸업하였다. 한국고전번역원 연구원으로 재직하며 번역 및 편찬에 참여하였고, 현재 성균관대학교 대동문화연구원에서 권역별 거점연구소협동번역사업에 참여하고 있다. 번역서로 《창계집 2》(이상 단독 번역), 《승정원일기 영조 83·93》, 《동천유고》, 《고산유고 4》, 《역주 당송팔대가문초 구양수 3·4》(이상 공역), 교점서로 《교감표점 승정원일기 인조 41》, 편찬서로 《한국문집총간편람》, 《한국문집총간해제 8·9》, 논문으로 〈초의 의순의 시문학 연구〉, 〈기리총화 연구〉, 〈김시습의 장량찬의 이면〉, 〈서형수의 명고전집 시고를 통해 본 원텍스트 훼손〉 등이 있다.

권역별거점연구소협동번역사업 연구진

연구책임자　이영호(성균관대학교 HK 교수)
공동연구원　이희목(성균관대학교 한문학과 교수)
　　　　　　진재교(성균관대학교 한문교육과 교수)
　　　　　　안대회(성균관대학교 한문학과 교수)
책임연구원　김채식
　　　　　　이상아
　　　　　　이성민
선임연구원　이승현
　　　　　　서한석
연구원　　　임영걸

번역　　　이규필(13쪽~290쪽)
　　　　　　이승현(293쪽~403쪽)
교열　　　정태현(한국고전번역원 명예교수)
윤문　　　이민호 정용건

명고전집 3

서형수 지음 | 이규필 이승현 옮김
2018년 12월 31일 초판 1쇄 발행
편집·발행 성균관대학교 출판부 | 등록 1975. 5. 21. 제1975-9호
주소 (03063) 서울시 종로구 성균관로 25-2
전화 760-1253~4 | 팩스 762-7452 | 홈페이지 press.skku.edu
조판 김은하 | 인쇄 및 제본 영신사
ⓒ한국고전번역원·성균관대학교 대동문화연구원, 2018
Institute for the Translation of Korean Classics·Daedong Institute for Korean Studies

값 25,000원
ISBN 979-11-5550-303-4　94810
　　　979-11-5550-265-5 (세트)